新潮文庫

キャプテンサンダーボルト

新装版

阿部和重
伊坂幸太郎 著

新潮社版

11360

CONTENTS

登場人物紹介

CHARACTER

相葉時之

AIBA TOKIYUKI

憎まれ口ばかり叩く直情径行なアウトロー。小中学生の頃は野球チームのピッチャーで、エースだった。後輩を救うためにヤクザ絡みの案件に首を突っ込み、借金を背負うことになる。

井ノ原悠

INOHARA YU

会社員。業務用コピー機の整備や営業を担当している。身体が弱い息子の通院費用を捻出するため、ある副業をしているが……。かつてのポジションは捕手。

メンター

MENTOR

謎の外国人。スマートフォンの音声通訳アプリで会話を行う。相葉が持つ「水」を狙い、執拗に追いかけてくる。

ポンセ

PONCE

相葉が連れている犬。黒毛のカーリーコーテッド・レトリーバー。

桃沢瞳

MOMOSAWA HITOMI

「村上病」について調べている女性。父親を巡る不可解な出来事を解明するため、情報を求めている。

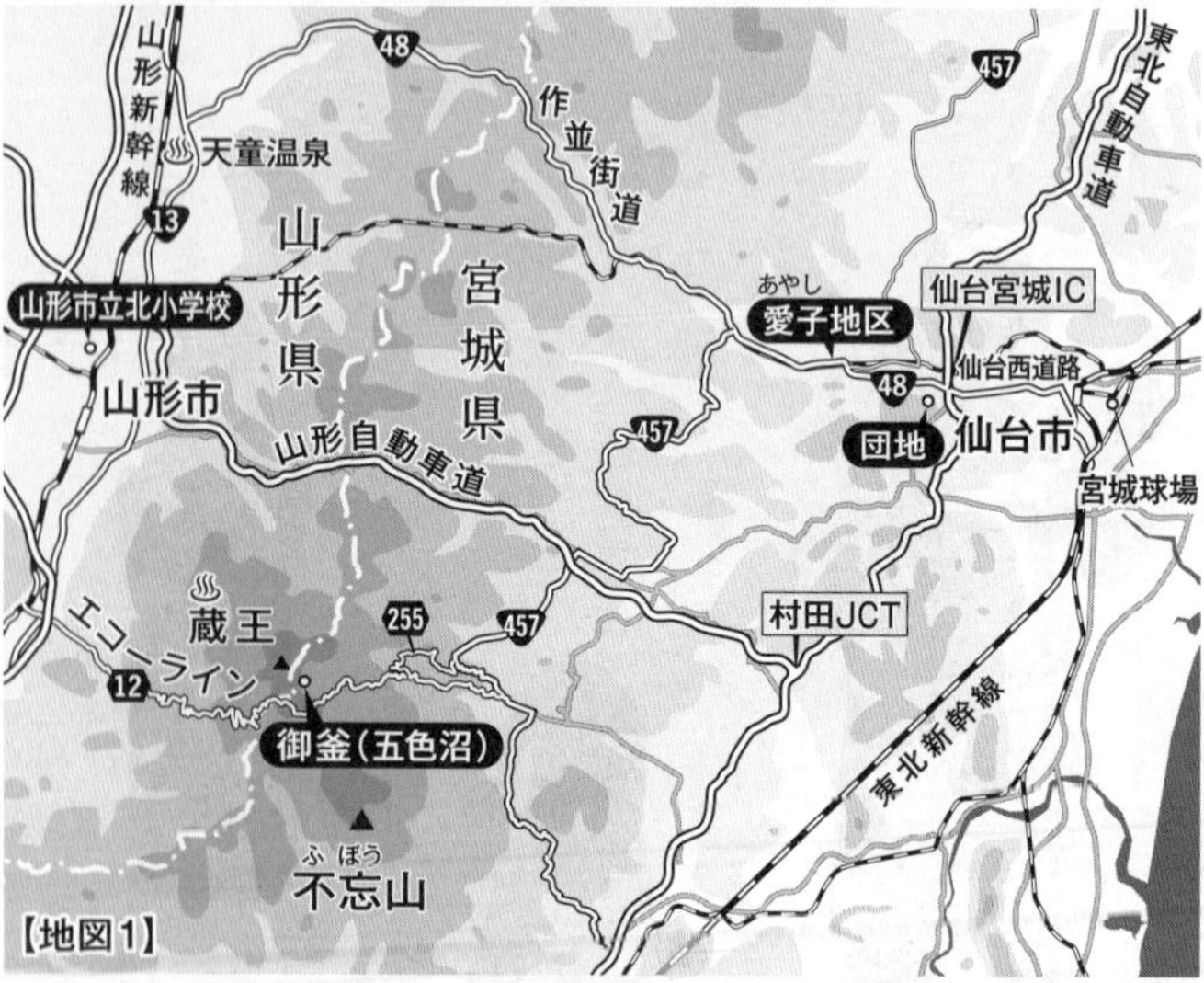

【地図1】

※山形市立北小学校は実在しません

【地図2】

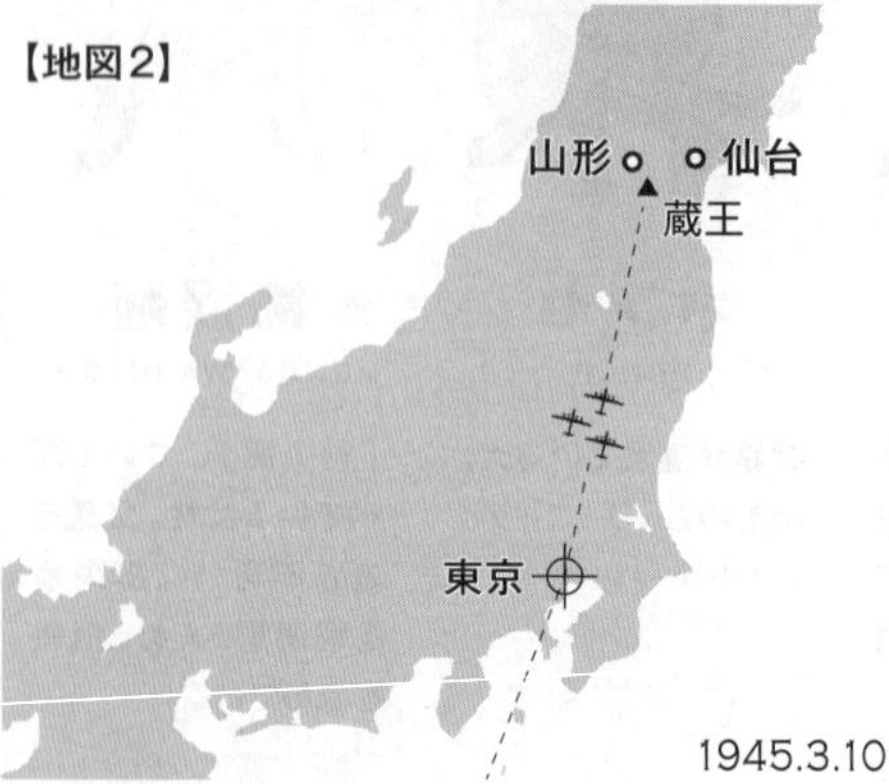

地図作成・若原 薫

キャプテン
サンダーボルト

［新装版］

CAPTAIN
THUNDER
BOLT

NEW EDITION

序章

二〇一二年八月二七日

ガイノイド脂肪に注目しろ！

女の体が目に入ると、特に胸元が見えると、男の脳の扁桃体《へんとうたい》と視床下部では即座にその指令が出る。

やだ隅田《すみだ》さん、わたしの胸見てたでしょ。桃沢瞳《ももさわひとみ》はワンピースの開いた胸元を手のひらで隠し、横にいる隅田周一《しゅういち》に微笑《ほほえ》みかけたが、笑顔の奥では男の脳の単純な働きについて考えていた。

女の胸や尻《しり》、太腿《ふともも》を構成するガイノイド脂肪は女性特有のもので、男の脳の欲望中枢《ちゅうすう》はそれが気になって仕方がない。ある性科学研究書に、そんな説が書かれている。

カウンターの向こう側では、黒のベストを着た実直そうなバーテンダーがしきりにグラスを磨いていた。背後の棚には大きさや色の異なるボトルが並び、テーブルごとに置かれたシェードランプが発する赤色を跳ね返らせている。

新宿駅からほど近くの、海外資本のホテルだ。来日アーティストがよく利用するらしい。一階のラウンジにあるそのバーは、混んではいないが、がらんとしているほどでもなく、カウンターに並ぶ桃沢瞳と隅田の会話も目立たない。

後ろでは先ほどまで、高級そうなスーツを着た男二人が昨日のプロ野球の試合結果について語り合っていた。楽天ゴールデンイーグルスが延長十回に、三塁への内野安打でサヨナラ勝ちしたことに、「捕らなければファウルだったのに」であるとか、「あんな勝利を呼び込むのが、マー君の力なのだ」であるとか、そういった話で盛り上がっていた。マー君こと田中将大《まさひろ》は、楽天イーグルスの投手で、一方の男は、「これをきっかけにマー君、乗ってくるんじゃないのかな」と無責任な予言めいたことを口にした。

野球には明るくない桃沢瞳も、その話題になると興味を惹《ひ》かれ、ふたり組が出てゆくまでつい耳をそばだててしまった。東北地方について情報を集めていることもあり、仙台を本拠地とするプロ野球チームが身近に感じられていたからだった。

「そりゃ、君の胸、魅力的だから見ちゃうよ」隣の隅田が口元を緩める。五十過ぎの男にしてはカジュアルな服装で、皺《しわ》の刻まれた顔とのギャップが、魅力的に見えなくもない。

事前に調べた情報によれば、二十年前にコマーシャルの撮影現場で出会ったモデルと結婚し、息子が一人いるが、既婚者となって以降もあちらこちらで女を口説いている。特定の愛人はいないものの、旺盛《おうせい》な性欲の発散相手には苦労していないらしい。

男性ホルモンは、戦闘状態に備えるために急上昇するものだから、隅田が五十を過ぎても精力的なのは、広告業界での競争に勝ち抜いてきた証《あかし》とも言える。出世競争の中で男性ホルモンが増えるのも事実だ。

桃沢瞳はそう認めながらも、好きにはなれない。

「でも、ほんと、わたしラッキーです。このバー、時間潰《つぶ》しでたまたま寄ったんですけど、まさか隅田さんに会えるなんて」

「私のことをよく知っていたね。広告の人間なんて裏方なんだけどな」言葉は控えめだが、隅田の顔には自信が溢《あふ》れている。自分のいる裏方に、「表」と札《ふだ》を掲げるようなタイプだろう。

「さっき、あっちのバーテンダーさんが教えてくれたんです」と声を抑える。どうやって話しかけようかと、その手順に頭を悩ませていたところ、とはいえそれはいくつかあるやり方のどれを使うかの選択だったのだが、答えを決める前に、バーテンダーがひそひそと声をかけてきた。「あちらにいる男性、実は広告業界では有名な」

目ぼしい女がいれば、隅田に繋《つな》ぐ役をこなす契約でも交わしているのだろうか。そう疑いたくなるほど、バーテンダーは機械的に振る舞い、言い方もこなれていた。

隅田の頭の中では今、さまざまなデータが処理されているはずだ。目の前にいる女がどの程度の知性を持っているのか、胸の実際の膨らみはどれほどなのか、自分に対してどういった感情を抱いているのか。何より、「今日、ベッドで一緒に寝られるかどうか」を探っている。

そのことを、桃沢瞳は愚かだとは思わない。

男の回路が、そうなっているだけなのだ。

興奮するスイッチの大半が視覚に依存しているのも、まわりに肌を露出した女性がいれば目で追ってしまうのも、男の脳の基本的機能に過ぎない。男が、ガイノイド脂肪の大きさにこだわるのもそうだ。好みのバストの大きさも、若い頃の日常体験や鑑賞経験などの刷り込みによって決まっている。

「雑誌で見たんです。この間のあのバンドの、アルバムタイトルって隅田さんのネーミングなんですよね？」桃沢瞳はぱっと手のひらを開き、表情豊かな仕草を取る。好意的な関心があることを示し、同時に、軽薄な女だと侮《あなど》ってもらえれば都合がいい。

「ああ、あの記事ね」

「地平線の猫」桃沢瞳はうっとりするように口に出す。「超いいと思うんですよ。『地平線の猫』って言葉、何だか不思議だし、可愛《かわい》いし、イメージが膨らむ名前で。アルバムのタイトルにすごく合ってるって思いました」

「まあ、自分で言うのも何だけれど、奥行きがあるよね」

いえ、奥行きはそれほどないですけれど、と桃沢瞳は内心で溢《こぼ》す。「あれって、どういうところから発想するんですか？」と語尾を伸ばし、できるだけ無教養を強調しようと試みる。ここが肝心なところだ。隅田が見栄《みえ》を張り、「あれは無《む》から発想しただけだよ」と嘯《うそぶ》いてしまっては困る。その名前をどこから引っ張ってきたのか、その真実を知りたかった。

だから、桃沢瞳はこの話題に移る前に、自分が月島出身だと告げ、戦時下の空襲でも無事だった町のことを、それとなく話していた。「何だか東京大空襲ってひどかったんですってね」と。

隅田が、東京大空襲について一席ぶちやすくするための誘いだ。

「東京大空襲の話をする若い女の子に、はじめて会ったよ」隅田は大袈裟《おおげさ》にのけぞった。月島出身は嘘《うそ》だが、東京大空襲がひどかったのは事実だ。

太平洋戦争のほとんど終わり頃、一九四五年の三月十日に、B29による大空襲があった。三百二十五機の攻撃により、現在の東京二十三区の三分の一が焦土と化した。おおよそ十万人が死亡、もしくは行方不明となった。一夜にして、だ。関東大震災での死者が十万人というのだから、七十年周期と言われる巨大災害と同程度の人的被害が、よりによって人間自身の手によって引き起こされた事実の衝撃は、大きい。

その事実のおぞましさを、頭から振り払うようにして、桃沢瞳はさらに軽薄な物言いをつづけた。「隅田さんの発想って、絶対、ただの思い付きとかではないと思うんです。閃《ひらめ》きのもと、みたいなのがあるような気がするんですけど」

「ああ、そういう側面はあるよね。実は」隅田が意味ありげに口を開いたのは、桃沢瞳が新しいカクテルを喉《のど》に通した後だ。「あの、『地平線の猫』ってネーミング、どこから閃いたかと言えば、ほら、さっき君が言った、東京大空襲と関係がなくもないんだ」

仕掛けておいた釣り針に、ぐぐっと重い反応があったかのような感触を、桃沢瞳は覚える。「わ、それってすごい偶然じゃないですか」

「大空襲の時にさ、墜落した謎《なぞ》のB29の話を知っている？」

「墜落したんですか？　B29が？」

「しかも東北にだよ。『東京』大空襲の夜に、『東北』の蔵王《ざおう》に墜落したんだ」

「なんか謎めいてますね。わたし、そういう話弱いんですよ」

「弱い？」

「ぞくぞくしちゃうんです」できるだけ性的な興奮を想像させるような言い方で、桃沢瞳は答える。なぜ、謎のB29でぞくぞくするのか、理屈としては意味不明であるし、さすがに怪しまれたのではないか、と後悔するが、予想に反し隅田は嬉《うれ》しそうに笑みを浮かべ、得意げに話を続けた。

「東京大空襲の三月十日にね、なぜか三機のB29が蔵王連峰の不忘山《ふぼうさん》に墜落したんだけれど」

「蔵王って、東京から遠いですよね？」

「そりゃそうだね」と隅田は、無教養の相手を小馬鹿《こばか》にするみたいに息を吐いた。

「わたし、地理とか弱くて」

「弱い？」

「これは、ぞくぞくするんじゃなくて、単に苦手って意味です」

「墜落した近くに、うちの実家の町があるんだよ。あ、ほら、蔵王って言うより、御釜《おかま》って言うほうが分かるだろ。あのレンサ球菌で有名な。あっちのほうだよ」

とっさに桃沢瞳は表情を強張《こわば》らせてしまった。蔵王連峰の「御釜」、そして「レンサ球菌」という単語から、父のことを連想したためだ。同時に、「人はみな死にますけれどね」と言ってきたあの、父の上司の冷たい顔が過《よぎ》り、平静を失いそうになる。

彼女の沈黙と硬直の理由を、隅田は勘違いしたらしく、「あ、地元が蔵王の近くって言っても、あれだよ、御釜からは離れているから。うちは無事」と言い訳がましく説明した。「感染症も結果的には、あんまり関係なかった地域だからね」

その隅田の反応を見ると、感染症が広がっていた当時の、あの地域の住人に向けられた偏見は相当なものだったのだなと思わずにいられなかった。今もなお、蔵王の御釜エリアと同一視されることを恐れてしまうくらいに。

「大丈夫ですよ、ちゃんと子供の頃に予防接種していますから、安心です」桃沢瞳は答えたがその頭には、「本当に？」という声がこだました。ワクチンを接種していれば安全なのか？　予防接種をしていたのに感染した人を知っています、と言いそうになる。

「俺が子供の頃は、ワクチンできるまで、ほんと大変だったんだから。いつ感染するか、びくびくして。罹《かか》ったらおしまい、って病気だったからさ。明治時代とか、治療法が見つかる前の結核もあんな感じだったんだろうね。あ、この話はじめると長くなるからやめておくけど」

「さっきの、B29の話って、続きがあるんですか？」

「君が言ったように、蔵王は東京ではない」

「東北ですね。もう覚えました」

「あの日、空襲は東京を目標に行われた。どのB29も任務は、『東京爆撃』だった。なのにどうして、その三機がまったく方角の違う、蔵王に落ちることになったのか」

「ぞくぞくしますね。何でなんですか？」

「GHQの報告書によれば、丸ごと『悪天候が原因』らしい。天気が悪くて、東北に落ちた、と。実際、吹雪だったんだ」

「あ、何か普通の理由」

「だけど、後でそのB29の機体から発見された地図を見ると、ちゃんと印が付いていた」

「ちゃんと印が？　何のですか？」

「東北の地図で、山形市だとかに赤丸が。ってことは、東北のほうに、何らかの目的があったとしか思えないんだよ。それに、奇妙な点はほかにもあるんだ」

桃沢瞳は身を乗り出している。

「だいたい、三機はそれぞれ部隊が違っていた。編隊を組むとは考えにくいのに、どうして一緒に飛んでいたのか。それに、一番機には十一名が搭乗していたはずが、遺体は十二名分だった。二番機のほうは搭乗が十二名だったのに、遺体の数は十一だった」

「増えたり、減ったり」

「これもGHQは一応、説明はしているらしい。ようするに、二番機の一人が、一番機の遺難を調べに行ってそこで死亡した、と。二番機から一番機に一人移動したから、人数にずれがあったと」

「へえー」

「ただ、実際は違った。人数はもとから怪しかったんだ」

「え」

「あれには、隠された真実がある。うちの町では、親父《おやじ》の世代はよくそう言ってた。酔った時の口癖じみていたけれど」

桃沢瞳は、うんうん、と目を潤《うる》ませ、首を大きく縦に振ったが、本心からでもあった。

「B29には別の目的があったんだ」

「ぞくぞくします」話が核心に迫ってきたこともあり、桃沢瞳は自分が思っていた以上に、隅田に体を近づけ、ほとんどぴたりとくっつくほどになっていた。荒くなった鼻息がかかってもおかしくない状況であったから、隅田も興奮をさすがに隠せないのか顔に高揚が見える。ここが第三者のいない、密室であれば、のしかかってきていただろう。

本当にこんな流れで、女と仲良くなれると思っているのだろうか。

男性相手に接近し、情報を手に入れるたび、素朴な疑問を抱かずにいられなかった。見ず知らずの異性が、色気を露《あら》わに接近してきた時、「危ない」と警戒するよりも、「幸運である」とほくそ笑む男がこれほど多いとは。

海外の実験結果を読んだこともある。魅力的な異性が、学生に声をかけ、「デートしませんか?」と誘うと、男子学生の五〇パーセントが、「イエス」と答えた。女子学生もほぼ五〇パーセントが、「イエス」だったという。一方、「今晩、ベッドを共にしませんか」と誘われた場合、男は全体の七五パーセントが、「イエス」と答えたが、女子学生はゼロだった。「デートしない?」よりも、「ベッドを共にしない?」の時のほうが割合が増える男の結果に、桃沢瞳は違和感を覚えずにいられないが、男女の脳の構造や仕組みがそれほど異なっている、ということなのだろう。

男は短期の快楽に夢中になり、女は長期的な幸福を求める。もちろんそれは、マジョリティーとしての「男」や「女」に認められる、「一般的な傾向」でしかない。

それに男と女、どちらが愚かだというわけでもない。その差異によって、バランスが取れているのも事実なのかもしれないし、大局的に見れば、そのことで誕生する子孫の数に調整が行われているはずだ。

「それで、その墜落したB29の一番機のニックネームがね」

「一番機のニックネーム？」

「チェリー・ザ・ホリゾンタル・キャット。地平線の猫チェリー。B29にそういう名前がついていたらしい。俺は子供の頃から、蔵王の不忘山に墜ちたB29の話は聞いていたから」

「誰からですか」

「俺の父親だよ。うちの父親は、墜落の当日、山に登って現場を見たからさ」

「えー、そうなんですか？　すごーい」

「あの事故はさ」隅田は明らかに舌の滑りが良くなっている。地元でお馴染《なじ》みの言い伝えのように語りはじめた。「記者だって翌日にようやく現場に行ったくらいで、憲兵が確認したのは一ヶ月もしてからだったんだ。戦争中だったし。だから、分からないことは多い。ただ、うちの父親と近所の大人は当日、見に行って」

「わあ、隅田さんってお父さんもすごいんですね」

すごいすごい、と抽象的な賛辞を投げ、相手の自尊心を満たしていく。実際、桃沢瞳は興奮していた。その興奮が表に出ぬように、必死に抑えていたほどだ。

今まで桃沢瞳は、七ヶ宿町《しちかしゆく》や白石市《しろいし》の古い首長たちから話を聞き出してきたが、得られたのはインターネットで調べれば分かる程度の情報だった。

隅田に接触を試みたのは、「地平線の猫」なるアルバムタイトルから調査をした結果で、出身地からするともしや、不忘山の事故に詳しいのではないかと想像したのだが、まさかここまで期待に応《こた》えてもらえるとは。

「その飛行機っていったい、何だったの」

「三機のB29はある目的を持って、蔵王に向かっていった、とかね」

「どういう目的なんですか」

「それが分かれば、俺もそれで本とか出すよ」

もっと詳しい話を。桃沢瞳は酔いが回ったふりをし、カウンターに上半身を寝そべる恰好《かっこう》になり、ねだるようにした。ガイノイド脂肪に注目しろ！　隅田の大脳皮質下部と視床下部では指示が出ているはずだ。視線がちらちらと、桃沢瞳の胸に注がれる。

「うちの町では、三機のB29の噂《うわさ》は有名でね、地平線の猫チェリーの名前も結構知られてたわけ。だから、この間もあのバンドのアルバムの話の時、なんかぽろっと出ちゃったんだよな」

「すごくいいと思います」大袈裟に感動の声を上げる一方、桃沢瞳は、「そっちの話題はどうでもいいから」と言いたくて仕方がなかった。「でも、B29の謎って、何だか不思議ですね。嘘だとしても、興奮します」

「嘘ではないさ」

「え」

「俺の父親は当日、不忘山の現場でいろいろ拾ったみたいだし」

「いろいろ?」

「ここだけの話だけど、たとえば」

こっそりと秘密の話をするかのような仕草だったため、桃沢瞳は大事な言葉を聞き逃すまいと耳を近づけたのだが、そこで隅田がふっと息を吹きかけてくるので、短い悲鳴を発してしまう。やだ、やめてください、隅田さんたら。嫌悪感《けんおかん》で相手を突き飛ばしたくなるのをこらえる。

さらに、隅田の自慢話は別方向へ進んでいく。「当時、うちの町にはよく、ビラが落ちてきたらしくてさ。対日宣伝ビラって、知ってる?」などと言い出す。「敵の士気を下げるために、ばら撒《ま》いたビラだよ」

「ビラ?」

「アメリカ軍が空から、落としたやつ。『四面楚歌《しめんそか》。降伏せよ』と日本語で書いてあったり、『ここが爆撃される。逃げろ』と攪乱《かくらん》させるものとか。『何事も相談!』と書かれたのも見たことがある。面白いだろ。イラストつきでさ、裏には、『わが軍司令官と相談してはどうでしょう』とかあって。丁寧な口調なのが味わい深い」

「へえー、面白いですね」話を合わせながらも、桃沢瞳は苛立《いらだ》ちを隠せない。「何でも知ってるんですね、隅田さん」

「うちの実家に行けば、いくつもまだ残ってるよ。『宣伝ビラは、戦時中のマスメディアだった』って話は聞いたことない? 俺は、あれを見ているうちに、言葉で人を動かしたり、宣伝の心理戦みたいなのに興味が出て、だから広告業界を目指したんだ。それがそもそものはじまりだったんだよ」

桃沢瞳はどうやって話を戻そうかと頭を回転させていた。「わたし、そういうのまったく知らないから、今度教えてください」

「あ、ほんと? 今度、実家に戻るから面白いビラ、写メで送るよ」

メールアドレスを交換するきっかけができたと、内心はしゃいでいるのが透けて見える。桃沢瞳としても断る理由はなかった。今日が駄目でも、話を聞き出す機会をまたつくればいいのだ。

「俺の親父も本を出そうとしたことあったな」

「そのビラの？」

「違うよ」隅田が笑う。「不忘山のB29の謎のこと。俺の子供の頃にね。原稿用紙をどかっと買ってきて、ちょっと書いていたみたいだったな。親父は、若いころジャーナリスト志望だったし」隅田は目が据わりはじめている。ホテルに誘う段取りを必死に考えているに違いない。話はどんどんとずれていき、やがて隅田は、「報道カメラマンとして有名な、キャバクラ嬢は誰だか分かる？」などとクイズを出してきた。どうせ、広告業界やジャーナリストの間で使い古されている、くだらない駄洒落《だじゃれ》なのだろうとは推察できた。

桃沢瞳は、「えー、分かるわけありませんよー」ととぼけたものの、少し面倒になり、「もしかして、ロバート・キャバ？」と正解を言い当てる。

1

二〇一三年七月一五日

　公道の側溝《そっこう》からあふれだした雨水が、とうとうこちらの車寄せにまで流れ込んできている。万が一の浸水に備えて設置したばかりの止水板が、途端に心許《こころもと》なく感じられた。降りはじめたのは一時間前だというのに、不吉なくらいに雨の勢いが衰えない。

　台風の影響で、山形市内では午後から雨がひどくなる、という予報は見事に当たった。山形のみならず、福島や宮城のホテルでも、ドアマンたちは皆こんなふうに空を見上げ、うんざりしているのではないか。田中徹《とおる》は想像してしまう。

　一台のタクシーが、急ハンドルでも切ったみたいにいきなり車寄せに滑り込んできて、盛大に水をはねあげた。

　田中は反射的に身をよじったが、そのせいで背中に数百ミリリットルほど食らってしまい、天を仰がずにはいられない。もはや無事なのは、頭に載せたケピ帽と顔と胸もとだけになった。とっくにびしょびしょのトラウザーズと靴のなかが気持ち悪くてならず、眉間《みけん》に皺《しわ》が寄るのを抑えられない。

現れたのは、ダークスーツやトレンチコートを着たビジネスマン風の外国人たちだ。同僚の黒田が、「滑りやすいので足もとにご注意を」とそつなく案内したが、全員が無言でエントランスにたたずんでいるため、日本語が通じているのかどうかは定かでない。金髪と白髪と黒髪のその三人組は手ぶらだった。一様に顔つきが険しいのは、チェックインを済ませて観光にでも出かけた矢先、突然の豪雨に予定を狂わされたからかもしれない。

「よお徹」

不意に呼びかけられて振り返る。厄介な悪友の登場に、田中徹は溜《た》め息《いき》をついた。ボウリングシャツにデニムというアメカジスタイルいつもながらの出で立ちで、相葉時之《あいばときゆき》が館内から出てきたところだった。

「久しぶりだな相葉。いつ以来だ？」

「角山《つのやま》の結婚式かな。あれって一昨年《おととし》か？」

「ああ、あれっきり会ってねえのか。びっくりだな」

「おまえがその仕事、未《いま》だにクビになってねえことのほうがびっくりだよ。守りとか、ほんと下手くそだったくせにな」

「なんの話だよ」

「外野の守備、おまえザルだったじゃねえか。誰でも通しちまうドアマンなんて、危なくてしょうがないだろ」

相変わらずの口の悪さだ。おまけにガキの頃の話を、昨日のことみたいにしゃべっている。

「そっちはまさか、ご宿泊でのご利用ってわけじゃないよな。これからお偉いさんの集まりあって大変だから、おまえの相手してる暇はないぞ」

「なんの集まりだよ」

「五時から宴会場で国がらみのレセプションがあるんだ」

「国がらみ？　我が山形市もついに、世界の中心かよ」

「農業関連だからな。相葉、おまえみたいなのが冷やかしでうろちょろしてると、即行でつまみ出されるぞ」

「はいはい。どのみちそっちには用ねえから安心しろよ」

ガムを噛《か》みながらポケットをごそごそ探っている相葉時之が、平然と出入り口の真ん中に突っ立って通行の妨げになっているため、田中は腕を引っ張って脇《わき》にどけさせた。

「で、なにしにきたの大投手様は」

「野暮《やぼよう》用があってな」

「野暮用ねえ。どうせまた、胡散臭《うさんくさ》い金儲《かねもう》けにでも関わってんだろ？」

「うるせえな」

「相葉、これ言うのもう百回目くらいだし、さすがに俺も飽きちまったけどさ、そろそろ落ち着いたらどうなんだよ。あと二年やそこらで三十だぜ俺ら。いい加減、まともな職探せって」

百回目の忠告も意に介さず、「まともな仕事ってのは、そういう仕事ってことか？」などとお返しの嫌みを口にして、相葉時之はわざとらしくこちらの全身を眺めまわしている。濡《ぬ》れ鼠《ねずみ》になって働いているのをおちょくっているのだ。タイミングがいいのか悪いのか、田中はそこでくしゃみをし、いっそうの笑いを誘ってしまった。

「同じ田中でも、マー君とはえらい違いじゃねえか」と相葉がさらにからかってくる。ばつが悪いのを隠すようにして、田中徹は車寄せのほうを向いた。ここで業務に戻られて会話を絶たれてはまずいのか、相葉時之は慌《あわ》て気味に傍らに寄ってきて、笑いまじりにこう取り繕った。

「いやでもな徹、ほんと言うと、ここんとこの俺はアホかってくらいまともなんだ。今日は緊急事態の特例。ちょっとわけあって、富樫《とがし》や福士《ふくし》なんかと数年ぶりに一仕事やることになっちまってさ。昔から、あいつらのなかだったら、俺が一番まともだったろ」

「冗談だろ」田中徹は笑いをこらえられない。少年野球をやっていた頃から、富樫や福士、田中徹を率いて馬鹿《ばか》なことをやろうとするのはいつだって、相葉時之だった。皆が成長し、大人になることはあっても、相葉が最もまとも、などという状況はどう考えてもあり得ない。「思い出してみろよ相葉、おまえが高校やめる前、仙台行くのに俺を付き合わせたことあったろ」例によって、あちらの暴走族と一悶着《ひともんちゃく》起こし、大変な結果になったのだ。「あのとき、井ノ原《いのはら》なんて、おまえのせいでとばっちりで」

「おい、井ノ原の話はすんなって。前から言ってんだろ、あいつの話はなしだ。忘れんな」そう言い返す相葉時之は、分かりやすいほどに、痛いところを突かれた顔つきになっていた。

「はいはい、井ノ原の話はなしね。それはわかったけどさ、いつだっておまえがなんかやらかして、俺たちを巻き込むってのは事実だからな」田中が追い討ちをかけると、相葉時之は笑ってごまかし、こんな近況を明かして切り抜けようとした。

「そうは言うけどさ、これでも俺、最近はすっかり落ち着いて、真面目《まじめ》にバッティングセンターのオヤジとかやってんだけどな」

「嘘《うそ》つけよ」

「ほんとだって。あそこだよ、天童温泉の。懐《なつ》かしいだろ？　一昨年の暮れにおやっさん脳梗塞《のうこうそく》やってさ。今はぴんぴんしてるけどな。でもそれ以来、リハビリだのなんだので店つづけらんないっていうから、俺が代わりをやることにしたわけ。おまえ今度彼女でも連れて遊びにこいよ。タダにしてやるから」

「絶対か」「一回だけな」「けちすぎるだろ。打ち放題にしろよ」

「ほんとに彼女がいるんならな」と言い添えて肩をこづいてきた。

そこへまたタクシーが滑り込んできて、今度は右足に思いきり水をかけられたが、田中は構わず接客をこなした。降りてきたのは今回も、外国人の男たちだった。

「ガイジン多いな今日。なんかあんのか？」

「だからレセプションだって。国際交流の宴会。JICAが主催して、海外研修員っていうのを招いてるわけ」

「JICAってのは、JAFとは違うのか」

「どう考えても違うだろうが」

「JAFはすげえよな。なんでも解決してくれる」

「ああ、すげえすげえ」

「それで、なんの国際交流だって？」

「農業技術の研修で来日してるんだよ。タジキスタンとかウズベキスタンとかから。政府と農業関係者が五、六人ずつ招待されてるって話だったかな。その連中の歓迎パーティーだから、大使館員とか東京のお役人なんかもたくさんきてるわけ。台風直撃ってときにまったくご苦労なこったわ」

自分から興味を示した割にはどうでもよさそうに、相葉時之は、「へえ」などと返事して腕時計を一瞥《いちべつ》している。

「で、徹、おまえさ、今日の仕事って八時までだよな？　あと四時間あるな」

「そうだけど。って、なんでおまえが俺のシフト知ってるんだよ」

「調べといたんだ。いちおうな」

田中はあきらめ顔で横を向いた。「なにやらせるつもりだ」

「ちっとも難しいことじゃねえよ。六時くらいに、いかにもって感じのアルミのアタッシェケース持った、いかがわしい業者が訪ねてくるから、そいつにこれ渡すだけだ」

相葉時之が手渡したのは、板状チューインガムの包装紙だった。裏返してみると、白地の部分にボールペンで「１１１５」とのみ記されている。部屋番号だなと見当をつけると、田中はそれを制服の胸ポケットにしまった。

「いかがわしい、ってどういう業者なんだよ。俺に片棒担《かつ》がせるんならだいたいの事情を話せ。その業者は何者だ」

言い切る前にまたも大きなくしゃみが出て、田中の眼鏡はコントみたいにずれてしまった。さらに二、三度つづいた田中のくしゃみが止まったところで、相葉時之はこう打ち明けた。

「健康天然水の販売業つってるが、実態はただのペテン師だ。柳崎《やなさき》が仙台で共同経営誘われて全財産持ってかれたっつうから、今度は俺らが騙《だま》し討ちにして懲《こ》らしめようってわけ」

「天然水のペテン師とは、どこか爽《さわ》やかそうじゃないか」田中は笑う。

「やり口はえげつないけどな。富樫のツテたどったら、マネロン屋が知り合いでさ。そいつの仲介で、ここで打ち合わせる段階まで漕《こ》ぎ着けたって流れだ。事前に下調べとかされたら面倒だろ。だから、落ち合う場所はぎりぎりまで決めずに段取り進めてきたんだ」

「それがうちのホテルになったわけか」

「で、おまえの出番になったと」

「俺がそいつに部屋番号を教えてやるわけか。柳崎が持っていかれた全財産ていくらよ？」

「一千三百万」

田中は少しのけぞる。「あいつ、そんなに持ってたのか」

「脱サラするつもりで、嫁の貯金おろしたり親から借りたりしてかき集めたんだと。会社も辞めちまってたから、そっからずっと職探しとバイト漬けで死にそうになってて今は鬱《うつ》。ペテンの手口はなかなか巧妙らしくてな。警察もクソみたいに腰が重いんだと」

「クソが重いかどうかはさておき」とにかくお気の毒様だな、と呟《つぶや》いて、口をへの字に曲げた田中徹は眼鏡のレンズを拭《ふ》きはじめた。そのうちにふと、相葉時之自身のことが気にかかった彼は、率直にこう訊《たず》ねた。

「そういやさ、おまえのほうはどうなの相葉。トランザムの借金、返済終わったのか？」

「終わらないねえ。終わらねえどころか増えてくいっぽう。首がまわらねえんだよ」

相葉時之は途端に顔を歪《ゆが》めた。いつものふざけた調子が消え、憂色《ゆうしょく》に染まりきっている。絵に描いたような苦渋の表情だ。

それを目にしただけで、旧友がいかに金に困っているのかを、田中徹は察することができた。先ほどまで相葉が見せていた、昔ながらの軽薄ぶりが実は、不安を隠すためのカムフラージュだったのではないかとさえ思えた。「四十年前のアメ車なんか乗ってるからだ。背伸びするなって」

「維持費がハンパねえのよ」

「手放す気はないのか？」

「ありめえだろ」力強く相葉時之は答えたが、田中はそこに、もっと切実なものを感じた。

「車手放したって焼け石に水とか、そういう話か？　つうかまさか、ほかにも借金あるのか？」

「うるせえな」と撥《は》ね除《の》けるその態度が、図星をつかれたと白状しているようなものだった。やはりほかにも借金があるのだなと、田中は直感した。思い当たる節はあった。今年の正月、初詣《はつもう》での帰りに、角山から聞かされた話だ。

「どっかの女がAV事務所を辞めるのに、おまえが手助けしてやったとかいう話、あれは本当なのか？」

相葉の顔が引き攣《つ》っている。視線もとっさにそらしたということは、その通りだと認めているようなものだ。

「相葉、おまえよく無事だったな。かなり質《たち》が悪い事務所なんだろ？」

「でももう、そっちは終わった話だ。角山に聞いたのか？」

「正月にな。心配してたぞ」

「なら、とっくにかたづいてるから心配すんなってあいつに電話しとくわ」その答えとは裏腹に、相葉時之の表情はますます陰りきっている。

「でも、金はどうしたんだ？」

「容赦ねえなおまえは。実は、そっちのほうは終わってない」

「マジかよ。いくらあるんだ」

「まあ、多少な」

「なんだよ、柳崎が騙し取られた額よりデカいのか？」

「内緒。てなわけで、これから一仕事だ」

そう言い置いて、相葉時之はホテルの館内へ戻っていった。

旧友が去ると、今度は同僚とのおしゃべりになった。田中がひとりになるのを待っていたかのように、後輩ドアマンの黒田がこちらに近寄り、「誰なんですか？」と問いかけてきたのだ。

「小中の同級生で、野球チームでも一緒だった腐れ縁だ。ここに就職するまでは、ほとんど毎日あいつと遊んでたわ。そういう仲」

「てっきり、からまれてるのかと勘違いしちゃいましたよ」

「あの見た目じゃチンピラと変わらんもんな。あれでもガキの頃は主力ピッチャーでさ、めちゃくちゃ球速かったんだよ。集中力さえつづけばな、少しは高校でも通用したかなっていう。昔のあいつ知ってると、もったいなかったなってちょっと思うな」

「部活とか熱心にやってたようには全然見えないですね」

「気分屋だから熱心ってことはなかったけどな。せっかく筋がいいって大人に褒められてんのに試合でわざと打たれたり、キャプテン指名されても勝手に別のやつ祭り上げて、押しつけて」そんなひねくれ者で無鉄砲な相葉時之を、仲間内でただひとりコントロールできたのが、井ノ原悠《ゆう》だったなと、田中徹は思い出す。

相葉時之と井ノ原悠、この組み合わせをひと目見れば、水と油じゃないかと誰もが思ったはずだ。が、実際のふたりは、どんなコンビよりも馬が合う仲だった。少年野球チームの結束は固かったが、それでもほかの仲間が立ち入れない世界が、ふたりのあいだにだけできあがっており、試合中だろうと練習中だろうと授業中だろうと、いつの間にかふたりは独自の遊び方を見つけていて、勝手に楽しんでいるようなところがあった。その様子を、チームメートは羨《うらや》ましげに眺めているしかなかったのだ。

あいつらは、ここぞというときに不思議な力を発揮する、唯一無二《ゆいいつむに》のふたり組だったのだ。それなのに、あんなひと晩の出来事で関係が完全に壊れてしまうとは、皮肉なものだ。そんなふうに思い、ちょっと感傷的になりながら、田中徹は言葉をつづけた。

「良くも悪くも規格はずれなやつだから、まわりは迷惑かけられっぱなしってわけだ」

「それでもエースって、恰好《かっこう》いいじゃないですか」

「ふざけたやつだったけど、なんだかんだでいつも真ん中にいたしな」相葉時之のいい加減さに呆《あき》れるいっぽうで、その自由さに憧《あこが》れめいたものを抱いていた自分やチームメートたちの子供心を、田中徹は思い起こしていた。「でも、高校やめさせられたあとはアウトローっていう、お決まりのパターンだ。俺も似たようなもんだが」

「今は？」

「バッティングセンターの店番だとさ。昔よりは増しだけど、臨時だっつうから、定職には就いてねえってことか」あの頃の俺たちが知ったら、どう思うだろうな、と田中徹はら寂しい気持ちになってしまった。

タクシーが二台つづけて到着した。それぞれのドアが開いた途端、訛《なま》りのない談笑が聞こえてきて雨音をかき消す。いずれもレセプションに出席する日本人客だった。

客を案内してから、ホテルの正面を走る山形駅前大通りのほうに目を向けると、さっきよりは雨足が弱まってきている。遠雷が轟《とどろ》いた気がしたが、アニメの効果音みたいで本物らしさが感じられず、空耳だったかと田中徹は思い直した。

休憩時間を迎えた黒田が、ひとつ仕事を引き継いでほしいと言い、一枚の紙切れを差し出してきた。

「田中さん、さっきのガイジン三人組から頼まれたんですけど、六時にアタッシェケース持った男が訪ねてくるからこれを渡すようにって」

その紙切れは、板状チューインガムの包装紙だった。既視感のある包装紙を裏返すと、白地の部分にはボールペンで、「1116」とのみ記されていた。

あれっと思い、田中はすでに託されているほうの包装紙を胸ポケットから取り出すと、そちらには「1115」と書かれている。妙な偶然だなと田中は訝《いぶか》しんだ。「黒田、これ、どういうやつがくるのか、詳しいことなにか言ってなかったか？」

「いやそれが、向こうは日本語駄目みたいで、スマホの通訳アプリ使って話したんですよ。だから要点だけですね。訪ねてくるのは商談相手だとは言ってましたけど」

「なるほど」

1115号室と1116号室、似た番号で似た依頼があった。不測の事態だが、田中徹はそれ以上は特に気をまわさなかった。「いかがわしいペテン師」と「商談相手」の二者択一ならば、どちらかが姿を現せば確実に見分けがつくだろうと考えるにとどめ、二枚とも彼は胸ポケットにしまった。

持ち場を離れる間際《まぎわ》の黒田に体調の心配をされ、田中は余裕の笑みを浮かべたが、エントランスでひとりになってみると、くしゃみの頻度が急増し、その後はぼうっとなったまま立ち尽くしている時間が長くなっていった。

午後六時をまわり、先にエントランスにあらわれたのは、「商談相手」のほうだった。ダークスーツを着た四十歳前後の年恰好のビジネスマン風の紳士が、メモを預かっているはずだと言ってきたので、ああこれは間違いなく黒田が頼まれたほうの相手に違いない、と田中は迷わず、「1116」を渡した。

さらに数分後、夏だというのにぼろぼろのレザー・ライダースジャケットをまとった三十代半ばくらいの髭面《ひげづら》男がやってきた。こちらは相葉時之らの相手にぴったりの、「いかがわしい業者」「ペテン師野郎」に見える。その印象に導かれ、なんの疑問も抱かずに田中は、「1115」を差し出してやった。

その頃には雨がやみ、台風一過の生ぬるい風が肌をさすっていたが、田中徹は悪寒《おかん》で身震いしていた。結局このざまだと溢《こぼ》し、急速にやる気が失《う》せて心が転職へと傾きはじめていたところ、出し抜けにマネージャーが現れて彼はぎょっとなった。

防災備品が出しっぱなしだと手厳しく注意され、田中の表情は瞬時に強張《こわば》った。そしてただちに止水板の撤去に取りかかると、転職のことなど彼は早くも忘れ去っていた。


「さっきから何をわけのわからんことをほざいてるんだ。これは正真正銘の五色沼《ごしきぬま》の水だ。テスターでチェックすれば、俺が嘘なんか言ってないとすぐにわかるだろ」

ライダースジャケットの髭面男は相変わらず、苛立《いらだ》たしげにステンレスボトルを突き出して中身を調べろと訴えているが、相葉時之は動じない。そのペテン師にただ訝りの目を向けて、仲間たちが口々に追及するのを見守るばかりだ。

「おいおい今度は沼かよ」と呆れ声を出したのは、富樫だ。「南極沖の海洋深層水とやらはどこ行っちまったんだ？　どんな水だか知らんがな、そいつがインチキな代物《しろもの》だってことはわかってんだこの野郎」

富樫は一歩も引かず、白《しら》を切るのをやめさせようとしている。が、髭面のペテン師のほうも、くじける素振りなど見せずにおなじ主張をくりかえした。

「だからテスターでチェックしろと言ってる。簡単なことだ。なぜさっさとやらない？　いったいどうなってるんだ？　まさかこんなゴロツキどもを使いによこすとはな」深い溜め息をつくと、髭面男は何度も首を横に振りながら話の方向を変えた。「おまえたちが相手じゃ埒《らち》が明きそうにないな。ロシア人たちはどこにいる？　彼らと話をさせてくれ。成功報酬の手続きさえ済んだらここにもう用はない。この水を置いて出てゆくだけだ」

「ロシア人って、何のことだよ」相葉時之は思わず口を挟んだ。話をはぐらかすにしても、もう少しマシなことを言えよこのペテン師野郎が、と思う。

ホテル十一階にある、五〇平米程度の広さのスイートタイプの部屋に今、相葉時之はいる。そのリビングスペースで、五人の仲間とともに髭面男を取り囲んでいるのだ。

ペテン師にふさわしく、この男のしらばっくれ方には相当な迫真性がある。おまけにいつ袋叩《ふくろだた》きにされてもおかしくない孤立無援の状況下にもかかわらず、まったく怯《ひる》む様子がない。つまりこいつは、こんな修羅場をたびたび潜《くぐ》り抜けてきているということだ。

ひとり輪を離れ、黙ってなりゆきを静観している相葉時之はどうしたものかと思案していた。富樫が先走り、強引に詰め寄ってしまったが、直球で押しきるのみでは進展はなさそうだ。相葉時之は裏をかく方法を模索しつつ、試しにこんな方便を口にした。

「わかったわかった。そこまで言うならチェックしてやるから、それ渡せよ」

やっとか、とうんざり顔の髭面男はステンレスボトルを放り投げようとしたが、手放す寸前で動作を中断した。途中でなにかに思い当たり、考え直したらしかった。

「いや駄目だ。先にロシア人を呼べ」

「ロシア人？　そんな綽名《あだな》のやつは知らねえよ」相葉時之は探るようなまなざしを向ける。

「なるほど、おまえたちを雇ったのは、買い取り人のほうか。まあどっちにしろ、報酬を支払う保証がなければ水は渡せないな」髭面男はステンレスボトルをアタッシェケースのなかに戻したが、鞄《かばん》の蓋《ふた》を閉じようとした矢先にはっとなって身構えた。

面と向かって髭面男をなじっていた富樫が、レスリングのテイクダウンさながらに、身を屈《かが》めて突っ込んでいったためだった。

いきなり戦闘開始となり、誰もが呆然《ぼうぜん》と立ち尽くしていたが、標的となった男自身は冷静に対処した。するりと一歩右によけて体を横に向けると、攻撃をかわされてつんのめりそうになっている富樫の腹部に鋭い爪先蹴《つまさきげ》りを入れたのだ。うめき声もあげられぬほど苦しげに、富樫は呆気《あっけ》なく、くずおれてしまった。

富樫の秒殺返り討ちを目の当《ま》たりにし、案の定だと相葉時之は後ずさったが、仲間たちの反応は逆だった。福士をはじめ全員が激高し、躊躇《ちゅうちょ》なく男の制圧にかかった。

相葉時之は即座に「みんな待て」と制止したが、その声は仲間に届かない。

かなりの場数を踏んでいるらしい髭面男は、多勢に無勢など物ともせず、ほんの数分で五人ともかたづけてしまった。強烈なローキックを内股《うちもも》にお見舞いされるか、アタッシェケースで側頭部を殴られるかして、福士らは次々に蹲《うずくま》っていった。

結果的に、このツワモノと一対一で対峙《たいじ》する羽目となった相葉時之は、これはまずいと焦《あせ》りつつも、空笑いで弱気を隠した。まともに行って勝てる相手ではない。全速で頭を働かせて、彼は突破口を探った。髭面男のほうはといえば、準備運動にもならないという余裕の顔つきで相対している。

「ちょっと待て」髭面男が突然、指図して人差し指を口もとに当てたのはそのときだ。

「おまえはそこでじっとしてろ」と言い、背後の壁に寄り添った。

「おい、何だよ」相葉時之が言うと、「しっ」と返してくる。髭面男は聞き耳を立てていた。隣室の話し声が漏れてきているのだろうか。

相葉時之はつばを飲み込んだ。単なる緊張のためではなかった。時間が止まったみたいに突如しんとなり、力が抜けかけたが、彼は今また大きく目を見開いていた。打開の糸口を見出したからだ。

話し声の聞き取りに意識を集中させているせいで、髭面男の視線は宙をさまよいだしている。実力差は明白なのだから、これは罠《わな》ではないはずだ。敵は油断していると見るべきであり、こちらにとっては千載一遇のチャンスだ。デニムパンツの尻《しり》ポケットにそっと手を伸ばすと、そこに挿してあるホテルのルームキーを相葉時之は握りしめた。できることは限られている。失敗すればすべて終わるが、打てる手はこれしかない。

相葉時之は腹をくくり、髭面男の後頭部目がけて思いきりルームキーを投げつけた。鍵《かぎ》そのものは大した大きさではないが、このホテルのルームキーにはアクリル製のスティックキーホルダーが付属している。

かつての速球投手が全力で投じた合成樹脂の棒が後頭部に直撃すれば、相手はそこそこのダメージを負うに違いない。

しかしそんな不意打ちすら察知してしまえるほど、相手の経験値は高いようだった。たった一度の軽い屈伸運動のみで、飛んできた小さな槍《やり》を苦もなくかわしたのだ。

もっとも、そこまでは相葉時之の想定内だ。無駄玉になるのは覚悟の上だった。場慣れしているあの男はきっとよける。必ずやよける動作をとると予想していた。

相葉時之の本当の狙《ねら》いはここにあった。

回避の動作は同時に隙《すき》も生む。その隙を真の標的に据え、ルームキーを投じた直後に彼はダッシュした。バントの打球処理に走るピッチャーさながらに。

ルームキーが壁にぶつかって床に落ちたとき、相葉時之は体当たりを食らわせて髭面男を転倒させていた。

二段構えの戦術の成果だが、肝心なのは次の行動だった。

選択肢はふたつある。

そのままマウントポジションをとって髭面男をとことん痛めつけるか、アタッシェケースを奪って即離れるかだ。

相葉時之が選んだのは後者だった。

髭面男はおもむろに立ち上がり、「賢明な判断だ」と言った。「俺は人の腕を折るのが好きなんだ。あのままおまえが格闘技の真似事《まねごと》でもはじめようものなら、確実に俺は自分の趣味を満喫していたよ」と腕組みをして相葉時之を睨《にら》みつけ、さらにこうつけ加えた。「ただし賢明な判断だといえるのは、それを今すぐ返せばの話だ。今すぐそれを返さなければ、おまえはこれから左右二本とも腕を折られることになる。痛いし、不便だからな、お勧めはしない」

この恫喝《どうかつ》は陽動だと、相葉時之はピンときた。こちらが優勢に転じたからこそ、敵は脅しをかけてきている。アタッシェケースの中身がやつの弱点なのだ。ペテン師野郎はどういうわけか、一銭にもならん水を奪い取られるのを本気で恐れているらしい。

相葉時之はこのとき、富樫の唐突な突進が無駄ではなかったことを知った。

アタッシェケースの施錠を済ませる暇をあの男に与えなかったからだ。

相手から視線をそらさずに鞄を開けると、相葉時之はステンレスボトルを取り出してひと息にそのキャップをはずした。

「ＯＫ、わかった、それはなしだ」髭面男の表情から余裕が消えている。ゆっくりと傾けたステンレスボトルの口から水滴がぽたぽた落ちだすと、男はしかめっ面をしてやめろと右手を突き出した。なるほど水を捨てられると、この男には困ったことになるらしい。反応をおもしろがり、相葉時之はさらにボトルを傾けた。すると髭面男のやめろという声が一段高まり、それに釣られたかのようにようやく富樫や福士が起きあがってきて揶揄《やゆ》を飛ばした。

「インチキ健康水がそんなに大事か？　柳崎の恨みはこんなもんじゃ晴れねえぞ。おまえが堅気じゃないのはバレてんだから、そっちこそいい加減その猿芝居やめたらどうだ」

ペテン師野郎はうんざり顔で首を振った。それを見た富樫がまた喧嘩腰《けんかごし》になり、鳩尾《みぞおち》を片手でさすりつつもなにか言いかけたが、打って変わって髭面男は休戦を申し出た。

「まあ待て。いいから俺の話を聞け。それ以上、その水をこぼすなよ。いいか、もう一度言うぞ、水を絶対にこぼすな」

何を偉そうに、と相葉時之はむっとするが、相手の強い語調にステンレスボトルを傾けることはできない。

「いいか、こんな無益な争いをつづけたって誰も得しない。おまえらもとっくに気づいてるんだろ？　俺たちはお互いに人違いしてる。話がちっとも噛み合わないのはそのためだ」

富樫や福士が透《す》かさず怒鳴り返そうとしたため、相葉時之はまず彼らを抑えにかかった。今度は仲間の制止に成功した相葉時之は、落ち着き払った声で男に訊ねた。

「人違いって、どういうことだ？」

「どこで間違ったのかはわからんがな、たぶん、俺の本当の行き先は隣の部屋だ。その証拠に、こっちにきて耳をすましてみろ、ロシア語の声が聞こえてくるから」

顔を見合わせると、富樫や福士は渋い表情をしていたが、相葉時之は男の言い分を確認してみる気になっていた。ボトルを富樫に預け、窓際にさがっていろと髭面男に命じた相葉時之は、壁にくっついて聞き耳を立てた。「これロシア語なのか？」

髭面男の言う通り、確かに隣室では外国人たちの話し声が響いていた。ときおり英語らしき言葉も飛び込んできて、騒然としている雰囲気だけはありありと伝わってくる。

「俺の依頼主たちの声だ。もうひと組、国籍は知らんが英語でしゃべってる連中もいる。彼らは今夜デカい取引のためにわざわざ集合したんだ。受け渡しを今日のこのホテルに決めたのも、パーティー客に紛れる仕掛けになってるんだろう。つまり入念な準備のもと、彼らはいよいよ今日、取引の山場に臨んだわけだ。それがどうだ、いつまで経《た》っても肝心の品が届かないせいで、みんなひどく苛ついてる」

「肝心の品？」

「今おまえらが持ってる水のことだ。俺はな、隣のロシア人たちに雇われてその水をここに運んだんだ。彼らの取引は、俺が行かないと成立しないんだよ。そういうわけで、おまえたちが誰と勘違いしてるのかは知らないが、こいつは奇妙な行き違いってことだ。ついでに言っとくと、隣の連中はどちらもな、おまえらのようなチンピラが相手にできる穏当な集団ではないぞ。重要な売買を妨げたやつらを、彼らがどう扱うか教えてやろうか」

「いや、教えてくれなくていい」

「彼らはなんだってやるよ。なんでもだ。少なくともおまえたちは皆殺しだろうな」

蹲っている者はすでにひとりもいなかったが、たったいま髭面男がまくし立てた話は、相葉時之と仲間たちに新たな緊迫感をもたらしていた。誰もが面食らい、事実かはったりかわからぬ脅迫に惑わされ、視線を泳がせるばかりでひと言も発せなくなっている。

そのとき、床に転がっていたアタッシェケースのなかから振動音が鳴り響き、室内にいる全員が一斉にそちらに注目した。そばにいた福士が足で蹴って蓋を開けると、荷物の片隅に収まっているスマートフォンが着信を受けて激しく震えまくっていた。

「向こうも人違いに気づいたらしいな」言いながら髭面男はそわついているが、素の振る舞いかペテン師の芝居なのか、見分けがつかない。

震えの止まらぬスマートフォンを拾いあげた福士は、相葉時之と視線をかわすと、時限爆弾でも見つけたかのように、即座にそれをパスしてきた。爆弾を押しつけられてしまった相葉時之は、ためらいを覚えながらも自分から髭面男に歩み寄った。

「向こうも人違いに気づいたってのは、どういうことだ」

「言ってなかったか。ロシア語と英語だけじゃなく、日本語の悲鳴もさっき隣から聞こえてきたんだよ。ひょっとして、そいつがおまえらの相手なんじゃないのか？本当だったらそいつが、この部屋に来るはずで、俺は隣に行くはずだった。なんらかの手違いで、それが入れ替わってしまった」

「徹の野郎」相葉時之は舌打ちをしそうになる。「何してんだよ」

そうこうするうちに、電話は切れてしまった。静まった途端たちまち不穏な空気の濃度が増し、息苦しさが思考を鈍らせてゆく。髭面男はなおも緊張を煽《あお》ってきた。

「おい、死にたくなければさっさと俺にスマホを返せ。今すぐ俺が電話をかけなおさなければ、おまえら全員地獄行き確定だぞ。時間が経つほど状況は悪くなる」

表面上の態度ほどは余裕がないらしく、髭面男の目には焦りの色がほの見えた。この連絡を無視すれば、自分の身も危うくなりかねないのだと暗に訴えているかのようでもある。

「パスコードは？」

「なんだって？」

「だからこれのパスコードだよ」

相葉時之はスマートフォンの電源ボタンを押し、ロック解除画面を表示させていた。

「知ってどうする。おまえが電話する気か」

「そうじゃない、おまえを信用してないだけだ。妙な操作されたら困るからな。操作は俺がやる。おまえはハンズフリーで相手と話せ。余計なことしゃべってると気づいたら残りの水も捨てちまうぞ。さあパスは？　早くしろ。時間が経つほど状況が悪くなるのはそっちも一緒なんだろ。あと十秒以内に言わなければ水は捨てる。そうなったら報酬もパーだな」

富樫が睨みを利《き》かせながらステンレスボトルをじわじわ傾けてゆき、髭面男への追い込みに駄目押しを加えた。「だいぶ軽くなっちまったな」などと告げて富樫がボトルを揺らしてみせると、ずっと悠然と構えていた男もとうとう露骨に苦渋を表に出しはじめた。

「さあ言えよ。パスだ！　とっとと言え！」

髭面男はついに観念し、捨て鉢な物言いで四桁《けた》の番号を口にした。相葉時之がただちにそのパスコードをスマートフォンに入力すると、ロックが解除されてホーム画面が現れた。

「いったいなにを考えてる？　俺になにを言わせる気だ？」

「人質交換を持ちかけてるって伝えろ」髭面の話が事実ならば、この男にステンレスボトルを持たせて隣室の日本人と入れ替わらせるだけで、すべてまるく収まる。いや、まるく収まるのかどうかの確信はなかったが、丸くなくても四角か三角に歪めた形であろうとどうにか収めるほかなかった。

なるほどな、と呟くのみで、髭面男はおとなしく従おうという態度をとった。腹に一物ありそうだが、それを探るための猶予《ゆうよ》はない。相葉時之は着信履歴の先頭に残っている番号に電話をかけ、タッチパネルを操作しスピーカー通話に切り替えた。

どうやらロシア語らしき言語を話す人物が電話に出て、相葉時之はスマートフォンの画面を髭面男の顔の前に突き出してやった。

髭面男が英語で語りかけると、通話中の相手も英語で応じ、しばらくふたりは途切れ途切れに会話をつづけた。途切れ途切れになってしまうのは、電話相手がときどき周囲の見解を確認しているせいだ。そのやりとりの雰囲気から、あの男の話ははったりでないことが段々とわかっていった。ということは、俺たちはとんでもなく危険な連中を敵にまわしてしまったのかもしれない。そう思い及んだ矢先、相葉時之は男に呼びかけられた。

「なんだよ」

「あちらの人質を電話に出してくれるそうだ」

相葉時之は仲間たちと顔を見合わせた。目的が読みとれないが、断るのも不自然だ。仲立ちした髭面男にも、特に不審な色は見受けられない。

早速スマートフォンの画面を自分のほうに向けてみると、テレビ電話の映像が表示されていて、日本人の中年男の顔が大写しになっていた。

相葉時之はとっさに不吉なものを感じた。なぜか顔中を濡らしているその中年男は、苦痛に表情をゆがめているように見えたからだ。彼の直感は間もなく裏付けられた。スマートフォンのスピーカーから、中年男のこんな声が響いてきたのだ。

「ヘルプ！　ヘールプ！　ノーウォーター、ノー！　プリーズ、プリぃ」

スマートフォンの画面には、浴槽に溜めた大量の水のなかに、中年男の顔が容赦なく沈められるさまが映し出されていた。中年男は必死にもがいている様子だが、飾り文字のタトゥーが入った腕に左右から押さえ込まれているため、それはむなしい抵抗でしかない。激しく波打つ水面には、そのうちボコボコと気泡が浮かびあがってきて、いつしか中年男は身動きをやめてしまっていた。中年男が動かなくなると急に静かになり、ピシャピシャという水の音が聞こえてくるばかりとなった。

「重要な売買を妨げたやつらは、そうなるということだ。そいつのせいじゃなくてもな、邪魔になれば、そんなふうに扱われる」なにが起こるのかあらかじめわかっていたかのように、髭面男は淡々と解説した。

「おいこれ、死んでるぞ。ちっとも動かねえ。相葉、しゃれになんねえぞこれ。どうする?」画面を覗《のぞ》き込んでいた福士が、横からそう話しかけてきた。

相葉時之は返答に窮していた。我が目を疑い、啞然《あぜん》とするほかなかった。リアルタイムで殺人場面を見せられてしまったのだ。

自分たちも、あの天然水のペテン師野郎を懲らしめてやろうとは思っていたが、さすがにここまではやらない。やるわけがない。まったく信じがたい状況だった。髭面男がほのめかしていた通り、隣にいるのは自分たちのようなチンピラとはわけが違う、プロの犯罪集団であり、人殺しに微塵《みじん》も躊躇しないヤバすぎる連中ということだ。

顔を上げると、スマートフォンの持ち主がそら見たことかというまなざしを向けていた。相葉時之は舌打ちして問いかけた。

「おまえと、俺たちが、この部屋にいることも伝えたのか?」

男は笑みを浮かべて頷《うなず》いた。それは同時に、なにもかもこの男のもくろみ通りに事が運んでいることを物語っている。

結局こいつの手の平の上で踊らされていたのか。

相葉時之はカッとなり、スマートフォンを尻ポケットに挿すと、富樫に預けておいたステンレスボトルをつかみとった。それから髭面男を睨みつけ、ためらいなくボトルを逆さまにして中身をすっかり空にしてやった。

髭面男は目を丸くし、絶句していた。それを見て、相葉時之は少なからず溜飲《りゅういん》を下げたが、男を黙らせられたのはほんの数秒だけだった。「つくづく馬鹿で救いがたい。助かる手立てを自分から捨てちまったわけだ。そんなことしてもおまえらは袋の鼠のままだ。すぐ一網打尽にされて、水責めでもされて鼠みたいにキーキーわめいておしまいだよ」

またしてもカッとなり、今度はスマートフォンを床に叩きつけてやろうと体が動いた。銃を抜くガンマンのごとく右手を後ろにまわしたが、相葉時之はそこで踏みとどまった。そのとき、男が力んで身構えたのがわかったからだった。やはりこいつはペテン師野郎だと、相葉時之は内心で腐した。

「助かる手立てがなくなったのは、あんたもおなじはずなのに、随分と余裕かましてるな。おかしいじゃないか。理由はだいたい見当がついてるぞ。あの水はフェイクなんだろ？　あれが仮に貴重な水だったとしても、そんなに必死になるのは妙だ。エビアン水だってコンビニに売ってる時代だぜ。あの水は、せいぜいサンプルってところだろう。あれが貴重な水だと見せかけて、本当の金目の物は、このスマホのなかにある情報ってことだ」

相葉時之は確信しきった口調でそう問いただし、スマートフォンを自分の顔の前に掲げてみせた。

すると髭面男は、それを見越していたかのように即行動に出た。ボクシングのステップインの要領で素早く踏み込んできて、ジャブを打つみたいに左手を突き出し、相葉時之の右手首を鷲《わし》づかみにしたのだ。相葉時之も応戦し、つかみ合いの膠着《こうちゃく》状態となった。

「おまえらチンピラどもには豚に真珠だ。金が欲しけりゃ宝くじが当たる夢でも見てろ。こいつの価値はそんなもんじゃない」

そんなもんじゃない、ということは、宝くじを超える値打ちなのか。勝手にそう解釈して、相葉時之はたちまち想像を膨らませた。「水のあるとこってことは、どっかの川に砂金でも溜まってるのか？」興奮しきっている頭は、つづけざまに別の連想も口にさせた。「それか徳川埋蔵金とか、そういうレベルの話か？」

うわ言みたいに質問を連発しているうちに、相葉時之は体の向きを変えられてしまい、何メートルも後方に押しやられていた。瞬発力のみならず、髭面男は腕力も相当なものだった。気づけば相葉時之は、リビングスペースの外に移動させられていた。

ふたりが移った場所は、部屋の出入り口に程近い、クローゼットと壁に挟まれた通路だった。大勢で立ちまわれる広さはないため、富樫や福士ら仲間たちの加勢は期待できない。つまり髭面男は、またたく間に形勢不利を好転させてしまったわけだ。

　事態がさらに急転したのは、その直後だった。

　きっかけはいきなり外からやってきた。部屋のドアを乱暴に叩く音が聞こえてきたのだ。非友好的な一団による、威圧感たっぷりのけたたましいノックだった。

⚡

　すべて筋書きができていたかのように、髭面男は迅速に動き、味方を敵地に引き入れることにやすやすと成功した。ノックが鳴った途端、相葉時之からさっと離れてドアを開け放ち、廊下にいた外国人の男たち三人を室内に招き入れたのだ。

　たったひとりにも手こずっていたというのに、敵は一気に四人に増えてしまった。外国人は三人とも、ひょろっとした体格だが、いかにも人相が悪く、冷酷な目つきをしている。そのうちのひとりは、石鹸《せっけん》かなにか詰め込んだ靴下を片手にぶら下げている。武器にでもするつもりなのだろう。

　腕をまくり上げ、飾り文字のタトゥーを見せつけている男と目が合った。あれはさっき、風呂場《ふろば》で中年男を殺した腕だと気づき、相葉時之は思わず息を呑《の》んだ。これは相手が悪い。悪すぎる。ひとりではどうにもならないと悟り、仲間たちのいるリビングスペースのほうへゆっくり後ずさりするしかなかった。

「すまん、俺のミスだ。完全に読み間違った」仲間たちと合流した相葉時之は、門番みたいに通路をふさいでいる四人の敵を睨んだまま、小声で皆に詫《わ》びた。

またしてもだ、と相葉時之は口には出さずにつけ加えた。また俺は、肝心なところで読み間違えちまった。判断ミスばかりのクソッタレ人生だ。いつだってそうなのだ。うんざりするくらい、俺は読み損ねる。どこまでも自らを罵《ののし》りつづけてしまいそうだった。

いっぽう五人の仲間たちは、絶体絶命の窮地にある割には、案外と平静に構えていた。相葉時之の耳もとに富樫が顔を近づけてきて、ささやき声でその種明かしをしてくれた。

「心配すんな。徹に電話かけてる。あいつなら何事か気づいてくれるって」

そのとき富樫は、後ろ手に隠した携帯電話で田中徹に電話をかけているところだった。それを知った相葉時之は、ほかの仲間たちと目配せを交わし、田中徹を信じて次なる事態に備えた。当面の課題は、駆け引きの切り札たるスマートフォンを守り抜くことだ。

「偶然てのは恐ろしいもんだと、最初に言い出したのが誰か知らんが、今日ほどそれを痛感させられたことはないな」すでにこの場の主導権を握ったかのように、髭面男は相葉時之を指差し、ゆっくりと言葉をつづけた。「まさか隣の部屋同士で、ウォータービジネスに精を出してたとはな。おまけに誰のいたずらなんだか、ご丁寧にルームナンバーのすり替えまでやらかしてくれた。この腹立たしい偶然に振りまわされて、おまえらもさぞやへとへとだろう。もう充分がんばったことだし、そろそろギブアップしてもいい頃じゃないのか？　どうだ？　おまえのことだよ。今すぐ俺のスマホを返せば、おまえの仲間たちは先に解放してやる。嘘《うそ》じゃない。無傷で無罪放免だ。だからこれ以上は迷惑かけるな。ここでまた、おまえが駄々をこねたりすれば、こんなおしゃべりもおしまいだ。おまえらは全員言葉の通じない世界に行く。そこで人間扱いもされず、ひたすら俺たちの言うことを聞くしかなくなる」

長々としゃべっているが、仲間割れを誘う常套句《じょうとうく》なのは確かだ。どうやらまだ、髭面男は穏便に済ませたいらしい。あるいはこれも読み損ないかと弱気になりかけたが、相葉時之は破れかぶれでその判断に賭《か》けた。

あの男が、ただちに力ずくでこないということは、騒ぎが大きくなるのを嫌っているのだろう。だとすれば付け入る余地があると思い、相葉時之は時間稼ぎの口論を吹っかける作戦に出ようとした。が、富樫や福士ら仲間たちがひと足先に口を開き、やいやい言って挑発をはじめていた。

「なるほどな。思った通り、鼠どもがキーキーわめき出したってことか」

溜め息まじりに男がそう呟き、お手上げの仕草をとると、それが合図となって飾り文字タトゥーの男と一番の悪人面が前に進み出てきた。先ほどの指差しにより、誰を捕まえるべきなのかは把握しているらしく、一直線に相葉時之のほうへ歩を進めてきた。

するると即座に五人の仲間たちが、ひとりひとり両手を広げて壁をつくり、全員で相葉時之のガードにまわった。

　まずは五対二の衝突となった。それはやがて、相撲のぶつかり稽古《げいこ》みたいなありさまと化し、怒声も飛び交い入り乱れていった。そこに三人目の外国人が加わると、五人の防波堤は決壊寸前の状態に追い込まれた。「相葉、おまえが逃げちまったほうが早いぞこれ」と富樫に促され、振り返った福士にも片手で体を押された相葉時之は、ひとり混《こん》沌《とん》の外へと脱出した。

　が、それを待っていたかのように今度は髭面男が立ちはだかった。武器代わりにもなるアタッシェケースを携えて、にやにや笑ってみせている男は、さっきの約束を果たしてやる、と宣告した。「左右二本とも、これからおまえの腕をへし折ってやるよ。どっちが先がいい？」

　そう脅されても、相葉時之はスマートフォンを差し出す気にはならなかった。「無駄無駄、俺はナメック星人だから、腕の一本や二本、いつでも新しいのが生えてくる」などと強がりもした。

　しかし視界の端では、仲間たちが次々に殴り倒されている。それを横目で見てしまうと迷いが膨らみ、気持ちが降参に傾きかけた。これでは駆け引きする間もなく、全滅させられてしまう。切り札を手放すしかないのか。袋小路に入り、ついに観念しつつあった相葉時之が右手を尻ポケットに伸ばしたとき、部屋のドアが開く音がした。つづいて何者かが一斉に、室内にドカドカと足を踏み入れてきた。

リビングスペースに突入してきたのは、ふたりの警備員とふたりのホテル従業員だった。四人はこの騒動を治めるべく、慇懃《いんぎん》な物言いながらも少々ドスの利いた声で注意勧告を行い、入り乱れる八人を引き離しにかかった。

制服を着た者たちが仲裁に現れたと知るや、外国人の三人は立ち所に態度を豹変《ひょうへん》させた。示し合わせたかのように全員が酔っぱらいのふりをし、片言の英語を話し、因縁をつけられて部屋に連れ込まれた被害者を装《よそお》いはじめていた。

駆けつけたホテル従業員のひとりは、田中徹だった。

警備室で事情を聞かせてもらうぞ、などと殊更《ことさら》に厳しく当たりつつも何食わぬ顔をして、彼は旧友たちを廊下へ追い立てた。仲間の陰に隠れて相葉時之が廊下へ出てゆくのを、不審に見た外国人のひとりが近寄って調べようとすると、田中徹は透《す》かさずあいだに立って英語で話しかけ、相手の顔目がけてくしゃみを放つなどして邪魔立てをしていた。

争いの輪からはずれていた髭面男は、急に室内が大人数になったところで部屋の隅っこに追いやられ、しばらく自由に身動きがとれずにいた。そのうちどういうわけか、ホテル従業員のひとりがマンツーマンでつき添って行く手をふさぐため、彼は退室にも出遅れた。やっと廊下に出てきたときには、どこを探してもボウリングシャツにデニムの姿が見当たらず、追跡ももはや手遅れの状態だった。

　スマートフォンを持ち逃げされたとわかり、髭面男はただ苦り切った表情をして、雇い主のロシア人たちと顔を見合わせた。それからすぐに四人とも、困ったことになったと首を振りながら、取引相手の待つ１１１６号室へと慌ただしく入っていった。


　まんまと危地を脱した相葉時之は、追っ手がいないことを確認して館内を出て、急ぎ足でホテルの駐車場に向かった。彼がこの世で最も大切にしているものが、そこで待っているからだ。

　一九七三年式のポンティアック・ファイヤーバード・トランザム。白のボディーのボンネット一面に、火の鳥のデカールが施された、コミックヒーローの乗り物みたいな外観のアメリカ車だ。

　その車を手に入れたのは五年前だ。六百万円を超える購入代金の大半は、借金で工面《くめん》した。生涯の愛車を得るための負債と考えれば安いものだし、何年かかってもコツコツ稼いでいけば返済は可能だと踏んでいたが、ふたつの読み違いがあった。ひとつは、相葉時之はコツコツとか計画性とかいう行動原理とは無縁だったこと。もうひとつは、年の離れた後輩女子が東京で騙されて、アダルトビデオに出演させられたと知って同情し、契約解除のために張り切ってしまったことだ。

このときも、ちょっとした判断ミスが命取りとなった。

よくある手口らしかった。モデルとしてスカウトしておきながら、AV出演を認める契約書にサインさせるのだ。水着姿のソフトなイメージビデオなどもこれに含まれるからと偽り、実際にはないと信じ込ませて、AV出演を承諾した契約を結んでおく。そして撮影現場に行ってみれば、丸裸にされ、脅され、契約書を突きつけられ、といったやり口だ。

事務所の人間と近所の喫茶店で話すので、立ち会ってほしい。何度目かの撮影のあと、地元にいったん逃げ帰ってきた後輩女子にそう頼まれ、気軽に引き受けたのがはじまりだった。見るに見かねて首を突っ込み、いつもの悪い癖で、威勢のいいことも口走ってしまった。その挙げ句、自分は彼女の後見人だと宣言し、脱けられなくなった。

驚かされたのは、後輩女子が予想外の動きに出たことだ。話し合いの翌日には、事務所の人間と東京へ戻ってしまった彼女は、その一ヶ月後、行方をくらましたのだ。連絡もいっさい取れなくなり、完全に失踪《しっそう》してしまったのだった。

ほどなくして、物騒な男たちが山形に押しかけてきた。法律の通用しない連中だ。あの女が出演予定だった作品はこれだけある、などと、何十本ものタイトルリストを掲げ、違約金を払えと、相葉時之に詰め寄ってきた。後見人として賠償責任があるというのが、連中の言い分だった。合計すれば、三千万円は下らない金額だ。愛車の維持費にすら四苦八苦しているというのに、そこまでの額を用意する当てなどもちろんなかった。

相葉時之は、そんな借金を背負う義務はないと考え、はじめのうちは高をくくっていた。が、それ以来、取り立て屋の男たちにつきまとわれ、バッティングセンターの営業妨害など、大小さまざまないやがらせを受ける日々がつづいた。連中は、はっきりとした証拠を残さないため、警察を呼んでもなにも解決しなかった。もともと相葉時之自身、十代の頃から所轄《しょかつ》署のブラックリストに載っていたという事情もあり、なおのこと警察はまともに取り合ってくれなかったのだ。

またそれからしばらくして、「おまえのお母さんにも、話を聞いてもらってるんだよ」などと、取り立て屋に含みのある言い方をされたことで、相葉時之は考えをあらためざるを得なくなった。「お母さん、関節痛がひどいってのに、ひとりで店やっててしんどいだろうにさ、あんま心配かけないほうがいいだろ」この気づかいの言葉が、真逆の意図にしか聞こえず、空恐ろしくなった。

早速、地元の仁俠《にんきよう》団体に籍を置く先輩に相談し、手打ちに持ち込もうとしたが、後の祭りだった。取り立て屋たちは、相葉時之の母親とひそかに話をつけ、すでに債権回収を詰めの段階にまで進めてしまっていた。連中は端《はな》から、相葉家の持つ不動産物件に目をつけていたのだ。

その土地家屋は、母親の一族が代々受け継いできたものであり、彼女自身が生まれ育ったところだった。若いうちに夫を交通事故で亡《な》くした彼女は、そこで雑貨店を営み、女手ひとつで息子を育ててきたのだ。

母親にとって、たくさんの思い出が詰まったその店舗兼住居が、なによりも大事なものであることは、息子の相葉時之にはよくわかっていた。それを手放すことの意味も、当然、考えるまでもなく理解できた。

「こんな俺のために、家屋敷を捨てたってのか」独断で不動産売却の手続きを進めてしまったと知り、相葉時之は血相を変えて問い質《ただ》したが、母親は平然と答えた。「捨てたなんて人聞きの悪い。有効利用、役に立てたの。それで誰も困らなくなる。めでたしめでたし」口ではそう言っているが、利他心から感情を押し殺す、彼女のいつもの癖だった。

あまりにも大きすぎる代償だった。そんな母の思いに見合うだけの価値がない自分自身を、相葉時之は責めた。己の甲斐性《かいしょう》なしぶりに、ひたすら腹が立ち、絶対にこのままにしてはおけないと固く決意した。なんとしてでも、家屋敷を取り返すのだ。

物件を買い取ったのは、地元の不動産業者だとわかった。相葉時之はただちに頭を下げ、必ず自分が買い戻すから、どうかよそには売らないでほしいと懇願した。「事情は理解したけどね。でも、こっちも商売なんで、いつまでも塩漬けにしておくわけにはゆかないからさ。ま、期待はしないでちょうだい」返す言葉のない正論だった。

そもそも、必ず買い戻すなどと断言してはみたが、八方ふさがりなのは変わらない。定職に就かず、住宅ローンなど組めるはずもない自分に打てる手は、一攫千金《いっかくせんきん》での支払いしかないのだ。

せめて手付け金だけでもと思い、とうとうトランザムを売り払う決心をしたのが、三ヶ月前のことだ。また、ちょうどおなじ頃に不動産屋から電話があり、八月に家の解体工事に取り掛かることが決まったと伝えられた。つまり、七月末までに入金がなければ店舗兼住居は永遠に失われると、期限を切られてしまったのだ。

柳崎が詐欺《さぎ》に遭ったと聞いたのは、そんなときだった。すっかり追いつめられていた相葉時之の頭は、柳崎を助け、報復に手を貸すことが、一攫千金につながるかもしれないという考えに囚《とら》われてしまった。

すなわち、天然水販売業の共同経営権を餌《えさ》に、柳崎から一千三百万も騙し取ったペテン師野郎を騙し返すのだ。どうせそいつはこれまでに、あちこちで金銭や有価証券などをたんまりせしめてきたのだろうから、柳崎の分に加えて詐取金を横取りしてやればいい。

柳崎には悪いが、それが動機のすべてだった。ここでまとまった金が手に入れば、トランザムも売らずに済むと思い、相葉時之は今回の騙し討ち計画に臨んだのだ。家屋敷を取り戻すための、降って湧《わ》いたチャンスであり、同時にラストチャンスだと、自分自身を焚《た》きつけての行動だった。


ラストチャンスのはずが、結局はまたしても、判断ミスを重ねただけだった。

相葉時之はトランザムの運転席につき、白い本革シートに深くもたれかかった。長々と息を吐き、奪い取ってきたスマートフォンをポケットから出す。

こいつが金にならないだろうか。

いや、なるに決まってる。相葉時之は前向きに自問自答する。あの髭面男の言動から察するに、このスマートフォンには相当な値打ちがあるはずだ。闇《やみ》取引でしか入手できない貴重品の情報かなにかが、ここに収められているのではないか。

金になるのは間違いなさそうだが、あの様子では、お宝の価値自体もかなりのものなのかもしれない。

ああそうだ、と、相葉時之は髭面男と取っ組み合いを演じたときの記憶を呼び起こす。

宝くじを超える値打ちがあると、あいつはほのめかしていたのだ。

その際に俺の頭に浮かんだのは、知られざる砂金鉱床か、徳川埋蔵金だった。

今のところはそれくらいしか思いつかないが、とにかくその種の、とんでもないお宝が眠っている場所を示す情報が収められているとも、考えられるわけだ。

どちらにしても、このスマートフォンは確実に、大変な棚ぼたになり得るポテンシャルを秘めている。

問題はその、ぼた餅《もち》の置かれた棚をどこに探しにいけばいいか、ということだが、まずはここを離れて、安全な場に落ち着くのが先決だろう。

頭の整理が済むと、相葉時之は髭面男のスマートフォンを助手席に放った。

次に自分のスマートフォンで仲間たちに一斉送信メールを送り、当分のあいだどこかに潜伏することを伝えた。

下手をすれば職を失いかねない協力をさせてしまった田中徹には、いずれ必ず埋め合わせをすると確約した。

それから彼は、どこへ向かうべきかを考える。

土地鑑があり、人込みに紛れやすい都市が望ましいのは確かだ。山形からは出るべきだ。車のエンジンをまわした相葉時之は、ハンドルを握りながら思案を巡らせてみる。が、ものの数秒でそれは中断させられた。出し抜けに、ドアウィンドーを激しくノックする者が出現したためだ。

「あ、すまんすまん、おまえがいるの忘れてたわ」

ノックの主は人ではなく、一匹の犬だった。黒毛の大型犬が、ぴょんぴょん跳ね上がって前足で窓ガラスを叩いている。「忘れてたとかふざけんな」とでも訴えかけているかのようだった。

それはバッティングセンターのおやっさんの飼い犬だった。カーリーコーテッド・レトリーバーという犬種だ。臨時の店番だけでなく、長年の愛犬の世話も相葉時之は引き受けていたのだ。

もっとも、その黒いカーリー犬は何ヶ月経っても相葉時之に慣れることがなかった。どんな手を使っても言うことを聞いてくれず、ちょっとでも強引に従わせようとすると吠《ほ》えまくられるというのが習慣化していた。

この日も、カーリー犬は駐車場に到着して早々に持ち前の警戒心を発揮させた。犬好きの福士が預かってくれるというから連れてきたものの、相葉時之がトランザムのドアを開けた拍子に車外に飛び出すと、車体の下に潜り込んだきり、そこに居座ってしまったのだ。

相葉時之の不在中、カーリー犬はどうやらずっと車体の下でじっとしていたらしい。響き出した車のエンジン音に睡眠を邪魔されたからか、やっと外に出てくる気になり、今はその不満を相葉時之にぶつけている様子だった。

「ほんと気まぐれなやつだなおまえ。なにがしてえんだよ」

相葉時之が目の前に立ちはだかると、苛立ちがますます増してきたのか、カーリー犬はさらに吠え声を上げはじめた。「知るかアホ」とでも言われている気分になってくる。

「こんなところでグズグズしてる場合じゃねえんだよ、ブライアント」

そんな名前じゃねえ！　とばかりに吠え声が返ってきた。

「分かったよ、ポンセ」

相葉時之が駐車場にいることをホテル中に触れ回るつもりみたいに、カーリー犬はいっそう盛んに吠え立てた。機嫌を損ねた罰でも受けているようなものだった。

そのうちに、最寄りの非常階段を駆け上がる数人の足音と話し声が聞こえてきたため、相葉時之はさすがに焦りを覚えた。警備員なのか追っ手なのかの判別はつかないが、どのみちとっとと退散しなければならないのは明白だった。

相葉時之は、とっさにカーリー犬に抱きつくと、暴れて吠える相手を無理矢理に、難儀しつつもトランザムの後部座席に押し込んだ。それだけで疲労が倍増し、息も絶え絶えになってしまったが、ひとやすみしている暇など一瞬もない。

行き先はどうする。運転席に戻った相葉時之は、ほんの数秒もかからずその結論を出した。こんな切迫した最中とあっては、目指すべき場所はひとつしかない。

県境を越えた先にある、仙台市街を目的地に据えて、相葉時之はファイヤーバードを離陸させた。

相葉時之が発《た》ってから一時間と数十分後、彼の愛車が停まっていた真向かいの車室スペースでは、不穏な外国人の男たちが輪になって話し合いを持っていた。

外国人たちは、三人と四人にわかれて英語でやりとりし、それぞれ暗い面持ちで静かに意見を交わしている。四人のロシア人たちの傍らには、いくつかのスーツケースが並んでおり、そのうちのひとつは、閉まり切っていないファスナーの隙間から日本人中年男性の死体の一部が見えていた。

ロシア人に雇われた調達屋の大類紳児《おおるいしんじ》は、七人の外国人から少し距離を置いてしゃがみ込んでおり、話し合いには加わらず、アタッシェケースの上に載せたタブレット型端末を操作して情報収集に傾注していた。

あのチンピラ風情《ふぜい》の、ボウリングシャツの男はどこに消えたのか。ゴロツキのクソッタレどもが、余計な真似をしやがって、と忌々《いまいま》しくてならない。

「あなたのスマートフォンは、見つかりましたか？」

不意に機械音声に話しかけられ、そちらを向いて顔を上げると、口のなかにいきなり飴玉《あめだま》かなにかを放り込まれ、大類紳児は反射的にそれを呑み込んでしまう。即座に立ち上がったが、三人組のひとりが目の前で笑いながらチョコレートの箱を差し出している。なんだチョコかと脱力した大類紳児は、喉《のど》に指を突っ込んで吐き出す寸前でその気が失せてしまった。

それにしても、こいつはいったい何者なんだ。さっき1116号室に集合したときは、こんな薄気味悪いやつは見かけなかった気がするが。

その気味の悪い男は、城壁みたいにがっしりとした長身の体格から、命を吹き込まれて動き出した巨石像、といった印象をもたらした。夏だというのにトレンチコートをまとい、銀色に近い白髪を後ろに撫《な》でつけたヘアスタイルで、涼しい顔をしてチョコレートをパクついている。頭髪ばかりでなく、眉毛《まゆげ》も銀白色だが、肌は浅黒くて針も突き通せないほどの硬さと厚みがあるように見える。そんな見た目の男が、トリュフチョコレートの箱をなおも引っ込めずにいるため、大類紳児は気まずくなってしまってひと粒つまんだ。

「あなたのスマートフォンは、見つかりましたか？」

銀髪の怪人が、自身のスマートフォンを突き出し、音声通訳アプリを介してもう一度おなじことを問いかけてきた。

大類紳児はチョコレートを噛み砕いて溶かすと、スマートフォンの位置検索を行い、二十分前に仙台市内でオンラインになったことを突き止めたと英語で説明してやった。するとそのとき、銀髪の怪人は仲間のひとりから「メンター」と呼びかけられ、自分がした質問すら忘れてしまったかのように無言で離れていった。あの不気味な男は、組織の指導者《メンター》に当たる人物なのだろうか。そんなふうに考えたところで、そういえば、と大類紳児は思い出した。1116号室に集まったとき、メンターが逃げた日本人を追って先に駐車場へ向かったと、金髪の仲間が話していた。だから部屋ではあいつを見かけなかったのだ。

見るとメンターは、ふたりの仲間からふたたび離れて近辺をうろついていた。チョコレートの空き箱をフリスビーさながらに投げ飛ばし、コートのポケットに両手を突っ込んだまま、円を描くように歩いていた。

持ち逃げされたスマートフォンが、二分前からおなじ場所にあって移動していないことを大類紳児は確認した。

ボウリングシャツのあの男は仙台にとどまる気だと見越した彼は、タブレット型端末をアタッシェケースにしまい、ライダースジャケットの前を閉めると、依頼主たちに目的の地を告げた。

三日以内には確実にあのスマートフォンを奪還し、今度こそ約束のものを渡すことを保証すると伝えると、必ず三日で全部やれとロシア人たちは迫ってきた。

　この会話の間中、大類紳児は依頼主たちの挙動に妙なものを感じていた。ロシア人たちは、四人そろって自らの襟首を片手でさすりつづけ、疲弊しきった様子でぐったりしはじめたのだ。

　どうしたのだと訊《き》くと、さっき小さな蜂か蚊にでも刺されたようだとひとりが答えたが、それにしてはやけに息苦しそうな表情をしていた。

　どこにも虫の気配はなく、大類紳児が訝しんでいると、いつの間にか背後に立っていたメンターがロシア人たちに流暢《りゅうちょう》な英語で語りかけ、苦しみの謎《なぞ》を解いていった。

　君たちは虫に刺されたのではない。わたしに注射を打たれたのだ。この国の優秀な技術者と医療機器メーカーが開発した、世界で最も細い注射針というものを使ったから、そうとはわからなかったのも不思議はない。これは本来、糖尿病患者がインスリンを自己注射する際などに用いられる注射針だが、ほかにも幅広い用途があるテクノロジーだとわたしは常々考えていた。たとえば今回のように、対象に悟られずに一定量の致死性神経毒を体内に送り込むといったケースにも応用できる。もっとも、刺し方にも高度なコツが要るのだがね。ほら、そろそろ立っていられなくなってきただろう。毒がまわり、神経伝達に異常をきたし、筋肉が弛緩《しかん》しはじめているのだ。なにしろコブラ科の蛇に咬《か》まれたのとおなじなのだから。君たちはあと十数分もすれば、呼吸困難で死ぬことになる。わたしの仲間たちは不服みたいだが、君たちは用済みなのだしそもそも契約違反を犯しているのだから、こうなるのは当然の処遇だとわたし自身は判断している。ではさようなら、ロシア人のギャングたち。君たちはここで犬死にだが、わたしたちは例の水の入手を決してあきらめないよ。カタストロフィの期日も間近いから、準備は万全でなければならないのだ。

依頼主たちが地べたに這《は》いつくばって苦しんでいるのを、大類紳児は呆然と見下ろすばかりでどうすることもできなかった。アタッシェケースを抱えたまま、なす術《すべ》なく一箇所に突っ立って沈黙していると、またもやメンターが横からスマートフォンを突き出してきて話しかけてきた。音声通訳アプリのたどたどしい日本語が、尚更《なおさら》に不気味さを煽った。

「調達ショップ、すぐに行ってください。あなたはスマートフォンを見失っている場合は、とても不幸になります。すぐに行ってください」

いったい何なのだこの男は。混乱と恐怖がごちゃまぜとなり、大類紳児の体を巡るが確かなことは一つだけあった。

相手の希望を叶《かな》えなければ、簡単に命を失う。

目も合わさずに数回小さく頷くと、大類紳児はただちにその場をあとにした。振り返らずに早足で、自身のオフロードバイクが停めてある場所へと向かう。

バイクに跨《また》がり、エンジンを始動させたところで別の不安がよぎった。ここから先は、ただ働きになるかもしれないと危惧《きぐ》したのだ。それでも彼にはもはや、仙台市街へと出発するしか選択肢はなかった。

2

二〇一三年一一月一一日

注射怖いな、とベンチの隣に座る、四歳になる息子が口を尖《とが》らせた。「そこを何とか、ぐっと、こらえてください」ビジネススーツ姿の井ノ原悠は芝居がかった言い方をした後で、自分で苦笑する。仙台支社営業部で、上司が部下である井ノ原たちによく言う台詞《せりふ》だった。

たとえば、リース先の担当者から、「おたくのコピー機、動かなくなっちゃったけれど、どうしてくれるの」と嫌味たっぷりに連絡をもらい、慌《あわ》てて駆けつけたところ何ということはなくただコンセントの接続がうまくいってなかっただけ、というような場合、しかも得てしてクレーム主はふんぞり返り、「電源のコードが分かりにくいんだよな」と開き直った発言をするものだから、自社に帰ってくるとひとしきり愚痴を溢《こぼ》したくなるのだが、すると上司が言うのが常だ。「井ノ原、そこを何とか、ぐっとこらえてくれ」

と。いっそのこと、「営業部」ではなく、「ぐっとこらえる部」と名前を変えてみませんか、と皮肉を言うと、「その提案も、ぐっとこらえてくれ」と上司は答えた。

「お母さんは？」健剛《けんごう》が不安げに、井ノ原を見上げる。膝《ひざ》の裏をぺちぺちと叩《たた》いている。掻《か》いてはいけない、叩くようにしなさい。まだ幼稚園に入る前から、医者や親から言われた言葉を健剛は律儀《りちぎ》に守っている。

「痒《かゆ》くなってきたか？」アレルギーの原因ははっきりしないが、健剛を赤ん坊の頃から悩ませているのは、皮膚の湿疹《しっしん》と痒みだ。「痛みは我慢できても、痒みは我慢できないですからねえ」とは昔から複数の医者に言われた台詞だ。「医者の名言集にでも入っているのかね」と妻の沙耶子《さやこ》は疲れ果てた顔で言ったことがある。

「お母さんはちょっと、おじいちゃんのところに行ってるから」だから井ノ原は会社の仕事を早く切り上げ、幼稚園帰りの健剛を小児科に連れてきていた。「明日には帰ってくるよ」

仙台の東二番丁通り沿い、耳鼻科や眼科、整形外科まで、いくつかの個人診療所がテナントとして入っているビルの二階にいた。

「お母さん、おじいちゃんと仲悪いのに、会いにいったなんて珍しいね」健剛が言うので、井ノ原は苦笑する。子供にも仲の悪さはばれていたか。

妻、沙耶子の父親はとにかく頑固で、自分の考えこそが世の中心という考えの人物だった。東京生まれの東京育ちであることを誇りにし、仕事で仙台に住んでいる間も、東北地方に自分が住んでいる事実が不本意で仕方がなかったらしく、沙耶子が仙台の大学に進学した時には、「恋人を作るのなら東京に行って、探せ」と強く主張したという。当時すでに、井ノ原悠と交際していた沙耶子は正直にそのことを告げたが、すると父親は、そして父親の影響を受けてほとんど同化している母親も、「だからおまえも一緒に、東京に戻ってくれば良かったのだ」と仙台での一人暮らしを許したのをしきりに後悔し、さらにはなにかにつけ、井ノ原悠を小馬鹿《こばか》にする始末だった。

沙耶子はそういった両親の考え方や態度を心底、軽蔑《けいべつ》し、ことあるたびに批判をしたが、父も母も考えをあらためようとはしなかった。大学卒業後、すぐに井ノ原悠と結婚に踏み切ったのには、彼女なりの親への反発もあったのかもしれない。当然、沙耶子の実家は猛反対したが、沙耶子自身は意に介さず、結婚一年目に健剛が生まれた時もしばらくは連絡を絶っていたほどだった。

「でも、もうそんなこと言ってられないからね」と沙耶子が思い詰めた表情で言ったのが一週間前だ。「健剛のためなら、頭なんていくらでも下げるから」

健剛にかかる治療費、またはそのほか諸々《もろもろ》で、井ノ原家の家計はパンク寸前だった。いや、すでにパンクはしている。あちらこちらで借りた金をどうにか回していた。

が、妻を実家に送り出したものの、井ノ原には、義父が何と言うのか想像はできた。

「後先考えずに、あんな男と結婚するからだ」と勝ち誇るだろう。詳細を聞けば、「得体の知れない、民間療法に騙《だま》されるからそうなるのだ」と鼻で笑うのではないか。「田舎のやり方はこれだから、遅れている」と。民間療法に縋《すが》らずにはいられない、親の気持ちにまで寄り添おうとはしないはずだ。

「ねえ、お父さん、注射しないとやっぱり駄目？」

「そんなに痛くないよ。それに熱を出したらもっと大変なんだから。今、注射を我慢したほうが、後で泣かないで済む」

隣の窓口では、体の細い女性が受付嬢に、「予防接種って打たないほうがいいんですかねえ」と神経質な口調で訊《たず》ねていた。「だって、打っても結局インフルエンザに罹《かか》ったりするし、それで子供が副作用で何かあったら、怖いし。だいたいインフルエンザウイルスの一年は、人間の百万年にあたる、って言うんでしょ。すぐ変異しちゃうって」

この場でそれを相談されても、診療所側としては困るのかもしれないが、井ノ原は、どこの親も同じような心配を抱くものだな、と思った。

井ノ原たちもそうだった。健剛が原因不明のアレルギー体質であるため、予防接種のメリットとデメリットについては神経を尖らさざるを得ず、下手に副作用で大変な目に遭うよりは、とワクチン接種はしないでいた。ただ、それも二〇〇九年の新型インフルエンザ騒動を機に変わった。新型のウイルスが登場しました。海外で死亡者が出ました。

国内でついに感染者が出ました。と日々に報道が過熱するに従い、恐怖が井ノ原一家を覆《おお》った。このまま無防備でインフルエンザに罹るよりは、と医師に相談し、恐る恐る注射を打った。祈るように観察していたが、健剛に副作用が出る様子はなく、その時は心底、安堵《あんど》したのを覚えている。

以降、毎年のインフルエンザの予防接種は受けるようになった。とはいうものの、果たして、ワクチンにどこまで効果があるのか、井ノ原悠には分からない。何となく今年も予防接種を受けておくか、というレベルに過ぎない。

「何か事が起きた時に、リーダーたるものは選択を迫られるんだよ。『対策を打つ』か、もしくは、『何もせずに様子を見る』か」

そう言ったのは、小学校時代の同級生、同じ野球チームにいた志賀《しが》直人《なおと》だ。有名小説家の氏名に似ているものの、綽名《あだな》は「死神博士」で、おそらく、「シガ」と「シニガミ」の音の類似からの発想なのだろうが、本人もそれを嫌がっていなかったのだから、志賀直人もそれなりに変わった友人だと言えた。

三ヶ月前、山形市内のコンビニエンスストアチェーンが新型コピー機を大量導入した際、井ノ原も応援部隊として駆り出され、その時に休憩で立ち寄った山形市のファミレスでばったり遭遇した。

志賀直人は医療機器メーカーの営業をやっているらしく、「東北の大病院を股《また》にかけている男」と自ら言った。

「単に体が悪い男みたいだな、その言い方だと」

「まあな。でな、医者ってのはこれまた、いろいろだな」金に対して貪欲《どんよく》な医者もいるし、絵に描いたような、エリートで人を見下す奴《やつ》もいる、と。

「どうせなら、絵に描いたような名医はいないのか」

「いるだろうけどな、まだ絵でしか見たことがない」

それから二人で、同じ営業社員として共感を覚えつつ、たがいの苦労話を口にし、盛り上がった。

「あの頃の野球チームの奴らに会ったことあるか?」と志賀直人が言った。「相葉とか徹とか」

「山形にはめったに来ないから」

「徹はホテルでドアマンだと。エラーの多かったあいつにホテルを守らせるとはな」

「相葉は何をやっているんだ。うちの気まぐれエースは」

「まったく会ってないのか」

井ノ原悠はそこで、十年ほど前の出来事を思い出さずにはいられない。「高校生の時に一度。仙台でたまたま会った」

「柄、悪かっただろ」

「徹と一緒だった。まあ、小学生の頃のままとは思っていなかったけれど」柄が悪いどころか、実際、悪いことをやろうとしていた相葉時之に、井ノ原悠は驚き、そして驚き以上に寂しさに襲われた。

「何があったんだよ」

井ノ原悠は説明する気にもなれず、曖昧《あいまい》に誤魔化《ごまか》す。「昔はともかく、今は元気にやっていればいいけどな」

「残念ながら、そのままだ。相葉、ぶらぶらしてるらしいぜ」志賀直人は言った後で少し声を潜めた。「どっかの女が質《たち》の悪いAVの事務所やめるのを手助けしたせいで、その筋から脅されているって噂《うわさ》も聞いたけどな」

「何だよそれは」井ノ原悠は小さく驚く。

「詳しくは知らん」

「大丈夫なのか？」

「あいつの場合は昔から自業自得《じごうじとく》ってところがあるからな」

「どういう意味で」

「相葉はいつもみんなを巻き込むじゃねえか。あいつが張り切るとだいたい試合もろくなことにならなかったしな」

「確かにな」「それに、おまえと相葉はほら」「何だ」「ヒーロー戦隊が好きだったじゃねえか」

「ああ」井ノ原悠は笑みを漏らさずにはいられない。

「相葉もああ見えて、いい恰好《かっこう》したがるんだよな。困ってる女の子を助けたかったのかもな」

それから世間話の一環で、井ノ原が、自分の息子にワクチンを打った時の葛藤《かっとう》について話したところ、その流れから、「何か事が起きた時に、リーダーたるものは」と志賀直人が口にした。対策を打つか、様子を見るか、選択を迫られるものだ、と。

「たいがいは何もしないでいることに耐えられなくて、行動を取ろうとするんだよ。医療も同じだ。ワクチンの話で言えば、有名なのは、一九七六年の、アメリカでの新型インフルエンザ事件だ」

「そんな頃にも新型が出たのか」

「昔のレコードも、当時の新譜、ってのと一緒だ。いつだって、最初は新型なんだ。で、当時、その新型の、豚インフルエンザが流行して、スペイン風邪の再来となるんじゃないか、という恐怖が政府を襲ったんだと。で、大統領は、『何かをすべきだ』と決断した。それは悪いことじゃない。ワクチンを急造で開発し、国民に大量に注射した」

「どうなったんだ」

「インフルエンザは流行しなかった。かわりに、予防接種の副作用で死んだ人間もいれば、ギラン・バレー症候群って、比較的珍しかった病気を発症する人が増えた」

「うわあ、怖いな」

「だろ。ただ、それはワクチンのチェックが甘かったせいもあるし、とにかく、うまくいかなかった事例だ。予防接種がうまく機能して、人々を救う例もある」

「そういうものか」井ノ原が言うと、志賀直人は少しむきになり、「当たり前だろ」と顔をゆがめた。「天然痘《てんねんとう》はワクチンのおかげで根絶されたわけだしな。ワクチンを全否定するのはまた間違いだと思う。大事なのは、得られる効果とリスクの比較だ」

「効果とリスク？　どういう意味だよ」

「たとえば、めったに罹らない病気のために、副作用の強いワクチンを打つ必要はないだろ。ポリオなんてな日本では一九八〇年を最後に感染者は見つかっていない。それは、予防接種のおかげなんだ。なのに未《いま》だにワクチンを打つ必要があるのか、副作用を考えれば不要じゃないか、と今も世の親たちは悩んでいる」

「どっちなんだ。必要か不要か」

「ケースバイケースだろうな」志賀直人は肩をすくめた。「せっかくワクチンを打っても、効果が少ないものは意味がない。そうだろ？　はしかや天然痘はその点、打てばほとんど効く。もちろん副作用が出る可能性はあるし、天然痘自体が今は存在しないから難しいところだが、ただ、リスクに比べて、期待できる効果は大きいわけだ。その場合は打ったほうがいいとも言える。ほら、蔵王の村上レンサ球菌なんてその最たるものだぞ」

小学六年生までは山形で、中学生からは宮城で生活する井ノ原にとって、両県を跨《また》ぐ蔵王連峰で感染源が見つかった村上病は、古くから伝わる身近な怪談に近い。

「あれはワクチンができるまでは大変だったんだろ」

「感染すれば致死率は七〇パーセント強と言われているからな。そんな凶暴な感染症はそうそうないぞ。天然痘が三〇パーセントってくらいだ」

戦後、蔵王付近の人間が高熱とともに倒れ、死に至り始めた際、はじめはジフテリアと診断された。が、ワクチンであるジフテリアトキソイドを接種したにもかかわらず、死者が続き、国内はパニック寸前となった。それを救ったのが、東大教授の村上博士だった。菌を特定し、ワクチンを開発したのだ。

「あの時の政府や厚生省は決断が速かったってわけだ。周辺地域に隔離措置を行う一方で、すぐにワクチンを量産し、強制的に住民に接種させてな。で、できるだけ速やかに、その予防接種の対象を全国民にまで広げた。ようするにあれは、『対策を打つ』と決めて、うまくいったケースだ」

「結局、御釜《おかま》が発生源だったたってことなんだろ」

「あの綺麗《きれい》な沼で、恐ろしい病原菌が育っていたわけだ。人間はおろか、魚も鳥もやられる。脊椎《せきつい》動物は全部駄目だ」

「あ、ただ、博士」「もうその呼び方はやめろよ」

「もともとどうして、その村上菌が広がったんだよ」

「どういう意味だ」

「御釜が発生源なのは分かる。でも、そこから病原菌が風で舞ったわけでもないだろ。だとしたら、今だってやばい。しかも、生き物は死ぬわけだから、そこから感染するというのも」

「そのへんはぼやかされてるんだけどな、昔の話だし、ただどうもな、子供が魚だか鳥だかを持って帰ったって話だ」

「子供が？」

「当時の話だ。地元の子供が御釜に来て、魚だったか鳥だったか、死んでる生き物を拾って家に持ち帰った。それをさすがに食べはしなかっただろうけどな、触った手でおにぎりを持つことくらいはあったかもしれない」

井ノ原悠は胸をぎゅっと締めつけられる。「その子も可哀相《かわいそう》だな」

「まだ幸運だったとも言えるぞ」

「何でだ」

「もしそれが今だったら、『どこそこのだれだれ君のせいで、パンデミックに！』と非難囂々《ごうごう》で、犯罪者扱いだ。ネット社会の絆《きずな》、万歳」

「村上ワクチンに副作用はないんだっけ？」井ノ原は学校で集団接種をさせられた時のことを思い出す。

「ある。そもそも、どんな薬にも副作用はある。注射を打てば、小便の色が変わる。これだって副作用だ。村上ワクチンの場合は、皮膚が腫《は》れたり、熱が出たりすることがあった。ただ、それも数日で治る。致死率七〇パーセントの感染症から守ってくれるワクチンを、『肩が腫れる副作用があるので、やめておきます』なんて手はないだろ。だから、一九九四年の予防接種法改正後も、村上ワクチンだけは集団で、強制接種を続けている」

「インフルエンザの場合はどうなんだ？　放っておけば治るただの風邪みたいなものだろ。予防接種をする必要はあるのか」

「ただの風邪も甘く見ると、痛い目に遭うぞ。インフルエンザが原因で、多いときは年間、千人以上が死んでいる。そこから肺炎などを起こして死んだ人間を数えれば、一万人という話もある」

「そんなに？」

「そうだよ。少し前の、あの新型インフルエンザ騒動、覚えてるだろ。二〇〇九年の」

「当時の新譜」

「あの時はもう、一人感染者が出ただけでマスコミが大騒ぎした。死亡者が出ればもう、この世の終わり、みたいな雰囲気すらあったけどな、普通のインフルエンザでも年間、数百から千人くらいは死んでるわけだ。マスコミの熱を鵜《う》呑《の》みにしていると、馬鹿を見るぞ」

「そういうものか」

「めったに起きないことが起きるとニュースになる。予防接種の副作用で死亡者が出れば、めったに起きないから話題になる。だが、たくさんの人間が予防接種に救われている事実もある」

「ただやっぱり、どんなに率が低かったにしても、副作用で大変な目に遭ってからでは遅い。どうしたって心配だし、慎重になるよ」

「でもな井ノ原」と志賀直人が最後に、言ったことが印象的だった。「俺が官僚だったら、予防接種なんてやらせないぜ。副作用のことで文句を言われるくらいなら、予防接種なんて広めずに、病気に勝手に罹ってもらうほうを選ぶ。そのほうが批判はされない。

やって批判されるよりは、やらないで知らんぷりだ」


名前が呼ばれ、診察室に入る。眼鏡をかけた白髪頭の医師は、井ノ原の顔を見ようともせず、ただ問診票をじっと眺め、「はい、じゃあ、肩を出して」と健剛に言う。

医師は、表情を強張《こわば》らせた健剛の左肩を消毒した。

「あ、僕」と医師はむすっとしたまま、健剛に呼びかける。「横のテーブルに置いてある人形にシールが貼《は》ってあるけど、何の虫のシールか分かる?」

え、と健剛が真横に置かれたロボットの人形に目をやった。その人形の腹のところに、小さなシールが貼られている。

「蟻《あり》?」と健剛が呟《つぶや》いた。

「正解」医師はサイボーグのような面持ちで答える。「はい、おしまい」

脱脂綿を肩に当てられ、「押さえておいて」と健剛に言う。いつ注射を打たれたのかも分からぬ健剛は少し、きょとんとした。

子供の気をそらしている間に、さっと注射を済ませてしまう手際《てぎわ》は、ベテラン医師の貫禄《かんろく》を感じさせる。

井ノ原はこの医師が嫌いではなかった。

愛想はなく、コミュニケーションの能力はお世辞にも長《た》けていると言い難いものの、患者のことをそれなりに気にかけている。

が、それも今になって分かったことだ。はじめは違った。

生後六ヶ月の頃の健剛が、原因不明の湿疹と痒みで眠れなくなった時、はじめに訪れたのがこの診療所だったのだが、当のベテラン医師が、「原因が分からない」と言ったことで、沙耶子は失望した。あれはやぶ医者、と決め、そこからさまざまな診療所を渡り歩くことになった。結果、もっといい加減で、不遜《ふそん》な医師にたくさん会った。今から考えれば、ベテラン医師は信頼できるほうだった。

「どうですか、最近は。お子さん、眠れてますか」医師がぼそっと言う。注射器をくずいれに捨てながら、「はい出て行ってください」と言わんばかりの無表情で問うものだから、井ノ原も聞き流しそうになった。「ああ、そうですね。日によりますけど、何とか」

「前に言っていたけれど、今も、南診療所に？」

「ああ、はい」あちこちの病院を渡り歩いた結果、井ノ原たちは宮城県の南郊にある、小さな診療所に辿《たど》り着いた。そこでは西洋医学の弱点やステロイド処方の怖さについて教えられ、成分のはっきりしない軟膏《なんこう》を出された。保険対象とならぬため高額ではあったが、それなりに効いた。ただ、どういった副作用があるのかは把握できていない。薬について質問すると、「信用されないなら、もう来ないでください」と強気に言い返すような医師だった。完治はしないが、ほどほどに効くため、ずるずると通うことになり、井ノ原家の財政を圧迫した。今はもう、引くに引けない、といった状況だ。その挙げ句、沙耶子がいけ好かない父親に頭を下げにいくことになった。

「問題がないようでしたら、良いことです」医師は淡々と言う。「肌の状態も悪くはないですし」と健剛の半ズボンから出ている膝を触り、言った。「そこでもうまく行かなければ、また来てください。息子さんの体質はアトピー性皮膚炎とも少し違ってはいますので」

「あ、はい」

「西洋医学も悪くはないですよ」その言い方には皮肉は含まれておらず、彼なりにこちらを気にかけているのが分かり、井ノ原は小さく感動した。心の中に押し込めている、「あの南診療所の薬を塗り続けていて、大丈夫なのでしょうか」という疑問をぶつけたい思いに駆られるが、我慢した。否定されることが怖かったのだ。

挨拶《あいさつ》の後、診察室を出た。健剛は、「注射、全然痛くなかったよ!」と自分の功績のように声を上げた。

会計を終え、外に出て、スマートフォンのマナーモードを解除すると、メールが何通か着信している。

「パパ、いつもメール見てるね」健剛は幼稚園児にもかかわらず、すでにどこか大人びている。

「いつも、ってわけじゃないだろ。それに、こういうのがパパの仕事なんだから」

「パパの仕事、コピー機を売ることなんでしょ？」

コンビニエンスストアに入るたび、健剛が、置かれているコピー機を指差して、「これ、パパが売ったの？」と訊ねるのが、井ノ原には嬉《うれ》しかった。

「まあ、そうなんだけれど、別の仕事もあるんだよ」

「どんな仕事？」健剛が訊ねてくる。

「情報を手に入れて、欲しい人に売るんだ」

「情報？　スパイが集めてくるの？」

「おまえはスパイが好きだな」井ノ原悠は目を細める。健剛は、スパイのエージェントが活躍する子供向けアニメを気に入っており、先日、そのキャラクター商品の目覚まし時計を買ったばかりだ。「あの目覚ましでよく起きれるよな」

おはよう！　任務遂行せよ！　とアニメのキャラクターの声が繰り返す程度で、大きな音は鳴らない。

「任務遂行せよ、って、どきっとするから、起きちゃうんだよ」

「録音した声も流せるらしいから、今度変えておくぞ。『おはよう！　茄子《なす》をちゃんと食べろよ！』とか」

健剛は短く笑った後で、「でも、何人いるの？」と言う。

「何人？　誰が」

「パパの情報を集めてくるスパイだよ」

「ああ、何人というより、何台、かな」

二〇一二年一一月一二日

井ノ原は本体のパネルを閉める。一度外していたトレイを、挿し込み直した。持ち込んだ自分のノートPCをコピー機にケーブル接続し、作業をしていたのだ。終了したところで機械とコードを片づけ、立ち上がる。目の前には南向きの大きな窓があり、そこではじめて、雨が降っていることに気付いた。ガラスに雨の滴《しずく》がぶつかり、いくつもの波紋を作っている。

仙台駅東口にある建設会社のオフィスだった。井ノ原が販売を担当し、そのまま保守点検のサービスマンともなっている。

総務部に行き、「コピー機の点検終わりました」と告げる。「給紙用のローラーがちょっと外れかかっていたようです」

白髪交じりの部長が顔を上げた。目が合ったところで、「部長、ちょっと新製品の営業で聞いてもらいたい話があるんですけど」と呼びかける。

近くにいる古株の女性社員が、「コピー機のことなら、わたしが聞きますよ」と腰を上げかけたのを部長が、「いや、俺が聞くよ。暇だし」と遮った。

井ノ原は会議室に連れて行かれる。会議卓の端に座ったところで、鞄《かばん》からファイルを取り出した。リース用のコピー機のパンフレットや保守契約の資料を挟んでいるが、その中に紛れ込ませてある、紙を一枚引き抜く。

「また、ちょっと手に入ったものがあるんですけど」井ノ原は言葉少なく、説明した。

紙には、「仙台中央銀行の地下貸金庫の建設工事」と記されている。

「これは」部長の声は低い。

「県北の岩瀬建設も入札に参加していると思うんですが」

よく知ってるな、という顔で部長が目を向けてきた。「公共事業と違って民間の銀行の工事ってのは、基本的に、営業との付き合いの深さだとか、そういったもので決まるもんだ。で、それを考えれば、うちか岩瀬建設しかない。あとは、入札額次第だ」

「それにしても、地下に、やけにすごい貸金庫作るもんですよねえ」井ノ原は資料に目を通す。耐震、耐火はもとより、爆発物による崩壊も防ぐ、堅牢《けんろう》強固な貸金庫、という売りらしかった。「インフルエンザにも強かったりして」

　部長は鼻から息を吐く。不機嫌に見えるが、これは機嫌が良い証拠だとも分かる。

「ここだけの話、そういう銀行だからな」

「そういう銀行？」

「あくまでも噂だけどさ」部長はそう言って、その仙台中央銀行の裏側について話す。官民問わず、さまざまな法人組織や個人事業主から裏金や隠し財産を預かり、不正融資などにも手を染める、金融機関だ、と。

「裏金とか隠し財産だと知っていながら扱うなんて、そんな銀行あっていいんですか」

「あったほうがいい、と思ってる人間がいるってことだろうな」部長は冗談めかして言う。「それにほら、冷戦時代を生きてきた昭和世代はどうしたって、シェルター願望があるからな。何かあったら、お偉いさんが逃げ込むんじゃないか」

「悪い奴らほど、立派な金庫を欲しがる、ってことですね」

　井ノ原悠は冗談半分に言ったが、もう半分は真面目《まじめ》な相槌《あいづち》だった。その銀行についてはすでに情報を得ていたからだ。東北裏社会屈指の実力者の名前が、この堅牢強固な貸金庫の建設に関して見え隠れしている。予算も通常のものより破格らしく、それが余計に、入札額を決める各建設業者を困らせた。羽振りの良い工事ならば、できるだけ利益を上乗せしたい、と思うのが当然で、駆け引きを複雑にしている。

「これが、岩瀬建設が検討に使っている資料です」井ノ原はそのプリントをさっと滑らせる。

部長が目を近づけた。

岩瀬建設の工事費用を算出するための数字が、建材や重機、人件費といった項目に分類され、並んでいる。

部長は、「いつも思うが、どこから入手しているんだよ」と顔をゆがめる。この部長には数回、別件で情報を渡したことがある。井ノ原とはいつもこの会議卓でやり取りをした。

「知らないほうがいいと思います」それがもっとも簡単な説明だった。

「これ、コピーさせてもらっていいか？」

「どうぞどうぞ」と井ノ原は言った。

部長が会議室から出て、コピー機に向かうのを見て、愉快な気持ちになる。そのコピー機で複写された内容は、スキャンされた画像として井ノ原のもとに飛んでくる。そういう仕掛けになっている。そもそも、岩瀬建設のその資料自体、岩瀬建設の上役が自社のコピー機で複写した際に、手に入れたものだった。

戻ってきた部長は少し興奮していた。紙を一部、戻しながら、「俺のほうのこれも、用が済んだらシュレッダーにかけておくから」と言う。

「そのほうがいいですね」井ノ原は答える。紙を処分してももはや意味がないのだが、そうは言えない。

コピー機とは、多機能パソコンと同じだ。スキャンもできれば、ネットワークに接続し、メールも送れる。状態を監視し、故障やトナー切れの際には、自動でサービスマンにメール連絡を送ることも可能だ。が、「コピー機」なる名称のためだろう、コピー機は複写をする機械であって、それ以外の機能はおまけ、と漠然と把握している人間が多いのも事実だ。

多機能パソコンであることに、誰も気づかない。

井ノ原はその、知られざる性能を活用し、スパイに仕立て上げていた。

きっかけは、二年前、リース先のコピー機の紙詰まりを直していた時だ。

通りかかった女性社員が、「この間、合コン参加者のリストをコピーしたんですけど、原本を置き忘れていっちゃって」と苦笑交じりに教えてくれた。「係長がそれを見つけちゃったもんだから、それ以降、ねちねち嫌味言われてまいっちゃいました。セクハラですよ、あれ。ねえ、井ノ原さん、原稿を置き忘れていたら、アラームが鳴るような仕組みって作れないんですか?」

「その合コンのリスト、僕も見てみたかったですね」と相槌を打つと、女性社員は高い声で笑い、「井ノ原さん、コピー機の中に入って、ずっと原稿ガラスの下から見上げてたら？　みんなが置く原稿が全部、読めるよ」と言った。

そこで閃《ひらめ》きを感じた。コピー機の中に隠れていることは無理でも、コピー機自体に覗《のぞ》き見させることは可能ではないか、と。

コピー機にはスキャン機能が備わっている。であればその機能を使い、誰かがコピーをしたのと同時に原稿をスキャンし、画像化できないか。いや、できる。そしてその画像ファイルを送信することもできるのではないか。どこに送るのか。たとえば、自分のパソコンに。

いつの間にか井ノ原は仕事の合間に、プログラムを組みはじめ、点検のふりをしながらコピー機で試験を行った。

はじめは、コピーされたものを直接、メールアドレスに送信していたが、容量が大きく、すぐにいっぱいになった。そのため、圧縮したものを一度、サーバ端末に蓄積させた。

最近は、大容量の三テラバイト、四テラバイトの外付けハードディスクが小型サイズで売られている。

蓄《た》めた情報は、パソコンから読めるようにした。複写された画像に対して文字読取を行い、できるかぎりの検索も可能にした。

コピー機は、さまざまな会社や店舗に設置されている。コンビニエンスストア、大学生協、動物園の事務所にも置かれており、自分の担当していないエリアであっても、保守点検のふりをして、アプリケーションを操作することはできた。

情報漏洩《ろうえい》に敏感な企業は、社員のメール送信や外部からの不正アクセスを監視するが、社員が使うコピー機への警戒心は薄い。通常の、ウィンドウズパソコンとは異なり、ウイルス対策も定着していない。ファイアーウォールの外に設置されているものも少なくなかった。

主に仙台市内ではあったが、出張で関東や東北地域に出かければ、「仕掛け」を施したため、各地に自らの間諜《かんちょう》を配置していく感覚になり、それが勢力範囲を広げる戦国ゲームをやるような喜びだったのだが、やがて、「得た情報を売る」ことを思いついた。副業として成り立つのではないか、と。

リスクがあるのも分かっていた。

メール送信するのに海外プロキシーサーバを経由させてはいるものの、発覚したなら、真っ先に疑われるのが自分なのは間違いない。が、家計のことを考えれば、やらない手はない、と思った。それこそ志賀直人が言っていた、「得られる効果とリスク」を比べた結果だ。

「仕掛け」を組み込んだコピー機には、井ノ原の個人的な管理番号を付与し、パソコンによって操作可能にし、盗撮処理についてもオン、オフを遠隔で切り替えられる。

エレベーターホールまで見送りに来た部長に、井ノ原は、「これ、ほかにも別の資料が入りそうだったら、調べてもいいですか」と言った。情報に応じて報酬をもらう約束が、部長とは交わされている。部長個人ではなく、建設会社の上層部の意向だ。

「頼むよ。助かる」部長は、井ノ原の肩をぽんぽんと叩いた。「井ノ原君の手にかかったら、どんな情報も入手できちゃいそうだなあ」

「そんなことはないですよ」

「警察の裏情報とかさ」

それなら可能かもしれないですよ、と井ノ原は答えそうになった。宮城県警については、保守点検の際に井ノ原が担当したことがあり、「仕掛け」は施してあった。

「ただ、さすがに、うちのかみさんの機嫌の情報までは分からないだろうな」

部長が言い、井ノ原は笑った。もし部長宅にコピー機があって、奥さんが離婚届をコピーしたら分かりますが、と内心で思う。

コピーされる文書は千差万別、玉石混淆《ぎょくせきこんこう》である。が、他社の忘年会の予定や参加者の一覧ですら、商機につながることがあると、この副業を始めてから、知った。どんなに無駄に思える情報でもどこかに需要はある。

「井ノ原さんがどういう方法で情報を手に入れているのか、わたしは知らないですけど、とにかく」井ノ原と向き合う女は、言った。「欲しい情報が得られれば、助かります。ほら、プレゼントをくれたのが、サンタクロースだろうが、父親だろうが、変わらないのと同じです」

「どこかの男だとしても」

「下心がなければ」

「違法な手段を使っていても、ですか」試しに井ノ原は言ってみる。

「使ってるんですか?」前にいるのは、目鼻立ちのはっきりとした女性だ。顎《あご》の細い、卵形の綺麗な輪郭をしている。名刺には、「ライター　桃沢瞳」とあった。大雑把な肩書きは、何も意味していないに等しい。

「たとえば、の話です」

「わたしが巻き込まれないのならば、法律を守っているのかどうか、細かいことは気にしません。子供の頃も、サンタクロースのトナカイが労働基準法に守ってもらえていたかどうか気にしていなかったし」

仙台駅東口に建つ商業ビルの一階にある、喫茶店の四人掛けテーブルで向き合っている。L字型の店内の、奥まった場所だ。営業の仕事時間内にこっそり立ち寄れる場所を、井ノ原のほうで指定した。メールや電話でのやり取りでは、理路整然とした暗い女性をイメージしていたが、実際に会ってみると、軽口を叩く、柔らかい印象があった。時折、表情の端々に色香が見え、そのたびにそれを封じ込めるかのように、すっと真顔に戻すのが見て取れたものの、特に気になるほどではない。

「すごいですね、意外な情報網を持っていると聞きました」

「降ってくるんです、空から情報が」井ノ原は冗談でごまかす。

「戦時中の、宣伝ビラみたいに？」

「え」

「この間、教えてもらったんですよ。太平洋戦争の時、アメリカ軍が日本の士気を下げるために飛行機から撒《ま》いたビラで」

「ありそうですね。そういうの」

「あ、見ますか？」

「見られるんですか」一瞬、空から降ってくるのかと思い、天井を仰ぎそうになった。

彼女は取り出したスマートフォンを操作し、液晶画面を井ノ原に向ける。「関東だけではなくて、東北にも撒かれたらしいです」

顔を寄せ、表示された画像を確認する。ネット検索による画像というよりは、カメラで撮影した写真のようだ。和服を着た人物画とともに、「みんな投降している」とコピーが描かれている。右顧左眄《うこさべん》し、自分の意思よりも他者の行動を気にかける日本人の特質をついているとも言えた。

別の画像には、海面に船が沈んでいる絵が描かれ、「日本海軍は海の底」との文字が大きく記されている。

「そうか、アメリカがビラを落とすとしても、日本語で書かないと伝わらないですもんね。この画像、どうしたんですか？」

「実際に拾ったものみたいですよ。戦時中に」

「すごいじゃないですか。骨董《こっとう》価値みたいなのないんですかね」井ノ原は身を乗り出してしまう。売ればいくらになるのか、いくら手元に入るのか。頭の中で、宙に浮かぶ紙幣を手が必死に掻き集めている。子供の薬のためには金が必要で、それはすなわち、金さえあれば、という気持ちを強くさせた。

「どうなんでしょうね。売れるかどうか」

別の画像には、達筆ともいえる、毛筆による文章で、「最近、日本の機体を見ないものだなあ」と大きく書かれたビラもあった。このような感嘆文で、果たして、国民はどれほど投降したくなったのか。

「もっと変なのもあるから、あとでメールで送っておきますよ。ほら、これなんて、『我が国の戦力、日本の二万千六倍』とあります」

「中途半端《はんぱ》な数ですね」井ノ原悠は笑ってしまう。「二万千六って」

「『戦力』と『千六』で駄洒落《だじゃれ》なのかもしれません」

「駄洒落も駆使しちゃうとは。あ、でも、分かった気がします。桃沢さんはこういうビラとかポスターとか、広い意味での宣伝物、広報媒体について研究しているんですね。ほら、これもビラの一種ですし」井ノ原はテーブルの上で開かれた、クリアファイルを指差した。

カラー印刷の用紙が入っている。映画の宣伝チラシだ。

「いえ」桃沢瞳は尻《しり》の位置を正し、少し前傾になる。「情報が欲しいのはこのチラシに限定したことではなく、この映画全般の情報なんです。そのあたりは誤解のないように」それまで、淡々と冷静に、俗にいうビジネスライクな物言いを続けていた彼女の声に、感情による負荷がかかるのが分かった。間違ってもらっては困る、と念を押した。

「でも、この映画」井ノ原はその、映画チラシを眺め、目を細める。「懐《なつ》かしいですね」

チラシには、稲妻の模様が描かれ、『鳴神《めいじん》戦隊サンダーボルト』のロゴが横書きで記されていた。

戦隊ヒーローもの、と呼ばれるそのテレビ番組は、赤青黄緑ピンクの五種類の色を、五つのコスチュームに振り分け、それを着た五人のヒーローたちがチームとなって悪役と戦う、七〇年代の半ばから脈々と続くテレビシリーズの一つだ。毎年、チームが刷新され、タイトルやチーム名、悪役や物語の基本設定、つまりは大まかな話の流れと五色のパターン以外は新しくなる。各シリーズにはそれぞれテーマが設けられ、たとえば、「忍者」であるとか、「魔法」であるとか、モチーフが用意される。『鳴神戦隊サンダーボルト』はその名からも分かる通り、「雷」「雷鳴」「稲光」といったイメージをもとにしていた。

「毎年、新しいシリーズがはじまると、楽しく観《み》ていたんですけど、サンダーボルトは中でも結構、気に入ってました」

「ちょうどその世代だったんですか」

井ノ原は苦笑する。「いいえ、ちょっとずれてました。同級生はほとんど、観ていなかったですし。ただ、このサンダーボルトはクラスでも話題でした」

「レッド役が宮城県出身だから？」

「詳しいですね。当時は山形の小学校に通っていたので、地元ってわけじゃなかったですけど、でも、東北の知っている土地が結構、出てきていましたしね」

当時の記憶が、ぼんやりとではあるものの、十数年の時を経て、立ち昇ってくる。ずっと忘れていた子供時代の思い出には、郷愁だけではなく、恥ずかしさや屈辱、後悔や悔しさのような苦々しいものも多いせいか、その浮かび上がった記憶の靄《もや》に触れていると、「どうしたんですか、顔しかめて」と桃沢瞳に指摘された。

「ああ、いや、小学校の頃を思い出してただけです。山形で、地域の少年野球チームに入っていたんですよ。強豪ってわけではないですけど、そこそこの強さで。で、同じクラスの奴が、ピッチャーだったんだけれど、戦隊ものが好きで」

相葉時之の顔が浮かぶ。子供の頃、小学生にしてはやけに大人びた、猛禽類《もうきんるい》を思わせる鋭い目鼻をしていた。志賀直人が、相葉時之について口にした、「どっかの女が質の悪いAVの事務所やめるのを手助けしたせいで」云々《うんぬん》といった話が頭を過《よぎ》る。

「そいつはエースで」

「こういう戦隊ヒーローもので言うところの、レッドね。赤いコスチュームで、リーダーで、一号」桃沢瞳が言う。

「いや、どちらかといえば、ブルーです。クールで、斜に構えて、何をするにも矢面には立たないずるい奴、というか、まあ、ようするに不良ですよ」

「小学校の時から？」

「その頃は不良の卵というか。コーチが褒めてくるのが気に入らなくて、試合でわざと打たれたりすることもあったし、キャプテンを決めた時も」

キャプテンはみなを取りまとめ、顧問教師やコーチと子供たちの橋渡し役になり、対外的な代表者としての役割も担《にな》うため、やりたがる者がいなかった。チームメートからの投票が行われることになったのだが、そこで、相葉時之と井ノ原は共謀した。「面倒臭いから、組織票で田中をキャプテンにしちゃおうぜ」

なるほど、と同意し、井ノ原たちはチームメートに対し、「田中に投票しよう」と働きかけた。が、そこで井ノ原にはふいに悪戯《いたずら》心が湧《わ》いた。これだけ前準備をしたにもかかわらず、蓋《ふた》を開ければ、田中ではなく相葉時之が当選！　となれば痛快ではないか、と。相葉時之は目を白黒させるに違いない。井ノ原はこそこそと、チームメートのもとを回り、「田中と見せかけて、相葉に入れよう」とロビー活動を行うことにした。開票結果を知った時、さぞや相葉時之は驚くだろう、と興奮した。

が、予想通りにはいかなかった。得票数一位は、井ノ原だったのだ。

相葉時之は、啞然《あぜん》とする井ノ原を眺めて、満足げだった。考えることが同じだったのだ。相葉時之も、「田中に入れると見せかけて、井ノ原に投票しろ」と言って回っていたらしく、二位が相葉時之、三位が田中、という結果になり、結局、井ノ原がキャプテンを務めることになった。

「上には上がいる、と言うか、人を呪《のろ》わば穴二つ、と言うか。でも、小学生のあいだでもそんな権謀術数が巡らされているものなのね」桃沢瞳が目を細めた。

「まあ、相葉が、あ、そいつ相葉って名前なんですけれど、相葉が特別、変だったという気もするんですけどね。少年野球のコーチがかなりスパルタで」

「走り込みとか？」

「走れ走れ、もっと走れ、力を抜くな。ってしょっちゅう叫んでましたよ。今も時々夢に見ます。で、相葉は怒っちゃって、ピッチングマシーンでボールをぶつけてやりたい、とか僕に相談を持ちかけてきたんですよ。『井ノ原、おまえはここで先生と喋《しゃべ》ってろ。そこに目がけて、時速一五〇キロでぶつけてやる』って」

「やったの？」「未遂でした」「キャプテンとして説得できたわけね」

「説得は無理でした。相葉は決めたら周りの声は聞こえないタイプで」

ピッチングマシーンを倉庫から持ち出し、セットするところまではやった。校庭の隅、学校の創立者と思《おぼ》しき男性の胸像の脇《わき》であれば、陰となりちょうどいい、とそこまで相葉時之は検討していたのだ。

が、井ノ原がコーチを連れてきて、「古代遺物みたいな石が地面に埋まっています」といった内容の嘘《うそ》で導くと、そのコーチはいったいどのような勘をしているのか、「殺気を感じる！」と言い、ただちに振り返って持っていたバットを構え、遠く離れたピッチングマシーンと向き合った。

打ち返す気迫を剝《む》き出しにし、完璧《かんぺき》なフォームで立つと、「相葉だな。よし投げてみろ」と貫禄たっぷりに言った。

そこでさすがに相葉時之も敗北を認め、走り寄ってくるとぺこりと頭を下げ、「まいりました」と謝罪した。

「素直なんだか、生意気なんだか分からない子ですね」

「ええ」相葉時之には野蛮な攻撃性と純朴で単純な律義さが同居していたように思う。ただ少なくとも、考えが足りないのは事実だ。「それはさておき、『鳴神戦隊サンダーボルト』について、ですけど」

クリアファイルを指差す。

「情報が入ったら、教えてください。相応の金額をお支払いします。『鳴神戦隊サンダーボルト』の劇場版に関するものなら」

井ノ原はじっと相手を見た。はじめは、どうして自分に依頼をしてきたのか、と井ノ原は疑問に感じていた。知りたいことがあるのならば、本格的な調査を行う業者に頼むほうが確実だろう。

今は少し理解できた。彼女は他の業者にも依頼をしているのだ。ありとあらゆる、思いつく限りの手を使い、情報を仕入れようとしている。桃沢瞳は平静を装《よそお》っていたものの、明らかに必死で、井ノ原悠にはその必死さに馴染《なじ》みがあった。痒みに悩まされる息子をどうにか救おうと、皮膚科や小児科、内科や循環器科まで、さまざまな医者を訪れ、縋りつく思いで、情報を仕入れようとしていた自分たち夫婦と重なったのだ。

どこかに解決策がないか、どこかに答えがないか、と手当たり次第に行動している。彼女もこの映画の情報を、なりふり構わず集めており、そのうちの一つが自分なのだ。

どうしてこの映画にこだわるのか、と訊ねたかったが、彼女のほうが先に口を開いた。

「公開中止が決まった時、やっぱり、がっかりした？」

小学五年生だった当時を思い出す。その時、井ノ原は、状況が呑《の》み込めなかった。あれほど楽しみにしていた劇場版がなぜ、上映されないのか、理解不能だった。新聞記事を読んでも事情が分からず、親に聞いても詳細には説明をしてもらえない。教室の隅で相葉時之と、「映画、できあがってるのに観られないなんて、絶対におかしい」と言い合った。

「あの映画は蔵王の御釜でロケをやるっていうのが売りだったから」井ノ原は言い、それから桃沢瞳は東京から来た人間であることを思い出し、「あ、御釜って分かりますか？」と訊ねた。

「もちろん」彼女はうなずく。「蔵王連峰の火口湖でしょ」

「あ、火口湖っていうんですか？」

「そう。噴火でできた火口に水が溜《た》まった湖を、火口湖というの。御釜に行ったこと

は？」

井ノ原はかぶりを振る。「禁止エリア以外は安全と言われても、やっぱり怖いですし」

蔵王連峰とは、山形県と宮城県にまたがる連山だ。古くは、不忘山と呼ばれる。

宮城県側の標高が高い場所に、火口湖がある。そこに溜まるモスグリーンの、淡い緑色をした水は美しくも、不気味にも見える。凹《へこ》んだ湖のまわりを山の尾根が囲んでいるが、一部が欠けているため、左右非対称の巨大造形作品、もしくは、観客席が東側だけについた、ローマの円形闘技場のようでもあった。

そのままであれば、大勢の観光客が訪れる名所となっただろうが、戦後すぐにレンサ球菌の発生源と分かってからは立ち入り禁止区域となり、近づくことはできない。

「でも、蔵王を登って、御釜がちらっと見えるところまでは行けるからね、禁止区域のぎりぎりのところまでは。それなりに観光客はいて。わたしも子供の頃、親に連れられて、行ったくらいだし。今はもう、電気柵《さく》とか赤外線センサーとかものものしい感じになったけれど、当時はまだそんな風ではないから、歩いていけば御釜まで行けちゃいそうで、村上病が怖かったのを覚えてる」

その蔵王の御釜近くで、戦闘シーンをロケする、というのが、『鳴神戦隊サンダーボ

ルト』劇場版の売りだった。

「単に話題性を狙《ねら》ったんだろうけど」井ノ原悠は言う。「ただ、村上病はワクチンで防げることが分かっていたし、スタッフのほうも、単に名所の谷で撮影するような感覚に近かったのかもしれない。ただとにかく、小学生の僕たちからすれば、映画版の公開禁止と聞いた時は、御釜のロケが原因だと思って」

「御釜での撮影が駄目だった、って？」

「もしくは、御釜で撮影したから、病気になっちゃったのか、と」

まさか、出演しているレッド役の俳優、赤木駿《あかぎしゅん》が、幼女にわいせつ行為をしたからだ、とは予想していなかった。

わいせつ行為とは何なのだ。小学生の井ノ原たちは、親や教師を問い質《ただ》した。映画が飛んでしまうほどのことなのか、と。

「レッドが裸になったのだ」と大人の誰かが大雑把に説明してくれたが、「そんなことでどうして」と納得がいかなかった。

「サンダーボルトの中のレッドの決め台詞、知ってますか？」井ノ原悠が訊ねると、桃沢瞳は訝《いぶか》るような目つきになり、顔を左右に振った。「さあ」

「常識を疑え！　ってレッドはよく言っていたんですよ。まあ、雷がモチーフですから、雷が電気だと発見したフランクリンの話なんかとも関連付けていて」

「そのレッドが、わいせつ行為をしたなんて」

「常識というか、良識を疑いますよ」

二〇一三年七月一五日

「え、店長、『鳴神戦隊サンダーボルト』のチラシ、持っているんですか？」井ノ原悠は芝居がかった口調で、レジの向こう側に立つ、ホビーショップの店長に言った。ネームプレートを見れば、「馬場」とある。

半年経《た》っても、コピー機からはまったく情報がなかったのだから、否《いや》が応でも気持ちは昂《たかぶ》る。

「そうなんだよ、普通のチラシなら、まだほら、それなりに流布《るふ》してるけれど、俺が最近入手したのは別バージョンの、劇場に並ぶ前の、レアな」年齢不詳の丸顔の馬場店長は、一八〇センチはある長身、体重は標準以下なのだろう、スリムなこけし人形を思わせた。早口の甲高い声で話す。

店内を見渡せば、アニメの登場人物と思しき人形やカードのたぐい、ロボットのプラモデルが積まれていた。今度、健剛を連れてこようかと考えるがすぐに、意外に大人向けの店かもしれないと思い直す。

「これなんだよね、ほら見て。配られることのなかったチラシ。全国の劇場にこれ、配布用に届いたらしいんだけれど、その日にちょうどレッドが逮捕されたから、一度も陽の目見ず」戻ってきた店長は抱えているファイルから、大事そうに紙を引き抜き、置いた。

「一九九五年の劇場公開時のやつ、わあ、本当ですね」井ノ原はそのカラーの紙を見下ろした。

桃沢瞳の依頼を受けて半年、今になり、コピー機に情報がひっかかるとは、井ノ原は思っていなかった。

「十数年前の映画ですし、情報は手に入らない可能性が高いですよ」彼女にはそう伝えてあった。出演俳優が犯罪を起こしたがために、劇場公開が中止、といった話題性はあるものの、派手さやえげつなさでいえば、「他に類を見ない」ほどではなく、コピー機の複写として表に出てくる可能性は低いだろう。

彼女は、「構わない」と答え、一方で、他のキーワードについても情報が入ったら、売ってちょうだい、と言った。そのキーワードがまた、井ノ原には理解できないものだった。「東京大空襲時のB29墜落」「チュリー・ザ・ホリゾンタル・キャット」

「どういう意味なんですか」

「もし、それらに関する情報があれば」

果たして、そのような情報が手に入るのかどうか。

井ノ原は期待していなかった。おそらく無理だろう。ただ、一方で、桃沢瞳が提示している報酬を考えると、ぜひとも手に入れたいという思いが強かったのも事実だ。

家計はますます坂道を転がりはじめていた。妻の沙耶子の実家からは金銭の援助を断られた。やり取りの詳細は聞いていないが、義父の傲慢《ごうまん》な物言いに沙耶子が憤慨し、交渉は途中で決裂したらしい。

さらに近所の主婦友達から、このところ外国為替証拠金取引《FX》で高利益を上げていると聞かされ、あなたもおやんなさいよ、と勧められた沙耶子は、キャッシングの返済のためにどうだろうかと夫に相談した。井ノ原は気が進まなかったものの、なにもしないではいられない様子の妻の苦しさも理解できたから、いくらか試してみることにした。沙耶子は二ヶ月連続で利益を出した。ただ、喜んだのも束《つか》の間《ま》、相場の急変への対応が遅れ、結局は数百万円の損失を出してしまう。それ以上は怖くて、つづけられなかった。

そんなふうに、井ノ原家の負債はかさむいっぽうであり、ここ数年、楽に金繰りがつく月など皆無に等しかった。住宅ローンの残債も二千万円ほどあり、すべての借金を合計すると三千万円近くになる。そろそろ安い借家に移るべきかもしれないと夫婦で話し合っていたところだった。

問題なのは、借金の額のみならず、返済には期限があり、利息が払えなければその分、元金が増えてゆくことだ。井ノ原家はすでに、利息分を納めることしかできなくなっているが、ここにきて、それすら怪しくなってきている。そしてこの七月中、利息の支払いも滞れば、借金の総額はついに三千万円の大台を超えてしまうのだ。

副業の収入で補塡《ほてん》しつつも穴は埋まらず、むしろ利息で日々、穴は広がっていくものだから、夫婦ともども焦《あせ》りと疲労ばかりが溜まっていく。

『鳴神戦隊サンダーボルト』の劇場版に関するチラシの情報が突如、飛び込んできたのは、井ノ原が金のやりくりで朦朧《もうろう》としはじめた頃だ。

仙台駅の近くにある、玩具《おもちゃ》やグッズ販売を行うホビーショップのコピー機で、複写されたのだと分かる。

すぐに桃沢瞳に連絡した。

「これ、劇場版チラシね。わたしが持っていたのとは違うバージョンみたい」画像ファイルを確認した桃沢瞳には高揚や達成感のようなものはなく、その反応から、なるほど、彼女は、レアなグッズを収集するコレクターではないのだという思いを、井ノ原は強くする。「B29」のほうが本命なのだろうか。

「そのチラシを持っている人から何か情報を得られないかしら」

「チラシについて？」

「あの劇場版についての裏話とか、そういうもの」

「公開中止にまつわる？」

桃沢瞳は少し間を置いた後で、「そうね。ぜひ」と答え、そこで話は終わりかけたがふと思い立ったかのように、「あ、それから」と続けた。「これは依頼とは関係なくて、ちょっと答えてもらえると嬉しいのだけれど」

「何ですか」

「『村上病はあるけど、ない』」

「え？」唐突に、俳句でも詠《よ》まれたかのようで戸惑った。

「そう聞いて、どう思う？　ある人が言ってたんだけど。『村上病はあるけど、ない』って」

「どう、と言われても。あるけど、ない。なぞなぞですか」

「かもしれない」

しいて言えば、と井ノ原悠は考えを口にする。「村上病はあるけど、ワクチンのおかげで気にしなくていい、という意味ですかね」

「どうもありがとう」と言った彼女の声に満足した様子はなかった。

店を訪れた井ノ原悠は、なかを見て回った後で、戦隊ヒーローもののグッズをいくつかレジに運んだ。会計をしているところで自然を装い、『鳴神戦隊サンダーボルト』の話を切り出したところ、店長が前のめりになり、「チラシを持っている」と鼻の穴を膨らませた。自慢のアイテムを、やっと自慢できる相手が現れた、と喜んだのだろう。

チラシを見た感動を、ひとしきり表現してみせた後で井ノ原悠は、ほかの話が聞けぬものかと話題をずらしていく。が、馬場店長は、『鳴神戦隊サンダーボルト』について並々ならぬ愛情を抱いているのは間違いないが、映画に関する裏話について目新しい情報は持っておらず、井ノ原悠がネットで事前に調べていた内容と五十歩百歩だった。

「まあでも子供のヒーローが、しかもリーダー役の俳優があんなことをしたんだからさ、公開はちょっと難しいというか、当然の帰結だよ」

「赤木駿って名前自体が、レッド役と結びついているくらいだし、確かにイメージダウンは甚《はなは》だしかっただろうね」井ノ原悠は言う。「今、どこで何をしているのかも分からないけれど」

すると馬場店長の目が少し光り、嬉しそうに笑みを浮かべた。優越感が溢《あふ》れている。

喋りたくて仕方がない噂話を抱えているのだろう。井ノ原悠が、そのあたりの心理をちくちくと突くように言葉を差し向けると、馬場店長は口を開いた。

「これは別のマニアから聞いたんだけど、噂ね、あくまでも噂。『鳴神戦隊サンダーボルト』のグッズばかり、ひたすらオークションで落札してる奴がいるみたいなんだよ。IDやら氏名は少しずつ違っているんだけどそれがどうも、ほら感触としては赤木駿なんじゃないかって」

「本当に？」井ノ原はこれは芝居ではなく、本心から声を高くした。子供の頃に抱いていたサンダーレッドへの憧《あこが》れが依然、心に残っているのだ。そのレッドがオークションに参加しているかもしれぬ、と聞き、急に親しみが湧き、嬉しくなったのだ。

「いや、あくまでも噂、マニアの間の都市伝説みたいなものだけれど、でも、それはあそこの支配人も言っていて」

「あそこの支配人？」

「映画館、アーケード通りの中にある、サンセット劇場の。そもそも、このチラシを見せてくれたのがあそこの支配人だったから」

仙台市内にいくつもあった映画館は、郊外にシネコンができるにつれ、次々と営業をやめていったが、すべてがなくなったわけではない。いわゆるミニシアターと呼ばれるたぐいの映画館は残っており、アーケードの中にもレイトショーや特集上映の看板を立てかけた場所があった。

「あそこは、古い映画のお宝グッズがたくさんあるんだよね。洋画やら邦画、アニメも含めて。役者が来た時のサインやら置いていった衣装とかもあるし、昔、戦隊ヒーローものはあそこが一手に引き受けていたでしょ。知らない？　いや実際そうなの。あそこはなかなかの宝の山でさ。この間、ばったり飲み屋で会って、『鳴神戦隊サンダーボルト』の話をしていたら、自慢げにチラシのことを言うから」

後日、支配人はこの店にそのチラシを持ってきた。人は、自慢できるものがあれば、自慢したくなる性質がある。支配人も少しくらいは、お宝を見せびらかしたかったのだろう。世の市場原理も、人の行動の理屈も、「他者に自慢したい」欲求から生まれているのではないか。井ノ原悠は時にそう感じずにはいられない。

「チラシを譲って、と懇願しても、あの支配人は首を縦に振らないの。断固拒否の姿勢ってやつ。だから、せめてカラーコピーをさせてくれ、って頼んで」

そのコピーの情報が井ノ原悠のところに飛んできた、というわけだ。

「しかもあの支配人、ほかにも絶対何かお宝持っている雰囲気あるんだよね」

「お宝？」

「あの劇場版のグッズか何か。雰囲気が漂っているというか、充満しているというか、蔓延《まんえん》しているっていうのかな」

「そもそも何で、『鳴神戦隊サンダーボルト』の話題になったんですか」

馬場店長は少し肩をすくめた。「それはまあ、すごく単純な話で」

「どういう」

「今、あのサンセット劇場で、昔の映画、『サンダーボルト』のリバイバル上映をやっているんだ」

「え？　公開中止になった劇場版が？」

「違う違う、そっちじゃなくて、まあ、話の流れ上、そっちだと思っちゃうだろうけどそうじゃなくて、洋画のほう。クリント・イーストウッドが主役の。知らないかな。若かりし日のイーストウッドと若かりし日のジェフ・ブリッジスが出ていて」

子供の頃、洋画劇場で観たのを思い出した。「マイケル・チミノ監督の？」

「若かりし日のマイケル・チミノ」

「若かりし日のアメリカで撮影された、映画が」

「古臭い映画館で上映中」馬場店長は言って、自ら笑う。

3

二〇一三年七月一五日↓七月一六日

色あせてぼろぼろの緞帳《どんちょう》に囲まれたスクリーンには、ボンネットに火の鳥が描かれた白い車体が映し出されている。それは相葉時之の愛車と同年型式の、ポンティアック・ファイヤーバード・トランザムだ。

前から三列目の左寄りの席に深々と体を預け、ウーロン茶片手にポップコーンを頬張りながら上目使いに一点を見つめる。それが相葉時之の、映画を観《み》るお決まりのスタイルだ。トランザムの映像を受け止める彼の瞳孔《どうこう》は、実物と毎日接しているにもかかわらず、一段と大きく開いている。

画面の奥にはUSED CARS《中古車屋》の看板が立っていて、その駐車場にはほかにも車が何台も展示されている。若かりし日のジェフ・ブリッジスが、後方からトランザムに歩み寄ってきて、カウボーイハットをかぶったディーラーと言葉を交わしはじめる。

車のドアが閉まり、エンジンを吹かす音が響き渡ると、スクリーン上にたちまち不穏な空気が漂い出す。すでに何百回も観ている映画だが、何度目だろうとこの出だしには引き込まれずにいられない。

逃亡先の仙台で、『サンダーボルト』のリバイバル・レイトショーが行われていると は幸先がよすぎる。これで深夜零時頃までは、物騒な追っ手のことなど忘れて身を潜めていられる。のんびりしている場合でないのは承知しているが、闇雲《やみくも》に逃げ回るよりは、屋内でじっとしているほうが悪い作戦ではないはずだ。

何より、この映画だけは見すごすことができない。

今スクリーンに映っているのは、ファイヤーバード・トランザムというアメリカ車に魅了されるきっかけとなった、自分にとってのフェイバリットムービーだからだ。

スクリーン上では、ジェフ・ブリッジスがトランザムを乗り逃げすべく急発進させていた。怒鳴りながら走って跡を追いかけるカウボーイハットのディーラーが、画面いっぱいに立ち込めた土埃《つちぼこり》のなかに姿を消し、いよいよクリント・イーストウッドの登場というところで相葉時之は体がビクッとなった。ボウリングシャツの胸ポケットに入れていたスマートフォンが、いきなり振動しはじめたためだ。

バイブレーションの音程度でも、劇場内では著しい騒音と化す。同列のど真ん中に座っている中年男が、迷惑そうに鋭い視線をちらちらとよこしてきた。小太りの体に『イエロー・サブマリン』のTシャツを着て、頭髪をきれいに七三に分けているその男は、いかにも映画マニアという雰囲気を醸《かも》し出している。はいはい、と声に出さずに口だけ動かしてウーロン茶やポップコーンを隣席に置き、相葉時之は振動中のスマートフォンを取り出した。

切り忘れていた電源をオフにしかけ、相葉時之はふと手を止めた。振動しているのは彼自身の端末機ではなく、髭面《ひげづら》男から奪い取ってきたほうのスマートフォンだったためだ。電話に出れば、お宝の正体を知る手がかりを得られるかもしれない。そう考え、通話ボタンを押そうかと数秒ほど迷っていたところでぱたりと振動音がやんでしまった。映画のほうはさらなる盛り上がりを示し、教会内での発砲劇から草原での追跡劇へと移行している。

そんななか、相葉時之の視線はなおもスマートフォンに注がれていた。

彼の脳裏にあるのは、七月末までに金を払えなければ、実家の解体工事がはじまってしまう、という非情な現実だ。

クソ、と相葉時之はかぶりを振りたくなる。昔からの悪い癖で、反射的に余計な首を突っ込んでしまったせいで、母親まで巻き込み、家屋敷を失いかけている。

後輩の相談に乗ってやったことまではいい。アダルトビデオだって悪くない。あの事務所のあくどさも、それなりに覚悟してはいた。予想できなかったのは、後輩が行方をくらましてしまったことと、容赦ない取り立て屋の仕事の速さだ。ここに俺の、甘すぎる見通し、判断ミスがあったのは否《いな》めない。

後輩の安否も気にならないではない。あのタイミングでの失踪《しっそう》は、必ずしも本人の意思だったとはかぎらないからだ。誰かにまた誑《たぶら》かされ、地元に帰れなくなっているのではなかろうか。あるいは以前に角山が指摘していたように、端《はな》から事務所の人間と共謀し、田舎の人間を騙《だま》くらかす計画だったのか。どちらにしても、今の自分は、他人の心配などしている場合ではない。とにかく金だ、金が必要なのだ。

スマートフォンを持つ手に力が入る。ここになんらかの、金になる情報があるはずだ。イーストウッドの険しい表情をいったん目に焼きつけてから、焦心に駆られて彼はパスコードを入力した。

仙台市街までの運転の合間、中身をざっと調べたときには特に収穫はなかった。アドレス帳や予定表は空っぽ、メールボックスのほうには結構なやりとりが保存されてはいたものの、どれも英文なので解読できず、めぼしい情報の有無は定かでなかった。ほかに手間どらずにチェックできて、お宝に直結しそうなデータとなると、画像や動画くらいしか彼には思い当たらない。

信号待ちでアルバムを開いてみた際は、どこかの山を俯瞰《ふかん》したり山中の鬱蒼《うっそう》とした風景を収めた、絵葉書みたいなつまらない写真が何枚も出てきただけだった。そのためこれもハズレだと即断し、残りの写真は確かめもしなかったのだ。

念のためと思い、相葉時之はここで再度アルバムを開いた。

何度見たところで、絵葉書は絵葉書でしかない。が、俯瞰写真をじっと見つめてみると、そこに写っているものには見覚えがあることに彼は気づいた。

観光許可区域から撮られたと思《おぼ》しき、蔵王山の火口湖、いわゆる御釜《おかま》の写真だ。

ひっかかるものを相葉時之は感じたが、その理由まではすぐにはわからなかった。

御釜の写真はアングル違いが何枚もあり、ハイキングコースじみた山中の風景写真はさらに多くの枚数が保存されていた。砂金が溜《た》まっていそうな河川の写真などは見当たらない。ひきつづきそれらをスライドさせているうちに、ついに異なる被写体が登場した。

ポートレートや風景写真ではなく、一枚の地図をスキャンした画像データだった。相葉時之の心はにわかに色めき立った。

その地図は一見、御釜への道順を示した単なる観光案内のように見える。

が、相葉時之はこれにもひっかかるものを感じた。

こちらのひっかかりの理由ははっきりしていた。それは明らかに、立ち入り禁止区域の内側へと通ずるルートだったからだ。

この立ち入り禁止区域は、村上レンサ球菌の感染防止措置にともない、一九五二年に設定されている。国の管理下にあると知られているだけで、区域内の実態が民間に伝えられることはまずない。こんなリスキーな場所への侵入ガイドを、普通のビジネスマンは必要としない。

不法侵入のための地図ということは、それこそが闇取引に関係する情報だろう。画像データの端っこには、「Year 1868」と書かれている。「Year 1868」といえば明治元年だが、ネット検索してみてもほかのつながりまでは見えてこない。あるいはそんなにも昔から、そこになんらかのお宝が隠されているということなのか。

手応《てごた》えを、相葉時之は感じていた。依然として、謎《なぞ》は深いものの、突破口には確実に接近している。もうひと押し行ってみようと思い、液晶画面上で素早く右手の親指を滑らせる。

地図アプリを立ちあげて、履歴確認にとりかかろうとする。が、その矢先に突然の振動に驚かされ、彼の手は止まってしまう。

また電話がかかってきた。はっとなり、今度こそはと通話ボタンを押すべく親指に力を入れかけたとき、右のほうからわざとらしいくらいの咳払《せきばら》いが聞こえてくる。『イエロー・サブマリン』Tシャツの映画マニアが渾身《こんしん》の目力《めぢから》でこちらを睨《にら》みつけていた。はいはい、と声に出さずに口だけ動かして、相葉時之はただちに席を立った。何がイエロー・サブマリンだよ、ブルドッグみたいな顔しやがって。

館内通路に出ても、劇中音がうるさいくらいに漏れていた。

そのため相葉時之は、スマートフォンを左耳に当てたまま館内奥の裏口のほうへ向かって歩く。

通話相手は口調を抑えてはいるが、そこから伝わってくるのは屈服を迫る強固な意志ばかりだ。あの髭面男が、取引を持ちかけてきている。

「手っとり早く行こう。おまえはそのスマホが金になると思ってる。死にそうな目に遭ったのだから、この機会にせめていくらかでも稼いでおきたいと考えてる。そうだな？」

相葉時之は答えなかったが、その代わりに、生つばを飲み込む音を響かせてしまった。

その通りだ、金が必要だ。

「いいか、おまえの持っているそれは、確かに金になる。だがな、おまえには換金できない。スマホ自体が金になるわけじゃないからな。売り物がわからなければ、買い手を見つけられるわけがない。ゆえにおまえの懐《ふところ》は膨らまない」

男の言葉を聞きながら、相葉時之は舌打ちをこらえる。どこまで相手が本当のことを言っているのかを探りたかった。

「しかし安心しろ、俺がじかに支払ってやるよ」

「おまえが？」

「ああ、そうだ。即金でな。つまりおまえに楽をさせてやろうというわけだ。そうすりゃ俺も儲《もう》けられるし、お互いに損しない。ウィンウィンてやつだ。どうだ？」

相葉時之の脳裏で、一瞬の会議が開かれる。この男の言ってることは本当だろうか。いや、取引に乗ったら痛い目に遭うのは明らかだ。が、今のままでは金が手に入らないのは事実かもしれない。とはいえ、危険きわまりない。いや、それよりも、と最終的には思う。とにもかくにも金がいる。

「聞いてるか？　これは駆け引きなんかじゃないから、素直に俺の言うことを聞いとけ。それがおまえのようなやつの手に負える代物《しろもの》じゃないってことは、もうわかってるはずだ。俺の依頼主たちを見ただろ。取引先はもっとヤバい連中だぞ」

相葉時之が返答に窮していると、髭面男はアメとムチの要領で包囲を狭めてきた。居場所は把握済みだから、これ以上逃げるのは無駄だと軽く脅しをかけてきたのだ。

居場所を把握済み？　まさかと思い、相葉時之は映画館裏口のドアをそっと開け、隙《すき》間《ま》から外の様子を覗《のぞ》き見た。

サンセット劇場は、雑居ビルの二、三階を占める形で営業しており、三階の高さに位置する裏口からはビル裏手に面したコインパーキングを一望できる。

敷地の隅っこに停めたトランザムの周囲に怪しい人影はなく、そこらをうろついていたり立ち止まっている者もいない。コインパーキングの隣の工事現場も、暗く静まりかえっている。

やつは、この近辺で待機しているわけではないのだろうか。

裏口は鉄骨外階段の踊り場につながっていて、コインパーキングへはそこからおりられる。だから逃げる気になれば、今すぐここを脱け出せる。

が、あの男が今更はったりを言うとも思えず、駐車中の車内からこっそり見張っていることも考えられる。

「はったりじゃないのなら、俺が今いる場所を言ってみろ」

「仙台のアーケード街だ。一番町の、アップルストアの並びにあるビルだな」

即答だった。覚悟はしていても、相葉時之は動揺に襲われた。偵察衛星かなにかでも、監視されているような気分だった。

そう思った途端、相葉時之はからくりを理解した。まったく単純な仕組みだった。なるほど目下使用中のこのスマートフォンが、GPSで居場所を向こうにチクっているのだ。

「近くにいるのか？」

「まあそんなところだ」

こちらは居場所を知られているが、相手の姿は見えない。「不利な状況」のお手本のようだ。

ひとまず誘いに乗っておき、同時に逃げ道の確保をはかるしかないのかもしれない。

「おい、あの山に隠してあるのは、そんなにヤバいものなのか？　あれは禁止区域だろうが」この際だから、撃てる弾はすべて撃っておこうと考えて、相葉時之は鎌《かま》をかけた。

相手は露骨に不愉快そうな息を吐いた。地図を見られたことに苛立《いらだ》っているのか。

「おまえも、あんなところにわざわざ行きたいとは思わんだろ」

「どうだろうな」ガキの頃に受けた予防接種の効き目は、今だって消えてはいないはずだ。感染症の本拠地となると、その効果も万全ではないような気もしてくるが、免疫がゼロでないことを考えれば、発症を過度に恐れる必要はないのかもしれない。

「いったい何があるんだよ、御釜に」

「気になるか？」

「なるね」

「そういやおまえ、徳川埋蔵金とか、取っ組み合ったときに言ってたな。金銀財宝とか、そんなもんが隠されてると期待しているようだが、それがそもそも大間違いだ。あそこにあるのは、誰もが買いたがるようなものじゃない。単にそれだけ持ってても、使い道がない。そういう類《たぐ》いのものだ」

「そう言われて、はいそうですか、なんて言うと思ってんのか？　おまえははじめ、あの水に価値があるなんて嘘《うそ》つきやがった」

「いいか、おまえがそのスマートフォンを金に換えるなら、方法はひとつしかない。俺に、そいつを渡すことだ」

　果たしてどうすべきか。相葉時之は答えが出せず、相手から有用な情報を引き出すにしてもどんな質問をぶつけたものか、と悩んでしまうのだが、その隙を突くかのように相手が、「おまえはいくらほしいんだ？」と問いかけてきた。

　直球勝負で、いくらほしいのか、と餌《えさ》をぶら下げられ相葉時之は動揺した。しかも言い値かよ、と面食らう。

「とりあえず百だ」百万程度ではまったく足りない。実家を買い戻すための、手付け金にもならないかもしれない。が、どの程度まで なら要求が通るのか、見当もつかなかった。

「とりあえず？　とりあえずってのはなんだ？」

「とりあえずってのは、その、あれだ、最低ラインてことだ」胡散臭《うさんくさ》すぎる取引を進めることへの不安はあった。これはかつて自分が手を染めていたような、ちゃちなアングラビジネスとはわけが違う。死人が出ているのだ。乗りや勢いだけでどうにかなることではない。が、相葉時之は腹をくくる。

なにがなんでも金がいるのだ。生まれてこの方、母親にはさんざん迷惑をかけてきたというのに、今度はあろうことか、俺の不手際《ふてぎわ》のせいで、思い出のつまった大事な家屋敷を手放す羽目に追いやってしまった。もうすぐ破壊され、跡形もなく消え失《う》せてしまいつつあるあの家を、是が非でも俺は取り戻さなければならない。

「つまり百万か」

「いや、三百だ」相手の反応から、もう少し増額できると踏んだ。

髭面男はしばし押し黙ったが、ほどなく、「まあいいだろう」と答えた。「これから用意してやる。金がそろったら連絡するから、おまえはそこで待ってろ。時間はかからん」

通話が切れ、汗まみれのスマートフォンを耳から離すと、相葉時之は頭を抱えてその場にしゃがみ込んでしまった。もっと吹っかけることができたのにと悔やんでいたのだ。


冷静になり、トイレに向かいがてら考えたのも、似たようなことだった。言い値で構わないというのだから、このスマホを取り戻して、御釜からなにか持ち帰りさえすれば、あの男には相当な利益が転がり込んでくるのだろう。それがわかっていながら、みすみす宝の地図を三百万ぽっちで売り渡してしまうというのは利口な話ではない。

　これが最後のチャンスだったのではないか。

その機会をもっと有効に使うべきだったはずだ。

　俺はまたしくじったのか。

　そんなふうに思いつつ、トイレのドアを開けると、楽しげな口笛が聞こえてきた。ダークグレーのビジネススーツを着た先客がひとり、小便器の前で用を足そうとしていた。その又隣に立ち、相葉時之はデニムパンツのファスナーを開けた。

先客は気にせず、口笛をつづけており、それを耳にしているうちに、相葉時之は懐《なつ》かしい気持ちに満たされた。

　懐かしいだけでなく、心も浮き立ってくるメロディーだったのだ。

　歌詞も知っている。一時期しょっちゅう唄《うた》っていたことも、よく覚えている。かつて欠かさず観ていたテレビ番組のテーマソングが口笛演奏されているのだと、彼は気づいた。

　戦隊ヒーローものにどっぷりハマっていた、子供の頃の記憶が色濃く蘇《よみがえ》ってきた。毎年新作が放送されるその特撮テレビドラマシリーズに、あの時分はすでに同級生の誰もが見向きもしなくなっていた。

が、あいつだけは違った、と久しく会っていないひとりの旧友のことも、相葉時之は同時に思い出していた。懐かしさとともに、罪悪感に胸を射貫《いぬ》かれる。十二年前の思わぬ再会の際、厄介ごとに巻き込み、ひどい怪我《けが》をさせてしまった。その引け目のせいだ。

気づけば、相葉時之は唇をすぼめて見知らぬ他人の口笛をついなぞっている。

サビの部分に入り、興が乗ってきて体を小刻みに揺らしつつ横を見ると、先客もこちらを向いて競うように口笛を吹いていた。

小用を済ませたところで、相葉時之はファスナーを閉めながら先客に話しかけた。

「懐かしいの知ってるんだな。『鳴神戦隊サンダーボルト』のテーマ」

それに対し、先客は返事もしなければ立ち去りもしない代わりに、相葉時之の顔を訝《いぶか》しげに凝視している。

なんなんだと困惑し、面倒くさいやつに関わってしまったかと、相葉時之はたちまち閉口しかけた。が、いざ真正面からその男と目を合わせてみると、彼のほうも視線をはずせなくなっていた。少しの沈黙のあと、まなざしにひときわ力を込めて先客はこう口にした。

「まさかとは思ったが、やっぱりそうなのか」

相手の言葉から、相葉時之も確信を得た。「驚いたな。おまえにまで会っちまうとは」

「ほかにも誰か、映画観に来てるのか？」

「いや、今日一日の話だ。同窓会みたいな日になっちまった」

懐かしい曲に導かれて、今し方思い出が呼び起こされたばかりの旧友が、井ノ原悠がそこに立っていた。目もとをやわらげると、旧友の人相はみるみる昔の面影と重なる。トレードマークのようだった明朗な笑みも浮かべてみせて、井ノ原悠はこの偶然を快く受け入れている様子だった。

後ろめたさから背筋が寒くなるという感覚に、相葉時之ははじめて襲われた。十二年前のアレ、高校時代の一度きりの再会が、最悪の記憶として脳裏に染《し》みついているからだ。言葉もない。せめておまえは忘れちまっていてくれ、と願う思いすらあった。

「相葉、呆《あき》れるくらい変わってないな」

「そう言うおまえもな。冷凍保存でもされてたんじゃないのか？」しかし大人になった井ノ原悠の顔立ちは、いっそう理知的になったように見えた。子供の頃よりも陰りがあり、疲れの色が見てとれるが、それらも込みでかなりモテそうな外見に仕上がっている。

「同窓会みたいな、ってほかに誰と会ったんだ」

「富樫とか福士とか、あのへんだな。それと徹もだ。田中な。あいつ今、ホテルのドアマンやってるんだよ」

「知ってる。去年仕事でそっちに行ったとき、こんな感じでばったり志賀に出くわしたんだ。あいつに聞いたんだよ」

「なんだ、死神博士に会ったのか。俺のこともなんか言ってたか？ 志賀には貸しがあるんだ」

「まさかそれ、少年野球の合宿のときのじゃないだろうな」

「それだよ。あいつが、青葉城の政宗像のデマを吹き込んできやがって」

「あんな子供の頃のことを覚えてるとはな。執念深いやつだ」井ノ原悠が苦笑した。

相葉時之はそこで胃に重苦しさを感じる。井ノ原悠は腹のなかで、「俺にだって貸しがある」と考えているかもしれない。そんな邪推が浮かんだ。十二年前のアレをただちに詫《わ》びるべきだと、わかってはいる。が、あまりに久方ぶりすぎて、その話への持ってゆき方がさっぱり見えてこない。それに謝罪を口にした途端、自分の愚かさを認めてしまうような気がして心が先へ進めない。

「で、おまえはなにしてんだよ井ノ原、こんなとこで」話を逸《そ》らしたいがために、質問を投げかけた。

「映画を観る以外に、映画館に来る理由があると思うか？」

そう言いながら、井ノ原悠はにやついている。相葉時之もそれに倣《なら》うようにして、片側の口角をつりあげてみせた。

「だよな。『サンダーボルト』なんかやってたら、素通りできるわけがない」

「その通り」

どちらかの携帯電話が振動音を響かせていたが、ふたりとも会話を中断する素振りは見せなかった。相葉時之がにやにやしながらこう問いかけた。

「覚えてるか？」

「なにを？」

「『サンダーボルト』のことで喧嘩《けんか》しただろ」

「誰が？」

「俺らふたりで」

「そうだっけ？」

「うちでビデオ見たあとだよ」

「相葉んちで？　ああ、洋画劇場録画したやつか」

「見終わったら言い合いになったろ」

「あれか。なったな」

「だろ」

「俺がサンダーボルトで、おまえがライトフットってことになったんだよな」

「アホか。逆だ。俺がサンダーボルトで、おまえがライトフットで決着ついたんだよ」

「いや違う。その後に冷静に話し合った結果、やっぱり俺がサンダーボルトということで決着がついたんだ。おまえがライトフット」

「違う違う。どう考えてもライトフットはおまえだよ。足速かったしな。盗塁王だったろ」

「あのチャラさはおまえのほうだろ」

「いやおまえだ。女装してるところも見たしな」「それはおまえだろ」「おまえも着てたよ、うちの母親の服。俺より似合ってたしな」

ふたりとも、いつしか自然な笑みを浮かべ合っていた。笑い声までもが少年時代のものと重なり、過去と現在という対立がひとりでに解消されてゆくようでもあった。

「相葉、おまえ、変わらないな」

「いや、俺は」相葉時之は思わず、本心から否定した。人は少年時代のまま、留《とど》まってはいられないのだ。しかも、いい方向に進歩することよりも、暗い沼に入り込むように、沈んでいくことのほうが多い。俺はまさにそれだ、と訴えたくなる。「今はいろいろ、ぎりぎりだ」

「ぎりぎり？」

「ガキの頃の俺が知ったら、がっかりするかもな。そんな日々だ」

「ああ」井ノ原悠も静かにまばたきをし、神妙な面持ちになった。「それは、たぶん、俺もだよ」

おまえが？　相葉時之はまじまじと友人の顔を眺めてしまう。

井ノ原悠は寂しげに顔を歪《ゆが》めた。

小便器の前でいつまでも立ち話していることもないと気づき、相葉時之と井ノ原悠は手洗い場のほうへ移動する。横に並んで蛇口を開け、ふたりは同時に両手を水流に浸した。

「なあ、井ノ原」相葉時之はそこで、思い浮かんでいた考えを悩んだ末に発していた。

「なんだ」

「金ほしくねえか？」


蛇口を閉め、千鳥格子《ごうし》柄のハンカチで手を拭《ふ》きはじめていた井ノ原悠が、一瞬ぴたりと身動きを止めたのを相葉時之は見逃さなかった。

これは行けるかもと見た相葉時之は、旧友の出方を待った。

もちろん、この久しぶりに会ったばかりの男を巻き込んでいいのか、という迷いはあった。十二年前、自分がまだ高校を中退する前だったあの頃、七夕まつりの前夜祭でたまたま出会った井ノ原に、恩を仇《あだ》で返す形になってしまったことへの反省もある。またおまえは性懲《しょうこ》りもなく、井ノ原に迷惑をかけるのか。そんな自責の声はやまないが、あとがない相葉時之は、引き返すこともできなかった。「どうだ、井ノ原、金ほしくないか？」

　このタイミングで、小学校の同級生と、しかもなにをやる上でも最も信頼していたいちばんの友、井ノ原悠とめぐり合ったその偶然に興奮していたことも、後押しした。自分一人では困難なことでも、この旧友が一緒であれば、と思わずにいられなかった。

「金か」井ノ原悠はぼそっと呟《つぶや》く。それは、その言葉の感触を口の中で確かめるようでもあった。

「おまえが、金なんていらない、って言うんだったら俺はこれ以上、なにも頼まねえよ。ただ、もし、万が一、少しでも金があったほうが助かる、なんて状況なら」

「なんなんだよ」

「俺に力を貸してくれよ」そんな頃合いと見て、相葉時之は井ノ原の肩に手をかけた。「実は今、デカい儲け話があるんだ。ただ、俺ひとりで全部まとめるのはちょっと難しい。おまえが手伝ってくれるなら」

　しかめっ面で振り向きかけたまま、井ノ原悠は押し黙っていた。

　いくらかでも説得力が増せばと思い、相葉時之は胸ポケットからスマートフォンを取り出した。それをこれ見よがしに右手で掲げながら、「いいかよく聞け」と彼はさらに誘いかけた。

「ここに宝の地図が入ってる」

井ノ原悠は憐《あわ》れむような顔つきになった。「相葉、宝探しに縋《すが》るようになったら、おしまいだ」

「これは本当だ。ゴールはそう遠くないところだ。大金に化ける物凄《ものすご》いものがそこで俺たちを待ってる」

「物凄いもの？　へえそうかい。具体的に言ってみろよ」

相葉時之は一瞬、言い淀《よど》んでしまった。その答えはまだ、突き止められていない。なにか言わなければと思った矢先、「明治元年から保管されているお宝だ」などと口走っていた。スマートフォンに保存されている画像データのひとつに、「Year 1868」と記されていたことからの連想に過ぎない。ついでに、「埋蔵金とかな、そういうの、あるだろ」とも言い添えた。

するとと井ノ原悠は訝りながらも、「明治政府ははじめ、徳川埋蔵金を当てにしていたらしいけどな」と同調するような言葉を返してきた。相葉時之は途端にぱっと表情を明るくして、「それだ」と人差し指を井ノ原に向けた。「その埋蔵金が眠ってる」

「どこに」

蔵王の御釜だ、と言いかけてやめた。「それはおまえが協力してくれるなら教えてやる。どうだ？　最後まで付き合ってくれたら、当然、分け前をやるが」

井ノ原悠は一度溜め息をつき、トイレのドアを開けながら返答した。「やめとくよ。おまえの持ちかける話が安全だったことなんていっぺんもなかったからな」

相葉時之は内心ふと、「確かにな」と受け入れそうになった。が、宝探しへの勧誘をつづけるうちに彼の意識は押しが強くなっており、それより先に口が動き、「なんのこと言ってんだよ」と訊《き》いてしまっていた。

幸い、井ノ原悠が念頭に置いていたのは十二年前のアレではなく、小学生時分の悪ふざけだった。「ピッチングマシーンの件だよ」

「ああ」

「おまえ忘れちゃいないよな。あれのせいでどうなったか思い出してみろ。俺までおまえと同罪にされちまって、グラウンド百周の刑だったからな」

「百周なんて走ってないだろ」

トイレはちょうど館内通路の真ん中に位置していた。相葉時之が表口、井ノ原悠が裏口のほうに背を向けて、お互いに意見をぶつけ合っていた。ほかに客はおらず、映画の劇中音も変わらずうるさいくらいに漏れていた。

「なんだよ、ほんとに組む気なしか」

「こっちも忙しいんだよ」

「嘘つけ」

脱力した様子で、井ノ原悠はまたもや溜め息をついた。「今の俺はな、尋常じゃなく忙しいんだ。仕事しないのは寝食のあいだだけで、朝晩働きづめだ」

「おまえ、結婚してんのか？」

「息子もいる。幼稚園のな」

「マジかよ」もう幼稚園ということは、かなり若い頃にできた子供なのだろう。この俺が好き勝手に、後先考えずにすごしてきた二十代を、こいつは父親として生きてきたっていうのか。そう思うと、井ノ原悠が急に遠い存在に感じられた。「子供ってのは、その、やっぱり可愛《かわい》いんだろ？」

相葉時之のその問いかけに対してだけ、井ノ原悠はごく自然に目尻《めじり》に皺《しわ》を寄せ、優しい顔になった。「子供は可愛い。いや、可愛いというか、説明が難しい」

「何だよ、もったいつけた言い方しやがって」「そういうんじゃない」

「つうか井ノ原、忙しいって言ってる割にはおまえ、今も映画観に来てるんじゃねえか」

「いや、ほんと言えば、これも仕事なんだ」

「なんだそりゃ」

「ここの支配人に用があって来たんだよ。電話でアポもとってな」

「用事も済んでこれから映画のつづきか」それなら余裕はあるだろう、と言いかけた。

「そうじゃない。受付で支配人を呼び出してもらおうとしたら、なかで映画観てるからって言われたんだ。仕方なく、事務室で待たせてもらうことにした。支配人は、つまみ食いみたいにときどき観てるだけだから、どうせ途中で出てくるってバイトの子には聞いたからな。呼びに行くと怒られるって言うし、こっちは未《いま》だにほったらかしなんだ」

「支配人のくせに、約束忘れていつまでも映画観てやがると」

「だから俺の用事もかたづかない。そろそろ映画館の主電源落としてやろうかと思ってるところだ」

「それ名案だな。真っ暗にしちまえば、支配人も驚いて出てくるだろ。なんなら俺が」

相葉時之がその先をしゃべりかけたところ、右手に持っていたスマートフォンが振動した。

　金の用意ができたという連絡だった。

　髭面男は今、ビル裏手のコインパーキングに来ているのだという。受け渡しの場として、サンセット劇場裏口の外階段の踊り場を指定してきた。

　相葉時之は妙に思った。GPSでは、雑居ビル内の何階にいるのかまでは特定できないはずだからだ。なぜこちらが映画館にいることがわかったのだと訊ねると、向こうは鼻で笑い、ずっと映画の音が筒抜けだったからなと返答してきた。

　電話で話していると、井ノ原悠がじゃあなと手を振り、事務室のある表口のほうへ歩いていこうとした。そのため相葉時之は、即座に空いていた左手を伸ばし、去ろうとする井ノ原を制さなければならなかった。

肩をつかみ、ちょっと待っててくれとジェスチャーで頼み込む。

電話を切ると、相葉時之は先ほどよりも真剣味を帯びた目つきで井ノ原に訴えかけた。

「おまえが尋常じゃなく忙しいってのは理解した。よくわかった。だからさっきの話は忘れてくれていい。さっきのはな。でもひとつだけ、これだけは力貸してくれないか。どこかに出向く必要はない。ここで済むことだ。この映画館でだ。三分かそこらでかたづくし、ちっとも危険じゃない。とにかく聞くだけ聞いてくれ」

井ノ原悠が渋々頷《うなず》くと、相葉時之は頼み事の手順を説明した。

まず、宝の地図が入っているスマートフォンを井ノ原に預ける。

次に井ノ原はトイレに潜み、ドアの隙間から裏口の状況を覗き見ながら待機する。

相葉時之が合図を送るのを確認したら、井ノ原悠はスマートフォンを届けに行く。手渡したらそのままUターン。あとは好きにしていい。

「それだけか?」「もちろん、それだけだ」

「追加はないな?」「追加はない」「それ以上は絶対に付き合わないからな」「当たり前だ。おまえが付き合いたいと言っても、お断りだ」

「なにがあってもだぞ」井ノ原悠が呆れながらも、右手を差し出した。

相葉時之はボウリングシャツの胸ポケットからスマートフォンを取り出すと、ふと悪い予感を抱き、デニムパンツの尻ポケットにも手を伸ばした。

「二台？」

「片方は俺のだ。念のためな、こっちもついでに持っててくれ」

「で、合図は？」

「これでいいだろ」言いながら相葉時之は、右手で手招きする仕草をしてみせた。

「合図がなかったら？」

「その場合は、なにもしなくていい」

「ところでおまえ、いいのかよ」

「なにが？」

「宝の地図、渡してしまうんだろ？」

相葉時之は一度頷いてから、すぐにこう補足した。「それでもいちおう金は入るからな。そこそこの額だがしょうがない。おまえが協力してくれるなら、そいつを出し抜いて、自分たちで埋蔵金を探しにいこうかと思ったけどな、まあ、こうなったら少しでも金が手に入ればよしとする」

井ノ原悠が息を吐く。

「どういう溜め息だよ、井ノ原」

「いや、本当に金ってのは重要だよな。つくづく、そう思ったんだ」

「だったら」と相葉時之は反射的に言っている。だったらここで俺と組み、埋蔵金を手に入れるべきじゃねえか、と。

「いいや、おまえに付き合うのだけは、危なっかしくてごめんだよ」井ノ原悠が言う。

「おい相葉、今からやることにはリスクはないんだろうな？　ちっとも危険じゃないってのは、本当のところどうなんだ」

「んなもん、あるわけねえだろ」空笑いしながら、「大丈夫だって、心配すんな」とつけ加え、相葉時之はそのまま裏口へと急いだ。

話をうやむやにしたせいか、通路の途中で井ノ原悠の呼びかける声が聞こえてきた気がした。が、相葉時之は振り返らず、歩みを止めることもしなかった。


映画館裏口のドアを開けると、髭面男の姿はまだなかった。

ストップ装置付きのドアクローザーが設置されているため、裏口のドアは開きっ放しにしておくことができる。

ドアを全開にして固定させると、相葉時之は外階段のほうへ視線をやった。カツンカツンという足音がゆっくりと近づいてきていたからだ。

足音の主は、すでに折り返しの踊り場を通過している。

ひとつ階上の踊り場にいる相葉時之の位置からでも、ぼろぼろのレザー・ライダースジャケットをまとった髭面男が階段を上がってくるのが見えた。

いかつい風采《ふうさい》をあらためて目にすると、やはり相当なツワモノという印象を受ける。

よくぞこんな相手と渡り合う気になったものだと、自分たちの蛮勇にも呆れずにはいられない。誰かの手違いで生じたなりゆき、というか、おおかた徹のやつが、部屋番号を取り違えたのがすべての発端なのだろうが、とにかくとんでもない一日になってしまった。

「今度は素直に、俺の言う通りにするつもりになったようだな。感心な心がけだ。腕を折る約束だったが、それは勘弁しといてやるよ」

そう話しかけてきた髭面男は、あと数段のところまで階段を登ってきていた。

「言ったろ、ナメック星人には無駄だって。その気になりゃ、目からビームも出せるから注意しとけ」相葉時之はふざけて、男を睨みつけてやる。

そのとき、髭面男は最上段の踏み板に片足をかけたところだった。そして踏ん張り、足を伸ばそうとしたのと同時に、男の屈強な体が突如、がくっと沈んだ。

え、と相葉時之は声を上げている。

それは単なる不注意というよりは、急に力を奪われた様子に見えた。自らを支えられなくなり、手すりをつかもうとしても力が入らず、赤ん坊さながらに両手を宙にさまよわせることしかできない。その挙げ句、髭面男は転倒をまぬがれず、ドスンと激しい衝撃音を立てて外階段全体を震動させたのだ。

髭面男は上下逆さまになり、頭部を何度も鉄の踏み板に打ちつけながら転がり落ちていった。折り返しの踊り場の柵《さく》にぶつかっても勢いは止まらず、跳ね返った体はさらに下へと転落をつづけた。もはや地べたが全身を受け止めるしか、終止符を打つ術《すべ》はないというありさまだった。

相葉時之は、その一部始終を呆然《ぼうぜん》と見守ることしかできなかった。

まさかと思って自分の目の前に手をかざし、ビームが出ていないか確認してしまう。

階段の最下段の周辺は死角になっていた。ひとつ下の踊り場まで駆けおりてゆき、下方を覗き込んでみると、相葉時之はそこで思わぬ光景を目撃した。

階段を転げ落ちた男は、コンクリートの地面に大の字になっていた。ぴくりとも動かず、頭髪を真っ赤に染めて、口からは大量に泡を吹いている。

左右の腕はおろか、首すらおかしな方向に曲がってしまっていた。

それ以上に予想外だったのは、何事もなかったかのように死体を乗り越え、階段を駆け上がってくる人物がいたことだった。夏だというのにトレンチコートを着た不気味な銀髪の怪人が、重いはずの巨体を物ともせず、ガンガンと足音を響かせて折り返しの踊り場へと迫ってきていた。

突然のことに混乱をきたし、相葉時之は反応が遅れた。

至急逃げなくてはと急き立《せ》てられ、あわててまわれ右したのは、迫りくる男が外国人だと気づいたときだった。

髭面男と危険な外国人、この組み合わせが偶然でないのなら、あれはホテルでの一件に関わりがある、ヤバい連中のひとりに違いない。

猛烈な危機感に襲われ、相葉時之は透かさず映画館の裏口へと戻ろうとした。が、三階の踊り場にたどり着く寸前に、大男に追いつかれてしまう。

後ろから肩を引っ張られた相葉時之は、そのまま開きっ放しのドアに体を押しつけられ、身動きがとれなくなった。

強烈な圧力をかけられ、顔が押しつぶされそうになる。相手はどうやら身体検査でもしているらしく、ポケットや衣服に隠れた部分を隈《くま》なくまさぐっている。それが終わると間髪いれずに体を半回転させられて、今度は面と向かう形になり、口の奥に無理矢理アメ玉かなにかを押し込まれた。同時に鳩尾《みぞおち》を膝《ひざ》で蹴《け》り上げられた衝撃と痛みで、そのアメ玉を相葉時之はうっかり呑《の》み込んでしまう。

凄《すさ》まじい握力で捕まえられ、考える余地も与えられず、次から次へと翻弄《ほんろう》されるばかりだった。竜巻の渦中にでも放り込まれたみたいに、どうすることもできない。ゴジラ相手に柔道でもさせられているのかと錯覚するほどの、人間離れした圧倒的すぎるパワーだ。すべてが未知の体験だった。これでは一秒もかからず息の根を止められてしまう。眼前の怪人の一挙手一投足に、相葉時之はいちいち恐怖した。

「あなたは水を持っていますか？」

いきなりスマートフォンの音声通訳アプリで話しかけられ、相葉時之は呆気《あっけ》にとられた。スマホ使いのゴジラかよ。当人の暴力性と機械音声の丁寧な口調とのギャップが、ますます人間離れしたものを感じさせる。

「あなたは水を持っていますか？」

おなじ質問がきた。どういう趣旨の質問なのかわからない。相葉時之は首を横に振る。

「あなたはボトルの水を持っていますか？」

またおなじ質問だが、一部が変更されている。「ボトルの水」とはなんだろう。「わからない」と口にしながら相葉時之は首を横に振る。

「あなたはゴシキヌマ水を持っていますか？」

またもや一部が変更されたおなじ質問だが、相葉時之は思い当たるものを感じた。あの髭面男も、「ボトル」には「沼の水」が入っていると言っていた。そう考えると、「ゴシキヌマ水」とは、どこかの「沼の水」のことを指しているのではないか。

ヌマ」という言葉を、あのとき髭面男の口から聞いた記憶もある。「ゴシキってのはどこだ、それはなんの水だ？」

銀髪の怪人は、相葉時之の言葉を解析するかのようにじっとしていた。しばらくして、「水が綺麗《きれい》にします」とアプリの音声が聞こえてくる。「水が浄化します」

わけがわからぬ回答だ。これでは埒《らち》が明かないと相葉時之は思い、「ボトルってのは、あの髭面が持ってたやつか？」と問い返してから、「あれなら俺は持ってないぞ。ボトルの水は全部こぼれてなくなった」と正直に答えてやった。

少しの間が生じた。相手に動揺の気配はない。大男は顔色ひとつ変えず、次の質問に移る準備にとりかかっている。水がないことは最初から承知だったようにも見えた。

「あなたは調達ショップのスマートフォンを持っていますか？」

この質問の意図は考えなくても読みとれる。宝の地図が入ったスマホを横取りしようとしているのだ。相葉時之は知らないと首を横に振る。

すると大男は、やや長めの発言を音声通訳アプリに吹き込んだ。機械音声は、それをこんな言葉に置き換えていった。

「あなたは先ほどインテリジェント・ピルを呑みました。インテリジェント・ピルは超小型の投薬装置です。通信で制御されます。それはあなたの体内に毒を排出することができます。あなたが調達ショップのスマートフォンを持っていない場合、わたしは電話でシグナルを送ります。インテリジェント・ピルがボッリヌストキシンを排出します。あなたは中毒死するでしょう。調達ショップのように、あなたはそうなるでしょう」

映画じみた脅迫だが、確かにさっきアメ玉みたいなものを呑み込んだし、「調達ショップ」が突然死ぬところも見ている。つまり、はったりの可能性はかぎりなくゼロに近いということだ。

相葉時之は急激に吐き気を催した。むしろただちに胃の中身をまるごと吐き出したい衝動に駆られたが、それが許される状況ではなかった。

「あなたは調達ショップのスマートフォンを持っていますか？」

再確認がきた。どうすべきか、と思ういっぽうで、やはり、と相葉時之は感じていた。やはり、あのスマートフォンには重要な情報が入っているのだ。埋蔵金の地図をこの男も欲しがっている。

死にたくなければイエスと答えなければならないが、あのスマホを即渡しすれば殺されないという保証もない。確実に助かりたければ、どうにかしてこの、機械仕掛けのゴジラみたいな怪人を出し抜かなければならない。

相葉時之ははじめて首を縦に振り、即座にこう言葉をつけ加えた。

「ただしここにはない」

それを音声通訳アプリに訳させると、銀髪の怪人はさらになにやらスマートフォンにしゃべりかけていた。

館内トイレのほうを横目で見やると、ドアを半開きにして井ノ原悠がこちらを注視している。関わるのを嫌がっていた割には、それなりに心配してくれているらしい。相変わらず人のいいやつだ、と相葉時之は呆れまじりに感心した。優秀なのに損するタイプだ。

早く逃げろ、巻き込まれるぞ、と相葉時之は念じたが、そこでふと、どうにか井ノ原悠と意思の疎通《そつう》をはかり、この事態を打開できないだろうか、と思いついた。

だが、どうやって？

気が焦《あせ》るが、相葉時之にはアイディアが浮かばない。もう一度、横目でトイレのほうを見やると、井ノ原がしきりに右手を動かしているのが目に留まる。

相葉時之は小首をかしげてみせる。

すると井ノ原はオーバーアクションになり、自身の額に触れるような動作をくりかえした。

なるほど、と思わず相葉時之は漏らしかけてしまう。井ノ原の考えを理解して、はっとなった。

あれは額に触れているのではなく、ベースボールキャップのツバをつまんでいるつもりなのだ。

ブロックサインを出せ。あいつはそう言っている。

「あなたはスマートフォンの保管場所へわたしを導く必要があります」

この機械音声を聞いているあいだ、相葉時之は自然な仕草を装《よそお》って左手を動かし、「一球待て」のサインを井ノ原に送った。

それに対し、井ノ原悠はキャップのツバをさっと手放す動作をとり、「了解」と応答してきた。

まったく、と相葉時之は思う。むくれる俺をさんざん怒って、サインを叩《たた》き込んできたコーチの教えはすげえな。今更ながら感謝したくなる。

「インテリジェント・ピルはいつでも毒を排出できます。あなたはわたしに従わなければなりません。あなたは急いでわたしを案内してください」銀髪の怪人はスマートフォンを突き出し、相葉時之の胸もとを小突いた。これでシグナルを送れば、超小型の投薬装置をいつでも起動できるのだと脅しつけている様子だった。「吐き出そうとしても、毒を排出します」とも言った。

体内に毒爆弾を仕掛けられた状態で、大男の目をあざむき、ここから無事逃げ果《おお》せるにはどうすればいいのか。

　大男は、囚人を見張る刑務官みたいなまなざしで見下ろし、スマートフォンの在《あ》り処《か》へ相葉時之が手引きするのを待っていた。有無を言わさぬ態度なのは明らかだが、せっつくような真似《まね》はしてこない。それは人間離れした強者ゆえの、余裕なのかもしれない。この余裕が見られるうちが、こちらにとっての猶予《ゆうよ》だと相葉時之は考えた。

　そのときひとつだけ、相葉時之は策を思いついた。意を決し、ベストの案かどうかは定かでないが、それしか手がないのだから、仕方がない。館内通路に足を踏み入れると、銀髪の怪人は両手をコートのポケットに突っ込んであとについてきた。

　トイレにいる井ノ原悠は、ドアをぎりぎりまで閉ざして身を潜め、次のサインが出るのを隙間から窺《うかが》っている。

　劇場内への出入り口の手前に差しかかったところで、相葉時之は両手を使い、「ライト打ち」と「ダブルスチール」のブロックサインを井ノ原に送った。その動作は、背後からは見えていないはずだ。井ノ原が視界から消えた。果たしてどこまで、こちらの思惑があいつに伝わっているのか、それを確かめる術はない。

　賭《か》けだ。一か八か、行くしかない。相葉時之は覚悟を固め、銀髪の怪人を引き連れ、『サンダーボルト』上映中の場内へと入る。

スクリーン上では、クリント・イーストウッドが二〇ミリ機関砲をぶっ放し、大金を強奪すべく金庫破りに挑んでいた。映画はここからいっそう盛り上がってゆくが、つづきの場面を観るのはあきらめなければならなかった。

「スマートフォンはあそこに隠してある」相葉時之は場内中央の客席を指差した。もちろんそんな場所にスマートフォンはない。後ろにいる大男を、できるだけ出入り口から遠い場所に連れてゆくためだ。背中をぐいと押されるのを感じて、相葉時之は客席フロアを横切るように歩きはじめた。

三連休最後の日のレイトショーとはいえ、一百五十ほどの客席は四割近くが埋まっていた。夏休み中の学生らしき客が大半を占めていたが、中高年層の姿もちらほらと見受けられる。映画が佳境に入ったところだったせいか、出入り口のドアを開けた際は、前から三列目のど真ん中の席からまたしても鋭い視線が飛んできた。

不審を抱かれぬためには、不自然にのろのろ歩いて時間稼ぎなどするわけにはゆかない。場内中央に近づくにつれ、上昇するいっぽうの拍動が耳障《みみざわ》りになってゆき、相葉時之は次第に途轍《とてつ》もない不安にさいなまれていった。

こんなその場しのぎの作戦が成功する見込みなど、万にひとつもなさそうだ。ブロックサインで意思の疎通をはかった気になっていたが、こちらの意図が井ノ原に正確に通じたという確証もない。ましてや、井ノ原悠が自分にどこまで協力してくれるのか、それもはっきりしない。十二年前のアレを恨みつづけていないともかぎらない。あいつはそんな男ではない、とは思うが、本当に？　という問いが即座に返ってくる。何年ぶりに会ったと思っているのだ。不安と悲観は瞬時に止《と》め処《ど》もなく湧《わ》いてきた。

破れかぶれの心境になりながら、相葉時之は客席のなかで立ち止まった。

場内中央に程近い、五、六席の空席が並んでいるゾーンだった。気圧《けお》されてしまわぬように、相葉時之は大男の目を睨みつけ、「ここだ」とひとつの座席を指し示した。「ここにスマートフォンがある」

もちろん出任せだ。

大男はその座席を一瞥《いちべつ》すると、相葉時之と目を合わせて軽く顎《あご》を突き出した。するとそのとき、二列後方の席から苛立たしげな声が飛んできた。若い男のふたり組が、「どけよこら」「見えねえぞ」などと文句を言い立ててきたのだ。

後ろの客の邪魔になっていると知り、相葉時之はとっさにしゃがんだが、大男は思わぬリアクションをとった。トレンチコートのなかから自動拳銃《けんじゅう》のようなものを取り出すと、ふたり組の男たちを目がけて躊躇《ちゅうちょ》なく発砲したのだ。

突発した事態に驚愕《きょうがく》し、相葉時之は透かさずふたり組のほうへ目をやった。暗すぎてすぐには確かめられなかったが、ふたり組が身動きしているのがわかったことで気持ちが少し軽くなった。

やがて相葉時之は、撃ち放たれたのは銃弾ではなく、五寸釘《くぎ》なのだと気づいた。大男が手にしていたのは、自動拳銃ではなく、釘打ち機《ネイルガン》だったのだ。

ふたり組のうち、右側の席に座っていた男は、釘が座席の背もたれに刺さって無事だった。かたや左側の男は、右肩に釘が突き刺さってしまっており、静かにうめき苦しんでいる。

相葉時之は呆気にとられていた。その相葉を、大男は無言のまま見下ろしている。いったいなにを驚いている、とでもいうかのような目だった。早くしろ、とふたたび顎を突き出してきた。そこから余裕のほころびのようなものを感じ取った相葉時之は、こちらもそろそろ動き出さねばヤバそうだと思い、焦りを募らせた。

だが、ほどなく状況は一変した。釘打ち機の脅しは逆効果でしかなかった。

すっかり逆上したふたり組が、反撃に転じたのだ。勢い込んで前列の座席を乗り越え、そのまま大男につかみかかろうとしている。ふたりとも、相手の武器は所詮《しょせん》工具だと侮《あなど》っているのか、恐れる素振りは微塵《みじん》もなかった。

これはまずい、と相葉時之はただちに立ち上がり、つづいてふたり組を大男から引き離しにかかったが、手遅れだった。

大男は釘打ち機をあっさり手放すと、両手を使ってふたり組それぞれの喉《のど》もとを鷲《わし》づかみにしていた。海老《えび》ぞりの恰好《かっこう》にさせて、襲撃者たちを押し倒そうとした。

騒ぎが大きくなったせいで、ほかの観客たちも周囲に集まり遠巻きに様子を窺いはじめている。そこにはあの、『イエロー・サブマリン』Tシャツの男の姿もあった。

果敢にも、『イエロー・サブマリン』Tシャツの男は直接仲裁に入ろうとしていた。仲裁役を買って出たのは、集まってきた人々のなかでは彼ひとりきりだった。蟹《かに》歩きでこちらに近寄ってくると、「やめてくださいお客さん」などと意外な言葉を投げかけていた。

劇場内にさらなる異変が起こったのは、そのときだ。

スクリーンから映画がふっつりと消え、照明がひとつも点灯せず、あたりは深い暗闇に覆《おお》われた。

ついにきたぞと、相葉時之は光の消滅に歓喜した。それこそが、彼の待ち望んでいた展開だった。時間を無駄にせず即、筋書き通りの行動を相葉は開始した。

停電だ停電だ、と場内のあちこちで声が上がる真っ暗ななか、相葉時之はまず、席をふたつ跨《また》いで通りやすい列へと移った。それから座席を横に伝い、出入り口を目指してあたふたと移動していく。

井ノ原悠との意思の疎通が、完全に果たされた。それを実感し、相葉時之は靄《もや》が晴れたような気持ちになっていた。

出入り口のドアに触れたとき、あのふたり組の怒声が場内中央のあたりから聞こえてきた。どうやら彼らは、大男の足止めになってくれているようだったが、ドアを手前に引きかけた矢先、ふたり組の怒声はたちまちおののき声に変わった。劇場内が阿鼻叫喚《あびきょうかん》の巷《ちまた》へと様変わりする気配が、背中にのしかかってくる。その途端、相葉時之ははたと動けなくなった。

自分ひとりだけ脱け出していいものかと、相葉時之はためらいを覚えた。かといって、振り向くこともできない。タイムリミットも迫っているに違いない。

そもそも明かりが復活してしまえば、井ノ原悠との連携プレーも水泡に帰す。きれい事は言ってられない。

銀髪の怪人の標的は、この俺だ。

あのふたり組は、多少は痛い目に遭わされることはあっても、殺されたりはしないだろう。相葉時之は自らにそう言い聞かせ、迷いを払い除《の》けるように首を振り、速やかにドアを開けた。

館内通路に出たところで、相葉時之はわずかに解放感を嚙《か》みしめた。奥の裏口のほうへ視線を向けると、井ノ原悠がドアを開け放って手招きしている。

相葉時之は全速力で走り、旧友とともに外階段を降りてファイヤーバードのもとへと急いだ。胃のなかのものが気になるが、それよりもこの場から立ち去るのが先決だ。

「井ノ原、やったな」

「やったな、じゃないだろうが。おまえのおかげで、大変な目に」井ノ原悠の表情には怒りしかない。

「いや、それはともかく、まずは乗れって」

「俺はここまでだ。相葉、おまえには付き合えない」と言った時には別方向へ歩き出していた。

相葉時之は慌《あわ》てて呼び止めるが、井ノ原悠はそそくさと立ち去っていく。

なにがなんでも井ノ原を引き留めなければ。相葉時之はとっさにそう思った。ここで十二年ぶりに再会できた巡り合わせには、意味があるはずだ。それにこいつがいなければ、あの化け物を出し抜くことは一〇〇パーセント不可能だった。つまり俺には今、こいつこそが必要ということだ。

そんな思いが強まる反面、例によって反対意見が脳裏で響いてもいた。井ノ原をもう巻き込むな、これ以上こいつに迷惑をかけていいのか。気づけば逡巡《しゅんじゅん》に押し返され、相葉時之の足は止まってしまっている。

「おいちょっと、相葉、これなんなんだよ」

見ると井ノ原が、ひどく動揺した声を上げ、立ち止まっていた。眼前に立ちはだかり、体に伸《の》し掛かってくる黒い毛の動物に、彼は狼狽《ろうばい》していた。

ああ、と相葉時之は腰をかがめ、トランザムの車体の下を確認する。体を起こし、「なんだ、外に出てたのか」と言った。

「相葉、これはいったい」

「犬だ」

「それは分かる」

「カーリーコーテッド・レトリーバーだ」

「それは分からない」

「ギャルの巻き毛みたいで、おしゃれだろ。カールがかかってる。天パだ。天パってのは、天然パーマの略な」

「知ってるよ。名前は」

「バース」相葉時之は言ってからすぐに、「か、ポンセ」と言い直す。その間も、カーリー犬は、はあはあ、と忙《せわ》しなく息を吐き、井ノ原悠にじゃれている。「この兄ちゃん、いい匂《にお》いがするぞ」などと興奮しているふうだ。

「名前、忘れちまってさ。俺が預かってるんだけどな。昔の、プロ野球の助っ人外国人の名前だったはずなんだが」

「やめろ、ポンセ」と井ノ原悠が言うと、カーリー犬は軽快ながらも反響する鳴き声を発した。「おまえ気に入ったぞ」とでも井ノ原に伝えているつもりかもしれない。

こんなところでグズグズしている場合ではない、と相葉時之は焦り、「早く、おまえも車に乗れよ」と手招きする。

「おまえってどっちのことだ」

「そらおまえもだし、ポンセもだよ」

「ポンセでいいのか」

「巨人の選手ってことはない。それだけは確かだ」

試しに、と思ったのか井ノ原悠がそこで、「クロマティ」と呼びかけたが、カーリー犬はそっぽを向く。

相葉時之はトランザムの助手席を開ける。井ノ原悠もどうしたものか分からなくなったのか、渋々戻ってくると車内に体を入れた。カーリー犬もやってくるため、後部座席に入れる。

運転席に収まったところで、相葉時之は肝心なことに気づく。「つうか、何でおまえには懐《なつ》くんだよ」

「どういう意味だ」

「俺にはちっとも寄ってきやしねえってのに、このアホ犬が」車のエンジンを始動させる。車体が揺れる。バックミラーを傾け、様子を窺うと、カーリー犬はすでに後部座席で丸くなっていた。

「言っとくがな相葉、俺は絶対に、すぐに降りるからな」井ノ原悠がそう口にしたのを振り払うかのように、相葉時之はアクセルを踏んだ。エンジンを吹かすと、『サンダーボルト』のジェフ・ブリッジスと自分が頭のなかで重なった。ライトフットも悪くないかもなと思う。

4

二〇一三年七月一六日

井ノ原少年は左打席に立ち、ピッチャーの投球を待っている。九回裏、一点差で負けている状況、これまた見せ場で出番が回ってきたものですね、と他人の打席を眺める感覚でいた。視線を上げ、投手ではなく、その背後の景色全体を受け止めるようにすると、空を覆《おお》う水色の膜に刷毛《はけ》で色をつけるかのような、雲が見えた。

二塁ランナーの相葉時之が目に入った。不貞腐《ふてくさ》れている。八回に自分が点を取られたからで、チームの雰囲気などまるで考えていない。一塁には志賀直人が、死球のぶつかった肩を押さえている。「死神博士は死球を呼び込む」とは相葉時之が嬉々《きき》としてよく口にする台詞《せりふ》だったが、まさかこの大事な局面でコントロールを売りにする敵ピッチャーに与死球を記録させるとは、怪我《けが》の功名ならぬ、綽名《あだな》の功名とでも言うべきか。

チーム初の山形県大会決勝進出がかかっているため、ベンチの監督も見るからに緊張していた。出してくるサインもかちこちで、ロボットダンスじみている。

耳の大きなピッチャーが左足を上げる。小学生とは思えぬ長身だが、疲れのせいかフォームが小さくなっていた。二塁の相葉時之が地面を踏み込むのが見える。志賀も姿勢を低くし、地面を蹴《け》る寸前だ。

井ノ原悠は飛んでくるボールを見つめ、上半身を捻《ひね》る。右足を開き気味にし、ライト方向を狙《ねら》った。

バットの芯《しん》が球を捉《とら》えた感触がある。音が響く。井ノ原悠は全力で一塁を駆け抜け、セーフであることにほっとするが、ライトが手際《てぎわ》よく打球を捕り、滑らかにバックホームの体勢になるのを見て、嫌な予感が過《よぎ》った。

振り返れば、相葉時之が三塁を回っている。監督をはじめ、ベンチにいる全員が、「相葉ストップ！　ストップ」と叫んでいるが相葉時之は本塁に向かって走った。

ホーム上でのクロスプレーは相葉時之のタッチが間一髪早く、結果オーライではあったものの、結果オーライはあくまでも結果オーライに過ぎず、試合後には誰もが、「ぎりぎりセーフだったじゃないか、なぜ止まらなかった」と責め立てた。が、当の相葉自身は、「アウトになったって死ぬわけじゃあるまいし」などと口を尖《とが》らせ、いつもながら平然としていた。

「あれってダブルスチールのサインだったのか」井ノ原悠はそこで、はっと目を覚ました。トランザムの助手席だ。

野球少年を照らす青空とは打って変わり、今の井ノ原悠を取り巻くのは、窓から見えるトンネル内の橙《だいだい》の照明だった。前方を行く車の後部ランプが、薄暗い中、仄《ほの》かに光っている。

「何だよ急に」ハンドルを握る相葉時之が訝《いぶか》る。

「さっき、映画館でおまえが出したサインだよ。ダブルスチールだったんだな、あれ」

「おいおい、今さら何言ってんだ」相葉時之が唾《つば》を飛ばした。「ダブルスチールと、ライト打ち、だろうが。だからおまえも、劇場で照明を落としたんだろ」

「いや、ライト打ちで、ライトを狙え、って意味は分かった。ダブルスチールのほうは忘れていた」二人で一緒に動け、という意味合いでサインを出してきたのか。

「おまえ、サインくらい覚えておけよ。監督が言ってただろうが。サインはいつ使うか分からないから気を抜くな、ってな」

「小六の時のサインだぞ。いつ使うか分からなさすぎるだろうが。それにサインを覚えないのは、おまえの専売特許だったじゃないか」井ノ原悠は前を見る。車がトンネルを走行していることは確かだ。「今どこへ向かってるんだ」

「おまえが寝てるからよ、適当に走っていたら西道路に出てた」「俺は寝てたか」「少しだけどな」

疲れが溜《た》まっている自覚はあった。昼間の営業まわりの仕事はもちろん、副業であるところのコピー機からの情報収集と、そのとりまとめで時間は削られ、睡眠中も、健剛の病気の悪化や改善に一喜一憂する場面を夢に見るため、休息を取る感触もない。昼間はいつも、頭に重みを感じながら暮らしていた。映画館でも上映中の映画を観《み》なかったのは、シートに座ればそこで眠ってしまう予感があったからだ。

「井ノ原、まともに働いてねえ俺に言われたくはねえだろうけどな」「言われたくないな」「働きすぎには気をつけろよ」「言われたくない」

「楽天のマー君だってな、一日働いたら六日は休むぞ」

「あのな」冗談だとは分かるが、呆《あき》れずにいられなかった。「マー君を見習えとまでは言わないけどな、おまえも真面目《まじめ》に仕事しろって。今、マー君、何イニング無失点だっけ。四十？　四十一？」

「マー君が俺の分まで頑張ってくれてるからな。逆に言えば、俺がサボってるおかげで、マー君が勝ててるようなもんだっての」

「馬鹿《ばか》言うな」

「マー君の無失点記録が途切れたら、俺も頑張ってみせようじゃねえか。それはそうと、おまえ、そんなに忙しいのかよ、仕事。なにやってんの？」

「コピー機だ。コピー機の営業」

へえ、と相葉時之は関心があるのかないのか分からぬ声を出し、「パソコンとメールの時代に、コピー機はまだ健在ですか」とからかうように言った。

「十年後、二十年後は分からないが、今のところ、なんだかんだ言って、紙はなくならない。印刷物のほうが、確認しやすいんだろうな」

「時代遅れじゃねえのか」

「いまどきは、メールの内容をFAXに送ったりもできる。スマホから文書も送れるし」コピー内容をこっそり取得もできる、とは言わなかった。

「俺は絶対使わないけどな、そんな機能は」

「なら相葉、おまえは何の仕事してるんだよ」「バッティングセンターだ、天童温泉の」

「時代遅れじゃないのか」

「あれ、おまえサッカー派に転向しちまったのか？」

「そうじゃない。バッティングセンターってとこ自体がってことだ」

「ああ、こればっかりは、スマホじゃできないからな」

「アメ車が買えるくらいに高給なのか、あのバッティングセンターは」

「こつこつ、少しずつ返してんだよ。スモールベースボールみたいなやつだ。スモールローン返済」

白く平たい、派手なアメリカ車は相葉時之に似合っていた。品がなく、隙《すき》あらば周囲を威嚇《いかく》するような外観だ。大人げないというか、幼いというか、助手席に乗っていることちらが恥ずかしい、と井ノ原悠は感じたが、それを伝えると相葉時之は勝ち誇ったかのように、「おまえ、これ、『サンダーボルト』でジェフ・ブリッジスとイーストウッドが乗ってたやつだぜ」と言い返してきて、井ノ原悠を驚かせた。言われてみれば、あの映画に出てくる車と似ているかもしれない。

「羨《うらや》ましいか」

「羨ましい」と口の先まで出かかったが、果たしてこの車が家にあったら、と想像すれば、欲しいとは感じない。そもそも、こんな多重債務の生活では、とっくに売却しているだろう。「さほど羨ましくはない」

「無理すんなライトフット」相葉時之が見下すように、言った。

「ライトフットはおまえだろうに」

トンネルを出たところで、井ノ原悠には、西道路を走っていることが分かる。

仙台の市街地から広瀬通りを西へ向かい進入する、自動車専用道路だ。トンネルを三つ通ると仙台市の西域、愛子《あやし》方面に出る。国道48号のバイパスともなっており、真《ま》っ直《す》ぐに行けば山形市に出るが、相葉時之はそれを見越して走っているわけではないだろう。川の流れに逆らわぬ感覚で車道を進み、車線変更のタイミングを失った結果、トンネルへの連絡路に入ってしまっただけ、という昔から変わらぬ、成り行き任せの行動に違いない。あの山形県大会準決勝の、本塁への暴走と同じだ。
「おい相葉、ところでさっきの、あれはいったい何なんだ」井ノ原悠は訊《たず》ねた。サンセ
ット劇場で目撃した一連の出来事が、現実のものとは思えなかった。聞きたいことは山
ほどある。やっと質問と苦情をぶつける余裕ができた。「あのでっかい男、あれ外国人
か？　武器まで使ってたぞ」
「あれは外国人つうより、怪人だ。銀髪の怪人。ヤバすぎるだろ。あんな凄《すさ》まじい圧力
うけんのははじめてだ。機械音声なんかで話すし、作り物っぽいし、なにもかも人間離
れしすぎてる」
「おまえを狙って未来からやってきた、新型ターミネーターってわけじゃないんだよ
な」
「いやレベルが違う。もっと馬鹿デカい、ゴジラ並みの化け物だ。スマホも使いこなし
やがるし、髪も銀色だから、メカゴジラってところだ」
「武器もスマホも使いこなすってことは、メカゴジラ2.0か」
「案外、スマホのほうが本体かもな」
「顔はロシアの大統領そっくりだった」
「ゴルバチョフか」

「おまえの世界地図は、まだソ連なのか。今の大統領に決まってるだろ」

「ああ、プーちゃんな」

井ノ原悠は呆れ気味に薄笑いを浮かべてから、本当にぶつけたかった話題に移る。

「それはともかく相葉、おまえさ、映画館で俺に何て言ったか覚えてるか？」

「何だ？」

「『ちっとも危険じゃない』と言っただろうが。いいか、映画館で平気で武器を使う、メカゴジラみたいな怪人が暴れまわるのは、危険とは違うのか」

その時、トンネルから出た。東から数えて二つ目のトンネル、川内トンネルを抜けたことになる。前方にはすでに、次の青葉山トンネルの入り口が見えており、息継ぎをするために顔を出したような感覚だ。

「あ、やばい」相葉時之が声を上げた。直後、車にブレーキがかかる。急なことで、一つんのめるようだった。「やばいことを思い出した」

言いながら、相葉時之はトランザムを左へと寄せる。完全に停止する前に、飛び降りるのと変わらぬ慌《あわ》ただしさで車から降りた。エンジンも切らず、まるで自転車を乗り捨てるかのような荒っぽい振る舞いだ。あまりの危なっかしさに、井ノ原悠は怒りよりも恐怖を覚える。助手席から足を伸ばして運転席の下に足を突っ込み、ブレーキと思《おぼ》しきペダルを踏み込んで車をきちんと停止させた。

車外へ降りてみると、相葉時之は路側帯に立って体を折っている。

「何考えてんだ」と声をかけるが、返事はない。その焦《あせ》りようは異常だった。

相葉時之は体をくの字に曲げると口を大きく開き、指を突っ込んだ。車酔いによる嘔《おう》吐《と》かと思ったが様子は違う。込み上げてくるものを戻すのではなく、喉《のど》の奥に手を入れ、胃袋ごと引っ張り出そうとするような動作をとり、さすがに井ノ原悠も心配になる。

「どうしたんだ」

やがて、汚ならしくも華々しい音とともに、相葉時之は道端に半固形のものを吐き出した。

「大丈夫か？　何なんだよ」

相葉時之は振り返りもせず、顔を路面に近づけ、目を凝らしている。口のまわりを手の甲で拭《ぬぐ》いつつ、唾を乱暴に何度か吐き出した。「井ノ原、見ろよ」

「見ろ？　おまえのその、吐いてる無様な姿をか？」

「いいから、こっち来いよ」相葉時之はさらに口を拭ってから、手招きをした。「俺の吐いたのを見ろって」

「どういう趣味だよ」井ノ原悠は嫌《けん》悪《お》感《かん》を覚えずにいられなかったが、相葉時之の口ぶりにも冗談が見受けられないため、ゆっくりと近づく。臭《にお》いがしては堪《たま》らない、と息を止めた。

暗い中、街路灯の光が反射した嘔吐物は、脂《あぶら》を含んだ泥のようで、あちらこちらに散ってもいる。汚ないな、と井ノ原悠が嘆くと、「これだよ」と相葉時之がハイカットのコンバースのつま先で、地面を指した。

どういう冗談なのか、と井ノ原悠は腹を立てた。が、嘔吐された食べ物の中に、小指の先ほどの銀色の小さな物体が見えた。「何食ったんだよ」

「『インテリジェント・ピルは』」相葉時之はそこで急に声を高くする。宇宙人の物真似《ものまね》をする際に誰もがやるような、抑揚なしの棒読みだ。「『インテリジェント・ピルは超小型の投薬装置です。通信で制御されます』」

「何だよその台詞」

「さっきのあの、銀髪の怪人が、俺に無理やり飲ませて、そう言いやがった」

「通信で制御されます？　インテリジェント・ピルっていうなら、飲むとインテリにでもなるのか。通信教育か」よく見れば小さく光が点滅している。

「ちがうわアホ」相葉時之が乱暴に否定した。「遠隔で操作できる薬らしくてな」

「あ、あれか」と井ノ原悠は記憶を辿《たど》る。以前、雑誌の記事で読んだことがあった。医療従事者の誰かがコピーした雑誌にでも書いてあったのかもしれない。「特定の部位にだけ薬が届くように、遠隔操作するとかいうやつか」

「普通の使い道は知らん。ただこの、ここに転がってるやつは、ありがたいことにあの男が、薬の代わりに毒なんか入れてくれちゃっててな」

「毒？　この中に？」と地面のカプセルを見る。

「こいつを無理やり飲まされたわけ。で、言うことを聞かなければ、リモコン操作しちゃいますよ、と。するとカプセルがパカッと開いて、毒が俺の胃の中でドバッとなる、そういう仕掛けってことだろ。吐き出そうとしても毒が出る、と言ってたけどな、ありゃやっぱりブラフだったわけだ」

「やっぱり、ってもし、本当だったら、やばかったんじゃないか」吐き出した途端、死んでいたことになる。

「まあな。ただ、吐き出した時にも毒が出る、なんて仕掛けは難しいに決まってる」

「できたかもしれない」

「結果的に、無事だったんだ。いいじゃねえか。ずっと体に入れておくほうがやばいっての」

井ノ原悠は、相葉の思い切りの良さに感心するほかない。「あっちは、毒を以《もっ》て毒を制するつもりだったわけか」

「まあな」といったんはぼんやりと答えた相葉時之は、透かさず、「誰が毒やねん」と慣れない関西弁もどきで言い返してきた。

ちょうどその時、道端に転がったカプセルがブルブルっと揺れ動いたのを、井ノ原悠は見逃さなかった。ぷす、と空気が漏れるような感触とともに、形が歪《ゆが》む。指先ほどの大きさのカプセルから液体が溢《あふ》れ、小さく滲《にじ》んだ。

遠隔操作が行われたのだ。

あと少し、吐き出すのが遅ければ、今この瞬間、相葉時之の胃の中でカプセルは割れ、そこから毒が出ていたことになる。

相葉時之も顔を引き攣《つ》らせていた。「ぎりぎりセーフじゃねえかよ」

井ノ原悠は、ダブルスチールから無謀にホームへ走り込んだ少年時代の相葉時之のことを思い出し、「アウトになっても死ぬわけじゃあるまいし」と言ってやった。

「死んでたっつうの」「まあな」

背後から、太鼓とも管楽器ともつかない響きがした。井ノ原悠は振り返る。停まったアメ車の中で、犬が吠《ほ》えたのだ。「俺をほったらかしにすんな」と怒鳴っているのだろう。「バースが呼んでる」

「行くか」相葉時之はまた、唾を吐いた。

「あ、そういや」犬の声により、井ノ原悠の記憶が刺激された。「この先に広い敷地がある。とりあえず、そこに行って車を停めよう」

青葉山トンネルを抜け、愛子《あやし》地区に出た後、さらに何キロか直進する。交差点で左折し、緩やかな上り坂を進むと住宅団地に出るが、その一画に空き地があった。

数年前、ここで犬の競技会が催されており、アウトレットモールに立ち寄る際、家族で覗《のぞ》いたのだ。全国からいろいろな犬を連れた参加者が来る大々的なイベントで、さまざまな犬種を見て、はしゃぐ息子の健剛を見るのは幸福この上なかったが、「犬の毛が、健剛の病状を悪化させたりはしないだろうか」と気にしはじめると、今度はそれが心配でならなくなったのを覚えている。

当然ながら、競技会の時に張られていたテントやコースは今は跡形もなく、車がぎっしり駐車していた場所も、がらんとしている。深夜である上に街路灯も少なく、身を隠すにはちょうど良い。車で入ると、そのエンジン音と、タイヤが砂利を蹴る音が目立つほどに、あたりは静かだった。

相葉時之はエンジンを切り、息を長く吐いた。「さあ、どうする」

「相葉、俺はもう無関係だ。さっさと家に帰りたい」

「井ノ原、俺が知っている小学生の頃のおまえは、約束を守る男だった」

井ノ原悠は顔を歪めるほかない。「俺が手伝うと言ったのは、スマートフォンを届ける役だ。だろ？　さっきも言ったけどな、おまえの持ち出した条件は、なにからなにまででたらめだった。『どこかに出向く必要はない』『映画館で済む仕事だ』『三分かそこらでかたづく』『ちっとも危険じゃない』とな、おまえはそう約束した」

「約束、という言葉を使うならな」

「使えよ。で、蓋《ふた》を開けたらどうだ。出向く必要も何も、俺たちはトンネルをくぐって、こんなところまで来てる。三分かそこら？　時間経《た》ってもかたづかない。そもそも俺は、それ以上のことは絶対に付き合わない、と言ったはずだ」

「あのな、井ノ原」そこで相葉時之は声を潜めた。「いいか、ガキの頃、おまえはとにかく、誠実さと真面目が売りの男だった」

「なことはない」

「信頼されるキャプテンだった。それに比べて俺は、口を開けばデマカセしか出てこない、いい加減な奴《やつ》だった。まあ、それはちょっと言い過ぎだけどよ」

「言い過ぎではない」

「言い過ぎだが、まあ、ざっくり言えば、そうだった。だからな、俺が約束を破ったところで誰も驚かねえが、おまえが約束を守らないとなると、がっかりしちまうんだよ」

相葉時之は勝手なことを言うと同時に、スマートフォンを操作していた。自分がもとから所持しているほうの端末機らしく、電話帳から名前を選び、次々に発信しては耳に当てる。「駄目だ、富樫も福士も出やしない」と吐き捨てた。「あいつら、どうなってんだ」

「なあ、いったい山形で何があったんだ」

「知りたいか」

「いや、知りたくない」井ノ原悠はすぐに言い返したが、時すでに遅し、相葉時之が、「徹の話はしただろ。ドアマンやってるって」と話しはじめた。

「同窓会で会った、という話だったか」

「いや、同窓会みたいなもんだった、ってだけだ。徹が部屋番号を間違ったのが原因でな、そっからがもう今世紀最大のパニックよ」

井ノ原悠は、「そこから先は言わなくていい」「聞きたくない」とキャッチボールのグローブを捨てるのにも似た、すげない返事を繰り返したが、あちらは受け手の気持ちなど意に介さぬ機械、ピッチングマシーンにでも化したつもりなのか、一方的に喋《しゃべ》ってくる。

そこで、耳に手を当て、聞きたくないと対抗するか、もしくは車を今すぐ降り、夜の団地から国道まで歩き、タクシーを待ち、さっさと立ち去る選択肢はあった。

が、結局、井ノ原悠は話を、山形のホテルでの騒動と、相葉時之がそこから逃げ出した顛末《てんまつ》を聞いた。

制止を無視して喋ってきたからでもあるが、それとは別に理由はあった。劇場のトイレで相葉時之が発した一言、「金ほしくねえか？」が井ノ原悠は引っかかっていたのだ。相葉にかかずらってはろくなことはない、と一度は断ったものの、未練がないといえば嘘《うそ》になる。金が欲しいのは事実だ。

金さえあれば。

妻の沙耶子のことも頭を過る。膨れ上がり、のしかかってくる借金の重みが、彼女から生気を奪った。ある時にはキッチンの奥で、膝《ひざ》を抱えたまま横たわり、震えており、驚いて声をかけると、「怖い」とこぼした。ごめんなさい、と誰に対してなのか分からぬが、暗闇《くらやみ》に向かって何度も謝っていたこともある。

先ほど抜けてきたトンネルを思い出す。

暗く、細長く、不安に満ちたトンネルの中で正気を保っていられるのは、それがいずれ出口に繋《つな》がると信じているからだ。もし、出口がないとしたら。もし、人生の時間を費やし、出口なしのトンネルを進んでいるだけだとしたら。井ノ原悠は目の前が暗くなる。

いったい俺が何をしたというのか。

「おい、相葉」自分でも意識しないうちに、声に出していた。「本当に例のスマホには、宝の地図が入ってるのか」

平静を装《よそお》い、ごく普通の好奇心のふりで訊ねたつもりだったが、相手の瞳《ひとみ》に、ぬめりが見えた。釣り竿《ざお》に手ごたえを覚えたかのような顔つきだ。

「これ、見てみろよ」相葉時之はスマートフォンに指を滑らせた後で、その液晶画面を突き出した。

写真が表示されている。単なる自然の景色を撮影したものに見える。が、構図の真ん中に据えられているのが見覚えのある火口湖だと気づき、それが蔵王の御釜《おかま》だとわかったところで、井ノ原悠は叫んでしまった。「御釜じゃないか！」

相葉時之はきょとんとしている。「そうそう、御釜。びっくりだよな。こんなとこに、お宝が眠ってるかもしれないってのは」

井ノ原悠が御釜に反応したのはもちろん、宝の隠し場所としての意外性ではなく、情報収集の副業に関係している。話が桃沢瞳の依頼内容と、不意に結びついてしまったからだ。奇妙な巡り合わせだが、しかし今、それを相葉時之に説明する気にはなれない。

「井ノ原、肝心なもんはその先にある。もう少しスライドさせてみろ。地図が出てくる」

言われた通りに指を動かす。御釜の全体像や山中の風景写真が続いた後で、確かに地図が現れた。スキャンした画像らしく、井ノ原悠は二本の指を駆使し、拡大や縮小を試す。右隅に、「Year 1868」の文字があった。「一八六八年、なるほど明治元年か」

「ほらな」「ほらな？」

「劇場でおまえ言ってただろ。明治の埋蔵金があるって」

「俺が言ったのは、明治の政府は、徳川埋蔵金を当てにしていたのに、見つけられなかったって話だ」

「だからこそ埋蔵金はどこかにあるってことじゃねえか？　地図を辿っていけば、宝が手に入る」

　これだけでは、と井ノ原悠は首を傾《かし》げるほかない。「ただの地図ってだけじゃないのか？　ここにどうして宝があると分かる」

「いいか、井ノ原、腕利《き》きのスカウトマンがしつこく絡《から》んでくるのは、有能な選手にだけだ」

「どういう意味だ」

「よっぽどすげえ価値のものがなけりゃ、あんな新型のメカゴジラが追ってくるわけがない。そう思わねえか？」

　一理ある、と思いそうになり、つまり相葉時之の話にふらふらと誘惑されそうで、井ノ原悠は反発するように、「仮にそんな宝なんてのがあったとしても、とっくに発掘されてるだろうに」と言った。

相葉時之は怯《ひる》まなかった。「井ノ原、よく見ろよ」と余裕を持った言い方をしてくる。

「何をだ」

「そのルートだよ。それ、山なんだよ」

「山だろうが谷だろうが、宝が欲しけりゃ行く奴は行く」

「さっきの写真、見ただろ。そいつは、蔵王なんだ。蔵王の御釜。しかも、立ち入り禁止区域の中だ」

「え」井ノ原悠は拡大した地図に顔を近づける。指を使い拡大し、さらに目をやる。言われてみれば、観光許可区域の逆側から、御釜に接近するルートなのかもしれない。

「どういうことだよ。わざわざこんな場所に、宝を隠したってのか」

「逆だ。明治の頃にはまだ、村上病はなかったからな。隠した時には楽々、行けた場所なんだろ。ほら、明治政府は徳川埋蔵金が見つけられなかったって言うならな、その時すでにここに隠されてたのかもしれねえぞ」

「しれねえぞ、と言われてもな」憶測の上に憶測を重ねた話に思える。

「いいか、井ノ原、簡単に行ける場所なら、おまえが言ったように、誰かがとっくの昔に宝を手に入れてるはずだ。だろ。だけどな、幸か不幸か、今、その場所は蔵王の立ち入り禁止の区域になってる。だからこそ、手つかずだ。ってことは、俺たちにもチャンスはある」

井ノ原悠はまばたきを早くし、隣の相葉時之を眺めてしまう。「前向きだな、おまえは」と言った。「普通はそんな風には考えられない」

「普通は？　ああ、あれか、常識を疑え！　ってやつか」

井ノ原悠はそれが、サンダーレッドがよく発する台詞だったと知っている。「常識を外れすぎて、幼女に手を出しちゃったけどな」

教室で、自分の席についている井ノ原少年のもとへ相葉時之がやってきて、「サンダーレッドはどうなるんだよ」と嘆くように言った。

何の話かはすぐに分かる。

日曜日の放送で、サンダーレッドが敵側に囚《とら》われ、物語のサスペンスがぐっと高まったところでドラマが幕切れになってしまったのだ。戦隊ヒーローものは通常、最終回付近のクライマックスなどをのぞけば、一話完結形式で進む。基本的には毎回、登場してきた怪人が敗北し、視聴者である子供たちを安堵《あんど》させて翌週へ続くのだ。が、前回は珍しく、シーズン中盤にもかかわらず一話完結でなく、話は次回に持ち越しという異例の展開になっていた。

「そりゃ、ブルーやイエローたちで助けに行くんでしょ」と井ノ原悠は答えた。鎖で繋がれ自由を奪われたレッドの姿は痛々しく、井ノ原悠も気が気でなかったが、次の回には仲間に救出されるのだと信じるほかなかった。

「相葉君たちはさ、いつまでそういう番組、観てるわけ？」見下すような声がし、顔を上げれば、眼鏡をかけた少年が立っている。学業優秀、PTA会長の親を持つ同級生、「委員長」だった。学級委員を務めることに熱心すぎるあまり、「委員長」という綽名がついた。ようするに、学級委員長の任期が終わっても、「委員長」と呼ばれるようになっていた。

相葉時之は明らかに、委員長とは馬が合わず、取り締まる側と取り締まられる側、風紀を守る人と乱す人、という具合で、いつも言い合いばかりしていた。

「だいたい、戦隊ヒーローものって五人がかりで、一人の怪人をやっつけるんだからさ、その時点で、好ましくないでしょ。いじめを誘発しているんじゃないの」

「うるせえな。怪人はいっつも二十人くらい戦闘員つれてんだよ。そもそも、好ましくない、って何なんだよ。俺たちはな、そんなもんで観る番組を決めてんじゃねえんだ」

「じゃあ、どうやって決めてるわけ。どうせ自分の頭では何も考えず、くだらないテレビの情報とか鵜呑《うの》みにしてるだけでしょ。ミーハーなんだよね結局。レッドが、とかいってるけど、あんなの毎年似たり寄ったりでさ、ちっとも個性ないもんね」

わ。どんな攻撃だってな、稲妻の速さで躱《かわ》すんだよ。稲妻の速さとか、おまえ想像できる？」

「個性ないって？　馬鹿《ばか》言ってんじゃねえよ。おまえ、サンダーレッドの強さなめてる

「立ちション中も？」「はあ？　何だよそれ」「おしっこしてる時に、敵が襲ってきたらどうするの。それでも勝てるわけ」

「当たり前だろうがよ。ションベンしてようがクソしてようがゲロ吐いてようがな、レッドは無敵なんだよ」相葉時之は嚙《か》みつくように勢いよく言う。「なあ、井ノ原」

そう言われたところで困った。サンダーレッドが、たとえ変身前だったとしても、トイレで小便している図を思い浮かべられなかった。当然、大便や嘔吐中の姿もだ。

「おい、井ノ原、言ってやれよ。言っておやんなさい」

委員長相手に弁論で勝てるわけがなく、どうしようかと必死に考えるのだが、顔面をざらざらの舌で舐《な》められるものだから、思考が働かない。口から鼻にかけて、何度も何度も舐められる。

おい、委員長、舐めるんじゃねえぞ、と相葉時之が怒ったところで、井ノ原悠は目を覚まし、つまり自分が眠っていたことを知り、さらには後部座席から体を乗り出した犬が、顔面を舐めていたと気づき、はたと体を起こした。

おいバースやめろ、と手で払う。ポンセか。くるくるした黒毛のカーリー犬は、「は

いはい大人しくすればいいんでしょ」とでも答える様子で、姿勢を正した。

井ノ原悠は慌てて腕時計を確かめる。午前三時を回っている。

「おまえ、疲れすぎだろうが」運転席の相葉時之が言った。「喋っている途中で、ふわっと意識がなくなってるしよ」

「夜になれば誰だって、眠くなるよ」

「それにしてもって話だ。働きすぎだって絶対」

「おまえはずっと起きてるのか」

「少しは寝た。もともと宵っ張りの夜行性だからな、今は活動時間帯だ」

「家に帰らないと、まずい」井ノ原悠は、妻に連絡をしていないことに気づき、慌てた。残業が多く、副業関連の作業で帰宅時間はいつも遅く、日を跨《また》ぐことも少なくなかったのだが、連絡は入れていた。

「おまえのかみさんからは連絡あったぞ」相葉時之があっさりと言った。「おまえが眠っている間に、電話がかかってきてな」

見ればポケットに入れていたはずの井ノ原悠のスマートフォンが、ドリンクホルダーに入っている。すぐに取り出し、着信履歴を調べる。

「安心しろ、俺がちゃんと説明しておいた」

「おまえが？　出たのか？」他人の電話に出る神経が井ノ原悠には理解しがたかった。

「同級生の相葉と申しますが、今日は久しぶりに会ったので、飲み明かします、と話しておいたからな。おまえ、俺のことかみさんに話してねえのかよ。野球チームで一緒だった、あの相葉です。かの有名な相葉時之です。と言ったのにな、ほとんど無反応だったぞ」

今の沙耶子は何事にも大きな反応はできない。日常会話を交わすことが精いっぱいで、感情をうまく表に出せないでいる。それくらい彼女は疲れきっていた。

「なあ、相葉、あいつ覚えてるか」話を逸《そ》らす意図はなかったが、井ノ原悠は今、頭を掠《かす》めていた少年時代の記憶を口にする。「委員長だ」

「委員長か、懐《なつ》かしいな。あいつは偉そうだった」

規律を守り、授業を円滑に進めることを重んじ、「もっと大人になったほうがいいよ」が委員長の口癖、決め台詞だった。

「サンダーボルトの劇場版が公開中止になった時の、あいつの嬉《うれ》しそうな顔と来たら、凄《すご》かったよな」相葉時之が笑う。

確かにあの時、委員長は、「ほれ見たことか」と興奮すると同時に、赤木駿にまつわる噂話《うわさばなし》をあれこれ話してきた。

「そういや、俺はあいつに、ロリコンの意味を教えてもらったんだ」相葉時之は憤慨した言い方をするが、一方で懐かしんでいる気配もあった。

「いったい今頃、どんな大人になってんだろうな、委員長は」井ノ原悠は小学生の時、テレビに映る国会中継を眺めながら、委員長は将来こういう仕事をするのではないか、と想像したことがあった。

相葉時之が神妙な顔つきになり、こちらを見た。「知らねえのか？」「何がだ」「あいつ死んでるぜ」

「死んでる？」

「井ノ原、おまえ知らなかったのか」

「え」不意打ちの、物騒な言葉に驚く。「何でだよ」

「ほら、それこそ、あれだ。村上病」

「村上病？ どういうことだよ。何で」と少し混乱した。「だって、予防接種してるじゃないか」

「してなかったんだよ」相葉時之は鼻の頭を掻《か》いた。「あいつの家、少し変わってて な。宗教団体ってのとはちょっと違うんだけど、なんつうか、環境問題とかそういうのに熱心な、運動家って言うのか？ 運動家って言ってもスポーツマンってわけじゃねえぞ」

「分かるよ、それくらい」

「当時も、予防接種の副作用ってのに神経質で、学校にも抗議しにきたらしいぜ」

「知らなかった」

「世の中の大事なことってのは案外、俺たちが知らないうちに起きてるみたいだな」

「かもな。で、委員長は？」

「でな、委員長の親は、強制接種はおかしい、とか乗り込んできて、委員長だけは予防接種はしなかった」

にわかには信じられなかった。予防接種の当日、委員長がどうしていたのかまではさすがに覚えていない。が、仮病で逃げられるとは思えなかった。体育館の列で、名簿確認は行われていたはずだ。そのことを指摘すると相葉時之は、「だけどな、あいつは村上病で死んだ」と言った。「それが何よりの証拠だろ。俺だって、あいつが死んでから、その話を聞いたんだ。予防接種受けてないってな」

井ノ原悠はそこでふと、ずいぶん前に新聞で、村上病感染者の記事を見たことを思い出した。個人情報については明かされていなかったものの、東北に住む男性が死亡した、とあった。

あれが自分の知っている人間だとは想像もしなかった。予防接種により、村上病はほとんど防止できるものの、時折、感染者のニュースはあった。隔離され、治療を受けるらしいが、死亡することのほうが多い。免疫《めんえき》ができない体質の人間もいる、と聞いた。僅少《きんしょう》そういった不運な人間は、一億数千万人の人口からすればそれは、ほんのわずか、僅少も僅少、九牛の一毛と呼べるものだったが、他の病と異なり、一人の感染者が出れば新聞の一面を飾るのだから、「村上病はやはり恐ろしい」との思いは誰もが抱かずにいられない。

以前、死神博士こと志賀直人が言っていた言葉を、井ノ原悠は思い出す。「昔からのインフルエンザで、年間、千人の死者が出たとニュースになっても誰も注目しないが、新型インフルエンザが出て、一人でも亡《な》くなれば、大騒ぎになる」人々の関心や恐怖は、ニュースの見出しの大きさに影響を受け、ニュースの見出しは、新奇さ、稀有《けう》さに影響を受けるわけだ。

「委員長は親の影響で、その運動の団体に入ってたからな。蔵王にもよく行ってたんだとさ」

「蔵王に？　何でまた」

「これは福士が言ってたんだけどな、委員長は、『ワクチンがなくとも村上病は防げる』とか、そういう主張してたみてえなんだよ。それどころか、『御釜の水は体を清めます』みたいなことまで言い出して」

「何と」

「驚きだろ。まあ、考えは人それぞれとはいえ、さすがに極端だよな」

「で、『体にいい御釜の水』を汲《く》みに行ったのか。ただ御釜のまわりには電気柵《さく》やら何やらがあって近づけないんだろ」

「当時はまだそれができる前だったんだ。仲間を引き連れて、御釜に行って、禁止区域ぎりぎりのところで、テントを張ってな。御釜に最接近、超健康生活、とか銘打って、世間にPRする活動なんかもしてたらしいわ。で、結局、感染しちまった」

「『御釜の水は体を清めます』が裏目に出たか」

「新聞やらニュースでは匿名《とくめい》だったとはいってもな、うちの近所じゃみんな知ってるぜ」

「もっと大人になったほうがいい、と言っていた委員長が、大人になった途端、そんなことになるなんて」

「『鳴神戦隊サンダーボルト』を馬鹿にした報いだな」

「相葉、それは不謹慎だ」井ノ原悠はさすがに、たしなめた。

「でも、当時はあいつ自身が言ってたんだぜ。『村上病のためのワクチンを作るくらいなら、ロリコンレッドを抹殺する薬を作ればいいのに。あ、もう社会的には抹殺されてるけど』とか、しょうもない冗談飛ばしやがって。どんな主義主張があっても、他人の不幸を喜ぶようになったら、おしまいだ。そう思わねえか」

「野球のコーチに、ピッチングマシーンでボールをぶつけようとした男が、何を偉そうに」

相葉時之は乾いた笑い声を立て、それからハンドルに体を寄せ、額を押し付けた。

井ノ原悠も車の外に目をやる。どこもかしこも暗く、黒々としているため、鬱蒼《うっそう》とした森の中にいるような閉塞《へいそく》を覚えそうになる。

少ししてから井ノ原悠は、「じゃあこれで」と旧友と別れるべきだと考えた。巻き込まれては堪らない、と。が、なかなか実行に移せない。先ほどのスマートフォンの地図が、頭にこびりついている。虚《うつ》ろな目をする沙耶子の姿も重なる。

「なあ、もしかして、委員長もその宝を探しに行ったんだったりしてな」相葉時之が言ったのは少ししてからだ。「それで感染したとか」

「え」と聞き返した。へらへらと笑う相手の顔で、思いつきのジョークだと気づく。

「それなら、俺たちが宝探しに行くのもやばいってことだ」

「俺たちは予防接種済みだ。だから、行ける」

なるほど、と井ノ原悠は納得したものの、問題はそこではなく、立ち入り禁止区域に入ることだ、とも思った。相葉時之にもためらいはあるのだろう。そうでなければ、井ノ原悠が眠っている間に、蔵王に向けて車を走らせていてもおかしくはない。

「スマホを取り返そうとしてた髭面《ひげづら》男も、銀髪の怪人も、みんな御釜の財宝を目指している。そういうことだろ？　銀髪の怪人はこの地図を奪う気で、俺を襲ってきた」

「じゃあ、さっさと怪人にスマートフォンを渡そう。それで向こうも喜んでくれる」

「おい、本気で言ってんのか」

井ノ原悠は即座に返事ができなかった。本気で言っているのかどうか。何が自分の本気であるのか、本心であるのか、分からなかった。ただ、相葉時之の置かれている状況は、どう楽観的に見積もっても、危険だ。関わらないのが吉に決まっている。それは間違いない。一方で、危険だからと言って、ここですべてをなしにする決断も下せなかった。

金さえあれば。

少々の危険で、今の自分の状況が改善されるのならば、妻の沙耶子の、暗い絵の具を塗ったような顔つきに明るさが戻るのであれば。そう思うのも事実だった。もちろん自分の内側には、「埋蔵金があるだなんて、本当に信じているのか？」という声もある。

「あ」そこで、相葉時之が顔を上げた。

「どうした」

「いや、御釜に宝があるって言うならよ、『鳴神戦隊サンダーボルト』の劇場版もそれに関係してたのかもしれねえよな」

「御釜がロケ地だったからか？」とっさに井ノ原悠は、あらためて、桃沢瞳から受けた依頼内容を思い出す。あれも、『鳴神戦隊サンダーボルト』の劇場版についての話だった。

「その宝の秘密のために、公開が中止された、とか」

「相葉、それは面白い発想だけどな、残念ながら、公開中止は、我らのレッドが幼女に手を出したからだ」

「表向きはな」

「どっちかといえば、裏向きの理由だけど、ロリコンというのは」

「もっと裏には、埋蔵金が関係してたんじゃねえか？」相葉時之は依然としてフロントガラスを、その向こう側に広がる黒々とした空を眺めている。「映画を公開されると宝の場所がばれちまうと焦った誰かの圧力で、中止された、とかか。違うか？」

「それなら、クランクインの前、製作発表の段階で潰《つぶ》されるだろ」

「いや、でもな、何かあるぞ。これは」

「何かって何だ」

「宝の地図は、御釜の位置を示していた。『鳴神戦隊サンダーボルト』、その劇場版のロケ地だ。こいつは何か関係がある。そう思わねえか？　匂《にお》うだろうに」

「どうだか」

「おまえは誠実で信頼されるキャプテンだったけどな、勘は悪かった。その点、俺は直感が鋭かった。おまえ、覚えてるか？　山形県大会の準決勝、俺が二塁で、死神博士がファースト、おまえの打席で。あの時も俺の勘が」

「覚えていないっての」井ノ原悠は嘘をつく。「あ、ただ」

「何だ」

「いや、大した話ではないんだけどな」

「言えよ」

井ノ原悠は苦笑する。「さっきの映画館の支配人に用があった、と言っただろ」

「そうだったな。コピー機の売り込みか」

「違う。話すと長くなるから大雑把に言うけどな、営業とは別に、ある調査を頼まれているんだ」

「調査？」

「いろいろあるんだ」井ノ原悠は曖昧《あいまい》な言い方で説明を省く。「それで実は、俺に調査を依頼してきた相手も、劇場版サンダーボルトの情報にこだわっていたんだ。情報を集めてくれ、と」

「ほら来た」相葉時之がばっと体を捻り、井ノ原悠と向き合い、手を叩《たた》いた。その音に反応したのか、後部座席のポンセが管楽器さながらに、「びっくりさせんじゃねえ」という具合に鳴き声を発した。すると今度は相葉時之が「うおっ」などと驚き、のけぞる。うるせえよポンセ、と相葉は叱《しか》ったが、それに反論するかのように、「うるせえのはてめえのほうだろうが」と犬がさらに吠えてくる。噛みつくほどの勢いで身を乗り出してきたものだから、相葉時之は、「悪かった悪かった」と謝りはじめる。

「何が、ほら来た、なんだ？」

「俺の言った通り、みんな繫がってんだよ」気を取り直し、相葉時之が言う。「井ノ原、おまえに依頼してきたそいつも、たぶんお宝狙いってことだろ」

「お宝狙い？」

「そうだよ。戦隊ヒーローものにさも興味がありそうなフリをして、おまえから情報を得ようとしたんだ。ああ、これはもう、完全に俺の読み通りだぜ」相葉時之は一人で興奮し、自らの閃《ひらめ》きについて天に感謝でもはじめる様子だった。「埋蔵金は御釜にある。それでもって、鍵《かぎ》は、『鳴神戦隊サンダーボルト』の劇場版じゃねえか？」

「映画がどう関係してるっていうんだ」

「そいつは分からねえけどな。関係はある。いいか、こういう直感は得てして正しいんだよ。ほら、井ノ原、昔、学校の先生が言ってたのを覚えてるか？　どっかの国の学者が、天然痘《てんねんとう》のワクチンを作った話だ」

「何だったか」

「そいつは、牛の何とかって病気に罹《かか》った人間は、天然痘に罹らないことに気づいた。で、その牛の病気からワクチンを作った」

「ああ、牛痘の話か」

「それだって、はじめは直感なんだよ。ああ、これとこれは関係してるかもしれねえぞ、ってな。根拠は後からだ。まず、ぴんと来る」説得力があるのかないのか分からぬが、相葉時之は滔々《とうとう》と語る。「井ノ原、それで何であそこの支配人に用があったんだ？　どう関係してる」

「サンダーボルトの劇場版のことなら、映画館の支配人が詳しい、そういう情報があったからだ」井ノ原悠は話す。

相葉時之はそこで、相手の急所を見つけたかのような鋭さで、「まだ、支配人から話を聞けてないんだろ」と言った。

「おまえのせいでな」

「それなら、戻ろうぜ。おい、戻るぞ」と言うが早いか、エンジンをかけていた。車体が震える。

「戻る、ってあの映画館へ？」その行動の速さに井ノ原悠は面食らった。

「支配人に話を聞こうじゃねえか。おまえはそれを依頼されてるんだろ」

言われてみれば確かに、調査はできていない。「逃げてきたばかりなのにか」

「逃げてきた場所に、またわざわざ引き返す奴はいない。銀髪の怪人もそう思うはずだ」相葉時之は音吐朗々《おんとろうろう》、詩歌でも読み上げるかのような演説口調になっている。「だからこそ、あそこは安全だ。戻ってくるなんて、誰も思っちゃいねえよ。ヒットを打って、二塁を踏み掛けた奴が、まさかまたホームまで引き返してくるとは思わねえだろ？

盲点だ」

「いや、それはまったく違う」井ノ原悠は否定した。「それに戻るとしても、おまえは俺の仕事に関係ない。というよりも、おまえはだいぶ危ないことに首を突っ込んでる」

あのような恐ろしい外国人に追われ、怪しげなカプセルまで飲まされていた。

「分かってる」相葉時之が神妙な声を出す。「だけどな井ノ原」

「何だよ」運転席を見れば、充血した目を強張《こわば》らせた相葉時之の顔があった。疲れのせいでもあるのだろうか、真剣な表情には鬼気迫るものがあり、井ノ原悠はぎょっとした。

「金がいるんだ」その響きはずいぶん深刻な暗さを抱えていた。重く、床に落ちるかのようだ。

「え」

「井ノ原、俺には金が必要なんだ。危険だろうが何だろうがな、今月中に、まとまった金が手に入らないとヤバい」

「ああ」うん、と井ノ原悠も答える。分かるよ、と言いかけて、やめた。安っぽい同情だと思われることが怖かったからだ。だが、分かる、のは事実だ。金は俺にも必要だ、と叫びたいほどだった。今月中にまとまった金がいるのも同じだ。

「もし、これで金が手に入るなら、俺はこのチャンスを逃したくねえんだ。たぶん今回が、ラストチャンスだからな」唾を飛ばす勢いで相葉時之は主張した。すると後ろから犬が、珍しく相葉に同調するかのように、「その通りだ」と言わんばかりに吠え声を響かせる。

井ノ原悠は、気圧《けお》されたみたいになってうなずく。萎《しお》れた植物のように日々、やつれていく沙耶子の姿と、健剛の顔を思い出す。ぎゅっと目を閉じる。浮かぶ文字は例によって、「金さえあれば」というそれだ。

「井ノ原、行ってくれるのか」相葉時之は分かりやすいほどの、喜びの声を発した。表情が少し和らぐが、目には必死さが滲んだままだ。

「いや、劇場に戻って、支配人に話を聞くだけだ」

「ああ、それでいい。俺の勘が正しければ、あの劇場版はお宝と繋がっている」相葉時之は車を発進させようとし、ヘッドライトが前方に薄明かりを作った。が、井ノ原悠は冷静さを取り戻している。「おい、相葉、時間を考えろ。まだ夜明け前だぞ。今から行っても、どうにもならない」それならばここにいたほうが安全に思えた。

「そうか」相葉時之はあっさりと認め、ブレーキを踏むとエンジンを切った。点灯したライトに退き、遠巻きにしていた暗闇が、すっとトランザムを囲んでくる。「今のうちに、ちょっと寝ておくか」

言うが早いか、相葉時之はハンドルに顔を載せ、あっという間に寝息を立てはじめた。

相葉時之とは裏腹に、井ノ原悠は目が冴《さ》えてきたため、それではこの間に、とスマートフォンを取り出す。桃沢瞳にメールを送り、サンセット劇場の支配人から情報を得るつもりだと、その程度のことは伝えておこうかと考えた。

5

二〇一三年七月一六日

街路灯に照らされた路側帯の一角に、干からびた嘔吐物《おうと》が散らばっている箇所がある。そこに鈍い銀色の光を放つ、指先ほどの大きさのカプセルが紛れ込んでいるのを見つけ、メンターは足を止める。

蛾《が》や羽虫が飛び交い、ときどき顔にまつわりつくが、それらを払い除《の》けもしない。彼はただ、顎《あご》を引き、氷柱《つらら》のような視線を路面に注ぐ。

形が歪《ゆが》み、使用済みとなったインテリジェント・ピル。

タクティカルブーツの爪先《つまさき》で軽くつつき、二、三度転がしてみるが、メンターは特に顔色を変えない。それ以上のチェックはせず、ただちにまわれ右をして、ここへ来るのに利用した停車中の個人タクシーのほうへ戻ってゆく。

助手席のドアを開けると、シートにもたれかかっていた運転手の上半身が倒れてきて、外にはみ出てしまう。

両目を見開いてはいるものの、運転手は口から泡を吹き、明らかに息をしていない。

運転手を抱え上げたメンターは、道端にこんもり茂った街路樹の植え込みのなかへ軽々と放り込む。逆さまの状態で植え込みに突っ込んだ死体は、大部分が低木樹の枝葉や雑草の陰に隠れているが、右足だけは大胆に突き出ている。

それ自体が道路標識みたいになっている死体の右足を目にしても、メンターは気にかけない。死体のことなど早くも忘れ去ったかのように、速やかに彼は白いトヨタ・プリウスの運転席に乗り込む。

イグニッションスイッチを押し、エンジンを始動させるが、メンターはすぐには出発しない。左手首にはめたルミノックスのダイブウォッチを一瞥《いちべつ》し、あと数分で午前二時をまわることを確認してから、今度はシートに深く寄りかかりながら右手を懐《ふところ》に突っ込む。

トレンチコートのポケットからは、いくつものスマートフォンが次々に取り出される。シガーソケットを通して充電を行ったり、なんらかのアプリを起動させたりしてから、メンターはそれらを儀式めいた仕草で一台、二台とダッシュボードの上に並べてゆく。

彼が最後に手にしたスマートフォンには、ライブストリーミング映像が表示されている。それは監視カメラか、隠しカメラによる盗撮映像のように見て取れる。

ときおり映像が停止するものの、どこかの屋敷の応接間が、鮮明に映し出されている。壁際《かべぎわ》から部屋全体が見渡されているが、そこにいる誰もがカメラのレンズを見向きもせず、撮られていることを意識している素振りも見せない。

スマートフォンのボリュームをあげると、内蔵スピーカーから室内音声がはっきりと聞き取れるようになる。音量の調節を終えると、メンターの氷柱のような視線は、話し声の主たちを、画面に映っている人々を、いっそう厳しく見つめ出す。

和洋折衷のインテリアになっているその応接間には現在、四人の人間がいる。

つい数時間前までメンターと行動をともにしていた、金髪と黒髪の男たちに加え、若い白人の男女が同席している。四人は二組に分かれ、矩形《くけい》のローテーブルを挟んで向かい合わせに置かれたソファーに腰を下ろしている。飲み食いもせず、張りつめた雰囲気のなかでなにやら話し合っている。

もとは和室らしく、部屋の最奥は床の間になっており、そこには鞘《さや》に収められた日本刀が飾られている。メンターは、液晶画面のほうへ右の人差し指を伸ばし、鞘の緩やかな湾曲が、欠けた月のようでもあるその刀剣を、撫《な》でる真似《まね》をする。

応接間のテーブルの上には、四台のスマートフォン以外のものは載っていない。連絡待ちの最中なのか、卓上を睨《にら》んでいる黒髪の男が、器用にペン回しをしながら英語でなじりはじめる。

「ほらみろ、十五分もすぎてる。定時連絡の義務さえあいつは果たさない。これで何個目のルール違反だ？ 大方あいつは、自分が犯したヘマすら理解しちゃいないぞ。スタンドプレーなんてレベルをとっくに超えてるってのに、どこまで組織に損害を与えりゃ気が済むんだろうな」

黒髪の男の話しぶりからは、当の「あいつ」たるメンター自身が今、ライブストリーミング映像を通してその糾弾を見聞きしているとは、思ってもいないことが窺《うかが》える。

それにつづいて若い巻き毛の男が、こんな疑問を呈する。「そもそもなぜ今回、あの人を引き入れたんですか？ 少し前まで部外者だった人ですよ。こういう特別重要なオペレーションに、不用意すぎませんか？」

これに対しては、金髪の男が落ち着いた口ぶりで答える。

「本部がうってつけの人材だと判断した。それだけのことだ。特別重要で、難易度の高いオペレーションだからこそ、ああいう者の手を借りるべきだと考える幹部のほうが多数派だった。つまりそういう結果だよ。知識と経験が豊富で、手負いのヒグマみたいに執念深く、感情に左右されず目標に向かって突っ走る。今回は、そんな人間の力が必要だとな」

「でも正直、わたしたちだけじゃ無理だなんて勝手に判断されちゃたまらないんだけど。何年こんなことやってきてると思ってるの。わたしは十七歳から活動をはじめてるし、何ヶ国も渡り歩いていろんなオペに参加してる。この国に乗り込むのだって、これで八回目。観光のふりして、残忍な連中からイルカやクジラを守るためにね。今回のオペだってそんなに難しいとは思っちゃいない。ちょろいもんよ、そうじゃない？　自分の能力を活《い》かす方法だってわたしは完璧《かんぺき》にわかってるし、今更ブレるわけないし。途中でなにがあってもね。みんなだってそうでしょ？」

若い赤毛の女が、気だるげにショートヘアの毛先をいじりながら話に割り込むと、金髪の男はなだめるような物言いでこう応ずる。

「異論はないよ。ただね、こういう考え方もある。この手の大掛かりなサボタージュってのは、破壊それ自体を目的化してるような人間に任せるに越したことはない。結局はそのほうが、効率的で確実性が高いってわけだ。誰のためでもなく、大量破壊そのものの実現にひたすら邁進《まいしん》できる、動機の純粋性とでも言うかな、そんな、マシーンじみたメンタリティーを持ってるやつなら腕の一本や二本は惜しまないどころか、死も恐れずにゴールを目指す。あのメンターって男は、そういう人材なんだと見なされたってことさ。あれはきっと、自分自身の欲望をかなえるために、自ら進んで犠牲になる男だろうってね。しかも本人は、自分の欲望を満たすつもりで行動してるとしか思っちゃいない。実際には、我々組織全体の目的まで一緒に果たしてくれようとしてるっていうのにな。この意味わかるか？」

赤毛の女は二、三度頷《うなず》くが、それすらだるさが滲《にじ》んでいる。「ええ、そうね、わかってる。要するに、わたしたちにとって好都合な、ほら、何て言うのか」

「捨て駒《ごま》」とほかの三人の声が重なる。

「そう、それ」

「だから、我々組織全体の目的のためには、あの男の多少の無茶には目をつむらざるを得ないってわけだ。捨て駒は、捨てられるまでは自由にさせておくべきなんだ」

　ふたたび巻き毛の男が疑念をあらわにする。

「そうは言っても、個人的な欲望を満たすことまでこちらが認めちゃったら、取り返しがつかなくなるかもしれませんよ。だって彼はもともと、ＳＡＳを除隊したあとは」

「ＳＡＳ？　デルタじゃなかった？」

「いいや、俺はサイェレット・マトカルって聞いてるぞ」黒髪の男がペン回しをつづけながら口を挟む。

「どれも国が違う。なんならザスローンやＫＳＫも加えとくかい？」金髪の男は苦笑まじりに皆に問いかける。

　巻き毛の男は、一度咳払《せきばら》いしてから話を戻す。「とにかく、どっかの特殊部隊を除隊したあとは、フローズン・サンとかいう人類浄化主義のウルトラジカル・セクトにいた人間ですからね」

「ああ、フローズン・サン」赤毛の女の表情がそこではじめて引き締まる。「過激すぎて、さすがに崩壊したんじゃなかったの？」

「気になったから、念入りに調べてみたらヤバい話だらけですよ。そのフローズン・サンの残党と、彼が今もつながってて」

「世界中に細菌やウイルスばら撒《ま》いて人口削減するとかいう、古臭いカルトまがいの政策を掲げてたんでしょ」

「それを未《いま》だに捨てきってないのだとしたら、かなり厄介。下手したら、五色沼の水が手に入ったところで、生物兵器ごと横取りされて悪用されかねない。端《はな》からそれが彼の目的なんだとしたら、日鯨研や共同船舶会社なんて相手にせず、たとえばこの国のハブ空港かどこかでひそかにムラカミを放って、無差別バイオテロを起こしてしまうかもしれない。そんなことにでもなって、誰も歯止めをかけられなかったら最悪、全世界規模のパンデミックに発展して、イルカやクジラどころか人類自身が存亡の危機だ」

苛《いら》ついた様子の黒髪の男は、手遊びをやめてボールペンをジャケットの胸ポケットに挿して立ちあがり、巻き毛の男を見下ろして静かに断言する。

「このペシミストめ、いちいちうろたえるな。そんなことにはならん、絶対にな。それも織り込み済みで本部はプランニングしてるんだ」

「そうかな」

「あいつの前歴なんざ把握してるし、計算ずくなんだ。対策は打ってあるってことだ。あの兵器だって、問題なく俺たちでコントロールできる」

巻き毛の男は間髪いれずに問う。「でも今のところ、あの人の暴走を抑えるのは、ことごとく失敗しちゃってますよ」

室内に数秒の沈黙が流れ、張りつめた雰囲気が最大級に高まる。

唐突に、黒髪の男が笑い声をあげて空気を変える。部屋の隅っこに置かれた大型スーツケースの傍らに立った彼は、ジュラルミンの表面を片手で撫で回しながらこう返答する。

「兵器の悪用に関しちゃ心配いらん。どのみちあいつが五色沼の水を手に入れても、それで準備完了ってわけじゃないからな。ムラカミのセットアップが万全でなけりゃ話にならん。兵器本体はこっちにあるんだ。水だけじゃなにも起こせない」

「カルト野郎は水汲《く》むだけ、ってわけね」

メンターは相変わらず、画面を氷結させるかのような冷たいまなざしで、応接間でのやりとりを眺めている。メールの着信があり、ライブストリーミング映像を再生させたまま、おもむろに別のスマートフォンを手に取る。「all clear」とのみ伝える文面を読み取った彼は、またそれとは異なるスマートフォンで、「remote control」という名称のアプリを起動させてから、あらためて応接間の映像に注目する。

映像上ではひきつづき、黒髪の男が画面奥の右端で熱弁を振るっている。

「あの男がなにを考えていようと、俺たちは確実に今回のオペを成功させる。クソいまいましい捕鯨マフィアどもを、完全な絶望に追い込むわけだ。特殊部隊出のカルト野郎にだって邪魔はさせんよ。所詮《しょせん》あいつはひとりだ。これ以上暴走したとしても、たったひとりじゃ無力だ。責任持って本部が始末をつけるに決まってる。俺たちはオペに集中してればいい。この国の、愚にもつかない伝統とやらを終わらせてやる。ビビって手を引きやがった腰抜けスポンサー連中も、報道が出ればさぞかし面食らうだろうな。そして、俺たちがどれだけ本気かやっと理解する。そうだろ」

赤毛の女が合いの手を入れる。「まさかと思うでしょうよ。捕鯨船団と日鯨研のオフィスをまるごと使い物にならなくしてやれば」

「捕鯨マフィアの組織網は機能不全に陥るし、どの船にも一歩たりとも立ち入れなくなるからな。むごたらしい殺戮者《さつりくしゃ》どもにひと泡吹かせてやる。まさか生物兵器で先制攻撃を食らうとは、誰ひとりとして予想しちゃいないだろう。こっちの実力を見せつけてやれば、あいつらが海に出ることはもう二度とない。全部おしまいだ！」

黒髪の男が力強く言い切ると、それが合図にでもなったかのように、胸ポケットのボールペンがスパークして火花を放つ。

直後、炸裂音《さくれつおん》が轟《とどろ》き、映像が一瞬激しく乱れる。

激しく乱れながらも、そのとき黒髪の男の左胸で爆発が起こったことが、映像上からは充分に窺える。

男の胸より上の部位が、ズタズタに破壊されて散乱してしまっていることを、当の映像は示している。

細切れになった肉片や血糊《ちのり》は周辺に飛び散り、ソファーに腰を下ろしている三人は頭からそれらを浴びて血まみれになっている。

三人とも、呆然《ぼうぜん》と口を開けたきり言葉を失い、立ちあがることもできない。

爆破で引きちぎれた頭部は、テーブルの上に落ちてきてドンという音を立てる。黒髪の男の死に顔には、アジテーションの高揚がストップモーションのように焼きついているのが、遠目の映像越しにもわかる。

ほどなくすると、卓上にあるスマートフォンが一台振動をはじめ、金髪と赤毛と巻き毛の三人は絶句したまま一斉にそちらへ目を向ける。

いっぽう、眉《まゆ》ひとつ動かさずにチームメートの爆死を見届けたメンターは、「remote control」アプリの操作をやめてスマートフォンを耳に当て、電話をかけている。

若いふたりは凍りついたように体が固まっているが、金髪の男は素早く手を伸ばし、振動音を立てているスマートフォンをつかみとる。

電話に出た金髪の男が、へりくだった声音で、「メンター」と呼びかけるのを聞いた若いふたりは、驚きの色を深めるようにして、顔を見合わせる。

メンターの指示を受けた金髪の男は、スピーカー通話に切り替えてスマートフォンをそっと卓上に戻す。

「諸君、そちらの状況説明は不要だ。わたしにはすべて見えているからね。この電話をかけたのは、ふたつの理由からだ。ひとつ目は、たった今盛大に散ったチームリーダー氏が、さっき言っていたことの確認だ。わたしが犯したヘマとはいったいなにかね？」

若いふたりは不安げにあたりを見回し、どこから見られているのかを探っている。

いっぽう金髪の男は、ひとりすんなりとこの異常事態を受け入れ、メンターの質問にも進んで応じ出しているため、ふたりは呆《あき》れ果てたかのようにまたもや顔を見合わせる。

「あの髭《ひげ》の日本人をいきなり殺してしまったでしょう？　あれがまずかったんです」

「なぜだ？」

「五色沼の管理施設に入るには、セキュリティー解除用の暗証番号を入力しなければならない」

「その暗証番号はわかっている」

「ただどうやら、第二暗証も必要みたいなんです。おまけにそっちは、解析ツールがまるで歯が立たない仕組みらしく」

事情を理解したメンターは、片方の眉をつりあげる。

「それは誰の情報だ？」

「髭の男がほのめかしていました。ホテルの駐車場へ降りるエレベーターのなかで。あなたは逃げた男を追って先に駐車場へ向かっていたので、その場にはいなかった」

「なるほど。それで？」

「第二暗証はここにしかないと言って、彼は自分の頭を指差してたわけです。殺されないための、保険のつもりだったのかもしれません。極秘ルートの地図を取り返したら用済みにされてしまうと、勘づいていたんでしょう。水を取りに行くのは、誰でもいいわけですから」

何事か悟ったように、メンターはふたたび片眉をつりあげ、いったん会話を中断する。先ほどメールを受信したスマートフォンに、新たに着信があったことに気づいた彼は、空いているほうの手でそちらの操作をはじめる。

応接間の映像は、依然として三人がソファーから立ちあがれずにいる様子を映し出している。

若いふたりの硬直ぶりからは、忠実な部下さながらにメンターと言葉を交わす金髪の男への不信感がありありと伝わってくる。

新着メールを一読すると、メンターは金髪の男とのやりとりを再開させる。

「それが、あの髭の男の、単なるブラフではないと言い切れるか？」

「もちろんその可能性も否定できませんが」

「可能性は低いと判断しているのか」

「ええ。少なくともわたしには、ブラフには思えませんでした」

「いいだろう。この件は了解した。第二暗証については調査が要るが、どのみちあの男の端末を入手しなければ、先には進めないということだ。それはこちらで処理する」

とうとう黙っていられなくなったのか、赤毛の女が勢い込んで身を乗り出し、金髪の男に対しなにか言いかける。が、それを無視したメンターの次の発言が、彼女の気勢を呆気《あっけ》なく削《そ》いでしまう。

「電話をかけたふたつ目の理由は、そちらの若いふたりに真実を打ち明けるタイミングが訪れたからだ。手短に説明しよう。君たちの組織を乗っ取った。本部はとうにわたしのシンパが大部分を占めていたわけだが、各セクションの邪魔者が今日で一掃され、ついに全体が刷新された。この組織の有するじつに潤沢なリソースは今後、ひとつ残らずカタストロフィ実現のために費やされる。人類の自然淘汰《しぜんとうた》を加速させるわけだ。賢いイルカやクジラのためではなく、ね。例の、古臭いカルトまがいの政策というやつだ。これから君たちは、そこにいるお目付け役の指示に従って動いてくれ。チームリーダー氏のように、無惨《むざん》な死に方をしたくなかったらね」

赤毛の女と巻き毛の男はなおも凍りつき、目の前のお目付け役を見つめている。

「まずはそちらにある兵器本体を至急、わたしが指定する場所に移動させてほしい」

メンターがそう言い添えると、金髪の男は肩をすくめ、若いふたりにこう釘《くぎ》を刺す。

「わかってるとは思うが、逆らおうなんて考えないことだ。すでに我々はいろんな種類のテクノロジーを取りそろえているからね。これが最後の大仕事だから、全財産を投入してやりたい放題にできるというわけさ。だから君らのことも、いつでもどうにでもできるようになってる。いいかい。いつでも、どこでも、どうにでも、だ。君らにはもう自由なんてないし、そんなものは誰にもない。この世界の誰にもね。突然死するか、目標に向かって我々と行動をともにするか、君らはそのどちらかを選ばなきゃならない」

ここでメンターは、ライブストリーミング映像の視聴を切り上げ、メール受信専用機にしているスマートフォンに持ち替える。差出人名に、「analysis team」と表示されたそのメールに、彼は再度目を通す。

メールに埋め込まれたリンク先に飛ぶと、いくつかの画像データの閲覧が可能となる。そこには、屋外監視映像から抜き出された三コマの連続静止画が含まれている。サンセット劇場の入居するビル裏手のコインパーキングに設置された、監視カメラから撮られたものだという説明が記載されている。

三コマの連続静止画は、相葉時之と井ノ原悠と黒毛の大型犬がトランザムに乗り込む姿を捉《とら》えている。トランザムのナンバープレートも、そこからはっきりと読みとれる状態にある。また、車両登録番号を頼りに陸運局のデータベースから調べ出したとして、トランザム所有者の住所氏名が三コマ目の下に記されている。

「Aiba Tokiyuki」というローマ字表記名と監視映像上の相葉時之を照らし合わせるように交互に見ると、鼻から一度息を吐いてメンターはブラウザを閉じる。

しばらくすると電話の着信があり、メンターは別のスマートフォンを手に取る。スピーカー通話にした途端、声を響かせてきた金髪の男に対し、「なんだ？」とメンターは問いかける。

「ふたりともかたづけました」

「そうか。解析班のメールは見たか？」

「たった今」

「居場所の特定も急ぐように尻《しり》を叩《たた》いておけ。こちらのGPSは、吐き出されて役に立たなくなってしまってね」

「わかりました」

「FBIのほうはどうだ」

「正直なところ、思わしくありません。ロシア人の兵器密輸の件で、FSBからも情報提供があったようです。その情報がつながれば、ごまかしが利《き》かなくなりますね。攪乱《かくらん》工作は継続してますが、こちらの動きも目立ってきてる分、本部に強制捜査が入るのは時間の問題でしょう。持ってあと四、五日だと、内部のシンパは言ってきてます。この国の捜査機関も、ある程度は情報を共有しているかもしれません」

「ムラカミの状態は?」

「問題ありません。兵器本体も、一時間以内には確実にお渡しできます。チェックは済ませましたから、必要なものさえそろえば、いつでも起動可能です」

「残すは例の水だけというわけか。あのロカビリー・ボーイの介入は不測の事態だったが、今更嘆いてもはじまらない。自分のミスは自分で取り返すよ。遅れは必ず解消する」

「それはすべて、自分で始末をつけるという意味で?」

「むろんだ。我々にはもはや一刻の猶予《ゆうよ》もないからな」

「確かに、それはその通りですが、ああ、そういえば」

「なんだ?」

「ロシア人たちが売りつけようとした、クリンコフも一挺《ちょう》、確保してありますが」

「一緒に運んできたのか?」

「ええ、どこかで使えるかと思いまして」

「弾は何発ある?」

「三百発。グレネードランチャーも装着されてます。そちらの弾は三発ですが。使いますか？」

「もらっておこう。それと、あれは本物なのか？」

「どれです？」

「その部屋の奥に置いてある、日本刀だ」

「本物らしいですよ。自慢の品だと言われました」

「持ってきてくれ。どうせもう持ち主はいない」

「わかりました。では、のちほど」

電話を切ったメンターは、ダッシュボード上のスマートフォンを一台一台、儀式めいた仕草でゆっくりと懐中に戻してゆく。

つづいてヘッドライトを点灯させて、トヨタ・プリウスを発進させると、たまに大型貨物自動車が通りすぎるばかりとなった深夜の仙台西道路を、愛子《あやし》方面に向かって走り去ってゆく。


「なんだよこれ。ふざけんじゃねえよ」ＡＴＭから排出されたキャッシュカードをつかんで、相葉時之は言った。

「どうしたんだ」井ノ原悠が寄ってくる。

「カードが使えないんだと」

「何かやったのか」「また、とか言うなよ」「まだ言ってない」

「何度やってもおなじだ。窓口に行け、だと。それが利用客に言う台詞《せりふ》かねえ」

「磁気がおかしくなったんじゃないか？」

「磁気ねえ」相葉時之はいったんＡＴＭの前から離れ、カードを何度かひっくり返す。それからカードを髪の毛にこすりつける。

「相葉、何してるんだ」「静電気とかでどうにかならねえかと思ってな」

「静電気と磁気は違う」井ノ原悠は首を横に振った。「おまえの車に問題があるのかもしれない」

相葉時之はむっとなって聞き返した。「はあ？」

「あの車、強力な電磁波とか磁力発生する装置かなにか積んでないか」

「ボンドカーじゃねえんだよ」相葉時之は自分のカードを目に近づける。が、どんなに目を凝らしても、肉眼で磁気ストライプから不良箇所を見つけられるはずもない。あきらめて相葉時之はカードを財布にしまう。「まあ、おまえの車は冗談だとしても、あの空き地に通信基地局のアンテナが立ってたとか、原因はそんなことかもな」

そう聞いた途端、「通信で制御されます」という音声通訳アプリのメッセージが相葉時之の脳裏で再生された。磁気不良を引き起こしたのは、あのインテリジェント・ピルとかいう代物《しろもの》ではないのか。その推測を口に出しかけたところ、相棒が無断で次の行動を起こそうとしていたため、相葉はあわてて井ノ原の背中に問いかけた。

「おい、どこ行くんだよ?」

「どのみち、窓口に申し出てみないことには埒《らち》が明かないだろ」

「まあそうか、いや待てよ」

「なにか問題あるか?」

「ここはちょっと、慎重になったほうがいいんじゃねえか?」

井ノ原悠はコメディーの一場面みたいにプッと吹き出して言った。「これはまた衝撃のひと言だな。まさかおまえの口から、ここはちょっと慎重に、なんて言葉が聞けるとは思ってもみなかったよ」

「勘だよ勘。俺様のシャープな直感がな、こういうときは窓口なんかには行っちゃならんって訴えてるんだ」そう言いつつ、相葉時之はそそくさと井ノ原悠の腕を引っ張ってふたりして自動ドアを通り抜けていった。

午前中だというのに、外は猛烈な陽射《ひざ》しが降り注いでおり、ものの数分で思考力を吹き飛ばされてしまいそうだった。トランザムを停めてある、駐車場の最奥に向かって逃げるように歩を速める。隣を行く井ノ原悠は、未だなにも感じていない様子だった。

「手持ちの金が底を突いたらどうすればいいんだろう」

「おまえのカードがあるじゃねえか」相葉時之は、井ノ原悠のバッグを指差すが、同時に、あの空き地で磁気異常が起きたのだとすれば、井ノ原悠のカードにも同じ故障が起きた可能性はある、と不安になった。そのことを告げると井ノ原悠は、「ほら、だから窓口に行けば良かったんだ」とまた主張した。「二人ともカードが使えなかったら、いずれどうにもならなくなるぞ」

まあな、と相葉時之は答え、今から銀行に戻るべきかと考えるが、どうにも気が進まない。「ガソリン代くらい、どうにかなる。それよりも、やっぱりおまえはどうも勘だけは鈍いな。このヤバい空気がわからないってのは、鈍感にもほどがあるぞ」

見ると井ノ原悠が立ち止まり、合点がゆかぬ顔つきで大きく溜《た》め息をついている。さらなる雲行きの怪しさに直面したことで、これから付き合わされるであろう厄介事を想像し、うんざりしているのかもしれなかった。ただしもう、「俺はここらでバイバイだ」とは言い出さないのが、こちらにとっては好ましい兆候ではある。

相葉時之は、井ノ原悠を眺め、この男も金が必要なのか、とぼんやりと思う。疲れきっている顔のせいか、金策にでも駆けずり回っているような、そんな切迫感も感じ取れる。同じ境遇だ、と喜ぶ気持ちはなく、寂しさだけがあった。自分はまだしも、井ノ原までもが冴《さ》えない人生だとは信じたくなかった。ガキの頃の自分たちに合わせる顔がない。

カーリー犬が駆け寄ってきて、脱力感を漂わせている井ノ原にじゃれつき出す。

その隙《すき》に、相葉時之はトランザムの助手席のドアを開け、どさくさに井ノ原とカーリー犬をまとめて車内に押し込んだ。

それから速やかに逆側にまわって運転席のドアを開け、何気なく銀行の出入り口を見やったところで彼はぎくりとした。ATMコーナーに警備員の姿があり、人捜しを行っている様子だったからだ。

「相葉、どうかしたか?」井ノ原悠は勘は鈍いが、仲間の表情の強張《こわば》りは見逃さなかった。

「俺様のセンサーがマックスで反応してる。とにかくとっとと出ちまおうぜ」

疑問符が深く刻みつけられたような面持ちの井ノ原を尻目に、相葉時之は決して慎重とは言えない速度でトランザムを発進させた。

午前十時前という時間帯のせいか、サンセット劇場の裏手にあるコインパーキングはガラガラだった。昨夜と同位置に駐車し、今日はカーリー犬をともなって車を離れたふたりは、陽光の下では色合いが違って見えるビルの、外階段に向かった。万が一を考え、宝の地図を収めたスマートフォンは車内に残した。運転席のサンバイザーと天井の隙間に挟んで、隠しておいた。

ビル外階段の、上り口のあたりには、警察が捜査のために貼《は》った立ち入り禁止のテープがまだくっついていた。コンクリートの地面には、人をかたどったチョークの跡がある。相葉時之は、あの屈強な、髭面男の死に際を思い出さずにはいられない。

警察は、事件と事故のどちらとして処理したのだろうか。そんなことを思うと、おぞましい感覚が込み上げてくるのを相葉時之は感じた。例のインテリジェント・ピルを吐き出さずにいたら、自分もおなじ目に遭っていたのだと気づいたからだ。

突っ立っていると、上から井ノ原悠に、「行こう」とせっつかれた。はっとなり、鉄骨階段を駆け上がる。カーリー犬はすでに二階の踊り場にいて待機していた。

三階の踊り場までやってきて、三回ノックすると、ついさっき電話で約束してくれた通り、裏口のドアが内側から開かれた。

開けてくれたのは、黄色いサマーセーターを着た小柄な老婦だった。鷲鼻《わしばな》で目つきが鋭く、三角帽に黒マントでも身に着けていれば魔女そのものという外見だ。

普段なら一回目の上映がはじまっている時刻だったが、このときは館内に客はおらず、劇場内もしんとしていた。昨日の今日だから自粛しているのか、警察の捜査がつづいているから営業を止められているのか。どちらにしても、ここにトラブルを持ち込んだのが自分であることは否定できず、心が痛まないでもない。銀髪の怪人に立ち向かったあのふたり組や、『イエロー・サブマリン』Tシャツのおっさんは、その後どうなっただろうか。

「支配人は、もういらしてますか？」井ノ原悠がそう訊《たず》ねると、老婦はギロリと睨むようなまなざしを向けてきた。

ふたりして怯《ひる》むと、今度は無言で事務室のほうを顎で指し、そのまま老婦は歩き出した。相葉時之と井ノ原悠は一度顔を見合わせてから、緊張気味にあとを付いていく。

数メートル行ったところで、気配がないと感じて振り返ると、カーリー犬は裏口のドアのそばに留まっていた。突如誰かの指示でも受けたかのように、待ての姿勢をとっている。

意外な光景を目撃した相葉時之は、「やればできるじゃねえか、ポンセ」と呟《つぶや》いた。これは以心伝心の達成かもしれない。勝手にそんな感慨に浸りつつあった彼は、試しに、いいぞ、と右手で親指を立てるジェスチャーをカーリー犬に送ってみた。が、たちまちプイとそっぽを向かれてしまい、案外に複雑なやつだと理解した相葉時之は、心が通うにはまだ先が長そうだと結論した。

それにしても独特な人柄の、映画館という環境にはむしろ馴染《なじ》んで見える、不思議な印象の老婦だ。じかに接すると、歓迎されていないのは明らかだが、それでもなぜだか悪感情を持たれているようには感じられない。

電話をかけた際も、本日中の訪問を希望してみたところ、恐ろしくぶっきらぼうながらもあっさり承諾の返事をもらえたため、井ノ原悠はこう訝《いぶか》っていたのだった。「こっちの事情、途中までしか話してないんだけどな」

実際に当人に会ってみると、なるほどこういう婆《ばあ》さんかと、相葉時之は即座に納得してしまった。映画館での現場検証を終え、警察がすでにいないことも、彼女が教えてくれた。

「なにもかもお見通しって感じだな、あの目は」相葉時之が耳もとでそうささやくと、井ノ原悠は素直に頷いた。

「この婆さん、昨夜はいなかったよな。パートかなにかか？」

「パートってふうではないけど」

老婦は振り向くことなく、黙々と館内通路を歩いてふたりを先導した。そして受付のあるロビーを通りすぎ、事務室の前にたどり着くと、ノックもせずに彼女は出し抜けにドアを開けた。

「ちょっと、なんなんだよいったい、いきなり」

そう文句をつけてきたのは、見覚えのある人物だ。一二平米ほどの広さのごちゃごちゃした室内で、あの、『イエロー・サブマリン』Tシャツの男がデスクトップパソコンを前にして座っていた。キーボードから手を離し、いかにも面倒くさそうに立ち上がった彼は、絵に描いたような迷惑顔でツカツカ近づいてきた。

これが支配人か、と問うつもりで、相葉時之と井ノ原悠は同時に老婦の顔を窺った。老婦は瞬時にその意図を読み取ったらしく、黙って首を縦に振る。

問答無用で追い返そうという意気込みさえ感じさせる支配人に対し、まずは井ノ原悠が一歩進み出て挨拶《あいさつ》を述べた。昨夜のアポイントメントを反故《ほご》にされていたことを伝え、用件を手っとり早くかたづけようとしたのだ。が、井ノ原が口を開くや否《いな》や、支配人は頭を斜めに傾けて背後にいる相葉時之を指差し、激しい怒りの声をぶつけてきた。

「おいおまえ！　昨夜のやつじゃないか。どうしてくれるんだ。おまえのおかげで」

相葉時之もひたすらに謝るほかなかった。「すまんすまん」と繰り返す。「俺も悪いことしちゃったなとは思ってるんだ。巻き込んじまったのは謝るよ。悪かった」

「悪かった、って謝り方があるか。いや、謝って済むこっちゃねえぞ！　客が何人入ってたと思うんだ」

「いや、それはその」

「どういうつもりだ」支配人は言い返すたびに興奮の度合いを上げ、ジリジリと接近してきている。もはや、薬缶《やかん》の湯が沸騰《ふっとう》したかのような状態で、まともな会話が成り立たなくなっている。

「お怒りはごもっとも」と相葉時之は頭を下げるが、もともと謝罪慣れしていないため、ぎこちない。「ただ、今はどうしても聞いてほしい話がある。だからここは、気を静めてくんねえかな」

「やかましいわ、おまえらの都合なんてどうだっていいんだよ。『サンダーボルト』の最終上映台無しにしやがって！」

その言葉から、支配人が腹を立てているのは主に、「最終上映台無し」のほうなのだと相葉時之は気づかされた。劇場内では昨晩、客席でもメカゴジラ2.0が大暴れし、食ってかかった男に五寸釘を撃ち込んだりもしていたはずだが、あれは客同士の大喧嘩《げんか》くらいにしか見なされてはいないらしい。髭面《ひげづら》男のほかに死人は出ていないのだと理解した相葉時之は、そこで気持ちが楽になった。

ほっとしたのも束《つか》の間《ま》、怒鳴り散らしていた支配人が、ここで憤怒の言動をさらにエスカレートさせた。激高するあまり抑えが利かなくなったのか、相葉時之にとうとうつかみかかってきたのだ。

こういう展開には慣れっこの相葉時之は、必要最小限の動きのみで難なくそれをかわしてしまう。そのはずみで、自己制御が困難になってしまった支配人は、危うく頭からつんのめりそうになった。

そこへ井ノ原悠がとっさに両手を差し出し、シャツの両脇《りょうわき》をつかんで支配人を支えてやるが、当の支配人は体勢が安定した矢先、体をよじって自らそれを振りほどいた。

「やめなさいケンタ！」凄《すさ》まじい雷声が、不意にそのとき館内通路に轟いた。男たちは三人とも、まさに全身を雷に打たれたかのようにぴたりと身動きを止める。

静まり返ったなか、ひとり老婦ばかりがスタスタと事務室に入っていった。

それから彼女がてきぱきとお茶の支度を行うのを、三人の男たちはマネキンみたいになって黙視することしかできない。


「なんだ、『サンダーボルト』ってそっちのことかよ。昨日上映したチミノの『サンダーボルト』じゃなくて。『鳴神戦隊サンダーボルト』か。ったく、それならそうと早く言えよ。『特攻サンダーボルト作戦』だってあるのによ。正確なタイトル聞かなきゃ、話が噛《か》み合うわけねえわな」

ケンタ支配人は、『バットマン』のスポーツタオルで額の汗を拭《ぬぐ》いつつ、値が張りそうなオフィスチェアにふんぞり返ってぶつくさぼやいていた。

昨夜の騒動でこの映画館に損失を与えたことは、確かに申し訳ないと感じている。が、その分を差っ引いても、こいつはむかつく態度のおっさんだと、相葉時之は思った。

苛つきを抑えられないが、とにかく自制だと自身に言い聞かせ、先ほどの老婦に淹《い》れてもらった緑茶でもすすり、気持ちを落ち着けるしかない。相変わらず無口な彼女は、支配人の母親とわかったが、サンセット劇場が入居するビル自体のオーナーであることも、その後のやりとりで判明した。

「上映中に喧嘩がおっぱじまるわ、裏の階段から転げ落ちて死んじまったやつがいるわ、開業以来最悪の夜だったつうの」支配人は、壊れた掃除機みたいな音を立てて、深々と溜め息をついている。

妙だな、と確認し合うように、相葉時之は井ノ原悠と顔を見合わせた。五寸釘の一件は、なかったことになっているのか。髭面男も、転落による事故死として処理されただけらしい。

いったいどういうことなのか、と相葉時之は考えてしまうが、井ノ原悠は落ち着いており、そもそもの目的である、『鳴神戦隊サンダーボルト』劇場版についての質問に、ごく自然に移っていた。

相葉時之は、支配人の一言一句に苛つかされていただけに、井ノ原の終始ブレないメンタルにはほとんどカルチャーショックに近いものを受けた。なかなかのビジネスマンに成長したもんだと、感心せずにはいられない。

「その、『鳴神戦隊サンダーボルト』のこと、サンセット劇場の支配人さんが物凄《ものすご》くお詳しいと教えてもらったもので、それでこうしてお邪魔したんです」

言われた途端、ケンタ支配人はカッと目を見開いて鼻の穴を膨らませ、「それ、誰が言ってたの？」と強い興味を示してきた。「物凄くお詳しい」という部分に自尊心をくすぐられたのか、余裕の笑みまで浮かべて井ノ原の回答を待っていた。

「馬場さんですよ。駅前のホビーショップの、ひょろっとした見た目の、店長さん」

「馬場か。そうか、馬場がね。あいつは調子いいからなあ」ケンタ支配人は満足げに何度も頷いていた。

「お詳しいだけじゃなく、関連グッズとかレアアイテムとか、コレクター垂涎《すいぜん》の逸品をたくさんお持ちだというじゃないですか。戦隊ヒーローものや特撮関係では東北随一のマニアだとうかがいましたよ」

「東北随一？　東日本随一の間違いだろ。それとマニア呼ばわりは勘弁してくれ。インサイダーをマニアとは言わんだろ。ましてやそこらのコレクター風情《ふぜい》とひとくくりにされちゃあたまったもんじゃないな。オークションで金積めば手に入っちゃうような、値が簡単につくもんは端から相手にしてないんだようちは。レプリカとかそういうゴミは皆無。うちに保管してあるのはどれも、劇中使用品とか未使用のスペアとか未公開品とか正規非売品とか販促資料の類《たぐ》いとか、撮影所やメーカーさん直結の本物オンリー。そういうのが、頼まなくても自然とストックされてくの。そりゃそうだろ、うちの劇場は歴史があるもんでね。業界でも知られてるし、信頼も絶大。単なる興行小屋じゃないんだな。だから、そうね、毎回クリエイティブに参加させてもらってるって感覚が一番しっくりくるかな。劇場版はいつも初号に呼んでもらってるし、宣伝展開にも口出しさせてもらってるからね」

今度ばかりは支配人の口ぶりに気圧《けお》されて、相葉時之はポカンと口を開けて最後まで聞き入ってしまっていた。

熱が入りすぎたせいか、言い終えた頃にはケンタ支配人は椅子《いす》から立ち上がり、聴衆を見下すようにして傲然《ごうぜん》と構えてすらいる。ちょうどそこへ、劇場ビルオーナーが大量のお菓子をつめた籐《とう》のカゴを抱えて事務室に帰ってきた。

「ねえママ、俺のお茶さ、冷たい麦茶に換えといてよ」特に照れるでもなく、年恰好《としかっこう》に不似合いなおねだりを口にすると、ケンタ支配人は「来いよ」とふたりを誘った。それから彼は、理由も告げずに背中を向け、部屋の隅へとすたすた歩いてゆく。

事務室の奥にはふたつのドアがあった。手前のドアを開けっぱなしにした支配人は、ひとりさっさと別室に入っていってしまう。

残された相葉時之と井ノ原悠は、一瞬キツネにつままれたようになったが、ただちに支配人の跡を追った。そして順番に、招かれた室内に足を踏み入れ、ドアを閉めた。

「五、六年前、このビル全体の補強工事やったときに、ついでに倉庫を改造しといたわけ。それがここ。しかも、モニターとエアコンとソファー入れて、くつろげるんだから、どうだ、いいだろ」

奥のキャビネットを閉め、モニターやソファーの置かれたスペースに戻ってきたケンタ支配人は、クリアファイル数冊を楕円《だえんけい》形のローテーブルの上にどさりと載せた。『鳴神戦隊サンダーボルト』に関する印刷物を、類別にまとめたものだという。

相葉時之と井ノ原悠は、勧められるままに座った三人掛けのソファーでじっとしていた。饒舌《じょうぜつ》な支配人のおしゃべりに付き合いつつ、質問のタイミングをはかっていた。

その間、相葉時之が目をやっていたのはテーブル上ではなかった。物があふれすぎ、広さも定かでない倉庫内の様子に圧倒された彼は、素朴に驚き呆れながら周囲を眺めまわしていた。

東日本随一と自ら宣言したさっきの自画自賛は、必ずしも大袈裟《おおげさ》な話ではないのかもしれない。ここに保管されたコレクションの充実度は一目瞭然《いちもくりょうぜん》だった。品物の数と種類が尋常ではない。

ケンタ支配人によれば、フィルム缶やVHSテープやレーザーディスクやレコード盤、チラシやポスターやキャビネ写真、衣装や着ぐるみや小道具、サイン色紙や出演者の使用した脚本、諸々《もろもろ》の書類などが収蔵されているというが、それらが少しの隙間もなくびっしりと庫内を埋め尽くしている。ちょっとした映画博物館のバックヤードという印象だったが、これでもすべては収まりきらないため、別フロアの一室も第二倉庫として使用しているとのことだった。

「一九九五年ってのは、戦隊ヒーロー二十周年の年だったんだ。九〇年代に入ったあたりから、マンネリ回避ってことで新趣向を凝らしてみたり奇抜な方向に突き進んだりがつづいてたんだがな、『鳴神戦隊サンダーボルト』はその流れを断ち切って、原点回帰したシリーズなんだよ。二十周年記念作品ってことで、久しぶりにオーソドックスなスタイルに戻したんだな。で、その路線変更が子供たちにはウケて、玩具《おもちゃ》も売れた」

井ノ原悠が強くうなずいている。追従《ついしょう》のみならず、本心が混じっているようだった。

「傑作でしたからね」

「俺たちは小学生で、毎週、楽しみにしてたからな」

「おおそうか」ケンタ支配人は、同志を見るかのような目になった。「やっぱり、クラス中で大人気か」

「いや」相葉時之は正直に答えてしまう。「まあ、俺とこいつくらいで。あとの奴《やつ》らはもう、そういうのから卒業してた」

「馬鹿《ばか》言うな、卒業するもんじゃないだろ、こういうのな。そもそも入学してないんだ、奴らは」

はあ、と相葉時之も曖昧《あいまい》に相槌《あいづち》を打つ。

「ただ、まあ、主人公役の赤木駿がシーズン途中で起こした、あの幼女わいせつ事件のインパクトは強烈だったからな」ケンタ支配人が肩を落とす。「やっちまったこと自体がアウトなのは当然として、まわりにかけた迷惑も計り知れないものがある。子供たちの夢を消し去った上に、戦隊ヒーロー二十周年の記念を全部、ぶち壊しにしてくれたわけだからな」

相葉時之は、支配人の興奮にやや気後れしつつも、『鳴神戦隊サンダーボルト』への思い入れを自分たち以上に爆発させる人物にはじめて接し、嬉《うれ》しさを覚えていた。

話が途切れたところで井ノ原悠が、「あの、ちょっと風の噂《うわさ》で聞いたんですけれど」と口を挟んだ。「赤木さんが、近頃はネットオークションで、関連グッズを落札しまくってるというのは、本当なんですか？」

「それも馬場に聞いたのか？　あいつ人の受け売りばっかだな。なんでもペラペラしゃべっちまう」ケンタ支配人は一度フンと鼻を鳴らしてから、その噂話に対する自身の見解を披露した。「落札者の正体が赤木駿なのかどうかは、まだ確証つかんだわけじゃない。市内在住者らしいし、気になる噂ではあるがね。もしも事実だとしたら、ぜひとも理由を訊《き》いてみたいところだな、どうして落札なんかしてるのか。失われた栄光を取り戻すとか、輝かしい思い出の記念にとか、そういう感傷的な動機で関連グッズの収集に精出してるのか。それとも、なにかのっぴきならない事情でもあるのか。あ、おい、おまえ何持ってるんだ」

ケンタ支配人に指差された相葉時之は、バイカー用の大きな二眼式ゴーグルを素知らぬ顔で装着しかけていた。「これ、変身前のレッドがバイクに乗る時に使ってたやつだ」

「手を離せ。早く置け。大事なグッズなんだぞ」

「減るもんじゃあるまいし」

「価値が減るんだよ」そうは言いながらも、ケンタ支配人は取り返したゴーグルを自分の首にかけている。子供が持ち物を見せびらかすかのようだ。

舌打ちした相葉時之は、そこで井ノ原悠と目配せし、「あ、でさ」と支配人に投げかける。

「何だ」

「その、劇場版について教えてほしいんだけど」

「劇場版の何をだ」

ちぎっては投げるような物言いに、相葉時之も困る。蔵王の御釜には埋蔵金があるみたいですけど、あの映画とどこかで関係しているんですかね、などと訊ねるわけにもいかない。

つづきを訊きあぐねていると、井ノ原悠が先に口を開いた。「そもそもどうして、あの劇場版って蔵王の御釜なんかをロケ地に選んだんですか？」

「どういう意味だ」ケンタ支配人が、井ノ原悠を見る。

「いえ、いちおうは観光スポットってことにはなってますけど、あそこは村上病がらみでいろいろと面倒なところじゃないですか。話題性狙《ねら》いって見方もありますが、子供向けの映画にそれがどこまで有効なのか、疑問でもあるんです。映画撮影には向かない、というか。そのあたりのことが疑問だったので、もしなにか知っているのでしたら教えてほしかったんです」

ローテーブルの前に突っ立っていた支配人は、まずは三人掛けソファーの、相葉のいる左側の肘掛《ひじか》けに腰掛けて、一段上からふたりを見下ろす体勢になった。

「なぜかってのは、ロケハンして決めたからだろ。それ以上でも以下でもないんじゃねえかな」

「なるほど」

「赤木駿は宮城の人間だし、案外、地元の名所のひとつってことで提案したってのもあるかもな。蔵王の御釜は穴場じゃないかって。画《え》的にいいのも、わかってるしな」

「画的にいいって言っても、ほとんど立ち入り禁止区域しかないような不自由な環境で、わざわざアクション映画の撮影をやるというのは」

ケンタ支配人は短く笑い声をあげた。「映画の撮影ってのはそういうもんなの。画的に恰好がつけば、危ねえとこや簡単に人が入れない場所のほうが断然価値が高い。風光《ふうこう》明媚《めいび》なロケーションなんてのは、もうさんざん撮られ尽くしてる。映画だけじゃなく、テレビドラマまで含めたら、手つかずの風景なんて探し出すほうが難儀だ。でも撮る側は、できるだけ目新しい景色をスクリーンに映したいよな。子供向けだから適当でいい、なんてこたあねえし、むしろ手は抜けねえだろ。それが二十周年記念作ともなれば尚更《なおさら》だ。ロケハン怠けてるとかマニアに批判されたくねえだろうし、こんなところでよく撮ったなって褒められるほうが気分いいじゃねえか」

「ええ、そうですね」井ノ原悠は眉根を寄せ、身を乗り出し気味になって話に聞き入っていた。そんな聞き手の熱意に気を良くしたのか、ケンタ支配人の舌はますます滑らかになってゆく。

「素人《しろうと》は気にしなくても、同業者はそういうとこ見逃さないからな。でだ、蔵王の御釜でロケした映画って聞いたことないなって、監督かカメラマンか赤木駿が言い出して、ロケハン行ってみるかって流れになって、んで現地見て、あそこに決まったんじゃねえか」

「なるほど、ありそうですね」

「だろ。別に変な話でもない」

「御釜のあのあたりって、撮影可能な場所、そんなにたくさんあるんですか？　柵《さく》だらけで、かなり厳重に仕切られてませんでした？　観光許可区域もびっくりするくらい狭いし」

「そこで無茶をやるのが映画なんだよ」

「どういうことですか」

「仕切りの柵、越えちゃうんだよ」

「え、勝手に？」

「当たり前だろ。もちろん、撮影許可申請は出しとく。その上で、越えちゃうんだよ。まだ電気柵とかじゃなかった頃だったしな」

「柵越えたって、撮影ってそんなにポンポン進められるもんじゃないですよね？」

「いやあ、当時は同録じゃねえし、フィルム撮影だけど太陽さえ照ってればなんとかなったろ。しかも」

「しかも？」

「スーツアクターはプロフェッショナル。一発でＯＫ出せるくらい経験積んでる」

「確かに」

「セキュリティー甘めの場所を見つけといて、本番の日はそこから出入りするんだよ。確か当時は、厚生省の役人とかが立ち会ってたって話だけどな、期間中ずっといたわけじゃねえらしいし。隙を見て、撮影したんじゃねえか？　禁止エリアつったって、ちょっと沼の周辺に近づいたくらいで感染なんかしないって判断だったんだろうな。水んなか飛び込むわけじゃねえし、みんな予防接種は受けてるしな」

「そうまでして、御釜のそばでロケしたかったっていうのは、サスペンス感の演出に役立つからってことですか」

「それもあるだろうし、映画の撮影ってのはとにかくそういうもんなんだよ。業界じゃ普通のこと。リスキーなことに挑んでナンボって世界。それに蔵王の御釜ってのは、五色沼っつうくらいだからな。色の出方も陽の当たり具合で違ってくるっていう妙味もある。画的に映《は》えるし、ミステリアスな雰囲気も漂うからばっちりだ。まあ、村上病のせいで生き物にとっちゃ恐ろしい死の沼だろうが、見た目には美しいってわけ」

「え」ケンタ支配人の饒舌は、鬱陶《うっとう》しい熱を含んでいるが、かつて鑑賞がかなわなかった映画の裏話自体は甚だ興味深く、相葉時之は静かに傾聴している状態だった。が、そこで思わず、声を上げていた。「今、何て言った？」

井ノ原悠が、どうかしたのか、といった表情で目を向けてくる。

「死の沼だけど美しい、ってな」

「そうじゃなくて、その前だよ。沼？　五色沼って言っただろ」

「なんだよ素《す》っ頓狂《とんきょう》な声出しやがって。五色沼ってのは、御釜の別名だ。そんな驚くようなことか？」

相葉時之は、透かさず隣の井ノ原に訊いてみる。「おまえ知ってた？」

井ノ原は、「いや」と首を振った。「ただ、言われてみれば聞いたことがあるかもしれない。それがどうかしたのか？」

「あいつが言ってた。あ、あいつもか」五色沼、という言葉を、昨夜だけで二回、耳にしている。相葉時之は思い出していた。

一回目は、髭面の男がホテルのスイートでそれを口にした。

二回目は、あの銀髪の怪人がスマホのアプリを通してこちらに訊いてきたのだ。「あなたはゴシキヌマ水を持っていますか？」

相葉時之はそのことを説明し、「五色沼の水っていうのは、御釜の水のことだったのかよ」と嚙み締めるような口調で、呟く。

「相葉、どういうことだ。あの男はおまえに、スマートフォンを寄越せ、と言ってきたんじゃないのか？」

「その前に、ゴシキヌマ水を持ってるか、と言ってきた。ああ、ってことはそうか、あのボトルには、御釜の水が入ってたってわけか」そう言った後で相葉時之は、山形のホテルでボトルを空にしてやったことを思い出し、ぞっとする。あれを逆さまにした際、水に触れてしまっている。病原菌の発生源と言われている水を、直接皮膚に浴びてしまっても問題はないのだろうか。いや、とすぐに打ち消す。仮にそうだったとしても予防接種は受けているのだ。

「おい、相葉」声をかけられたため、相葉時之は反射的に、「大丈夫だ、俺は予防接種を」と答えかけた。が、井ノ原悠の言いたいことはそれとは別らしく、「その水なんじゃないのか？」と続けてきた。

「その水？　どういう意味だ」

「例の、銀髪の怪人が追いかけているものだ。おまえがいう、お宝というのは」

「お宝は埋蔵金だ」

井ノ原悠が苦笑する。「いや、それは、おまえが勝手に思い込んでいるだけだろ。怪人が、五色沼の水を寄越せと言っていたというのなら、それこそが探し物ってことだろ」

「ああ」相葉時之はすぐには頭の中を切り替えられなかった。お宝というからには、金銀財宝、まさに埋蔵金じみたものを想像していたため、それが水、ボトルに入っているただの水だとはイメージしにくかった。砂金が溜まっている川の水などを思い浮かべる始末だった。「そうなのか。俺は、水ってのは宝を見つけるのに必要な、お宝がある証掬みたいなものかと思ってな。だって、水だろ。あの髭面男は、宝くじを超える値打ちだって言ってたんだ。ただの水がそんなに高価になるか？」

「相葉、それはただの水ではない」

「え」

「御釜の水なんだ。村上病の病原菌が入っている」

「ああ」相葉時之はうなずく。俺はそれをかぶっちまってる、と言いかけるが言葉は出ない。「村上病が入ってるから、お宝っていうわけかよ」

「理由は分からない。ただ、あの銀髪の怪人は御釜の水を欲しがっている」

あ、と相葉時之はそこでさらに思い出す。「井ノ原、ほら、あの話が関係してるんじゃねえか？」

「あの話？」

「御釜の水は体にいい、っていう」

「委員長のか？」井ノ原悠はさすがにそれは受け入れがたい、という表情で眉《まゆ》をひそめていた。

相葉時之自身、ただの思いつきを口にしただけだから、それ以上、強弁するつもりはなかったが、そのとき不意に、銀髪の怪人とのやりとりが思い出された。「水が綺麗《きれい》にします」とか「水が浄化します」などと、怪人の通訳アプリが確かに言っていたはずだ。

あれは、御釜の水が健康に良い、という話と結びつくんじゃないのか。

そのことを井ノ原悠に話そうとした矢先、ケンタ支配人に割り込まれてしまった。

「おい、おまえたち何の話だよ」お宝グッズの話題だとでも思っているのか、「五色沼の水がどうしたんだ？　宝ってのは、な、何のことだ」と鼻息を荒くする。

「いや、ちょっと」などと答えて、井ノ原悠は誤魔化そうとした。「つい脱線しちゃって。すみません、劇場版のことを伺っているときに」

「おいおい勘弁してくれよ。こっちは善意で、貴重な裏話を教えてやってんだ」ケンタ支配人が胸を張った。「ああほら、どこまで話したのかも忘れちまったじゃねえか」

「劇場版の御釜の場面のことを」

「そうそう、御釜の戦闘場面な。あそこの撮影は力入ってたよ、相当にな。クライマックスで使ってるから、当然だけどな」

へえ、と相葉時之は返事をしかけた。が、ケンタ支配人の言葉に引っ掛かりを覚えた。

それを口にしたのは井ノ原悠のほうだ。「力が入ってたとか、クライマックスで使ってるとか、まるで観《み》てきたかのような口ぶりですね」

「どっかの雑誌で、幻の映画特集でもやったのか？」もしもそうなら、それを手に入れなければと、相葉時之は身を乗り出す。

「そりゃあ俺は」ケンタ支配人は、なんでもないことのように、ぽろりとこう口にする。

「観てるから、実物をね」

絶句してしまい、相葉時之はしばし、目をしばたたくことしかできない。いったいこの親父《おやじ》は、なにを言ってるのか。困惑した挙げ句、隣を窺うと、井ノ原悠も目を丸くするばかりのありさまになっていた。何秒かして、「本当に?」などと訊ねるのがやっとだった。

ケンタ支配人の鼻の穴は見る見る拡大し、胸は反り返る。自己顕示欲がオーラとなり、そこから飛び散った輝きが美しい結晶でも作らんばかりの様子だった。

「ま、この世界広しといえども、あの劇場版を観てる人間は限られるだろうな」

「ほんとに観てるのかよ」相葉時之も声を大きくした。

「もちろん全篇、ケツまで通して観てる」

そう聞いた途端、炭酸水の風呂《ふろ》にでも浸《つ》かったかのように、相葉時之は全身に鳥肌が立つのを感じる。マジか、と呟き、羨望《せんぼう》のまなざしを一直線に支配人に向けてしまう。

「当時完成版をちゃんと観てる、数少ない人間のひとりがこの俺ってわけだ。スタッフ・キャストと一緒に、初号試写でも観てるしな。一般試写は、完成披露含めても、せいぜい三回くらいしかやってないんじゃねぇのかな」

すげえなそりゃ、と相葉時之は素直に感動する。選ばれし者への尊敬というものを、はじめて抱いた気分だった。「おい、井ノ原、こりゃびっくりだな」

井ノ原悠も興奮を隠せずにいるが、口をぱくぱくさせるだけで、それを言葉にはできないでいる。

三人のあいだには今、全員の体から放たれたきらきらした高揚感が満ちており、高ぶりすぎて空気が薄く感じるほどだった。そして、ケンタ支配人が次に発した問いかけは、相葉時之と井ノ原悠をさらに驚愕《きょうがく》させるのに充分なインパクトを持っていた。

「おまえたちも観るか？」


予想もしていなかった誘いに、相葉時之は完全に硬直していた。井ノ原悠も同様に、スイッチを切られたみたいに動きを止めている。

「劇場公開用のフィルムは、うちにも届いてたわけ。当然な」ケンタ支配人だけが快調に、涼しい顔で喋《しゃべ》りつづけている。「お蔵入りが決定したのは、封切りの直前だったからな。その時点で俺は、うちのスクリーンで二回観てる。上映チェックのときと、フィルム返す前の晩にな。んで、これは内緒なんだが、それだけじゃねえんだ」

ケンタ支配人は秘密を告白する喜びで、頬を緩ませていた。実はな、と声を小さくすると、「テレシネしたＶＨＳもダビングして、うちに保管してんだよ」と言う。

「テレシネ？」相葉時之はそこでようやく声を出せた。

「簡単に言えば、フィルム映像をビデオに変換してテープに録画することだ。その技術のおかげで、一回一回フィルムを映写機にかけることなく、家のビデオで映画を再生できるようになったってわけだ」

「それって、誰がどの段階で作ってたんですか。違法コピーとかではなくて？」井ノ原悠もようやく落ち着きを取り戻したらしく、質問をぶつけた。

「違法コピーとは違う、っていうか、テレシネを管理してるのは配給元や宣伝部だ。試写会とは別に、テレシネVHSを何本かこしらえといて、宣伝してくれそうなライターとかに配るんだ。タイムコードとかサンプル表示が出てたりする、裏ビデオみたいなやつな」

「裏ビデオって譬《たと》えがまた古い」相葉時之は思わず笑ってしまった。

「とにかくテレシネがあれば、フィルム返してからも映画観られるだろ。だから適当な理由でっちあげて、配給の仲いいやつに頼んでうちにも送ってもらってるわけ。数がたりなくなるって断られることもあるけどな」

「なるほど、音楽会社のサンプル盤CDみたいなものですか。でも、それをさらにコピーするのは」

「それはアウトだな」

「ですよね」井ノ原悠が苦笑した。

「アウト」相葉時之は、ケンタ支配人を指差す。

「だから内緒だって言ってんだろ。それにいつもやってるわけじゃねえからな。あの映画は特別だ。二十周年記念作が、あんなことでお蔵入りだからな。これは貴重品になると思って即行でダビングしたわけよ。テレシネのVHS自体は、もともと要返却なんだがな、期限とか切ってなくていつもは結構ゆるい。それがあのときだけは、フィルムとセットで即送り返せとか、配給が珍しくうるさいわけ。どうもこりゃ、ただ事じゃないぞって雰囲気だったんだ。で、こっそりコピーしといたんだよ。大正解」

「自慢げに言うことかねえ」

「そう言うなよ」ケンタ支配人は余裕の表情を浮かべ、肩をすくめる。「そのおかげで、おまえたちも観られる。ケンタ様と呼ぶべきだろうが」

調子のんな、と相葉時之は言い返しそうになったが、もちろんやめた。それどころではないのだ。

本当に観ることができるのか？

「ケンタ様、ぜひ」と言うと、井ノ原悠の声も重なった。

誇らしげにその場を離れたケンタ支配人は、ビデオテープの保管場所から、いっそうの誇らしさを携え、戻ってきた。そして、聖火台に火を灯すかのような仰々しさでもって、大型液晶テレビのスイッチを入れる。

「いやあ、これがまた皮肉なくらい、えらい高画質のテレシネでさ。それにこのＶＨＳも、液晶画面で再生させたら走査線出まくるかと思いきや、意外に鮮明なんだわ。再生機次第ってのもあるが、ＶＨＳもなかなか悪くないから、まあ見てみろよ」

ついたばかりのテレビ画面には、民放地元局で現在放送中のニュース番組が映し出され、スタジオから現場の中継映像に切り替わったところだった。画面下には、「植え込みに男性遺体　殺人事件か？」とテロップが示されている。

「おいおい、何だよ、せっかくの興奮を」相葉時之は、子供の頃の夢を汚《けが》された思いで不愉快になる。が、そのテレビに映る場所に見覚えがあるため、顔を近づける。「おい、井ノ原、あれ」

「あ」井ノ原悠も神妙にうなずく。「あそこだな」

「俺が昨夜、ゲロ吐いた場所だよな」

テレビ局のカメラは、川内トンネルと青葉山トンネルのあいだの区間に当たる、仙台西道路の路側帯を捉《とら》えている。

立ち並ぶ街路樹と植え込みの陰に、個人タクシー運転手の遺体が遺棄されていたと、報道局の男性記者は報じていた。運転手所有の業務車は、その地点から西に約一二キロメートル離れたラーメン店の駐車場に乗り捨てられていたことも、男性記者は伝えている。深夜から未明にかけての犯行と見られているらしい。

「あのときにはもう遺体があったってことかな」

「やめてくれよ。冗談じゃねえ」

「相葉、何か気づかなかったか」

「あんな状態で気づけるわけねえっつうの。真夜中に必死こいてカプセル吐き出してたの、見てたろおまえ」

ふたりがそんなやりとりをしているのも、ケンタ支配人にはまるで関係がないらしく、彼はいそいそとビデオテープをセットし終えると、テレビのチャンネルをあっさりと切り替える。

「お待たせ、それじゃあ再生させるぞ」

その声を合図に、相葉時之と井ノ原悠は姿勢を正してソファーに座り直す。さっきのニュースのことは後回しだ。事件の詳細を知るよりも、今は映画の時間だ。

五〇インチの液晶画面に、まずはカラーバーが何秒間か表示され、スピーカーからはピーという信号音が響き出した。

たったそれしきのことで、俄然《がぜん》期待が高まってしまったのか、まだタイトルさえ出ていないというのに、相葉時之と井ノ原悠は生つばを飲み込んでいる。

何秒か後に、映画会社のお馴染みのオープニング・ロゴがあらわれると、今度は四つの拳《こぶし》が固く握りしめられてゆく。やがてふたりは、そろってまばたきがなくなり、呼吸すら止めてしまったみたいになる。

次に映画会社のロゴに重なるようにし、あの心浮き立つメロディーが聞こえてくる。それから間もなく、映像はさっとフェードアウトしてスクリーンは真っ黒になる。

黒みの画面がただちにタイトルバック映像へ移ると、テレビシリーズより流用された、懐《なつ》かしのテーマソングがイントロからあらためて流れはじめた。

そこでついに、『鳴神戦隊サンダーボルト』のタイトルロゴが大写しになる。

レッド、ブルー、イエロー、ピンク、グリーンに色分けされ、それぞれのカラーのコスチュームをまとったヒーロー戦士が、空港の滑走路のような広々とした舗装路に颯爽《さっそう》と登場し、独自のポーズをとる。

五人が横並びになり、新たに全員でひとつのポーズを組んだ直後、後景では操演スタッフの仕掛けた爆発が起こり、色つきの爆煙が見事な扇形に広がってゆく。

劇中の爆発に導かれて、相葉時之と井ノ原悠はともに握った拳をグッと突き出し、そのまま、「ウオオオ」と感動の唸《うな》り声を上げていた。

まさかこのような日が訪れるとは、想像したこともなかった。

それからはもう、落ち着いてなどいられない。

ふたりしてテーマソングを唄《うた》い出し、上半身を前後に揺するなどして盛り上がり、脇で見守るケンタ支配人をすっかり呆《あき》れさせる。

十八年前の子供たちにとって、公開目前で奪われてしまったヒーロー戦隊映画はこのとき、十八年前と変わらぬ熱狂を彼らに与えていた。決して短くはないはずの時の経過は、少なくともその映画が再生されているあいだに限っては、まるで意味をなさなくなっていた。


いったんは退室したものの、ケンタ支配人は三十分ほどすると庫内に戻ってきた。自分で使う分には価値が減らないとでもいうのか、サンダーレッドのゴーグルは未《いま》だ首にかけっぱなしにしている。そのとき映画は、いよいよクライマックスの戦闘シーンに突入しつつあった。

幻の劇場版を何度も観ているという支配人は、確かに大事な頃合いをしっかりと心得ているようだった。彼がちょうどテレビモニターの正面に回り込んだタイミングで、液晶画面上に蔵王の御釜が映し出されたのだ。

上映時間は六十分ほどだから、尺の長さからすると、劇場版『鳴神戦隊サンダーボルト』は中篇映画に当たるのだろう。あっという間にクライマックスに至ってしまったと感じられるのは、当然といえば当然ではあった。

だが、それはすでに、無駄なく飽きさせることがない、スピーディーかつスリリングな展開というものを観客が充分に堪能《たんのう》したあとの話だ。爆発的なダイナミズムと突拍子もないエピソードが、映画の質を一段と高めてもいる。『鳴神戦隊サンダーボルト』は、今観ても非常におもしろい。十八年前にこれにハマったのは、やはり間違いじゃなかったと、相葉時之は深い感銘を受けていた。

童心回帰の興奮が依然さめやらぬ頭ではあったが、理性の働きもそれなりにあった。画面を追うごとに、おもしろさを言葉にしたくなっている自分自身に、相葉時之は軽く驚いてさえいた。子供の頃は、ただおもしろがっていただけだったからだ。

物語も終盤に入り、相葉時之はそもそもの目的を忘れ、快く映画を見終えようとしていた。が、待望のクライマックス場面を迎えたところで一転し、きな臭い謎《なぞ》に満ちた現実へと彼は一気に引き戻されてしまう。

きっかけは、井ノ原悠の発した疑問の声だった。「あれ?」

「どうかしたか」相葉時之は、寝ぼけたような声音で隣の井ノ原に訊いた。

しかし旧友の問いには答えずに、これまでとは調子の異なる毅然《きぜん》とした口調で、井ノ原は支配人にこう申し出た。

「巻き戻してくれませんか」

ケンタ支配人は、「はあ？」などと返答し、なんて野暮な注文を出すのだとでも言いたげに顔をしかめていた。

お構いなしで井ノ原は要求をくりかえした。「巻き戻してくれませんか」

井ノ原悠の断固たる態度にたちまち折れ、「はいはい」などと不平を鳴らしつつも、支配人はリモコンを操作してビデオを巻き戻し再生させた。

液晶画面に向けられる井ノ原のまなざしは、ひときわ鋭くなっており、どうしても気になることがある様子だった。それがなんなのか、こちらこそ気になってしまい、相葉時之は再度訊《たず》ねる。「なんだ、どうしたんだよ」

「いや、ちょっと」

「ちょっと何だよ」

「いや、見間違えかもしれないんだけれど、あ、そこでストップ」

「おい、井ノ原」

ケンタ支配人は、もはや指図されることに不服を唱えたりはせず、むしろ速やかに自分の役割をこなしていた。巻き戻し再生をやめて、そのままリモコン操作で通常再生させると、画面上では例によって英雄と悪漢の戦いが繰り広げられていた。

「あ、やっぱり」井ノ原悠の声は大きくなかったものの、緊張は伝わってくる。

「井ノ原、どうしたんだよ」

「すみません、もう一回巻き戻してください」

井ノ原悠の表情に確信の色が加わっていた。相葉時之が、四度目の問いかけをぶつけてみようかと口を開きかけた矢先、やっと井ノ原は自分から説明してくれた。

「いいか、注意してよく見ておけよ。これから、あり得ないことが起こる。あり得ないことが、このフィルムに撮られているのがわかる。画面の右上のあたりを注意して見てくれ」

「あり得ないことって何だよ。特殊効果の表現とか、ＳＦの設定とかは関係なく、か？」

「もちろんだ。たぶん、たまたま映ってしまったものだと思う」

映像を一時停止させて待機している支配人に対し、井ノ原が頷《うなず》いてゴーサインを送る。

すると画面上では、同一場面の再生がみたびくりかえされる。

天空の鳴神より人間界に遣わされた五人の戦士たちが、暗黒宇宙帝国の再建をもくろむ悪の組織ダークランズと最後の総力戦を演じていた。

高純度ダークエナジーの噴き出す蔵王の御釜がその決戦の地として選ばれ、大勢の戦闘員たちを従えた悪の四天王と暗黒王子が、そこに鳴神戦隊の五人を誘い込み、直接対決を仕掛けたのだった。

まずは鳴神戦隊の五人が各自バラバラになり、格闘技や特殊な武具を用いてダークランズと激しく戦うさまが描かれる。

ダークランズの暗黒王子や四天王も、戦闘員らと五つのグループに分かれて鳴神戦隊のひとりひとりを取り囲み、次々に襲いかかってヒーローたちを追いつめていった。

井ノ原悠が指摘した、「あり得ないことが起こる」ショットは、サンダーレッドが窮地に陥る場面に含まれていた。組織の要《かなめ》同士によるぶつかり合いとなる、暗黒王子との熾烈《しれつ》な戦いの途中に、それはあった。

仕切りの柵を乗り越え、立ち入り禁止区域の内側で撮られたと思《おぼ》しきシーンだ。背景に据えられた御釜が、あまりにも近すぎる。つまり、法令に違反し、はみ出して、撮影しているのだ。

連続攻撃を受けて吹き飛ばされてきたサンダーレッドが、崖《がけ》の際《きわ》に背中をつける形で倒れ込んでしまう。そこへ暗黒王子が素早く舞い降り、サンダーレッドを踏みつけながら巨大鎌《がま》みたいな武器を振り上げ、とどめの一撃を与えようとする。意識を取り戻したように、はっとなって頭を起こし、暗黒王子の急襲に気がつくサンダーレッド。今頃目を覚ましても手遅れだと言い放ち、巨大鎌を振り下ろしにかかる暗黒王子。

「次だ」井ノ原に促され、相葉時之もケンタ支配人もテレビの液晶画面をいっそう食い入るように見つめる。

カメラは、俯瞰《ふかん》で引いた構図をとり、サンダーレッドと暗黒王子を一緒に画面に収めている。

画面の下部には、崖の際に倒れているサンダーレッドと暗黒王子の後ろ姿が映っており、上半分には、崖のずっと下方に位置する御釜が広がっている。明るい陽射《ひざ》しが降り注いでいて、手前のふたりの人物にも、モスグリーンの水面にもピントがよく合っている。巨大鎌を振り上げたままの暗黒王子は、余裕ぶって高笑いしているが、その油断がほどなくして、敵リーダーにとどめを刺すチャンスを失わせることになるだろう。

井ノ原悠の指示通り、相葉時之は透かさず画面の右上のあたりに注目した。ショットの長さは、一瞬というほどではないが、何十秒もつづくものでもない。それでもあらかじめ、該当箇所を教えられていたおかげで、「あり得ない出来事」を、この一回の再生で確かに見て取ることができた。

当の現象自体は、神秘性とは程遠い、ごくありふれた自然のひとコマにすぎない。

ただ、それが蔵王の御釜においてとなると、話が違った。

「魚」相葉時之は信じがたい思いから、ぼそりと口に出した。「今、御釜で魚が跳ねたな」

自分たちが信じてきた常識が、完全に覆《くつがえ》された瞬間だった。

「井ノ原、これどういうことだよ。何で御釜に魚がいる？　魚は生きられるのか？」

「いや」ケンタ支配人が、動揺しつつも今度は自ら率先してビデオを巻き戻し、再確認をはじめながら口を挟んできた。「村上病のせいで、生き物にとっては」

「死の沼、だよな」

井ノ原悠が、時間を惜しむようにせっついた。「もう一回だ。もう一回、見よう」

結局三人は、問題のショットを十回も見直してしまった。

それにより判明した事実は、ほんの一瞬、豆粒じみた大きさではあるが、魚が跳ねて水面に波紋が生ずるさまが、劇場版『鳴神戦隊サンダーボルト』のクライマックス場面にはっきりと写り込んでいる、ということだ。

加えて、その事実から導き出される結論としては、生物は棲《す》めないとされてきた御釜に、魚が棲息《せいそく》しているということだ。

三人は倉庫を出て、事務室に移って「御釜の魚問題」について話し合った。

「しかしやっぱり、あり得んだろ。村上病はどうなる？　あそこはその、村上病の」

「村上レンサ球菌のな」井ノ原悠が溜《た》め息まじりに言う。「温床だし、発生源だ」

「この沼は、美しい見た目に反して病原菌だらけだから、魚類だろうが両生類だろうが脊椎《せきつい》動物が棲める環境じゃねえってここにも書いてあるぞ」

検索結果に出てきたウェブページの記事に目を通し、それを読み上げると、ケンタ支配人はパソコンの画面から顔を離し、オフィスチェアにふんぞり返った。

デスクについているケンタ支配人を、相葉時之と井ノ原悠は左右から挟むように立ち、見下ろしている。少しの沈黙のあと、井ノ原悠が出し抜けに口を開いた。

「こう考えるべきじゃないか。そんな環境でも生きられる魚がいるんだ、と」まだつづきがあるらしく、「仮定の話だけれど」と井ノ原は言い添えた。

それに対し、相葉時之はせっかちになり、「だとすれば、どうなんだよ」と急《せ》かした。

明快な答えは持っていないらしく、井ノ原悠は眉間《みけん》に皺《しわ》を寄せている。「わからない」と漏らす。「ただ、これが意図的に隠されているのは間違いない気がする。そうだろ。御釜に魚がいるなんて、聞いたこともなかった」

「じゃあ、あれか」相葉時之がさも、凄《すご》いことを思いついたという勢いで、人差し指を指揮棒さながらに振り、「村上病の菌が弱まってるんじゃねえか」と言う。

「どういう意味だよ」

「知らねえけど、細菌だって薄まることがあるんじゃねえのか」

そんなことがあるのか？　井ノ原悠は怪訝《けげん》な顔つきで言ってくる。

専門家でない相葉時之には、それに継ぎ足す言葉など思いつかない。そんなことがあるのかどうか、知るわけがない。

ケンタ支配人は、なにか思い当たることでもあるような顔つきで耳を傾けていた。おしまいまで聞いてから、そのなにかを話すつもりなのかもしれない。

「一つ言えることは」井ノ原悠はさらに続けた。

相葉時之もその後の言葉は頭に浮かんでいる。ケンタ支配人も同様に違いない。

三人の視線が絡まり、井ノ原悠が代表して、その台詞《せりふ》を言葉にした。

「劇場版『鳴神戦隊サンダーボルト』が公開中止になったのは、このせいかもしれないってことだ」

相葉時之はうなずく。そうとしか思えなかったからだ。

「撮影スタッフが柵を乗り越えて、かなりの近距離から御釜にカメラを向けたせいで、写っちゃいけないはずのものが写り込んでしまった。それが、封切り直前に判明して」

井ノ原悠が自分で考えを整理するように、言う。

「そういや、あのときの変な雰囲気、よく覚えてるんだよな、俺」ケンタ支配人は、それまでと打って変わって落ち着き払った態度をとり、奇妙なほどに穏やかな物言いで、十八年前を回顧してみせた。「お蔵入り決定直後の配給の連中が、どうも異様な感じだったわけ。そりゃ大赤字出しちゃうし、二十周年記念作が公開中止になってるわけだから、ただ事じゃない空気になるのは当たり前だわな。だから当時は、俺もそういうふうに理解してたんだよ」

　ケンタ支配人が話すあいだ、相葉時之は横目で何気なく、井ノ原悠の顔色を窺《うかが》った。そのとき井ノ原は、倉庫のドアに寄りかかり、右手に持ったスマートフォンを顎にくっつけて、思案顔になっていた。御釜をめぐる一件を、他人事《ひとごと》と突き放す気配はもはや毛ほども見られない。なにも言葉をかけずに、相葉時之は支配人に視線を戻した。

「ところがその後も異常つづきだ。さっきも言ったが、フィルムやテレシネの回収がやたら厳しかったわけ。実は俺、こりゃ当分日の目見ることねえだろって、即返却っての無視して送り返すの一日遅らせたのな。夜中にこっそりうちのスクリーンにかけて観たんだけど、それも言ったよな。そうしたらさ、次の日の午前中に配給がこっちに乗り込んできて、有無を言わせずなにもかも持ち帰っちゃったんだよ。呆然《ぼうぜん》。まさか向こうから来るとは思っちゃいなかった。しかもテレシネをな、ダビングしてないかってしつこく訊かれてさ。するわけねえだろって追い返してやったけどな」

「嘘《うそ》つき支配人」相葉時之は苦笑しながら、指差す。

　ケンタ支配人は名誉ある称号を授かったかのように、高らかに笑うだけだ。

　相葉時之の脳裏には、少し前から、「御釜のお宝」のことが去来していた。御釜の水に価値があるのだとすれば、その水に棲む魚が関係しているのか？

もしくは「委員長」らが唱えていた、「体を清める」という効果に結びつくのだろうか。

これぞまったく、想像もつかない世界の見当もつかない話だ。

ここでケンタ支配人が、おもむろに首からはずしたゴーグルに見入りながら、ひとつの突破口をほのめかした。「おい、レッドなら、なにか知ってるかもしれないぞ」

そう聞いた途端、相葉時之と井ノ原悠は同時に支配人のほうへ顔を向けた。いったい何を言い出すのかと一瞬、理解ができない。今日はそんなことばかりだ。

「出演者、それも主役やってた俳優なら、あの魚が実際に写り込んだものなのかどうか、答えを出せそうだろうが」

「そりゃそうだけどよ」相葉時之は当惑を隠せない。「レッドに訊くって、いったいどうすんだよ」

隣の井ノ原悠はまだ落ち着いていた。「お蔵入りの原因が、自分以外にもあったってことを、レッドが知っていても不思議はないですね」などと推理している。「というよりも、もし、このことが公開中止の真相だとすると、例のわいせつ事件だって本当はどうだったのか、怪しくなってくる」

相葉時之は、衝撃をそのまま言葉にする。「おいおい、何だよ、濡《ぬ》れ衣《ぎぬ》ってことかよ」

井ノ原悠は目を大きく見開き、半信半疑という様子ではあるものの、小刻みにうなずいている。「レッドに話を聞ければ」

「だからどうやって連絡とるんだよ。探偵でも雇って住所突き止めさせるのか？」

相葉時之がそう水をさすと、井ノ原悠がしばらくの沈思黙考を経て、パチンと指を鳴らした。「あれだ！　ネットオークションだ」

「オークション？」相葉時之はすぐには意味が分からなかった。

「ははあ」と反応したのはケンタ支配人だ。「そら名案かもな」長い顎鬚《あごひげ》でもあるかのように、右手で自身の頤《おとがい》を撫《な》でながら井ノ原の「名案」にこう補足した。「今からオークションに、『鳴神戦隊サンダーボルト』のレアグッズを何点か出品してみりゃいい。そういうことだろ」

「ええ、そうです」

「で、例の、市内在住のマニアが落札したら、そいつが赤木駿かもしれないってわけだ。そうすれば、本人とじかに連絡とれるし、住所もわかる。オークションってのは基本的に、商品を送るからな」

「それ、いつ分かるんだよ」相葉時之はにわかに色めきつつ、井ノ原や支配人の理解に追いつこうとする。「オークションって、結果出るの何日かかかるんじゃねえのか？」

「価格を設定して、早い者勝ちってやり方もある」

「レッドが食いつくようなお宝、おっさん、持ってるか」

　ケンタ支配人は鼻の穴を膨らませる。分かりやすいほどに、プライドを刺激されていた。「おまえな、誰にもの言ってるんだよ」

「嘘つき支配人にだよ」

「ああ、わかってんな」ケンタ支配人は師匠然として、尊大に構えている。「嘘八百で確保した宝物が、いくらでもあるわ。しかしそれをむざむざ放出しちまうのは、どうかなあ」

「お願いします。ぜひ、やってもらえませんか」井ノ原悠が間髪いれず、畳みかける。「ここは支配人の力が必要なんですよ」

　このあたりの、相手を立てながら要望を飲んでもらうやり方は、普段の営業職での仕事と変わらないのか、井ノ原悠の対応は板についていた。

　ケンタ支配人は、少し考える顔つきになっている。

　すると相葉時之は、支配人の目の前で身をかがめて両手を合わせ、最後の駄目押しとも言える台詞を口にする。「レッドが今どうしてるのか、おっさんも知りたいだろ」

　ウッと感嘆めいた声を出し、ケンタ支配人は答える。「そりゃ、そうだな」

「だろ」

「俺だって、赤木駿には聞きたいことがある」

　そこへ相葉時之が右手を差し出したのを見て、ケンタ支配人はお宝グッズのゴーグルをデスクの上に置き、がっちりと握手を交わした。「ここまできたら、しゃあねえな」井ノ原悠も近寄ってきて、「協定成立だな」と言い、彼も支配人としっかり手を握り合った。その結束が固まる感覚に、相葉時之は興奮しつつもどこか照れ臭さを覚える。

相葉時之は、館内トイレの小便器の前に立っている。用を足すあいだ、頭を整理しておくつもりだった。

これで本当に、一攫千金《いっかくせんきん》に近づいていると言えるのだろうか。ひとりになった途端、そんな、足が地に着かないような不安に駆られた。

どこを目指して進んでいるのか、徐々に見えてきてはいる。が、それは一面にすぎず、全貌《ぜんぼう》はむしろ、ますますおぼろげになってしまっている。

御釜のお宝が埋蔵金ではなく、沼の水というのは、未だに受け入れがたい見通しだ。驚くべきことに、その御釜に魚がいる証拠《ショット》が、劇場版『鳴神戦隊サンダーボルト』の終盤場面《クライマックス》に含まれていた。それこそが、公開中止の原因なのは間違いなさそうだ。ならばいったい、俺たちはこれからどうすべきなのか。事態は込み入ってきたが、それに囚《とら》われてはならない気がする。

小便が切れて、デニムパンツのファスナーを上げたところで、彼はあらためてこう結論する。とにかく金だ、金がいる。面倒な方法でも、贅沢《ぜいたく》は言ってられない。どんな形ででも、まとまった金を手に入れなければならない。

視界はますますおぼろげになっているが、明らかな前進もある。これまで不可能と思い込んでいたことの、予期せぬ実現が、彼を今、すこぶる勇気づけてもいた。

劇場版『鳴神戦隊サンダーボルト』を、十八年経《た》ってついに観ることができたのだ。これはちっぽけな奇跡だが、相葉時之の気力を支えるのには、充分な出来事だった。

トイレを出たついでに、裏口で待っているカーリー犬の様子を見にいってみると、劇場ビルオーナーの老婦につき添われて、手厚い接待を受けていた。飲み水と無添加のドッグフードを与えてもらい、機嫌よさそうに床に寝そべっている。どうやら一時間ほど前には、散歩にも連れていってもらえたらしかった。

「あ、今日は、その、助かりました」自ら進んで人に礼を述べる自分自身に、相葉時之は新鮮味を覚えた。が、新鮮なあまりたどたどしい口調になり、苦々しさも感じた。

無口な老婦は、いいからいいからと、片手を小さく振ってみせただけだった。そんなふうにあしらわれると、相葉時之は余計に感謝を伝えずにはいられなくなった。

「いや、俺、だいたい昔から信用されないんで。普通にしてても、何かやっただろとか、責められたり怒られたりって感じで」

言いながら相葉時之は、「女助けてヒーロー気取りみたいだが、単にAV女優とやりたかっただけだろ、ダセえやつだな」などと、取り立て屋に揶揄《やゆ》されたことを思い出す。そんなつもりは正直、毛頭なかったのだが、似たようなことは、身近な連中にも言われ、「で、やったのか？」とおしまいに訊かれるのが、お約束になっていたほどだ。そのたびに、「やったやった」と答え、むなしい気分を深めるばかりだった。

「ジャック・ニコルソン」老婦は少し笑っている。「ジャック・ニコルソンもどの役やっても、悪人に見える」

「え？」

「そういうもんだ」

相葉時之は、さすがにジャック・ニコルソンよりは、と言いかけたがやめる。「だけど、今日はわけも聞かずに通してもらえて、驚いたっていうか」

「本当に怪しいやつには、犬は懐《なつ》かないからね」老婦が、いきなりポツリとそんなことを話したので、相葉時之は言葉をつづけられなくなってしまった。決して愛想はよくないものの、滲《にじ》み出るような優しさに何度も接するうち、その老婦への感謝とともに思うのは、自分の母親のことだった。息子のために捨てた思い出を、母親に取り戻してやらなければならない。相葉時之は、あらためてそれを自分に課す。

もう一度、老婦にお礼を述べてから、あとちょっとの時間だけ、犬のつき添いをお願いした。そして今後の計画を詰めるため、相葉時之はその場を離れた。

「つっても、俺が懐かれてるわけじゃないんだけどな」ふとそう気づき、相葉時之はひとり言を漏らした。まあいいかと、事務室に戻るために館内通路を歩く。

ロビーに差しかかったところで、自分のスマートフォンを取り出し、電源を入れた。一件、SMSの着信がある。徹からだ。「あのあと、ホテルに警察の捜査が入っておまえのことまでいろいろと調べていったから、気をつけろ」書かれているのは、それだけだ。

あの騒動が、警察沙汰《ざた》になっているとは。みんな大丈夫なのだろうか。富樫や福士たちがパクられていなければいいがと、相葉時之は憂慮する。

試しに田中徹の電話番号にかけてみるが、音がしない。コール音すらしない。あれ、とアンテナを見れば、感度は悪くない。富樫や福士の番号も呼び出し、発信ボタンを押すがやはり、うんともすんとも言わない。

事務室に入ると、井ノ原が固定電話の受話器を持ち上げているところだった。どこに連絡するつもりなのか、と相葉時之がまなざしのみで訊ねると、「依頼人に連絡を入れておこうと思う」と言う。

「そんなの後回しにしとけよ。おまえに調査を依頼したのは、ただの『鳴神戦隊サンダーボルト』マニアだろ。まあ、悪いやつじゃなさそうだが、一日二日待たせたって平気だろ」

「連絡できる時にしておこうかと」

「いや、もしもだ、そいつも御釜のお宝目当てなんだとすると、あまり情報は与えねえほうがいい」相葉時之は本心で言ったが、井ノ原悠は冗談だと判断したのか、「そうはいかない。仕事だからな」と答えてくる。

「井ノ原、おまえは律儀というか何というか、ちゃんとしてるよな。そういう性格に呼び名をつけたいくらいだ」

「それを、真面目《まじめ》、って言うんだ。俺は真面目なんだよ」

「にしても、何で、自分のスマホ使わねえんだよ。充電やばいのか?」相葉時之は、近くにあった椅子《いす》にどっかと腰を下ろした。

「そうじゃないけれど、念のためだ。スマホで居場所が分かったりするかもしれないだろ。GPSとかな。だから念のため、電源を切ってる」

「おまえは大丈夫だろ」

「どういう意味だよ」井ノ原悠は、スマートフォンのアドレス帳にある番号を見ながらプッシュボタンを押した。一度、押し間違えたのか、やり直している。

「俺は山形のホテルで騒ぎを起こして、銀髪の怪人にも狙《ねら》われてる注目の的だ。かたや井ノ原、おまえはただ、ここで俺に巻き添えを食らっただけの、真面目君だ」

「その通りだ。よく分かってるじゃないか。俺はとばっちりなんだ」

「だから、あの銀髪の怪人がいくら事情通でもな、たまたま映画館で遭遇したおまえの素姓を、そう簡単には調べられねえってことだよ」

「だったらいいけどな」井ノ原悠は受話器を耳に当てたままで、「なかなか出ない」と嘆いている。

「依頼人様はきっと、どっかでいちゃついてる最中なんだろ」なにもすることがなく、軽口を叩《たた》いている相葉時之は、御釜のお宝探しに早く出発したい気持ちにも駆られている。が、電話をやめさせようとするも、井ノ原が受話器を置く気配はなく、焦《じ》れてくる。井ノ原悠が先ほど口にした、「スマホで居場所が分かるかもしれない」という言葉が脳裏でみるみる膨らんできたのは、その時だ。自分の顔が引き攣《つ》るのを自覚した相葉時之は、ああ、と心で嘆いた。そういえば、さっき使っちまったぞ。

映画館裏口のほうからカーリー犬の吠《ほ》え声が聞こえる。「あれ、あいつなんで吠えてんだ？」

老婦が席をはずしたのだろうと思いつつも、相葉時之は念のために事務室を出て、裏口へ向かって館内通路を歩く。

ところがほどなくして、予想外の事態に遭った相葉時之は足止めを食らい、ロビーよりも先に行くことができない。

十数人の制服警官が、表口と裏口の両方から一斉に入り込んできたからだ。

受付の前にいた相葉時之は、あっという間に取り囲まれてしまっている。

あらわれた警察官たちは、全員が微粒子用マスクとゴーグルを装着し、手にはゴム手袋を着用していた。その異様な恰好《かっこう》に圧倒され、しばらく動くことができない。

正面に立った警官が、一歩進み出てきて、クリアファイルに挟んだ画像のプリントアウトと相葉時之の顔を交互に見比べた。

こんな状況下では、抵抗も逃亡も、現実的な選択肢とは言えない。そう考え、仕方なくじっとしていると、正面にいる警官がこう問いかけてきた。

「相葉時之だな？　間違いないな？」

なるほど完全に狙いを定めて、俺を捕まえに来ているというわけだ。どういう理由かは知らないが、逃げ道はなさそうだ。

相葉時之は、胸もとでお手上げのポーズをとり、「残念でした」と答える。「正解だ」すると正面の警官は、慣れた動作で携帯無線機を操作し、捜査本部だかどこかに向け、「感染者、身柄確保」などと伝えていた。次に相葉時之の両手を引っ張ると、十数人でひと塊になって強引に歩かせて、表口から屋外へ連行しようとする。

左右両側から挟み込まれ、両腕を取られてしまっているため、連れてゆかれる身としては、進む方向も速度もままならない。

ただ、出入り口を通過する際に首を横に向け、事務室のほうへ目配せを送るのが関の山だった。

事務室のドアの前では、井ノ原悠とケンタ支配人が棒立ちになり、心配そうにこちらを眺めている。

ふたりの姿が見えなくなる寸前、通路の床に転がった光る物にどうか気づいてくれよと、相葉時之は強く心で祈った。それは彼が、警官たちに囲まれているあいだにそっと落としておいた、トランザムの鍵《かぎ》だ。

警官たちに従って階段を降り、ビルのエントランスを抜けて外へ出てみると、日頃見かけるものよりも大型の特殊な救急車が路上に停車していた。

これはまずいぞと、急激な動揺に襲われた相葉時之は、反射的に体がまわれ右しかけるが、十数人の警官によって呆気なく阻《はば》まれてしまう。そしてそのまま車内へ押し込まれ、臭いものに蓋《ふた》でもするみたいに、思いきりドアを閉ざされてしまった。

6

二〇一三年七月一六日

桃沢瞳は、仙台駅西口にある創業百年の老舗《しにせ》ホテルにいた。一階の洋食レストランで、テーブルを挟んで向かい合い、五十恰好《かっこう》の男から話を聞いているところだった。話し相手はつい先ほど、「仕事の電話きちゃった、ちょっと待っててくれ」とスマートフォン片手に中座したため、彼女は今、ひとりきりでいる。

やっと見つけた男だ。桃沢瞳の父が常連客だった都内のオーセンティックバーで、二十年前にバーテンダーをしていた人物だ。「千里《せんり》さんは」と男は、父親を名前で呼び、「厚生省だったよね。よく来ていたよ」と懐《なつ》かしんだ。

官僚は忙しい。次から次、処理すべき案件が積まれ、分析や資料作りに追われる。睡眠時間は削りに削られ、疲労は溜《た》まりに溜まる。その過酷さは、仕事の実態に通じている今の桃沢瞳には、痛いほどわかる。「官僚の天下りはけしからん」という巷《ちまた》の声の正しさを理解する反面、私生活はおろか、身も心も削ってお国のために働いている人たちを思えば、天下りでもしなければ報われないかもしれない、と考えてしまうところもあった。

入省後の父の知り合いはみな、「彼は、付き合いや仕事以外では外食せず、さっさと帰宅するような人だった」と話した。だから、行きつけのバーがあったのは意外だった。

生前の父が利用した、クレジットカードの支払い明細書から突き止めた店だ。それをきっかけに、十年以上前に閉店したという当のオーセンティックバーについて調べ出し、バーテンダーを探り当てた。帰郷後は、宮城県の南域で造り酒屋を継いだその人物は、相続した土地を高値で売却し、現在はかなりの資産家として暮らしているらしい。

それが今日、桃沢瞳が会っている男だ。

バブルの時代ならさておき、このご時勢には珍しく、所有している高級車でステイタスを強調するようなタイプだった。スマートフォンで、フェイスブックに載せた自家用車の写真をいくつも見せられ、桃沢瞳はそのたび、すごいすごい、と感嘆した。「高級車って、ぞくぞくしないか」とも言ってくるため、「ですね。ぞくぞくします」と話を合わせた。

「あの頃、千里さんは仕事で、村上病を担当していただろ。それで、俺も宮城出身で、蔵王も近いといえば近かったから、ほら、村上病といえば蔵王だし、何となく仲間意識もあって、それで親しくなったんだよ」ミスター高級車は、言った。

「父は仕事のことも話していたんですか」

「まあ、細かい話ってよりは、漠然とした愚痴だよな。もっと村上病のことを研究すべきだ、とか」

「え、どんな研究を?」前のめりになりそうになるのをこらえた。

同時に脳裏には、「何を研究しているの」と訊《たず》ねる子供の声がする。自身のものだ。

小学生の夏休み、自分が宿題をするリビングで、父が英文の束を読んでいたため、そう訊ねたのだ。

網戸にした窓の向こうから、蟬《せみ》がとにかく鳴いており、その騒がしさをBGMに、父がずいぶんな顰《しか》め面《つら》で、怖いほどだったため、気になった。

その時の父ははっとしたように顔を上げ、強張《こわば》った表情を緩め、「みんなが病気にならないようにね」と答えた。「研究してるんだよ」

瞳ちゃんのお父さんはお注射を作ってるの、と、仲の良かった叔母から言われていたこともあり、父は予防接種に関する仕事をしているのだ、と認識してはいた。

「自由研究?」深い意図もなく言うと、父は嬉《うれ》しそうに笑い、「まさに。自分で勝手に研究してるんだ」と答えた。

「何の病気の研究?」と訊ねると父は、「ああ、これは」と積み重ねた紙の束を見やってから、「村上病って聞いたことあるかな」と質問で返してきた。

「知らない」

「おまえも予防接種してるんだよ」

「村上病っていうのがあるんだ？」

「あるよ」と父は笑った。が、その後で少し暗い表情になった。いつもの優しい父が、さっと影が落ちるかのように怖い面持ちになったことにひどく驚かされ、印象に残り、桃沢瞳はそれを忘れられなくなった。父はそこで、「あるけど、ない」と言ったのだ。

「あるけど、ない？」聞き返すと、父は口を開けたが、言葉を発するまでには少々の時差があった。とっさにその意味を、説明しようとしたのかもしれないが、子供相手に話しても仕方がないと思ったのか、もしくは、もっと別の理由でためらったのか、とにかくはぐらかすように、「あるけどない。ないけどある」と口ずさむように返してきただけだ。

あれには何の意味があったのか。

ただの、なぞなぞめいた言葉遊びの可能性もあったが、父の死のタイミングが近かったせいもあり、桃沢瞳にとっては忘れることのできないやりとりとなっていた。

「千里さんがどんな研究をしていたのか、そこまでは分からなかったけど、ただ、御釜の話はよくしていたよ」

「御釜の」

「まあ、ほら、御釜といえば村上病だしね」

「あの」桃沢瞳は言ってみることにした。「村上病はあるけど、ない。そういう言葉、聞きませんでした？」

「あるけど、ない？　何だいそれは。どういう意味？　村上病はあるじゃないか」

「知らないならいいんです。あの、父はバーでは、いつも一人でした？」

「そうだったね。一人でゆっくりできる時間が貴重だと言って」男は言いかけたところで、「あ、ただ」と視線を上に向けた。桃沢瞳は身を乗り出す。そうすると、開襟《かいきん》シャツの胸の間に隙間《すきま》が生まれ、男性の意識を惹《ひ》きつけることができるのだが、この時はそういった計算は関係なかった。むしろ相手には、ガイノイド脂肪に気を取られず、しっかりと答えてほしい場面だ。「一度だけ、二度だったかな、若い男を連れてきたことがあったな」

「若い男？」

「芸能人だったのか、サングラスとかかけて、ちょっといけ好かなかったけど、二人で真剣に喋《しゃべ》っていたよ」

「誰だったんですか」

「さあ」

「どんな話をしていたのか覚えていませんか?」

男はそこで、芝居がかった仕草で、つまりあなたのためにコストをかけてますよ、とアピールしながら頭を捻《ひね》った。さすがに覚えていないだろう、と思ったものの案に相違し、男は、「ああ、そういえば」と口を開いた。

「何か、思い出すものありますか?」桃沢瞳は顔を近づけてしまう。

「村上病のワクチンを作らないと、って言ってたな」

「え?」

「千里さん、その男と喋っている時、そう言ってた。『村上病のワクチンを作らないといけない』とかね」

桃沢瞳は、きょとんとせざるを得ない。「でも、村上病のワクチンなんてもともとありますよね」

「だろ? なのに力説しているから変だと思って、記憶に残ってるんだ」

「ワクチンの量が足りないからもっと作らないと、ってことですかね」

「俺もそう思ったけど、村上病のワクチンが足りないなんてニュースで見なかったし」

そして、「ほかには」と訊ねたところで男に、電話がかかってきたのだった。ちょっと待っててくれ、とレストランから出て行った。

残った桃沢瞳は、バッグの中のスマートフォンに電話の着信があることに気づいた。

液晶画面には未登録の番号が表示されているが、固定電話で、仙台市内からの発信だと分かる。知らない番号であっても、有益な情報提供かもしれず、逃すわけにはいかない。受話ボタンを押すと、「井ノ原ですけど」と相手は言う。

情報収集を頼んだ男だ。「その後、どう？」

「情報、手に入りました」真面目な口調ながら、どこか弾むような声だった。

「え、どういう」

「しかも、映画を観《み》て」

「映画？」昨日の夜、届いたメールには、「仙台市内の劇場支配人に会って、情報を得るつもりだ」とは書いてあった。「映画鑑賞に行ったの？」それがどうかしたのか。

「鑑賞というか」

「何の話」

「劇場版。幻の」

まさか、と思いつつも、「『鳴神戦隊サンダーボルト』？」と訊ねる。

「信じられますか！」相手の興奮した声が、電話越しに突き刺さってくる。

「どうして、どうやって」

「今、その映画館にまだ、いるんだけれど。映画には実はとんでもない秘密があって」

井ノ原悠は言う。

ついに獲物を捕まえた、という感触が全身を走る。

秘密って何のこと！　問い質《ただ》そうとしたところで電話の向こうが騒がしくなった。

「あ」と井ノ原悠が驚きの声を発しているのも聞こえてくる。

「どうしたの」「相葉が」「え、誰？」「警察に」

「警察？　もしもし」桃沢瞳が呼びかけるが、返事はない。目線を上にやると、フロントから男が帰ってくる姿が見える。

「ちょっとやばいので、一回切ります」井ノ原悠がそこで電話を切ろうとするため、桃沢瞳は必死に頭を回転させる。どこかで落ち合うべきだ。囁《ささや》く声ながらも鋭い言い方で、「青葉城で。わたしも今、仙台だから」と滑り込ませるように言った。

「それどころじゃ」「わたしが役に立てるかも」

聞こえたのかどうかも分からぬが、電話は切れた。何が起きたのか。

「どうかしたのかい」ミスター高級車が戻ってきていた。再び椅子《いす》に腰かける。「いやあ、筒井さんから電話があってね」

「筒井さん？」もはや、一刻も早く立ち去りたかったが、むげに話を切り上げることもできない。「どなたですか？」

「筒井憲政《のりまさ》を知らないのかい。奥羽の金庫番と呼ばれてて。ああ、まあ、普通に生活してる女の子が知るわけないいか」

桃沢瞳はそこで、以前、宮城県の県議からその名前を耳にしたことを思い出した。ようするに、無登録金融業者で、高利貸しのみならず、大口投資信託の運用などで莫大《ばくだい》な資産を築いたとされる人物だ。金融業以外にも多種の事業を営んでいることから、東北一帯で幅広い影響力を有している、と聞いた。「すごい人なんですか？」

「そうだよ、すごい人なんだよな」となぜか自分の手柄のように話してくる。「銀行の金庫を自分の貯金箱がわりに使ってる、と言われててね。そう言われると恐ろしい男を想像するだろ？　会ってみると、まあ、福の神みたいな爺《じい》さんで。銀行に、頑丈な金庫をわざわざ作らせたとか逸話はいろいろあるけれど」

「わあ、すごい人とお知り合いなんですね」

まあそうだねえ、と男は少し鼻の穴を膨らませながら、胸を張った。「国税庁に睨《にら》まれて、今は大変そうだけれど」と言いかけたところで、「それはそうと」と話を急変させた。「実は、部屋を取っているんだがね」と、天井を指差す。

「え？」「いやあ、部屋をね」「え」「部屋をね」

誘っているのは明白だ。普段であれば、その欲求を利用する方法も検討するが、今はそれどころではない。桃沢瞳はバッグをつかみ、腰を上げると、「すみません、人と会う予定ができて」と眉《まゆ》を下げる。

「今から？　誰と」男は少し怒った顔つきになった。

誰だっていいじゃないか、と反発する思いはあるが、いずれまた話を聞くこともあるかもしれない、との計算もあり、「内緒です」とはぐらかす。

「へえ」と納得いかぬように口を尖《とが》らせる男は、少年じみてもいた。「どんな車に乗ってる男なんだろうね」と、まるで所有している車によってすべてが決まると盲信しているかのような言葉を付け足した。

「そういう意味では、車は持っていません」

「そうなのか」

「強いて言えば、馬ですかね」


伊達政宗の騎馬像を見るのも久しぶりだった。井ノ原悠は青葉城址《じょうし》の敷地に入り、見晴らしの良い展望台へと向かった。その途中に政宗像はある。台座に乗り、馬に跨《またが》り、今にもあたりを動き回るような躍動感を浮かべていた。

山形での小学校時代、野球部の合宿がてらここまで来たことを思い出す。あの時、相葉時之が、「兜《かぶと》の三日月型の飾りをブーメランにして、政宗は戦ったのだ」「受け損なった際に、片目を失ったのだ」という死神博士こと志賀直人の偽《にせ》情報を真に受け、担任教師に自慢げに話したため、みなに馬鹿《ばか》にされた。怒った相葉時之が殴りかかろうとし、志賀直人は「ごめんごめん、何でも言うこと聞くから」と降参した。何でも言うこと聞くから、とは恐ろしい約束だな、と少年の井ノ原悠は思ったものだった。

サンセット劇場で、相葉時之が警察に取り囲まれ、連れて行かれてから、一時間も経《た》っていない。いったい何が起きたのか、起きているのか。

市街地を遠く見晴らす展望台には、老夫婦と若いカップルがちらほら見える。街を包む空はむらのない水色で、日差しは明るく、この穏やかな光景と、先ほどまで自分が体験してきた出来事とがうまく繋《つな》がらない。

相葉時之が警察に捕まった時、井ノ原悠はケンタ支配人とともに事務室前で呆然《ぼうぜん》としていた。制服警官が二人、近づいてきたのだが、その二人がともにゴーグルとマスクを着用という、通常の警官の服装とは異なっていたことも現実感が薄い理由だった。町内清掃やトイレの消毒でもするつもりなのか、と思うほどだ。

ケンタ支配人が、井ノ原悠の脇腹《わきばら》を小さく突いた。「おまえは、ここにいないほうがいいだろ」

「え」

「屈《かが》んで、事務室に入れ。いちばん奥のドアから外に出ると通路があって、階段に出るからそこから降りていけ。何だかこれはちょっと」

「ちょっと?」

「ものものしすぎるだろうが」

考えている余裕はない。井ノ原悠は体を屈めた。後ずさりをしながら、事務室に身を隠す。「あ、鍵《かぎ》」と気づいたのはそこで、だ。

相葉時之は警察に捕らわれた時、周囲にばれぬように気を配りながらも足元に鍵を落とした。トランザムのキーであるのは分かった。「宝の地図」の入ったスマートフォンは、トランザムの車内に残したままだから、それを取っておけ、ということなのだろう。

キーを取りに行くべきか、と四つん這《ば》いに近い体勢で、もう一度頭を出したが、「何してんだ。早く行け」とケンタ支配人に足を振られる。確かに、今飛び出しても警察に、キーを横取りされるのがオチだろう。

井ノ原悠は姿勢を低くしたまま、事務室の奥のドアまで移動する。途中でデスクの脚にぶつかり、舌打ちを発したが、その舌打ちが合図であったかのようなタイミングで、上から落ちてきた物がある。

ゴーグルだ。『鳴神戦隊サンダーボルト』の劇中で、変身前のレッドが装着するそれは、支配人がさっきまで首にかけていたお宝グッズだ。相葉がちょろまかそうとして、あっさり取り返されたのではなかったか。

閃《ひらめ》くものがあり、そのゴーグルを頭に通した。

通路に出る。足をもつれさせながら奥の階段に辿《たど》り着き、転がるような勢いで下へ向かう。靴が立てる音が響き、自分をさらに追い立てる。

一階に着くと、警察の進入禁止のテープが張られているため、跨ぐと、ちょうど前方から制服警官が寄ってきた。やはり、マスクとゴーグル着用だ。

そこで、井ノ原悠は覚悟を決めた。背筋を伸ばし、右腕の肘《ひじ》を曲げた恰好になり、手の先を頭上に伸ばし、敬礼をした。生まれてこの方、敬礼などしたことはなかったが、ためらっては怪しまれる。大袈裟《おおげさ》に威勢良くやるほうがいい、と判断し、「ご苦労」と少し強い口調で言い、制服警官に挨拶《あいさつ》をした。こちらもゴーグルを着けているため、制服と背広の違いはあるとはいえ、同じ側の人間と勘違いさせられるのではないか。溺《おぼ》れる者は藁《わら》をも、の精神だったが、これが功を奏した。

制服警官も慌《あわ》てて敬礼をし、それから井ノ原悠とすれ違い、階段を登っていく。どこかに違和を感じ、振り返っている可能性はあるが、こちらは後ろを向くわけにはいかない。井ノ原悠は小走りになり、ビルの壁沿いに角を曲がる。

頭にこびりついているのは、先ほどの電話で桃沢瞳が発した、「青葉城で」の声だ。

「わたしが役に立てるかも」

そしてその時、足元に黒い毛むくじゃらの物体が絡《から》んできた。飛び跳ねそうになるほど、驚いた。ナイロン製のリードをつけたカーリー犬だ。どこからどうやってついてきたのか。「脅かすなよ」

井ノ原悠がゴーグルを外すと、犬は鼻をこちらに伸ばしてくる。見れば、トランザムのキーを銜《くわ》えていた。慌てて、つかむ。相葉時之が落としたものだ。ポンセ、ナイスプレー。


コインパーキングに辿り着き、相葉時之のトランザムに乗り込んだ。運転席のサンバイザーを開くとスマートフォンが落下し、足元に転がり落ちてゆく。体を折り、つかみ上げる。電源は切れていたが、相葉時之の言葉によれば、ここに「宝の地図」が入っており、これを狙って、あの銀髪の怪人が襲ってきたことになる。

そんな物騒なものに関わるな！　内心でそう警告してくる自分がいる。一方で、「分かっちゃいるが、引き返せない」と訴える自分もいた。内なるタカ派と、内なるハト派が言い合いをするかのようだ。

とにかく、桃沢瞳に会うべきだ。

トランザムの目立ちすぎる車体はさすがに危険に思え、置いて行くことにした。パーキングの金額は増してしまうが、仕方がない。

犬を連れ、大通りに出た。向かうべき青葉城址までの道のりは、単純だ。青葉通りを西へまっすぐに進めばいい。とはいえ、さすがに陽が高くなると、精神的な疲労と緊張のせいもあるからかバテはじめた。カーリー犬も心なしか、足の運びが遅くなる。

道すがら、公衆電話が目に入った時、はじめは、「いまどき公衆電話は珍しい」とぼんやりと考えながら通り過ぎた。その後で、「あれで、電話をかけられる」と気づき、慌てて戻った。

スマートフォンを使い、位置情報がばれるのは恐ろしい。公衆電話であればまだマシだ。

電話をかけたい先は二つあった。幸いなことに、両方とも電話番号を暗記している相手、つまり、妻と職場だ。

妻は電話に出なかった。この大事な時に、と苛立《いらだ》つが、普段から、携帯電話を肌身離さず持っているタイプではない。それに、もしかすると、健剛を病院に連れて行く日かもしれなかった。留守番電話にメッセージを残そうとしたが念のため、やめることにした。

職場のほうには、連絡が遅くなったが今日は欠勤する、と伝えた。人通りのある屋外で、「本当に申し訳ないです」と電話越しながら、上司に頭を下げるのは恥ずかしかったが、それどころではないのも事実だ。

井ノ原、そこをぐっとこらえてくれ、という上司の顔を思い出す。

公衆電話から離れ、またカーリー犬を連れて、西方向へと歩き出した。遠くで聞こえる救急車の音が、自分たちを追ってくるようにも感じる。

取り越し苦労なのだろうとは思いつつも、サイレンが接近すればするほど焦燥に駆られた。体がどんどん重くなり、山登りでもしているみたいに足が上がらなくなっている。このままでは、疲労で一歩も動けなくなりそうだ。

いったん立ち止まり、呼吸を整えてから前方を見やると、数メートル先の自動販売機のそばにタクシーが停まっており、運転手が缶コーヒーを買っている。井ノ原悠は助けを請《こ》うようなまなざしを向け、そちらへふらふらと近づいていった。

井ノ原に気づいたタクシー運転手は、目を合わせた途端、悪いなという具合に微笑《ほほえ》みを浮かべて首を横に振った。同時に視線を下げ、カーリー犬を指差していたので、犬を乗せられないためなのだと井ノ原悠は理解した。

そういうことなら仕方がない。前進あるのみだ。あとは無心になり、青葉城址を目指してとにかく歩くしかない。

なにも考えず黙々と歩んでいたので、進んだ距離の実感はまったくなかったものの、井ノ原悠はほどなくして、それを正確に計測することができた。後方から短いクラクションを鳴らされて、振り向いたのだ。びっくりするほど短い距離しか進んでいないことにがっくりしたが、さっきのタクシーが追いかけてきて、後部座席のドアを開けてくれているのを知り、井ノ原悠はほっと安堵《あんど》の溜め息をついた。

「乗るか？」

「犬も、いけますかね？」

「基本的には駄目なんだけどな。でもま、基本的にはってことだから、いける。タクシーの中のルールは、俺が決める」

見た目ばかりでなく、言うことも太っ腹な運転手だ。

乗らない理由はどこにもない。

青葉城址までは距離がなかったが、そのことにも嫌な顔一つ見せない運転手には、後光が差していた。「助かりました」と礼を述べると、何を大袈裟な、と運転席で笑っている。「拾う阿呆《あほう》に、救う阿呆、とか言うだろう」とどこまで本気なのか分からぬことを口にする。「踊る神と、見る神だっけか」

幸いなことに、青葉城址内は、ペットが入ることも許可されていた。ペット用のお守りまであるというのだから、感謝を覚えずにいられない。

敷地に入ると、カーリー犬は未知なる場所に興奮し、嗅《か》ぎまわるのに余念がない。ナイロン・リードを強く引っ張られながら、井ノ原悠はよたよたと進んでいった。

見晴らし台に出て、ぼんやりと景色を眺めていたところ、後ろから中年夫婦に、「お兄さん」と声をかけられた。振り返れば、ふっくらした丸顔の女性が笑みを浮かべ、小さな紙を寄越してくる。「これ、渡すように言われたの」

夫婦が去った後で、井ノ原悠はすぐに紙を広げた。紙を折り畳んだ、簡易的な手紙のようだ。「大型バスの駐車場まで来てください」と細いペンで記されている。

敷地の南側、街から青葉山を越えた、八木山《やぎやま》と呼ばれるエリアに向かう方角に、バスの駐車場があるのは知っていた。井ノ原悠は犬を連れ、そちらへ向かって歩く。

なぜこんな指示に従わされなければならないのか、と愚痴まじりに移動していると、その途中で、「井ノ原さん」と声をかけられた。

一般車両が並んで駐車している場所、そこの一画に停まっているトヨタ・アクアの運転席から、桃沢瞳が顔を出し、手招きをしている。

ナンバープレートから、レンタカーであるのは分かった。彼女は、「乗って」と助手席に回るよう、指を振った。さらに、犬を連れているのを見て、ぎょっとした表情を浮かべるものの、「君も乗って」とカーリー犬に命じる。

トヨタ・アクアを発進させた桃沢瞳は、大型バス駐車場を素通りし、通りに出た。上から見るとU字型の急カーブ、そのUの底にあたる部分に青葉城址はあり、右方向に進めば青葉山の東北大学キャンパス経由で、市街地に入れる。左に伸びた道を行けば、動物公園や遊園地を構える八木山に繋がる。トヨタ・アクアは、その左を選んだ。

「どこに向かうんですか」

「今の場所は離れたほうがいいと思うから。犬がいると目立つし。その犬は何なの」

「カーリーコーテッド・レトリーバーと言って。ほら、毛がカールして」

「そうじゃなくて、何で連れてるの」桃沢瞳の言葉は短く、鋭かった。吹き矢で一つずつ、放ってくるかのようだ。

「これは相葉の」「相葉って誰？」「映画館で偶然会って」「昔の友達、とか？」

「小学校時代の同級生で、たまたま映画館で再会したんだけれど。あ、前に話したかもしれない。野球のコーチに腹を立てて、ピッチングマシーンで」

「ああ」桃沢瞳は思い出したらしく、短く言った。「ぶつけようとした馬鹿ね」

乱暴な物言いに井ノ原悠は意表を突かれ、運転席の彼女をじっと見た。すぐ横から、カーリー犬が顔を出していたため、「彼女、こんな感じだったっけ？」と訊ねたくなる。犬のほうは、「いや、俺は初対面だし」と答えるかのような表情をした。

「ごめんなさい。ちょっと思ったよりも緊急事態な気がして、焦《あせ》ってるのかも」

「まあ、ぶつけようとした馬鹿、ってのは正しいから。で、その馬鹿は今もまだ、馬鹿をやっていて、おかげでこんなことに」

桃沢瞳が、「はじめから」と宥《なだ》めるような言い方をした。「はじめから、話して」

「はじめから？」そう言われたところで、記憶をどこまで巻き戻せばいいのか、困る。

「そう。落ち着いて、整理する意味でも」

深呼吸をし、波立った思考を抑える。それから、わざとらしく声の調子を変え、「わたくし、井ノ原悠は」と披露宴における仲人《なこうど》の挨拶を気取り、言ってみた。「わたくし、井ノ原悠は、井ノ原武男《たけお》と君枝の長男として生まれました。幼少期を山形で過ごし」

桃沢瞳が息を洩《も》らし、「ごめん」と苦笑する。「そんなに、はじめからじゃなくていいから。映画館に行ったあたりから話して」

「相葉と相談して、サンセット劇場に戻ることにしたんだ。支配人に話を聞こうと思って」井ノ原悠はそれまでの丁寧な物言いを砕けたものに変えた。もはやこれは、仕事の依頼人と請負人という関係ではない、と感じはじめていた。

湾曲した、登りの道を走っていく。左手の、見上げた角度に、古い遊園地の観覧車が見え、園内の外周には乗り物用のレールが巡らされている。健剛と来た際に、その周回する乗り物に乗ったのを思い出す。

やがて、前方の車両がブレーキランプを灯して停車し、桃沢瞳も車を停めた。道は勾《こう》配《ばい》を作りながら左にカーブしているため、先が見えず、ずっと車の列ができている。

桃沢瞳がハンドブレーキを引き、座席に背をつけた。白いシャツのボタンが大きく開いており、胸元に目が行ってしまう。胸の膨らみに喜んでいる場合ではない。

「それで、どうして、映画を観られたの？　十八年前に公開中止になったのに」警察に捕まった相葉のことは聞かなくていいのか、と思ったが、考えてみれば、彼女にとって相葉時之はなんら関係のない、知らない男だ。知り合いの知り合いが逮捕された、といった程度の印象なのだろう。

井ノ原悠は、劇場の支配人が当時の映画をこっそり、ダビングしていたことを話した。

「映画、どうだったの」

「それがもう」井ノ原悠は迸《ほとばし》る興奮を抑えきれず、声を裏返しにした。「最高だった。もちろん、懐かしさと、幻の映画という先入観もあったけれど」

「そうじゃなくて」

「それを抜きにして、よくできていたと思う。まさか、ほら、ブルーがコーヒー好きだったというエピソードが活《い》きてくるなんて。ブルーマウンテンが」

桃沢瞳が手のひらをこちらに向け、広げた。「感動のレビューは、また別の時に教えて」「ああ、そうだね」「興奮のあまりネタバレしそうだし」「ああ、そうだね」

「何を発見したの」前方の車が進みはじめ、桃沢瞳はハンドブレーキを外し、アクセルを踏み込む。

「ああ、そうだった。それが本当に驚きで」

「教えて」

「蔵王の御釜、あの五色沼に、魚がいたんだ」

「え」

「五色沼だよ。あそこに魚が」

左へ曲がるカーブに差し掛かり、上り坂でもあるから桃沢瞳はアクセルを踏み込んだのだが、車は勢いをつけ、車線をはみ出した。対向車と激突しそうになり、彼女は舟の舵《かじ》でも切るかのようにハンドルを回転させる。助手席にいて肝を冷やした井ノ原悠は、「驚きの表現としてはぴったりだけど、危険だ」と冗談まじりに指摘したが、彼女は笑わない。

勾配を上りきったところに信号があり、桃沢瞳は車を右へ走らせる。片側二車線の広い道路を西へ向かった。ファミリーレストランを横目に少し進んだところで、右折用のウィンカーが音を立てはじめた。対向車線を挟んだ向こう側にあるのは、動物公園の駐車場だ。なぜ動物園に？　と訊ねるより先に、車は加速し、細い道を行き、気づけば桃沢瞳が駐車場の発券機に硬貨を投入していた。

たくさんの車が停まるこの場所であれば、怪しまれず話ができる、という判断のようだった。エンジンを切った後も、桃沢瞳は外に出るそぶりは見せなかった。「その、魚っていうのは本当に写っていたわけ」

「小さかったけれど、ただ、明らかに魚が御釜の水面から、跳ねたのが写っていた」

「それは驚き」

「御釜は村上病の発生源と言われている。死の沼だ。なのに、そこに生きられる魚がいた。明らかに変だろ」

「明らかに」

「考えられるとしたら、環境に順応した魚がいるのか」

「生き物はどんな環境でも生き延びようとするから」

「そう。もしくは」「もしくは？」

「御釜の水は体にいいのかも。何かを清めるような」

「は？」桃沢瞳がやや声のトーンを変えた。「どういうこと？」つまらない冗談でも口にしたのかと思ったのだろう。井ノ原悠はそこで、自分たちの同級生の家族が、「御釜の水は健康に良い」と主張していたことを話した。

「本当にそうなの？」

まっすぐに聞き返されると返答に困る。まことしやかに流れている都市伝説じみたものにすぎないと結論は出ているが、自分の手で、水の実態を確かめたわけではない。

「その魚のことをきちんと調査しておけば、何か分かったかもしれないよね。それなのに、とられた対応は映画の公開中止だけだった。当時の役人が、サボっていたんじゃないかな」

「真面目《まじめ》な役人もいただろうけど」

「え」

「わたしの父が、その、当時の役人の一人だったの。厚生省のね」

井ノ原悠は虚を衝《つ》かれ、陰口を当人の隣で口走ったような居心地の悪さに襲われる。

「あ、別に君のお父さんを批判するつもりは」

「いや、そういうんじゃなくて。こういう状況だし、わたしのほうの事情も話す。どこから話したらいいのか分からないけれど」

「幼少期はどこで過ごした、とか」

彼女は肩をすくめ、笑う。「あながち、それも間違いじゃないかも。簡単に言えば、わたしがいろいろ調べているのは、自分の父親のことを知りたいからだし」

「父親のこと」井ノ原悠は反射的に、ファザコン、というキーワードを頭に浮かべるが顔にも口にも出さず、うなずいた。

「今、ファザコンだと思ったでしょ」「まさか」

「わたしの父は、厚生省の職員だったの。さっき、あなたも言ってたように、役人って、偉そうなだけって印象が強いかもしれないけど、でも、別に凄《すご》い権力を持つわけでもなく、真面目に働く、使命感を持った人も多いしね。父も、そういう一人だった」

「なるほど」

「父は事務官ではなくて、いわゆる医系技官だったの。健康局の結核感染症課で働いていたんだけど、主には村上病のことを調べていたみたい。個人的にも入省する以前から、村上病に強い関心を持っていた父は、単に職務を果たす以上の情熱を、その調査に注いでいたらしいの。死ぬ前は特に、資料を漁《あさ》っていて」

「死ぬ前？」その表現が気になった。

「人はみんな死ぬらしいからね」桃沢瞳が顔をしかめる。

「え」

「父が死んだ時、母が、父の上司に、訴えていたの。『どうして、こんなことになったんですか』」

つまり、そう訴えたくなるような死の経緯だったというわけか。

「その時、上司がひとしきり頭を下げた後で、急にね、『人はみな死にますけれどね』って」

「それはまた」

「TPO的に、言わなくてもいい台詞《せりふ》ベスト3くらいに入りそうでしょ。小学生のわたしもね、『あ、開き直ったぞ、こいつ』と思ったよ。ただそこで、幼少期のわたしはぴ

ん と来たの」

「ファザコンになる、って？」

桃沢瞳は儀礼的に表情を緩めた。「父の死には裏がある、って」

「裏が？」

「当時の父の関係者、仕事相手に近づいて、話を聞いてみると、父はどうも、蔵王の御釜、五色沼のことに関心を持っていて、現地調査の許可を求める申請を出しては、断られていたみたい。かなり、疎《うと》まれていたらしくて。特に、村上病の感染被害が出た頃のことを熱心に調べていて」

「感染被害が出た頃、というのは戦後すぐ？　確か地元の子供が、五色沼のほとりで死んだ生き物を拾って感染したのが最初、って聞いたけれど」志賀直人から教えられた話だ。

「そう言われてる。ただ、父が調べていたのは戦争の終わりのころの資料。第二次大戦の終盤の、東京大空襲の時の」

「第二次世界大戦？」まさか戦争が関係してくる話とは思ってもいなかったものだから、井ノ原悠はぎょっとした。

「その頃、Ｂ29が蔵王に墜落しているの」

井ノ原悠はそのような話は初耳であったから、「Ｂ29」「墜落」の唐突な響きに戸惑わずにいられなかった。

　そして、そこから桃沢瞳が説明してくれた内容が、さらに井ノ原悠を幻惑させる。東京大空襲の夜に、なぜか東北の蔵王に墜落した三機のB29の話など聞いたことがなかった。

　しかも桃沢瞳は、「その墜落は、実のところアメリカ軍の作戦の一部だったのではないか」と言う。

「作戦？」

「墜《お》ちたのは、蔵王連峰の不忘山《ふぼうさん》なんだけれど、焚火《たきび》の跡もあったみたいだから少なくとも誰かはしばらく生きていたってことでしょ。その誰かが歩いて、御釜に向かったんじゃないかって」

「と君は想像してる。でも、何のためにその兵士は御釜に」

「わたしには分からないけれど。ただ、その三年後には、五色沼から感染症が出たことを考えると、占領時代だったわけだし、もしかするとアメリカ側の何者かが、村上病の」

「菌を撒《ま》いた？」井ノ原悠の頭にはすぐに、「生物兵器」なる単語が過《よぎ》るが、それを言葉として発すると、娯楽雑誌の陰謀論や劇画の話かと誤解されそうで、ためらった。

「それはわたしの推測。ただ、もし、村上レンサ球菌がその、アメリカの作戦のせいだとすれば」

「地元の子供は悪くない、ってこと？」

桃沢瞳はうなずく。

「そしてそれを、君のお父さんも想像していたのかな」

「まったく分からない。父が何を調べていたのか、何に気づいて、何を知りたかったのか。ただ、父のことを調べていく中で、わたしはわたしなりにいろいろ推測しているだけで」

「よく調べられたね」

「それはやっぱり、父は厚生省のなかにいたし、制限はあっても一応は村上病を直接調べられる部局にいたから、重要情報にもある程度は接近しやすかったんだと思う」

「そうじゃなくて、君が、だよ。お父さんのことを知りたいとはいっても、情報がそんなに手に入るものなのか」

「それはほら、あなたに依頼したように、調査手段はいくつも利用したし、それに昔は、今以上に、男女の機会均等なんてないも同然だったのが好都合で」

「機会均等が？　なぜ？」いったいどういう関係があるのか。

「偉い人はたいがい、男だってことよ」

男だったらどうなのだ、井ノ原悠は眉をひそめる。同時に、彼女の胸元に自らの視線が引き寄せられるのを察し、まさか色仕掛けで？　と思い浮かぶが、まさかね、とすぐ打ち消す。

「あの映画のことにも、その一環で辿り着いたの。父の残していた資料に、劇場版『鳴神戦隊サンダーボルト』のチラシとかがまざっていて。はじめはわたしもさすがに無視していたんだけれど、ちょっと調べてみたら、蔵王の御釜でロケしていたって分かったし、公開中止になっているのも怪しいし、気になりはじめて。テレビ放映された『鳴神戦隊サンダーボルト』は全部、観て。ただ、劇場版はどうやっても見つけられなかったし。何か引っかかれば、と思って、あなたにも頼んだ。そうしたら」

「見事、魚が釣れたわけだ」

その通り、と桃沢瞳は首肯する。

「あ、そういえば、昨日言っていたじゃないか。村上病のことで」

「え」

「村上病はあるけど、ない。とか、言っていたよね」

「ああ、うん」桃沢瞳の顔に寂しげな色が差した。「それも父が言ってたの。まだ、子供のわたしに」と話し、夏休みに父親と交わしたやり取りについて説明した。

「どういう意味があるんだろう」

「意味があるのかどうかも分からなくて」

「実は、御釜に魚がいる映像を見て、それを思い出したんだ」

「それ？」

「村上病はあるけど、ない。村上病があるはずの御釜に、魚がいた。まさに、『あるけど、ない』といった状況じゃないか」

「父はそのことを言っていた、ってこと？」

「どうだろう」

「でも実は、ついさっきなんだけれど、父の言葉という意味では、別の話を聞いて」桃沢瞳は、彼女の父が生前、あるオーセンティックバーで連れの男に、「村上病のワクチンを作らないと」と話していたのだ、と言った。

「ワクチンならもうあるじゃないか」井ノ原悠は眉をひそめた。もちろん桃沢瞳も同じことを感じたはずだ。「だよね」と残念そうに答えてくる。


「それで、あなたの友達はどうして警察に捕まったの？」

「分からないんだ。いきなりだった」井ノ原悠は首を横に振る。「マスクやゴーグルやゴム手袋をつけた警官が、ぞろぞろやってきたんだ。映画を見終わって間もないときだよ」

「そんなにすぐなら、映画の秘密とは関係なさそうね」

そこで井ノ原悠は、大事なことを思い出し、手を大きく左右に振った。「いや、そうじゃない、違った。その前から、相葉はヤバいことに関わっていた。そうだ、あの外国人、銀髪の怪人に追われていたんだ」

「外国人に追われていた？」

「うん。じつはあの映画館で、昨夜もうひとつ別の問題が起こっていて、それは相葉が持ち込んだトラブルなんだけど」

首を傾《かし》げる桃沢に、井ノ原悠は相葉から聞いていた話をざっと説明した。ことの発端になった、山形での騒動は詳細を把握しきれていないため、おおよそしか伝えられなかったが、それでも危険な状況にあることは話した。銀髪の怪人の凶悪性については、特に強調してしゃべった。

「それに、物騒な薬も使う」

「薬？」

「相手に飲ませて、遠隔操作で薬を放出させる」

「インテリジェント・ピル？」

「そう。それの、毒薬版」井ノ原悠のその言葉で、桃沢瞳も武器の実態がイメージできたのか、「ああ、そんな」と洩《も》らした。

「そして、あの男は、このスマートフォンを探している」とポケットから取り出した。

「恋人とのメールが残ってるとか」桃沢瞳が冗談めかした。

「御釜の画像が入っていたんだ」

桃沢瞳が目を合わせてくる。「どうして」

「分からない」宝の地図の話をする気になれなかった。

「その凶悪な外国人も、御釜と関係しているってこと？」

「B29に乗ってきたわけじゃないだろうけど」

「どういう写真か見せてもらってもいい？」「いや、パスコードは相葉しか知らないんだ。でも、御釜の立ち入り禁止区域に入っていく地図の写真だったのは、確かだよ。この目で見たから」

「御釜の禁止区域？　どうして、そんな地図があるわけ？」

井ノ原悠は、御釜の水を手に入れるためだ、と言いかけ、やめた。銀髪の怪人にまつわる事態に、桃沢瞳を巻き込むべきではない。いや、違う。井ノ原悠は内心で否定する。御釜の水が金になるのだとすれば、他に漏らしてしまうのが惜しいのだ。

俺と相葉は金を手に入れなくてはいけない。今月中にどうしても、まとまった金がいるのだ。

そう思ったところで、相葉はもういないではないか、という声がする。おまえ一人でどうするつもりなのか。

「あ、もしかすると警察は、銀髪の怪人に追われている相葉を保護してくれたのかな」話を逸《そ》らすつもりでもなかったが、井ノ原悠はそんなふうに言ってみる。

桃沢瞳は、「可能性はゼロではないけど」と答えた。「警察がそんなに面倒見がいいとは思えないな。マスクとゴーグル着用っていうのも気になるし」

「それもそうだ。マスクとゴーグルで、あんなに大勢で、かなり乱暴な連れて行き方だった」保護するにしても、なんの説明もないことが腑《ふ》に落ちない。

「でも、今の話を聞いた感じだと、警察があなたの友達を捕まえたのは」桃沢瞳がそこで指を立てた。「あなたの友達が、その外国人の仲間だと疑われたからかもしれない。だから、ばたばたと連れ去られた」

「なるほど」それは井ノ原悠にも違和感なく、受け入れられる仮説だ。「もともと、警察は銀髪の怪人を調べていた。そこに相葉が割り込んできたから、一緒くたにされた。そういうことか。充分ありえる。ただ、それなら俺は、俺の立場はどうなんだろう」

「あなたはただ、映画館でたまたま再会した同級生だから」

「怪しまれていないってことかな」井ノ原悠は少し気持ちが楽になるのを感じた。

「もしくは、怪しまれて、今は、居場所を探されているところなのか。どちらか」

怖いこと言わないでくれよ、と井ノ原悠は半分怒るような気持ちで、吐き捨てるが、もちろん、彼女の言わんとすることは理解できた。

井ノ原悠が考え込むように押し黙ったため、桃沢瞳は助手席から視線をはずした。

フロントガラスの向こうを見やると、動物園から家族連れが戻ってくるところだった。両親の間を歩く、二歳か三歳といった年頃の男の子が、危なっかしかった。駐車場の段差で転びそうになったのを見逃さず、その母親が驚くべき素早さで抱えた。子供は泣きそうになるが、母に抱えられ、泣き顔を引っ込める。

又隣の車室に停まったワンボックスカーに乗る、その家族を見送ったあとだった。井ノ原悠が、「俺は家に帰るよ」と言ってきた。「映画館の支配人に『逃げろ』と言われて、必死で逃げてきたけれど、さっき君が言ったように、俺は、相葉に巻き込まれただけの、元同級生だ」

「そうね」

「警察に怪しまれるよりは、説明して、部外者なのを分かってもらったほうがいいかもしれない。相葉がもし、悪いことをしているのなら、自業自得《じごうじとく》だし、もし、凶悪な外国人の仲間だと勘違いされているんだとすれば、その濡《ぬ》れ衣《ぎぬ》が晴れれば解放される。どっちにしても、俺にできることはないんだ」井ノ原悠は自分に言い聞かせるような言い方をした。

「一理ある」

「だから、とりあえず、家に帰るよ」ともう一度、宣言してくる。「君のほうは」

「わたしは、さっきの劇場版の情報をもらえただけで充分。報酬はちゃんと後で振り込んでおくし、重要な情報をもらっちゃった分、割増しにしてもいいくらい」

「ぜひ頼みます」その時だけ、井ノ原悠は懇願するような言い方になった。

お金に困っているのだろうか。

家まで送っていく、と桃沢瞳は請け合い、エンジンをかけ、井ノ原悠の自宅の位置をカーナビに設定した。ハンドブレーキを下ろし、車を発進させる。

「そういえば」少し走ったあたりで井ノ原悠が言った。「さっきは、どうしてあんなに面倒なことをしたんだ」

「面倒なこと？」

「青葉城址で、折り畳んだ紙を寄越したじゃないか。しかも別の人に頼んで」

「ああ、あれは、念のため」青葉城址に来てくれ、と頼んだものの、井ノ原悠が本当に来るのかどうか分からなかった。仮に来たとしても、井ノ原悠の置かれている状況が見えないため、警察や行政の側の人間を連れている可能性もあった。だから、バスの駐車場まで誘導し、同行者や尾行者がいないかを観察していたのだ。怪しい様子は見当たらなかったから声をかけた。「犬が見えた時は、びっくりしたけれど」

「ずいぶん警戒心が強い」

「経験から来る知恵」今まで、父の過去を調べる際、待ち合わせ場所に当人以外の不穏な男たちが現れ、身の危険を感じる羽目になったことが一度ならずあった。「まさか井ノ原さんが、そんなに物騒な目に巻き込まれているとは想像していなかったけれど」

「俺だって想像していなかった」

そんな会話を交わしてしばらくすると、助手席の井ノ原悠はまた黙ってしまった。窓を眺めていたかと思えば、手元のスマートフォンに目をやり、それから静かに目を閉じる。仮眠でもするのかと思えば、ぱちっと目を見開き、景色を見やる。混乱で波立つ思考を抑えようと、必死なのかもしれない。

カーナビが、「次の交差点を左折です」と指示を出してくる。

住宅地に入り込む。道路が格子《こうし》状に交差する昔ながらの街で、そこからは井ノ原悠の案内に従って進んだ。角をいくつか折れたところで、「あそこがうちなんだ」と井ノ原は左前方を指差した。白壁がやや黒ずみ、屋根の色もくすんでいる。

中古で買った家なんだ、と井ノ原悠は言った。訊いてもいないのになぜ、と桃沢瞳は思うが、その横顔の真剣さを見て、自分の大切なものを再確認しているのかと、感じ取った。

車を停めると井ノ原悠は助手席から、「じゃあ、また」と外に降りる。「また情報があったら、連絡するから」

門扉を開け、自宅に消えていく井ノ原悠を見送ると桃沢瞳は、トヨタ・アクアを発進させた。

最初の十字路で折れ、それからすぐにまた左折し、来た方角を引き返す。

長くなだらかな坂道をまっすぐ進み、動物園の敷地近くまで戻ったあたりで、後ろから体を伸ばしてきた黒い影に、ぎょっとした。

悲鳴を上げ、急ブレーキを踏んだ。車がつんのめるようにして、停車する。

カーリーコーテッド・レトリーバーが身を乗り出していた。

いつの間にか後部座席で眠っていたのだろう、気配がなかったものだから、桃沢瞳はその存在をすっかり忘れていた。

「俺のこと、忘れていただろ」と言わんばかりにカーリー犬は舌を出し、「もう忘れさせねえぞ」と言い足すみたいに、ぜえぜえはあはあ息を吐く。

このまま、連れて行くわけにもいかない。

桃沢瞳は、これきりというほどに長い息を吐き出した後で、ハンドルを回し、Uターンの動作に取り掛かる。

ただいま、の声に反応はなく、井ノ原悠は溜《た》め息をついた。沓脱《くつぬ》ぎにある履物は少なく、いったん玄関を出て、確認すれば自転車が二台なくなっている。健剛を病院に連れて行ったのかもしれない。そろそろ薬をもらいに行く時期だった。

一日ぶりではあるが、ひどく久しぶりに帰ってきたように感じる。昼間に帰宅すること自体が珍しく、居心地が悪い。

テレビを点《つ》け、相葉時之や映画館のことがニュースになっていないかどうか確かめるべきだ。そう思い、リモコンを取りに行ったところで、固定電話のLEDが点滅していることに気づいた。留守番電話の録音メッセージが残っている合図だ。

再生させると、流れてくるのは、聞いたことのない男の声だった。丁寧な言葉遣いではあるが、どこか嘲笑《ちょうしょう》まじりで、「ローンの返済期限が過ぎています」と事実を訴えてきた。その口ぶりには、「うんざり」と「苛立ち」が滲《にじ》み、明確な脅し文句はなかったものの、こちらを射《い》竦《すく》める力があった。「ねえ奥さん、せめてね、利息だけでもお支払いお願いしますよ」などという馴《な》れ馴《な》れしい言い方がまた、不気味だ。

留守番電話のメッセージが終わると、井ノ原悠はソファーに腰を下ろす。

金がなければ、どうにもならない。

相葉時之のことを思い出す。自分は逃げるように家に戻ってきたが、それで果たして良かったのか。またこの、金のやりくりに思い悩む日々が続くだけではないのか。

井ノ原悠はテレビのスイッチを入れた。ニュース番組を探すためにリモコンに指を当てていると、映った画面に「村上病」の文字が表示されている。そこで彼の頭は、金のことから一気に離れた。

目を見開き、思わずソファーから立ち上がった。

『八年ぶり、村上病感染者　仙台市内で二十代感染者を保護』

ボリュームを上げる。

ニュースを伝える報道局の女性は、平静を装《よそお》っているのかそれとも地の表情なのか、能面さながらの顔つきで、そのことが余計に、事態を緊迫したものに感じさせた。

村上病の感染者が出た？　このタイミングで？

感染者の氏名は出ていない。

が、山形在住であること、年齢、保護された時間から考えると、相葉時之のことを指しているとしか思えなかった。

相葉が村上病に感染？

　昨日から一緒にいた相葉時之の様子を思い出す。咳《せき》やくしゃみ、風邪の症状があっただろうか。記憶にない。が、そもそも村上病の症状とはどういったものなのか。

　俺も、相葉から感染しているのではないか？　体に寒いものが走る。すぐに洗面所に行き、手を洗い、滅多にしない嗽《うがい》を数回やった。自分の吐き出す息に、病原菌が含まれるのかと思うと、急に手で口を押さえたくなる。致死率七〇パーセント、以前、志賀直人から聞いた情報が頭を過る。

　病院に出向くべきだと思った。相葉時之が感染者であるのなら、行動を共にしていた自分は、濃厚接触者となるはずで、検査を受けるに越したことはない。どこの病院に連絡すればいいのか、ともう一度テレビに目をやるが、報道局の女性は、予想外の情報を口にした。

「感染者は三日前から村上病の疑いがあると診断され、山形市内の病院で隔離療養中でした」

「仙台市内の病院に移送される途中、逃走したのですが、すぐに警察により、保護されました。培養検査の結果、村上病であると診断を受けたところです」

　井ノ原悠は眉《まゆ》をひそめ、テレビを睨《にら》む。

　三日前から山形の病院に隔離療養中？　移送途中に逃走？

　相葉とは違う男のことか？

ニュースの情報が正しいのであれば、昨日から今日にかけて、相葉時之には感染の症状が出ていたはずだ。

いや、そんなことよりも。大事なことを思い出した。

予防接種だ。

村上病は、予防接種によって防ぐことができる。つまり、自分は発症することはない、とそのことに気づいた。

それを言うのならば、相葉時之も予防接種を受けていたではないか。

テレビから、井ノ原悠の疑問に答えるような言葉が流れた。曰《いわ》く、「感染者の男性は、個人的な事情で予防接種を受けておらず、感染したと思われます」と。画面の中の女性はさらにこう続けた。「村上レンサ球菌に何らかの変異があったわけではなく、予防接種による免疫《めんえき》には効果がありますので、必要以上に恐れないでください」

「おい、相葉は予防接種受けているぞ」井ノ原悠は、テレビ画面に向かって、言っていた。小学生の頃、一緒に受けたではないか。「思想信条」を理由に予防接種をしなかったのは、別の同級生、「委員長」だ。

おかしい、と井ノ原悠は感じずにいられない。やはりニュースの言う感染者は、相葉時之とは違う男のことなのか。もっと情報が欲しい。井ノ原悠は二階への階段を駆け上がる。

わざと犬を押し付けたわけではあるまいな、と桃沢瞳は呆《あき》れながら車を運転し、再び住宅地に戻ってきた。カーリー犬は助手席に移動し、澄ました表情を向けてきている。澄ました表情で、こちらの胸を見ることは見たが、すぐに興味なしという調子で窓の外へ視線をやってしまった。せっかく胸元が目立つ服なのに、と苦笑したくなる。

ガイノイド脂肪も、犬には通用しない。

井ノ原宅前の通りに、幅寄せして駐車する。そこに、前方から自転車がやってきた。子供と成人女性が縦に並び、自転車で走ってくる。子供のほうは幼稚園児のようだが、それでも危なげなく、補助輪なしの自転車を操縦していた。あれが井ノ原悠の妻子かもしれない。桃沢瞳は、無意識のうちに身を隠すように運転席に寝そべり、その後で、別に隠れる必要はあるまい、と気づく。これはまるで不倫相手が取るような行動ではないか。

自転車は井ノ原悠の自宅前で停まった。子供がかけたブレーキが高い音を発し、女性もそれにつづき、停止させた自転車のスタンドを下ろしている。

また、それとおなじタイミングで、運転席側のサイドミラーにパトカーが映った。後方から、サイレンは鳴っていないものの、赤色灯を回転させながらやってくるため、今度こそ桃沢瞳は意図して寝そべる恰好《かっこう》になる。

ある種のミスマッチのせいか、古い住宅街を走る警察車両には、独特の威厳が感じられた。低速で走行しているだけなのに、肩で風切るように見える。

桃沢瞳の乗る、トヨタ・アクアの脇《わき》を通り過ぎた。

少年がパトカーを指差し、母親に顔を向けた。母親も邪魔にならぬように、と自転車を端に寄せたが、パトカーは彼女たちの手前でウィンカーを点滅させると、そっと停車した。ドアが開き、出てきたのは制服警官が二人、その恰好には普通と異なるところがあった。どちらも無帽である代わりに、口には大きめのマスクをつけ、首からゴーグルをぶら下げ、両手にゴム製グローブをはめている。

ただのパトロールとは思い難い。というよりも、それは明らかに感染症対策の装備にしか見えず、焦りを覚える。そういえば、井ノ原悠の友人が捕まったときも、警察官はマスクとゴーグルを着用していたのではなかったか。いったい何が起きているのか？

ここでじっとして、様子を見守っているべきか。井ノ原悠が家の中にいるのかどうかもはっきりしない。

制服警官は、井ノ原の妻に話しかけている。受け答えをする井ノ原の妻はずいぶん緊張しているが、それ以上に見るからに疲弊していた。

桃沢瞳は車から降りた。咄嗟《とっさ》の判断だ。当然のようにカーリー犬もついてくるが、それを止める余裕もない。

運転席のドアを閉じるとその音が思いのほか響き、制服警官たちがこちらを見た。井ノ原の息子がカーリー犬を見て、指を差す。「あ、何だあの犬」とでも言っているのだろう。

桃沢瞳は犬の散歩中の体裁で、井ノ原宅のほうへ近づき、「あれ、何か事件とかあったんですか?」と二人の制服警官のうち手前にいる男に声をかけた。

「ちょっとした聞き取りです」マスク越しではあったが、きびきびとした言い方は分かる。

「マスクで顔を隠しているのはなぜなの? 失礼だけど本物のお巡りさん?」あえてずけずけとした物言いで訊《き》く。警官は疎ましそうに眉をひそめたが、視線はちゃんと胸元に泳いできている。車を降りた時点で、胸のボタンをひとつはずしておいた。

「もちろん本物のお巡りさんですよ。それよりも飼い主さん、散歩のときは犬のリード放さないように」もう一人の警官が言ってくる。

「あら失礼。でもうちの子、躾《しつけ》が行き届いているのでご心配なく」桃沢瞳は微笑《ほほえ》み、余裕の態度をとった。相手の誤解に乗っかって、このまま「飼い主さん」を演じて探りを入れてみるかと思いつく。犬を探して振り返ると、ちょうどそのときカーリー犬は後ろ足を上げ、パトカーの前輪目がけて放尿しているところだった。まじかよ、と内心で嘆かずにはいられない。

　井ノ原少年が嬉《うれ》しそうに笑っている。制服警官は二人とも無言だが、頭頂から怒りの煙を放っているのは明々白々で、桃沢瞳を睨みつけた。

「あらまあ申し訳ございません」と頭を深々と下げる。「でも変ね、うちではとってもお行儀がいい子なのに。あれかしら、あの白黒模様にでも反応して、本能的にどうしても、抑えられないものがあったのかな」などと桃沢瞳は半ばやけくそになって弁解したが、警官たちはいつしか耳を貸すのをやめている。

「あの、主人は今どこに」井ノ原の妻が訊《たず》ねた。ちらと見れば、目には隈《くま》ができ、それどころか意識すら、ここにあるのかどこにあるのか、といった様子だ。

「ですから、私たちも探しているんです。本当にお宅には一度も戻られていないんですね」

「ええ、そうです」

「で、さっきのつづきですが、その、ご主人に電話をおかけになられたら、ご主人のお友達が」

「相葉さん」

「相葉さんが出られた、と。相葉さんとお会いになること、ご主人からは？」

「いいえ。相葉さんは、偶然会ったと言っていました。嘘《うそ》ではないように聞こえましたが、でも主人からは電話もなくて。あの、主人は何かしたんですか」

「いえ、ただ、井ノ原さんに検査が必要でして」

検査？　どういうことなのか。何の検査をするつもり？　桃沢瞳は、彼らの会話には興味がないふりをしながら、「ほら、もう行くよ」とカーリー犬に近づいていく。パトカーの横に座り、後ろ足で首のあたりを掻《か》いたりして、リラックスしている。

犬と並んで立った後で桃沢瞳は何気なく、井ノ原宅に目をやってみた。すると二階の窓のカーテンの向こうに人影が見えたため、慌《あわ》ててよそを向く。そのあとで、今度はゆっくりと視線だけで窺《うかが》ってみる。レース越しではあるが、人が体を起こしたり、しゃがんだりし、物を動かしているのは見えた。

家に背を向ける形の警察官には気づかれていないようだが、桃沢瞳は気が気ではない。井ノ原少年が、「ママ、僕、先に家に入ってるね」などとわざわざ断りを入れたのはそんなときだ。母親の返事も待たず、少年はさっさと玄関に向かっていく。

「あ、鍵《かぎ》がかかってるから、ちょっと待って」井ノ原の妻が持っていたバッグに手をやったが、そこでドアを引いた少年が、「あれ、鍵開いてるよ」と振り返った。

「え、開いてる？」井ノ原の妻が不思議そうに言う。「閉めていったはずなのに」

桃沢瞳は猛烈に焦《あせ》り、おいおい、とまたしても内心で嘆かずにはいられない。鍵、ちゃんと閉めておいてよ！　と井ノ原悠を罵《のの》りたくもなる。

制服警官たちの反応は素早かった。顔を見合わせ、視線だけで会話を交わすと、「井ノ原さん、すみません、家の中を見させてくれませんか」と言った。

「え、でも」

「ご主人が家の中で倒れているかもしれませんよ」

「え？」井ノ原の妻の顔に、不安が過る。

「入りますよ」「あ、はい」

二人の警察官はさっと屋内に消えていった。桃沢瞳は一緒に中に入るわけにはいかず、さらには二階にいた井ノ原悠の様子も気になるため、後ろへ下がりながら井ノ原宅を眺める。すると道路に面した二階の窓がそっと開くところだった。

井ノ原悠が窓から顔を出し、こちらを窺っている。警察官が来た状況には気づいているらしい。

桃沢瞳は手で、早くそこから逃げろ、と合図をした。

窓枠を跨《また》ぎ、井ノ原悠が屋根のところまで出てくる。道路の様子を気にしながら、スレート屋根の上を歩き、端まで歩いてくると、高さに怯《おび》えるようでもあったが、躊躇《ためら》っている余裕はないと彼自身も分かっているのだろう、すっと宙に足を踏み出し、重力に身を任せるようにした。

落ちた、と桃沢瞳が思った直後、どん、と音が聞こえる。外壁で隠れて見えなかったが、車が駐車してあったらしい。その車の屋根に着地したのだ。すぐに井ノ原悠が駆け出てきた。別れ際《ぎわ》には持っていなかったリュックサックを背負っている。

「車に乗っておいて」と桃沢瞳は短く指示を出す。「とにかく、隠れて」

「分かった」井ノ原悠はトヨタ・アクアに向かう。

視線を前に戻すと、玄関ドアが開いたままであったから、沓脱ぎで、警官たちが慌てて靴を履いているのが見えた。

今の物音に、何事か、と出てきたのだ。

桃沢瞳は一歩、門扉の内側に足を踏み込む。どうすべきかは分からない。こういった場面で、どんな対処が適切か、そういったことこそ学校で教えてくれても良かったじゃないの、と恨めしく思った。結構、まじめに勉強してきたのに役に立たない、と。

制服警官が玄関から飛び出しかけたところで、「待って！」と桃沢瞳は叫んだ。両手を開き、両腕を伸ばしてかめはめ波でも放つみたいなポーズをとり、「動かないように」と言い添え、二人の警官の制止に辛うじて成功した。

「ちょっとなんなの」

「ごめんなさい、あの、コンタクト落としちゃって」我ながら、なんとも古典的な足止めの方法だと冷や冷やしつつも、桃沢瞳は地面をきょろきょろ見て、芝居をつづける。

「このあたりなので、見つかるまでそこにいてください」

「そんなわけにゆきませんよ。こっちは捜査中なの」明らかに苛立《いらだ》っている、ほとんど怒鳴り声に近い。「そこジャンプするから、どいて」もうひとりがそう指図してくる。

桃沢瞳は怯《ひる》まず、「わかりました」と答えつつも、透かさず毅然《きぜん》と言い放った。「でも、コンタクトが割れたら、弁償してくださいよ。特注品なので、高いですけど。それと、そちらの署に請求書を送りますから、おふたりともお名前教えてください」

この窮地にあって、自分でも意外なほどすらすらと出任せが口を衝いて出るのは、今までの調査活動の賜物だろう。こちらの狙《ねら》いが見透かされぬよう気を張り、桃沢瞳は腕組みして立ちはだかった。制服警官は二人とも、玄関口で立ち尽くし、腰に手を当てるなどして呆れて首を横に振っている。

「ところでそのマスクとゴーグル、ひょっとして、感染症対策なのかしら？　もしもそうなのだとしたら、失礼ですけどなんの効果もありませんよ」

癇《かん》に障《さわ》ったのか、警官のひとりが「はあ？」などと聞き返してくる。

「おふたりがつけているタイプのサージカルマスクは、感染者が周囲にウイルスを飛散させないために使用するものであって、使用者自身の感染防止策としては不充分です。N95規格のものでもないみたいだし、そんなプリーツタイプは、頬のところにすぐに隙《すき》間《ま》ができてしまうから、せいぜい花粉症対策にしかなりません。支給品なんですか？

それに、せっかく持っているゴーグルはずしちゃってたら、意味ないですよね。ウイルスは目の粘膜から移りますよ」

いい加減にしろ、というふうに、制服警官のひとりが両手を振りながら桃沢瞳の発言を遮った。「請求書送りたいなら、好きにすればいいよ。我々の邪魔はしないでくれ」それにつづいてもうひとりのほうも、ほとほとまいったという顔つきで、「これ以上ごねるのなら、あなたも署に来てもらうことになっちゃうけどね」などと言ってくる。

そこへ家の二階のほうから、少年の声が聞こえてきた。「あ、ねえ、お巡りさん、家には誰もいないよ」

呼びかけられた制服警官たちは、一度顔を見合わせると、いったん履いた靴をまた脱いでいた。そしてひとりが「とにかくねあなた、犬の散歩中は、リード放さないでくださいよ」と捨て台詞《ぜりふ》みたいに言い残し、ふたりの警官はそろって家内に戻っていった。

桃沢瞳はカーリー犬を連れ、井ノ原宅から遠ざかる。怪しまれないために、ゆっくりと歩を進めた。安堵《あんど》の溜め息が何度も漏れてしまう。

車に戻り、運転席に乗り込むと、井ノ原悠が後部座席の前、床部分に寝そべり身を隠しているのが目に入った。

犬が車に乗り、その体を踏んだ。

井ノ原悠が、「戻ってきてくれて助かった」と言うのと、桃沢瞳が、「どうして逃げることにしたの」と言うのがぶつかった。さらにお互いの返事がまた重なる。「実は、相葉が大変なことになっていて」「だって、この犬、乗ったままだったから」

桃沢瞳には、仙台南郊、長町《ながまち》のショッピングモールを目的地とするように、と指示を出していた。動物園同様、車で賑《にぎ》わう駐車場の中でなら目立つまいという判断だ。

「確かに、ポンセを忘れていたな」井ノ原はあまりに大きな忘れ物に、さすがに苦笑する。「ごめんよ」

「この犬、ポンセって言うの？」「はっきりしないんだ。プロ野球の外国人選手の名前ではあるらしいんだけれど」「何それ」「巨人の選手以外」

後部座席で隣にいるカーリー犬はさっぱりとした顔をし、舌を揺らしている。

テレビニュースで観《み》た村上病感染者のことを話すと、桃沢瞳ははじめ絶句し、それから少しして、「それって、本当に、あなたの言っていた相葉さんなの？」と続けた。

「分からないんだ。情報からすると相葉にしか思えないけれど、ただ、一致しないところもある」

「昨日会った、相葉さんの体調は悪そうだった？」

「少年野球をやっていた時と変わらないくらい元気だった。熱があるようには当然、見えなかったし。もし、村上病に罹《かか》ったら」

「そんなんじゃ済まないはず。高熱が出て、喉《のど》が腫《は》れる。とてもじゃないけれど、外を出歩いて、暢気《のんき》に映画なんて観ていられない。潜伏期間中なら分からないけれど、そのニュースの言い方だと、発症はしているみたいだし。つまり、ニュースの感染者は、その相葉さんとは違うってこと？」

「俺もそう思いかけたけれど、ただ、うちに警察が来たってことは」

二階のカーテンの隙間からパトカーがやってきたのを見た時、その制服警官二人が、劇場に現れた者たちと同様の、マスクにゴム手袋の装備であることが分かった。感染症への対処だ。そして井ノ原悠はこの時点で、ニュースの「感染者」は相葉時之のことだと確信した。だからこそ、井ノ原の素姓を割り出し、家まで来たのだろう。

そして一方で、「このまま、保護されたらまずい」という思いも浮かんだ。

数時間前、劇場で警察に取り囲まれた相葉時之は、村上病の症状など何一つ見せず、やってきた警察に連れ去られ、その結果、今、村上病感染者としてニュースで全国に、世界中に公表されている。自分が警察に連れて行かれたとして、同じことにならない保証がどこにあるのか。

それならば、と井ノ原悠は考えた。

相葉時之の言ってきた、「宝の地図」の話に乗ったほうが、まだ未来がある。「得られる効果とリスク」を井ノ原悠は咄嗟に天秤《てんびん》にかけていた。そして、部屋のクローゼットからリュックサックを取り出し、荷物を詰め込むことにしたのだ。

動きやすいように履き替えてきたスニーカーの紐《ひも》を結びながら、井ノ原悠は最も不可解な矛盾にも触れた。「だけど、おかしいんだ。相葉は予防接種を受けていた。小学生の時に。それは間違いない。なのにテレビは、相葉は予防接種を受けていなくて、だから感染したと言っていた」

「ああ」桃沢瞳がそこで呻《うめ》く。

「思いあたることでも？」と言った後で、井ノ原悠も、彼女から聞いた話を思い出した。

「そうか、君のお父さんは、村上病のワクチンを作らないと、と言っていた」

「バーでそういう話をしていた、って」

「君のお父さんは予防接種の効果に何か疑問を抱いていたのかな」

桃沢瞳は独り言と思《おぼ》しき問いかけを、「ワクチンが効かない？」であるとか、「ワクチンを作るってどういうこと」であるとか、そういった言葉をぼそぼそと呟《つぶや》き、頭を整理している様子だった。それから、「でも、これは、わたしの父の時と似ている」と言った。

「似ている？　何と何が」

「わたしの父が死んだ話はしたでしょ」

「うん」

「どうして死んだかといえばね、同じなの」

「同じ？」似ている、とか同じとか、曖昧《あいまい》な表現に井ノ原悠は苛立ちそうになる。

「村上病。父は村上病に感染して、亡《な》くなった」

「厚生省の役人が？」

「医者の不養生、を地でいく感じだよね」桃沢瞳は軽やかに言うが、バックミラー越しに見える目は強張《こわば》っている。

「予防接種していなかったわけ？」

「してたに決まってる。だから、母もしつこく確認したの。父の上司にね」

「ミスター『人はみな死にますけれどね』に？」

「そう。ただ、説明なんてまるでなし。『予防接種をしていても、感染する体質の人がいるんです』と言うだけ。福引で、残念でしたまたどうぞ、って追い払うみたいに素っ気なくて」

「そういう体質」井ノ原悠は不気味な野菜を齧《かじ》るかのような、どうにも受け入れがたい思いで、「相葉もそうだったというのか？」と口にする。

ワクチンを作らないと。

桃沢瞳の父が言ったというその台詞がまた思い出される。そして、別の言葉がちらつきもする。

「村上病はあるけど、ない」と井ノ原悠は口に出している。「それは、村上病は決まった形をしていない、という意味とは考えられないかな」

「決まった形？」

「そう。ウイルスはすぐに変異するというだろ。だから、ワクチンの効果も一定じゃない、とか」だとするなら、相葉時之が感染したのも分からないでもない。村上病はあるけれど、定型がない。そういう意味ではないか？

「村上病は細菌だから、ウィルスとは違うけれど」桃沢瞳は言う。「それに、あなたの友人は明らかに症状がなかったんだから、やっぱり、どこかおかしいと思う」

「確かに」


長町モールが近づく。北側、立体駐車場に入れるように頼み、発券機を通り、螺旋《らせん》状に三階まで上ったところで、端の空きスペースに車を停める。

「その荷物、いったい何を持ってきたの」バックミラー越しに桃沢瞳が視線を向けてきた。

「これは家にあったパソコンで。本当は家で調べるつもりだったんだけれど、時間がないから全部持ってきた」ノートパソコンと外付けのＨＤＤ、モバイル無線ルーターを入れてきたのだ。「さっき落ちた時ので壊れてたらおしまいだけど」

「どうするつもり？」

井ノ原悠はそこで、桃沢瞳からの依頼を含め、副業における情報収集をどうやって行っているのか、つまり、コピー機を使った間諜《かんちょう》の仕組みについて説明した。もはや、彼女に隠していては行動できない。

「コピー機は実は、コピーするだけの機械ではなくて、多機能コンピューターに近いんだ」

「コピー機って名前のくせに、やる時はやるってことね」桃沢瞳は感嘆した。「盲点かも。でもそれって盗撮みたいなものじゃないの？　違法じゃ」

「マーフィーの法則にもある。人生で楽しいものは、違法か、反道徳的か、もしくは太りやすい」

愛想笑いを桃沢瞳が返してくる。

井ノ原悠はノートパソコンを膝《ひざ》の上で開き、電源を入れた。外付けのＨＤＤも繋《つな》げる。

カーリー犬が興味深そうに湿った鼻を寄せてくるが、手で軽く払う。

「どうするの」

「相葉時之の名前が引っかからないか、検索するんだ」

コピー機で複写された画像は、指定のアドレスに送信される。それをサーバとして使用しているノートパソコンで受け取り、保存する。随時、OCR処理を行い、検索可能のファイルにした後で、蓄積していく段取りになっているのだ。

元の画像を送信してきた端末IDを辿《たど》ることで、どの建物のコピー機から届いたものかも分かる。登録していたキーワードを発見すれば、井ノ原悠のスマートフォンに連絡が入ることになっているが、「相葉時之」とは登録していなかった。

直接、ノートパソコン上で検索したほうが、処理も速い。

「あちこちのコピー機から送られてくるなんて、パソコンの容量すぐ一杯になっちゃうでしょ」

「最近は外付けのハードディスクも便利になった。こんな小さいので、三テラもあるんだ。電源不要で。それを三台使ってる。ノートパソコンだって、サーバとして使えるスペックは十分あるし、一人が使う分にはまったく問題ない」井ノ原悠は言いながら、キーボードを操作する。

「どこかに情報があると思う？」

「こればっかりは分からない」井ノ原悠は正直に答える。「ただ、相葉が捕まって、もし本当に、病院に入れられているとするなら、そのための指示が出ていると思うんだ」

「指示？」

「警察とか病院で。実際の作業をするのは各担当者だろうから、情報の共有と注意事項の確認は必要だ。大事なことはみんなで話し合わないといけない。そして、その場合、開催されるのは」

「何？」

「会議だよ。事件は会議室で起きなくても、事件のことは会議で話し合う。そして、会議の時に必要なのが、資料だ」

「コピーするってこと？」

「社外秘だろうが、閲覧後廃棄だろうが、まずは人数分、コピーを取る。全員の分をプリンタで全部出力されたら、俺のところには届かないけれど、コピーしてくれたならこの仕組みで盗み見ることができる」

「警察にもその仕組みを入れてるわけ？」桃沢瞳が訝《いぶか》るように目を細めた。

「県警のコピー機の保守点検に行った時にいじったんだ。ただ、警察の情報がばんばん集まってくるのは怖いから、オフにしてあって」井ノ原悠は画面上で、開いたテキストファイルの数値を0から1に変える。「これで、今からコピーされる情報は送られてくる。ただ、一番、期待できるのは、病院のコピー機だと思う。相葉を入院させるなら、何か記録があるはず」

井ノ原悠はパソコンを脇に置いた。

「どうしたの？」と桃沢瞳が運転席から後ろに振り返る。

「ファイルに片端から検索をかけるから、さすがに時間がかかる。すぐというわけにはいかないから。しばしお待ちを」

「何か情報があればいいけれど。でも、もし、相葉さんの居場所が分かったらどうするの」

「さあ、どうしようね」実際のところ、どうすべきなのか、自身で理解できていなかった。とにかく井ノ原悠としては、「宝の地図」をもとに金を手に入れたい、その一心だった。本当に御釜の立ち入り禁止区域まで行かなくてはならないのか、定かではないが、もし相葉時之と話したように、御釜の水に莫大《ばくだい》な価値があるのならばそこに賭《か》けたかった。

「あ、それから」井ノ原悠は軽い口調で続けた。「その、こういうことを言うのも悪いけど、胸元もう少ししめてくれないか。目がどうしても行って、気になる」淫《みだ》らなことに割くエネルギーはないが、視線のやり場を考えるのが鬱陶《うっとう》しかった。

桃沢瞳は、「ああ」と言って、ボタンをはめる。「そうだね」

「気分を悪くしたら、申し訳ないけど」

「大丈夫。わたし、そういうのは詳しいから」「どういう」

「男女の脳の違い、というか、特にホルモンとか本能とかね、そういうのに関心があって、調べることが多くて。男も女もお互い、理解できない部分がある。男は、女性の胸やお尻《しり》の脂肪に反応するようにできている。それはたぶん、昔、そこの脂肪が多い女性のほうが、出産に適していたからかも」

「脂肪、と言うと味気ない」

「調べれば調べるほど、人間を制御しているのはホルモンだから」桃沢瞳は、振り返る姿勢がつらいのか、前を向き、フロントガラスに声を跳ね返らせるように喋《しゃべ》る。

「それはまた極端な」井ノ原悠は言いながら、ノートパソコンの画面に目をやる。まだ、検索は実行中だった。カーリー犬は足元で体を窄《すぼ》め、目を閉じている。

「たとえば、プロラクチンというホルモンがあって。それはほら、男の人が、事を終えた後に脳から大量に出るわけ」

「事を？　ああ、事をね」

「プロラクチンには性欲抑制作用があるから、男の人は急に性欲を失うわけ。わたしには感覚は分からないけれど」

「まあ、一般的にはそうだね」

「眠くなるのも、そのホルモンのせい」

「そうかホルモンのせいだったのか」井ノ原悠は、他人に罪をなすりつける気楽さを覚える。

「実は、それが女性にも起きるの」

「事を終えた時？」

「ううん。女性の場合は、出産したあと」桃沢瞳が言った。「しかも、その場合は何ヶ月も、プロラクチンが出る。そして、プロラクチンのもう一つの作用は、母乳を出すの」

「なるほど」

「ようするに、授乳期間は子育てに専念するように、性欲を抑制するわけ。ほら、ホルモンのことを知っていると、いろいろ分かりやすい。だとすると、人工的にプロラクチンを放出させる薬とか作れば、男の性欲もコントロールできるんじゃないかと思わない？」

「自分に襲い掛かりそうな男に飲ませる、とか」

「もしくは、男が、今はそれどころじゃないって時に飲むとか」

役に立ちそうな薬だが怖いな、と思ったところでノートパソコンの表示が少し変わる。

「来た。相葉時之の名前がヒットした」

「どこのコピー機？」

パソコンのキーを触り、情報を読み出す。画像ファイルが表示されるのを待つ。「仙台市立病院だ」

愛宕《あたご》上杉《かみすぎ》通りと東二番丁通りの分岐点に位置する仙台市立病院は、ここからなら車でほんの十分程度の距離だ。が、厄介なことに、仙台中央警察署が目と鼻の先にあるため、何事も迅速かつ隠密裏に運ばなければ、ただちにゲームオーバーとなるだろう。

桃沢瞳は即座にスマートフォンを取り出して、ウェブ検索を行っている。「仙台市立病院、ここね。感染症指定医療機関か、間違いなさそう」

「入院手続き用の用紙と、あとはナースの分担表みたいなコピーが出てきた。やっぱりあいつ、感染症患者として扱われているわけか、あ、もう一件ひっかかったぞ」

「もう一件？」

「なるほど、仙台市立病院への隔離は、一時的な措置かも」

「どういうこと？」声に力が入り、桃沢瞳が訝しんでいるのが伝わってくる。

「ご丁寧に、つい今し方、担当業務一部変更のお知らせってのが配付されたみたいなんだ。コピーされてね。で、それによると、相葉の次の移送先がもう決まってる」

桃沢瞳は露骨に腑《ふ》に落ちないという顔つきになり、矢継ぎ早に質問を放ってきた。

「次の移送先？　どこ？　もしかして国立仙台医療センター？」

「ちょっと待って、陸上自衛隊仙台駐屯地？　そうか、自衛隊の仙台病院ってことか。駐屯地は南目館《みなみのめたて》だから、これも近いな」

「自衛隊病院？　ほんとなの？」

「ほら、ここに書いてある。自衛隊仙台病院より受け入れ態勢完了の通達があり次第、感染者を移送って」

先ほどよりもさらに腑に落ちないという顔つきになり、桃沢瞳は押し黙って腕を組んでいる。

「どうかした？　何か違和感がある？」

「実はね」桃沢瞳が言った。「わたし、もうひとつ、言ってなかったことがあるんだけど」

「ファザコンと見せかけて、実はマザコンとか？」

「惜しい」と井ノ原の冗談に乗ってから、桃沢瞳はつづけた。「実はライターと見せかけて、わたしも偉そうな官僚の一員なの。父とおなじ厚労省のね。嘘ついてごめんなさい」

井ノ原悠は、桃沢瞳のその告白を意外だとは思わなかった。名刺にあった「ライター」などという大雑把な肩書きはもともと信じていなかったし、彼女自身の口から段々と明かされていった真実が、おのずと答えを絞り込ませてもいる。

「お父さんと同じということは、医系技官？」

「ううん、わたしは薬系。医薬食品局の審査管理課ってところで働いているの。薬とか化粧品とかの、指導・監督・承認が主な業務で」桃沢瞳は軽く咳払いすると、余談はこまでというふうに、やにわに表情を引き締めた。「それでね、さっきなにが引っかかったかというと、相葉さんの移送先が自衛隊病院って聞いて、これは緊急事態かもと思って」

「どれくらいの緊急性？」

「まだ分からないけれど。明らかにおかしなところがあって」

「つまりこういう場合、村上病の患者を自衛隊病院に隔離するってのはあり得ないと？」

「そういうこと。そもそも、感染症指定医療機関の病院からわざわざ移すっていうのも解《げ》せない。どうしても移送しなきゃいけない事情があるのなら、すぐ近くに、国立仙台医療センターだってあるのに。あそこはWHO呼吸器ウイルス調査研究協力センターに認定されていて、臨床研究の第一人者がいる施設なの。そんなところを差し置いて、自衛隊病院に運ぶっていうのは、おかしいでしょ。いきなり防衛省案件になっちゃったとでもいうのか」

「相葉はかなりまずい状況にいるってこと？」

桃沢瞳がはっきりと頷《うなず》く。

「あ」井ノ原悠はそこで唐突に思い出すことがあった。

「どうしたの」

「実は、今日、相葉のキャッシュカードが使えなくなっていたんだ。磁気か何かのせいだと思ったんだけれど」

「けれど？」

「それも、相葉を捕まえやすいようにするための方策だったのかも」井ノ原悠は言いながらも、半信半疑だ。果たしてそんなことができるのかどうか。

「誰の方策？」

「たとえば、国とか」と口にするとあまりに抽象的で、自ら苦笑せずにはいられない。ただ、相葉を病院に収容する力を考えれば、たいがいの無理は押し通せるようにも感じた。

「さすがにそんなことまでするとは思いにくいけれど」桃沢瞳は肩をすくめる。「だとして、じゃあ、どうする？」

「行くしかない」もはや、行かずにすべてを忘れる、という選択肢はなかった。

「どうやって」

「分からない」冗談ではなかった。ただ、どのみち、相葉が自衛隊病院などに運び込まれてしまったら、どれほどの腐れ縁でも再会はますます難しくなるに違いない。

　下手をすれば桃沢瞳の指摘通り、彼女の父親とおなじ運命をたどりかねない。心底うんざりするくらい、昔からとことん面倒ばかりかける友人ではあったが、見殺しにできるはずがなかった。

　エンジンがかかり、カーリー犬がむくりと顔を起こす。まったくもってマイペースだ。

「そういえば、自宅に帰ったのに、家族とは喋れなかったんだよね？」桃沢瞳の目が、バックミラーに映った。

　井ノ原悠は瞼《まぶた》を一度閉じる。息子に会いたい、と心の底からその思いが湧《わ》き上がる。もしかするともう会えないのか、という思いが浮かんだ途端、胸が張り裂けんばかりの苦しさに襲われ、慌てて、考えを振り払う。

「書き置きとかもしてこなかったの」

「もし、警察が家に入って、気づかれたら面倒臭いと思ったから」

「確かに、下手にメッセージは残せないね」

「だから、明日まで隠すことにした」

「明日まで？　どういうこと」

井ノ原沙耶子は、制服警官が帰った後の居間のソファーに座ると大きく溜め息を吐《つ》いた。頭が重い。目を瞑《つむ》ればすぐにでも眠れそうだ。

昨晩は、井ノ原悠が帰ってこないことを心配する一方で、夜の間、息子の健剛が体中を掻き毟《むし》るため、まともに眠ることができなかった。いつもの軟膏《なんこう》がちょうど切れており、対処することができず、だからほとんど寝ずに、息子の体をさすっていた。放っておくと、子供は寝ながら強く掻き、余計に皮膚の状態をひどくするからだ。以前、育児ノイローゼになった母親が、深夜に痒《かゆ》みで騒ぐ娘に悩まされ、ステロイド軟膏も効かないため、「顔を引っ叩《ぱた》いて、娘が泣いている間だけ、眠る」と告白していた記事を読んだことがあった。やり切れない思いで、胸が締め付けられたが、井ノ原沙耶子はその母親が他人には思えない時がある。

朝が来ると、井ノ原沙耶子は寝不足の状態でありながらも少しほっとした。通院日であったのが救いだった。

が、診療所で診察を受け、会計の際に暗い気持ちになる。前回よりも、ずいぶん金額が高くなっていたのだ。「どうしてですか」気づいた時には、食って掛かっていた。受付の担当者は驚いた後でむっとし、「嫌なら、別の病院に行ってください」と突き放した。ほかの病院では治らず、ここに頼ってきていることを知っているからこその強気だ。

診療所を出て、携帯電話の電源を入れると、十件以上の着信があった。履歴を見ると、複数の金貸しからの電話で、井ノ原沙耶子は怖くなり、留守電メッセージはどれも聞かずに終わらせた。

帰り道で自転車を漕《こ》ぎながら、ふらっと車道に飛び出したくもなった。通りかかったトラックに撥《は》ねられ、すべて終わりにできれば楽じゃないか、と。すぐに、自分の前で自転車に乗る健剛が目に入り、それではいけない、と思う。わたしがいなくなったら健剛はどうなるのか。

頑張らないと、と念じると同時に、「いつまで？」と自らの金切り声が頭の中で響いた。いつまで頑張ればいいの？

居間のソファーの前を横切り、冷蔵庫からジュースを取り出した健剛が、「おまわりさんが来て、びっくりしたね」とはしゃぐように言う。それから、子供部屋に行く。

いったい夫はどこに行ったのか。

夫に対して、今まで、負の感情は抱いていなかった。決断力は乏しいが、真面目《まじめ》で、感情的にならない性格が、彼女には救いでもあり、おそらく夫が彼でなければもっと早く、自分は駄目になっていただろうということも分かっていた。

今、どこにいるのか。

「ご主人は、村上病に感染した友達と一緒にいたようでして」

警察のその言葉が思い出される。まさかどこかで熱を出し、倒れていないだろうな。心配になり、携帯電話から夫に連絡するが、電源が切られている、と音声が応《こた》えるだけだ。

「ご主人は予防接種はしていますか？」と問われ、「それはもちろん、していると思いますよ」と答えたが、子供の頃についての夫とのやりとりは、記憶が曖昧だった。

常識的に考え、予防接種は受けているはずだ。

警察は、「ただ、同級生の相葉さんは受けていなかったので、安心はできないのです」と怖いことを言った。

これで夫までいなくなったら。そう想像することさえ、井ノ原沙耶子には恐怖だった。先ほどの制服警官たちは少々、強引だったな、とも思った。許可したとはいえ、家の中をずかずかと歩き回り、あちらこちらをチェックしていた。おまけに、「留守番電話にメッセージは残っていませんか」と言い、固定電話のチェックをした。再生された途端、メッセージの主は貸し金業者だと分かり、その場で泣き崩れそうになったが、警察官は、「違いますね」と無感情に述べるだけだった。

不安な思いが次々と、胸の内側で破裂する。

「あ、ママ」二階の子供部屋あたりから、健剛が呼んでくる声がした。「どうしたの？」と階段の下から声をかけると、「来て」と言う。

忙しいんだからね、と怒ってみせるが、「こっちに来て」の一点張りで、仕方がなく上がっていくと息子はベッドのところで目覚まし時計を持ち、「これ落としちゃって」と言った。

「壊れてないでしょ」

「そうなんだけど、それで時間を合わせようと思って、いじったら、目覚ましが鳴っちゃって」

それがどうしたの、と言いかけたところで、息子はアラームをセットするボタンを押した。通常であれば、アニメのキャラクターのメッセージボイスが再生されるため、井ノ原沙耶子もそのつもりだったが、短い雑音の後で、「パパだ」と聞こえてくるので驚いた。

それは確かに夫の声だった。

「パパだ。一度家に帰ってきたけれど、また行かないと。パパの友達が大変なんだ。パパは元気だよ」

どう、変でしょ、という表情で息子が眺めてくる。

井ノ原沙耶子は目覚まし時計をつかんでいた。

「近いうちにちゃんと帰るから。宝探しをして、帰ってくる。その時はきっといろいろ良くなってる」井ノ原悠の声からは、必死さが伝わってきた。最後にこう言った。「パパを信じろ」

信じろ。

そう言われても、と思うが、力強い響きではあった。「ママ、この声、アニメのに戻しておいて」と息子が言ってくる。

7

二〇一三年七月一六日

桃沢瞳は仙台市立病院ではなく、その又隣にあるファミリーマートの駐車場にトヨタ・アクアを入れる。病院の前を素通りしたことに、井ノ原悠が、「あれ」と疑問を発しても彼女は平然とハンドルを切り、公道側にフロントを向けて車を駐車させた。

「先に買い物ってわけじゃないよね？」

「念のため。病院の駐車場は入り組んでて、出たり入ったりに手間どりそうだったから。もしものとき、急いで出られなかったら困るでしょ。それにポンセも、空が見えるほうが居心地いいんじゃない？」

いささか呆気《あっけ》にとられつつ、井ノ原悠は身動きも忘れて感嘆の声を漏らした。「ぱっと見ただけで、そこまで計算に入れているなんて、恐れ入りました」その間にもてきぱきと振る舞い、エンジンを切って運転席から降りていた桃沢瞳は、「駐車場はネットで確認済みだから。さ、早く行かないと」と井ノ原を急《せ》き立てた。

「というわけでポンセ、おまえの臨時飼い主、相葉のため、まあ、あいつのためってのは不本意かもしれないが、少しのあいだここで辛抱しててくれ」

カーリー犬は、地面に引きずりすぎてぼろぼろになっているナイロン・リードでフェンスにつながれると、納得ずくらしい態度ですっと地べたに寝そべった。仮に発話ができたとしたら、「OK、行ってこいよ」とでも気安く返事してくれそうな様子が心強い。

「きょろきょろして、どうかしたの」隣を歩く桃沢がそう問いかけてきた。

「出歩いてる人が、妙に少ないと思って。ファミマにもひとりも客いなかったし、車だってほら、タクシーくらいしか通ってない。まだ夕方なのに」

「たまたまってことはない？」

「どうかな。人通りが少なすぎるよ」

「それも、相葉さんの入院と関係してると思ってるわけ？」

「昨日今日と異常なことばかりつづいてるからね」

「疑心暗鬼になりすぎると、かえって躓《つまず》きやすくなる」

「ああ、うん、わかってる」そう答えたところで、桃沢がクスッと笑みをこぼしたため、「あれ、なんかおかしかった？」と井ノ原悠は訊《たず》ねた。

「ううん、そうじゃなくて。今わたし、あなたに偉そうなこと言ったでしょ。あれはね、自分に言い聞かせたことでもあるの。疑心暗鬼じゃ、わたしも負けてないから」

「どういう勝負なのか」井ノ原は笑う。まだ笑うことはできるのだな、と他人事《ひとごと》のように思いながら、早足で仙台市立病院の門をくぐる。

正面玄関を抜け、中央待合ホールを通り、まっすぐにエレベーターホールへと向かった。目指すのは、本院九階東の感染症内科病棟だ。あらかじめ病院のウェブサイトで院内案内図をチェックしていた桃沢瞳が、相葉時之が運び込まれているとすればそこだろう、と見当をつけていた。

途中に見えた壁掛け時計の針は、十七時五十七分を指している。あと三分で正面玄関は閉ざされ、本院西側防災センターが時間外の出入り口となる。

一階のフロアはすでに薄暗く、ほとんどひとけがない。売店は閉まり、総合案内にいる看護師も役目を終えようとしている。

病院のウェブサイトによれば、入院患者への面会は午後八時で終了となる。つまりそのタイムリミットまでは、見舞い客を装《よそお》って院内をうろつきまわれるはずで、それ以上の行動がとれるかどうかは、相葉時之の現状を確認してみないことには判断できない。

井ノ原悠と桃沢瞳が乗ったエレベーターには、ほかにふたりの男たちが乗り込んできた。見舞いの客を見送りに来ていたパジャマ姿の若い入院患者と、中年の看護師だ。若い入院患者はスマートフォンでプロ野球中継を視聴しており、彼とは顔馴染《なじ》みらしい男性看護師は横からその画面を覗《のぞ》き込んでいる。

「あれ、もうはじまってるの？」「たった今、六時開始だから」

「それネットでしょ？　今日ビジターだからテレビないんだよねえ」「地上波はね。CSではやってるよ」「有料放送か。ま、ラジオ聞きますよ。今日勝ったら、負けなし十三連勝でしょ？」「そうそう」「ドキドキしてくるな。今日もいっちゃうんじゃないの。相手バファローズだもんねえ」

「楽勝でしょ。昨日もチーム勝ってるんだし」

「マーくん負けなし十三連勝、いったなこれ」

「そうね、いくね。明日も勝って三タテだな」

「ペナントも取っちゃうんじゃないの、これ」

「マーくんはあれもある。無失点記録だっけ」

「連続イニング無失点記録ね。すごいことだ」

「そっちも伸びてくれたら、気持ちいいねえ」

ここでエレベーターが八階に着き、若い入院患者と中年の看護師はおしゃべりをつづけながら降りていった。

扉が閉まり切るのと同時に、井ノ原は呟《つぶや》いた。「なるほど、今日はマー君の登板日か」

「なんの話？」桃沢瞳が訊《き》いてくる。

「プロ野球だよ。神の子マー君、知らない？」井ノ原が答えたところでエレベーターは九階に到着した。

桃沢瞳は首を横に振りかけたところで、「ああ」と声を上げた。「楽天イーグルスの、ピッチャー？」

「そう。連勝記録を更新しそうな勢いなんだ。今年の田中はまだ一度も負けてない。去年からの記録も合わせると、今日勝てば十七連勝」

「確か、点数も取られてないって、ニュースで見たけど、まだ続いてるの？」

「五試合、無失点。おまけにチームもリーグ単独首位だから、ファンは盛り上がってる、さっきの人たちみたいに」

井ノ原悠と桃沢瞳は、注意深くあたりの様子を窺《うかが》いつつ九階の廊下を歩いた。夕飯時らしく、空《から》の配膳車《はいぜんしや》が壁際《かべぎわ》に沿って一定の間隔を置いて並んでいて、数種類の惣菜《そうざい》の匂《にお》いがあちこちに漂う。

「さっき外で出歩いている人を見かけなかったのは、案外みんな家にこもって試合観戦しているからかもしれない」井ノ原悠がそんなふうに推測してみると、桃沢は冗談と受け取ったのか、笑って聞き返してきた。「まさか、そこまで？」

「ゴールデンイーグルスは単なる地元のチームというだけじゃないんだ。我が東北発のプロ球団ってこともあるから、盛り上がりもひとしおなんだよ。今年はなにかが起こりそうって期待が、日に日に高まってきている」
「なるほど」
「だからみんな家から出ず、記録がかかったエースの快進撃を固唾《かたず》を呑《の》んで見守ってい
る」
「で、外も人通りが少ない、と」
「かもしれない」井ノ原悠は言った後で、「相葉も」と思った。相葉も今日の試合、観《み》
たかったのではないか。
そのときタイミングよく、近くのトイレから出てきたふたりの男性患者も、今夜の試
合のことを話題にしていた。「記録が」とか「マー君が」などと口にし合い、それぞれ
の病室へと急ぎ足で戻ってゆく。田中将大投手がそろそろ初回のマウンドに上がる頃な
のかもしれなかった。
「あ、ちょっと待って」いきなり立ち止まり、そそくさと配膳車の陰に隠れた桃沢瞳に
腕を引っ張られ、井ノ原悠もいったんそちらに引っ込んだ。
「どうかした？」
「よりによってこんなところで」と桃沢瞳がぼそぼそと言った。
井ノ原悠は顔だけ出し、廊下の先方を覗いた。するとナースステーションの窓口カウ
ンターに肘《ひじ》をつき、大声で看護師に話しかけているスーツ姿の小男が目に留まった。言

葉つきから東京の人間ではないかと思われ、「知り合いなの？」と桃沢瞳に訊ねた。

「同期なの。向こうは大臣官房付だけど。曾山隼夫《そやまはやお》っていって、厚生科学課の健康危機管理官」

「仕事中には見えないな。野球が気になっているみたいだ。通りがかりの若いナース捕まえて、大事な試合なのに地元でテレビ中継やってないのかって、言いがかりつけているようにしか見えない。すごいな。あんなに、嫌そうな顔をされているのにまるで動じた様子がない」

「鋭い」「え」

「ほんとに嫌なやつでね」そうは言いながらも、桃沢瞳は胸もとのボタンをはずしはじめている。むっとした表情の桃沢に、井ノ原悠は恐る恐る問いかけた。

「何かする気？」

「ほんとに嫌なやつなんだけど、チャンスでもあるかも」

「どういうこと」

「あの男がここにいる理由はただひとつ、村上病の担当者だから」

チャンスの意味を理解し、井ノ原は小声ながら興奮をあらわにした。「それじゃやっぱり、相葉はこのフロアにいるってことか」

「たぶん。少なくとも、必要な情報は確実に持ってるはず」

「それを引き出せる？」

「やってみないとわからないけど」桃沢瞳はあからさまな渋面をつくった後で、少し笑う。「たぶん、大丈夫。あの男のポリシーは」

「そんなものがあるのか」

「本能のままに生きること。自分でよく言ってる。で、わたしが得意なのは」彼女は、こう言い置いてナースステーションに向かっていった。「その本能の仕組みを利用すること」

桃沢瞳の接近に気づくと、曾山隼夫は両手を広げて大袈裟《おおげさ》に驚喜してみせた。芝居がかった仕草だったが、その芝居がかった仕草に自信があるようにも見える。

親戚《しんせき》の見舞いに来ていたところでばったり、という桃沢の出任せを真に受けたらしい曾山は、いっそう声を張り上げて、この思いがけない巡り合いを、「運命」の一語で表現していた。

配膳車の陰から桃沢と曾山のやりとりを眺めていた井ノ原悠は、サスペンス映画の劇中にでも放り込まれたかのような、息づまる感覚を抱いていた。どんなに耳をすましても、ときどき会話が聞き取れぬため、ジリジリとなる。もう少しだけ、ふたりに近づいてみようかどうか迷った。ナースステーションの手前にある、廊下の曲がり角までなら大丈夫かもしれない。腕時計を見ると、時刻は午後六時二十分をすぎている。

このままぼさっと突っ立ってはいられない。井ノ原悠は腹をくくり、数メートル先の曲がり角へ居場所を変えてみようと決心した。が、配膳車の陰から一歩踏み出した矢先、出端《でばな》をくじかれた。ちょうど後ろから人がやってきて、出会い頭《がしら》にぶつかってしまったのだ。

すみません、と謝罪しながら振り返ったが、そこで目の前にいたのが、思いもよらぬ相手であったため、井ノ原悠はぎょっとし、そのまま、ひっくり返りそうになった。

メカゴジラ2.0、銀髪の怪人だ。

サンセット劇場で見かけたときとおなじく、夏だというのにトレンチコートを着た不気味な外国人が、こちらを見下ろしていた。厳しく睨《にら》みつけているといったふうではなく、人を値踏みするようなまなざしを向けてきて、口を真一文字に結んでいる。感情も見えなければ、考えなどまったく読めそうにない面構《つらがま》えだ。

恐ろしく長く凝視されているような気がするが、実際にどれくらいの時間が経《た》っているのかはわからなかった。身が竦《すく》み、頭もまわらない。下手に声を出すと、震えて、その場に倒れるほかないように感じた。

あまりにも長々と注目がつづくため、相葉の仲間だと悟られたのではないかと不安が募る。

結局、銀髪の怪人はただ黙って見つめるのみで、井ノ原悠には指一本触れず、ひと言も発さずに立ち去った。

怪人が姿を消すや否《いな》や、井ノ原は廊下の壁に手をついて寄りかかり、何度も深呼吸しなければならなかった。射竦められ、ずっと息を止めてしまっていたからだ。海中でジョーズ級のホオジロザメとでも出くわしたような気分だが、満腹だったから見逃してもらえたのか、とにかく助かったことに安堵《あんど》する。

「どうしたの？」

びっくりして振り返ると、今度は桃沢瞳が沈鬱《ちんうつ》な表情で目の前に立っていた。

「あの男がいた」

「あの男？」

「銀髪の怪人が」

桃沢瞳の顔も強張《こわば》り、その後で青ざめた。「どうして？」

「体の大きい、トレンチコート着た男とすれ違わなかった？」

桃沢瞳は首を横に振っている。「そんな目立つ人は見てないな」

「そっちのほうに歩いていったはずなんだけど」

「途中でわたしたち、面会ホールに移動して話していたから、通りすぎたの気づかなかったのかも。あれこれ探るのに神経使ってたから、廊下の往来は目に入らなかったし」

井ノ原悠は腕時計に視線を落とした。時刻は午後六時三十五分から三十六分になりつつある。面会時間終了までのタイムリミットはあと一時間と二十四分。

成果は、と質《ただ》してみると、桃沢瞳は難しい顔をしてこう答えた。「相葉さんの居場所は分かった」

「素晴らしい！」井ノ原悠は大きな声を出してから、はっとして口を噤《つぐ》む。

「このフロアの、いちばん奥の特別室に隔離されてる」

「隔離か」その言葉には深刻で、恐ろしい響きがあった。「相葉、どうなってるんだよ」

「警備が異様に厳重で、警官ふたりが出入り口で立ち番している。病院の守衛だっているのに、わざわざ警官がふたりも」

「VIP扱いされて、相葉もさぞやご満悦かもしれない」

「なかに入るには、うまい方法を考えないと」

頭を切り替えつつ、漠然としたひっかかりを拭《ぬぐ》えぬまま、井ノ原はさらに訊いた。

「自衛隊病院への移送っていうのは？」

「それも確認とれた」

「すごいな。そんなに口が軽くて大丈夫なのか、曾山さんは。エリートなんだろ」

「まあね。ただ、わたしも同じ組織の一員だから気を許したんだと思う。あとは、こんな具合にして」桃沢瞳は、井ノ原悠に少し体を寄せ、その自分の胸元の服の開きを、見せつけるようにする。「今度、一緒に食事に行く話をしながら」

「食事に行くから、情報を教えろ、と取引を？」

「それじゃあ駄目なんだよね。もっと自然に。それとなく質問を織り交ぜながら」

「そんなことができるのか」

「できる時もあれば、できない時もある。実際、自衛隊病院へ向かうことは教えてもらえたけれど、正確な出発時刻はごまかされちゃった。僧山のほかに、内閣官房の村上病対策室からスタッフがひとり派遣されてたの。その人が戻ってきたら、急に僧山の口が重たくなっちゃって。対策室のスタッフは、密田《みった》さんとか呼ばれてたかな、たぶん防衛省か自衛隊からの出向組。役人っぽくない大柄な男で、なんだこいつって目で威圧的にこっち見てたし、自衛隊病院に移すってことだから間違いないと思う」

「警戒されなかった？」

「分からない。もっと早く切り上げるべきだったかも」

「移送のときも、厳重な警備は相変わらずって感じなのかな」

「パトカー二台つけるって。それと別にもう一台のパトカーで、僧山とその大柄な密田も同行するみたい。あとは警官だらけ」

「物々しすぎるな」

「ますます怪しいでしょ」

「相葉は救急車？」

「だと思う。その相葉さんの様子とかそういうのは全然しゃべってくれなくて。実際に本人を見てないからっていうんだけど、本当かどうかはわからない。医療スタッフ以外は病室に入れないのは事実らしい」

「だとしたら、俺たちも医療スタッフに化けるしか、警備は突破できないってことか」

「そういうことになるかも」

　このとき不意に、ひっかかりの正体がなんなのか思い当たり、井ノ原悠は猛烈な胸騒ぎを覚えて「あっ」と声をあげた。

　桃沢瞳が透かさず問いかけてきた。「どうしたの?」

「まずいぞ、すぐに知らせなきゃ。さっきの曾山って人たち、まだ近くにいるかな」

「たぶんまだ、面会ホールにいると思うけど、なぜなの?」

「銀髪の怪人だよ、あいつがここにいるのは偶然じゃない」

「相葉さんを追ってきたってこと?」

「きっとそうだ。スマートフォンを寄越せ、と詰め寄るためか、もしくは」命が危ない。

　桃沢瞳は途端に険しい顔つきになり、井ノ原悠の腕を引っ張った。

駆け足でやってきたものの、面会ホールには曾山隼夫も対策室のスタッフもいなかった。ふたりの所在をナースステーションの看護師に訊ねても、逆に訝《いぶか》しがられるばかりとなり、なかなかまともに応じてもらえない。井ノ原悠は看護師の回答を待たず、そのままフロアの最奥にある特別室に向かって走り、桃沢瞳もほどなく彼の跡を追った。

桃沢が聞いていた通り、ふたりの警察官が特別室の警備に当たっていた。その数メートル手前で立ち止まった井ノ原と桃沢は、特別室の前をいったん素通りしてから行き止まりで左に折れ、警官たちの死角に入った。階段の踊り場になっており、廊下の角に隠れながらそっと特別室前の様子を窺うことができる。

どうやら相葉時之は、まだ、銀髪の怪人に襲われてはいないらしい。そして、今もあの病室に隔離されている。仮に銀髪の怪人がここを訪れていたとしても、あの身なりでは病院関係者と見間違われるはずもないから、入室は許されなかったはずだ。

「とりあえず、大丈夫そうね。厳重な警備が好都合」

「これなら、せめて医療スタッフに化けてから駆けつけるべきだったたな」

「プランBを」「プランBの内容は？」「それを考えるのが、プランB」

井ノ原悠は、変装に使える道具をどこかで手に入れてきて、正面突破を試みるしか手はないだろうと踏んでいた。覚悟は固まりつつあったが、その反面、思い浮かぶのは失敗のイメージばかりだった。コスプレだけで警官の目を欺《あざむ》き切るなど、いくらなんでもハードルが高すぎる。

そんな無茶は相葉時之の専門であって、自分向きの作戦ではない。

が、どのみちやるしかない。医師用の白衣を着るのは当然として、ほかにもＩＤパスなどを首からぶら下げていれば、それっぽく見えるだろうか。

いや、待て。そういうことなら、うってつけの人材がいるではないか、と井ノ原悠は閃《ひらめ》いた。

志賀だ。死神博士の、志賀直人、あの同級生の顔が急に、妙に貫禄《かんろく》をともない、頭の中に立ち上ってくる。

医療機器メーカー社員の志賀直人の力を借りられれば、あるいは警官を騙《だま》し通せるかもしれない。機械の交換という名目なら、特別室への出入りも可能なのではないか。

これは名案だと早速、井ノ原悠は志賀直人に宛《あ》ててＳＭＳを作成する。送信したのは、「仙台市立病院に大至急来てくれ」という一文のみだった。するとそのとき、桃沢瞳が隣でふとこんな疑問を呟いた。

「でもほんとに、相葉さんはあそこにいるのかな」

そう聞いて、井ノ原悠はどきりとした。「それって、疑心暗鬼で言ってる?」

「さすがにそこまでは、やらないかな」

「偽装工作ってこと?」

「うん。嘗山が嘘《うそ》をついたんじゃなくて、彼もそう思い込まされているとか」

「どうだろう、それはないと信じたいけど」

「静かすぎるから、そう見えるだけかな。無事だったらいいけど」

その言葉が胸につかえ、相葉時之の無事をただちに確認する方法はないものかと、井ノ原悠は急いで思案した。

もしもあいつが無事なのならば、この自分が病院にいることを伝えられる、良い手立てはなにかないものか。それも合わせて彼はフルスピードで知恵を絞った。井思いつくのはたったひとつ、確実とは言いがたい、至ってシンプルな手段だった。井ノ原悠は思い惑う。が、時間がない。ほかにアイディアもない。井ノ原は手はじめに、深く息を吸い込んだ。

「え、どうしたの突然?」桃沢瞳が驚いて振り返ったのは、後ろで井ノ原悠が、予告もなしに口笛を吹きはじめたためだった。

より大きな音を奏《かな》でられるようにと、井ノ原悠はさらに深々と息を吸い、瞼《まぶた》を閉じて口をすぼめていた。やがて一曲吹き終わると、目を開けてそのままじっとする。

相葉時之が無事で、特別室のなかにまで届いていたとしたら、あの再会のときとおなじことが起こるだろう。『鳴神戦隊サンダーボルト』のテーマ曲が、いずれ聞こえてくることを願い、井ノ原悠は息を凝らして耳をそばだてた。

が、代わりに聞こえてきたのはこれだった。「あなた方、ここでなにをやっておられる？」警察官のひとりが、出し抜けに至近距離に姿をあらわしたのだ。

「別に、なにもしてませんけど？」そう言いながら、桃沢瞳は涼しい顔で井ノ原の片腕を自分の腰にまわし、体を密着させて恋人のふりを演じ出す。

「なにもしていないのなら、速やかに立ち去ってください」

「はいはい、わかりましたー」怪しまれまいとしてか、桃沢瞳は軽薄な物言いで応じつつ、井ノ原悠の腕を引っ張ってもと来たルートを引き返そうとした。するとちょうどそちらの方向から、今度は病院の守衛が駆け足で近づいてきているのがわかった。

それを見て、井ノ原と桃沢ははたと立ち止まったが、先ほどの警官が背中を押してくるため、まわれ右もできない状況だった。そこが特別室の前だと見てとった井ノ原は、出入り口をちらちらと見やり、思い切った行動に出ようかとも考えたが、策が浮かばない。背後の警官は、「このふたりです、よろしく頼みます」と手を振り、守衛を呼び寄せており、さながら進むも地獄、退《ひ》くも地獄の様相を呈しつつあった。

「ここは皆さんの邪魔になりますから、立ち話はホールか病院の外でお願いしますね」

到着した守衛がそう注意し、ふたりの身柄を引き取ろうとすると、井ノ原悠は、「ちょっと静かに！」と言い放って足を止めた。あまりにもきっぱりとした語気だったせいか、従う必要のない警官や守衛までもが一斉に口をつぐみ、井ノ原と桃沢の連行を一時停止した。

「あ、さっきの曲」ぽつりとそう漏らした桃沢瞳に対し、井ノ原悠は力のこもった目つきで数回小さく頷《うなず》いた。ほんの微《かす》かなボリュームながら、特別室のなかから確かに口笛の音色が聞こえてきていた。

警官や守衛に気づかれぬよう安堵の溜《た》め息《いき》をつくと、井ノ原悠は桃沢瞳とふたたび目を合わせた。あとは、と井ノ原は考えていた。死神博士次第だ。

⚡

守衛が不審な男女を連れてゆくのを見届けると、ふたりの警察官は次の行動にとりかかる。まずはひとりが無線で指示を仰ぐ。その合図を受け、もうひとりが特別室のドアをノックする。内側からドアが開けられて、一台のストレッチャーが出てくる。

ストレッチャーに寝かされている相葉時之は、虚《うつ》ろな瞳《ひとみ》であたりを見回すが、逃げ出す素振りは見せない。その両脇《りょうわき》には、微粒子用マスクにゴーグル、それとゴム手袋を着用した、二名の搬送スタッフがつき添っている。

相葉時之は、人工呼吸器などの世話にはなっておらず、拘束具の類《たぐ》いも装着されてはいない。ただ彼は、筋弛《し》緩《かん》作用のある薬でも投与されているのか、ひどくぐったりとしている。ときおり口をすぼめて口笛を吹いているが、弱々しい音しか鳴らせない。

ストレッチャーは廊下を移動し、医療用エレベーターの前で停まる。立ち番をしていた警官たちは別行動をとり、一般用エレベーターで下へ降りてゆく。

相葉時之を乗せたストレッチャーは、一階に降りると本院東側出入り口から外に出て、病院敷地内に併設された仙台市消防局の救急ステーションの前に運ばれる。そこには、医師派遣用自動車《ドクターカー》と呼ばれる高規格・最新鋭の救急車が二台停まっており、うち一台のバックドアが開いている。ストレッチャーごと相葉時之を車内に運び入れると、バックドアは閉められて、搬送スタッフは左右にわかれてそれぞれ運転席と助手席へ乗り込む。

その一部始終を、厳《いか》めしい男たちの一団が見守っている。救急ステーションの正面、北側駐車場との境目あたりで彼らは待機している。八名の制服警官と二名の私服警官が並んで立っており、真ん中には曾山隼夫の姿がある。また、曾山の隣には坊主頭《ぼうず》の大きな男がいて、私服警官のひとりが彼に、「密田さん」と呼びかけている。一団の背後には、二台の白黒パトカーと一台の覆面パトカーが停めてあるのが見える。

「密田さん、例の外国人は、六時半の時点で院内を出ているようですわ。防犯カメラ映像で確認がとれました」

どこか違和感が拭えぬという面持ちをして、密田は訊く。「出たあとの行動は？」

「その後の足取りはつかめていません、今んとこは」

「随分と気楽に構えてますねえ。ＦＢＩの捜査対象かもしれないってのに。近辺の防犯カメラ映像は？」

私服警官はむすっとした顔になり、こう答える。「そっちはまだ解析中ですよ。さっき集め終わったところですからね。今晩中にはなにかつかめるんじゃないですか」

「口笛のカップルは？」訊きながら密田は体の向きを変え、覆面パトカーのほうへ行く。

「守衛がすぐに追い出したそうです」私服警官が追いかけてきてそう告げると、隣を歩いていた曾山隼夫が少々うろたえた様子で密田に話しかける。「いやいや、だからあれは、不審者じゃないですってば。うちの職員なんですって。僕の同期の瞳ちゃん。カップルってのも違ってて、その男は親戚ですよ。お見舞いに来てただけなんですってば。いや、ほんと悪い子ではなくてね、単に、僕に惚《ほ》れてるくせに素直になれないっていうか」

密田がじろっと、曾山隼夫を見る。無言のまなざしに射られて気まずさを覚えたのか、「密田さん、迫力ありますよね」などと、言わなくても良いことを曾山は言う。

それに対し、密田はなおも黙ったまま、いっそう睨みを強めている。すると今度は私服警官が、空気を読んでか読まずにか、「陸自では密田さん、鬼、と呼ばれてたそうじゃないですか」と口を挟んでくる。

「鬼、ですか」

「有名だそうですよ。数々の武勇伝をお持ちだとか。組織の縦割り飛び越えて、警察庁にも聞こえてくるくらいに。うちの本部長が言っとりました。曾山さん、おなじ霞《かすみ》が関《せき》の方なのに、ご存じないんですか？」

「いや、まあ、そっち方面はうとくてね」

「密田さん、徒手格闘訓練なんて、毎回四、五人相手だったそうですから。あ、そうそう、路上でばったり出会《でくわ》した拳銃《けんじゅう》強盗二人を、素手だけで制圧したこともおありだとか。その一件で、本庁でも有名人になられたって、うちの本部長が言っとりましたわ」

「くだらん話はそのくらいにしとけ」やっと言葉を発した密田が、おしゃべりを遮る。

「そろそろ出発だ、気い引き締めとけ。これはただの移送ミッションじゃないぞ」

うひょう恰好《かっこう》いい、というふうに、曾山隼夫は声には出さずに口をぱくぱくさせる。

先に密田が覆面パトカーの後部座席に乗り込み、つづいて曾山隼夫も反対側に乗る。

曾山は腕時計を見ながら、助手席にいる私服警官にこう問いかける。

「もう七時すぎてるのか、あの、こっからだと、何分くらいかかります？」

「近いです。十五分くらいですね」

「十五分か、十五分ね」

小声になり、「じゃ、ちょっと失礼して」と断りつつ、曾山隼夫は上着の内ポケットからスマートフォンを取り出す。

イヤフォンを右耳にだけ差し込み、ウェブブラウザを起動させた曾山は、プロ野球公式戦のライブ動画配信サイトにアクセスする。有料会員ページにログインした曾山は、京セラドーム大阪での、オリックス・バファローズと東北楽天ゴールデンイーグルスの第十二回戦を視聴しはじめる。

試合は両チーム無得点のまま、三回裏のバファローズの攻撃に移っている。九番打者の駿太外野手はすでに左打席に立ち、バットを構えてピッチャーズマウンドのほうを見つめ、マウンド上の田中将大投手も投球モーションに入り、いよいよ第一球を投ずる。

が、そこで電波障害が生じて映像が乱れ、試合の模様がわからなくなる。曾山隼夫は、「おいおいなんだよ」とひとり言を漏らすが、仕事中だと思い出したらしく、とっさに手のひらで口を覆《おお》い、うつむき気味になる。

相葉時之を移送する車列はそのとき、仙台市立病院の敷地内を出て公道を走り、愛宕《あたご》上杉《かみすぎ》通りを南下し、荒町交差点を左に折れてから、県道235号荒井荒町線を宮城の萩《はぎ》大通りへ向かって直進している。

先頭を一台目の白黒パトカーが走り、次に曾山や密田らが乗る覆面パトカー、三番目が相葉時之を乗せた救急車、最後尾に二台目の白黒パトカーという順番で進行している。幅員の狭い片側一車線道路の県道２３５号荒井荒町線を、移送車列は法定速度をやや超える速度で走りつづける。

「あ、マジかよ、一塁ベース直撃？」言った直後にしまったという顔になり、曾山隼夫はまたもや手のひらで口を覆う。透かさず助手席の私服警官が振り向いて、にやにやしながら問いかけてくる。

「曾山さん、もしかして、マー君を見てるんですか？」

「いやあ、すみません。どうしても気になっちゃって」

「やっぱり、気になりますか」

「そりゃ、気になりますねえ」

「東京の方にも、マー君のファン多いですか」

「そらもちろん。みんな夢中になってますよ」

「記録もかかってるし、目が離せませんよね」

「離せませんねえ。記録の行方が気になって。実はね、今日も田中が無失点だったら、ずっと口説いてた人とデートしてもらえる約束取り付けたんですよ」

「ほう」

「マー君には頑張ってもらわないと」

　年来の悲願が実りそうな可能性が見えて、嬉しさのあまり黙っていられなかったのか、曾山隼夫は自分の下心をさらして浮かれている。そんな曾山に対し、助手席の警官は急に真剣な目つきを向け、さらにこう問いかける。「それで今、どうなってます？」一連のやりとりに釣られたのか、運転中の警官のほうも、「我々も気になるから、試合経過教えてくださいよ」とリクエストしてくる。

　曾山隼夫は愛想笑いみたいな微笑《ほほえ》みを浮かべ、横目で隣の密田の反応を窺う。密田は呆《あき》れ果てるのさえ通り越したかのように、なんの関心も示さず押し黙り、視線を窓外にやっている。問題ないと踏んだのか、曾山は堂々とスマートフォンを視界の真ん中に据え、試合の実況中継を引き受ける。

「いや、実は今、二塁打打たれちゃったんですが、これがアンラッキー。打球が一塁ベースに当たってイレギュラーしてね、そのままライトに抜けてって長打になって」

　県道235号荒井荒町線は上下線とも、ほかに走行中の車両は稀《まれ》にしか見受けられない。そのせいか、車列のスピードも自然と上がる。

　まわりは住宅地だが、どこまで行っても歩道を歩く者も見かけない。そうした風景を、車窓を通して眺めている密田のまなざしには、気の緩みは微塵《みじん》も紛れ込んではいない。

　一本杉町交差点にたどり着いて左に折れると、これまでとは打って変わって広々とした道に入る。移送車列は、片側三車線の宮城の萩大通りを北上してゆく。こちらも今夜はやけに交通量が少ない。通行人もおらず、どのバス停にも人の姿はない。

　大和町二丁目交差点を越え、片側二車線道路になって幅員が狭まったところで、曾山隼夫はこう報告する。

「ああ、三塁行っちゃった。ええとですね、一番打者の坂口、彼、初回にセンター前ヒット打ってるんですが、ここで送りバントです。二塁にいた駿太は進塁成功。一死三塁になりました。これ、ヤな感じだな。こんなんで点入ったらもったいない」

　連続イニング無失点記録が途切れそうな展開と知らされ、表情から笑みが消えた助手席の警官は、念仏でも唱えるみたいに、「大丈夫、大丈夫」と不安げに呟く。運転中の警官のほうも体がどんどん前のめりになり、ハンドルを握る両手ばかりでなく、アクセルを踏む足にも力が入りがちになっている。そのため、先頭のパトカーとの車間距離が詰まりすぎている。

「次は二番、右打者の安達了一内野手です。一打席目は、送りバントを成功させてます。スクイズあるかな」

　移送車列は宮千代《みやちよ》一丁目交差点も通りすぎ、萩野町一丁目の手前に差しかかる。道が空《す》いているのをいいことに、先頭の白黒パトカーも加速して後列との車間距離を空け、右折ポイントの銀杏町《いちょうまち》交差点を目指して直進してゆく。

しかし何事かあったのか、先頭のパトカーがいきなり減速しはじめる。それを機に、覆面パトカーを運転中の警官が前のめりの姿勢をもっと前のめりにし、遠くに何かを発見する。「あれ何だ、事故かな」

前方数百メートル先の地点で、大型バスが横向きに停車しているのが段々はっきりと見えてくる。さらに数百メートルのところには銀杏町交差点があり、そこを右に曲がれば自衛隊正門前まで七〇〇メートルの距離となる。大型バスの車体には緑色地に青い縞《しま》模様が施され、仙台市営バスの車両だとわかる。

「ああやられた！　マジかー」やにわに今度は、曾山隼夫が落胆の声を発する。それが引き金にでもなったかのように、ほぼ同時にふたつの一大事が起こる。

曾山隼夫のスマートフォンにはそのとき、田中将大投手がタイムリーセンター前ヒットを打たれ、三塁走者の駿太選手が本塁ベースを踏んだ瞬間が映し出されている。それは、田中将大投手の連続イニング無失点記録が四十二回で止まったことを物語っている。後部座席の落胆の声から事態を察し、助手席の警官も嘆きを漏らすが、田中将大投手の被適時打の直後に起こったもうひとつの一大事が、すべてを掻《か》き消す。

曾山隼夫が、「マジかー」と発し、助手席の警官が「ああ」と嘆いたその刹那《せつな》、先頭の白黒パトカーが不意に爆発を起こしてふわっと路面から持ち上がり、走行不能に陥る。

それを目《ま》の当たりにした、覆面パトカーを運転中の警官は体をビクッとさせ、「うわあ」と驚愕《きょうがく》の声を上げ、あわてて車両を急停止させる。爆発したパトカーはもくもくと黒煙を噴き上げているが、車内の制服警官たちはひとりも外に出てこない。

覆面パトカーの車内は、一同しばし呆然《ぼうぜん》となるも、前部座席の警官ふたりは急いで消火器を持って車外へ出てゆく。後続のパトカーに乗っていた制服警官らと合流し、爆発車両のなかの署員らの状態を探ろうとする。ひとりが消火器を使おうとするも、再爆発の危険性があると誰かが指摘したのか、有効射程距離までなかなか近寄れずにいる。

「大変なことになっちゃったぞこれは」

そう呟くばかりで、なにもできずに固まっている曾山隼夫の横では、密田が体をねじって後方の様子に注目している。

二〇メートルほど後ろに、救急車と白黒パトカーがヘッドライトを点灯させたまま並んで停まっているのがリアウィンドー越しにわかる。が、爆発が生じたわけでもないのになぜかこちらでも、宵闇《よいやみ》のなかに大量の白煙が発生してみるみる視界が悪くなっている。

「曾山、あいつら全員呼び戻してこい。救急車の警固を優先しろと伝えろ」

「え、はい。でも、なんで？」

「これはテロ攻撃だ。グズグズするな」この言葉を合図に、密田と曾山隼夫は車の外へ出て、それぞれ逆方向へと駆けてゆく。

車外に出た密田はまず、大量の白煙の出所は、路上に転がった何本もの発煙筒だと知る。そして救急車の運転席にも助手席にも搬送スタッフの姿がないことを確認した彼は、速やかに車体の後部にまわる。

そこで密田は、トレンチコートを着た銀髪の外国人とばったり出くわす。

外国人の右手には、抜き身の日本刀があって光をキラキラ反射させており、その足もとには、ふたりの救急搬送スタッフが血まみれになって倒れ、虫の息になっている。救急車のバックドアは半開きになっており、移送対象者の身柄を横取りされる寸前だったことがわかる。

これらのことを瞬時に視認した上で、密田はあらためて外国人と目を合わせる。

こいつは強い、そう立ち所に理解したらしく、密田は興奮を隠せなくなっている。自分と同じタイプの人間だとでも見抜き、喜びさえ感じているかのように、両目をかっと見開いて密田は相手を凝視する。全力でぶつかり合える敵との遭遇、そしてほどなくはじまる真剣勝負への期待が最高潮に達してか、全身の武者震いを彼はうっとり顔で味わっている様子でもある。しかもその瞳には、最後には己が勝つという自信の色がはっきりと浮かんでいる。

「貴様にそれが扱えるか、俺が試してやろう」

そう言って、密田は日本刀から視線をはずさずに、自らの上着を素早く脱ぐ。それを盾として利用するつもりらしく、両袖《りょうそで》を絞って片手で握り、下に垂らすように持つと、密田はジリジリと外国人に接近してゆく。


守衛に見送られ、井ノ原悠と桃沢瞳はやむなく病院を出た。ここで騒げば追い返されるだけでは済まなくなるため、コンビニの駐車場へいったん引き上げるしかなかった。

時間外出入り口を抜けるや否や、井ノ原悠はスマートフォンを手に取った。志賀直人からの返信を期待したのだ。テキストメッセージは届いていないものの、代わりに電話の着信が五回も履歴に残っている。ただちに折り返しの電話をかけた。

駐車場に着くと、カーリー犬はフェンスの前でじっとしていた。「ポンセ」と呼びながら桃沢瞳が駆け寄ってゆき、賢い賢いと褒めて頭を撫《な》でてやっていた。

志賀直人はすぐに電話に出た。面倒に巻き込まれるのを予感しているらしく、明らかに警戒した声だった。

「嘘だろ？　それじゃおまえ、さっき病院にいたのかよ。え、今もいるのか」

奇《く》しくも志賀直人は、今日は仕事で仙台市立病院に立ち寄っており、夕方からずっと院内にいるというのだ。突然なんの用なのかと問われて、井ノ原悠は率直に、相葉時之を救出するのに力を貸してほしいのだと答えた。タイムリミットが近づいているせいもあり、ほとんど脅すような口ぶりで井ノ原は志賀に迫った。

「できないなんて返答はなしだぞ。いいか、よく思い出してみろ。伊達政宗の片目の件で相葉を怒らせたとき、おまえは何て言った」「何だよ、それ」

「何でも言うこと聞く。おまえはそう約束して許してもらったよな。忘れたとは言わせないぞ」

「井ノ原、悪いけどな、そんなの忘れてる」

「何でも言うこと聞くって、確かにおまえはあのとき約束した。約束はちゃんと果たせ。今がそのときだ」

　無茶苦茶な理屈だなとは思いつつも、井ノ原はこのまま押し切ろうとした。志賀直人がまだ院内にいるのなら、あの特別室に忍び入る方法は必ずなにかあるはずなのだ。

　旧友の切迫感をただ事でないと理解してくれたらしく、志賀直人は渋々ながら状況説明を求めてきた。井ノ原悠は早口になり、相葉時之が置かれた現状をざっと話してやった。警察の厳重な警備が障害なのだとも、包み隠さずに伝えた。すると志賀直人は、意外なことを口にした。警察の車ならたった今、救急車と一緒に駐車場を出ていったというのだ。

「なんだって？　関わりたくないからってでたらめ言うんじゃないぞ。いいかよく聞けよ、相葉はほんとにな」

話の途中で井ノ原は絶句し、目を丸くした。志賀直人の言う通り、目の前を今、前と後ろをパトカーに挟まれた一台の救急車が通りすぎていったためだ。電話口から志賀に何度も呼びかけられ、我に返った井ノ原は、礼も言わずに通話を切った。そして大あわてで、桃沢瞳とポンセのもとへ走った。

「カーナビはセットしてある。でもまずいね。そんなに遠くないから急がなきゃ」

井ノ原悠とカーリー犬が後部座席に乗り込んだのを見極め、桃沢瞳はトヨタ・アクアを発進させた。相葉時之を乗せた救急車はもうだいぶ先に行ってしまったようだが、桃沢瞳は焦《あせ》らず冷静にハンドルをさばき、たまにカーナビをチェックして跡を追った。

窓外を流れる景色を見れば、実際はかなり飛ばしているのがわかった。が、彼女の本職はいったいなんなのかと混乱させるほどに安定した桃沢瞳の運転技術が、危険走行の印象を絶えずやわらげていた。

愛宕上杉通りを南下し、荒町交差点を左折して県道235号荒井荒町線を直進したのちに、トヨタ・アクアは宮城の萩大通りへと出た。

ブレーキが踏まれる感触はほとんどなく、流れるように車は走行する。派手ではないが、ハンドリングが的確だった。

すごい、と井ノ原悠が感心すると桃沢瞳は涼しい顔で、「女は運転が下手だ、とか意味不明な先入観を壊したくて」とどこまで本気なのか言う。

「これだったら追いつく」

「絶対、追いつく。間に合わせるから」桃沢瞳の声が鋭くなった。

見ず知らずの相葉のためにそこまで一生懸命に、と感激しかけたが、そうではないのだ、と井ノ原悠は気づく。彼女は、突如として村上病感染者とされた相葉時之と、自分の亡《な》くなった父親を重ねているのかもしれない。悔やまれる過去に戻り、二度と失敗するものかと必死になっているのではないか。井ノ原悠の視線を察したのか、「どうかした？」と言い返してくる。

「あ、いや」

その井ノ原悠の返事をどう解釈したのか桃沢瞳は、「大丈夫」と言った。「あなたの友人は村上病には感染していないと思う」目はまっすぐ、フロントガラスを睨んでいる。それは、自分の父親のことを説明するようでもあった。

「ああ、うん」

「どう考えても、これは変」

「俺もそう思う」

「ただ、脅すわけじゃないけど本当に感染している可能性もゼロじゃない」

「ああ」確かにその通りではあった。このまま救出できたとしても、その相葉時之が村上病に感染していたら、どうすればいいのか。自分は予防接種を受けているとはいえ、果たしてそれで安心できるのかどうか。「君の勘に賭《か》けるよ」

「そうしてあげて」

そこでまた車が加速し、ポンセが気持ちよさそうに、さながら、「いいねいいねえ、もっと飛ばせよ」などとけしかけるような声を発した。

少しすると、桃沢瞳は車の速度を緩めつつ、行く手に突如あらわれた煙幕を訝しむようにした。「あれ、なに？　煙が凄《すご》いけど、まさかこんなときに事故？」

フロントガラスから前方を見通すと、萩野町一丁目のバス停があるあたりで、相当な数の発煙筒が焚《た》かれているように見える。

「あそこ、救急車、停まってない？」「ちょっとわからないな。車らしきものは停まっているように見えるけど」

トヨタ・アクアを停車させたのは、煙が立ち込めている一帯の十数メートル手前だった。それ以上進むのは、なにが起きているのか定かでないため危ないと判断したのだ。

桃沢瞳が早速に外へ出ようとしたので、制止した。いつでもここを離れられるように、エンジンをかけっぱなしで待機していてくれと、井ノ原は彼女に頼む。

「これ持ってったほうがいいかも」そう言いながら、桃沢瞳は自身の胸もとに片手を突っ込んで布製のブラパッドを取り出し、井ノ原に手渡そうとした。

「え」

「なんか化学薬品が爆発したような臭《にお》いがするから、マスク代わりに使って」

桃沢の態度はじつにさばさばしたものだったが、井ノ原悠は目を見開き、知ってはならぬ秘密を目の当たりにしたかのように、体を硬直させている。

あの存在感溢《あふ》れる胸の膨らみは、偽装だったのか。

「底上げ用で申し訳ないけど」「いや、そうじゃなくて。急に外れたから」

「人間の体って不思議でしょ。早く」

ああうん、と井ノ原は手にしたブラパッドで口もとを覆うと、駆け足で煙のなかへ突入していった。

煙の立ち込める場所に足を踏み入れると、物騒《ぶっそう》な気配の濃度が一段と上がり、寒気すら覚える。井ノ原が思わず「あっ」と声を上げてしまったのは、ほんの数メートル歩いた矢先のことだった。彼にとって、それは悪くない驚きだった。予想外に早く、救急車を見つけることができたのだ。

が、井ノ原悠はほどなく緊張感に襲われた。救急車のバックドアが、半開きになっている。これはつまり、相葉時之がすでに連れ出されたあとの状況を意味しているのかもしれない。動揺した井ノ原は、その場にがっくり膝《ひざ》をつきかけたが、まだそうと決まったわけではないと自らに言い聞かせ、思い切ってドアを全開にした。

薄暗い車内には、ストレッチャーが載せられたままになっているが、人の気配は感じられない。

「おい、相葉、いるのか？　相葉、返事しろ！　おい！」

そのとき、ここからそう遠くないところで、誰かの呻《うめ》き声らしきものが響いた気がした。ちょっと芝居じみているほどの凄みを帯びているが、相当な苦痛が伝わってくる声色ではあった。煙のなかでなにが起きているのかますますわからなくなり、井ノ原は恐れと苛立《いらだ》ちの両方にさいなまれ、自分の声を荒らげた。

「相葉、おい、いい加減にしないと帰るぞ！　おい相葉！　お宝はどうするんだよ！　俺が独り占めにしてもいいんだな！　大金は全額、俺のものにするからな。いいんだな」

今度は遠くのほうから、さまざまな緊急車両のサイレンが聞こえてきている。あれ全部が到着したら、じきにこのあたり一帯は封鎖されてしまうだろう。逃げられなくなる前に、ここを離れなければならない。目的は果たせずじまいだが、桃沢瞳をこれ以上巻き込むわけにはゆかない。

井ノ原悠は歯を食いしばり、救急車の車内を見るのをやめた。認めたくはないが、そこに相葉時之はいない。相葉はきっと別の車で自衛隊病院に収容されたのだ。その現実を受け入れ、桃沢瞳とポンセのもとへ戻るしかなかった。井ノ原悠は振り返って歩き出そうとした。

「駄目だ」不意にそう聞こえ、井ノ原悠は動きを止める。「井ノ原、半々だ」この声はすぐそばから聞こえてきた。「分け前は必ずやる、だから半々だ」

どうやら幽霊が言っているわけではなさそうだ。

「おまえは金の話にしか反応しないのかよ。いるならさっさと返事しろって」

振り向きざま、井ノ原がふたたび車内に言葉を投げ込むと、暗闇から相葉時之がぬっと姿をあらわした。「悪いな。体がふらついちまって、言うこと聞かねえんだ。毒でも盛られたかな。ヒーローはつれえや」相葉は笑おうとしているようだったが、腹に力が入らぬらしく、発声が途切れ途切れになってしまっていた。

思いがけず、事態は好転したが、ここでもたもたしているわけにはゆかない。井ノ原は背中を向け、相葉に、「乗れ」と誘った。トヨタ・アクアのところまで彼を背負って運ぶことにした。

「なあ、井ノ原」背中の荷物となった相葉時之が話しかけてきた。「なんだ？」「あれ、気づいたか？」「なんのことだ」「トランザムの鍵《かぎ》」「気づいた」「よし」

それだけ確かめると、安心し切ったのか、相葉時之は電池切れみたいに寝入ってしまったようだった。急に相葉の体が重くなり、井ノ原は自分自身の今日の疲労をたちまち思い出させられた。今の自分が大の男を背負って歩くなど、奇跡としか思えず、奇跡であるならそれほど長続きはしないだろうとも思ったのだが、もうあと数歩も進めないというところで、なんとか桃沢瞳の乗るトヨタ・アクアのもとへたどり着くことができた。相葉時之をおんぶしている井ノ原を見つけた途端、桃沢瞳はパワーウィンドーを開けて微笑みかけてきた。が、彼女はまたたく間に表情を様変わりさせ、こんな注意を呼びかけてきた。「危ない！　よけて！」

相葉時之を背負ったまま振り向くと、煙のなかからサッカーボールみたいな物体が飛んできていることに井ノ原は気づいた。はっとなり後ろへ退くと、飛んできたものは鼻先をかすめたあと、トヨタ・アクアの右前輪タイヤに直撃して路上に転がった。

「あいつが来る。急げ」後部座席に相葉時之を寝かせ、空いているスペースに自らの体を押し入れると、井ノ原悠は素早く車のリアドアを閉めた。桃沢瞳はバックミラーを注視し、集まり出してきている野次馬を避けながらトヨタ・アクアをバックさせてゆき、最も近い十字路のところで方向転換した末、横道に入って一気に車を加速させた。

煙のなかから飛んできたサッカーボールじみた物体がなんなのか、井ノ原悠には漠然とわかっていた。

が、桃沢瞳には話さなかった。桃沢も、それについては訊いてこなかった。

自分が目にしたものを井ノ原は忘れるようにした。カーリー犬は、後部座席の下でおとなしく眠っているようだった。

未《いま》だ消えぬ煙のなかをゆっくりと歩いてきたメンターは、血で汚れた日本刀を路上に捨てる。そしてトレンチコートのポケットからスマートフォンを一台取り出し、「analysis team」と表示された番号に電話をかける。

電話に出た相手と、彼は英語でやりとりする。

「この地域の警察の、Nシステムというやつを利用したい。そうだ、交通監視システムだ。そこに記録される位置情報と時間のデータを追って、これから伝えるナンバーの車の行き先を突き止めるんだ。できるな？　ああ、それでいい。それから、偽《にせ》の渋滞情報と交通規制は解除だ。逆にここらが車だらけになるよう仕向けろ。本当の渋滞が起こるくらいにな。あとは警察の情報も操作しろ。車種や犯人の外見を、実際とは異なる情報で上書きして、流せ」

電話を切ると、相葉時之を連れ去ったトヨタ・アクアが停まっていた場所で、メンターは足を止める。

足もとには、サッカーボール大の物体が転がっている。

先ほど自分が斬《き》り落とし、投げ飛ばした坊主頭の男の頭部だ。

体格が良く、日本刀に臆《おく》する気配もなかった相手だが、今は、頭と胴体を切り離され、動くこともない。メンターは、大きな石ころでも見下ろすかのように見るだけで、ほとんど関心を示さない。

出し抜けに背後でパンと銃声が鳴り、メンターは振り返る。制服警官のひとりが、煙のなかからよろよろとあらわれ、拳銃を構えているが、メンターは特に表情を変えない。

ずっと遠くのほうから聞こえていたサイレンの音が高まっており、何台もの緊急車両がいよいよ目前まで接近してきているのがわかる。

メンターは、路上に捨てた日本刀を拾い上げると、それを制服警官目がけて勢いよく投げつける。制服警官は抗《あらが》う間もなく、日本刀が腹部に突き刺さり、口から血の泡を吹き出してばたっと道路に倒れ込む。

倒れた相手のもとへ歩み寄ると、その生死も確認せず、腹に刺さった日本刀をメンターは抜きとる。

サイレンの大きさが、もはや完全に緊急車両に取り囲まれていることを知らせてきているが、彼は相変わらず眉《まゆ》ひとつ動かさない。逃げる意思すらないかのように、おもむろに歩き出したメンターは、薄らぎつつある発煙筒の煙のなかへ進み入り、それきり姿をくらましてしまう。

現場に到着し、そこで何人もの同僚の死体を発見した警察官たちは、前代未聞の事態に震撼《しんかん》する。

村上病感染者を搬送中の救急車と警護中のパトカーが、なにものかに襲撃された模様との報告を受けた宮城県警本部は、ただちに県内全域に緊急配備を敷く。

8

二〇一三年七月一六日

ところどころがどす黒く染まった曇天の下に、見慣れた古い一軒家が建っている。

その家は、通りに面した側が商店になっていて、店舗と住居を兼ねたつくりの建物だ。

店の棚には、文具や小物や生活用品などが並んでいて、別の棚には菓子類が置かれている。店先には、煙草《たばこ》のショーケースが設置されていて、その奥にはひとりの熟年女性の姿がある。

母さんだ。

彼女は微笑《ほほえ》みながら、家族写真のアルバムをめくり、一ページずつ眺めてはまた笑みを浮かべている。思い出を、ひとつひとつ味わい直し、記憶を探っては噛《か》みしめ、懐《なつ》かしい気持ちを楽しんでいる様子だ。

が、そこでついに、暗雲が空の全面を覆《おお》ってしまう。

巨大な鉄球がいきなり落下してきて、母のいる雑貨店をまるごと押しつぶしてしまう。さらには二台のパワーショベルが左右からアームを伸ばしてきて、店舗兼住居を容赦なく破壊してしまう。

すべては瓦礫《がれき》と化し、瓦礫もかたづけられてゆき、更地《さらち》になった土地には、薄汚れた家族写真のアルバムだけが残されている。やがてそこへ強風が吹き込んできて、写真はいっさい曇天のなかへと吸い上げられていく。

相葉時之は顔を歪《ゆが》め、口を開ける。声が出ないものだから空焚《からだ》きさせるかのような感覚で、「母さん、ごめん」と喉《のど》を震わせたところで目を覚ました。

どこだ、ここは。

今いるのが、車の後部座席だとは分かった。トランザムではない。走行中でもない。窓に寄りかかっていた上半身を起こす。シャツが汗でひどかった。すぐに脱ごうとしたところで運転席を見やれば、見知らぬ女がハンドルを握っている。「おい」

「あ、起きたの」と振り返ったのは、肩より少し長い程度の髪の、目の大きな女だった。

「どう調子は」と言った後で、「何で脱ごうとしてるわけ」と怒るようにした。

「汗かいたんだよ」着替えがないことに気づく。見れば、外は暗い。そうか、もう夜か。

「ああ」女は体を伸ばし、手を出すと相葉時之の額に手をやる。「熱下がったね。良かった」

「ふざけんな。何だよいったい」

サンセット劇場で警察に捕まり、病院めいた場所で寝かせられていたのも、そこから車で運ばれ、爆発めいたものに巻き込まれたのも、いやそれを言うのならば、徹《とおる》がドアマンをしていたあのホテルでの乱闘からして現実的ではなかった。

なるほど俺はこの女をナンパしてドライブでもしているところで寝ていたのか、と考えたくなった。「これから、ホテルでも行くのかよ」

「え」女は、相葉時之の問いかけの意味が分かるとあからさまにむっとし、「あのね。状況分かってる？」と溜《た》め息《いき》を吐《つ》いた。

「トランザムはどこだ」「え、何？」「自分に言ったんだよ。というか、こっちが夢か？」

「あなた、本当に井ノ原さんの同級生なわけ」「どういう意味だ」「ずいぶんタイプが違うから」「うるせえな」

その時、ちょうどすぐ横のドアが開き、カーリー犬が乗り込んできた。「ポンセ、いたか」と抱きかかえようとしたが、相葉時之をただの障害物を眺めるように跨《また》ぎ、後部座席の右端、窓の外を見つめた。「久しぶりの再会だってのに、それかよ」

助手席のドアが開き、井ノ原悠が入ってきた。「相葉、起きていたのか」「どこだよ、ここは。というかトランザムはどこだ」

「真っ先に知りたいことはそれか」井ノ原悠が笑う。「ちゃんとコインパーキングに置きっぱなしだ。何か食えるか？　菓子パンくらいだけど」と中から出したアンパンを寄越した。

窓外へ目をやれば、明かりを灯した小さな平屋がある。昔ながらの、個人商店のようだ。さっき夢で見た、実家の雑貨店を思い出す。

「コンビニだと防犯カメラが怖いだろ。ああいう店なら、大丈夫そうだったから。おばあちゃんが一人でやってた。眠くなったら店を閉めるらしい」

相葉時之が腕時計を確認すれば、二十時半だった。「なんか、うちの店みてえだな」

「だろ？」井ノ原悠の顔がぱっと明るくなる。「子供の頃、ジャンプの早売りはいつもおまえんちで読んでた。みんなで入りびたって、駄菓子やカップラーメン、よく買い食いしたもんだ。菓子パンやアイス、雑誌や文房具もそろってるから、コンビニの先駆けだよな」

それでこれからどうするんだ、と相葉時之は訊《き》いた。「というか、このかわい子ちゃんは誰だよ、井ノ原」

「この人は、桃沢さんと言って、ほら、俺に、劇場版『鳴神戦隊サンダーボルト』の調査を依頼してきた人だ」

「戦隊マニアの女か」相葉時之は言う。「じゃあ、この女のせいで、俺たちはこんな目に遭ったってことか」

「ちょっと」「おい相葉、それを言うなら、おまえのほうが俺をトラブルに巻き込んだんだ。彼女の依頼はもともと、おまえとは関係なかった」

「だけどな、井ノ原、この女、さっき俺を誘惑してきたぞ。胸の大きさを強調して、俺の顔を触ってきた」

「何言ってんのアホらしい。熱を確かめただけです。下がってるからもう平気」

井ノ原悠が安堵《あんど》の溜め息をついた。「良かった。解熱剤《げねつざい》で簡単に熱が下がるってことは」

「村上病ではないと思う」

「おい、何の話だよ。男はみんなわたしの胸にお熱《ねつ》ね、ってわけか」

「いつの時代の台詞《せりふ》なの、それ」桃沢瞳が、バックミラー越しに睨《にら》んできた。「だいたい、そうやってわざわざ言うってことは、女の胸に関心を持ってる証拠なんだけど」

「初対面から何をやり合ってんだよ」と井ノ原悠が苦笑している。

「あのな、いいこと教えてやるよ」

「何」

「女が思ってるほど、男は胸の大きさなんざ気にしちゃいねえんだよ。女のほうがナーバスになっちまってる。巨乳好きなんてのは、せいぜいマニアの一種で、ＡＶのジャンル分けに役立つレッテルでしかねえの」そういえば、と相葉時之は思う。騙《だま》されてAVに出演させられた、年の離れた後輩女子のことが頭をよぎったのだ。恨みなどはないが、行方をくらましたままなのは、少し気がかりだ。あいつが地元に帰れる日はくるのだろうか。

バックミラー越しに睨むのはやめたが、桃沢瞳は口を閉ざすつもりはないようだった。

「わたしが言ってるのは、無意識にとる行動の話なんだけど、まあいいわ。あえて乗ってあげる。女のほうが、胸をコンプレックスに感じて、ナーバスになってるって？　その意味では、男だって」

「ああそうだな。男にもある。男が気にする以上に女は胸を気にして、女が気にする以上に男は身長を気にしてる。つまりよくある話なんだ。全部まとめて、くだらない思い込みだっての」相葉時之は頭に浮かぶがままに、喋《しゃべ》っていた。

「相葉、それは何かの歌詞か」

「ロッド・スチュワートあたりが歌ってるんじゃねえか」と適当に答える。

桃沢瞳は芝居がかった溜め息をつき、エンジンをかけた。助手席でシートベルトをするところで、井ノ原悠が体をこちらに捻《ひね》り、顔を近づける。「だけど、相葉、気をつけろ」「何をだ」「彼女の胸は」「何だ」

「取れるぞ」

井ノ原悠の発した言葉の意味が分からず、相葉時之は眉《まゆ》をこれでもかというほどにひそめる。

「何じゃそりゃ」


相葉時之は車の走っている場所を知るために、窓から景色を眺めた。幅はそれほど広くない道だった。暗かったが、前と後ろにぽつぽつと車は走っており、そのライトのおかげでそれなりに周囲は把握できた。大きな建物はない。「国道48号か。これは、山形に戻ってんのか？」

相葉時之が咄嗟《とっさ》に想像したのは、仙台ではもはや万事休すとなり、行き場がなくなったがために山形に一縷《いちる》の望みを託し向かっている、といった状況だった。そう話した上で、「かなりやべえのか」と訊《たず》ねた。

「やばいのは事実だ」井ノ原悠は言った。

「どうなってるのか教えてくれ。前回までのあらすじを」

「こっちも聞きたい」「何を」

「村上病に罹《かか》ったのはどんな気分だった」

「村上病？　まじかよ」相葉時之は眉根を寄せる。「感染者、出たのか」

「ああ、出た」

「勘弁してくれよ。何でこの時代に村上病に罹ってんだよ。また小学校の時の、委員長みたいな、予防接種嫌いか？　そういう奴《やつ》が和を乱すってんだよ。まったくどこのどいつが」

「おまえだよ。おまえが和を乱した」「はあ？」「おまえがその村上病患者だ」「俺が？」

「とニュースでやってたんだ」

前方車両のブレーキランプが赤く光り、それに合わせ、運転席の桃沢瞳も車を停止した。彼女は後部座席を振り返り、「まあ、元気そうだし」と相葉時之をじろじろと見つめた。

「おいおい、何だよそれは。妙な注射打たれて、だるくなって、こりゃ毒でも入れられたかと思ったけどな。村上病？　この俺が？」相葉時之はぞっとして、自分の両手を眺める。はあ、と手に息を吹きかけ、匂《にお》いを確かめるが、それで体の状態が分かるわけがない。首筋や脇《わき》に手を当てる。あ、と思う。あのホテルで御釜《おかま》の水が体にかかったではないか。あれか。やっぱり、あれがいけなかったのか。「というか、おまえたちもやばいってことじゃねえか。同じ車に乗ってると、感染する」

「いや、俺たちは予防接種を受けている。仮に感染したとしても発症はしない」

「俺もそうだっつうの」

「だよな」井ノ原悠は前を向いたまま、言う。車がまた走りはじめた。「ただ、ニュースでは、相葉、おまえが村上病に罹ったと言っていた。名前は出なかったが、あれはどう考えてもおまえのことだ。最初に市立病院に運ばれたおまえは、それから自衛隊病院に連れて行かれることになってな、だから、そこを俺たちが」

「ちょっと待ってくれ」相葉時之は語調を強くする。「俺は大丈夫なのか？」

「なにがだよ。村上病かどうか、という意味では大丈夫だ、たぶん」

「たぶんかよ。つうか、もしかして俺、新型に罹ったってことはねえのか？　インフルエンザとかでもあるだろ、そういうの」

「まあな」「まあな、って」「可能性はゼロじゃない。ただ、おまえが予防接種を受けていないから発症した、というのがマスコミ発表だ。でもそれは嘘《うそ》だ。おまえは受けた。新型なら新型と報道するだろ。しかも、警察は俺まで捕まえようとした。自宅にまで来てな」

「どういうことだ」

「あいつらは平気で嘘をつく。ってことだ」井ノ原悠が覚悟を決めた言葉を、深刻に聞こえぬように口にしているのが分かった。「たぶん、村上病に感染したというのは、嘘だろう。口実だ」

「何の」

「おまえの身柄を確保するためのだよ。それと、俺たちが逃げ回れないようにするため。感染者には自由がない」

「そこまでする必要があるのか？」相葉時之は舌打ちをし、その後で別の思いが浮かぶ。「あ、でもそれだけ、俺たちがお宝に近づいてるってことかもしれねえな」

「お宝、ですか。前向きというか何というか」桃沢瞳がハンドルを握りながら、ぼそっと言うのが聞こえた。

「馬鹿《ばか》にしてんのか」「していません」

井ノ原悠が冷静な口ぶりで推しはかってみせた。「自衛隊病院への収容っていうのは、たぶん、村上病患者が発生した場合の段取りなんだろう。法定伝染病の、規定オペレーションというか」

「ちょっと待てよ、じゃあ、病院の奴らは、俺が村上病だと信じてたってことか？　どういう誤診だよ。ヤブもいいところじゃねえか」

「偽装を知ってるのは、きっと少数だ」

「少数の、しかも偉い人ね」今度は桃沢瞳が推理してみせる。「症状がなければばれるから、発熱くらいはするように薬を打たれたと思う」

「マジかよ」相葉時之は頭を抱えるポーズになる。

「助け出してこっちの車に乗せた時、おまえが熱っぽいから、失敗したと思った。本当に村上病だったのかよ、ってな。感染するから、置いてこようと思った」「失敗とか言うなよ」「ただ、彼女は落ち着いていて、解熱剤と、あとはアレルギー反応を人為的に起こされている可能性がある、っていくつか薬を飲ましてくれた」

「まったく覚えてねえよ。で、今、どうして山形に向かってるんだよ。俺の実家がやばい、とかそういうのはなしにしてくれよ」さっき夢で見たイメージが、たちまち脳裏で再生される。

「なあ相葉、大丈夫なのか？」

「何がだよ」

「おまえ、いろいろ困ってんだろ」

「ああ、そうだよ」

「金か？」

「前にも言ったろ、今月中に金がいるって。月末までにまとまった金を払わねえと、実家が解体されちまうんだ。更地にされて、知らねえやつの家が建っちまう」

「嘘だろ、だってあの店、おまえのお母さんが」井ノ原悠が眉根を寄せて訊いてくる。

「なにがあった。車の借金くらいでそこまで行かないだろ」

「いろいろあってな。ま、いいじゃねえか。そういうおまえだって、金に困ってんだろ」

井ノ原は目をそらし、鼻を鳴らした。「正直、楽な暮らしはしていない」明らかに図星を指された顔をしている。「いや、それより、おまえのお母さんはさ」

「うちのことはいいじゃねえか。俺もババアも馬鹿なだけなんだから」

井ノ原悠は呆《あき》れ顔になり、一瞬固まるも、平静な口調で応じた。「相葉、おまえってつくづく愛想がないな。おまえは話すの嫌みたいだけど、俺は今、小学校の頃のことを思い出していたんだ。家に行っておまえを呼ぶとさ、お母さんが出てきて、『いつも時之と一緒に遊んでくれてありがとうね』って。俺なんかにわざわざ言いにくるんだよ」

相葉時之は虚を衝《つ》かれて、胸に痛みを覚える。「何だよそれ」

生まれてからずっと、母親に心配をかけなかった時期はない。そしてこの歳《とし》になり、あろうことか、彼女の人生から最も大事なものを消し去ろうとしている。そんな息子に対しての、母親の思いがあらためてぐさりぐさりと突き刺さってくる。

「あの時は、相葉の母親が何で礼を言うのか分からなかった。ただ、自分が親になったら、少し分かるようになった」

「そりゃ結構な話じゃねえか」相葉時之が茶々を入れても、井ノ原悠は気にせずつづきを述べた。「子供が平和に元気で生活できることに、感謝したくなる。子供に友達がいる、ってことはありがたいことに思えるんだよ。ほら、あれも覚えてるぞ」

「何だよ」

「うちの小学校、八月の花笠《はながさ》まつりの準備で、夏休み前になると朝から霞城《かじよう》公園に集まって、ほかの学校と合同練習していただろ」

「あれ、今でもやってるらしいぜ。ちょうど今頃だろ。それがどうかしたのかよ」

「俺、五年の時だったか間違えて、いつも通り学校に行っちゃった時があったんだよ。通学路に誰もいないからおかしいとは思ったけれど。そうしたらおまえのお母さんが通りかかって、自転車の後ろに乗せてくれてさ」

「初耳だ。つうかそんな昔話はどうでもいいだろうが」相葉時之は乱暴に言わずにいられない。「井ノ原、おまえの親はどうしてるんだよ」

「俺は歳をとってからの子だったからな。二人とも数年前に死んでる」あっさりと答えるため、相葉時之には余計に重く感じられた。

車内の空気が重苦しくなるのを回避しようとするかのように、井ノ原悠がすぐに、「そういや相葉」と呼びかけてきた。

「何だよ」

「おまえ、小学生の頃、『俺がプロになったら、おまえたちの欲しい物を買ってやる』と言っていたよな」

嫌味や皮肉のニュアンスよりも、懐かしさのほうが滲《にじ》んでいた。

「プロになったら、だろ。なってたら、買ってやったし、俺ももっと楽にトランザム乗ってたわ」相葉時之は、脱力を覚えながら両手を後頭部で組む。「子供の頃の夢なんてのは、たいてい叶《かな》わねえ。プロ野球選手にはなれねえし、東京の高層マンションには住めねえし、プール一杯のフルーチェも食えねえ」

「それ、夢のレベルがいろいろ混ざってるから」思い出話に入ってこれずにいた桃沢瞳がようやく口を開き、指摘した。

「でもな、相葉、叶うこともあるぞ」

「子供の頃の夢がか？　どうせ、一部の才能あるスポーツ選手は、とか言うんだろうが」

「違う、俺たちもだ」

「村上病患者になりたかった、とか言うんじゃねえだろうな」

「違う。レッドに会えるかもしれない」

「レッド？」

「サンダーボルトのレッド」

「何じゃそりゃ、井ノ原、馬鹿にしてんのか」相葉時之は身を乗り出し、助手席に座る旧友の両肩を後ろからつかみ、揺すりかけたがそこで、運転席から短い言葉が飛んでくる。「検問かも」

前を見れば、緩やかに右方向へ湾曲した一本道で、赤のブレーキランプが連なっていた。

作並《さくなみ》街道とは、仙台と山形を繋《つな》ぐ国道48号を指すが、途中で、岩手から伸びてくる国道457号と合流し、六キロほど重複する。国道457号は一直線には南北を突き抜けられないため、その区間だけ国道48号を貸してもらうような、上空から見るとあみだくじのような道筋になっている。あみだくじの縦線が457号で、横線が48号だ。

今、相葉時之たちの車が走っているのは、その横線の部分であり、七、八キロ先に行くと、457号が左に折れる、つまり、あみだくじの縦方向に分岐する地点になる。

検問はその手前で行われているようだった。

相葉時之は、助手席と運転席の間に設置されたカーナビの画面を眺めた。上愛子《かみあやし》小学校が右前方に見える。

事件でもあったのか？　相葉時之は口にしかけたが、やめた。あったも何も自分たちが当事者なのだ。朦朧《もうろう》としていたため、はっきりと覚えてはいないものの、運ばれている途中で爆発音や振動があった。村上病患者として報道されていた、という話からしても、自分たちが大事に巻き込まれているのは分かる。

「やべえじゃねえかよ」

「相葉、後ろに行け」

「後ろ？　降りろってことか？」「いや、トランクのほうだよ。座席の後ろにスペースがあるだろ。そっちに隠れてくれ」

首を捻れば確かに、トランクスペースがある。特に荷物はなく、綺麗《きれい》なものだった。

「後ろから開けられたら丸見えだけどな」

「祈るしかない」

「あのな、言いたかねえが警察ってのはそういう情報がすげえんだろ？　Nシステムだとか、ナンバーだとか、全部、回ってるんだろうが」

先には警察がいて、一台ずつチェックを行っているのだろう。車は進んでは停車、進んでは停車、を繰り返した。

「というよりも、よくここまで無事に走ってこられたよな。そのことのほうが凄《すご》くねえか？　よっぽど裏道を選んできたのか」

「それがちょっと引っ掛かるところなんだよね」桃沢瞳が速度を落としはじめ、背もたれに寄りかかる。

「何、暢気《のんき》に言ってんだよ」

「いいか、相葉、警察は今、緊急配備を敷いて、全力で犯人を追っている」

「犯人ってのは、俺たちのことか」

「そうなるな。でも実際に、宮城の萩大通りで救急車を襲ったのは例の外国人、銀髪の怪人だけどな」

「嘘だろ」「何がだ」

「あいつが襲ってきたのかよ」

「おまえは寝ていただけだから知らないのか」

「寝ていただけ、とか言うなよ、だけ、とかよ」

「襲った銀髪の怪人が、寝ているおまえに口づけをしているところを、俺が助けて、連れてきたんだ」

「モテる男はつらい」

「警察のほうでは銀髪の怪人と、横からおまえを攫《さら》った俺たちとを区別はできていないんだろう」

「何で分かる」

「警察の検問配置を通達する速報を見たからだ」

「そんなもんどこで見たんだ。ネットか」

「パソコンで調べたんだ。警察で緊急会議を開いたんだろうな。資料をコピーしてくれた」

「そのコピーが、おまえのところにも回ってきたとでも言うのかよ」

「そんなところだ」井ノ原悠は早口になる。「相葉、とにかく後ろに隠れろ」

「隠れたところで、見つかる時は見つかるぞ。どんな手配書が回ってるのか知らねえが」

「警察が追っているのは、四十代の男だ。そいつが一人で、白のランドクルーザーに村上病感染者を乗せて、逃げ回っているらしい。そういう情報が警察内では飛び交っている」

「見当違いもいいところじゃねえか。日本の警察は大丈夫なのかよ」

「たぶん、誰かが偽《にせ》情報を流しているんだ。逃走車両に関しては、Nシステムの情報に細工して、さも、ランドクルーザーが現場から逃げたように見せかけているんじゃないか」

「おい井ノ原、おまえいつから、そんな技を」「俺ではない」「誰だよ」

「そんなのわかるか。俺たちが知ってるなかじゃ、あいつくらいしかいないんじゃないか」井ノ原悠がみなまで言わぬうちに、相葉時之にも察しがつく。あのハイテク魔神、銀髪の怪人だ。

ええやつに目えつけられちまったもんだ、などとぶつぶつ言うと、体を寝かせ、高跳びのベリーロールじみた体勢で、後部座席を跨ぎ、その後ろのトランク部に寝転がった。「ここで隠れてて、見つからねえのか?」

「分からない。ただ、警察のつかんでいる偽情報からすれば、俺と桃沢さんとポンセの組み合わせだったら、怪しまれない可能性が高い」

車が停止した。検問を受ける直前まで来たのだ。相葉時之は縮めた体を最大限に平たくしたまま、隠れる。恐る恐る後部ドアの窓を確認した。スモークがかっているが透き通っては見える。

「上に被《かぶ》せるものはねえのかよ。ガラスに顔を近づけられたら、ばれるぞ。あとは、懐中電灯とかで照らされたらだな」

と、言いかけた時にはドアウィンドーが開く音がした。運転席側の窓が開けられた。警察官がすぐそこに立っているのだ。

相葉時之は、できるだけ背景に馴染《なじ》むようにと俯《うつぶ》せになる。というのも、肌の色は明るくて目立つのではないかと危惧《きぐ》し、顔面を隠すためだったが、舞った埃《ほこり》が顔中につく。

運転席の桃沢瞳が、警官とやり取りをしているようだった。場所が悪いのか、具体的な内容まではよく聞き取れない。耳の位置をずらして調整してみる。

本当にまずい事態、たとえばトランクを開けるために警官が後方に移動しはじめたら、井ノ原悠が合図を出すはずだ。それまではじっとしているほかない。

それから相葉時之は、井ノ原悠の言っていた、「レッドに会える」という話について思いめぐらせていた。

レッドとは、あの、サンダーレッドに違いない。

どこで会えるというのか。

ああ、と思い当たるものはあった。サンセット劇場で支配人に、オークションを使った取引で、赤木駿《しゅん》と接触する作戦について依頼していたではないか。

あれが、結果を出したのか。

助手席の井ノ原悠が後方に向かい、「ポンセ、大人しくしてろよ」とひときわ大きな声を出すのが聞こえた。犬に言い聞かせているようにしか聞こえなかったが、実際は、さらに後ろにいる自分宛《あ》ての呼びかけだと相葉時之は把握した。

もしこのドアが開けられたら、どうする？　飛び出すべきだろうか。警官の一人や二人なら突き飛ばせるかもしれないが、こんな状況では多勢に無勢だ。呆気《あっけ》なく取り押さえられ、パトカーに入れられておしまい。次こそは、本当の村上病に感染させられるのではないかと想像したところで、肌が粟立《あわだ》つ。懐中電灯の光らしきものも、ちらちらと横目に見えた。覗《のぞ》かれ、照らされ、夜に自分の体が浮かび上がる場面を思い、ぞっとした。

ポンセが吠《ほ》えたのはその時だ。

管楽器とも打楽器ともつかない、短い弾む音を数回、車内で発した。「いい加減長《なげ》えぞこら」と検問に文句でもつけているかのようだ。ポンセは、運転席のほうにまで体を伸ばしているのか、「あとちょっとだから大人しくしてろ」と井ノ原悠にたしなめられている。「どうも車が停まっちゃうと、苛々《いらいら》するみたいで」という、警官への言い訳がましい説明も聞こえてくる。

「今から秋保《あきう》温泉に宿泊なの。遅くなっちゃって」と桃沢瞳が快活に答える声も耳に届いた。なかなかの芝居だ。「こんなに何台も調べるの大変ね。犯人、早く捕まるといいけど」

　ウィンドーが閉まる音が続き、車が発進した。相葉時之はすぐに起き上がりたいのを我慢した。そろそろいいか、と訊ねることも危険に思え、できない。

　こちらの気持ちを察してか、「相葉、もう十数えたら、起きていいぞ」と井ノ原悠が言ってくる。よし、と相葉時之は早口言葉さながらに、一から十までを発声し、体を起こした。後部座席にまた座り直す。

　車は徐々に加速し、そして信号のところで左折した。作並街道を外れ、国道４５７号の進む南西方向に向かう。ほとんどの車は直進であったから、相葉たちの車だけがあみだくじを下ったような形になった。

　ポンセ助かったぜ、と相葉時之が声をかけたが、ふん、とカーリー犬は顔を背けた。

「それで」相葉時之は体についた埃を払った後で、そうするとカーリー犬が不快そうに睨んできたが、気にせず続ける。「ようするに、赤木駿が落札したってわけか」

「そういうことだ」

「とんとん拍子だな。で、どこにレッドはいるんだよ」

「オークションの取引相手は、商品の配送先をこの先のガソリンスタンドに指定してきたらしい」井ノ原悠はカーナビを指差す。「さっきの検問で警察がナビの目的地を見てくるんじゃないか、と緊張したけど」

「ガソリンスタンド？　自宅住所じゃなくて、か」

「知り合いの店とか、そういうところじゃないのか？　出品者に、自宅住所を教える気持ちになれないんだろう。何しろ、サンダーレッドなんだから、サンダーボルトグッズを出品したマニアには警戒もするだろうし。だから、仮の、私書箱がわりなのかもしれない。どっちにしても、そこに行けば、レッドに連絡が取れる可能性が高いってことだ」

「落札者の氏名は？　赤木だったのか？」「佐藤はじめさん」「偽名っぽいと言えば偽名っぽいな」「もしくは、本名かも。赤木駿は芸名だろうし。とにかく、おまえが寝ている間に、その取引内容をメールしてもらったんだ。今からそこへ向かう」

「あの支配人のおっさん、わざわざ連絡してくれたのか。義理堅いな、ケンタは」

「連絡をくれたのは、支配人じゃなくて」井ノ原悠の声が弾む。「れい子さんのほうだったけれど」

「れい子さんって誰だ。その美人そうな女は」ここでまた見知らぬ人物が登場してくるのではないか、と相葉時之は胸の中で、警戒の紐《ひも》をぎゅっと締めかかる。

「支配人の母親、あのおばあちゃんだ。オークションはいつも、れい子さんがやっているんだと」


夜のアスファルトは真っ黒だったが、ヘッドライトでうっすらと白く浮かぶ心許《こころもと》ない中央線のおかげで、かろうじて片側一車線ずつを確保されている。その国道４５７号を、ひたすら真《ま》っ直《す》ぐ進んだ。周囲を里山に囲まれるのが、影の濃淡で分かる。民家がちらほらと並ぶ中を緩やかに、右へ左へと曲がりながら、道は伸びていた。ガードレールが時折ヘッドライトを反射し、見える。

秋保温泉の看板が目に入った。

「井ノ原、おまえ、風呂《ふろ》入ってねえだろ。温泉に寄って行こうぜ」相葉時之は声をかける。

「風呂に入っていないのは、おまえもだろ」

「桃子ちゃんも一緒に温泉行こうぜ」

「桃沢だけど」運転席からはすげない返事が戻ってくる。

「井ノ原、彼女はどうも当たりがきついけど、おまえが機嫌を損ねたのか?」

「おまえが起きるまでは、いい人だったぞ」

「ついてねえな。ぎりぎり間に合わなかったりか」

「まったくどこまで本気で言ってるのか分からない人だね」桃沢瞳が嘆き、「そらこっちの台詞だわ」と相葉時之が言い返した時、井ノ原悠が、「そこだ」と声を弾ませた。身を乗り出し、指を突き出している。

　左手にガソリンスタンドの看板があった。民家の並んでいる列に紛れ込むような形で、ふいに出現した気配だった。

「セルフのスタンドみたいだ」井ノ原悠が窓から見上げる形で外を見て、看板の文字を読んだ。「電気が点《つ》いているってことはまだ営業中なのか?」

　敷地は広く、その規模はこの道の幅、交通量からすると、あまりにアンバランスに見えたため、相葉時之はそのことを疑問として口にした。

「意外に需要があるのかもしれないぞ」井ノ原悠はあたりを見回しながらつづけた。

「ここは確か、採石場の近くだからダンプカーが多いんだよ。貨物トラックもよく通るしな」

桃沢瞳は、給油機の並ぶエリアをゆっくりと走らせる。敷地に入って左手に、事務所の建物がある。どこかがらんとした印象の建物だからか、「本当にやっているのかな」と井ノ原悠がぼそっと洩《も》らした。

まずは給油、とそれについては三人の意見は一致し、給油機に車を近づける。「俺がやるよ」と井ノ原悠が外に出ると、相葉時之も降りてきた。

「相葉、俺一人で大丈夫だぞ。休んでろよ」

「狭い車内にいて、体が固まっちまってんだよ。やっぱり、外は気持ちいいな」

手順に従い、井ノ原悠がノズルを持つ。車体の給油口を開けるために、運転席の桃沢瞳が少し手こずった。

車の後方から、ぬっと影が見えたかと思えば、やる気がなさそうな長い茶髪の若者が立っており、相葉時之は身構えたが、「いらっしゃいませ」と挨拶《あいさつ》をしてきたことから、店員だと判明する。明らかに気怠《けだる》そうで、おそらく先ほどまで事務所で眠っていたのではないか、と想像できた。それでも客が来れば起きてくるのだから立派だ、と相葉時之は感心しそうになる。

セルフサービスのやり方が分かっていれば、店員の仕事はほとんどない。点検はいかがでしょうか、であるとか、カードを作りませんか、であるとかそういった呼びかけをすることもせず、欠伸《あくび》まじりに立っている。

「あ、あの、このお店で佐藤さんってご存知ですか？」ノズルを差し込みながら、井ノ原悠が訊ねた。「佐藤はじめ、さん」

「佐藤？」店員は首を傾《かし》げた。「ああ、佐藤さんのことすか」

「佐藤って最初から言ってるじゃねえか」相葉時之がすぐさま指摘すると、若者は顔を強張《こわば》らせる。

「何、むっとしてんだよ」

「してないすよ。佐藤さん、ここの店員すよ。暗いおっさん」

井ノ原悠が、相葉時之を見た。レッドがここで働いている？　改めて、片側一車線の狭い道路沿いにある寂れたこのガソリンスタンドを見渡す。ここで働いていることが意外とは感じなかった。落胆もない。

「佐藤さんって、赤木駿？」相葉時之は遠回りせずに問いかける。

「はあ？　赤木って誰すか」

スマートフォンにサンダーレッド時代の赤木駿の顔写真を表示させ、直接ではないものの、首実検でもしようかと相葉時之は思う。が、おそらく年を食って容貌《ようぼう》が変わっているに違いないため、無駄だと判断した。「おい、その佐藤はじめ、呼んでくれよ」

「呼ぶって、佐藤さんを？」

「バイト仲間の連絡網とかあるんだろ。急用だから、至急、来てくれねえかって」

「何でまた。俺、十時になったら店閉めて、帰るんすから」

腕時計を見れば、あと三十分ほどあることが分かる。

「いいから、早くしろ。じゃねえと」相葉時之が脅し文句を続けようとしたところ、井ノ原悠が横から、「頼むよ」と穏やかな言葉を差し込んだ。良い警官と悪い警官の連携みたいだ。

「何て説明すればいいんすか」

相葉時之は、井ノ原悠をもう一度見て、「ファンが来てる、とか？」と肩をすくめる。

「それだとむしろ、警戒して、来ないかもしれない」井ノ原悠は言うと、店員に向き直った。「あの事件は濡《ぬ》れ衣《ぎぬ》だと分かりました、と伝えてほしい」

「濡れ衣？」相葉時之は、ああそうかと気づく。ロリコンレッドの汚名のことだ。

「よくわかんないけど、それ伝えたとしてもこんな時間に、佐藤さん来ないと思います よ」店員は不服そうではあったが、「まあ、電話しますけど」と言った。「佐藤さん、メールとかリアルタイムじゃ読まないんで、めんどくさいんすよねえ」と事務所に歩いていく。

「渋々でも、こんな変な頼みごとを受けてくれるんだから、性格いいやつだよな」井ノ原悠は苦笑まじりに言った。

相葉時之は運転席側にまわり、ノックし、桃沢瞳に窓を開けさせる。「そっちはどう？」

そこで初めて、真正面から桃沢瞳を見ることになったが、大きな目とシャープな輪郭に、相葉時之は「へえ」と漏らした。「桃子ちゃん、綺麗《きれい》な顔立ちしてんじゃん」

映画を観た子供の感想さながらの、真っ直ぐで素朴な表現をぶつけられ、桃沢瞳はさすがにうろたえていたが、すぐに、「褒められても困るけれど。それで状況はどうなってるの」と聞き返してきた。

「は？　褒めてなんかねえけど」「じゃあなんなのよ」「率直な感想ってやつだ」

相葉時之は、ここの店員に今、佐藤はじめに連絡を取ってもらっているところだから、もうちょい待機だ、と説明した。後部座席を見やると、カーリー犬は体を丸め、目を閉じている。

給油機のもとへ戻り、相葉時之は井ノ原に話しかけた。「それにしても、静かだな、このあたりは」

「おまえが働いている、天童温泉のバッティングセンターもこんな感じのところだったんじゃなかったか」

言われてみれば、確かに、里山や果樹園の中を通る沿道の風景や施設は似ていた。

「井ノ原、思ったけどな、さっきの話からすると、俺たちが検問に引っかからないで済んでるのは、警察の情報が錯綜《さくそう》してるからなんだろ」

「あくまで想像だけどな。Nシステムを含めて、たぶん、情報の操作みたいなことがされている気がする。そんなこと、実際に可能なのかどうかはわからないけど、そうとしか思えないことばかりだからな」

「やっぱり、そんなことするのは、銀髪の怪人しかいねえか。あの滅茶苦茶な行動ぶりからして、あいつ絡《がら》みって考えるのが自然だもんな。でも、あいつ自身は何のメリットがあって、そんなことやってるんだ」

給油機が停止する音がした。メーターが止まり、井ノ原悠はノズルを引き抜く。「給油口、閉めてもらっていいか？」

相葉時之は給油キャップをつかむと、給油口に宛《あ》てがい、回した。小気味良い音が鳴り、閉まる。蓋《ふた》をする。井ノ原悠はホースを回し、ノズルを戻した。つづいて出てくる釣銭を財布にしまう。

「何の話だったっけ」井ノ原悠が言ったところ、事務所から先ほどの店員がのそのそと歩いてきた。「あ、佐藤さん、つかまりました」

「どうだって」

「はじめはすぐに電話切りそうだったんすけど、濡れ衣がどうこう言ってます、って話したら、すぐに来るっつってました」

「井ノ原、おまえの読み通りってことか」

「まさか会える日が来るとはな」

静けさのなかで車の音が響いてきて、相葉時之は井ノ原悠と並んで立ったまま、そちらの方角に目をやった。少し離れた信号機の前で停まっている車が、エンジンをかけ直した音らしかった。夜目遠目《よめとおめ》には、点灯しているヘッドライトだけが見えた。信号は間もなく青に変わり、ドアが閉まったような音が聞こえたあと、路面を照らす光も動き出す。車はこのガソリンスタンドに向かってきているようだ。

「レッドの車か？」井ノ原悠が言い、「ずいぶん早いな」と相葉時之は答え、それからふっと息を洩らす。

「何で笑ってんだよ」

「いや、自分が緊張してるから可笑《おか》しくてな。いい年してるっつうのに、子供の頃のヒーローに会うってだけで。しかも、野球選手とかならまだしも」

「テレビ番組の中のヒーローだもんな」井ノ原悠も苦笑した。

やってくる車の音は、トラックやダンプのものとは違った。だんだんと近づいてくるが、路上にロウソクが立っているとすれば、それを息で丁寧に吹き消しながら接近するかのような、滑らかさを感じさせた。一方、相葉時之の体内では、車の音の高まりにともない、鼓動が速くなりはじめている。いよいよ、あのレッドとの邂逅《かいこう》の時だ、と緊張した。

「佐藤さん、ハイブリッドカーに乗っているの？」井ノ原悠が問うと店員は、「いつもは自転車っすよ。専用の」と答える。

「専用？」

「ほら佐藤さんって右足引き摺《ず》ってるじゃないですか」「知らないけど」「だから、ペダル漕《こ》ぎやすいようにちょっと改造してるんすよ」

へえ、と井ノ原悠は言う。

「井ノ原、そういやさっきの話だが、メカゴジラ野郎はいったいなに企《たくら》んでんだ」

「あいつの考えてることなんて分からないけどな、もしもこんなことが可能なら」

「可能なら？」

「警察には見当はずれな追跡をしてもらって、その間に、自分が獲物を捕らえる。そのために、Ｎシステムを混乱させる」

「獲物ってのは」

「相葉、俺たちのことだ」

やってきたのは、黒いトヨタ・プリウスのタクシーだった。依然としてロウソクを吹き消すような滑らかさで、右手の方向から近づいてくる。

「佐藤さんが相葉時之がぼそっと言うと店員が、「佐藤さんが
タクシーって珍しいですね」と呟《つぶや》き、その直後、プリウスがすっとガソリンスタンドの敷地内に入ってきた。

タイヤではなく、橇《そり》で滑るかのような光景に見えたのは、速度を落とす気配がまったくなかったからだろう。

相葉たちは、躊躇《ためら》いなく進入してきた黒い車両をただ眺めているほかなかった。

まじか、と声を上げる余裕もない。

重い衝突音が響き渡った。

減速もせず、目の前を素通りしていったタクシーが、ガソリンスタンドの隅に積まれていたタイヤの山に激突し、一本背負いでも受けたかのようにひっくり返った。関節が折れた腕さながらにドアが開くと、そこからひとりの人間が転がり出てくる。生きているかどうかは定かでないが、口から大量の泡を吹いていて、意識はない様子だ。相葉時之が、「おいおい」と呟くと、隣の井ノ原悠が反対側を見ながら、「おい、あれ」と促してくる。

タクシーがやってきた方角に、ゆっくりと歩いて近寄ってきている大男の人影がある。信号機の前で、ひとり降りていたらしい。

ガソリンスタンドの敷地内にあらわれ、明かりを身に受け影を脱いだその男は、夏だ

というのにトレンチコートを着て、片手には日本刀を握っている。そしてもういっぽうの手で取り出したスマートフォンに、なにやら英語で話しかけている。

「なんてこった」相葉時之は呆然《ぼうぜん》となり、嘆声を漏らしてしまう。

銀髪の怪人がこちらを睨みつけ、何事か要求をはじめようとしていた。


転倒した車のエンジンは止まっておらず、その音が井ノ原悠の脈動をさらに激しくする。タクシーのヘッドライトは光ったままで、壁を照らしつづけていた。

井ノ原悠は歯を食いしばり、意識を保つ。慌《あわ》ててしまったらおしまいだと思った。膝《ひざ》が震えているのに気づき、力を入れる。

「どうなってんだよ」相葉時之が言ってくる。上擦ってはいたが、声が出ないほどではないようだ。横にいたはずの茶色い髪の店員は、口をあんぐりの状態でその場にへたり込む。

「見れば分かるだろ。感動の再会だ」

「何で、ここにいるのがこいつに分かったんだ。あのスマホは電源入れてねえぞ」

「これで確信した。あいつはやっぱり警察情報をいじれるんだ。きっとこっちの車のナンバーから調べ出したんだろうな」警察情報にデマを流せるくらいならば、Nシステムを利用することだって造作ないだろう。

「おっさん、そんな武器で、俺たち二人を相手にできると思ってんのかよ」明らかに相葉時之は強がっていた。刀が、「そんな武器」に該当するとは思えない。

銀髪の怪人、井ノ原悠と相葉時之の立つ位置で、三角形を描くかのようだった。

「相葉、気をつけろよ。おまえを助けたとき、警察か誰かが首を斬《き》られている」

「気をつけてどうこうできるものとは思えねえけどな」

井ノ原悠は、敵が向かって来たら、左右のどちらにでも逃げられるように、と少し腰を沈める。

「真剣白刃取りのブロックサインはなかったよな」相葉時之の軽口は、余裕がないからこその、緊張の空気に風穴を空けるためのものなのだろう。

銀髪の怪人は無表情で、生まれてこの方、汗などかいたことがない、といった冷めきった表情をしている。

「まだあなたは調達ショップのスマートフォンを持っていますか」

場違いな、機械の発する音声が聞こえた。銀髪の怪人がスマートフォンを掲げている。音声通訳アプリを使っているのだ。

「まあそうくるよな、こっちがあのスマホ持ってるかぎりは」相葉時之が吐き捨てる。

「しかしこうまでしつこいと、こんなもんに関わっちまったのがそもそも失敗だった気がしてくるわ、クソッタレが」

「相葉」井ノ原悠は言う。

「何だ」

「打たれたヒットは気にするな」それは少年野球の際、打たれたことや、審判の気に食わない判定をいつまでも引き摺り、自滅的になる相葉時之をたしなめるためにコーチがよく言った台詞だ。

「そう言われると、誤審ばっかりされてたこと思い出すわ。今だって変わってねえがな」

「審判のせいにするな」

井ノ原悠は、銀髪の怪人との距離を維持したまま円を描くように左側へ慎重に動く。これからなにを行うにしても、相葉時之と離れた場所から仕掛けるべきだと判断した。

「まだあなたは調達ショップのスマートフォンを持っていますか」銀髪の怪人のスマートフォンがもう一度、繰り返した。

「うるせえな、持ってるよ」相葉時之が、まどろっこしいことは抜きだとでもいうように、尻《しり》ポケットから即座にスマートフォンを取り出した。「こいつを渡せばいいんだろ、そうすりゃもう、俺たちは関係ねえ」

いいのかよ、と井ノ原悠は訊きたくなる。それを手に入れたなら、銀髪の怪人は、はいありがとう、とばかりにここにいる全員を始末するのではないか。そして自分たち自身からすれば、宝の地図を失うことを意味するのだ。

「あなたはスマートフォンを置き、そこから離れてください」音声通訳アプリが言う。

これはいったい、どこの前衛芸術の舞台なのか、と井ノ原悠は苦笑したくなる。市街地から離れた、閑寂な夜のガソリンスタンドで、タクシーが転倒し、運転手が泡を吹き出して絶命しているように見える上に、日本刀を持った外国人がスマホに通訳させ、機械音声で話しかけてきている。自分の巻き込まれている現実とは思えなかった。

目の前の男は確かに恐ろしかった。日本刀を構え、それは脅しではなく、自分たちを斬り殺すためなのだ。切断された頭部が頭を掠《かす》める。

さらに息子と妻のことを考えた。ここで俺が命を落としたら、あの二人はどうすればいいのか。

「ただ、教えてくれよ。これはいったい何の地図なんだよ」腰を屈《かが》め、スマートフォンを地面に置きかける恰好《かっこう》になりながら、相葉時之が聞き出そうとしていた。

銀髪の怪人は瞬《まばた》きすらせず、相変わらず冷めた顔つきをしている。それは相葉時之の話す日本語を理解できないせいかもしれないが、自らのスマートフォンに言葉を吹き込み、またこちらに向ける一連の動作に淀《よど》みはなかった。

「あなたたちはゴシキヌマ水を持っていません。調達ショップのスマートフォンを渡しなさい」

「その前に教えてくれ。ゴシキヌマ水を何に使うんだよ。というかそれは、お宝なのか？」相葉時之の問いかけは切実なものに、井ノ原悠には感じられる。

「ゴシキヌマ水は今、ここにあるのですか」

「先に答えろ、水は高く売れるのか」そう投げた相葉時之の言葉を、銀髪の怪人はスマートフォンで解読したのか、「もちろんです」と返してきた。

相葉時之が横目で見てきたのを井ノ原悠は察知する。

「ゴシキヌマ水なら、ある。水はある」相葉時之は、相手に伝えるために最小限の、はっきりとした単語を口にした。「ある、というか、俺たちならその水を持ってこられる」

「あなたたちが、ゴシキヌマ水を持ってくるのですか」銀髪の怪人のスマートフォンは続けて、そう問うてきた。

持ってくる？　五色沼から汲《く》んでくるということなのか？　井ノ原悠は頭を働かせるが、だからと言って状況は飲み込めない。

「俺たちは必ず持ってくる」相葉時之が力強く答えた。いったいどんな顔をして言ってるのかと横顔を見れば、意味ありげに井ノ原悠に目配せをしている。

何かやる気なのは伝わってくるが、その内容が分からない。

最初に動いたのは、すでにその場で呆然自失となり、うずくまる置物と化していた、ガソリンスタンドの店員だった。ショックで切れていた電源が不意に入ったのか、動転しながらも四つん這《ば》いで事務所へ向かっている。遅々たる進みだったが幸い、遅々たるがために目立たない。井ノ原悠が気づいた時には、事務所のかなり近くにまで辿《たど》り着いており、手を前に伸ばしている。

が、逃げ切れない。

銀髪の怪人のまなざしはほとんど動いていなかったが、視野の広い防犯カメラが異変を感知したかの如《ごと》く、急に体を左九十度に反転させると日本刀を口にくわえ、その手をトレンチコートの中に入れてプラスチックカッターを取り出し、刃をかちかちと伸ばす音をさせたかと思うとすぐに、肘《ひじ》を振った。直後、店員の頭のわずか左、一〇センチといったところを通過し、事務所脇の植木鉢にカッターが突き刺さる。

店員は慄《おのの》き、萎縮《いしゆく》し、動かなくなる。

二つ目のカッターが登場する。今度はスマートフォンをポケットにしまったので、右手に日本刀、左手にプラスチックカッターという構えだ。

銀髪の怪人は無表情のまま、ダーツの二投目に入ったかのような素振りで肘を曲げ、取り出したカッターを掲げた。店員に刺さる！　井ノ原悠は全身から汗が蒸発する感覚に襲われたが、咄嗟に動けない。ばかりか、恐怖に耐え切れず、目を一瞬ではあるが閉じた。

騒がしい音がする。

瞼《まぶた》を開けると銀髪の怪人がよろめいていた。

カーリー犬が飛びかかっている。いつの間に車から降りたのかと、トヨタ・アクアのほうを見れば、運転席のドアが開いていて、桃沢瞳が駆け出す寸前の恰好で立ち止まっている。勇ましいにもほどがあるが、どうやら彼女がまず、銀髪の怪人に不意打ちを仕掛けようとしたらしい。そこで我らが名犬のほうが先陣切って飛び出して、襲いかかったのだ。

「ポンセ！」

その隙《すき》に、店員が事務所の中に逃げ込んだ。

不意打ちの効果はそう長続きしない。銀髪の怪人はわずかに体を揺する程度で、カーリー犬を振り払ってしまった。マットに叩《たた》きつけられたプロレスラーのように、犬は地面に倒されて動けなくなっている。

そんななか銀髪の怪人が、両手で構えた日本刀を振りかぶるものだから、遅ればせながら井ノ原悠は地面を蹴《け》った。野球チームでの教え、「考えるより先にスタートを切れ」というあれ、だ。

どうやってポンセを守るのか、守れるのかについてアイディアなどまったくなく、目の前で犬が斬り付けられて血を噴き出すような事態だけは、目撃したくない、という一心だった。刀を振りかぶった背中に体当たりをしよう、何歩か目でそう思いついた。

　ぶつかる手前で、銀髪の怪人が鋭くこちらへ振り返ってきた。

　日本刀を体の回転に合わせ、横向きにスイングしてきたのには、さすがに万事休す、と思わずにいられなかった。時間の流れがたちまち遅く感じられてくる。斬られる体の痛みを想像し、血管が収縮し、もっといえば目の前に真っ黒の墨を撒《ま》かれたかのように、絶望を覚えた。

　救ってくれたのは、タイヤだ。

　そのタイヤは、重量級のフリスビーといった迫力で勢いよく宙を飛んできて、銀髪の怪人に激突した。

　そして間髪いれず、「おら」という掛け声とともに次なるタイヤも飛んでくる。

　どこにそんな力があったのか、相葉時之がタイヤの山へと走り、ふたつほど抱えて近くまで運ぶと、それらを立てつづけに放り投げてきたのだ。

　しかもそこまでは、第一段階だった。相葉時之は、二段目の攻撃も用意していた。

二発目のタイヤを避《よ》けるべく、後ろへ退いた銀髪の怪人が、日本刀を持つ手を下げた隙を狙《ねら》ったのか、相葉時之は全身で跳躍した。「アジアなめんじゃねえぞ」などと雄叫《おたけ》びを発し、飛び蹴りを食らわせた。銀髪の怪人が、それすらかわす動作をとったため肩を蹴る形となり、痛手を負わせるまでは至らなかったが、体勢を崩すことはできた。

そのときすでに、カーリー犬は起き上がって場所を移っていた。トヨタ・アクアの傍《かたわ》らにいる桃沢瞳に寄り添いつつ、さらなる攻撃に備えている様子だ。投げられたタイヤは地面に転がり、弧を描き、移動している。井ノ原悠はひとつ目を追いかけていた。タイヤを盾がわりにして戦えるかどうか不安はあったが、それに縋《すが》るほかない。

どうにかタイヤを両手で抱える。

小気味良い音がし、何事かと思えば、タイヤにカッターが突き刺さっていた。銀髪の怪人が左手で投げたものだ。

銀髪の怪人は、相葉時之による出し抜けなタイヤ攻撃に、少々の戸惑いを浮かべていたはずだが、落ち着きを取り戻すのも早い。

それでもここは攻撃あるのみだ。井ノ原悠は抱えたタイヤを、砲丸投げの選手よろしく、体をぐるっと回しながら放り投げた。

が、敵は日本刀の柄《つか》の先端でタイヤを受け、弾《はじ》き飛ばしてしまった。

反撃が来る、と思い、井ノ原悠は身構える。

不意に銀髪の怪人の動きが止まった。表情に変化はないものの、きょとんとしているのが伝わってきたため、いったい何が起きたのかと井ノ原悠も目をしばたたいた。

銀髪の怪人の体が濡れている、と気づいたのは少ししてからだ。

はじめは、ガソリンスタンドの明かりの反射なのかと思ったが、そうではない。銀髪の怪人の後ろ、井ノ原悠たちが使ったのとは別の給油機に人影があり、ノズルを持ったままホースごと振っているのだ。

ガソリンを背後からかけられた銀髪の怪人は目を見開き、後方に向き直ると日本刀で、ノズルを構える男に斬りかかろうとしたが、危険を察知したかのように、横に避けた。

ノズルを持つ男は別の手で、点火したオイルライターを握っていた。

その場で、火を点けて投げれば、銀髪の怪人は燃えていたはずだ。

突如あらわれた男は、両目が隠れるほどに髪が長く、スウェット上下の服装で、だらしない田舎のチンピラに映ったが、井ノ原悠にはそれが誰であるのか分かる。相葉時之も同様だっただろう。顎《あご》まわりに贅肉《ぜいにく》が窺《うかが》えるのは致し方なく、体型もスリムとは言い難かったが、小学生の頃に夢中で観たグループの、リーダーがそこにいるのは間違いなかった。

薄い赤色スウェットを着た彼は、井ノ原悠と相葉時之を交互に見やった直後、なにかを察したかのように、視線をよそへ向けた。そして「やばい」と呟くと、ホースを給油機に乱暴に戻し、銀髪の怪人の動きを追った。

ほんの瞬時のうちの出来事だった。ガソリンまみれになった銀髪の怪人が、トヨタ・アクアの横にいた桃沢瞳を羽交い絞めにしていたのだ。

桃沢瞳が押さえつけられている。

勇敢なのか無謀なのか、カーリー犬が牙《きば》を剝《む》き、銀髪の怪人に飛びかかろうとした。が、先にそのことに気づいた桃沢瞳が自由を奪われながらも、「ポンセ待って！」と叫んでぎりぎりで制止した。

「あなたたち、止まりません、すると女の首が斬れます」

銀髪の怪人のスマートフォンが発した、脅しの言葉だった。

その場にいる全員が身動きを止め、敵の出方を探り合っていた。唸《うな》り声を上げながらも、カーリー犬も勝手な行動を控えている。

井ノ原悠はトヨタ・アクアまでの距離を目で計り、それから後方の、転倒したままのタクシーを見る。

どうすればいいのか。緊張と恐怖で強張る頭を必死に動かそうとする。

「あなたたちはゴシキヌマ水を持ってきます、するとわたしは女を返します」

銀髪の怪人はスマートフォン経由で言った。それからはあっという間だった。トヨタ・アクアに桃沢瞳を押し込むと、運転席に乗り、エンジンをかけた。アクセルを思い切り踏み込んだのか、猛烈な勢いでそこから離れていった。

井ノ原悠は、相葉時之と並んだまま呆然としている。

「いったい何が起きてるんだ」

声がし、はっと見る。赤のスウェット上下の男が前髪を掻《か》き上げていた。隈《くま》のできた、寝不足気味の、暗い目がある。

「赤木さんですか」井ノ原悠は訊ねる。

「レッドかよ」

「おまえたちは、何をしてるんだ」

「見ての通り」相葉時之がガソリンスタンドをぐるりと見渡すようにした。タクシーがひっくり返り、タイヤが転がっている。「お蔵入りの、劇場版のやり直し」

「それなら」スウェット姿の男はぼんやりと左右を見やった後で、真顔のまま、「カメラはどこに」と感情のこもらぬ声で言った。

⚡

井ノ原悠と相葉時之は、とにもかくにも車に乗り、攫《さら》われた桃沢瞳を助けるために出発しようと考えた。ガソリンスタンドの店員が通勤用に使っていた三菱のピックアップトラックで、追いかけることにしたのだ。

店員は、「どうぞどうぞ、緊急事態ですから、喜んでお貸しします！」とは、もちろん言わなかった。「これ、いくらしたと思ってるんすか」「他人が事故っても保険下りないんすよ」と抗議してきたが、銀髪の怪人の騒動で手足の震えが止まらぬほど狼狽《うろた》えており、強引な客の要求を拒む力は残っていなかった。鍵《かぎ》を奪い取り、「後で返す」と相葉時之が約束すると店員は、「佐藤さん、何とかしてくださいよ」と縋るように言った。

「貸すしかないな」

「どういうことすか」

「女が連れて行かれたんだ。追いかけるには乗り物がいる。ここにある乗り物は、ひっくり返ったタクシーと、俺の乗ってきた自転車とおまえの三菱トライトンしかない。消去法で」

「消去法反対」

「うるせえな。どうせ、親に金出してもらった車だろうが。おまえにはもったいねえんだよ」相葉時之は面倒臭そうに言い放ち、事務所を出ていく。

「警察には知らせてくれてもいいけれど、車のことは黙っていてほしい。検問で停められて、車種やナンバーを照会されたらそこで終わり、あの外国人に追いつけない」井ノ原悠は言い含めるように、お願いをする。

カーリー犬は、お気に入りの女性を連れ去られて、かりかりきている様子だった。三菱トライトンの後部ドアを開いた相葉時之が、「乗れよ」と呼びかけると、「おまえが攫われちまえばよかったのによ」とでも訴えるように、吠《ほ》え返してきた。それから、ぷいと横を向き、車内には入らず、後ろの荷台に飛び乗った。相葉時之は舌打ちをする。

「井ノ原、俺が運転するぞ」

「任せる。ただ、どこへ向かえば」と答えかけたところで、事務所のほうから、赤木駿が右足を引きずり歩いてきたのが目に入る。

井ノ原悠のスマートフォンが振動した。着信がある。

発信者は、桃沢瞳だった。「相葉、桃沢さんからだ」と受話ボタンを押し、耳に当てる。予想はしていたが、聞こえてきたのは、「あなたたちはゴシキヌマ水を持ってきます」という機械音声だった。

「何て言ってる」相葉時之が眉間《みけん》に皺《しわ》を寄せ、訊《たず》ねた。

「五色沼の水を持ってこい、だと」スマートフォンを耳につけたまま、井ノ原悠は答える。

「そればっかりだな」相葉時之は苦笑いを浮かべた。「あの水が何だっていうんだよ。そんなに体にいいのか？」

「ゴシキヌマ水が、清めます」

「え？」

井ノ原悠ははっとなり、聞き返したが返事はない。銀髪の怪人は今、どこから電話をかけてきているのか。すぐ近くにトヨタ・アクアを駐車している可能性もある。どこだ？

「わかった、水を取りに行くよ」井ノ原悠は祈るように伝えた。「だから、彼女を無事に返してほしい。水と交換だ」

向こうでは、こちらの言葉を音声通訳アプリで逆に翻訳させ、聞き取っているのだろう。タイムラグがあった後で、「約束です」と言った。

恐ろしい迫力を備えた、屈強な怪人が丁寧語で返事をしてくるのは、おかしみよりも不気味さを感じさせる。

「二時間後に持ってきてください」その言葉に、井ノ原悠は即座に、「それは無理だ」と返答した。計算よりも直感だった。時間を稼ぐ必要がある。日頃の得意先との打ち合わせやり取りの中で学んだ鉄則があった。「客先から出されたスケジュールをそのまま受け入れると、大変なことになる。一度目は突き返せ」それだ。確実に間に合う、という自信がない限りはまず、少しでもその線表を長く取ることを考えなくてはいけない。

「準備するのにも時間がかかる」

また間が空く。「明日の朝です」

さらなる引き伸ばしは無理だろうか、と井ノ原悠は思いながら、恐る恐る交渉を試みるが、それ以上は相手が譲らなかった。「明日の朝、六時です」

「それなら」井ノ原悠は相手の指示を待たず、言葉を押し込むようにした。「山形だ。山形市立北小学校の校庭で待ち合わせだ」

相葉時之は驚きの色を浮かべていた。

これしかないんだ、と伝えるつもりで井ノ原悠は顎を引く。

咄嗟《とっさ》の判断だった。警察の検問や捜査網のことを考えれば、仙台市、宮城県側よりも別の地域のほうがいい。山形であれば相葉時之の土地鑑があるだろうし、今いる場所から考えても、仙台市内に帰るのとほぼ等距離だ。加えて、ほかの人間にできるだけ影響を与えないためには広い場所を指定する必要があり、頭に浮かんだのが学校の校庭で、そこから母校の名前が出た。

「その通りにします。約束しました」

音声が聞こえ、電話が切れた。

「井ノ原、どういうことになった」

「五色沼の水を持っていくしかない」そう答えた後で、小学校を指定した理由を説明する。赤木駿が横にいて、関心があるのかないのか分からぬ表情で、話を聞いていた。

「朝早いといってもな、子供が登校してきたらどうすんだよ」

「今はほら、ちょうどあれの期間だ。霞城公園での花笠踊りの」

「合同練習か」

「昔の俺みたいに間違えて学校に来るやつでもいない限り、たぶん大丈夫だ」

相葉時之は渋い顔で腕組みしている。何か不服でもあるのかと訊《き》くと、小学校のことではないと首を振った。

「水だよ水。こんだけ、どデカい騒ぎ起こしてまで、絶対に手に入れようってんだから、まったく恐れ入るじゃねえか。やっぱりな、あの水には何か効用があるんだよ」

「水が清めるだとか、言っていた」

「やっぱりか」相葉時之の目が微《かす》かながら光る。「何かあるんだよ、その水には」

「環境に優しいとかか」

「井ノ原、おまえは馬鹿《ばか》か。あのメカゴジラ2.0がエコを気にすると思うか？　こうまでして手に入れたがってるからには、物凄《ものすご》い効果があるに決まってる」

「だとするとどうなるんだ」

「御釜の水を手に入れれば、金になる。だから水を取りに行くのは、俺たちにとっても願ったり叶《かな》ったりの展開だってわけだ。あいつは別に、何リットル寄越せと言ってきてはいない。そうだろ。ボトルに汲んで来ればそれでいいわけだ」

「なるほど」

「俺たちはそれとは別に、ペットボトルとかに大量に詰めて、戻ってくる」

「それが」「金になる」

一攫千金《いっかくせんきん》による人生の一発逆転への望みが、辛うじてまだ残されていると知り、井ノ原悠は胸に光が射《さ》し込むような思いになる。

「人質とられてるってのが、きついけどな」

確かにその通りだ。桃沢瞳の救出に全力を尽くすべきであって、ほかのことは二の次でいい。が、金も手に入るのならばそれに越したことはなかった。

「でもって、例の宝の地図通りに行けば、その水を手に入れられるってことだよな」

相葉時之はすでにスマートフォンを取り出し、確認に入っていた。画面には、御釜の周辺地図が表示されており、そのなかに一本、赤く色づけされたルートがある。途中から本道をはずれたあとは山中を通り、立ち入り禁止区域内へとつづいて五色沼のところまで延びている当のルートを指差して、相葉時之は答えた。

「この赤くなってる道がそうだろ」

「おまえが持ってる宝の在《あ》り処《か》のガイドは、それだけか？」

「これだけだ」

「そのルート通りに行って、辿り着けなかったら、万事休すってことか」

「早速悲観すんじゃないっての。それよりも、この、『Year 1868』が気になるんだよ。水そのものがお宝だとすると、明治元年の財宝ってことではなさそうだし、なんなんだこれは」

「暗証番号だろうな」赤木駿が横から言った。

井ノ原悠たちは顔を上げる。「暗証？」

「進入許可の、パスコードってやつだ。禁止区域のまわりには電子柵《さく》やら赤外線センサーがあって、近づけないのは知ってるだろ。中に入れる箇所は限られているし、ゲートには暗証番号が必要ってわけだ。それがその数字だろう」

「まじかよ」相葉時之はスマートフォンの画像をまじまじと眺めている。

「それが本当なら助かったな。暗証番号のことが頭になかったらゲートではじかれて、水も汲めずに追い返されていたところだ」

井ノ原悠は、赤木駿のほうを向くと、車を指差す。「時間がありません。とにかく乗ってください」

「俺もなのか？」

子供の頃の憧《あこが》れ、正義の味方の戦隊ヒーロー、その中でもリーダーシップを発揮していたサンダーレッドが同じ車内にいることが、井ノ原悠には信じがたかった。が、信じがたい出来事ならば昨日今日、身のまわりで掃いて捨てるくらい発生し、売るほどある状況だったから、赤木駿との感動的な出会いについても、うっかり掃いて捨ててしまいそうになる。

「とにかく、まずは御釜めざすぞ。この地図だと、蔵王寺《ざおうでら》あたりまでは行っていいみたいだな。というか行けるのかよ。こんな夜に、エコーラインって通れるのか？」

宮城県から蔵王連峰を横断し、山形へ通じる道路は蔵王エコーラインと呼ばれ、御釜近くの禁止区域を望む観光エリアへ赴くにも、そのエコーラインで行く必要があった。

「冬は閉鎖されている。秋と春は夜間通行禁止。夏の今は、行ける」後部座席にいる赤木駿は、会った時から変わらぬ落ち着き払った口ぶりで、言った。

相葉時之がバックミラーをちらちらと窺っている。

国道２８６号を走行する車はそれなりにいた。井ノ原悠たちの三菱トライトンも脇道《わきみち》へそれることなく、街路灯に照らされながら走る。荷台にいるカーリー犬は体を丸めているため、目立たないのか、すれ違う車に指差されることもない。

「ところで、これがどういう状況なのか、そろそろ教えてくれないか」赤木駿が静かに訊ねてきた。「何が起きてる？　あいつは何者なんだ」

「筋骨隆々の、武器やスマホを操る巨大な殺人マシーン、その名もメカゴジラ2.0、みたいな感じです」

「日本刀を持っていた」

「『鳴神戦隊サンダーボルト』にだって、そんな怪人、出てこなかったですよね」

「頭に刀がついた怪獣は出てきたが」

そこで井ノ原悠の脳内、少年時代の記憶倉庫に突発的に配線がつながった。「ブレードビーストですね」

「ブレードビースト」相葉時之も同時だった。

表情は見えなかったが、赤木駿がきょとんとしているのは分かった。「すごいな。よく覚えてるもんだ」

「俺たちを誰だと思っているんですか」

「劇場版中止に、地球上でいちばんがっかりした子供が、この俺たちだ」

赤木駿は、「あれは、本当に悪かった」と神妙な口ぶりで言う。

「本当によ、勘弁してくれっつう話だよ」相葉時之はいつもの不良口調で、冗談じゃねえよマジで、と嘆いた。「自分たちのヒーローが幼女に手を出して、逮捕だなんてな、子供にとっちゃショックだよ」

「悪かった」

「でも濡れ衣だ。そうですよね、赤木さん」井ノ原悠は率直に問いかけた。

赤木駿は少し黙る。唾《つば》を飲み込む音すら聞こえそうだった。「どこまで知ってるんだ」

「あの劇場版はヤベえよ」相葉時之が言う。「御釜で魚が跳ねてる。そうだろ？」

ああ、と赤木駿は呻《うめ》く。短い声ではあったが、それは感慨も含んでいる。「そうか、おまえたちも知っちまったか」

「知ったっつうか、観《み》たんだ」

「観た？　劇場版を？　どうやって」

「ファンを舐《な》めるなよ」相葉時之が冗談交じりに答えたが、それでは赤木駿の混乱を悪化させるだけに思い、井ノ原悠は慌てて、サンセット劇場の支配人がＶＨＳにこっそり保存していたこと、観たのはそのビデオであることを補足した。

「あの戦闘シーンで、五色沼から魚が跳んだ。あれがやっぱり、公開中止の原因なんですね。ほんの一瞬の、あんなシーンのために」

「ああ、まあ、そうだな。あれがきっかけではある」赤木駿が答える。「もともと御釜での撮影許可は、厚生省のチェックを受け入れることが前提だったんだ。製作サイドからすれば、まずそうなカットはないと思っていたし、特に心配はしていなかった。形式的に、審査を受ければいい、と。実際、NGは出なかった。表向きは」

「表向き？」

「そう。あまりにでかい秘密は、知っている人が少ないがために、隠すのにも一苦労ってわけだ。邪魔するのにも、表立ってではなくて、こそこそ裏で動くしかない」

「分かりやすく言ってください」

「たとえば、撮影が禁止区域内で行われているだとか、そういった理由なら、厚生省として表立って、NGを出せる。ただ、それにしても、法律違反に対するペナルティを与えるか、該当部分の映像を削った上で上映させるか、そういった程度の対処だろう」

「まあ、でしょうね」

「ただ、五色沼に魚がいる、なんて話は厚生省でも知っている人間は限られてるわけだ。それを理由に、映画にNGを出すことはできない。修正依頼を出せば、どのシーンがいけないかもすぐばれる。製作サイドへの説明も難しい。一方で、どうしたってその映像は上映されたくないってのも事実だ。万が一にでも、誰かに気づかれたら大問題だからな」

「で、レッドに濡れ衣を着せる作戦に出たんですか？」

「あいつらにとっては、些細《ささい》な作戦なんだろうが、俺の人生はまるごと台無しになっちまった。回復も不可能。人間に踏み潰《つぶ》される蟻《あり》ってのは、こういう感じだろうな」

「公開中止にするのなら、監督でも映画会社のプロデューサーでも、誰でも良かったってことですか」

「いや」赤木駿は絞り出すような声を出した。「たぶん、違う。さっきも言ったが、魚のことはきっかけに過ぎない。そのことで、前々から俺が厚生省の役人とコソコソしていたから、ずっと警戒されてたんだろう。俺を陥《おとしい》れれば、映画も中止にできるから一石二鳥だ」

「厚生省の役人とコソコソ？　それって公開中止を決めた役人ですか？」

「いや、公開中止を決めたのは厚生省のたぶん、お偉いさん方だろ。俺が会っていたのは下っ端の一官僚にすぎないが、真面目《まじめ》で、使命感を持った熱い人だった。村上病に関連した仕事をしていて、前から御釜について、個人的に調べてはいた。省内でもはみ出し者というかな、厄介者だったんじゃないか」

「役立たずの役人ってことか？」

「頑張りすぎる男だったんだよ」赤木駿の言い方は、その役人を敬うようだった。

「それ」井ノ原悠はそこで、自分の記憶の中の点と、赤木駿の話が結びつく音を耳にした。「その役人、桃沢さんのお父さんですね」

「桃沢？」赤木駿が声を曇らせる。「誰だ」

「さっき、あの銀髪の怪人に連れ去られた女性です。彼女の父親が厚生省の役人でした。あ、もしかすると、苗字《みょうじ》が違うかもしれません」井ノ原悠はその可能性に気づいた。父親の死後、母方の苗字に変わったのかもしれない。父との血縁関係をなるべく伏せるためであるとか、そういった理由も考えられる。

「おいおい、桃子ちゃんの親父《おやじ》さんが、ここで出てくるのかよ」運転する相葉時之が言う。

「偶然ではないんだ。たぶん、彼女の父親と赤木さんの話が発端で、俺たちはそこにぶら下がっている」

「よく分からねえな」

「あの人の娘が、巻き込まれてるのか」赤木駿は悔いるような声を出した。「まだ、続いてるってわけか」

「赤木さんはその人とどんな話をしていたんですか？　というよりもどうして、知り合いになったんですか」

「大したきっかけではないさ」赤木駿は呆《あき》れるような息をゆっくりと吐き出した。「蔵王の撮影の時、あの人も現場に来ていたんだ。立ち入り禁止区域のロケだろ。一応、監視というか査察というか、そういう名目で厚生省から来ていた。でもまあ形式的なものだ。ロケの後半はいなかった」

「その時に親しく？」

「いや、その時は名刺をもらっただけだ。ただな、あの人が撮影中もずっと御釜を見ていたんだよ。何をチェックしてたのか、こっちの芝居なんてほとんど気にしてなかったな。それが印象的で、俺は覚えていた。でな」

「はい」

「実は俺もあの撮影の時、見たんだよ」

「見た？」

「魚だ。遠くだったけどな、ぴちゃんと一瞬、飛沫《しぶき》が上がったような感じで。もちろん、あのでかい御釜の中で豆粒みたいなのが跳ねただけだからな、ほかの誰も気づいた様子はない。だから俺も錯覚だろうとは思ったが、気にはなるだろ。それで、撮影が終わって時間ができた時にふとあの役人のことを思い出したんだ。御釜を見ていたあの人も、魚を見たんじゃねえか、ってな。で、名刺を引っ張り出して、連絡を取って。だからまあ、はじめは、あなたも見ましたよね、仲間ですね、くらいの気持ちだったんだけどな。そうしたら、とんでもねえよ。あの人はもっと深刻に、御釜のことを調べていたってわけだ」

「深刻に、ですか」

国道とはいえ道を照らす街路灯はなく、ヘッドライトだけが頼りの状態だったが、前方に人工的な明かりが現れはじめる。

コンビニエンスストアがあり、その手前には、左が蔵王方向であることを示した案内標識があった。カーナビもそこでの左折を指示している。

「よし、そのコンビニで駐車してくれ。俺はそこで降りるぞ」赤木駿が言った。

「え」

「俺は右足を引き摺《ず》らないと歩けない。おまえたちは立ち入り禁止区域に入って、五色沼まで行くんだろ。なら、俺は一緒には行かないほうがいい。俺がいると、五分で行けるところが三十分かかるぞ。そこのコンビニでタクシーを呼んで、帰る。それでおしまいだ」

「そんな」井ノ原悠は思わず言ってしまうが、それが、頼れる仲間を失う心細さから出た言葉なのか、または、ようやく会えた憧れのレッドとの別れが寂しかったせいなのか、判別がつかない。ただ、落ち着いて考えれば、赤木駿を蔵王の山の上まで連れて行くのは、正しいこととは思えなかった。

駐車場に車を停めると、真っ先に車外へ出ようとしたのは相葉時之だ。

「井ノ原、トイレ行ってくるから、財布貸せよ」

「はあ？　どういう理屈だよ」

「いいからほら、早く！　急がねえと漏れるって」

「自分の持ってけよ！」

「俺の財布は仙台だ。トランザムのなか」

井ノ原悠の手から折りたたみ財布を透かさず奪うと、相葉時之は運転席のドアを開けて素早く出ていった。出る間際《まぎわ》、「防犯カメラに注意しろ」と声をかけると、右手の親指を立てたので、あとはもう釘《くぎ》を刺さなかった。

コンビニに走る旧友の背中を睨《にら》みつつ、井ノ原悠が苛立《いらだ》たしげに舌打ちすると、「なかなかいいコンビじゃないか」と赤木駿が話しかけてきた。

「冗談じゃない。いつだってあんな感じですよ。単なる傍迷惑な腐れ縁ってやつです。十何年ぶりにばったり会ったと思ったら運の尽き。結局このざまだ。ほんと、あいつといるとろくなことにならない」

赤木駿は車から降りるそぶりを見せず、バックミラー越しに笑みを向けてきている。

「しかしそういう間柄だからこそ、さっきみたいな目に遭《あ》ってもうまく乗り越えられる。おなじ考えじゃないから、かえって連携が活《い》きるってこともあるからな」

首を横に振り、井ノ原悠はこう言い返した。「いや、あいつにはそれ以上の迷惑をかけられていますからね。たとえそうでも、素直には喜べないんです」

「なるほどな。それならまあ、君も遠慮なくやるといい」

「ええ、そのうち一括返済させますよ」

「相当たまってそうだな」

「利息で暮らせるくらい。そんなことより、赤木さんは、桃沢さんのお父さんが何を調べていたのか、何を考えていたのか、知っているんですか？」

「俺は、あの人と何度かバーで話をした程度だ。しかも彼は、自分の知っている情報を小出しにしてきた。俺が、秘密を共有できる人間かどうか、確かめていたんだろうな。それでもずいぶん興味深い話を聞いたが」赤木駿は背もたれに深くよりかかっている。

そこへ相葉時之が戻ってきた。「ほらよ」という声とともに、いきなり放られた財布とコンビニ袋を井ノ原悠はキャッチした。袋のなかには、五〇〇ミリリットルのミネラルウォーターが六本とコンビニ袋が何枚も入っている。「ひと晩でこんなに飲む気かよ」「もちろん飲む気だし、五色沼の水つめるペットボトルも必要だろ」「あ、それもそうだな」「袋は鞄《かばん》代わりにするから、捨てるなよ」「ＯＫ」

「で、なにしゃべってたんだよ」後部座席に赤木駿が残っているのを見て、会話の途中だと察したのか、相葉時之が問いかけてきた。

「さっきの続きだ。桃沢さんのお父さんが何を考えていたのか」井ノ原悠は後部座席に視線を送って催促する。

するとと赤木駿は、それに応じてゆっくりと背もたれから離れて前のめりになった。

「どこから話したもんだか」

「もしかすると、B29の話が関係しますか？」先回りをするつもりはなかったが、気づけば井ノ原悠は桃沢瞳から聞いた情報を口にしていた。

「B29？　井ノ原、何言ってんだ」

「なるほど、知ってるのか」赤木駿が軽く感心の声を上げた。

「彼女が言っていたんです。父親の死のことを調べているうちに、蔵王のことを調べるようになって、そこからその、東京大空襲の時の」

「B29墜落の謎《なぞ》に辿り着いたわけか」

「おいおい、何だよ、そりゃ」相葉時之がわあわあと言ってくるため、井ノ原悠は大雑把に説明する。東京に向かうべきB29がなぜか蔵王方面に飛び、墜落したこと。しかも、GHQの発表「悪天候による墜落」とは反して、東北を目的地としていた節もあり、さらには、三機のB29に乗っていた人数もあやふやだったこと。

「焚火《たきび》の跡もあった、と彼女からは聞きました。生存者がいた、ということですよね」

「焚火をしたのは、寒さを凌《しの》ぐためだろうが、凍死だと。よっぽど寒かったんだろう」

「飛行機は落ちたのに、生きてたのかよ。ラッキーだな、そいつは」

「相葉、たぶん、落ちたんじゃなくて、落ちたと見せかけたんだ」

「どういうことだよ」

「墜落を装《よそお》ったアメリカの作戦だったのでは、と彼女は疑っていた」井ノ原悠は体を捻《ひね》り、背もたれの隙間から、後ろの赤木駿を見る。その長髪は、ファッションというよりは単にずぼらに映ったが、ときおり見え隠れする鋭い眼光が、一筋縄ではゆかないしたたか者であることを窺わせている。教師が、生徒にまず自分の解答を黒板に書いてみせろ、と言うかのような態度で、「なるほど。たとえば、どういう作戦なんだ」と投げかけてきた。

「五色沼に、村上病の菌を、いわゆる細菌兵器と呼ぶべきものかもしれないですが、それを撒いたのではないか、と」

「まじかよ」相葉時之が反応した。「村上病は、人為的に発生させられたってことか。うわあ、絶対それだな。アメリカ、やることがえげつねえわ」

「なるほど」赤木駿が言う。先ほどの、「なるほど」とは少し口ぶりが変わった。先ほどには含まれていた、感心のニュアンスが消えた。つまり、これはハズレなのだ。

「違うんですか」

「結論を急ぐな。あの人は確かに、B29の墜落のことも調べていた。というよりももともとは、アメリカの公文書に村上病の名前が出てきたことに疑問を抱いたのがきっかけだとか言っていたな。一九九一、二年頃だったかに機密指定解除になって公開された、アメリカ軍の記録文書だと」

「アメリカの公文書に？　それって変なことなんですか」

「村上病が発生したのは、戦後だろ。終戦から三年後の、一九四八年だ。アメリカ軍の記録文書ってのは、戦時中のもので、そこに村上病の記載があったんだと」

「どういうことですか」井ノ原悠は眉《まゆ》をひそめる。

「やっぱり、アメリカが細菌をばら撒いたってことじゃねえのかよ」相葉時之はまた興奮する。

「あの人が言うには、そういう記述ではなかったらしい。あくまでも、村上病は日本発のものとして、書かれていたようだ。その記録文書では、詳細はつかめなかったようだが。それで、あの人は資料を漁《あさ》りはじめたんだろう。わざわざアメリカの国立公文書館にまで足を運んでな。そこで紙の資料やらマイクロフィルムやらを読み漁っているうちに、アメリカの兵士が五色沼の施設を破壊した記録を発見した」

「五色沼の施設？」

「五色沼、御釜の地下だ。そこに日本の研究施設があった。今でいうところのBC兵器、生物化学兵器を研究する場所だ」

相葉時之が助手席側にちらちらと視線を寄越してきた。「おい、井ノ原」と明らかに動揺していた。「御釜の地下に施設があるって、どういうことだよ」

「俺に訊くなって。そんなの知っているわけがないだろ」

「生物兵器の施設が蔵王に？　聞いたこともない」

「その研究施設を破壊するのが、Ｂ29の男の任務だった。まあ、そこまで資料にあったのか、それともあの人が推測して、導き出したのかは分からないが、とにかく、俺にはそういう話をした。地下にある施設は空から爆撃しても、意味がない。しかも、まわりは蔵王連峰の山ばかりだからな、大掛かりな攻撃は仕掛けにくい。となれば」

「となれば？」

「付近に降り立った工作員が入り込むやり方しかない」

「そのために、Ｂ29墜落の偽装を？」

「墜落がわざとなのか事故なのかは分からないが、まあ、空から工作員がやってきたってことだ。おまけに、そこから目を逸《そ》らすために東京の空襲を仕掛けたんだと」

「はあ？」相葉時之は一瞬、ポカンとした後で、面倒臭そうに吐き捨てる。「何だそれ」

「どういうことですか」井ノ原悠も聞き返す。「目を逸らすために、って」

「東京大空襲自体が、目くらましだった可能性があるってことだよ」

「目くらまし？」

「それくらい、御釜の施設を破壊するのは重要だったってことだろ。そこで開発されようとしていた兵器は、劣勢の日本の最後の切り札だったのかもな。何としてもその破壊工作は成功させる必要がある。そのカムフラージュとして、東京に注目を集めさせた」

　さすがに井ノ原悠は苦笑いしそうになった。「東京大空襲で十万人が死んだんですよ。それが、別の作戦のための陽動だなんて」

「正確に言えば、カムフラージュの役割も、担《にな》っていた、というべきか。東京にダメージを与えるのがメインの目的ではあったんだろう。とにかく、東京大空襲の三百機以上のB29に紛れて、三機は東北を目指した」


　そんなのアリなんですか、と井ノ原悠は言いかけて飲み込む。一つの作戦のために、そこから目を逸らすために十万人が死んだ？

　そんなことがあるのだろうか。

　イエス、と誰かが答えるのが、聞こえてくるかのようだ。ありえるのだ。戦争状態にあっては、そして国家間の争いでは、個人の命の質量は天秤《てんびん》に乗せられることがない。

「もちろん、あくまでも可能性の話だ」赤木駿は言う。「東京大空襲がカムフラージュだったかどうか、本当のところは定かでない。それはさすがに、あの人の飛躍した推理だ」

「ちょっと待ってくれ。もし、その話があったとして、それが村上病とどう繋《つな》がるんだ。五色沼の魚はどういうことになるんだよ」相葉時之が口を挟む。その意見はもっともだ、と井ノ原悠も思うが、赤木駿はやはり、「どこから話したものか」といった顔つきで顎を撫《な》でているだけだ。勿体《もったい》つけているというよりも、彼自身が他者とこうした話をするのに不慣れで、何しろずっと隠遁《いんとん》生活を送っていたのだから、ペースがつかめないのだろう、と見えた。

「彼女の父親は前から、五色沼の魚のことは知っていたんですか？」

「知っていた。どうやらそれまでも、目撃談はぽつぽつとあったんだと。立ち入り禁止区域に入る輩《やから》がいて、そこからだとわずかに沼の様子が見える。ただ、幸か不幸かそういう奴《やつ》らは、御釜の水は綺麗《きれい》で体に良い、とか極端なことを言うから、一般の人間には真面目に受け止められなかった」

　小学校の同級生、「委員長」のことを井ノ原悠は思い浮かべ、相葉時之と目を合わせる。

「あの人が何回、訴えても五色沼の水質調査は行われなかったらしい。すでに水質は分析されてる、と言われてデータを渡されるだけで、果たしてそれが正しいのかどうかも分からなかったんだと。でな、自力で水を手に入れた」

「自力で？　どうやってですか」

赤木駿を見れば、少し口元をほころばせていた。「ロケの時だ」

「映画の？」

「そうだ。撮影を監視する名目で来ておいて、こっそり自分で御釜に近づいたんだ。もちろん、撮影スタッフは役人のことなんて気にしてないからな、むしろ姿が見えなきゃ、こっちは気楽だし、探すこともない」赤木駿は歯を見せる。「あの人は一生懸命だったんだろうな。ちょっとした冒険だったんじゃないか」

「一生懸命とはいえ、どうやって近づいたんですか。電気柵って」

「当時はまだ、なかったんだ。禁止区域とはいえ、杭が打たれて、ロープが張られているくらいでな。厳重になったのはそれからしばらくしてだ。ほら、さっきも言った、『御釜の水は体に良い』とか言ってる奴らが御釜に接近してきたりな、村上病の怖さを忘れた奴らが面白半分に近づくことがあったりして、そのせいで、電気柵と赤外線センサーでがちがちにされた」

「何だよ、委員長のせいかよ」相葉時之は乱暴に言ったが、赤木駿は、「委員長とは何者か」についてては気にかけず、続けた。「だからあの時は、あの人も御釜まで行けた。必要だったのは」

「何ですか」

「勇気と使命感あたりじゃないか」

からかうのではなく、それは純粋に、その男の活躍を讃《たた》えるような言い方だった。

「それであの人は自分が手に入れた水を、独自に調べた」

「御釜に近づいて、村上病に感染するとは思わなかったのかよ」

その時、井ノ原悠は、「だから、桃沢瞳の父は村上病に罹《かか》って死亡したのか」と納得しそうになった。が、そうではないはずだ。赤木駿も、「そりゃ予防接種を受けているからな」と答え、一蹴《いっしゅう》した。

「水を調べて、何か分かったんですか」

「たぶん」

「たぶん？」急に匙《さじ》を投げられたかのようで、井ノ原悠は心細くなる。

「俺があの人と接触しはじめた時は、その分析をしている最中だった。何回か会っているうちに、だんだんと深刻な顔になってきてな。疲れもあったんだろうが、きっと、分析が進んで、何かに気づいたんだろ」

「もしかして、『ワクチンを作らないといけない』と言っていませんでしたか？」井ノ原悠はその話をぶつけた。その言葉はバーでの会話で出た、と聞いた。であれば、赤木駿との間で出てきたと考えても不思議はない。

「よく知ってるな。そうだ。それが最後に会った時かもしれない。『村上病のためのワクチンを早く作らないと』と言っていた」

「おい、井ノ原、それはどういう意味だよ。村上病のワクチンはあるんだろ」

「そうなんだ。だから、どういう意味なのか分からなかったんだけれど。桃沢さんも不思議がっていた」

「あの人は、村上病が発生した時のための準備が必要だ、と焦《あせ》っていた。ワクチンを作って、備えなくてはいけない、とな」

「だから、何なんだよ、それは」相葉時之は苛立ち口調だった。「村上病が発生した時も何も、とっくに発生してるじゃねえか。ワクチンもあるし、予防接種も日本国民のほぼ全員が受けてる。そうだろ？」

「その通りだ」赤木駿は答える。それから口をぎゅっと閉じ、何事か考えている間があった。井ノ原悠は、これから彼が自分の考えを披露するのではないか、と想像し、実際に赤木駿の唇が開きかけたのだが、その口を塞《ふさ》ぐかのように相葉時之が、「で、結局、村上病の秘密を教わる前に、濡れ衣で捕まっちまったってわけか」と言った。

「ああ、そうだな」赤木駿は体から力を抜くような声を出す。「でっち上げもいいところだ。怖いぞ、国家権力は」

「家宅捜索で、ロリコンビデオがたくさん見つかった、と記事で読みましたよ」井ノ原悠は言った。大学に入った頃、ふと、『鳴神戦隊サンダーボルト』のことが気になり、ネット検索で当時の情報を読んだことがあった。週刊誌記事によれば、赤木駿の部屋からアダルトビデオが押収《おうしゅう》され、大半が、幼児の出てくるものらしかった。

「捏造《ねつぞう》だ」赤木駿が言う。「どんな男の部屋も、家探しすれば、ポルノの何本かは出てくる。そうだろ？　ただ、俺に、ロリコンの気はなかった。むしろ、熟女ものしかなかったくらいでな」

相葉時之が笑った。そいつはいいや、と愉快げだった。

「冤罪《えんざい》じゃないですか。どうにもならなかったんですか」井ノ原悠の胸に、少年時代の自分たちの悔しさが込み上げてくる。

「どうにもならなかった」赤木駿は言った。「いいか、おまえたちには信じられないかもしれないが」

「何です？」

「そういう事態になったら、本当に、どうにもならないんだ」

井ノ原悠はその言葉に、寒々しいものを感じた。それほどまでに彼の言葉には、重みがあった。

とにかく、赤木駿は幼女わいせつの罪で逮捕され、映画は公開中止となり、桃沢瞳の父親は村上病に感染し、死亡した。

現実の出来事なのだ。

似たことを考えていたのか、赤木駿は、「まあ、命があっただけでも俺は幸運だったんだろう」と呟《つぶや》く。

「完全にとばっちりなのにですか？」

「いいか、理不尽なものは、いつだって、理不尽にやってくる。そうだろ。病気も災害も、自分の力ではどうにもならないものが、突然やってくる。俺たちは毎朝、フォーチュンクッキーを引いて、たまたまそこに、『今日は死にません』と書いてあるだけの、そういう日を過ごしてるようなものだ」

「でも、その捜査をした警察関係者を問い詰めてやりたいじゃないですか」

「死後の世界で会ったらな」

「え？」

「俺を取り調べた刑事は、もう死んでる。強盗に刺された」

「たまたま？」

「あの時のことに関わった奴は、死んじまうか、金や仕事に融通を利《き》かせてもらって、口止めされた。俺の場合は、下手に死ぬと困るからな、イメージダウンで追放されるだけで済んだ」

「死ぬと困る？　どういうことですか」

「サンダーレッドの俺が死んだら、それこそ追悼を兼ねて、劇場版に注目が集まるかもしれない。そうだろ。どこかで落ちぶれて、消えてくれるのがベストなんだよ。だから俺は、市内の外れに住んで、ガソリンスタンドで働きながら、ひっそりと暮らすことにした。命があるだけでも儲《もう》けもの。なのに、まさか、こんな風にまた巻き込まれるとはな」

「すみません」と井ノ原悠は謝罪し、一方の相葉時之は、「当たり前だろ」と乱暴に言った。「サンダーレッドが途中で逃げてどうすんだよ」

赤木駿が鼻から息を吐く。笑っているのか、呆れているのかは分からなかった。「もうそういうのには興味はない」

「だったら、グッズをオークションで集めてるんじゃねえよ」相葉時之のその指摘は鋭かったのだろう、赤木駿は針で胸を刺されたかのような顔になった。

「それはさておき」彼はわざとらしく、話題を変える。「もう時間もない。早く行くべきだ。これから、御釜まで下って、五色沼の水を汲《く》むんだろ。こんな遠足、めったにないぞ」

井ノ原悠はうなずく。腕時計を見ればすでに二十二時半だ。明日の朝、山形まで行くことを考えれば、どれくらいの時間が必要なのか見当もつかない。

駐車場に一台のタクシーが滑り込んできた。運転手が買い物にやってきた様子だった。

それに気づいた赤木駿は、「じゃあ、今度こそ俺は帰るぞ」と告げ、のそりのそりと後部座席の端まで移動した。そして彼がドアレバーに手をかけたところへ、運転席の相葉時之が「やっぱり、どうしても信じられねえんだけどよ」と疑問をぶつけた。

「何がだ」

「五色沼の下に地下施設が、秘密の研究所があるなんてな、ロボットアニメの世界だろうが」

「昔の話だ。たぶん、今はない。というよりも、B29の男がそれを破壊したんだろう」

そのB29の男は、東京大空襲を隠れ蓑《みの》にし、東北の山にやってきたのだという。にわかには信じがたい。井ノ原悠は、「何が何だか」と困惑を口に出すが、そこで大事なことを思い出した。

「赤木さん」

「何だ」

「『村上病はあるけど、ない』」井ノ原悠は言う。「その言葉に聞き覚え、ないですか？桃沢さんのお父さんが当時言っていたらしいんです。娘にふざけて言っただけかもしれないんですけど」

「いや、知らないな。村上病はあるけど、ない。どういう意味だ」

「何か思いつくことはないですか」

何も思いつかない。

そういった反応が返ってくるのだと井ノ原悠は想像していた。が、予想に反し、赤木駿は目を大きく見開いたまま、しばらく動かない。

思い当たるものがあるのだろうか。

井ノ原悠はじっと待つ。相葉時之も無言のままだった。

「さっきも言おうと思ったんだけどどな」赤木駿は言った。

「何ですか」井ノ原悠は声を高くしてしまう。

「冤罪で潰された後に、俺は俺なりに村上病のことを調べた。御釜のこともな。あの人が、村上病で死んだ、というニュースもどうにも不気味だったし、何より、自分がどうしてこんな目に遭ったのか、そりゃ知りたいだろ？　こうしてひっそりと暮らしていると時間だけは豊富にあるしな、村上病で死んだっていう奴のことを調べに行ったり、関係のありそうな記事も読み漁った」

「はい」

「もちろん、素人《しろうと》の俺が得られる情報なんてのは限られてる。ただ、あの人から聞いた話から想像を膨らませることはできる。しかも、だ。俺はあの台詞《せりふ》を散々、口にしていたからな」

「あの台詞？」

「サンダーレッドの決め台詞」

　常識を疑え！　だ。忘れるわけがない。

「俺は放送中、その台詞を何十回も口にしていたせいで、常識を疑うのが体に染《し》みついていたのかもしれないな。ある結論に辿《たど》り着いた」

「何ですか」

「自分でもさすがに荒唐無稽《こうとうむけい》かと思って、黙っていたんだが、ただ、今のその言葉で、もしやと思った。『村上病はあるけど、ない』ってやつだ」

「意味が分かるんですか？」

「あの人が、どういうつもりでそう言ったのかは分からない。ただな、『ない』ってのは俺の結論と一緒だ」

「ない、ってどういうことですか」

「そのままだ」赤木駿が口にした言葉には、難解さなどはまったくなかったものの、井ノ原悠にはいったい何を意味しているのかすぐには飲み込むことができなかった。

　赤木駿はこう言った。

「村上病なんてものは、もともと存在していない」

　そんな馬鹿なことがあるか、と叫びそうになったがその前に相葉時之が、「馬鹿言うな」と喚《わめ》くように言った。

「だって、みんな予防接種してるじゃないですか」井ノ原悠は両手を広げ、「国中の皆」を表現する。

「だからどうした。予防接種は、公共事業に近い。いいか、村上病が存在しようがしまいが、注射は打てる。そうだろ？　村上病がもともとないんだったら、御釜で魚も生きられる。別に不思議はない。公式に発表されてる水質だって嘘《うそ》っぱちなんだから」

「死んだ人は！」井ノ原悠は声を上げる。相葉時之も言った。「村上病で死んだ人間がいるだろ」

「逆だ。村上病に罹ったから死ぬんじゃない。死んだ奴を、村上病患者に仕立てているだけだ。都合の悪い奴や、死因を明らかにしにくいケースには、村上病を使えばいい」

赤木駿の口調はどこか淡々としていた。「昔、漫画の週刊誌を読んだことがないか？」

　いったい急に何の話か、と井ノ原悠はたじろぐが、「そりゃまあ」と答える。

「連載しているはずの漫画が載っていないと、こう書いてあっただろ。『作者急病のため、休載します』」

「ええ」言わんとすることの察しがついた。「使い勝手のいい理由ってことですか」

「そうだ」

「それにしても、村上病がないなんてことがあるのかよ」

「御釜の下の研究施設を隠すためには、ちょうど良かったんじゃないか」

「どういう意味ですか」

「あの蔵王の御釜が病気の発生源となれば、近づくことを制限できる。万が一、その施設のことに気づく人間がいれば、村上病の名目で、病院にでも軟禁すればいい。社会的にも抹殺できるかもしれない」

「そんな」

「そんな？」

「そんな偽装がばれないとは思えないですよ。村上病かどうか調べればすぐに」井ノ原悠は言いかけて、はっとし、言葉を飲み込む。

現に、相葉時之は村上病患者に見せかけられていた。

「長年、国中の人間が、ありもしないものにさんざん振りまわされてきた。だからこそ、役所の連中は躍起になって隠蔽《いんぺい》工作をくりかえす。何代も何代も。予防接種は金になる。何しろ、ワクチンの開発費もいらない。病気がないんだからな。連中は永遠に、隠蔽工作をやめるわけにはゆかない。秘密は受け継がれて、守られる」

「そんなことに何の意味があるんですか」

「村上病の防止やワクチン開発の予算を別にあてることだってできるだろ」

井ノ原悠は眩暈《めまい》を覚えた。自分の座っている車が、本当に車であるのかどうか、そういったことまで信じられなくなる。

が、そこで赤木駿が手を強く叩《たた》いた。「いいか、そんなに真面目な顔をするな。これは俺の憶測だ。専門家でも何でもないただの男が考えていたことでな。村上病はあるけど、ない、という言葉で何となく、やっぱりそうか、と思っただけだ」

そうは言われても、井ノ原悠は、そしておそらく相葉時之もそれが事実としか思えなくなっていた。

「いいか、おまえたち、今はそんなことよりも」

「そんなことよりも？　こんなにでかい話なのに」

「今はそれはどうでもいい。俺の説が正しかろうが妄想だろうが、おまえたちは五色沼から水を汲んでこないといけない。そうしなければ、あの人の娘が大変なことになっちまう。だろ？　時間も限られている。あの外国人の問題は、村上病があるのかないのかとは関係ない。早く行けよ」

井ノ原悠はすぐには頭が切り替えられない。

が、赤木駿がドアを開け、降りると、のんびりしてはいられない、という感覚になった。「彼女を救え。父親とおなじ目に遭わせるな。そして、おまえたち自身、無事に帰ってこいよ」

「もちろんです」井ノ原悠は答える。

「あの店員に、この車返さないといけねえしな」

ドアを閉める直前、赤木駿は、「行け」と言葉を吹き込んだが、その声は、競走馬に気合いを入れる鞭《むち》の如《ごと》く、車を加速させた。

コンビニエンスストアの駐車場を飛び出し、蔵王方向へと向かう。井ノ原悠が後ろを気にすると、荷台のカーリー犬がいつの間にか体を起こしており、こちらを見送る赤木駿の姿を、敬うかのように、じっと眺めていた。

9

二〇一三年七月一六日→七月一七日

正面の方向、夜の暗幕が覆《おお》う景色の中に、ぼんやりと蔵王連峰が見える。

ハンドルに片手をかけ、三菱トライトンを無言で走らせている相葉時之は、途中でどうしても堪《こら》えきれなくなり、「さっきの、あれは本当なのかよ」と顔をしかめ、言った。なにを言わんとしているのか、井ノ原悠はすぐに分かったらしかった。赤木駿が最後に口にした、村上病など存在しないという仮説、推論の衝撃は、未《いま》だ強烈なまま車内に漂っていた。「常識を疑え」のスタンスを取るにしても、あまりに疑いすぎているのではないか。そんなコペルニクス的転回を受け入れるには、もっと時間が必要だった。

「だけど」井ノ原悠は自らに言い聞かせるような口ぶりで、促してくる。「赤木さんが言った通り、今はそれを気にしているわけにはいかない」

「まあな。だけど、村上病がなかった、ってのはさすがに信じられねえぞ」

「村上病はあるけど、ない」井ノ原悠がまた、その謎《なぞ》かけ歌じみた言葉を発してくる。

「ただ、それなら単に、村上病はない、って言い方でいいような気もするけど」

「みんなはあると思ってるけど存在しない、ってことじゃねえか？」

まあ、そんなところだよな。そう答える井ノ原悠は言葉とは裏腹に、どうにもすっきりしない様子ではあった。

国道４５７号を南西へひた走っていたトライトンは、青根温泉で右折して県道２５５号に入り、そこから約八・四キロメートルの距離にある蔵王エコーラインとの交差点に向かってさらに加速した。真夜中の山間路だけに、奥へ進み標高を上がるほど、対向車とすれ違うことはなくなっていった。

闇《やみ》深いつづら折りでのリスキーな運転中だったが、相葉時之は構わず片手を伸ばしてカーナビをいじりだした。井ノ原悠は窓外へ視線をやっていたが、急カーブでのハンドルさばきが遅れたことで脇見《わきみ》運転に気づいたらしく、即座に注意してきた。

「前見て運転しろよ。ナビなら俺が」

「わかってるわかってる」と言いつつ、相葉時之は操作をやめなかった。

「だからナビは俺が見るから、なにがしたいのか教えろって」

「いや、テレビ機能ついてねえのかと思ってしよ。どうせこの先もうナビなんかいらねえし、いちおうニュースでもチェックしといたほうがよくねえか？」

「だったら素直に人を頼れよ」

井ノ原悠は、わけなくカーナビをテレビ機能に切り替えた。「さすが、使える男だねえ」などと相葉時之はからかったが、車が峩々《がが》温泉の付近を通りすぎ、ヘアピンカーブに入りつつあったため、脇見運転は自重した。ダッシュボードのデジタル時計は、二十三時八分を表示している。ちょうど各局でニュース番組を放送している時間帯だった。

「なんだこれ、嘘《うそ》だろ」しばらくザッピングをくりかえし、チャンネルを吟味していた井ノ原悠が、なにやら動揺した様子で呟《つぶや》き声を発した。どの局でも、おなじ事件を大々的に報じているようだ、と驚いている。

相葉時之は呆《あき》れ気味にこう説いた。「んなもん当たり前だろ。村上病患者が脱走して、銀髪の怪人が人殺しまくって、喧嘩《けんか》売られた県警が全域に緊急配備敷いてるんだから」

「それもそうだが、今やっているのは別件だ。国外のニュースなんだ」

「国外？　外国の事件か」

「同時多発とかいうテロップが出ている」

言いながら井ノ原悠が音量を上げると、ニュースキャスターと特派員の緊迫したやりとりが明瞭《めいりょう》に聞こえてきた。このとき、相葉時之と井ノ原悠の乗ったトライトンは交差点を右に折れ、宮城県道・山形県道12号白石上山《しろいしかみのやま》線の蔵王エコーライン区間に入っていた。

カーナビの画面に映し出されているのは、ニューヨーク市マンハッタンの雑居ビルで発生したとされる、爆発火災の模様だった。爆発の現場はビルの六階、そのフロアに入居しているのは、たびたび世界中で騒動を起こし過激派と目されることも多い、国際環境保護団体の本部事務局だと説明されていた。

番組のキャスターは、この爆発火災をテロ事件と断定している。

爆発が起こったのは、テロ計画容疑での強制捜査を行うため、ＦＢＩが同団体本部事務局を訪れた直後のことだという。そのとき八階にいた捜査官や団体関係者は全員死亡が確認され、本部事務局では情報機器や書類などの資料があらかじめ処分されていたらしいことが明らかとなった。これらのことから、強制捜査の情報が事前に団体側に漏れていた可能性が高いとの見方が示された。

ここまでは、事件の第一段階にすぎなかった。その後ほどなくして、次々に入ってきた続報が、事態の大きさと深刻さをいっそう際立《きわだ》たせていった。

ニューヨークでの爆発の数分後、団体の公式ツイッターアカウントに、〝show must go on〟などという連続テロ予告ともとれる声明が出されたことにも、番組のキャスターは触れた。そしてその一文が投稿された一十分後のこと、今度はオフィスビルや商業施設などがひしめくモスクワ国際ビジネスセンターの中心部で、大規模な爆弾テロが生じて多数の死者が出ているのだと番組は報じた。

また、ブリュッセル首都圏地域に位置する欧州議会ビルが、団体メンバーを自称する武装集団に占拠され、政治会派の会合に出席していた欧州議会議員たちが人質にとられるという事件が発生していることも伝えられた。何人かの犠牲者も出ているが、依然として解決には至っておらず、議会ビルを包囲するベルギー連邦警察対テロ特別旅団とのあいだで睨《にら》み合いがつづいている状況とのことだった。

この一連の経緯を見れば、事態はもはや国際同時多発テロ事件の様相を呈しているというのが、番組出演者のひとりである大手新聞論説委員の見解だった。

「これらの国際連続テロは、本日宮城県仙台市で発生した警察車両爆破襲撃事件との関連も疑われることから、先ほど首相官邸に内閣危機管理監をはじめとする安全保障・危機管理担当、内閣情報調査室、警察庁、外務省、防衛省などの局長級が集まり、情報収集を迅速に進めるとともに対応を協議しているところです。くりかえします」

テレビの音声が急に小さくなっていった。助手席を一瞥《いちべつ》すると、イーストウッドみたいに険しい顔をしてボリュームを絞っている男がいた。キャスターの話が聞き取れなくなるまで音を下げると、井ノ原悠はいったんよそを向いたが、すぐに思い出したように画面もナビゲーション表示に戻してしまった。

「まいったなこりゃ」

そんなひと言しか、相葉時之は口に出せなかった。情報を遮断したあとの井ノ原悠も、呆気（あっけ）にとられて二の句が継げないのか、混乱して考えがまとまらないのか、無言でフロントガラスの向こう側を見つめていた。

「井ノ原〝show must go on〟ってどういう意味だよ」

「ショウは続けなければならない」井ノ原悠は頭の整理が追いつかないのか、ぼうっとした表情で答えてきた。「ショウがはじまったら、何があろうと最後までやらないといけない、って意味だろう」

「そんな根性主義は、俺たちの少年野球の時代で終わったんじゃねえのか。というか、ショウなんて、無理して続けなくていいだろうが」できるだけ軽い口調で言ってみるが相葉時之の脳裏では、「国際同時多発テロ」のフレーズがひたすら残響していた。

昨日から今日にかけて、身をもって体験した数々の危機も相当に現実離れしたものだった。が、それらすべてが、国際同時多発テロの一部でしかないのかもしれないと知らされた衝撃の度合いは、完全に自分のキャパシティーを超えている。思考停止の沼に入り込みそうになる自分自身を、相葉時之は必死に、引っ張り上げる思いだった。

幸い、と言えるのは、車で行ける地点までの道筋がシンプルなこと、それだけだった。うねりはきつくなるいっぽうだが、とにかく道なりに走ってさえいればいい。そうすれば、五色沼の地下施設に向かう極秘ルートへの入り口となる、賽《さい》の磧《かわら》の駐車場にたどり着ける。

「井ノ原、どうなっちまってんだこれは。世界のあちこちで、テロが起きてるなんてな。あの銀髪の怪人みてえのが、世界各国で暴れてるってことか？」

相葉時之はハンドルを忙《せわ》しく回し、アクセルを踏む足を上下させる。車はヘアピンカーブの連続を抜け、賽の磧の駐車場まで残り数百メートルの位置を走っていた。

「しかし関連が疑われるって話も、まだ確定じゃないからな。はっきりしていないことに、いちいちうろたえてみてもしょうがない。そうだろ？」

相葉時之は返事をせず、いきなり力尽きたかのように車を減速させていった。ハンドルは左右どちらにも切らず、路肩に寄せることもせず、車道のど真ん中でガス欠みたいに中途半端《ちゅうとはんぱ》な停め方をした。蔵王エコーラインに入ってからは、一度もほかの車を見かけてはいない。

中途半端な停め方ではあるが、適当な場所で減速したわけではなかった。街路灯はなく、星明かりとトライトンのヘッドライトのみが闇を薄めるなか、道を挟んで右手に駐車場がぼんやりと見えている。井ノ原悠が訝《いぶか》しげに訊《き》いてきた。

「どうした？」

「おまえはここで帰れ」ハンドルを握り、ヘッドライトが照らし出している風景に目をやったまま、相葉時之は腹を決めてそう言い放った。

「なんだって？」「おまえはここで帰れ」「なんだそりゃ」「真面目《まじめ》に言ってんだ」「おま

えにも真面目があるのか」

「とにかく帰れ。水は俺ひとりで取ってくるから」

井ノ原悠は、深々と溜《た》め息《いき》をつく。今度は少々の苛立《いらだ》ちが見受けられる。

「だから、わけを言え。最後までちゃんと聞いてやるから」

相葉時之は、ここでやっと顔の向きを変えると、ほとんど睨むように井ノ原悠と目を合わせて言った。「この車、使っていいから、おまえは帰れ。水は俺がなんとかするし、桃子ちゃんも絶対に助け出す。金の分け前もやるから心配すんな。大丈夫だ、とっておきの秘策があるから、銀髪の怪人もうまく出し抜いてみせる」

嘘をついた。とっておきの秘策などありはしない。井ノ原悠が家に帰る気になりさえすればなんでもよかった。この結論に達するのに、時間がかかりすぎてしまったが、しかしまだ手遅れではないと信じて、「おまえは帰れ」と相葉時之は急《せ》き立てた。

「相葉、あのな、そもそもおまえが映画館で、俺を誘ってきたんだぞ。『三分かそこらでかたづくし、ちっとも危険じゃない』と言ってな。それがここまで来て、帰れ、はないだろ」

「ずいぶん長い三分だなあ、と思っただろ。四の五の言わずに家に帰れよ」

これには井ノ原もむっとしてみせて、ただちにこう言い返してくる。「おい、これ以上俺を呆れさせるなよ。だいたいおまえは俺に命令できる立場か？　病院送りにされたおまえが今こうしていられるのは、どこの誰のおかげだよ。それとも、ここまで来て、お宝を独り占めしたくなったとか言うなよ」

「なことはねえよ」相葉時之はそこで荒い鼻息を吐き出した。


三菱トライトンを駐車場に入れる。車のドアが閉まる音を聞きつけて、カーリー犬が荷台から降りてきた。充分な睡眠がとれたのか、暗闇のなかでも表情が晴れ晴れとしており、全身に活力がみなぎっているように見えた。

「おまえがいちばん元気そうだな、ポンセ」

そう声をかけると、「当たり前だろ」とでもいうふうにカーリー犬はひとつ吠《ほ》え返してきた。食い物でもやりたいところだが、手持ちはない。あのおばあちゃんの店で買った菓子パンは、桃沢さんの車に載せたままだ。赤木さんを降ろしたコンビニでいろいろ買い込んでおけばよかったと、井ノ原悠は悔やんだ。

車のヘッドライトが消えるとあたりは墨色に潰《つぶ》れてしまい、自分たちがどこにいるのかわからなくなった。駐車場の地面は舗装されているものの、あまりにも殺風景なため、ただの空き地にいるようにしか感じられない。敷地の奥には案内板がいくつか立っている。そのうちのひとつ、両端を石垣で固定されたぼろぼろの看板に、「賽の磧」と白字で書かれていた。

「車んなか見たけど、これ一個しかねぇや」

振り返ると、相葉時之が懐中電灯で自分の顔を下から照らしていた。一から十までやることが子供じみている。

「スマホのライトも使えないことはないだろ」井ノ原悠は自分のを取り出して、バッテリー残量を確認してみる。四六パーセント。銀髪の怪人との緊急用直通電話《ホットライン》を確保しておかなければならないとすると、微妙な数字だ。

「もう一台あるぞ」相葉時之が、道案内用のスマートフォンを掲げてみせている。

井ノ原悠は即座に首を横に振った。「そいつのバッテリーがゼロになったら俺たち終わりだぞ」「そういやそうだな。危ねぇ危ねぇ」

相葉時之は画面に御釜の周辺地図を表示させた。タッチ操作で拡大と縮小をくりかえしながら、五色沼の地下施設に向かう極秘ルートをふたりで再確認する。

「この赤いルートの入り口って、あの看板のところじゃねえか？」

相葉時之が懐中電灯で照らした先には、車止めの柵《さく》と案内板がひとつ設置された登山道の出入り口があった。閉鎖されている様子はないことから、シーズン中は観光客に利用されている山道なのだろう。

「要するに、あそこからハイキングコース下っていって、この地図のここの、かもしか温泉跡ってところで別れ道に入るんだな。そこからが、立ち入り禁止区域ってわけだ」

「問題は、立ち入り禁止区域のなかのルートがどの程度、人が通れる状態かってことだな」

そう指摘しつつ内心では、昨日今日と感じてきたのとはまるで別種の緊張感に、井ノ原悠は襲われていた。

こんな夜更《よふ》けに素人《しろうと》が山歩きなど、無謀以外のなにものでもない。無謀どころか、進むルートによっては自殺行為にも等しい行動かもしれないのだ。銀髪の怪人やテロ事件などよりも、むしろこれからやろうとしていることこそが、最大の危険なのではないのか。

井ノ原悠は両手で自分の頬を打った。危うく悲観の連鎖に呑《の》み込まれそうになってしまった。こういう場合、常に注意をおこたってはなるまいが、弱気になりすぎても駄目だ。気持ちが弱くなれば、さまざまな不安が、それこそ桃沢瞳のことだけでなく、疲弊した妻や息子のこと、借金のことが頭に充満し、恐怖の沼で窒息してしまう。

「このスマホの元の持ち主が、一昨日くらいにそのルートを往復してるわけだ。だからまあ、どうにもならんってことはないだろ。それとほら、地図のほかにこういう、山んなかの風景写真もあるぞ。これって、通過地点の目印かなにかなんじゃねえのか？　ちょっと見てみろよ」

相葉の言う通り、それらしい写真が何枚も収められている。が、写真は昼間に撮られたものであり、照合するには現在の実景が暗すぎて、当てにはできないだろうと思われた。

「相葉、とにかく一致団結して、足もとに気をつけて、お互い離れないように歩こう。こんなところで滑落とか、はぐれちまったりしたら、かなりシビアなことになりそうだ」

登山道の出入り口からはしばらく舗装路がつづいたが、気楽でいられたのはそのあいだだけだった。十分も歩くとごつごつした砂利道になり、やがて勾配《こうばい》のある山道を下ると、そこからは気が休まることがなかった。

人の通れる道にはなっているのだろうが、闇のなかでは一歩一歩確認しながら前進するしかない。真夜中の歩きにくい坂道を懐中電灯の明かりのみで進むのは、これほど心許《もと》ないものかと、足を動かすたびにふたりは思い知らされた。

おまけに山道のすぐ脇には断崖《だんがい》が切り立っているため、ときおりふと、石ころかなにかの落ちる音が聞こえてきて足止めを食らうこともあった。ふたりは身を固くして、岩石の落下か獣が通りすぎたのかを見極めようとしたが、いつまでもそこでじっとしているばかりでは答えは見えず、また歩き出すしかなかった。

そんななか唯一《ゆいいつ》、足もとの悪さにも暗闇にも臆《おく》することなく、山中を喜々として駆けまわっていたのが、ポンセだった。一見、夜の暗さに溶け込んでしまうような色をしているが、パーマがかかった輪郭のおかげなのか案外に目立った。ここは自分が、とチームの先導役でも買って出てくれたかのように、ポンセはふたりの前を行き、たまに先回りをして遠くから看板の欠けらやロープの切れ端などをくわえて帰ってきたり、吠え声を上げて進路はこっちだと示してくれたりする。おかげでなんとか、井ノ原悠と相葉時之は闇夜の山歩きをつづけることができた。

そうやってふたりは、ときには斜面をトラバースし、不安定な橋を渡るなどして、難儀しつつもかもしか温泉跡の別れ道に出たのだった。

「おかしいな。これ、道が三つに別れてないか？　地図には左右の別れ道しか出てねえぞ」肩で息をしつつ、相葉時之が言う。

井ノ原悠も覗《のぞ》き込む。

ヒントがあるかもしれないと、相葉時之が風景写真をチェックすると、ちょうどその場を写したらしい一枚を見つけることができたが、打開には至らなかった。暗がりに電灯を当てた実景と日中の写真では、いくら見比べてもなにも突き止められなかった。

こうなったらもう、勘を頼りに進むしかない。

問題なのは、ふたりのうち、どちらの勘に頼るか、ということだった。

三本の道のうち、一本はかもしか温泉の野湯へ向かうルートであることが、草木に紛れて立っていた案内板によって判明した。これで選択肢は、ふたつになった。立ち入り禁止区域へと通ずる、左右いずれかの道を選ばなければならない。

せえので、ふたりが一斉に指差すと、井ノ原悠が左、相葉時之が右という結果になった。

二人で同時に溜め息を吐く。

「じゃあ、こっちだな」相葉時之が足を踏み出す。

「なんでおまえが指したほうに決まるんだよ。俺はこっちって言っているだろ」

「井ノ原、どうせ勘だろ？」

「おまえだってそうだろうが」

「そうだよ。だからこっちなの」

「なんでだよ」「おまえは勘が悪い」「なに？」「昔から、おまえは勘が悪いだろ」

仕方なく、ここは井ノ原悠が折れた。勘の悪さを認めたわけではなかったが、水かけ論で時間を費やしたくなかったからだ。

するとそこから数十メートルほど先のところでも、別れ道にぶつかった。これも地図にはないということは、かもしか温泉跡の分岐点で間違った選択をしたのかもしれない。引き返すべきか、別れ道のどちらかを選ぶべきか、ふたりは決断を迫られた。こうしているあいだにも、刻一刻とタイムリミットに近づいているが、万が一ここで判断をあやまれば、山奥でひと晩中さまようことにもなりかねない。焦《あせ》るなというほうが無理な話だった。

「右だ」相葉時之の声には余裕がなくなっていた。が、余裕のなさでは井ノ原悠も引けをとらなかった。「駄目だ。さっきのところまで戻ろう。あそこでもういっぺん、地図と写真を確認してから動くべきだ」

「いや、右だ。井ノ原、俺の勘を信じろって」

「駄目だ、引き返す。今度こそ俺の言うこと聞けよ」

「そんな暇はねえよ、右行くぞ」「駄目だ。ここはいったん戻ったほうが無難だ」

「無難に生きて、幸せになれるのか？」

それには答えずに、井ノ原悠は引き返そうとする。

「おい、井ノ原、答えろよ」肩をつかまれて、井ノ原悠は立ち止まる。「なあ井ノ原、答えろって」熱を帯びはじめた相葉時之の声に、井ノ原は少し気圧《けお》されてしまう。

「相葉？」

「ああ、クソッ！　もうまたかよ！」

「なんなんだいきなり。どうしたんだよ」

「おい、井ノ原、俺の判断は間違ってるってのか？」

「そんなことは言っていないだろ」

「どうして、俺はいつも、間違ってるほうを選んじまうんだよ」

「なんだって？」

「俺だってな、間違えたくて間違えてるわけじゃねえんだ」

「相葉、落ち着け。いったいなんの話なんだ」

「気がついたら、こんなありさまになっちまってんだよ。俺が何したってんだ」

こんなありさまが何を指すのか。今のこの、深夜の蔵王山中にいる事態を指しているのか、と思い、違う、と井ノ原悠は察する。相葉時之という人間の、人生全般を言っているのだ。

「落ち着け、相葉。いいか、誰だって完璧《かんぺき》な判断なんてできるわけないんだ」井ノ原悠は自分に言い聞かせているようなものだった。気がついたら我が人生、こんなありさまになっていた、とは井ノ原悠の嘆きとも重なる。

「後悔ばっかりだ、マジでな、後悔しかねえ。野球やってた頃の俺が、今の俺を見たら、落ち込むどころじゃねえな」相葉時之が顔を歪《ゆが》める。そして井ノ原悠に向き合うと、

「おまえにもほんと迷惑かけたしな」と髪をくしゃくしゃと掻《か》く。

「どうしたんだよ」井ノ原悠は呆れて天を仰ぐ。蔵王の木々の隙間《すきま》から、夜空のまだらな闇が見える。山奥の冥暗《めいあん》と静寂が、雑音はおろか光をも吸収し尽くし、自分たちの時間を巻き戻していくかのようにも感じられてしまう。

「井ノ原、俺はおまえに謝ることがある。まずはそっからやり直さねえと駄目だ」

「謝る？　これに巻き込んだことか」

「違う違う。あれだ。十二年前の、あれのこと」相葉時之が苦しげに瞼《まぶた》を閉じる。

⚡

十七の夏といえば、きらきらした砂浜や迫力ある打ち上げ花火の思い出が蘇《よみがえ》ってくるのが相場だが、俺の場合、たとえばそれは盗品倉庫への侵入経験だったりする。

相葉時之は笑いをとろうと思い、バッティングセンターに遊びにくる男子中学生たちによくそんな話を聞かせるのだが、結果はいつも期待に反した。ちっともウケないどころか、たいていは白い目で見られるのが落ちだった。しかもそれは、相葉時之自身にとっても、愉快な記憶ではないのだ。

十二年前のあの日も、仄暗《ほのぐら》い空に打ち上げ花火が上がってはいた。相葉時之は田中徹とバイクに乗り、山形から仙台市内までやってきたのだった。七夕まつりの前夜祭、花火大会であったため、会場近くの仙台市西公園は市民でいっぱいで、その人ごみに紛れるような形で、相葉時之たちは出店の列を眺めながら、歩いていた。

もちろん、目的は花火ではない。

ふたりは西公園の道路を挟んで東側、立町《たちまち》の一画を目指していた。盗品倉庫として利用されている、スナックの廃店舗に忍び入るためだ。

狙《ねら》いは、開通済みのプリペイド式携帯電話だった。法規制の緩かった当時、プリペイド式は使い道が多々あり、開通済みならいくらでも買い手はいた。

女子高生のふたり組が情報源だった。数日前に地元の公営プールで知り合った彼女たちが、携帯電話を何台も持ち歩いているのを見たのがはじまりで、どこかで拾ったのかと問いかけると、もらったのだと即答してきたふたり組は、訊かれてもいないのに、こんな「耳寄り情報」もあわせて打ち明けてくれた。仙台の暴走族グループが、市内のショップから盗み取った大量のプリペイド式携帯電話を、立町にあるスナックの廃店舗に隠している、と。

情報を聞き出している最中すでに、相葉時之は保管品の横取りをもくろんでいた。因縁の相手に、ひと泡吹かせてやるつもりだったのだ。

その暴走族とのあいだで起こした揉《も》め事は、数えきれないくらいだった。いがみ合いの歴史は、ふたつ上の先輩の代からつづいているが、戦績的には、相葉時之らの山形グループが負け越していた。

一ヶ月前にも、友人数人と仙台市内に遊びにきていた際、奇襲を受けたばかりだった。大人数と土地鑑に物を言わせ、連中はやりたい放題に攻撃してきた。相葉時之がリーダー格のひとりを捕まえて集中的に痛めつけ、その隙に仲間たちを大通りへ逃がしたことで、なんとか窮地を脱するのに成功はした。が、結果的に受けた被害は決して小さいものではなかった。

そのとき一緒だった連れのなかには、不良行為とはいっさい無縁の、見るからに真面目で穏やかな同級生がいた。仙台に行ったことがないというので、相葉時之が半ば強引に地元から連れ出してきていたのだ。

窮地を脱したあとにわかったのは、その真面目な同級生がいちばんの怪我人《けがにん》だったことだ。喧嘩慣れしていないのは明らかな、反撃もしてこない相手にまで手を出す敵のやり口に憤《いきどお》り、相葉時之はますます怒りを強めた。しかもそれきり、同級生には学校で会っても避けられ、目も合わせてもらえなくなってしまった。やむを得ないこととはいえ、きっかけをつくった連中への復讐心《ふくしゅうしん》が増すのはもう止められなかった。必ず報復してやるぞと思い、相葉時之はこの一ヶ月ずっと機会を窺《うかが》っていたのだ。

そこに降って湧《わ》いたように入ってきたのが、相手グループの盗品保管場所の情報だった。あいつらに打撃を与えられるのであれば、これほど都合の良いことはない。相葉時之はほくそ笑まずにはいられなかった。

女子高生ふたり組が、恐ろしいほどカジュアルに秘密を漏らすのが気がかりといえば気がかりではあったものの、そこにあるのは盗品の山という情報の魅力が不安感を上回り、若い相葉時之をいっそう衝動的にさせた。復讐のついでに、金も得られるというわけだ。

「相葉？」と声をかけられたのは、公園の脇道を歩いているときのことだ。振り向くと、坊主《ぼうず》頭の男が走って追いかけてきている。けじめは正体がわからず、仙台の高校生が難癖をつけてきたのかと身構えてしまった。年恰好《としかっこう》は自分たちと同年代、高校生くらいだが、こんな知り合いはいない。報復作戦中という状況だけに、空気は一気に張りつめた。

が、その空気は一瞬にしてやわらかいものに変わった。隣の田中徹が、「井ノ原か」と声を上げたところで、相葉時之も頭に電気が走ったかのような感覚に襲われたのだ。

「徹か。二人で何してるんだよ。山形から花火を見に？」

「はは、違うわアホ」相葉時之は荒っぽい口調で返した。

「じゃあ何だよ」

そう問われて、相葉時之は返事に困った。わざわざ話す必要がなかったからだが、それ以上に、ごく普通の高校生として目の前にあらわれた井ノ原悠に対し、気後れを感じてしまったのだ。「井ノ原、まさかまだ野球やってるのかよ」とその頭を指差した。

「まさか、って何だよ。おまえたちはやっていないのか」

相葉時之は、田中徹と顔を見合わさずにはいられなかった。「野球は」「やってねえな。井ノ原、おまえは何だよ、野球部で花火観にきたのか？」

からかうように相葉時之が言うと、井ノ原悠は、スポーツマンシップを守る野球少年がはにかむように、はにかみ、部員や同級生たちと来ているのだと明かした。その照れる様子からすると、意中の女子生徒でもいるのだろうと予想はでき、鎌《かま》をかければ案の定、そうだった。「井ノ原は相変わらず優等生で、なんつうか、ブレねえよな」と田中徹が笑い、相葉時之も同意した。きっとこういう男は、いい大学に行き、いい会社に就職し、いい家庭を築くのだろう。そんなふうに想像すると、相葉時之は石臼《いしうす》でも担《かつ》ぐような重苦しい気分になってしまった。

「じゃあな、野球部」と言い、相葉時之たちは公園の敷地から去った。

思いがけない、懐《なつ》かしい旧友との再会だったが、一度も振り返らなかった。

立町のスナック廃店舗は、人通りの少ない道沿いという、盗品の横取りには絶好の立地環境にあった。監視役もおらず、好条件がそろいすぎている。そこに不審を抱くべきだったが、お宝を目前にして、相葉時之の勘は鈍りきっていた。

廃店舗に忍び込み、わかったことは、罠《わな》にはめられたという情けない事実だった。すべては相葉時之を誘い込み、袋の鼠《ねずみ》にするために暴走族が仕掛けた計略だったのだ。女子高生ふたり組との出会いからして、連中の筋書きに違いなかった。

裏口から店内に足を踏み入れた直後、床にサラダ油のようなものが撒《ま》かれていること に気づいた。避けることはできず、気づいたときには、その場でひっくり返った。尻餅《しりもち》をつき、その尻がまた滑る。

そこへ透かさず、潜んでいた暴走族数人がにゅっと姿を現した。外で見張り番をしている田中徹に連絡を取ろうと思うが、その余裕もない。早速に、金属バットを持った暴走族のメンバーらに取り囲まれ、滅多打ちにされそうな状況に追い込まれてしまった。

体勢が崩れ、立ち上がることすらままならない。これは避けきれないと観念し、相葉時之は目を瞑《つむ》りかけた。

するとそのとき、後ろから飛び出してきた人影があった。やはりサラダ油に靴を滑らせ、転びかけていたが、そのまま金属バット男に体当たりしてくれた。

「相葉、大丈夫か」そう言ったのは井ノ原悠だった。

いったいどういうことか、理解できなかった。なぜ、井ノ原悠がここにいるのか。小学生時代に戻ったかのような気持ちになる。

「物騒なことでも企《たくら》んでいないかと思って、跡をつけてきたんだ。本当に勘が当たるとはな」

想定外の助っ人の登場により、事態は一変した。体当たりされた先頭バッターが倒れ込むと、人間ボウリングさながらに、そばにいたメンバーらも巻き添えになって転倒したのだ。大人数のため、連中のほうが身動きをとるのに苦労していた。仕掛けた罠に、自分たちがはまるという間抜けっぷりで、その隙に、相葉時之はどうにか立ち上がることができた。

おまえのおかげで助かった。そう伝えるつもりで、相葉時之はとっさに視線を横に向けた。感激のあまり、ハグでもせずにはいられなかったのだが、そこで視界に飛び込んできたのは、振り下ろされた金属バットを左手首で受けた、旧友の痛ましい姿だった。

井ノ原悠は悲鳴を上げ、ひどく苦しんでいた。ひとりだけ、転倒をまぬがれた暴走族のメンバーがいて、不意打ちに不意打ちで返してきたようだった。左腕をかばうようにしながら呻《うめ》いている井ノ原は、立っているのもやっとの様子だ。

「てめえこのクソ野郎が！」

反射的にかっとなり、相葉時之は二番バッターにタックルを食らわせた。その攻撃が功を奏し、相手を床に叩《たた》きつけたのに加え、そばにいるメンバーらをまたも巻き添えにすることにも成功した。つづいて金属バットを奪った相葉時之は、立ち上がろうとしている連中の膝《ひざ》や脛《すね》を強打するなどして時間を稼ぎ、田中徹が駆けつけるのを待った。

田中徹はほどなくあらわれた。数秒もかからず状況を把握すると、団子状に固まって倒れ込んでいる暴走族グループに向け、容赦なく熊避《くまよ》けスプレーを浴びせる。

打ち合わせた通りの緊急避難措置だった。スプレー成分の唐辛子ガスが室内に充満すれば、自分たち自身も無事ではいられないが、それも織り込み済みの段取りを組んでいた。相葉時之はすでに、井ノ原悠を支えながら油汚れのないところまで退避し、あとは外へ出るだけの状態だったのだ。

廃店舗を抜け出した三人は、その後は追撃を受けることなく、逃げ延びた。花火大会開催中の繁華街の混雑を利用しつつ、乗ってきたバイクの停めてある場所にたどり着いた。

これにて一件落着、ということにはならなかった。どちらかといえば、そこで判明した事実のほうが、相葉時之に深いショックとダメージを与えた。

井ノ原悠の左手は赤黒く腫《は》れ上がり、骨が折れているように見えた。大丈夫だ、と強がってはいるが、青ざめた表情は明らかに逆のことを物語っている。病院に運ぶぞ、と、相葉時之が田中徹にささやきかけたそのとき、聞こえてきたのは「イノッチ！」という呼びかけだった。井ノ原の連れの高校生たちがやってきたのだ。

そこからは、相葉時之にとっては思い出すのがつらい、後悔ばかりの出来事となった。

まず、ひと目で骨折とわかるほどにまで腫れた、井ノ原悠の左手が、野球部員や同級生たちをたちまち騒然とさせた。激昂《げきこう》し、おまえたちがやったのかと相葉と田中に詰め寄ってきた野球部員には、井ノ原自身が違うと説明してくれた。が、険悪な空気がもとに戻ることはなかった。その上この骨折は、井ノ原にとって、単に日常生活に支障をきたすだけの怪我ではなかったのだ。

「こんなんじゃ、イノッチ秋季大会出られねえじゃねえかよ。どうしてくれんだよ。せっかくレギュラーとれそうだったのによ」

井ノ原の日々の努力に接している自分としては、どうしてもこれを言わずにはいられない。そんな気持ちを窺わせる、野球部員の訴えだった。その言葉を耳にした途端、静かに泣き出した女子生徒もいた。すると野球部員は、ますます感情的になり、「おまえらの責任だ」と相葉時之の胸ぐらをつかみ、さらに声を荒らげて非難をぶつけてきたのだった。

「悪かった」とひと言でも、あのとき素直に謝り、助けてもらったことに感謝しておけば、俺たちの関係も違ったものになっていたのかもしれない。相葉時之は、当夜の一件を思い出すたびに、そう後悔せずにはいられなかった。

しかし当時の、寝ても覚めても虚勢を張るのだけはやめられないひとりの不良少年にとっては、責め立てられて即座に詫《わ》びるなど、絶対にあり得ないことだった。自分から頭を下げるなど、あってはならないことだった。

「うるせえ知るかよ。おれらの責任だと？　勝手についてきたやつが、ぼやぼやしてっからやられちまったんじゃねえか。そもそも大会に出たけりゃ、余計な首突っ込まなきゃいいだろうが」

余計だったのは、自分のこの憎まれ口のほうだ。今となっては、誰に言われなくてもただちにそれを理解できる。が、あの頃の俺は、こうなったらもう手がつけられない。思い出すたびに、そのことも、相葉時之は深く深く後悔せずにはいられなかった。

結局、相葉時之は野球部員とつかみ合いになり、どちらかがどちらかを殴りつける寸前で、引き離された。引き離されても、怒声の応酬はやまず、相葉時之には田中徹が、野球部員には同級生たちが、ここで目立つのはまずいと必死になだめつづけた。

そんなどたばたのなか、憤懣《ふんまん》やるかたない面持ちのまま、相葉時之は田中徹とバイクに乗り、捨て台詞《ぜりふ》も残さずに退散した。

別れ際、相葉時之は井ノ原悠の顔をちらりと見ることもできなかった。

悪かった。相葉時之は十二年前のその出来事を静かに謝ってきた。向き合いながら目を少し逸らし、言った。「結局、俺は、周りに迷惑かけてばっかりなんだ」

「あの時は、俺が勝手についていったんだ。おまえたちのことが気になって」

「おまえが来てくれたおかげで、助かった」

まっすぐに言われると、井ノ原悠もうろたえずにはいられなかった。「相葉らしくないな」

「自分のやることが全部、裏目に出ちまうような気がしてな、どうしていいかわかんねえんだよ正直」

「落ち着けよ、相葉」井ノ原悠はなだめる。

「ああ、落ち着いてる、平気だ」

「どこがだ」

「もうすぐ三十だってのによ、自分の母親まで巻き込んじまってんだぞ。なにやってんだ俺、笑うだろ」ほとんど泣きそうな顔つきになりながら、相葉時之は首を振っている。

「ただ、理由はあるんだろ」

「理由？」

「相葉、おまえが何かやる時は、理由があるだろ？ 困ったAV女優を助けたい、だとか」

「よく知ってるな」

「志賀に聞いたんだ。どっかの女が質《たち》の悪いAVの事務所やめるのに、おまえが手助けしたって。そんなふうに、どんな無茶やるときだって、おまえには理由がある」

「そりゃ理由なんざ誰にだってある」相葉時之は肩を落とした。「問題はそれで、迷惑かけちまうってことだ。おまえも、俺のせいで野球をやめたんだろ」

井ノ原悠は反射的に自分の左手に目をやった。あの夏の日の騒動で、怪我をした左手だ。「おまえに、それを言ったっけ」

「いや、徹から聞いたんだよ。俺のせいだろ」

「まあ」井ノ原悠は顔を歪めた。「きっかけはな。怪我してしばらく、部活に出られなくなった。ただな、勘違いするなよ。もとから、やめる気だったんだ。補欠だったしな」

相葉時之は、気を使うんじゃねえよ、という顔をしている。

「おまえに気は使わない。本当だ。監督ともうまくいっていなかったんだ。そりゃ手の骨が折れて、やたら痛くて困ったし、おまえに腹も立ったけどな。でも、部活をやめたことは関係がない」

相葉時之は肩をすくめ、苦笑いを浮かべた。「キャプテンは性格がいいからな。どこまで本当なのか分からねえよ」

「陥《おとし》れて、俺をキャプテンにしたのはおまえだろ」

相葉時之は、「覚えてんのか」と笑った。

「人に陥れられたのは、あれが初めてだ」

「井ノ原、おまえ、小学校卒業したら、さっさと引っ越しちまっただろ」

「それがどうかしたか」

「俺にとってはあれが最初の傷なんだよ。理由も教えてくれねえし」

「理由は言ったはずだ。親の転勤だ、ってな」

「そうだったか？」相葉時之はとぼけるでもなく、眉《まゆ》をひそめた。だんだんと落ち着きを取り戻し、普段の調子を回復しつつあることに井ノ原悠はこっそり安堵《あんど》する。「そうだよ」

「俺はいろいろ考えちまった」

「たとえば」

「たとえば、俺のせいなんじゃないか、とかな」

「おまえのせい？　何だよそれは」

「分からねえけど、自分の胸に聞いてみりゃ、思い当たる節がごろごろ出てきた」

井ノ原悠は小さく笑う。「迷惑はかけられてたからな。でも、おまえがそんなことを思っていたとはちっとも気づかなかった」

「ガキはガキなりに、いろんなこと考えるんだ」

予想だにしなかった答えだった。いつだって、考えるより先に傍《はた》迷惑な何事かをやらかしてしまう無反省な男が、「ガキはガキなりに、いろんなこと考える」ような日々をすごしていたとは正直、自分は想像もしてこなかった。

振り向いてみると、相葉時之は照れくさそうにこちらを睨んできた。井ノ原悠はなにも言わなかった。ただ、プロ野球選手のやるグータッチさながらに、右手の拳《こぶし》を突き出しただけだった。それに対し、相葉時之も黙って左の拳をこつんとぶつけてきた。

⚡

かもしか温泉跡の分岐点まで戻るだけでも体力はかなり削り取られた。野球で鍛えていた少年時代ならまだしも、足は重くなり、井ノ原悠は何度もよろけそうになる。息が切れ、途中で足が止まる。腰に両手をやり、はあはあ、と息を整え、これではぐれてしまう、足を引っ張ってしまう、と気にかけたが前を見れば、相葉時之の影が立ち止まり、やはり腰に手をやり、肩を上下させていた。

「きついな」と井ノ原悠はゆっくりと相葉時之に近づいた。

三本の別れ道からまたやり直す。相葉時之は速やかに道案内用のスマートフォンを取り出し、画面に地図を表示させた。どの道を行くべきなのか、地図と写真の再確認からは、しかし、決定的なヒントを見つけることはできなかった。結局また、どちらかの勘を頼りに進むしかないのだと、振り出しに戻らされただけだった。思うように活路が見いだせず、会話が途切れがちになりだしたところで、相葉時之がこう問いかけてきた。

「なあ井ノ原、ポンセどこ行った？」

「え、いるだろ」言いながら井ノ原悠は周囲を見回してみるが、どこにも姿がない。

「ずっとここにいたんだけどな、いつの間にいなくなったんだ」井ノ原悠は大きな声で「ポンセ！」と呼んでみる。

するとどこか、離れた場所から、「ワン！」という返事が聞こえてくる。もう一度呼んでみると、右ルートのほうからふたたび、「ワン！」とかえってくる。

「なんかお宝でも見つけたのかな」

「ここにいてもしょうがねえから、行ってみようぜ」

「そうだな」

「あれ、いいのか？」

「ん、なにが？」

「さっき俺が選んだルートだけど」相葉時之は嬉《うれ》しくてたまらないみたいににやにや笑っている。

「違うだろ。今回はな、ポンセのチョイスだ」

そう応ずると、はいはいとでも言いたそうな満足げな顔で相葉時之は歩き出した。その相葉らしい態度に、あらためて安堵するところもある。

分岐点の右ルートからつづく別れ道を、左に行った先に、ポンセはいた。ポンセはこちらを向いて尻尾《しっぽ》を振り、なにやら一枚の紙切れをくわえて差し出している。

「なんだよこれ、パチンコ屋のチラシじゃねえか。なんでこんなとこに落ちてんだよ。まさか近くに、開店待ちの列があります、とか言うんじゃねえだろうな」

「風で飛んできたんじゃないか」井ノ原悠は周囲を見回す。

「どこから」

「舞ってきたんだろ。俺たちみたいに、頑張って歩いてきたんじゃなく」

「風に運ばれるなんて、楽でいいよな」相葉時之はどこまで本気なのか言い、チラシにまた顔を近づけたが、そこで、「おお、マジか」と驚きの声を上げた。

「どうした」

「見ろよこれ、平成最初の大開放、って書いてあるぜ。パチンコ屋の宣伝で」

「どういうことだよ」

「平成になった時のじゃねえか？　このパチンコのチラシ」

井ノ原悠は、そんなチラシが原形をそれなりにとどめ、残っていたことに驚く。「まさか、このチラシが貴重なお宝です、なんてオチじゃないだろうな」

相葉時之が弱々しく笑う。「まあ、そこそこ貴重だろうけどな」

「ただ、それは」井ノ原悠は頭に浮かんだことを口にした。「ここがほとんど人が通らない道だって証明だな。片づける人もいなければ、ゴミとして捨てられることもない」

「なるほど、そうかもしれねえな」相葉時之はチラシを折り、それなりに貴重であるにもかかわらず乱暴な畳み方で尻ポケットにしまう。「それにしてもポンセよ。もっといいもん拾ってこいよ。金塊とかダイヤの原石とか、そういうの見つけたら知らせろ。昔のパチンコ屋のチラシとかじゃなくてな、もう少しいいもんを、だ。おい、わかったか？」

憎まれ口を叩く相葉時之に、ポンセはカチンときたみたいに吠え声をあげ、軽く飛びかかる真似《まね》をした。「おめえにそんな指図される筋合いはねえわ」という文句が聞こえてくるかのようだった。それに驚いた相葉が「うわっ」と両手を広げると、持っていた懐中電灯が地面に転がった。

井ノ原悠はそれを目で追い、はっとする。

「なにすんだポンセ、危ねえだろ。崖《がけ》から落ちたらどうすんだよ」

「相葉」

「ほんと、こいつ、俺のこと、なんだと思ってやがんだ」

「相葉！」

「はあ？」「ポンセのおかげかもしれないぞ」

「なにがだよ」「見てみろ」

相葉時之の落とした懐中電灯の明かりは、そのとき、この探検が新たな段階に入ったことを告げていた。

ここまでは、どんなに歩いても土や草木や岩石や流水しか見かけることがなかった闇の風景に突如、トーチカや城壁を思わせる、コンクリート壁が出現したのだ。


相葉時之は、ポケットにしまっておいたスマートフォンをごそごそ取り出そうとしている。

「暗証番号入れるところあるか？」

懐中電灯を拾い、ドアのまわりをチェックしてみると、ノブとおなじ高さの位置に郵便箱のようなものが備えつけられてあった。固く重い錆《さ》びついた蓋《ふた》を開け、なかを照らしてみると、コンビニのＡＴＭのような、テンキーが見えた。井ノ原悠は頷《うなず》いて相葉時之に知らせる。

「よし、１８６８だ、井ノ原」

例の地図画像に映っていた「Year 1868」の文字が、果たして暗証番号を示しているのかどうか。当たっていろよ、と祈るような気持ちだった。

すると、カチッという音が鳴ったのを確かに聞いた。井ノ原悠はただちにノブをつかみ、動かす。ノブは最後まで回りきる。解錠に成功したのだ。

「井ノ原、どうだ？　いけたのか？」

「ああ、いけた」

鋼鉄製のドアを開けるとひんやりした、水の腐ったような臭《にお》いのする空気が漂い出してきた。なかは真っ暗で、照明設備などは特に設けられてはいないらしい。懐中電灯を四方に向けてみると、どうやらしばらくは、階段状のトンネル通路を登ってゆくことになりそうだとわかった。それらをひと通り確認した上で、ふたりと一匹はゴールへと急いだ。

何十メートルか、何百メートルか、あるいはもう一キロを超えているのか、トンネルはどこまで行ってもトンネルのため、距離の感覚がまるで役に立たない。夜更けの山歩きは、覚悟していたよりもはるかに体力を奪っていたが、そこへ興奮のリバウンドがやってきて、ふたりとも疲労の限界に近づきつつあった。桃沢瞳の救出という目的、午前六時というタイムリミット、このふたつの責務がなければ、とっくにリタイアしていてもおかしくはない状況だ。

出口のドアに突き当たったのは、会話が途切れて十分以上がすぎたときだ。

開けると、ふたりの目の前には、今度は深夜の岩場が広がっていた。自分たちのいる場所はどこなのか見定める術《すべ》などひとつもなかったが、ただ一点、山頂に近いところに来ているらしいことは感じ取れた。相葉時之がきょろきょろしながら力のない声で問いかけてきた。

「地下施設、のはずだよな？　まさか次は、別のトンネル下るとかじゃねえよな？　それとも、この場所で行き止まりなのかよ」

「たぶん、ここから施設に入る場所がどこかにあるんじゃないか？」

「また別の入り口があるっての。第二ゲートみたいなのが」

「たぶんな。そうでないと困る」

風はなかったが、袖《そで》から出ている肌が粟立《あわだ》つ程度には、寒さを覚えた。懐中電灯の明かりと星明かりのみでは、先まで見通すことは難しい。宝の地図もすでに、その役割を終えてしまっている。

つまりまた、八方ふさがりというわけだ。

蛾《が》のようなものがちらちらと舞っていた。鱗粉《りんぷん》が毒となり、自分たちを囲んでくるかのようだ。

井ノ原悠はそこで、自らに無理やりネジを巻くかのように、「ポンセだ」と言った。

「ポンセに頼るしかない。相葉、スマホ貸せ」そう訴え、相葉時之からスマートフォンを受け取ると、井ノ原悠はカーリー犬の傍らにしゃがみ込んだ。

「ポンセに？」

「なあポンセ、おまえに頼みがある。このスマホの、もとの持ち主の匂《にお》いをたどるんだ。おまえならできるはずだ。地下施設への入り口を見つけてくれ。それができるのは、おまえしかいないんだ」

「井ノ原、さすがにそんな」相葉時之は顔を歪める。

が、この無茶な懇願の、どれだけのことが通じたのかは定かでないが、ポンセは返事代わりみたいにひと吠えすると、斜面をすたすたと歩き出した。

なんの保証もなかったが、井ノ原悠と相葉時之はこのとき、黙って一匹の犬のあとをついてゆくしかなかった。


スマートフォンのもともとの持ち主、髭面《ひげづら》男の匂いを嗅《か》ぎ分け、その残り香が漂うルートを見つけてくれたのか、それともただ、風の進む方向を探し出したのか。どちらなのかは定かではないが、とにもかくにも、絶望を覚えていた自分たちでは見つけられない通り道を、ポンセは教えてくれた。

刈田《かった》岳山頂の観光許可区域側から臨む、絵葉書にも収められている最もポピュラーな御釜の景色の、ちょうど真裏に位置するあたりかもしれない。

「これはいい線行ってるんじゃねえか？」相葉時之が独り言のように洩《も》らした。

「確かにな」ポンセに連れられながらも、いつ行き詰まってしまうのか、と井ノ原悠は不安を抱えていたが、道は終わらない。地下施設が、五色沼の水を研究する機関のものだったのだとすれば、御釜の近くに入り口があるのに違いない。「どこかに第二のゲートがある」

「第二で終わってくれればいいけどな」

「怖いことを言うなよ」と井ノ原悠は言いながらも、ゲートがいくつあろうと行くしかないのだ、とも思う。

ポンセに連れられて、井ノ原悠と相葉時之が、「第二のゲート」の前にたどり着いたのは、午前三時をまわった頃だ。闇の色はなおも深いが、あと二時間もすれば夜が明けはじめる。

第一のゲート同様、第二のゲートにも鍵《かぎ》がかけられていた。

ただし、第一のゲートとは異なり、第二のゲートの施錠に使われていたのは電子ロックではなかった。ここでふたりの前に立ちはだかったのは、年代物の南京錠《ナンキン》だったのだ。

「何で、こっちのはボロいんだよ」

先ほどのテンキー入力の電子ロックに比べ、こちらはかなり武骨で、原始的だ。経年劣化や意匠から判断するに、施設がつくられた当初より使用されていると見て間違いなさそうだった。

「こっちは昔からのセキュリティーなんだろう」

「昔から？　さっきのやつだって昔からあるんだろうが」

「こっちはほら、施設ができた時のものなんじゃないか？　第二次世界大戦の最中、ここにその、生物化学兵器の施設をつくったんだとすれば、そのときの鍵だ」

「なるほど。古いやつなら、こっちは簡単に壊せるかもな」

が、見た目のボロさに反して頑丈きわまりなく、相葉時之が手近にある岩を何度ぶつけてみても、ほんのわずかも欠ける様子はない。五桁《けた》の数字を合わせるダイヤル式だったが、第一のゲートの暗証番号はおろか、思いつくかぎりのものをいくつ試しても開かず、いよいよ突破の手立てが完全になくなりつつあった。

「ああ、クソッタレ、全部駄目だ。電話番号も日付も、メールにあるそれっぽい数字も」

相葉時之はすっかり脱力し、肩を落としてその場にどさっと座り込んだ。ベルトに結びつけてぶら下げた、空の五〇〇ミリリットル・ペットボトルの入ったコンビニ袋が地面にぶつかり、コロンという場違いな小気味よい音を響かせる。

「相葉、あきらめるな。なにかヒントがあるはずだ。もっとよく探してみろ」

「やってるよ、でも駄目なんだって」

「冷静になれ、きっと見落としがあるんだ」

「わかってるって、でも、あっ、やばいやばい、まずいぞ、ああこりゃ駄目だ」

「おいどうした？」

「井ノ原、終わりだ」

「終わり？　決めつけるなよ」

「バッテリー、切れちまった」

　井ノ原悠はがくっとなり、言葉を失って何度も首を横に振る。相葉時之は、手にしたスマートフォンを地面に投げつけようとするが、思いとどまり、さらに嘆声を上げた。

「ああもう、マジでしくったわ。こんなんなら、あんとき訊いときゃよかったんだ」

　顔だけ横に向けて、井ノ原悠はなだめるように言った。「そんな暇はなかっただろ。おまえと取引する寸前に、もとの持ち主は銀髪の怪人に殺されたんじゃないのか」

「そいつじゃねえよ。俺が言ってんのは、レッドのことだ」

「赤木さん？　なんで赤木さんが鍵の開け方知っているんだよ」

「なに言ってんだよ、暗証番号とゲートのこと教えてくれたのは、レッドだぜ」

「だけど、赤木さんがここに来たわけではない」

「そうか、ここに来たのはあの水汲《く》みの髭面男と」

「と？」

「B29の男だろ。施設を壊しに来たとか、レッドが言ってたじゃねえか」

ああ、と井ノ原悠は声を漏らす。浮かんできたのは、赤木駿と交わした会話だ。

東京大空襲の夜、三機のB29がこの施設を目指し、そして不忘山《ふぼうさん》に墜落した。もしそれが、赤木駿の言う通り、生物兵器研究施設を破壊するためだったのだとすれば、内部に侵入するにはこの南京錠をはずす必要があったはずだ。

井ノ原悠は、そのB29工作員となったような思いで、あたりをうろつきはじめる。

「おい、井ノ原、何考えてんだ」相葉時之が横から呼びかけてきたが、手を前に出し、ちょっと待ってくれ、と合図する。

「B29の男は、ここの鍵を簡単に開けられたんだろうな、と思って」井ノ原悠は南京錠を改めて、見る。が、触ったところで凹《へこ》みに気づいた。角が欠け、削れている。「誰かが力任せに壊そうとしたのか。ぼろぼろの部分がある」

「俺がさっき、さんざんやったからな」

「それより古そうな傷がいくつかある」

「あれか、例の髭面だな。あいつも俺たちみたいに、ここで焦ったってわけか」相葉時之は、「ハハハッ」と笑ってみせたがすぐに、「いや、違うか。あいつは知ってたはずだ。だから、水を汲みに来れたわけで、壊す必要はねえな」と続ける。

「ほかにも、ここに来た人間がいるんだろう。もしくは、B29の男か」

「アメリカだって、この五桁くらいは調べてたはずだろ」

「まあ、そうだろうけど」

当時の米軍の情報機関は、こんな辺鄙《へんぴ》な山奥に極秘の地下施設があることを突き止めているくらいなのだから、周到綿密な軍事作戦を進行させる上で、解錠のための五桁の数字を調べなかったはずがない。

だが、と、井ノ原悠はこういう可能性について考えてみた。

たとえば仮に、南京錠での施錠が判明したのが墜落のあとだったとしたら、どうだろうか。ここまで来て、五桁の番号が必要だと気づいた。

いや、さすがに米軍もそこまで行き当たりばったりではないはずだ。そうは思うが、考えを捨てきれない。

「じゃあ、こういうパターンはどうだろう」井ノ原悠は口にする。「五桁の数字は調べてあった。そのミッションのために、工作員たちにも伝えられていた。ただ、何らかの事情で、ここに来たB29の男はそれを知らなかった」

「うっかり忘れちゃった、とか言うなよ」

「いや、たとえば、それを知っている奴《やつ》が死んだのかもしれない」

「どういう想像だよ」

「B29は墜落した。墜落に見せかけただけなのかもしれないが、いや、乗員のほとんどが死んでいるんだから、不本意な着陸だった可能性はある」

「で、暗号担当が死んじまったのか」相葉時之は冗談として口にしたものの、あながちそれも冗談と言い切れないと察したのか、「なくもねえか」と声の調子を変えた。「で、ここに着いた奴は、その鍵を力ずくで壊そうとしたってのか？」

「そうだ、その傷が、これかもしれない」

「だとしたら、何だ、俺たちにとっていい情報になるのかよ」

「いいか相葉、結果的に、B29の男は中に入れた。研究施設は破壊されたんだから」

「鍵は壊さずに、中に入ったわけか」

井ノ原悠はまた、そのB29の男に思いを馳《は》せる。破壊工作員であるB29の男もここまで来たところで、五桁の数字がわからず、今の俺たちのように地団駄を踏むことになったはずだ。一度は、石で殴りつけた。その後でどうしたのか。ふと、自分の場所に立つ、B29の男の姿が見えるような気すら、した。

「どこかに、別の抜け道があったのかもしれねえな」

「もしくは」井ノ原悠は、これはかなりの希望を込めた思いで、続ける。「なんらかの形で、B29の男は暗証番号を知ったか」

「番号を後から？　それならほら、連絡を取ったんじゃねえか？　作戦本部か何かに、番号係が死んじゃったから教えて！　とかな」

「それだったら、すぐに連絡を取っている。南京錠を壊そうとする必要もない」

「もし、その、壊そうとしたのがB29の男だったとするならな」

その通りだ。この鍵がいくらボロボロになっていたところで、B29の男がやったかどうかは分からない。あくまでも、井ノ原悠の想像に過ぎなかった。

が、今は、その線で考えるしかないのも事実だ。まばたきもせずに、井ノ原悠は必死に思案を巡らせる。

「連絡がつかなかったとすれば、作戦本部の奴らが、まあ、作戦本部なんて名前かどうかも知らねえけど、そいつらが慌《あわ》てて、番号を伝えに来たかもな」

「どうやって」「知るかよ、俺に分かるわけがねえだろ。作戦本部に訊けよ」

ここにいる工作員にどうやって、暗証番号を伝えることができるのか。

別のB29が来たのか？

可能性はある。もしかするとそれが、墜落した三機のうちの二機目もしくは、三機目だったかもしれない。

機体から大声で番号を叫ぶこともできなかったはずだ。落下傘《らっかさん》で別の仲間が緊急降下をしたのか？　また、不時着する可能性もある。

井ノ原悠は気づくと、空を見上げていた。おなじように、相葉時之も上空を仰ぎ見て、ポンセも夜空を眺めている。

「お、流れ星」相葉時之が透かさず指を差す。「見たか」と訊かれ、井ノ原悠は、「ああ」と答える。「願い事は?」との質問に、「忘れた」と返すと、「なんだよ、おまえもか」と相葉時之は溜め息をついた。

「あんなふうにすーっとさ、空に文字でも書いたみたいに番号が見えれば、楽だったろうな。そうでなくても、さっきのあれみたいに、上から落とすとかな」子供が空想でも描いているみたいに、相葉時之がぶつぶつしゃべっていた。

「え?」

「パチンコ屋のチラシだよ。さっき拾ったやつな。あれだって、ばら撒いたんだろ。おんなじように、空からよ。まあ、なわけねえだろうけど」

井ノ原悠の頭に去来するものがあった。「それだ」と声を上げている。

「それって何だ」

「空から落としたのかもしれない」井ノ原悠は興奮し、声が裏返りそうになる。米軍が空から落とすもの、という意味では一つ、心当たりがあった。「ビラだ! 空からビラを撒いたんじゃないか?」

「え」

相葉時之はぽかんとしている。

「そうだ。たぶん、それだよ、相葉！」井ノ原悠は急いで自分のスマートフォンを取り出す。以前、桃沢瞳に見せてもらった対日宣伝ビラの画像だ。確かメールで送ってもらっていた。

脇目も振らず、呼吸するのも忘れ、画面に表示させたメールの添付ファイル画像を次々にチェックしてゆく。そのなかに、明らかに五桁の数字を記したものが一枚だけあることを、井ノ原悠は記憶していたのだ。間違った行動でしかないのかもしれないが、ほかにはもうやるべきことは残されていない。

気づけば、相葉時之が近寄ってきており、固唾《かたず》を呑んでなりゆきを見守っている。腐れ縁の旧友は、なにもかも理解しているというふうに、黙り込んで真剣なまなざしを向ける。その隣では、ポンセもじっとしてこちらを見上げている。

「あった、これだ。『我が国の戦力、日本の二万千六倍』」

そのキャッチフレーズから、井ノ原悠はこんな考えを得たのだった。「二万千六倍」などという中途半端な数字をキャッチフレーズに使う理由が分からない。つまり、それは蔵王山中に潜むB29の男宛《あ》てに送られた、暗号だったのではないかと。

相葉時之が画面を覗き込み、その画像をひと目見て、井ノ原悠と視線を合わせた。

「なんかよくわからんが、なんでもいい。おまえがこれだと思うんなら、試してみろよ」

井ノ原悠は深く頷き、暗号と思《おぼ》しき「二万千六倍」、すなわち21006になるように、南京錠の五桁の数字を合わせてみる。

その瞬間、たいへんな量のエンドルフィンが脳内に溢《あふ》れ出たのを井ノ原悠は実感した。この凄《すさ》まじいほどの達成感を、傍らにいる相葉時之と、おそらくはポンセも、ともに味わっているに違いなかった。南京錠はかたくなに握りしめていた拳をそっと緩めるかのように、重々しい掛け金を開いていた。

⚡

第二のゲートの先には、第一ゲートのトンネル通路よりも狭くて暗い、下り階段の通路が伸びていた。

また、第一ゲートのトンネルとは異なり、こちらはやや蒸し暑い空気が漂っており、これまで嗅いだことのない、独特の饐《す》えた臭いが満ちている。

さらに、それ以上に大きく違ったのは、次の扉までの距離が短かったことだった。今度は鍵のかかっていない、錆《さび》だらけの鉄製ドアを開けると、暗すぎてにわかには広さがわからぬ不気味な空間が眼前にあらわれた。

「おお、こりゃひでえありさまだ。完全に破壊されちまってるっぽいな」

照明の類《たぐ》いは見当たらぬ、真っ暗闇の室内だったが、足を一歩踏み出すごとにガラス片の砕ける音が立ち、つま先に容器のような物がぶつかるのを感じた。

懐中電灯で四方を照らしてみれば、そこら中が焼け焦《こ》げたみたいに真っ黒に染まっていて、ところどころが穴だらけになった化学プラント設備の配管らしきものが床に転がっていた。爆破による破壊の痕跡《こんせき》と見るのが、正解なのかもしれない。

「水汲めるところなんてあるのかな」

「時間もねえし、二手にわかれて探してみようぜ」

相葉時之が懐中電灯を持ち、井ノ原悠はスマートフォンのライトをあちらこちらに向け、五色沼の水が溜めてある場所を探しまわった。研究設備が破壊し尽くされているとはいえ、施設内は水浸しにはなっていない。ということは、上から沼の水を引いている水道管は無傷なのだ。そうでなければ、相葉時之のいう「髭面男」が水を持ち帰ることもできなかったはずなのだから。

「おい、井ノ原」相葉時之が、室内の反対側から呼びかけてきた。「なんか、シャーって音、聞こえねえか?」

井ノ原悠は耳を澄ましてみるが、特に聞き取れない。「わからないな。しんとしすぎてるせいじゃないか?」

「いやいや、聞こえるって。こっちきてみろよ」

じゃりじゃりと足音を鳴らし、相葉時之のすぐそばまでやってきた井ノ原悠は、あらためて聞き耳を立ててみる。確かに、ホワイトノイズのような音がうっすらと響いている。

「ああ、聞こえるな。あっちのほうだ」

その方角へ懐中電灯の光を当ててみると、闇が濃くなっている箇所がある。壁や物品など遮るものがなく、一枚のドア程度の大きさの穴のようだ。別の部屋へとつながる通路が設けられているらしい。

相葉時之に、「行こうぜ」と誘われ、井ノ原悠は歩き出した。彼らのあとにはポンセもついてきた。穴に吸い込まれるように、濃い闇のなかに彼らは足を踏み入れる。

ここでもまた、彼らは何メートルも何メートルも歩いた。通路は緩やかなカーブになっていることから、御釜の縁に沿ってつくられた道なのではないかと想像させた。

前進するにつれ、ホワイトノイズのような音のボリュームはどんどん上がる。それがはっきりと、水流の音なのだとわかるくらいの音像になったところで通路が切れ、目の前に吹き抜けみたいな空間が広がっているのを彼らは認めた。ホワイトノイズのような音の正体は、その先にあった。広い空間の上部を横切るように走る、巨大な岩盤の庇《ひさし》から、滝のごとく大量の水が流れ落ちていたのだ。

「こりゃすげえ」相葉時之のそのひと言に、井ノ原悠も絶句して同意していた。

夜明け前の暗い空のもと、ほとんど光を受けてはいないはずだというのに、その飛泉は明るく輝き、複雑な彩り《いろど》を放っていた。

複雑な彩りは、とうてい五色になど収まりはしない多様な表情を備えていて、刻々たる変化を示した。しばらくのあいだ見つめているうちに、その光景は、精霊たちの舞うさまにでも出くわしたかのような錯覚さえもたらした。この世のものとは思えないとは、まさにこういうことを言うのだろうと、井ノ原悠は心底驚かされていた。

「これ全部、五色沼の水だよな？」

相葉時之にそう訊かれて、井ノ原悠は、「ああ、だろうな」と答えた。

「俺たち、大丈夫だよな？」

「大丈夫って、なにが？」

「こんだけの水、飛び散ってて、もう結構、口んなかに入っちまってるだろ？」

「細菌感染とか、そういうことか？」

「そうそう、そういうことだよ」

「赤木さん曰《いわ》く、村上病は存在しない。そう信じるしかないな」

「だけど、ほら、あれだ。村上病は」

「あるけど、ない」

「その言葉の意味が分からない。あると言えば、あるのかもしれねえぞ。あ、それに」

腕組みをして、相葉時之は黙りこくった。

「どうした」

「いや、ここは、生物兵器の研究してたんだろ？　ってことは、村上病は存在しなくても、兵器用の細菌だかウィルスだかは、うようよ漂ってるのかもしれねえじゃねえかよ」

その危険性は、第二のゲートを通り抜けた段階で、井ノ原悠も内心で憂慮していたし、今もそれは晴れぬままだった。可能性は半々かもしれないとすら思っていたほどだった。

「あれ、またポンセいねえぞ、あの野郎どこ行きやがった」相葉時之は周囲に目をやり、ほどなくして、「ああっ！」と声を上げた。

見ると、カーリー犬は数メートル離れたところの滝のそばにいて、古い木桶《きおけ》に溜まった水を黙々と飲んでいる。その飲みっぷりからすると、なかなかの美味の天然水のようだ。

そんなポンセの姿を目にして、いっぺんに肩の力が抜けてしまった井ノ原悠は、腰にぶら下げたペットボトルを取り出す。

相葉時之も口をあんぐりと開け、ポンセの飲みっぷりを眺めた。「馬鹿《ばか》なのか、すげえのか」

「相葉、どのみち俺たちには、選択肢なんてない。急ごう。帰りの道も計算に入れたら、あんまりのんびりしていられないぞ」

「そうだな。とっとと水汲んで帰ろう。蛇口かなにかねえのかな」

「あれが、そうじゃないか？」

井ノ原悠が指差したところへ、相葉時之が懐中電灯の明かりを差し向けると、岩壁の下部にひとつの水道設備が照らし出された。たった二基しか蛇口のついていない、意外なくらいに小さなものがそこには設置されていた。ふたりが横に並び、同時に真鍮《しんちゅう》の蛇口をまわすと、それぞれの口から静かに一条の水が落ちてきて、みるみるうちにペットボトルを満たしていった。持参したペットボトルに次々と水が入る。

果たしてこれが、と井ノ原悠は考えた。金になるのか？　とてもじゃないが、そうは思えなかった。

「なんだよ、記念撮影か？」

スマートフォンを掲げ、岩盤の庇から流れ落ちる大量の水を写真に収めた井ノ原悠に、相葉時之がそう訊いた。「そうじゃない。ここの水だっていう証拠写真として、桃沢さんのスマホに送るんだ。銀髪の怪人に疑われて、もう一回行ってこいとか言われたら洒落《しゃれ》にならないからな」

「なるほどな。それじゃ井ノ原、ついでにふたりで記念写真も撮っておこうぜ」

そんな暇はない、と言いかけた矢先、相葉時之が透かさず滝を背にするように肩を組んできた。それにつづき、「はい、一足す一は?」というかけ声に促されて仕方なく、井ノ原悠はスマートフォンを持った左腕をめいっぱい伸ばし、記念の一枚を撮った。

時間を確認すれば、午前三時四十五分だ。三、四、五の数字の並びから吉兆を受け取る。無理やり、だ。ともすれば不安だらけになってしまう状況を、無理やり前向きに捉《とら》え直したかっただけだ。

「またあの道歩くのか」相葉時之がげんなりした声を出す。

「ルートが分かってるんだ。だいぶ楽だ」

「楽ってことはねえだろ、楽ってことは」

「行くぞ。画像を送って、母校に直行だ」

相葉時之がそれに返答するより先に、ポンセの快活なひと吠えがあたりに響き渡った。

「よしおまえら、俺についてこいや」そんなふうに聞こえる掛け声を発したポンセが、ふたたび先導するように歩き出し、井ノ原悠と相葉時之はそのあとに従った。

9.5

一九四五年三月一〇日

操縦士のフィアマンはできる限りのことをやった、と副操縦席に座っていたオーエン・K・ムースは思った。グアム北飛行場を飛び立つ前からすでに、日本の東北地方の天候が危ぶまれており、山間部では雪が降るとは予測されていたものの、ここまでの吹雪だとは上層部の人間は想像していなかっただろう。

蔵王山脈、最終着陸地点の火口湖付近に近づくにつれ、視界が悪くなり、空からの雪と風で舞い上がる雪とが機体を四方八方から殴ってくるかのようだった。

フィアマンはかなり真剣な面持ちで、U字型の操縦桿《かん》を握っていた。グアム基地から何時間も集中力を切らすこともなかった。とはいえ、雪と風の量が尋常ではない。B29は平衡を保てず、翼を広げた横幅四〇メートル以上の体を何度も震わせた。

「このままだとポイントまで行けない」フィアマンが主張した。

「どこでもいい、降りられる場所に」通信士が言ったのは、そういった指示が届いたのか、それとも彼自身の判断なのかははっきりしなかった。先ほどまで、「こちら、地平線の猫、地平線の猫」と機体のニックネームを連呼していた。

視界が回転した。オーエン・K・ムースがそう思った時には、B29は大きく揺れ、体が真下を向き、後方で巨人の骨が折れるかのような響きが起こった。

オーエン・K・ムースに意識を取り戻させたのは、頬や首にぶつかる風の冷たさだった。機内にいるのになぜ風が、と目を開くとフロントガラスが割れており、そこから雪の混じった風が吹き込んでいるのだ。操縦席のフィアマンは前に突っ伏すような姿勢で動かない。

近づき、名前を呼び、体を揺するとびくっと動いた。「無事か」と声をかける。

「たぶん」操縦士フィアマンの額から血が出ていた。ガラスでも当たったのだろうか。彼は操縦席から立ち上がろうとしたが、また腰を下ろした。痛みが走ったに違いない。

オーエン・K・ムースは振り返ったところで、機体の向こう側が真っ白なのに気づき、一瞬、困惑した。機体の後ろ半分がないのだ。どこかで半分に折れたのか。B29の上半身だけ、というわけだ。それでも命があったのは、幸運以外の何物でもない。

一番強いのは自然の力、と昔、言っていた父のことを思い出した。アメリカの兵力や武器がどれほど増し、テクノロジーが発達しようと自然の力が少し本気を出すと敵《かな》わない。

通信士フランシスも意識はあった。通信機器をひとしきりいじくっている様子で、オーエン・K・ムースを見ると肩をすくめた。

「後ろは真っ二つだな。アルバートやチャールスはどうなったのか」オーエン・K・ムースは後部に乗っていた銃撃士たちのことを気にする。

「もし、運が良ければパラシュートを使っている。それよりも、オーエン、おまえはすぐに外に出て、火口湖に向かえ」

「ドッグとラビットは」同じくグアム基地から発進した別のB29がドッグで、サイパン基地から向かっているはずのB29のほうがラビットだった。

「どうだろうな。もしかすると、この悪天候でほかの二機も不時着しているかもしれない」

「まったく」とオーエン・K・ムースは息を吐く。呆れたわけではなく、感嘆だった。

今や日本は、本土決戦に備えて燃料をけちるほかない状況で、アメリカの写真偵察機が空を巡回しても何もできず、制空権を完全に失っていた。おかげで、アメリカ側は撮影した航空写真をもとに升目ごとにエリア番号を振った詳細地図、リトモザイクの作成に成功しており、その日、オーエン・K・ムースたちとは別働の、約三百三十機のB29が爆撃に従事している作戦でも、当の地図が用いられているはずだ。つまり、日本はすでに連合国軍に対し、ほとんど抵抗することができない状態であるにもかかわらず、自分たちのB29は墜落した。通信士フランシスの言うように、三機が全部、墜落した可能性もある。神国を自称するこの国が、燃料不要の最後の武器として、吹雪を使ってきたのかと愚痴りたくもなる。

「オーエン、ポイントに急げ」

「ドッグとラビットが墜落してるとすれば、他の二人も無事かどうか」

「行ってみなきゃ分からない。それに、もし一人だとしても、仕事はやり遂げなくてはいけない。そうだろ？」

オーエン・K・ムースはうなずく。

「まあ、俺たちには、おまえの任務が何なのか分からないけれどな」通信士フランシスが笑う。それは事実だった。オーエン・K・ムースが託された使命の詳細が全員に知らされているわけではない。

命があったからには、与えられた仕事をこなさなくてはならない。そのためにははるばる南国のグアム基地から飛んできたのだ。

「フランシス、いいか、残った全員で火を焚《た》くんだ。今、ここで一番の敵は寒さだから」

「分かってるって。こっちはどうにかする。とにかく早く行け」

機内の奥に置かれているバッグを開け、中から引っ張り出したウェットスーツに着替える。

そこで後方から風が吹いてきた。ウェットスーツを着ていたにもかかわらず、痛みを覚えるほどの冷気がぶつかってきた。息ができず、顔面が瞬時に凍りつくかのようだ。が、動じている暇はない。

黒い無地のもので、腰の部分にはバンドがついており、そこに銃を二つ、警棒を一つ、非常照明灯を差した。さらに、プラスチックの器具を二つ取り出す。広げると、蜘蛛《くも》の巣模様の円形に変形するものだ。

機体の外に出ると、一瞬、視力がやられたのだと思った。深夜の暗さの中に、白一色の景色が広がり、あとは映像ノイズよろしく、ごみのようなものが舞っているからだ。吹雪の景色だと気づき、持ってきた蜘蛛の巣状の円盤を足にはめる。雪の上を歩きやすくするための装具で、母国の開発部隊が最近、実用化することを決めたものだった。念のため、詰め込んできて良かった。

着陸地点は予定と違ったものの、B29から一人で出発することは予定通りといえば、そうだ。

夜が明けるまでにはまだ時間があり、景色はほとんど把握できない。頭の上につけたヘッドライトが前を照らすが、その光を塞《ふさ》ぐかのように上から下へ、横から横へ、雪が次々と流れていく。

冷たい風がたびたび、体の動きを止めさせた。頬につく雪が暖かく感じるほどだ。

オーエン・K・ムースは方向感覚には自信があった。頭の中には、このあたりの地域の地図が叩《たた》き込まれており、時折、方位磁石で確認を行えば、あとは決められた経路を行くことができた。今回の、この、日本の地下施設の破壊ミッションにも、その能力ゆえに選ばれたところがある。

冬の蔵王山麓《さんろく》を徒歩で移動し、その火口湖の下に入り込まなくてはならない。ウェットスーツのおかげで寒さは防げるが、体の動きは制限される。オーエン・K・ムースは、雪上の蜘蛛の巣型シューズを、雪で覆《おお》われた地表から引き上げては前に出し、引き上げては前に出し、ひたすら先へ急いだ。

不忘山《ふぼうさん》まで辿《たど》り着くとさすがに息が乱れ、体が一時、動かなくなる。いったん休むべきか、と思う一方で、一度でも足を止めてしまうと体が固まってしまう恐れもあった。

「遅刻しちまった。悪かった」後ろから声がしたのはその時だった。

振り返れば薄ぼんやりとしたヘッドライトがまず目に入る。同じ出《い》で立《た》ちの、ウェットスーツを着こみ、蜘蛛の巣型シューズを装備した男が近づいてきたところだ。アンソニー・D・レイノルドだ。口にまとわりつくような雪を必死で、グローブで拭《ぬぐ》っている。

「良かった。無事だったんだな」オーエン・K・ムースは言った。「こっちは墜《お》ちた」

「こっちもだ」アンソニー・D・レイノルドは軽く肩をすくめる。「すげえよな。雪が、B29を迎撃したようなもんだぜ」

「みなが寒さを乗り越えられるかどうか」本来であれば、自分たちをこの場所に下ろしたあとで、B29は帰還する予定だった。それが予期せぬ墜落と相成った。「この寒さはちょっと想定を超えている。火を焚いても、すぐに消えるんじゃないか」

「心配だが、仕方がねえよ、俺たちは俺たちの仕事のことを考えねえとな。オーエン、体、動くか?」

「まだ大丈夫だ。だが、ここで立ち止まってると、雪の柱になるようだ」

「行くか」アンソニー・D・レイノルドが周囲を見渡しながら、言う。もう一人、三番機の男、ウィリアム・E・レナウが合流する予定だったからだ。「あっちも墜落した可能性は高い」

合流できなかった場合には、メンバーを待たずに単独でも潜入を開始する手はずとなっていた。作戦に、やり直しは利《き》かない。無慈悲と言われようが冷静に判断し、決められた通りに行動するほかない。そのために三人用意されている、とも言えた。

二人は雪の中をまた歩き出す。蜘蛛の巣型シューズが幅を取るため、足を大股《おおまた》にしながらも横に並ぶ。雪は弱まったかと思えば強くなり、風の向きもたびたび変わる。

「東京はどうなってるんだろうな」アンソニー・D・レイノルドが言う。「大量無差別爆撃は」

「そういう言い方はやめろ」

「実際そうだろ。三百三十機だぜ。しかも機関銃の弾を降ろして、普段の二倍の焼夷弾《しょういだん》を積んでるわけだろ。四十万発近くは落とせる。日本はほとんど抵抗できない上に、標的は、一般市民だ。祖国のやることを批判するつもりはねえけど、さすがにな」

「まあな。ただ」

「それが戦争だ、って言うんだろ」

「アンソニー、おまえの言いたいのも分かる。俺だって、その東京の仕事のほうじゃなくてな、こっちで良かった、と思うところもある」

「だろ。『上空から莫大《ばくだい》な数の爆弾を落として、市民を無差別攻撃』ってのと、『山道をえっちらおっちら進んで、敵の実験施設に乗り込んで破壊する』ってのじゃ、後ろめたさがだいぶ違うからな」

「施設は本当にあるのか」

「そこまで疑い出したら、どうしようもない。引力だとか、地球の自転と一緒だ。偉い人たちが、あるというからにはある。ほら、あそこに」

アンソニー・D・レイノルドがそう言ったので、オーエン・K・ムースが前方に目を凝らした。山を下る斜面を歩いていたのだが、その奥の地形が凹《へこ》んでいるように、見えなくもない。「目的の火口湖か」

まだずいぶん距離がある。滑らぬように、と体重のかけ方に気を配りながら進む。

「何でこんな場所に研究施設を作っちまったんだろうな」

「あの火口湖の水がな」

「体にいい、とか言うなよ」

「そうじゃない。どうやら、特定のウィルスと混ぜると反応するらしい」

「反応？」

「爆発的に増殖させて、感染力を高めて、毒性を増大させる。生物兵器に利用するには、もってこいの水なんだと。その上、あの湖でしか生成されない特別な水ってことだから、すぐ下に施設をつくったわけだ」

「俺たちがわざわざ、こうしてやってこないといけないくらいの兵器を開発中ってわけか」

「日本も最後の大逆転を狙《ねら》っている。強い武器さえあれば、どうにか取引には持っていける。恐ろしい武器をちらつかせればな。だろ？」

「惜しいのは、そのことまで敵国の俺たちが知っちゃっているってことだ。しかも俺たちは、その資料を奪っていこうとしてる」

オーエン・K・ムースはうなずく。「俺たちが無事にやり遂げればな」

それからしばらくは、下り坂を、雪で滑らぬように気をつけながら、足を踏ん張りつつ火口湖の影を目指し、歩く時間が続く。

道が平坦《へいたん》になりはじめたところで、火口湖の窪《くぼ》みはずいぶんはっきりと見える。「なあ、オーエン、あの湖に飛び込んだら、すぐに施設に着きそうだけどな」ウェットスーツは頭も包んでいるため、口元だけが晒《さら》されている形だ。雪が邪魔で仕方がない。

「おまえだけ泳いでいけよ。俺はごめんだ」

指令によれば、施設への入り口は逆方向にあるはずで、二人はそのまま、巨大な、魚類の眼にも見える湖を遠巻きに、その裏側へと歩いていく。息は切れ、足が重くなる。この作戦を決行するにあたり、母国での登山訓練はさんざんやったが、本番ともなると疲労度は違う。墜落のショックがボディブローのように効いている。

アンソニー・D・レイノルドとはともに特殊訓練を受けた仲で、その時から乱暴でい い加減な物言いは多かったものの、今日の場合は、自らの疲れと不安を打ち消すためなのか、もしくはこの雪山で二人きりの仲間意識からか、いつも以上に口調が砕けている。訓練中はいつもかぶっていたお気に入りの赤いキャップ帽もさすがに今は持っていなかった。

「オーエン、俺はさ、義賊に憧《あこが》れていたんだ。子供の頃は、オーストラリアのフレデリック・ワーズワース＝ウォードの話が好きでな」アンソニー・D・レイノルドが喋《しゃべ》りはじめたのは、火口湖の裏手に回り、一本道を歩くだけとなったあたりだった。すでに雪上シューズは脱ぎ捨て、背負っていたバッグから取り出した登山靴に履き替えていた。

呼吸も苦しく、雪が顔面に降り注ぐ中、わざわざそのような話をする必要も感じなかったが、「喋るな」という余裕もない。

「知らないのか？」とさらに続けてくる。「オーストラリア開拓時の強盗だ。当時は山ほど盗賊がいてな、警察と銃撃戦になるのが常だったらしい。ただ、ウォードは一人も殺さなかった。警察をかわすのが得意だったんだ。盗んだ金で酒を振る舞ったり、盗んだ後で金を返したこともあった」

「何がしたいんだ、その男は」

「当時はオーストラリアの植民者たちが、我が物顔で振る舞って、先住民たちに厳しかった。どこかの国と一緒だな。あとから来た奴《やつ》らが偉そうに、だ」

「耳が痛い」

「そんな中、盗賊たちは、その植民者たちへのカウンター、アンチテーゼという位置づけだったんだろう、市民からは好感を持たれていたんだ。中でもとりわけ、ウォードは英雄扱いだったそうだ。懲役を食らって、コッカトゥー島に流された時も、脱出してみせた」

「確かに、みんなが喜びそうなストーリーだな」

「島から逃げた後は、キャプテンサンダーボルトの偽名を使って、強盗を繰り返した。恰好《かっこう》いいだろ？」

オーエン・K・ムースは、果たしてその話のどこが恰好いいのか、と思わずにはいられない。

「最期《さいご》はどうなるんだ」

「一八七〇年五月二十五日だ。ニューサウスウェールズの町ユーララで、巡査に撃たれて、死んだ」

「あっけないな」

「まあな。だけど一部で、キャプテンサンダーボルトは、サンフランシスコ行きの船で、アメリカに渡った、という説もある」

「どういうことだ」足がもつれそうになり、膝《ひざ》が折れかかるのを踏ん張る。

「射殺されたのは、彼の叔父で、本人は生き延びた、という話でな。真偽のほどは分からん」

そんなものは嘘《うそ》に決まっているだろうに、とオーエン・K・ムースは思う。ただ、そういった生存説が流布《るふ》するほどに、好感をもたれていたのは事実なのかもしれない。

「一つ言えるのは」

「何だ」

「国や警察の正式発表には裏がありそう、ってことだろう」オーエン・K・ムースは言う。

「俺たちの今日のこの任務が、絶対、表には出ないのと一緒だ」アンソニー・D・レイノルドは真顔だった。

その通りだ。今日の、東京への大量爆撃については、良くも悪くも未来まで語られるだろうが、同時進行の、火口湖下の研究施設破壊工作は、誰も知ることがなく終わる。そもそもが、オーエンたちの任務はすべて、表に出ないことが大前提だ。

歴史に名を残したい、と思ったことは一度もない。

が、自分の仕事の証拠が何も残らぬことに寂しさはあった。

雪の降りが弱くなりはじめ、歩きやすくなる。その後は無言で二人は進む。

研究施設に通じるトンネルがあることは知っていたが、行きついた先に壁があり、ドアが設置されているのを見た瞬間、オーエン・K・ムースはその、大きなパッドロックの存在にぎょっとする。ダイヤル式の鍵《かぎ》がついており、触って顔を寄せると、五つの数字を合わせて解錠するタイプだ。ああ、これが例の鍵か、と改めて思う。

「ここまで来たぜ。あともう少しだな。ここの番号を教えてくれ」

オーエン・K・ムースは肩をすくめた。「ここの番号は知らない。アンソニー、おまえもだろ？」

アンソニー・D・レイノルドは、「もちろんだ」とうなずく。少し呆《あき》れ顔になった。

「お偉いさんたちは、どうしてああも、派閥争いにご執心なんだろうな」

その通りだ、とオーエン・K・ムースも同意する。「身内を信用しないと、非効率的で、現場が困るってのに」

敵国だけではなく、自国内にこそ敵がいる、とでもいうほどに、組織の中には疑心暗鬼が満ちている。軍内部では、派閥闘争や手柄の取り合いが横行していた。加えて当然ながら、極秘ミッションにまつわる情報管理はここにきて、いっそう厳重になってきている。

その結果、重要な情報がなかなか行き渡らなくなった。

なぜか？

余計な情報が漏れると、ほかのグループを出し抜こうとする輩《やから》が出てくるからだ。つまり、仲間内での手柄競争が起きる。その意味では、枢軸《すうじく》国側に対してだけでなく、味方の連合国側にも作戦を嗅《か》ぎつけられてはならず、警戒をおこたれない。スパイはどこにでも入り込んでいる。終戦後の連合国間における衝突も視野に収めれば、有用かつ貴重な情報は決して漏らさぬよう徹底して管理せねばならないのだ。

鍵を開けるための五桁《けた》の番号までもが秘匿《ひとく》される事態となったのも、そのためだ。ミッションに参加しない別派閥の人間が、抜け駆け的に火口湖下への潜入作戦に割り込むのではないか？　司令部の誰かがそれを恐れたとも見られている。

「番号は、必要最低限の人間にだけ教えろ！」とお達しが出た。

はじめは、潜入を行うべき工作員、オーエンとアンソニー、そして三番機に乗るウィリアムの三人だけに番号が伝えられる予定だった。が、万が一、その三人が現地に辿り着けぬ事態が発生した際、たとえばオーエンが怪我《けが》を負い、別の乗員が施設まで来る事態になった場合はどうすべきか。かといって、予備の人員にまで事前に番号を教えておくとなれば、それこそ漏洩《ろうえい》の危険も増す。

出た結論は、「番号は現地で教える」だった。

それなら事前に情報は拡散せず、抜け駆けもしにくくなる。

「ただ、この天気で、果たして無事に、『それ』が残っているのかどうか」オーエン・K・ムースは懸念《けねん》を口に出す。せっかくここまで辿り着いて、鍵は開けられません、という展開は考えたくなかったが、あたりが雪で覆われている光景を眺めれば、不安もよぎる。

「大量に撒《ま》いたらしいから、一枚くらいは残っているんじゃねえかな」アンソニー・D・レイノルドは言い、すでに周辺をうろつきはじめていた。

オーエン・K・ムースも同様に、足を動かし、散策する。

幸いなことに、「それ」はすぐに見つかった。アンソニー・D・レイノルドが雪に覆われた地面から、紙の束を拾い上げた。「あったぞ」

どれ、とオーエン・K・ムースはヘッドライトを紙の束に向ける。ライトに反応し、特殊塗料による蛍光色が浮かび上がる。その光る塗料が、大事なビラであることの証拠だ。

日本人の士気を弱らせるために使う、宣伝ビラだ。正確に言えば、その宣伝ビラを模した、メッセージだ。日本語については嫌と言うほど学ばされたため、少なくとも漢数字は読める。

「二万千六、これかな」オーエン・K・ムースが読み上げる。

「間違いない。俺にやらせてくれよ」アンソニー・D・レイノルドはそのパッドロックに近づくと、鍵の番号を回転させた。「このパッドロック、誰かが石で殴ったような痕《あと》があるな。番号を忘れた誰かが、自棄《やけ》を起こしたのかもしれねえな」

「誰がだ」

「日本人の関係者じゃねえか？　女と一緒で、無理やりどうこうしようとしても無駄なのにな」

「早く、解錠してくれ」

はいよ、とアンソニー・D・レイノルドは数字を回し、見事、解錠に成功する。

オーエン・K・ムースが手を上げると、アンソニー・D・レイノルドがそれに応じてハイファイブした。冷気が横から吹き、体を凍らせようとするが今は気にならない。

「さあ、使命を果たすか」そう言った後で、オーエン・K・ムースは空を見上げ、もはや微《かす》かに舞い落ちる程度となった雪を眺める。おなじように、アンソニー・D・レイノルドも上空を仰ぎ見ている。闇《やみ》がまだらになっており、雲の切れ目がうっすらと見て取れた。

「しまった、流れ星だ」アンソニー・D・レイノルドは透かさず目をそらす。「見たか」と訊《き》かれ、オーエン・K・ムースは「ああ」と答える。「いやなもん見ちまったな」との言葉に、「よりによって、こんなときにな」とオーエン・K・ムースが返すと、「最悪のタイミングだ」とアンソニー・D・レイノルドは溜《た》め息《いき》をついた。

作戦通り、東京から移動してきたB29が迎えに来てくれるかどうか、オーエン・K・ムースの脳裏に不安が過《よぎ》る。が、行くほかない。

「戦争ってのは、クソだな」アンソニー・D・レイノルドが不意に吐露した。

「なぜか知ってるか？」

「さあ」

「戦争をやりたがるのはたいてい、戦争でひどい目に遭ったことのない奴らだからだ」

吐き捨てたオーエン・K・ムースはふと振り返った。

「どうかしたか」

「後ろから誰かがやってくるように感じたんだ」

「誰もいない」

もちろん、誰かがいるわけがない。気のせい以外の何物でもない。ただ、雪と風が混ざり合ったのか、自分たちとは別の二人組が歩いてくるかのように見え、ご苦労さん、と思わず声をかけたくなった。

10

二〇一三年七月一七日

相葉時之の運転は乱暴ではあったが、こちらを心配にさせるものではなかった。乱暴な運転に慣れているからだろう。

「この時間に走ってる車はほかにいねえから、暗くてしょうがねえな。ただまあ、おかげで時間には間に合いそうだ」

これから山形市に向かえば、よほどのことがなければ、五時には北小学校に着く。あの銀髪の怪人との待ち合わせは、待ち合わせという言葉を使うと急にデートじみてくるため苦笑せざるを得ないが、その約束の六時には余裕がある。

車のドリンクホルダーには、五色沼の水入りペットボトルが差さっている。「あとはこれを、あいつに渡せばいいわけか」

「そうだな。これでどうにか」ハンドルを握った相葉時之は言った後で、自らを嘲《あざけ》るような笑い声を足した。

「どうかしたか」横から見た相葉時之はずいぶん髭《ひげ》が伸びている。山形からトランザムでやってきて、髭を剃《そ》る暇もなかったわけだからな、と思った井ノ原悠は自分も顎《あご》に触り、ざらざらとした感触に気づく。

「いや、あの水が本当にお宝みてえに大金になるのかどうか、と思ってな」

「いまさら何だ」井ノ原悠は言ったものの、やはり彼自身も、汲《く》んできた水が高値で売れるようには思えなくなっていた。

三菱トライトンは車道のでこぼこに合わせ、揺れる。

国道286号で左折し、あとはひたすらに西へ向かう。

「疲れたら交代するぞ」と井ノ原悠が声をかけると、相葉時之は即座に、「いや」と断った。「何もしねえで座ってるほうがよっぽど、つれえよ。やっぱりよ、自分でアクセル踏んだり、ブレーキ踏んだりできるのは気が楽だ」

「人生はそうはいかない、とか言うなよ」

「何でも人生に譬《たと》えるような大人にだけはなりたくなかったんだけどな」

「ただ、居眠り運転で事故ったら元も子もないから、眠いんだったら俺が運転する」

「おまえだって眠いだろうが。ポンセ様は後ろで、すっかりご休憩《い》だしな」相葉時之がバックミラーを見ている。蔵王の過酷なハイキングでは、活《い》き活《い》きとしていたポンセも、今は荷台で眠っている。「さすがに俺に吠《ほ》えなくなったのは、ありがてえけど」

街路灯は心許《こころもと》なかったが、三菱トライトンのヘッドライトが前方の暗闇《くらやみ》を無理やり溶かし、早朝の白さを広げていく。山形へ向かうに連れ、明るさが取り戻されていった。「井ノ原」相葉時之が言ったのは、ほとんど山形市に到着する直前だった。「それにしてもよ、村上病を国がでっち上げるなんて、ありえるのか？」

蔵王では考えるのをやめていたが、井ノ原自身も、そのことは頭から離れなかった。

「国が感染症をでっち上げるなんて、可能とは思えないけどな」

「みんな、予防接種してるんだぜ。信じられねえよ」

ただ、予防接種にしろ身体測定にしろ、一般市民からすれば、国の指針に従うほかない現実があるのも事実だった。まだ、健剛《けんごう》が赤ん坊の頃、乳幼児の受けなくてはならない予防接種の種類と数に眩暈《めまい》を覚えたことがあったが、しかも、やれこのワクチンは何ヶ月インターバルを開けろ、だとか、このワクチンとこのワクチンは一緒に受けられない、だとか、ルールが細かすぎるのだが、とにかく、どの病気がどれほどのリスクがあるか、予防接種のメリットやデメリットを考える余裕はほとんどなかった。周囲には、副作用の怖さから接種に異議を唱える父母もいたが、どちらかといえば少数派で、多くはやはり、不安や訝《いぶか》しさはあったとしても、「国が決めているのなら仕方がない」と思うのが大半だろう。そしてそれはあながち、間違ったこととは言えない。国は国民の敵ではないはずだからだ。もちろん味方でもないが、すべての施策が、国民を騙《だま》すものではない。

国家が悪さをするのは、悪意からではなく、情報不足や無知からだ。それを隠すために取り繕い、そこに偉い人間の面子《メンツ》や権力闘争が絡《から》むから、ややこしくなる。井ノ原悠はぼんやりと考えていた。

少し車内は無言になった。しばらくして、「着くぜ」と言われ、井ノ原悠は瞼《まぶた》を開け、つまり自分が、うつらうつらしていたのだと気づいた。慌《あわ》てて外を見る。三菱トライトンが山形市内に入っていた。夜は明け、太陽の位置は分からぬものの、建物や道路はくっきりと姿を現している。

「悪いな、寝ていた」

「安心しろ。俺もだ」

相葉時之のその冗談に、井ノ原悠は苦笑する。

小学校は、覚えていたものよりも沈んだ色合いで、古ぼけていた。早朝五時の時間帯のせいであるのか、経年劣化のせいなのか、もしくは、自分たちがリアルタイムに生きた時の記憶がたんに鮮やかな色合いに見えるだけなのか。

懐《なつ》かしいのは事実だったが、ノスタルジーに浸るほどの余裕はなかった。

「銀髪の転校生はまだ来てねえか」相葉時之が時間を確認しながら、軽口を叩《たた》く。

「どうだろうな」

相談し、車を校庭近くまで入れることにした。閉められている門は閂《かんぬき》を外せば、開く。車を中に入れ、校庭に出る一歩手前のところで駐車した。

車を降り、ドアを閉めると荷台にいるポンセが反応し、体を立てた。散歩に行くつもりになったのか、眠そうながらに尻尾《しっぽ》を振る。「元気だねえ」と相葉時之が体を触ろうとすると、唸《うな》りはじめる。

小学校の校庭は、井ノ原悠たちが通っていた頃と、ほとんど変わっていなかった。校舎の建物にも大きな違いはない。

「変わらねえな」と相葉時之が呟《つぶや》いた。小学生の頃の自分や通っていた頃の景色と重ねているのだろう。

「当時の先生はみんなもういないんだろうな」井ノ原悠は校舎に向き合い、洩《も》らした。

「定年になった人も多いだろうし」

「死んだ奴《やつ》もいるだろ」相葉時之はその、「死」という言葉の恐ろしさを歯で嚙《か》み潰《つぶ》すような、苦々しい言い方をした。

校庭は、野球用のグラウンドが一つ作れるほどのもので、脇《わき》には高い網状のフェンスが立っている。遠巻きにするように、遊具が並んでいた。

あの頃の自分は、まさか将来、こんな用事でここに来るとは思ってもいなかった、と井ノ原悠は苦笑する。小学生の時は、自分に妻子ができることも、借金を背負うことも想像していなかった。

周囲を見渡しながら、自然と校庭の中心を目指している。どこからか突然、あの銀髪の怪人が現れ、攻撃してくるのではないか、それが怖いがために見通しの良い場所に行こう、と無意識が判断しているかのようだ。が、そう思った後で、「見通しが良ければ、銃や何かで撃たれる可能性もある」と気づく。

校舎の一番高いところでは、丸い時計が五時十分を指していた。二十一世紀になったら、あれもデジタル時計になるかと同級生と言い合った記憶がある。「未来になったんだけど、時計は針のまま」と呟いた。

「井ノ原、武器はどうする？」

「武器？」

「手ぶらで勝てるとも思えねえだろうが」

そう言われ井ノ原悠は、自分が銀髪の怪人とぶつかり合う気持ちが減っていたことに気づいた。もちろん、これからやってくる相手を警戒してはいたが、ペットボトルを渡し、桃沢さんを返してもらえばそれで良い、と感じていたのも事実で、つまり、武器を持って戦うことは想定していなかった。

「あいつが来て、どうなるのか見当がつかない。そもそもこの水で正しいのかどうかも分からねえけどな。ペットボトルを渡した途端に、俺たちも桃子ちゃんも刀で斬《き》られて、はいおしまい、ってこともありえるぞ」

「ああ、そうだよな」確かに、武器は必要だと井ノ原悠はうなずくと、十数年前の記憶を呼び出し、方向を確認する。

「どこに行くんだ」

「体育倉庫だよ。ドッジボールやゴムボールしかないかもしれねえけど」

「いや」相葉時之が左右の拳《こぶし》を縦に重ね、腰をひねりながらその手を振った。バットなしの素振りだ。「バットがあれば武器になる」

「いいフォームだな。ブランクを感じさせない」井ノ原悠が言うと、相葉時之は冗談だと思ったようだったが、それは本心だった。

「あんなに子供の頃に一生懸命、練習したのにな、俺の今の人生を助けてくれねえよ」

井ノ原悠もその言葉に胸を突かれる。ボールをよく見ろ。テイクバック、ステップ、膝《ひざ》を開くな、振り下ろせ、腰を入れろ、と何度も何度も呪文《じゅもん》のように植えつけられ、それを信じて反復練習をしていた少年時代の自分に、申し訳ない気持ちになる。あんなに練習したのに、大人になった君は金に困った上に、恐ろしい出来事に巻き込まれる。

「でも、ただ」

「バッティングセンターで働けてる、とか言うなよ」

井ノ原悠はかぶりを振る。「いや、あのコーチがよく言ったじゃないか」

「何だよ」

「野球には逆転がある」「井ノ原、あのな」

分かってる、とうなずく。野球には逆転があるが、俺たちの生きている社会にはなかなかない。


体育倉庫には鍵《かぎ》がかかっていたが、ほとんどお飾りのようなもので、相葉時之はそれを思い切り蹴《け》って、壊した。蔵王のあの南京《ナンキン》錠に比べれば、驚くほど容易だった。「許せ、後輩諸君」と謝る。

倉庫内はさほど大きくなかった。真っ先に目に入ったのはテント用の骨組みで、その次がカラフルなドッジボールやフラフープだった。

「最近の小学生は野球をやっていません、とか言うんじゃねえだろうな」相葉時之は嘆くように言い、奥に行く。金属バットが何本かあった。一本取り出し、井ノ原悠に手渡す。「頼むぞ、打順が回ってくるぜ」

バットを受け取った井ノ原悠は、ああ、と真面目《まじめ》な顔でうなずき、それは打席を前にした小学生の頃とほとんど同じ真面目な表情であったため、相葉時之は懐かしさを覚える。

あの銀髪の怪人は、日本刀を振り回していた。サンセット劇場では釘打《くぎう》ちの機械を使っていたのではなかったか。「ま、それくらい打ち返せるだろ」相葉時之は半ば自棄《やけ》気味に言った。

「相葉」と井ノ原悠が呼んだのはしばらくしてからだ。

「どうしたんだ」

「あれは使えないか？」

あれってどれだよ、と言いながら相葉時之が、井ノ原悠の視線が向いているほうを追うと、そこには六段の高さで積まれた、山型の体操器具、つまり跳び箱があるだけだった。「跳び箱しかねえぞ」

「それだよ。跳び箱を使えないかな、ライトフット」

「ライトフットはおまえだ。俺がサンダーボルト」相葉時之は昔、二人で交わした言い合いをまたやる。「跳び箱で何ができるって言うんだ。あの銀髪の怪人が来たら、跳び箱を飛んで、上からのしかかるのか？」

「それもいいな」井ノ原悠はすぐに、「嘘《うそ》だよ」と言う。「ただ、跳び箱を校庭に運べば、中に隠れることができる」

相葉時之は眉《まゆ》をひそめる。「おまえ、本気で言ってんのか？」

「まずいかな」

「あのな、早朝六時、そんな時に校庭に跳び箱がぽつんとあること自体が変だろうが。しかも、中に隠れていて、何かいいことがあるのかよ」

「こいつを持っていれば、中から飛び出して、襲いかかれる」井ノ原悠は金属バットを突き出す。

「危険すぎるだろ」

「ただ、相葉、おまえが今言った、朝の六時に、校庭に跳び箱があるのは変だとか、それは全部、俺たちからすれば、だろ」

「どういう意味だ」

「あの、銀髪の怪人は外国人だ。だとすれば、日本の小学校には跳び箱が置いてあるものなんだな、と思うだけかもしれない」

相葉時之は引き攣《つ》った笑みを浮かべずにはいられない。「そんなにうまくいくかよ」

「いくかもしれない」桃沢瞳とペットボトルの交換がうまくいけば、それはそれで問題ない。ただ、あの銀髪の怪人がその約束を守ろうともせず、ペットボトルを一方的に奪い、立ち去ろうとした時や、もしくは何らかの飛び道具でこちらを攻撃してきた場合には、反撃する準備をしておかなくてはいけない。そのためには、二人で並んで立っているのではなく、一人は近くに隠れているのは有効ではないだろうか。たとえば跳び箱の中に、だ。井ノ原悠はそう説明をし、「俺が隠れているよ」と言った。

その作戦が正しいのかどうか、相葉時之には判断がつかない。ただ、「もし、それをやるなら、俺が跳び箱に入る」と主張した。「いいか、跳び箱の中なんて、逃げ場がねえんだからな。もし、あいつに怪しまれたらひとたまりもねえぞ。跳び箱ごと日本刀で突き刺される可能性だってある。それだったら、俺がやる」

「どっちでも一緒だろ」

「いや、今回のことは俺がおまえを巻き込んだ。危ないことは俺がやる」

「相葉、いいか、隠れるのは俺のほうがいい」井ノ原悠は強く言った。「たぶん、あいつからすれば最初から関わっているのは、相葉、おまえのほうだという認識があるはずだ。俺はおまけだ。だから、おまえの姿がないと、たぶん怪しむだろう」

「それはどうにでもなるだろ」

「いや、俺が隠れる」議論している時間もないため、とにかく運び出そう、と井ノ原悠は主張し、「ほら」と六段の跳び箱を二つに分けた。

それぞれ抱え、校庭へ運んで行く。途中で相葉時之は、朝練の準備をしている野球少年になったような気分にもなった。

ポンセは校庭の土を掘っていた。何かを見つけたのかと近寄ると、ぐるぐるぐると言った鳴き声で唸られ、仕方がなく井ノ原悠に覗《のぞ》かせた。「何もない。ただ、掘りたいだけかもしれない」

「トイレするんじゃねえぞ」相葉時之が言うと、「しねえよ」と言わんばかりに吠えてくる。

跳び箱を運び終わり、もう一度、二人で体育倉庫に戻る。「もう一個、跳び箱、運ぶか？」と相葉時之は言った。

「相葉、おまえも隠れるのか」

「跳び箱がいくつかあったほうがカムフラージュになるかと思っただけだ」

そこにふらふらとポンセがやってきた。体育倉庫の中にある石灰の匂《にお》いのせいか、どうにも不機嫌な顔つきで、相葉時之たちの横をすり抜けると倉庫の奥に入っていく。

「おい、おまえも運ぶのを手伝えよ」

ポンセはその言葉も気にせず、目当てのものを探すかのように中をうろつく。そして、あるところで足を止めると、短くクラクションを鳴らすかのように吠えた。

「ここ掘れワンワンみてえだな」

すっかり明け切った朝の空に、エンジン音が混ざりはじめた。小動物の鼾《いびき》じみたものだった響きが、少しずつボリュームを上げ、明らかに近づいてくる。腕時計を見ると、約束の午前六時を四十分もすぎていた。「大遅刻じゃねえか」相葉時之は地面を掘り、物を埋めたことで土で汚れていたため、手を払う。隣には、ポンセが丸くなっていた。熟睡しているわけではないだろうが、退屈そうに目を閉じている。

あの銀髪の怪人は車を運転し、裏口の門を壊し、敷地に入ってきた。黒のマツダ・ビアンテだ。鼻飾りをつけた動物のようなそのビアンテの顔面が、おそらくどこかに激突したのだろう、あからさまに歪《ゆが》んでおり、乱暴に運転されているのが分かる。怒りを発散させるかのような迫力で、校庭の中に乗り込んできた。土埃《つちぼこり》が舞う。

マツダ・ビアンテは校庭の中心まで来ずに、その手前で停車した。タイヤが土をこする音に、ポンセが一度目を開き、体を起こした。こちらを向いた車のナンバープレートには数字がない。明らかに、ディーラーから奪ってきたのだ。

気づけば銀髪の怪人が車から降りていた。高級そうな三つぞろいのスーツを着ているが、その胸筋の膨らみは今にも服を破りそうだ。大遅刻の理由は、車と衣装の調達にでも時間がかかったのか。それとも警察の捜査網を避けるのに手間どったのか。伏兵の気配でも嗅《か》ぎ出すようにして周辺の様子を探ってから、銀髪の怪人は涼しい顔つきで、こちらに歩み寄ってくる。

隠れている井ノ原のいる方向に視線が行きそうになるのをこらえた。

「おまえ、その背広どこで買ったんだよ。似合ってるじゃねえか」相葉時之は声を上げた。近寄ってくる銀髪の怪人の威圧感に怯《ひる》みそうになるのを、撥《は》ね返すための軽口だった。「昨日の、ガソリンで濡《ぬ》れたコートは、ちゃんとクリーニングに出せたのか？」

「水は持ってきましたか？」銀髪の怪人は例によってスマートフォンを掲げ、音声通訳アプリの機械音声で話しかけてくる。仕様の違う海外製の機種なのか、それとも改造端末なのか、スピーカーの音はずいぶん大きく聞こえた。

「持ってきたっての。あのな、深夜に蔵王に行って、御釜で水を汲んでくるなんてのはトライアスロンでもやらねえぞ。おまけに、暗証番号が二種類もあってな、ありゃ絶対、俺たちじゃなかったら無理なミッションだったわ。おまえは、俺たちに頼めたことに感謝するんだな」

相葉時之がまくし立てた言葉は早口であったし、おそらく、音声通訳アプリも対応できなかったのだろう。銀髪の怪人は雑音を聞き流すかのような態度で、「水を渡してください」とスマートフォンで告げてくる。

「女を返せ。交換だ」

「あなたは一人ですか？」スマートフォンの音声が言う。

昨日、ガソリンスタンドでこの男と遭遇した時には、相葉時之と井ノ原悠、そして赤木駿の三人が直接の争い相手となった。そのことを銀髪の怪人は覚えているのだろう。相葉時之は、「ほかの二人は逃げた」と手を広げる。「怖くて、帰っちまった。犬だけだよ、残ってくれたのは」と言った後で、右手に視線を向けてしまう。銀髪の怪人と相葉時之のいる場所から十数メートル離れた場所の、跳び箱だ。何もない広々とした校庭に置かれたそれは、その場に馴染《なじ》んでいるようにも、悪目立ちしているようにも見える。

が、井ノ原悠の予想通り、と言うべきか、銀髪の怪人はただ広い校庭にぽつんと置かれた跳び箱に対して、大きな関心や違和感を抱いてはいないようだった。

「女はどこだ」相葉時之は声を強くする。姿が見えないということは、車の中にいるのだろうか、と思ったがほぼ同時に、「車の中にいます」とアプリの声が答える。

「連れてこい。無事かどうかが分からねえと取引にならねえだろうが」

「水はどこですか」銀髪の怪人はスマートフォンを操作し、その音声を放つ。そして足を踏み出すとゆっくりではあるが、近づいてくるため、相葉時之は、「おい、ちょっと待て。近づくな」と手を前に出した。「おまえは危険すぎる。気軽に寄ってくるんじゃねえよ。だいたい、武器をまず置けっての」

ぱっと見、銀髪の怪人は日本刀や銃器を携帯している様子はなかった。が、それはなにかを隠し持っていることの証拠であるような気もした。「ノーウエポン、ノーウエポン」と片言の、でたらめの英語を発し、自分も両手を上げ、着ている服をひらひらとめくり、丸腰であることをアピールする。「ノーウエポン、ノーモアウォーだ」

銀髪の怪人は、相葉時之の要求を把握したのかまず、ジャケットを観音開きにして、裏地を見せる仕草をとり、さらにはトラウザーズのポケットも外に出してみせる。そして、ベルトのあたりに手をやると折り畳み式のナイフを取り外し、地面に置いた。

「どーせ、ほかにもあるんだろ、それも置けよ。アナザーウエポン」勘で言ってみると、銀髪の怪人はすでに手のひらに潜ませていた、武骨なボールペンを差し出してよく見えるようにしてから、折り畳み式ナイフの横に並べた。以前に輸入雑貨店で似たものを目にしたことがある相葉時之は、それが単なるボールペンではなく、クボタンとかタクティカルペンなどと呼ばれる護身用の武器だと察知した。

「やっぱり、あったか」

「水はどこにありますか」

「女はどこだ」そこは譲る気がない、といった意志を強調するために、相葉時之は透かさず言い返す。

銀髪の怪人はいったん後ろを振り返ってから、「車の中にいます」とスマートフォン経由で答える。「水はどこにありますか」ともつづけた。

相葉時之はゆっくりと足を動かし、銀髪の怪人を警戒しつつ、車へ向かって近づきはじめる。

「水はここにある」相葉時之は、デニムパンツと腰のあいだに挟んでおいたペットボトルを右手に持ち、掲げた。「ディスイズ、御釜ウォーターな」

銀髪の怪人は機械式であるかのように首を動かし、相葉時之の手にあるペットボトルを見つめた。

相葉時之は意識するより先に、跳び箱のほうに目をやっている。

それから、井ノ原はこちらの状況をちゃんと把握できているだろうか、と心配と期待を頭の中でこね混ぜる。野となれ山となれ、と言いたくなった。

「よし、じゃあ、俺はペットボトルをここに置くから、ゆっくり取りに来い。その間に、俺は車の中から女を連れ出す」相葉時之は声を張り、提案した。

音声通訳アプリによって内容を把握したのか、銀髪の怪人は、「二人ともゆっくり、歩きます」とスマートフォンに答えさせてから、おもむろに歩を進める。

相葉時之も移動をはじめた。ポンセも、こちらは緊張した様子を見せず、すたすたと歩いていく。マツダ・ビアンテを目指していることを知っているかのようだ。

距離を開けたまま、銀髪の怪人とすれ違う。

お互いの動きを牽制しながら半円を描くように、ゆっくりと歩く。

あと数メートルで車にたどり着くという地点で振り返れば、銀髪の怪人がペットボトルを拾い上げているところだ。

緊張感に耐えきれずに地面を蹴り、相葉時之は車に駆け寄る。マツダ・ビアンテの車体横腹、スライドドアは開放されたままで、中にほとんど飛び込む恰好《かっこう》となった。

桃沢瞳はシートで横になっていた。口はガムテープで塞《ふさ》がれ、両手が前で、やはりそれもガムテープによって結ばれていた。「おい」と呼びかけるが目は覚まさない。慌てて口のガムテープを剝《は》がす。荒っぽいやり方であったから、それなりに痛みもあっただろうに桃沢瞳は依然として目を閉じたままで、これはまさか、とぞっとした。口元に耳を寄せる。微《かす》かにではあるが、呼吸はあった。「びっくりさせんなよ」

相葉時之はただちに、その体を持ち上げると車から運び出す。校庭に寝かし、手のガムテープも剝がした。

見ると、銀髪の怪人はマツダ・ビアンテの近くまで戻ってきていた。

相葉時之は、とにかく離れなければ、と桃沢瞳を少し引き摺《ず》り、後ろへ下がる。

「桃子ちゃんを連れ出したぞ。息はある。眠っているみたいだな」と、ボウリングシャツの胸ポケットに入れてあるスマートフォンに向かって、相葉時之は呟く。隠れている井ノ原悠と繫《つな》がった状態にし、トランシーバーがわりに使うことを決めてあった。

顔を上げれば、マツダ・ビアンテに一度乗りこんだ銀髪の怪人がまた降りてきたところだ。つかんだペットボトルを左右に振り、顔の高さまで持ち上げ、翳《かざ》すようにしている。

それは試験管で実験中の科学者さながらに、水が色づくのを確認する行為にも見てとれる。あの髭面《ひげづら》男が言っていたみたいに、テスターとかいうやつで本物かどうかをチェックしたのかもしれない。

銀髪の怪人がスマートフォンをこちらに向けた。距離が離れているため聞きとりにくいが、わかる言葉をつなげると、「あなたたちはゴシキヌマ水を持ってきました。ありがとうございます。正しい水でした」といったことを機械に言わせているらしい。

「当たり前だ。今さらせこい真似《まね》するわけねえだろうが、なめんな。これでおまえのスマホが、『あなたたちは六甲のおいしい水を持ってきました』とか、のたまいやがったら、ただじゃおかねえぞ」

背後で音がする。

ポンセに顔を念入りに舐《な》められて、桃沢瞳がやっと目を覚ました。まだ朦朧《もうろう》としているのか、ぼんやりとしたまなざしのまま、体を起こしている。

「お目覚めか」相葉時之は、桃沢瞳に言いながらも、視線は銀髪の怪人のほうに戻した。

「今、大事なところだから、おはようのチュウは後でな」

銀髪の怪人は、いつの間に車内から持ち出していたのか、中型サイズのLPガスボンベみたいなものを地面に立てていた。直立した高さは男の膝上くらいあり、巨大な鉛筆、もしくは牛乳瓶のような形状で、白かグレーか見分けのつきにくい色をしている。バカでかい弾頭、と見えないこともない。その蓋《ふた》を開き、ペットボトルの水を注ぎ込みはじめていた。

何してるんだ？

その瞬間、相葉時之はわけも分からず身震いした。銀髪の怪人はただ給仕みたいに静かに水を注入するばかりで、こちらを脅《おど》かす動きは特に見られなかったが、ろくでもないことが起きる兆《きざ》しが感じられた。

「今、どういう状況なの？」桃沢瞳は目やら手首やらをこすった後で、頭がひどく痛むらしくこめかみをさすっている。よろけるため、相葉時之は慌てて支えた。ガソリンの匂いがまだ残っている。「五色沼の水は？」

「売るほど持ってきたぜ、褒めてくれ」相葉時之は感情を込めず、言う。「それよりあいつ、水をあのガスボンベみたいなのに注いじまってるけど、何か意味あるのか」

「え」

「あそこだ」相葉時之は、銀髪の怪人を指差す。確かにガスボンベのように見える謎《なぞ》の装置の上部に、ペットボトルを傾けているところだ。

桃沢瞳は一瞬、体を硬直させた。「嘘でしょ」

「嘘でしょって、何だよおい。水を入れられたらアウト、とか言うんじゃねえだろうな」

桃沢瞳が否定しないため、相葉時之は舌打ちをした。また、俺はしくじったのか？

「夜中に、あの男が誰かと電話でしゃべってるのが聞こえたの。そのとき、ファージって言ってるのが耳に入って」

「急に何の話だよ。まだ寝ぼけてるのか？　ファージ？」桃沢瞳の声に動揺があることに、相葉時之は気づいた。

「ムラカミ、ファージってつづけて話してたから、五色沼の水と関係してるんだと思って」

「だから、そのファージってのは何だよ」十数メートル先にいる銀髪の怪人から視線を離さず、相葉時之は早口になっている。不安が、自分を苛立《いらだ》たせている。銀髪の怪人が、ペットボトルを後ろに投げ捨てるのが見える。水は全部、入っちまったようだ。今度はスマートフォンを取り出して、液晶画面を眺めている。取説でもチェックしているのか。

「細菌に感染して増殖するウイルスのこと。いろいろな種類があって、世界中で盛んに研究されているの。治療に使ったり」

「なら、いいじゃねえか、おどかすなよ」と言い桃沢瞳に一瞥《いちべつ》をくれる。その青い顔色を見れば、安心できる状況でないのは一目瞭然《りょうぜん》だった。目の前の光景を信じたくないかのような口ぶりだ。

「そう簡単な話じゃない。研究自体には、いいも悪いもない。それをやる人間がいいか悪いか、なの」

「分かりやすく言ってくれ」

「どんなものでも使い方や目的次第ってこと。悪人が使えばどうなるか、わかるでしょ？」桃沢瞳はそれから、銀髪の怪人が電話でしていた会話の中には、「風向き」や「起動ポイント」といった言葉が出たことを話した。「そこから考えると」

「何だよ」相葉時之は、頭に浮かんだ嫌な予感を否定してほしかったからだろう、「あれが人殺しの道具、とか言うなよ」と強い声で言った。銀髪の怪人がスマホ片手に操作しているあのガスボンベ状装置は、ミサイルの先端部分のようにも見える。

「たぶん、強毒性ウィルスを拡散させる、生物兵器」桃沢瞳が苦しそうに洩らす。「バクテリオファージの特性を生かしているんだと思う」

「だから分かりやすく言えって」

「五色沼の水が混ざることで、増殖力や感染力が増すの」

相葉時之はようやくそこで、水を取りに行かされた理由を把握できた。「それであいつは、五色沼の水を欲しがっていたのか」

「きっと」

「クソッタレが、騙しやがったな。五色沼の水は清める、とかほざいていたくせに」

「清める？」

「あいつが言ってやがったんだ」と答えてから相葉時之は、「ああ、なるほどな、そういうことかよ」と溜《た》め息《いき》を吐《つ》いた。「清めるってのは、あれか、人間たちをぶっ殺して世界をきれいにするとか、そっちのことか」

言い終わらぬうちに、相葉時之は衝動的に走り出していた。

兵器？　あれが？

あの男があんなに必死に探していたのが、ただの水ってわけがないとは思っていたが、そこまでやばいものだったとは。

どうにかしねえと、と頭を必死に回転させる。

走りながら頭をよぎるのは、ありとあらゆる人々が地面に膝をつき、体のあちこちから血を流しながら悶《もだ》え苦しむ、といった恐ろしい光景で、ぶるっと震えてしまう。

気づいた時には、相葉時之は銀髪の怪人の至近距離に立ち、「おい、おまえ」と呼びかけている。

銀髪の怪人は、未《いま》だスマホ片手にガスボンベ状装置をじっと見たままだ。機械の準備が整うのを待っているところなのか。駆け寄った相葉時之のことなど気にもかけない。

相葉時之は小声でポケットのスマートフォンに、「井ノ原、ちょっとまずいぞ。でもおまえは動くなよ。いいな」と伝えてから、「おい、おまえ」と今度は声を張り上げる。何度目かの呼びかけで、銀髪の怪人がこちらを見た。相葉時之はとっさに出任せを口にする。

「大事な話だ。いいか、よく聞けよ」頼むから聞いてくれ、と懇願する感覚だった。声を出す力も、振り絞らないといけなかった。

銀髪の怪人はスマートフォンをこちらに向けてきた。音声通訳アプリを使うためだろうから、対話に応ずる気はあるらしい。

「悪いがさっき渡したボトルの半分は、水道水だ。だから、おまえが期待してる効果も、半減かもしれねえぞ」

通訳された内容を確認すると、銀髪の怪人はゆっくりと立ちあがる。頭にきちまったのか？　表情が変わらぬため、感情や考えがまったく読みとれない。

「まあ待てよ、落ち着けって。さっきのとは別に、じつは純度一〇〇パーセントの水も残してある。どうだ、必要だろ？　純度一〇〇パーセントの、五色沼の水だぞ」

銀髪の怪人は「純度一〇〇パーセント」にも表情を変えることなく、ただ氷柱《つらら》のような視線を向けてくるばかりだ。どこにも隙《すき》がないが、出任せをつづけるしかない。

「純度一〇〇はよそで売っちまおうと思ってたんだが、そこの爆弾みたいなやつでなにかやってるの見てたら、混ぜもん渡したのバレるのが怖くなっちまった。今度こそ純度一〇〇の天然水、ピュアウォーターを渡す。絶対だ。だからせめて、俺たちの身の安全だけは保証してくれねえか？」

スマホの音声に耳を傾けているあいだも、銀髪の怪人は冷たく見下ろしてきているが、相葉時之は目をそらさない。策など何もありはしないが、とにかく相手の隙を見つけたい。まばたきもせずに睨《にら》み返していると、スマホが「pure water」と発したところで銀髪の怪人のほうが先にまばたきをした。反射的に体が動く。相葉時之は、タックルするみたいにガスボンベ状装置に抱きついた。

これを使わせてはいけない。

その一心だった。死んでも放すなよ。内なる自分がそう叫んでくる。はずみで地面に横倒しになったガスボンベ状装置に、相葉時之は懸命にしがみついた。次なる一手があるわけでもない。ただ全力で、銀髪の怪人が悪事を働くのを妨害することしか頭にはなかった。

「その話は本当ですか？」

上から機械音声に問いかけられた。出任せに乗ってきたのか。

道が切り開けた気がして、相葉時之はガスボンベ状装置に抱きついたまま質問に応じようと口を開く。が、いきなり顔に凄《すさ》まじい圧力を受け、声を出せない。銀髪の怪人が片足で踏みつけているのだ。横向きに倒れているため、靴底が顔の右側に当たっており、左側は地面に押しつけられている。ぺしゃんこに潰されてしまいそうだ。

「本当だ、本当の話だ」

何とか返答するが、銀髪の怪人は容赦せず、さらに力を加えてくる。スマートフォンに、「本当でしょうか？」と質問をつづけさせている割には、踏みつける足をぐりぐりさせて答えるのを邪魔している。いたぶるのを楽しんでいるかのようだ。

「本当だ、水はある」

頰骨に砂利が食い込んでくるのを感じながら、相葉時之は訊《き》かれたことに答えるしかない。頭蓋骨《ずがいこつ》が割れかかっているのでは、と思いたくなるような、ミシミシという音が聞こえ、ぞっとする。もう一秒だって耐えられない。悲鳴を上げ、逃げ出したい気持ちを抑える。

「水はどこにありますか？」

新たな問いかけが、痛みを少しだけ和らげた。どうやらいたぶるのを楽しむだけでなく、本物も手に入れたいらしい。

「跳び箱だ。あそこに、でかい箱があるだろ。あの中に隠してある」

ガスボンベ状装置に抱きつく力を緩めずに、相葉時之は跳び箱があるほうを指さす。瞼をぎゅっと閉じて、さあ、あっちに行け、行ってくれと念じる。

あれっと思い、目を開く。頭蓋骨への圧迫感が失《う》せてゆき、顔を動かせるようになった。銀髪の怪人がようやく足をどけたのだ。相葉時之は途端にほっとして、全身から力が抜けたが、ちょうどそのとき強烈な一撃を横っ腹に食らう。

呼吸が止まる。

踏みつけが終わったと思ったら、今度は肉を根こそぎえぐられるようなキックを脇腹にお見舞いされたのだ。相葉時之は激痛に呻《うめ》きながら地面を転がる。肋骨《ろっこつ》を何本かやられた気がする。ガスボンベ状装置からも、五、六メートルは隔たってしまった。

もういっぺん食らいつくぞ、あきらめるかと、相葉時之はほふく前進でガスボンベ状装置へ向かってゆく。が、進めたのはわずか三〇センチにすぎない。銀髪の怪人にすぐさま襟首をつかまれ、全身を持ちあげられたのだ。抵抗する間もなく、そのまま遠くへ投げ飛ばされてしまった。

辛うじて受け身はとったものの、地面に叩きつけられた衝撃が全身を襲い、体の芯《しん》に罅《ひび》が入ったかのようだ。また息ができなくなり、肺が潰れたと思うほどの苦しみで、体を丸めたままもがいてしまう。息を吐き出すのさえつらい。

どうにか呼吸が戻ると、相葉時之は気合いで立ち上がる。ポケットに入っていたはずのスマートフォンが、足元に落ちており、それを拾う。力を入れるたびに脇腹に刺すような痛みが走った。

銀髪の怪人はといえば、スマートフォンを耳に当てて誰かと会話中だ。電話しながら片手で俺を放り投げたのかよ。相葉時之は呆《あき》れるが、ならばこちらもだと跳び箱をちらと窺《うかが》い、「井ノ原、まだ動くな。まだだ」とポケットに言う。

銀髪の怪人はなおも電話でおしゃべりしているが、次なる行動に移るべく、ガスボンベ状装置を肩に担《かつ》ごうとしていた。運搬用のストラップが装着されていて、一回の動作で軽々と背負い込んだ。そのまま跳び箱のほうへ向かうつもりらしい。

それを見ながら相葉時之は、自らもよろよろと場所を移る。足がもつれそうになったが、何とか桃沢瞳の近くまで戻ることができた。

「大丈夫?」と彼女は声を震わせている。「なわけないよね」

そんなに青褪《あおざ》めた顔するんじゃねえよ、と言いかけた相葉時之は、自分のほうこそもっと青い顔をしているのだろう、と察した。

自分の太腿《ふともも》を両手で叩く。その場で膝を屈伸させた。もっとしっかりしろ、と体に言い聞かせる。

「あのガスボンベみたいなのがもし使われたら、どうなるんだよ」相葉時之は、跳び箱に近づいていく銀髪の怪人を、数十メートルほど離れているだろうか、それを見ながら小声で訊《たず》ねる。

横に立った桃沢瞳は、はっとしたように言葉を返してくる。「あの男は確か、電話相手に、五時間もあれば首都圏を覆《おお》うって。首都圏の五〇パーセントが、とか、そういう言い方をしていたの」

「首都圏って東京だろ？　五時間で東京全体に？　五〇パーセントってのは何だよ」

「首都圏の五〇パーセントにウイルスが行き渡るという意味か、もしくは」

「もしくは？」

「五〇パーセントが死ぬか」

相葉時之は現実離れしたその言葉に、自棄《やけ》を起こしそうになる。ほとんど笑うかのような、鼻息を出した。「まじかよ」

「もし、接触感染や飛沫《ひまつ》感染で移るウイルスだったら」

「来週には世界が終わっちまいそうだな」ニュース番組が、ニューヨーク、モスクワ、ブリュッセルといった場所で起きたテロ事件を伝えていたことを、相葉時之は思い出した。「あの男もその一部ってわけかよ」

「一部？　何、どういうこと」

「ショウは続けなくてはならないんだとよ」

「ショウ？」

「そうはさせねえよ」相葉時之は言い、銀髪の怪人を動きを目で追う。

「いったい、あの跳び箱、何なの？」

「あの中に、純度一〇〇の五色沼水があるから、欲しけりゃどうぞって言ってやった」

桃沢瞳が、「もしかして」と視線を向けてきた。

銀髪の怪人がそこで足を止めた。跳び箱まで、あと数メートルの距離だ。肩に担いでいたガスボンベ状装置を下ろすと、大切そうに撫《な》で回すなどして、自立した状態を保つように安定させた。

「もしかして、あの跳び箱に、井ノ原さんが隠れてるんじゃないよね」桃沢瞳が言う。

「だとしたらまずいのかよ」

「だって」

「真っ向勝負は無理だ。備えあれば、ってやつだな。いざという時にやってやろうと考えていたんだが」相葉時之は自らに言い聞かせると同時に、井ノ原悠に伝えるために、喋《しゃべ》っている。「あいつをぶっ倒す」

「あんな中に隠れてて、どうやって戦うわけ」

桃沢瞳と話しながら、相葉時之はスニーカーのつま先で自分の足元の土を削りつづけていた。マツダ・ビアンテが来る直前まで掘っていた場所だ。掘り返したところから、金属バットが現われる。ポンセ、おまえが穴掘りを手伝ってくれたおかげだ、と思うが、当の主はまた興味がなさそうに背後をうろついている。

桃沢瞳は、そこにバットが埋まっていたことに目を丸くしつつも不安げだった。

「どうするつもり？」「俺たちには俺たちの戦い方があるんだよ」

そうこうしているうちに、銀髪の怪人は片手を背後にまわし、ジャケットのサイドベンツのあたりからひとつの小道具を取り出した。いかにも手慣れた、素早い動作だ。その手に握られているのは、ステッキのように見えるが、おそらくは奥の手の仕込み杖《づえ》なのだろう。伸縮するものらしく、急に先端が飛び出し、細長い形状をあらわにした。突端は錐《きり》状に尖《とが》っており、どんなものでも突き刺せそうな凶暴性が滲《にじ》んでいる。

桃沢瞳が、「ああ」と短く嘆いた。銀髪の怪人は、跳び箱の中に水などないことくらいは見破っていたのだ。

「ノーウエポンって約束したじゃねえか、おまえはドラえもんかっての」相葉時之は苦笑しながら、砂まじりの金属バットを持ち上げ、グリップを両手でつかむ。

「そんな体で」桃沢瞳が言った。それは相葉時之の体を心配するのではなく、満身創痍《まんしんそうい》の上に、スポーツ用具しか持たない男に何ができるのか、と絶望を洩《も》らしたようでもあった。

「立ち上がれなくなってからが本当の練習だ、ってな。野球のコーチがよく言ってたんだよ」相葉時之は大きく深呼吸する。

その直後だ。前方に見える銀髪の怪人が腰を落とし、仕込み杖を跳び箱に向かって、思い切り突き刺した。

相葉時之は地面を蹴り、駆け出した。

跳び箱が壊れ、桃沢瞳の悲鳴じみた声が上がるのはその後だ。

ポケットから落ちた相葉時之のスマートフォンが校庭に転がる。


仕込み杖は、かなりの硬質素材でつくられているらしく、ひと突きふた突き程度で、跳び箱はものの見事に破壊された。砕けたといったほうが近いのか、大きな木片が飛び、最上段のマット部分が宙に飛ぶのが、相葉時之にはゆっくりと見えた。相葉時之はその間にも必死に走っている。バットを右手につかんだまま全力疾走で、銀髪の怪人のもとへと向かった。

走れ走れ、もっと走れ、力を抜くな。それは自分を叱咤《しった》する自らの声であり、同時に、少年野球の時のスパルタコーチの声だ。まだ走れる、まだ行ける。

全力で駆けた。何もかも、後ろに置き去りにしてやりたかった。自分の今までの、褒められぬ言動も、車の借金も、そして母親の思い出や家屋敷がまるごと解体されつつある非情な現実も、すべて振り払うように、とにかく走った。

声には出せなかったが、頭の中では雄叫《おたけ》びを上げている。

跳び箱を壊し、その仕込み杖を引き抜いた銀髪の怪人は、そこでやっと視線を変え、走ってくる相葉時之に関心を寄せた。

案の定、余裕をかましてやがる。相葉時之は足を緩めず、体当たりも辞さぬつもりで、とにかく走る。

井ノ原、頼むぜ、頼むぜ。

銀髪の怪人は、ヤスで小川の魚でも狙《ねら》っているような、緊迫感の薄い雰囲気で悠然と、仕込み杖を構えた。駆けてくる相葉時之にそれを突き刺すために、タイミングを計っている。

来い、来い、と相葉時之は念じる。

いきなり、銀髪の怪人の体がびくっと細かく震えた。

後ろから、ボールがぶつかったのだ。相葉時之には分かる。やはりこいつにも、圧倒的な強者の余裕からくる、慢心があった。

銀髪の怪人は目を剝《む》いたまま、固まったようになっている。想定外の攻撃に遭い、混乱から回復するのに、時間がかかっているのかもしれない。首だけで後ろを振り返ろうとしたが、その体がまた振動した。二発目が激突したのだろう。

相葉時之は心の中で拳を強く握り、足をばたばたと動かすと体を横にし、バットのグリップを両手で握る。

「俺らのコーチのほうが勘が良かったっての！」

叫ぶと、バランスを崩しかけた銀髪の怪人の顔面めがけて、バットを思い切り振った。テイクバック、ステップ、膝を開くな、振り下ろせ、腰を入れろ。

銀髪の怪人の頭をフルスイングで、思い切り叩いた感触はあった。相葉時之は勢い余り、その場に滑り込むように転がった。

どうだ、と銀髪の怪人にまなざしを向ける。

金属バットのフルスイングを頭部に食らった銀髪の怪人は、その場で立ち尽くしている。ダウンする気配はない。もしかすると直撃の寸前に、ボクシングのヘッドスリップさながらに頭を傾けて、打撃の勢いを殺して衝撃を減らしたのかもしれない。意識があるのかどうか分からぬが、ノックアウトするにはあと何発か必要らしい。

井ノ原、もう一発来い。

その思いに呼応するかのように、銀髪の怪人の後頭部に、豪速球が命中するのが分かる。少し間を空け、硬球は校庭の土の上に落ちた。

校舎近くに目をやる。井ノ原悠が操作しているはずの、ピッチングマシーンは木陰に隠れ、よくは見えないが、さらにもう一球、時速一五〇キロの速さで宙を横切り、硬球が飛んでくるのが分かる。

今度の一球は、銀髪の怪人の首のあたりへ、ストレートにぶつかった。

相葉時之はバットを持ち、また銀髪の怪人に襲いかかった。もう一度、腰を入れ、今の今までやったこともないような、全身全霊をバットに込めたスイングで、こめかみを打ちつける。場外ホームラン級の威力で、確実に脳を揺らした手応《てごた》えが、あった。銀髪の怪人が校庭に倒れると、校舎が拍手でもするかのような響きが広がった。

相葉時之はバットで小突くようにし、銀髪の怪人の状態を確かめ、ぴくりとも動かぬ状況にひと安心しつつも、「もしや命を奪ってしまったのか」と動揺に襲われた。が、じっと眺めていれば、胸がゆっくりと上下しているのは分かる。

「生きてるじゃねえかよ、焦《あせ》らせやがって」

あれほどの強打と速球を頭にお見舞いされているのに、大した出血もなく、気絶しているだけなのか。殺さずに済み、ほっとする反面、あらためて恐ろしさが込み上げてくる。ここまでタフなやつが相手だったとは、いくらなんでも俺たちは薄氷を踏みすぎだ。井ノ原悠が駆け寄ってくる。銀髪の怪人を仕留めたことがまだ信じられないのか、大きく肩を上下させながら、なかなか喋らない。少ししてからようやく、「やったな」と話しかけてきて、現実のことだと受け入れる気になったらしかった。

「おまえの投球、なかなかいい球筋してるよ」

「最近のピッチングマシーンはコントロールもすごい」

体育倉庫でその機械を発見したのは、ポンセだった。好き勝手にうろつき回り、邪魔だと思っていたところ、ここ掘れワンワンよろしく、短く吠えるものだから、いったい何があるのかと見に行けば、新型のピッチングマシーンが置かれていた。リトルリーグの練習用なのか、硬球がセットされており、それを見た相葉時之の頭には、小学生の頃にコーチに腹を立てて、ボールをぶつけようとした時の記憶が蘇《よみがえ》った。井ノ原悠も、「こんなマシンでぶつけたら、コーチは死んでたな」と笑ったが、そこで二人の頭には、新たな考えが浮かんだのだ。事態が本当にまずくなった時の切り札だ。とっさにピッチングマシーンの照準を合わせるのは難しいだろうから、狙うべき位置は固定し、跳び箱をその目印にし、「相葉、いざとなったらおまえがどうにか、あの男を跳び箱にまで誘導しろよ」と井ノ原悠が決めた。

「こいつは何発食らっても、気絶どまりだったけどな」

「ああ」井ノ原悠が顔を顰《しか》める理由は、相葉時之にも理解できた。しぶとい銀髪の怪人に何発ぶつければいいのか、さすがに命を奪ったらどうしたらいいのか、と気が気ではなかったのだろう。

「よし、あとは予定通り、簀巻《すま》きにして、こいつの乗ってきたビアンテの中にでも突っ込んでおこうぜ。それで警察がくるまで待機だ。いいよな、井ノ原」

するとポンセが、その予定を知っていたかのように、植え込みに隠しておいた教材の長縄跳び用のロープを銜《くわ》え、こちらにやってくる。

「これでぐるぐる巻きにしとけば、大丈夫だよな。ああ、でも、無事で良かった」井ノ原悠が急に声の調子を変え、言うものだから、相葉時之は少しくすぐったくなり、「まあな、おまえのおかげだ」と返事をしたが、その井ノ原悠の視線が自分の背後に向いていることに気づき、つまり近づいてくる桃沢瞳に対して発した言葉だと分かり、居心地が悪くなる。

「跳び箱の中じゃなかったんだ」桃沢瞳がその場でしゃがむ。

「最初はそういうプランだったけれど」井ノ原悠は半壊した跳び箱をじっと見て、「もし、そうだったら、危なかったな」と溜め息を吐いた。

相葉時之は、ひと足先に銀髪の怪人の体に長縄を巻き付けながら、「おい、急ごうぜ。早いとこぐるぐる巻きにしとかねえと、途中で復活されたらヤバい」とせっつく。

「死んじゃったわけではないのね」桃沢瞳も、恐る恐る銀髪の怪人を観察している。

「何食ったらこんなに丈夫になるのか」

桃沢瞳がそこで、「そういえば」と言った。「おはようのチュウは後で、だっけ？　してみたら、起きるかもよ」

「こいつに？」相葉時之は顔をしかめる。「勘弁してくれよ」

それから三人で、銀髪の怪人を長縄で巻きに巻き、マツダ・ビアンテまで運び入れるとさらに、セカンドシートに密着させてワイヤーで固定した。「こんなにあちこち縛ったら、生きてたとしても死ぬんじゃねえか」と相葉時之は苦笑する。

「さっきのあの装置は」桃沢瞳がぼそっと洩らしたため、校庭に戻る。

相葉時之は、あのガスボンベと見分けがつかないウィルス兵器の装置を探し、周囲を見渡した。はじめはどこにも見当たらず、いったいどこへ消えたのか、とぞっとしたが、間もなく桃沢瞳が破壊された跳び箱を指差し、あそこの最上段部分に覆い隠されているのではないかと指摘する。

近づき、跳び箱の最上段をどけると確かに、そこに横倒しになっていた。慎重に起こす。重量感はあったが、片手で持ち上げることはでき、土を靴で平らかにし、まっすぐに立てた。「井ノ原、俺たちは世界を、少なくともこの国を救ったようなもんじゃねえか」

「そいつが兵器なのか」井ノ原悠は怖がっているからか、近寄ってはこない。

「なあ、銀髪の怪人が乗ってきたビアンテは、JAFに頼めば、レッカーしてくれるのか?」相葉時之は校庭に停まったままの、車を顎で指し示す。

「何、暢気《のんき》なこと言ってんだよ」

「JAFは何でも処理してくれるからな。警察だとまた面倒なことになりそうだし、ここはJAFをあいだにかましておくのがいいかもしれねえぞ」相葉時之は自分が饒舌《じょうぜつ》に

なっていることに気づく。緊張がほどけたことで、ふわふわと頭の中も浮き足立ってい
る。全身は相変わらず痛いが、思ったよりも動くことにほっとした。安堵《あんど》が高揚感を生
んでいた。「でも、どのみちこいつは、警察に届けるしかねえか」とその、自身の股《また》に
届きそうな高さの、ガスボンベじみた装置に視線をやる。これだけ見れば兵器とは思え
ず、ミサイル型のシンプルな空気清浄器のようでもある。
「爆発しなくて良かったぜ」相葉時之はしゃがみ、装置の側面を見る。弾頭を思わせる
丸みを帯びていた。灰色に近いその表面はつるつるしており、ボタンの類《たぐ》いはない。た
だ、側面には凹《へこ》んだ箇所があり、そこに鍵穴らしき隙間と、手動レバーのようなものが
ついていた。「これをつかむと、スイッチが入るのかもしれねえな」
「怖いから、いじるなよ」
「いじらねえよ。動き出したら、最悪だ」相葉時之は装置の下部に、時計だかメーター
だかのデジタル表示ユニットが埋め込まれていることにも気づく。全体の大きさからす
れば、数字は小さく、よく見なければ把握しにくいほどだった。「このままじゃ商品化
はできねえな」
「どういう意味だ」井ノ原悠はやはりその装置に近づくつもりはないのか、質問してく
るだけだった。
「デジタル時計みたいな数字が光ってるんだけどな、素っ気なくて分かりにくいんだよ。

淡々とカウントダウンしてるのに、こんなんじゃ見えにくいし、商品として売るならこのままじゃ駄目だろうな」相葉時之は深い意味もなく、舌が回るのに任せ、下らぬ話をし続けていたのだがそこで、え、ともう一度、その数字に目を近づけた。

「おい、相葉」

「ああ」

「カウントダウンって何だよ」

相葉時之は体の中で鼓動が激しくなるのを感じる。それを認めてはならぬ、と内なる自分が諭している。この数字のカウントダウンの意味を考えてはいけない。「いや、大したことじゃない。ただ、数字が減っていってるだけだ」

「数字が減ってる？　時間を数えているのか？」

「時間かどうかは分からねえよ。ただ単に、カウントダウンされてるだけだ」

「これ、残り、七十五分ってこと？」

隣に桃沢瞳の顔があった。いつの間にかそこにいる。

相葉時之は立ち上がるが、じっとしていられない。眉根を寄せ、鋭いまなざしを向けてくる桃沢瞳と目が合うと、にわかに焦燥感が増大する。

「相葉、どういうことだよ」

「俺に訊くなよ」今なにが起きているのかなど、説明できるわけがない。そう思いつつ、相葉時之は大急ぎでこれまでの経緯の記憶をたどる。「さっきのどたばたの衝撃で、動いちまったのか？　いや違う、あのときだ。こいつを地面に下ろしたとき、あいつがしばらくベタベタ触ってやがったのは、タイマーをスタートさせるためだったんだ」あの撫で回すような動作は、鍵穴に鍵を差し込んでロックを解除するものだったのかもしれない。

そうなのだとすれば、銀髪の怪人は、こちらの仕掛けた罠《わな》にかかっても目的を果たせるように、先手を打っておいたということだ。つくづくとんでもない怪物だ。

「止めればいいだろ」井ノ原悠の言い方は怒り口調ではあったが、誰を責めるものでもない。それは相葉時之にも理解できた。かといって冷静にもなれず、「ああクソ」と嘆声を上げてしまう。

「とにかく、なんとかしなきゃ」桃沢瞳が毅然《きぜん》とした声を放つ。それでも相葉時之は弱気になり、悲観的に問いかける。

「これ、カウントダウンが終わったら、ゼロになったらどうなるんだ？」

井ノ原悠は黙ったまま、首を横に振るばかりだった。正解が分からないからではなく、正解を認めたくないからこその沈黙に違いなかった。

相葉時之は青ざめた面持ちで、力が抜けきってしまったように肩を落とした。その隣では、井ノ原悠も呆然《ぼうぜん》と立ち尽くし、絶望の色を浮かべている。

「ちょっと！」唐突に、明瞭な声で桃沢瞳がそう呼びかけてきた。「まさか、あきらめかけてるわけ？　さっき何て言ってた？　世界を救ったようなもんだとか自慢げだったくせに、こんな半端《はんぱ》なところでおしまい？　せっかくここまでやったのに、最後の最後で投げ捨てるの？　あなたたちが好きだったヒーローっていうのは、こういう時にただ、おろおろしていた？　今のあなたたちのおろおろを見て、子供たちが夢中になると思う？　冗談じゃない。わたしはそんなのごめんだから」

最後まで言い切る前に、桃沢瞳はしゃがみ込み、カウントダウンを止めるべくガスボンベ状装置の隅々を調べはじめた。手に負えるはずのない代物《しろもの》に、怯む様子はまるでない。

一喝され、その場に突っ立っている相葉時之と井ノ原悠は、表情がはっとなっている。

「これで世界が終わりになるなんて、わたしは考えない。やりたいこともたくさんある。食べたいものもあれば、行きたいところもある」

そう言う桃沢瞳のしゃがんだ背中から、絶対にあきらめないという強い意志が見え、それを眺めているうち、ふたりの目にはいつしか光が戻る。

相葉時之と井ノ原悠は、横目でお互いを一瞥し、頷《うなず》き合った。そして深呼吸を行うと、それぞれに桃沢瞳の両脇に立って腰をかがめた。

「五十秒経過してるよ」桃沢瞳の視線はカウントダウンに釘づけになっている。

デジタル表示ユニットを覗き込んでみると、数字は十分の一秒の単位で減っているのか、目まぐるしく赤い光が点滅をくりかえしていく。

一年もそこで悩んでいたような気分だった。実際には一分も経《た》っていなかった。ものすごい勢いでカウントを減らしていく数字を眺めていれば、余裕がないのはすぐに分かる。

「桃子ちゃん、分かった。どいてくれ。これはな、解除はできない」相葉時之は腹をくくり、ガスボンベ状装置に装着されたストラップを持ち手がわりにし、抱え上げる。

同時に立ち上がった井ノ原悠も、眼の輝きのみならず、声の張りを復活させていた。

「ここまでやったからには、俺たちがケリをつけないとな」

桃沢瞳は、信頼する仲間に向けるようなまなざしで、ふたりを交互に見る。

「ちょうどな、活躍が物足りねえなって思ってたところだったんだよ」相葉時之は精一杯の空元気を吐き出す。「こいつは、さすがのＪＡＦも処理できないかもしれねえしな」

11

二〇一三年七月一七日

ペットボトルに詰めてきた五色沼の二本目の水を、思いきり顔面に浴びせてやる。

銀髪の怪人は、再起動のスイッチでも押されたかのように、目を覚ました。本当にただ、気を失っていただけだったのだ、とあらためて驚き、井ノ原悠は相葉時之と顔を見合わせた。

意識ははっきりしているようだが、銀髪の怪人はなんの意思表示もせず、軽く視線を動かすのみで暴れ出す気配もない。

相葉時之が、「ほらほら」と言ってガスボンベ状装置を目の前に掲げてやるが、やはり反応はない。相変わらず、冷たい目つきを向けてくるばかりだ。

「時間がない」桃沢瞳が透かさずスマートフォンに話しかけ、音声通訳アプリを通して質問をぶつけた。「この装置はカウントダウンがはじまってる。間に合わなくなる前に、作動停止の方法を教えてくれ」

またしても無反応、かと思いきや、銀髪の怪人は突然、自らの口を大きく開いてみせた。口内の全体が、そこにいる三人に見通せるくらいに、ぱっくりと大口を開けている。

相葉時之があわてた声で「おい、あれ」と言う。「あれ」がなにを指しているのか、井ノ原悠にもわかっていた。左の奥歯の上に、インテリジェント・ピルが載っていたのだ。

インテリジェント・ピルの存在を三人に知らせると、銀髪の怪人は口を閉ざし、今度は桃沢瞳に顎《あご》で指示してスマートフォンを近づけさせた。なにやら英語で話し、不気味にニヤリと笑ってみせている。銀髪の怪人が笑顔をさらすのは、はじめてのことだ。

しかし笑顔にしては、青い目の焦点が合っておらず、表情が硬い。違和感を覚えて間もなく、それが見た目と異なる仕草であることを井ノ原悠は察知した。

銀髪の怪人は笑ったのではなく、奥歯を嚙《か》みしめていたのだ。

「ああ、まずいぞ、吐き出させなきゃ」服毒自殺をはかられたとわかり、井ノ原悠が叫んだが、皮肉にも、厳重な拘束がかえって仇《あだ》となってしまった。処置なしだ。

銀髪の怪人の全身は、すでに小刻みに痙攣《けいれん》している。ワイヤーや長縄でしっかり固定されているため、一見目立たぬが、痙攣の振動が伝わり、マツダ・ビアンテの車体を揺らすほどになっていた。

井ノ原、桃沢、相葉の三人は、喉《のど》もとに言葉をとどめたまま、なりゆきをただ見守ることしかできない。

毒の回りは早く、人間離れした巨体をあっという間に衰弱させてゆく。痙攣は治まりつつあるが、白目をむいた状態はもとに戻らない。それからほどなくして、銀髪の怪人は口から大量の泡を吹き出した。ついに完全に事切れてしまったようだった。

しんと静まり返った車内に、音声通訳アプリがこんな声を響かせた。「果たして君たちはこの、村上病がもたらすカタストロフィを、無事に生き残れるかな？」

「遺言のつもりかよ。何が、果たして、だ」相葉時之が怒り口調で、吐き捨てる。それから声のトーンを落とし、首をひねった。「というか、今、村上病って言わなかったか？」

「ああ、言ったな」井ノ原悠の耳にもそう聞こえた。

「何だよ、この兵器ってのは、村上病が飛び出すってことかよ」

「村上病は存在しないのにか？」井ノ原悠が言う。

すると桃沢瞳が、「存在しないってどういうこと」と目を丸くし、問い質《ただ》してくる。

ああ、そうか、彼女は赤木駿のしてくれた話については知らないのだ。井ノ原悠は気づくが、それを説明している暇もなかった。

「でも、もしだぞ、もしこれが村上病の兵器だとすれば」相葉時之は焦《あせ》る自分を必死に抑えようとしている。「むしろ安心じゃねえか。この国の人間のほとんどは、ワクチンを打ってる」

確かにその通りだ。村上病は存在しない、という赤木駿の話は、あくまでも憶測に過ぎない。村上病はやはり存在し、ワクチン接種にも意味がある。そういった結論も十分にありえるわけで、それならば、この兵器からいくら村上病が飛散したところで、必要以上に恐れることはない。

が、一方で井ノ原悠の頭はそれとは別の方向に歯車が動きはじめている。

この銀髪の怪人がここまでして起動した兵器が、日本国民ほぼ全員が免疫《めんえき》を備える「村上病」だった、などということがありえるのだろうか。

そこがまず、大きな疑問点だ。

では、この男は嘘《うそ》を言ったのか？　村上病と思わせることで、ならば安全、とこちらをぬか喜びさせるだけのために？

相葉時之はガスボンベ状装置を持ち上げて、さっさとビアンテから出ていった。

井ノ原悠は、銀髪の怪人の死に顔にハンカチをかけてやるが、その間にも頭で渦を巻くように飛び交う疑問と格闘する。

「村上病が存在しない、ってどういうこと」桃沢瞳が言ってくる。

「それは」

「父の言っていた、あれと関係するの？『村上病はあるけど、ない』」

あるけど、ない。

井ノ原悠はその言葉を嚙み締める。それから、横たわる銀髪の怪人に目を落とす。村上病はある。そういう意味では、あるのだ。今、カウントダウンをはじめた兵器がそれならば、村上病はある。

桃沢瞳の父はこうなることを予測していたということか？

頭を働かせる一方、井ノ原悠は体を動かしている。生物兵器の説明書でも落ちていないのか、とフロントシートのスペースをざっと探る。助手席の下で一挺《ちょう》の自動小銃が倒れているのを発見した。咄嗟《とっさ》につかみ上げる。「あいつにこれ、使われていたら、俺たち即終了だったな」と、アンキロサウルスを思わせる形状の自動小銃を見せてやると、相葉時之は振り向きざま、空笑いで返してくる。「運があるってことか？ ついでに、その物騒なもんも一緒に捨ててきちまおう」

相葉時之はそのとき、ガスボンベ状装置を、三菱トライトンの後部座席の下に立てかけていた。もはやカウントダウンを止められないのだとすれば、こんな市街地の小学校からは一刻も早く遠ざかり、時限爆弾を人里離れた僻地《へきち》にでも捨ててくるしかない。校庭全体に言い聞かせるような声で、そしてそれは間違いなく、彼自身の覚悟を決めるためだったのだろうが、相葉ははっきりと言い、運転席にまわって車のエンジンをかけていた。

「おい、井ノ原、早く来い」相葉時之が呼んでくる。

「このスマホには、それらしい情報は入ってない。生物兵器のセの字もない。試しに履歴にあった番号に電話もかけてみたけど、つながらなかった」銀髪の怪人のスマートフォンを調べていた桃沢瞳が、そう報告してきた。

井ノ原悠はうなずく。相葉時之の言うとおり、もはや、方法は一つしかないのだ。自分たちでこれを持って行く。

問題は、その捨て場所がどこであれば、被害を最小限に食い止められるか、だ。また、それは当然、自分たち自身も助かることのできる場所でなければならない。

そんな場所が、いったいどこにあるというのか。

そう思った途端、井ノ原悠はひとつの着想を得る。

人里離れた、誰も立ち入れない恰好《かっこう》の場所があるではないか。つい数時間前に行ったばかりの蔵王の御釜、生物化学兵器研究施設の跡地だ。

「おい相葉、行くぞ」思いついてただちに、井ノ原悠はそう促す。「どこに?」

「蔵王だ。御釜の研究施設に」

相葉時之がほっとした表情をかすかにうかべた。「なるほど。考えたな」

井ノ原悠の脳裏に閃《ひらめ》きが訪れたのは、その時だった。先ほどから頭の中で捏《こ》ね回していた、「村上病」という文字が赤木駿の話と混ざり合い、今、口に出した、御釜の研究施設の、施設の残骸《ざんがい》としか言いようのないあの光景と溶け合った。

「村上病は、もともと日本が製造しようとしていた生物兵器のことなのか？」

井ノ原悠の呟《つぶや》きは、足元に転げ落ちる。

だとすれば、辻褄《つじつま》は合う。B29によって施設の情報が持ち出されたのだとすれば、回り回って、別の国によって開発された可能性はある。それがこの、銀髪の怪人の持っていたものではないか。つまり、「生物兵器としての村上病」だ。

そして、日本は戦後、おそらくは施設と生物兵器研究の事実を隠すために、御釜近辺を立ち入り禁止区域にした。その際にでっち上げたのが、本当は存在しない「感染症としての村上病」なのかもしれない。

桃沢瞳の父は、そのことに気づいた。「村上病はあるけど、ない」とは、生物兵器としてはあるが、感染症としては存在しない、という意味ではないか。

「おい、井ノ原！」相葉時之の大声で、井ノ原悠は思考を止める。「ぼけっとしてるな。頭使ってる場合じゃねえぞ、足を動かせ」

言えてる、と井ノ原悠は頭をぶるっと振り、三菱トライトンに駆け寄る。

後部座席のドアを開け、ポンセとともになかへ乗り込もうとしていた桃沢瞳に、相葉時之が、「桃子ちゃん、頼みがある」と言った。

「まさか、わたしたちだけ残れ、とか？」

「いい勘してんな」彼なりに真摯《しんし》に頼み込もうとしているらしく、相葉時之は運転席の窓から胸もとまで突き出して訴えていた。「俺たちがこのまま車を走らせると、遅かれ早かれ警察に捕まっちまうかもしれない。だったらまず、桃子ちゃんがポンセとここで警察を待って、先に連中に、事情を説明しといてくれねえか？　検問で停められて、一から説明しているあいだにウイルスがドカンなんてことになったら、洒落《しゃれ》にならねえからな」

相葉の考えを理解して、井ノ原悠が口を挟む。「それか、説明するのは銀髪の怪人のことだけにして、警察の捜査をこの小学校に集中させておくのがいいかもしれない。ここで時間稼ぎしてもらえれば、俺たちは動きまわりやすくなる」

「どのみち、警察の連中がまともに話を聞くのなんて、このなかじゃ桃子ちゃんしかいない」

桃沢瞳はひとつ溜《た》め息《いき》をつき、いっぺん短くうつむくとさっと顔を上げ、了解したと答えた。任せたぞ、というハンドサインのつもりなのか、相葉時之は指差しのジェスチャーを送る。「そういや、桃子ちゃん、さっき、まだ行きたいところもある、と言ってただろ。どこ行きたいんだよ」

桃沢瞳は急に問われて、当惑したようだったがすぐに、「そうね、野球観戦とか、いいかも」と答えた。さらに、「あとね、わたしは、桃沢瞳っていうの。名前、ちゃんと覚えといて。じゃあ」と言い添え、「また後で」と続けた。

井ノ原悠は後部座席下の、ガスボンベ状装置をチェックしていた。デジタル表示ユニットの数字と腕時計を照らし合わせ、カウントダウンの終了時刻が何時何分になるのかを確認した。背もたれの隙間《すきま》から乗り出していた半身を抜き、助手席のシートに体を落ち着けた井ノ原は、腕時計のアラームを午前九時十一分にセットした。

「井ノ原、残りあと、どれくらいだ?」「喜べ、もうすぐ一時間切るぞ」「そんなにあっていいのかね」

一度クラクションを鳴らしてから、相葉時之は三菱トライトンを急発進させた。『サンダーボルト』のオープニング、ジェフ・ブリッジスがトランザムを乗り逃げするあの場面を真似《まね》るかのように、山形市立北小学校の校庭に土埃《つちぼこり》を巻き上げて、トライトンは公道に飛び出す。

校庭の中央に立っている桃沢瞳とポンセが見えなくなったところで、井ノ原悠は窓外から視線をはずした。

「また後で、か」相葉時之がぼそっと零《こぼ》すように言った。「後で、があればいいけどな」

「何だよそれは」

「桃子ちゃん、野球観戦したいんだと、球場で」

「できるさ。野球場にみんなが来られる世界は、まだ続くんだ」井ノ原悠は不安を掻《か》き消すように、断定する。沙耶子《さやこ》、健剛、これを必ずやり遂げて、家に帰る。井ノ原はそう誓った。もはやほかに何もいらない、とさえ思った。家の目覚まし時計には、「パパを信じろ」と言い残した。その通りだ。俺は今、俺自身を信じるほかない。

相葉時之は、蔵王帰りのときよりもさらに乱暴な運転を行っていた。それでいて、やはり見事なハンドルさばきだった。ひとつ目の赤信号を無視して交差点を通り抜けると、相葉はにやついた顔をして、「なあ井ノ原、素直に頼っちゃっていいか？」と訊《き》いてきた。

「なんだ、言ってみろよ」

「テレビつけてくれよ。朝のニュース、チェックしといたほうがいいだろ」

⚡

朝の情報番組は、各局とも、国際同時多発テロ事件の続報一色だった。昨夜半から今朝方にかけて、事件をめぐる状況は大きく動いている。

まず、日本時間昨夜二十二時半頃にブリュッセルで発生した欧州議会ビル占拠事件は、連邦警察対テロ特別旅団のビル制圧により、今から一時間ほど前に終結していた。武装集団と警察とのあいだで銃撃戦となった末、人質の半数以上が死亡するという最悪の結末だったと、民放番組のキャスターは伝える。多国籍・多民族のメンバーからなる武装集団は全員が射殺され、警察側にも数名の死傷者が出たとのことだ。

当の武装集団は、ニューヨークやモスクワで連続爆破テロを行った、過激派国際環境保護団体に属するメンバーで構成されていた。リーダー格として指揮をとる人物が、人質に団体名を名乗ったのに加え、携帯するスマートフォンから団体の公式ツイッターアカウントに投稿があった事実により、その裏付けがとられていた。

人質の生存者によると、欧州議会ビルを占拠した目的が犯人の口から表明されることは最後までなかった。ただ、カタストロフィ実現、という謎《なぞ》めいた合言葉をメンバーらが何度も口にしていたことが、その証言から明らかとなった。

また、占拠事件の発生から一時間後に、合言葉の英文“Catastrophes Realization”がツイッターに投稿されていた。それらの事実から、世界中で大惨事を起こすことそのものが、連続テロ事件の目的だったのではないかとする見方が有力視されていると、番組は報じた。

その見方を裏付ける証言として、アメリカのニュース専門放送局による関係者へのインタビュー映像も紹介された。数ヶ月前までニューヨークの本部事務局に勤めていたという元女性職員が打ち明けたところによると、団体内部ではこの一年ほどのあいだ、党派闘争の激化が深刻化していた。主流派と折り合えず、異端主張を唱えてカルト化を推し進めるグループが、ここにきて急速に勢力を拡大させていたことが、団体全体に混乱を引き起こしていたのだと彼女は指摘した。

「環境保護のための抗議活動から、人類の淘汰《とうた》と適者生存を加速させる直接行動へ」

そんな方針転換を企てていたという異端グループは、次第に幹部クラスにも同調者を増やしていった。そのため今年に入ったあたりから、幹部の交代が相次ぐようになり、水面下では団体は分裂寸前に陥っていた、というのが、元女性職員の語った主な内容だった。

番組はここでCMに入った。井ノ原悠はすぐに別の民放チャンネルに切り替えた。たとえほんの数分でも、事件の情報を逃したくはなかったのだ。

ちょうどそのとき、三菱トライトンは、猛スピードで飛ばすパトカーの群れとすれ違った。走り去った方向と露骨なあわてっぷりからして、捜査関係者が一斉に今、銀髪の怪人の眠る北小学校に向かっているのは間違いなさそうだった。ハンドルを握る相葉時之は、速度を落とすどころか、逆にアクセルを踏み込むのをためらわず、「さては、桃子ちゃんの通報が効いたなこりゃ」などとせせら笑っていた。

切り替わったチャンネルでは、番組キャスターが見るからに切迫した顔色でカメラと向き合っていた。低く張りのある声色からも、さらなる重大な事態が起こりつつあることが伝わってくる。

「くりかえしお伝えします。アメリカのホワイトハウス報道官は、先ほど行われた記者会見で、極東地域における新たなテロの発生が懸念《けねん》されていると発表しました。アメリカ捜査当局が通信傍受で突き止めた情報によりますと、犯人グループの一部はなおも潜伏中であり、我が国を含む東アジアの人口密集地で、生物兵器を使用する可能性が高まっているとのことです。これは、犯人グループの属する環境保護団体に長年資金提供を行っていた財界の有力者が、一連の事件を受けて連絡を取り合った団体幹部から得た内部情報であることから、信憑性《しんぴょうせい》は高いとアメリカ政府は見ている模様です」

食い入るように画面を見つめながら、井ノ原悠はカーナビの音量を上げた。

「犯人グループが入手したのは、ウイルス拡散型の生物兵器と見られています。これはロシアで活動する武器密売組織が密造し、闇《やみ》市場に流した兵器であるとの情報が確認されており、もともとは二〇一〇年十月、ウィキリークスがインターネット上に公開したアメリカ軍の機密資料のなかに、アメリカ陸軍感染症医学研究所から流出した生物兵器の研究資料が含まれていたことが発端と言われています。その研究資料をもとに、武器密売組織が中央アジアの旧ソ連施設で独自に完成させたとされるウイルス兵器が、犯人グループが現在使用を計画していると見られているものです。ただ今専門家が詳細の検証を進めていますが、公開された研究資料によると、このムラカミファージという名の人工合成ウイルスは、いわゆるバクテリオファージと同様の増殖戦略を持つものとされています。五色の水と呼ばれる特殊な天然水と混ぜ合わせることで、ムラカミファージはその水にもともと含まれる無害菌に感染して飛躍的に増殖し、細菌のゲノム内にウイルスDNAを組み込みます。それにより、ムラカミファージはあらゆる有害細菌との結びつきが可能となり、人体に吸収された場合、体内に生息するすべての細菌を強毒性に変異させてしまう能力を備えていると見られています。体内でウイルスが誘発され、吐き出された毒素がさらに体内細菌の強毒化を促し、攻撃力を格段に高める仕組みとなっていると考えられているのです」

「井ノ原、ようするにどういうことだよ」

「俺もよくは分からない。五色沼水の中には細菌があって、まあ、その細菌も無害菌というからには単独では害がないんだろうな、ただそれが犯人たちの作ったウイルスに入れられると」

「混ぜると危険、ってことか」

「しかも人体に入ると、体中の細菌が強毒化するようだ。相葉、知ってるか、人間の体の中にいる細菌は、腸の中だけでも七百五十兆匹いる」

「七百五十兆？」

「それが全部、強毒化してみろよ」

「善玉菌まで毒をまき散らすってわけか」

　ここでまたしてもCMに入り、井ノ原悠は透かさず前のチャンネルに戻した。するとこちらの番組でも、生物兵器をめぐる情報が報じられていた。どの報道でもキャスターは深刻な言い方をしていたが、その深刻さに現実味が持てないのか、物言いはどこかぎこちなかった。大変なことになりました、おしまいです！　と叫び出さなくていいのか、と自問自答しているようにも見える。

「本当の村上病ってわけか」井ノ原悠は自分でも意識するより先に口に出していた。

「何か言ったか？」相葉時之が聞き返してくる。

「村上病はないけど、あった」

「はあ？　またそれかよ。どういう意味なんだ」

「彼女のお父さんは、こういう時のためにワクチンが必要だと思っていたんだな」

「何？」

「この仕事が終わったら、説明する」

「また、後で、かよ」相葉時之が苦笑まじりに言う。「おい、さっき、よく聞こえなかったんだが、こいつの感染力はどうなんだって」

「後ろに積んでるあれが、仮に東京都心でドカンといったら、数日で全国に被害が出る。その後は世界中に広がるそうだ。食い止めるのは困難って言っているから、実質まあ、不可能に近いってことなんだろう」

「桃子ちゃんの見立て通りかよ。しかしさ、ＦＢＩだかなんだか知らんけど、そんだけ情報つかんでるんなら、あの怪人ども、こんなことになる前にとっとと捕まえとけって話だよな。わざと泳がせてやがったのかな」

「どうかな。強制捜査に入ったらビルごと爆破されて何人も犠牲になっているくらいだし、あっちはあっちで、ぎりぎりの攻防だったのかもしれないぞ」

番組は突然、生物兵器の説明を打ち切った。新たに入った情報だとして、横から渡されたばかりの報道原稿をキャスターが読み上げはじめたのだ。

「警察車両爆破襲撃事件の合同捜査本部を置く仙台中央警察署は、先ほど、犯人グループの一部が依然として極東地域で活動中との情報を受け、いっそうの厳戒態勢を敷き、犯人逮捕と事件解明に全力をあげるとの声明を発表しました。生物兵器が使用される危険性も指摘されたことから、宮城・山形両県警は各市町村に学校の臨時休校や公共施設の休館を要請し、広報車で巡回するなどして住民にも外出の自粛を呼びかけています」

さらにまた、ＣＭに入ったが、井ノ原悠はもうチャンネルを替えようとはしなかった。どの局をチェックしてみても、カウントダウンを止める手がかりを得られることはなさそうだ。それがわかったので、一気に情報を詰め込みすぎた頭をいったん休め、考えを整理するつもりだった。

警察からは、銀髪の怪人の遺体発見は公表されなかった。捜査継続中のため、あえてそうしたのか、情報が錯綜《さくそう》しているせいなのか。そもそも日本の警察は、どの程度の事実を把握しているのか。

視線をカーナビからはずしても、井ノ原悠の思考は忙《せわ》しなく動き、もつれた。車は蔵王エコーラインを目指し、スピードを上げている。蔵王に近づくにつれ、御釜を生物兵器の捨て場所にしていいのか、という迷いもひときわ深まってきていた。

確かにあそこは人里離れた、誰も立ち入ることのない、うってつけの場所ではある。が、ウイルスの完全な封じ込めができるわけではないから、蔓延《まんえん》の危険性はなくならない。それにあの、この世のものとは思えない美しい滝が流れていた五色沼をウイルスだらけにして、本当の汚染地帯にしてしまっていいのか。

考えれば考えるほど、答えから遠ざかってしまうような感覚に陥ってしまう。井ノ原悠はヘッドレストに頭をつけ、溜め息をついた。ウイルスの恐怖もあり、ひどく息苦しい。

相葉時之は押し黙り、恐ろしいくらい運転に集中している。三菱トライトンはすでに、蔵王エコーラインの入り口のあたりにまで来ていた。

井ノ原悠は腕時計を見る。残り時間はあと、五十分弱だ。

研究施設まではたどり着けるかもしれないが、自分たちがその場を離れる余裕はどれだけあるのか。

この間にもカウントダウンは続いている。選択の余地をどんどん減らしていっている。頭がおかしくなりそうだ。タイム、タイム、タンマ、タンマ、待ってくれ。

カーナビでは、仙台市内にある信用金庫のCMが流れていた。

札束や金の延べ棒をかたどったゆるキャラの着ぐるみたちが、『アラビアン・ナイト』のアリババに扮《ふん》した職員と一緒に接客を演じている。次の画面はアニメーションになり、信用金庫の建物からランプの魔神が登場し、四十人の盗賊をたちまち宝石に変身させてしまった。

「あきらめるなよ、井ノ原」急に横からその声が飛んできた。見れば、ハンドルを握る相葉時之は充血した目で、前をまっすぐに睨《にら》んでいる。自分たちの直面している状況から目を逸《そ》らしたら、全部おしまいだ、と言わんばかりだ。

「あきらめるなよ、相葉も」そう答えて、足の位置を変えようとしたところ、つま先になにか硬い物がぶつかるのを井ノ原は感じた。すっかり忘却の彼方《かなた》にやっていたものが、座席下のスペースに転がっている。ついでに捨てるつもりで持ってきた、銀髪の怪人の自動小銃だ。

するとそのとき、ひとつの閃きがよぎった。

金銀財宝の隠し場所は、昔々のペルシャの洞穴だけってわけじゃない。盗賊は今もそこらにごまんといて、札束や金の延べ棒をどこかの盗品倉庫に保管している。そういう連中になら、「開けゴマ」の呪文《じゅもん》を使ってみてもいいのかもしれない。

ほとんど破れかぶれの思いになり、井ノ原悠は、「どうせなら相葉」と運転席に向かい、誘いかけてみる。「一か八か、大金を拝みに行ってみないか」

フロントガラスを睨んでいる相葉時之は、「おい、何だよ」と訝《いぶか》る声を出した。「なんだ、銀行でも襲うとか言うんじゃねえだろうな」

「察しがいいな」


この先何年ハンドルを握っても、今日みたいな運転はきっと無理だろう。他人の車をラリーカーみたいに乗りこなし、八〇キロメートル近い道のりを無事に走り切るとは、俺はゾーンとかいう状態にでも入っていたのか。

そんな信じられぬ思いのまま、相葉時之は車のエンジンを切った。そしてほっと溜め息をつき、急いで車外に飛び出す。

蔵王エコーラインの手前で急遽《きゅうきょ》Uターンした三菱トライトンは、そこから法定速度も赤信号もことごとく無視して山形自動車道に向かった。山形道も飛ばしに飛ばして笹谷《ささや》トンネルを抜け、村田ジャンクションを経て東北自動車道に入ってからも限界まで疾走した。仙台宮城インターチェンジから国道48号に降り、なおもスピードを緩めることなく仙台市街へと突き進むと、晩翠《ばんすい》通りを左に折れて七〇〇メートルほど驀進《ばくしん》し、ようやくゴールした。最終的にたどり着いた先は、仙台法務局の目の前だった。

路肩に停めた車から物騒な荷物を取り出すと、法務局を背にして立っている井ノ原悠が通りの反対側を見つめていた。

「あれだ」

井ノ原悠が指差した先には、年季の入ったおごそかな建物があった。

建物の端にはポール看板が設けられ、仙台中央銀行と表示されている。

「もう開いてるみてえだな」

人の出入りがあるのが目に留まり、相葉時之は小声で井ノ原に伝えた。なにやら少々、騒々しい雰囲気も、正面玄関のあたりには見受けられる。

「といっても、開店三分前だ。ちょっと早めに開けたってことだろう」言いながら腕時計から顔を上げ、井ノ原悠は自動小銃を抱え込み、ジャケットのなかに隠し持つようにした。つづいて左右を見て、車の接近を確認している。

開店三分前ということは、現在時刻は午前八時五十七分。すなわちカウントダウン終了まで、残り十四分を意味する。

「相葉、準備はいいか」「完璧《かんぺき》だ」「よし、行こう」「ぶちかましてやろうぜ」

ふたりで軽く頷《うなず》き合うと、井ノ原悠は小走り気味に片側二車線の晩翠通りを横断しはじめた。一、二歩遅れて、ガスボンベ状の生物兵器を背負った相葉時之があとにつづく。

好都合にも、このオフィス街を行き交う勤め人の姿は、まだそれほど多くはなかった。警察からの外出自粛要請が効いているのかもしれない。

正面玄関まで来てみると、開店直後のせいなのか、先ほどよりもいっそう騒々しい雰囲気が感じられてきた。行員らしき人々の慌《あわ》ただしい姿が、ガラスの自動ドアを通して透けて見えてくる。

心臓が痛くなるほどの動悸《どうき》を覚えるが、隣の井ノ原悠は少しもためらわず、ジャケットのなかから自動小銃を取り出している。今度は掛け声も目配せもなく、ふたり同時に足を前に踏み出す。玄関口を通り抜け、深呼吸をする。

ロビーには人だかりができていた。ダークスーツの男女が二手にわかれ、なにごとか揉《も》めている様子だ。騒々しさの原因はこれらしいとわかる。井ノ原が速やかに射撃の体勢をとり、ロビー全体に響き渡るほどの叫び声をあげた。

「全員動くな！　そのまま静かにしろ！　死にたくなければ俺たちの指示を聞け！」

お決まりの口上を発し、自動小銃を構える井ノ原悠は案外と様になっている。明らかに映画の見よう見まねだが、それだけに誤解しようもなく、効果はてきめんだった。ロビーの人だかりはもちろん、窓口カウンターの奥にいる行員たちもストップモーションみたいにぴたりと身動きを止め、一斉にこちらに注目していた。

「これは単なる脅しじゃない。俺たちは今、一秒も無駄にできない状況にある。だから全員、黙って従ってもらう。話し合いもいっさい受け付けない。五分で全部かたづける」

井ノ原悠が指示を出しているあいだ、相葉時之は注意深くあたりを見渡し、睨《き》みを利かせていた。皆が皆こちらに目を向ける、静止画の場景に変化はない。幸い、警備員は正面玄関とは別の、端っこにある出入り口のところにひとり、呆然《ぼうぜん》と突っ立っているだけだ。

あらかじめ車の中で組んでおいた段取り通りに、井ノ原悠が指示をつづける。「この銀行の責任者を残して、全員ただちにここを出ろ。責任者以外、全員だ。さあ急げ！　死にたくなければグズグズするな！」

殺されないとわかって緊張がとけたのか、目前の場景は、静止画から動画に一変した。が、こちらに目を向けるのをやめて、隣同士で顔を見合わせるばかりだ。立ち去る者はひとりもいない。

「おい早くしろ！　責任者以外は出てけって言っているんだぞ！　死にたいのか！」

状況は変わらなかった。一発か二発、威嚇《いかく》射撃するしかないのかもしれない。相葉時之は、井ノ原悠に小声で耳打ちした。「構わねえ、天井でも撃っちまえよ」

恰幅のいい和服姿の年老いた男が、人だかりのなかからぬっとあらわれたのはその時だった。ふたりの前につかつかと進み出てきた。臆《おく》する素振りはまるでなく、そんな鉄砲など屁《へ》でもないという面構《つらがま》えだ。

「おまえら、ここへなにしに来たんだ？」

旧知の知り合いにでも話しかけるような気安さで、そんな質問をぶつけられた。

「おれは筒井だ。筒井憲政《のりまさ》といってな、ここの顧客だ」と名乗ってくる。

その男の貫禄《かんろく》からすれば、まっとうな仕事をしているビジネスマンとは到底思えず、その落ち着きぶりからして、明らかに裏稼業《かぎょう》、それもかなりの力を持った人物だとは想像できたが、ここで止まるわけにはいかない。相葉時之は一歩前に歩み出て、ガスボンベ状兵器を高々と掲げてみせた。ありったけの大声を張り上げる。

「全員これを見ろ！　こいつが朝からニュースでやってるウィルス兵器だ。あと十分以内に爆発するようにセットしてある。これでも出ていかねえつもりか！」

途端に行内の空気がピンと張りつめた。にわかにざわつき出しもしたが、それでも退室する姿はひとりもない。筒井憲政がふたたび口を開いた。

「おい、おれが訊いてることに答えろ。おまえらは、なぜ全員追い出そうとしてる？　ここへなにしに来たのか、言え」

先ほどよりもどすの利いた声で、有無を言わさぬ迫力を込めておなじ質問をぶつけてきた。なんらかの狙《ねら》いがあり、時間稼ぎでもしているのだろうか。見ると、いつの間にか、ダークスーツ姿の屈強そうな手下が五、六人で両脇《りょうわき》を固めており、筒井憲政はますます威圧感を増している。このまま気圧《けお》されてしまいかねない勢いだ。

答えあぐねて、相葉時之が口ごもっていると、井ノ原悠が隣に歩み出てきて会話を引き取った。「そっちに用はない。用があるのはここの地下、金が唸《うな》ってる貸金庫だけだ」

一度フンと鼻を鳴らすと、筒井憲政はまなざしの向きを変え、「おい、おまえ」と顎を突き出して相葉時之を指名した。「ウィルス兵器のことは、俺もニュースで見たがな、おまえの持ってるそれが本物だって証拠は、どこにある？」

本物だという証拠、そんなもの、あるわけがない。相葉時之は、どうしたものかとまごついてしまう。なにかないかと片手を尻《しり》ポケットに突っ込むが、なかから出てきたのは、「平成最初の大開放」と書かれたパチンコ屋のチラシだけだった。

するとと井ノ原が横から肩を寄せてきて、言った。「相葉、カウントダウンを見せてやれ」

なるほどと思い、相葉時之はチラシを指に挿《はさ》みながらガスボンベ状兵器を逆さまにした。そして筒井憲政を睨みつけ、兵器の下部に埋め込まれたデジタル表示ユニットが相手によく見えるように抱え直してから、手招きした。

「これの意味わかるよな？　時限爆弾のカウントダウンだ。あと八分。あんなニュースがあったからって、偽物《にせもの》をわざわざ用意して銀行に押し入ると思うか？　俺たちは腹が決まってるが、死人とか出さずに、きれいにかたづけてえんだよ。とにかく時間がねえ。わかったらあんたが、ここの責任者に話をつけてくれ。あんたほどの人なら、そんなのわけないだろ？」

ここにきてやっと、行内に目立った動きが生じた。一般客らしい、ロビーのソファーに座っていた数人の男女が、警備員がいるほうの出入り口から外へ出ていったのだ。相葉時之の声に焦りの色が混じり、筒井憲政からカウントダウンへの疑問が発せられないことに、ただならぬ雰囲気を感じたのかもしれなかった。

「おい、責任者はどうした！　客に強盗の相手させといて、自分は頬っかむり決め込むつもりか！」

井ノ原悠がそう呼びかけるのを、筒井憲政が手を振り、制する。「俺がここの最高責任者だ」

「何だって？」

「それよりも、おまえ」筒井憲政は相葉時之にまた話しかける。「その紙っぺら、ちょっと見せてみろ」

筒井憲政は返事も待たずに、相葉時之が指に挿んでいたパチンコ屋のチラシをさっと奪い取った。そして自身の正面にかざすようにしてチラシを広げ、じっと凝視しはじめた。

「おまえこれ、どこで拾った？」

「はあ？ 蔵王だ、蔵王の山ん中」

老人のあまりのマイペースぶりに翻弄《ほんろう》され、焦燥感を隠し切れない。カウントダウンをチェックし、相葉時之は体を近付け、小声で井ノ原悠に問いかける。「そろそろ五分切るぞ、どうする」

「やるしかないな」井ノ原悠は自動小銃の横っ腹に触れてセレクターレバーを下に動かし、セーフティーを解除した。

「おい、待て」筒井憲政が鋭く言う。それまで眺めていたチラシから顔を上げ、薄笑いを浮かべているが、そこから、意外な行動に出た。右手の人差し指をくるくると回してみせ、「全員、表に出て行かせろ」と呟くように手下に命じたのだ。

手下たちは即座に振り返り、連携した無駄のない動きを見せた。大声で皆に退室を指示していく。反応は二通りだった。そそくさと外へ出てゆくグループと、なおも行内に居残るグループの二派にわかれた。迷わず退避しているのは、仙台中央銀行の行員たちで、居残り組のうちのひとりが、血相を変えて筒井憲政のもとへ駆け寄ってきた。

「ちょっと筒井さん、勝手な真似しないでくださいよ。あなた今、そんなことできる立場じゃないでしょ。下手な芝居打ったってこっちはごまかされませんよ」

やってきたのは細身のスーツを着た、クールな印象の二枚目だ。筒井憲政を牽制《けんせい》するようにして、片手に持った書類を突き出しながら高圧的にしゃべっている。

筒井憲政が大笑いし、クールな二枚目に向かってこう言い放った。「おい島田、俺がこいつらとひと芝居打ってると思ってるのなら、考え直したほうがいいぞ。部下全員道連れにして、ここでお陀仏《だぶつ》になりたいってのなら、止めはしないけどな」

島田と呼ばれた二枚目は、「えっ」と声を漏らし、眉間《みけん》に皺《しわ》を寄せた。

「こいつらは国税の査察官だ」筒井憲政が、相葉時之と井ノ原悠に説明する。「この島田って野郎が統括官でな、朝っぱらからアホみたいに押しかけてきやがって、俺の財産の強制調査の真っ最中ってわけだ。つまり地下の貸金庫に用があるのはな、おまえらだけじゃねえんだよ」

それに対し、井ノ原悠は焦《じ》れた様子で自分の腕時計を差し出した。「それどころじゃないんだ。あと三分しかない」

フンと鼻を鳴らした筒井憲政は、相変わらず臆する素振りも示さず、「それ貸してみろ」と言って井ノ原悠から自動小銃を奪い取る。魔法でも使われたみたいにあっさり持ち物を奪われてしまい、井ノ原悠はあわてて取り返そうとするが、筒井が次にとった行動によって呆気《あっけ》なく阻止された。

突然のことに、ロビーにいた全員がそのとき体をビクッとさせた。天井目がけて、筒井憲政が自動小銃を連射したのだ。

つづいて筒井は、銃口を島田ら国税査察官に向けて、ライオンが吠《ほ》えたのかと思うような凄《すご》みのある声を張り上げた。「ほら、とっとと出てけ!」

その直後、筒井憲政は振り返り、手下のひとりに、「おい、例の監視映像見せてやれ」と指示を出す。

手下の動きは淀《よど》みなかった。数秒もかからずタブレット型端末を掲げてみせると、ひとつの動画を再生させた。カーディーラーの店舗に設置された監視カメラで撮られたもののようだ。営業時間外なのか、店員の姿はない代わりに、ひとりの大男がガスボンベを担《かつ》いで店内をうろついている。

相葉時之と井ノ原悠は、同時に「あっ」と驚きの声を発した。こいつだけは見間違いようがない。銀髪の怪人が、生物兵器を肩に載せて店内に不法侵入している様子が記録されていたのだ。あの男はこのあと、マツダ・ビアンテを略奪し、北小学校へ急行したのだろう。

「昨夜、うちの系列店で一台かっぱらわれたんだが、無茶苦茶やられて、何台も売り物にならなくなっちまってな。監視映像チェックしたら、このデカいガイジンが映ってたわけだ。こいつが担いでるのが、それだろ?」

その場にいる全員が、こちらにまなざしを投げてきた。視線はすべて、ガスボンベに集中している。相葉時之がデジタル表示ユニットを表に向けてやると、これ以上はないというくらいの憂《うれ》い顔をした井ノ原悠が、苛酷《かこく》な事実を告げた。

「ウイルスの拡散まで、残り一分半だ」

すると今度ばかりは皆が皆、迅速な反応を見せた。

島田統括官が、「一時撤収」と命令を下し、国税査察官たちは一斉に駆け出して正面玄関から出ていった。窓口カウンターの奥にもまだ人がいて、物陰に隠れていた数人の行員が出し抜けにあらわれ、もうひとつの出入り口へと向かった。そちらでは、開け放ったドアを警備員が手で押さえて待機していた。

「爺《じい》さん！　貸金庫だ！」相葉時之が叫ぶと、先ほどよりは深刻な顔色をさらした筒井憲政が、「あわてるな」と応じ、タブレット型端末を手にした手下に、「どうだ？」と訊いた。

「ロックは解除済みです。あとは手動で開けるだけです」

「よし」筒井憲政は言い、「なかのドアはこれで開けろ」と金色の鍵《かぎ》を放ってきた。井ノ原悠が受け取ると、正面玄関から入ってすぐのあたりを指差す。「あそこのエレベーターで地下二階だ。急げ」

相葉時之はガスボンベ状兵器を背負ってダッシュした。

自動小銃を取り返した井ノ原が、数歩遅れ、エレベーターの前に到着する。


エレベーターに乗ったのは、失敗だったのかもしれない。扉が閉まった途端、そんな後悔に襲われてしまい、相葉時之は歯を食いしばった。

残り一分を切っているにもかかわらず、こんな密室でじっとしているなど耐えられない。おまけにここはやけに息が詰まり、暑いのか涼しいのかもわからない。汗まみれのひどい顔をしている相棒に相葉時之は、「井ノ原」と呼びかける。「貸金庫、そんな鍵一個で本当に開くと思うか？」

「開く。それ以外は想像しちゃ駄目だ」

二人の呼吸と鼓動の音があたりを覆《おお》い尽くしていく。「俺たちでやるしかねえな」

「どういう意味だ」

「桃子ちゃんもポンセも、レッドもいない。あとは俺たち二人でやるしかねえ。そうだろ」

「一人よりはよっぽど」「二人組で」

直後、エレベーターのドアが開く。

相葉時之はガスボンベのデジタル表示ユニットを、井ノ原悠は自分の腕時計を確認しながら、早足で通路に出た。全面アクリル張りなのか、光沢感のある、近未来SF映画のセットにでも迷い込んでしまったかのような、一階とはかけ離れた雰囲気の内装だった。

「あと二十秒」相葉時之が短く、告げる。

鼓動は激しく、少しでも気を抜けば、足が震えその場にしゃがみ込んでしまうだろうとは想像できた。ほどなくひとつ目のドアに行き当たり、そこには認証装置が設けられていたが、なんの入力も必要とせずに通り抜けられた。ロックが解除されている。

貸金庫の扉が出現したのは、さらに数メートル行った先だ。

最新型という割には、古めかしい外観の丸扉が設置されている。その上あまりにも巨大だ。井ノ原が入手した資料によれば、直径が二メートル半以上もあり、厚さも七〇センチ近くあるという。どこからどう見ても、手動で開くとは思えない代物《しろもの》だ。

ふたりとも、ガスボンベと自動小銃をつるつるとした床の上に置く。そして丸扉の前に隣り合って立つと、閂《かんぬき》じみた金属製の引き手を思いきり引っ張る。

もう言葉はほとんど出ない。呼吸すら止めている気分だ。

見た目の重厚長大ぶりに反して、丸扉が音もなくすっと滑らかに開く。人間がふたり通れる程度のところまで開扉すると、相葉時之と井ノ原悠はそれぞれに物騒な荷物を床から拾い上げた。

「十秒」井ノ原の掛け声が起点となり、テンカウントが脳裏で響きはじめる。

もうおしまいだ、と頭が真っ白になるのを、必死に我慢する。

丸扉を開けると、目の前にはまた扉があらわれた。今度はステンレスの冷たい感触を放つ、格子《こうし》状の引き戸だった。井ノ原悠が鍵穴に金色の鍵を差し込み、回す。残り六秒だ。途切れぬ動作で井ノ原が引き戸を開け放つ。

するとそこには、いきなり異次元にでもつながってしまったかのような、広大な空間が広がっていた。視界がまぶしいのは、天井や床が白く輝いているためだ。そして両側の壁には、何千というシルバーの金庫がびっしりと埋まっていて、異様なほどに整然としており、無菌の実験室じみている。

あと五秒。相葉時之は考えるより先に相棒から自動小銃を奪い、全速力で駆けてゆく。可能なかぎり奥のほうへ、ウイルス兵器と自動小銃を運ぶつもりだ。

背後から「三！」の声が聞こえたところで床にガスボンベと自動小銃を下ろし、相葉時之は踵《きびす》を返した。

格子状の引き戸の前で、金色の鍵を手にし、井ノ原が待っている。相葉時之は懸命に床を蹴《け》る。

残り時間は、果たして一秒あるのかどうか。そう思うあいだに、ふたりの連携する、ひとつらなりの行動が流れるように成し遂げられてゆく。

相葉時之が駆け抜けると同時に、井ノ原悠は格子戸を閉めて鍵をかける。

井ノ原が身を翻《ひるがえ》し、自らを投げ出すようにして金庫内から飛び出る。

相葉時之は丸扉を全身全霊の力を込め、一気に押して閉ざし、間髪いれず扉の中心にある舵輪《だりん》とも見えるレバーを最後まで回し切った。

ガコンという重々しい機械的な音が響き渡る。

貸金庫の丸扉が施錠されたのかもしれない。ガコンの響きを耳にしたのが引き金になったみたいに、ふたりはそろって力尽き、互いの体にもたれるようにし、くずおれてしまう。

丸扉に背中をくっつけて、床にへたり込んだふたりは、ぐったりとなって口を開けているだけで精一杯だった。荒い呼吸が静まらず、ひと言しゃべるのもままならぬため、しばらくのあいだはそうやって大人しくしているしかなかった。

肩が激しく上下する。体中から蒸気が噴き出すかのようだ。

ピーピーという電子音が聞こえていることに気づく。いったいいつからそんな音が鳴っていたのか。井ノ原自身もたった今、アラーム音に気づいた様子だった。息を荒らげながら、自分の腕を突き出してくる。デジタルの腕時計は、「9：11」を表示していた。

カウントダウンは終了したのだ。

それから二人はまた、ぜえぜえと呼吸を続け、暴れている心肺、血流が治まるのを待つ。

しばらくしてから、「いまいち」と相葉時之はやっとのことで声が出た。「実感が湧《わ》かねえな」

「少なくとも、俺が格子戸を閉めるまでは、あの兵器に変化はなかった」

「ウィルスの噴射は、はじまってなかったってことか」

「たぶんな」

「いや、おまえの閃きのおかげだ。この金庫のことよく知ってたな」

「たまたまだ」以前、入札情報を手に入れ、「インフルエンザにも強かったりして」と軽口を叩《たた》いた記憶が残っていたのだ、と井ノ原悠は言った。

一気に力が抜け、相葉時之はこのまま永遠に立ち上がれないかのような感覚に襲われる。壁につけた体が、鼓動のせいで小さく弾んでいる。良かったな、やったな、と井ノ原悠と喜び合いたいところだったが、そうする力も出てこない。

「相葉」と井ノ原悠が呼びかけてきたのは、ずいぶん経《た》ってからのように思えた。

「何だよ」

「一つ、おまえに言っていないことがあってな」

「愛の告白は、勘弁してくれ。抱き合う力も残ってねえ」

「ならやめとくか」

「やめんなよ」

「骨折の件だ。高校時代の、アレだ」

相葉時之は、ここでその話かよ、と苦笑せざるを得ない。「あれがどうかしたのか」

井ノ原悠は姿勢を変え、遠くを見るような顔つきになっている。「あの夜、俺は骨折した」

「俺のせいだ」

「あの時にな、一緒にいた同級生のひとりが、病院についてきてくれたんだ。親身になってくれてな。実を言えば、俺はその子のことがずっと気になっていたんだが、それで距離が縮まってな」

「片思いの相手か」

「それが、今の俺の奥さんだ」

相葉時之は想像もしていなかった話に呆気に取られる。やがて、腹の底から長々と息を吐き出し、冗談でも返してやろうかと思うが気の利いた言葉が何一つ出てこない。口を衝《つ》いたのは、「ほっとしたわ」という本音だけだった。

見れば、井ノ原悠は肩を揺すり、声こそ出していないものの笑っている。釣られて相葉時之も目を細めてしまう。カウントダウンが終わってから何分がすぎたのか、定かでなかったが、ふたりとも腰が抜けたみたいになっているため、立ち上がるにはまだ時間がかかりそうだった。

しばらくして、相葉時之は言う。「なあ、井ノ原」

「何だ」

「イノッチって呼んでもいいか？」

「駄目だ」

⚡

「おまえら、よくやったな」と張りのある声が聞こえてきた。

顔を上げると、通路の数メートル先に筒井憲政と手下の男の姿があった。何事もなかったかのように、ふたりとも平然とした面持ちで、すたすたと歩み寄ってきている。近くまでやってくると、筒井憲政がこちらを見下ろしながら、「ほれ、見てみろ」と言い、手下の男がタブレット型端末をすっと目の前に差し出してきた。

今度も監視映像が再生されていたが、そこに映し出されたのはとても身近な過去だった。ほんの何分か前の、自分たちの行動が、複数の構図で再現されている。貸金庫内に設置された数台の監視カメラが、先ほどの経緯をすべて記録していたのだ。

「おまえらが出ていって、扉が閉まってすぐだ」

筒井憲政がそう解説したところで、画面上の映像は、床に置かれたウイルス兵器と自動小銃を収めたカメラに切り替わった。

すると突如、ガスボンベ状装置の先端部が、シャンパンのコルクみたいにポンと飛んだ。さらにつづけざま、蓋《ふた》が開いた箇所からスプリンクラーさながらに、白っぽく映る煙霧状の液体が噴射されはじめた。

「これか」相葉時之はよく見ようとして、画面に顔を近づけた。「これがそのウイルスか？」

「本物の村上病」と井ノ原悠も囁《ささや》くように口にし、その、「本物の」という表現が気になったものの、相葉時之はここでは聞き流すことにした。

筒井憲政が、「間一髪だったな。ぎりぎりだった」と言う。手下の男はタブレット型端末を差し出すのをやめ、動画の再生をストップした。そのタイミングを見計らっていたかのように、筒井を見上げ、井ノ原悠が質問した。

「あれが兵器だって知っていたのに、なぜ貸金庫に捨てるのを許可したんですか？」そのことが、井ノ原は気になっていたようだった。「ここに保管している資産、次にいつ取り出せるのかわからないですよ」

「だからいいのさ」筒井憲政は片側の口角をつりあげながら答えた。

「だからいい？」

「国税の連中も、これで調査は無理になった。当分のあいだは、時間が稼げる。ウイルスの寿命ってのはどれくらいなんだ」

「どうでしょうね。一週間くらいなのか、それとも、兵器用に開発されたものだから、相当に長生きなのか」

「長生きのほうに賭《か》けてみようじゃないか」

「ただ、どちらにせよ、金庫の中身は無駄になるんじゃないですか。おそらく今回の件は、銀行の補償の対象外で」

「かもしれんな」筒井憲政はあっさりと言う。「でもな、どうなるか先が読めないってのは、なかなか愉快なもんなんだよ。いくら金積んだって買えるもんじゃない」

「え」

「この商売をはじめた頃は、毎日そんなことばかりだったんだ。今は目を閉じてても、なんでもあっさりわかっちまうし、黙ってたって世の中どうにでもできちまう。じつにつまらんね」

筒井憲政はおもむろにパチンコ屋のチラシを取り出すと、顔の横に掲げてみせた。

「このパチンコ屋はな、俺が最初に自力で立ち上げた事業なんだ。まさかこんなところで、こんなときに、このチラシと巡り合えるとは思いもよらなかったが、ま、そういう縁だったんだろう。いろいろと、思い出させてもらった。おまえらには礼を言うよ」

「買いかぶりだ爺さん」相葉時之は笑いながら、答える。どんなことであれ、礼を言われるのは慣れていなかった。

筒井憲政は、別れの挨拶《あいさつ》なのかすっと右手を上げてからまわれ右をし、手下を引き連れて去った。ふたりがエレベーターに乗り込むまで、相葉時之と井ノ原悠は無言でぼんやりと見つめていた。

「さて、そろそろ行くか、ライトフット」そう言いながら、相葉時之は立ち上がった。

やっと、肉体が自分のもとに戻ってきたような感覚だった。

「だからそれはおまえだろ」

「まあ、どっちにしてもな」いったん言葉を区切り、相葉時之は真剣なまなざしを向け、井ノ原悠に対し、右手を差し出した。「全部、おまえのおかげだ」

どこか、背後のほうから視線を感じた。そこにはいるはずのない、野球少年だったころの自分たちだという気がする。今の俺たちを見て、どう思っているのか、と相葉時之は考える。胸を張ってくれ、とまでは願わない。

握手を受け、「違う、そうじゃない」と否定した後で、井ノ原悠はこう返してきた。

「これは全部、ガキの頃の思い出のおかげだ。あの頃に見聞きして、味わったことのすべてが、今の俺たちを守ったんだ」

終章

二〇一四年六月三日

球場はライトが照り、その明るさが、夜の暗さが襲いかかってくるのを必死に押さえているようでもあった。

スタンドは満席で、みながその、鮮やかな緑と茶色が映えるグラウンドに目をやっている。セ・リーグとの交流戦、楽天ゴールデンイーグルスと阪神タイガースとの試合だ。三塁側の内野席、バックネット越しに打席に立つ選手が近くに見える。

ビールの売り子たちがあちらこちらで階段を昇り降りしていた。

「パパ、敗《ま》けちゃうのかな」隣に座っている健剛が言ってきた。段差があるとはいえ、幼稚園児からはよく観《み》えないのではないかと危惧《きぐ》していたが、ちょうど前に座っているのが小学生のようで、角度の関係からも眺めは良かった。

今年に入り、健剛はテレビで楽天戦の試合を楽しむようになっていたものの、球場での野球観戦は初めてだった。「急に接待が入った」と上司がチケットを譲ってくれたのだ。どうしたものか、と思っていると妻の沙耶子が、「せっかくだから二人で行って来ればいいよ」と言ってくれた。「幼稚園、明日は休みだし」

健剛は、行く！　と張り切り、二人で球場まで来た。自分たちだけが遊びに行くのは、と気がひけるところはあったが、沙耶子は沙耶子で、こういった機会でないと友人と飲みにも行けないのだ、と喜んでいた。

球場近くに辿《たど》り着き、観客が列をなしているのを目撃したところから健剛は興奮し、縁日めいた店がたくさん並んでいることに、はしゃいだ。

ただ、さすがに八時を過ぎたあたりから健剛は疲れを見せ、はっと気づけば眠っていた。連れて帰ろうかとも思うが、せっかくだからと試合を眺めていると、七回の表に阪神タイガースが一点を先取し、阪神ファンの歓声の波によって、健剛が目を覚ました。

七回裏のジェット風船飛ばしで盛り上がったのも束《つか》の間《ま》、八回の表に入り、阪神タイガースの四番ゴメスが、ランナーを一塁に置いた状況で、ツーツーからレフトスタンドに本塁打を放ち、追加点を取った。「3」の数字がスコアボードに大きく光っているように見える。

そして八回裏、楽天イーグルスの攻撃がはじまったところで、「パパ、トイレ。おしっこ」と健剛が言った。ああ、うんと井ノ原悠は足元に置いていたリュックを背負うと、隣の客に詫《わ》びて、列から抜け出し、通路を進む。

「ねえ、あと二回でおしまいなの？　三点差、どうかな」

「どうだろうなあ」正直なところを言えば、かなり厳しい戦いに思えたが、曖昧《あいまい》に答える。階段でワンフロア分、下りた。入り口と観客席をつなぐ、中二階のようなエリアで、売店が並んでいる。柱にはモニターが設置され、今のグラウンドの状況が映し出されていた。試合途中、しかも楽天イーグルスの攻撃中とあって、客はほとんどいない。右側へと歩いていくとトイレのマークがあった。

井ノ原悠は、知っている顔がそばの壁に寄りかかっていることに気づき、ぎょっとする。カキ氷を二つ持ち、手が塞《ふさ》がったままの女性で、黒のスキニージーンズにパーカーを羽織っている。髪がアップになっており、すっきりとした首が目立つ。

井ノ原悠は、何と声をかけようかと一瞬悩んだが、その間に彼女のほうも気づき、「あ」と声を漏らした。

「こんなところで」と井ノ原悠は言った。

桃沢瞳は穏やかな笑みを浮かべた後で、カキ氷を持ったままで肩をすくめるようにした。「野球場に来られる世界はつづいてる。ありがとう」

「お礼を言うのはこっちだよ。君のおかげで、いろいろ本当に助かった」

「いろいろ？」

―

「後始末だよ。去年の夏、あの一連の出来事の」

あの時の井ノ原悠と相葉時之は自分たちの身を守り、そして、ウイルス兵器による被害を防ぐのに精一杯で、もちろんそれはそれでとてつもなく重要なことであったのだが、とにかくそこまでで頭の中は空っぽになってしまい、すべて終わったあとの見通しなどまるで持ってはいなかった。世界も自分たちも無事だと確認してからは、しばらくはなにも考えられなかった。だからそのままであれば、銀行襲撃をはじめとした諸々《もろもろ》の罪で、起訴され、しかるべき処罰を受けていた可能性が高かった。救ってくれたのが、桃沢瞳だった。彼女が自らが所属する厚生労働省の上層部に掛け合い、「国内のテロを未然に防いだのは彼ら二人の功績だ」と主張し、村上病に関する機密事項をおおやけにすると仄《ほの》めかしたことから、問題は一気に省を飛び越えて国家安全保障会議の議案となり、秘密裏に話し合われた末、お咎《とが》めなしの結果を得られたのだ。

一度は村上病患者として扱われた相葉時之の件も、当初から本人の名前や素姓は報道に出ていなかったこともあり、その後も匿名《とくめい》のまま処理された。「脱走した感染者は自分から病院に戻り、治療を受けて回復した」という情報が流れたあとは、話題にも上《のぼ》らなくなった。

銀髪の怪人を首謀者のひとりとする国際連続テロ事件の全容は、未《いま》だ解明に至ったとは言い切れぬ状況だ。が、それでもこの一年のあいだに、報道によって多くの内実が明るみに出されていた。なかでも、つい先頃アメリカの有力情報週刊誌がスクープした、ウイルス兵器の由来に迫る「村上病の真実」という記事が一時的に大いに耳目を集めた。

ムラカミファージとはもともと、戦時下の日本で、村上博士の主導のもと研究開発がつづけられていた兵器用のウイルスだった。完成目前までできていた第二次大戦末期、アメリカの送り込んだ秘密工作員が、蔵王地下の施設を破壊するに至り、研究資料を持ち去る。その研究資料は、アメリカ陸軍の医学研究施設であるフォート・デトリックに持ち込まれて開発が引き継がれ、終戦から三年後には驚くべきことに、人体実験の実施にまで及んでいる。実験の実施現場は占領下の日本。GHQの秘密工作機関を通じて、ウイルスは特定の民間人に対して使用された。特定の民間人とは、当時影響力のあった共産主義の活動家であり、労働運動の指導者たちだった。その被験者のうち最初の死者が、村上病感染者第一号として扱われた。つまりムラカミファージの人体実験は、冷戦期を迎えたアメリカが推し進める反共政策の暗殺作戦に組み込まれる形で実施されていた。占領時代の終わる一九五二年まで、当の人体実験＝暗殺作戦はつづけられた。一九五二年は、蔵王の御釜に立ち入り禁止区域が設定された年だ。同年以降、生物兵器としてのムラカミファージが人の命を奪うことはなくなったが、どういうわけか日本では、「村上病」の蔓延《まんえん》が深刻視されてゆくようになる。

記事の中身は主にこうしたものだった。発表直後は日米で強烈な反応を引き起こしたが、占領時代の日本に焦点が絞られた陰謀論が展開される内容であることから、議論はそれほどの広がりを見せなかった。掲載から一ヶ月が経《た》った現在、同記事への世の関心はすでに薄まりつつある。

そのように、この一年のあいだに変わったこともあれば、変わらなかったこともある。

厚生労働省では、幹部らが引責辞任に追い込まれ、大手製薬会社数社でも、一部の役員の首のすげ替えが行われた。

当のウイルス兵器を封じ込めた仙台中央銀行の貸金庫は、扉が固く閉ざされたまま、あれから一度も開けられていない。筒井憲政にとっては痛し痒《かゆ》しの状況がつづいているわけだが、そんな彼は、あの事件の十日後、さながら国税局を嘲笑《あざわら》うかのように、表沙汰《おもてざた》にならぬやり方で、ひとりの慈善家として振る舞っている。

感謝は必ず形にしておくのが自分の信条だ。筒井憲政はその言葉を、事件の十日後に、使者を通して井ノ原悠に伝えてきた。

なんのことかと思いきや、その月末、筒井の言葉の意味は明らかとなった。井ノ原家の抱える負債にまつわる問題が、いつの間にかきれいに取り除かれていたのだ。

借金が帳消しになったばかりでなく、金融業者の取り立て人たちもぱたりとあらわれなくなった。その上に、過払い金の返還まで受けるというおまけ付きだった。だから今頃きっと相葉家にも、なんらかの援助がもたらされているのだろうと、井ノ原悠は想像していた。

　あらためて礼を述べたあと、井ノ原悠は桃沢瞳に訊《たず》ねた。

「その後はどう」

「まあ、何とか」彼女は曖昧に答えてくる。

「野球を観に？」わざわざ東京から？

　桃沢瞳は肩をすくめ、そうすると両手で持っているカキ氷がバランスを崩しそうになった。井ノ原悠はその二つのカキ氷を交互に眺めやってから、「仕事で誰かと？」と質問した。もしかして、まだ何かを調査しているのだろうか、と推しはかりもした。が、そこで健剛がさすがに待ちきれなくなったようで、「パパ、僕、トイレ行ってるよ」と先に男用トイレに向かう。

　井ノ原悠もついていくほかない。「後で、また喋《しゃべ》れれば」と息子を追いかけた。お礼を言い足りない思いもあれば、去年の出来事についてさらに話したいところもあった。彼女の父親がいかに分析力があり、使命感を持っていたのか、そのことについて語りたかった。

　入ってみると、トイレは思ったよりも広い。試合途中であるからか人の姿はほとんどない。小便用便器が並んでおり、健剛がどこに行ったのかと探すと、奥の列で用を足している後ろ姿があった。

健剛の姿を眺めながら、井ノ原悠はまさか、こんな風に落ち着く日が来るとは、とぼんやり感じずにはいられなかった。今年に入ってから、健剛の皮膚の痒みがずいぶん軽くなってきたのだ。最近では、夜中に一度も体を掻《か》くことがない日すらあった。妻の沙耶子は朝に目を覚ました後、「一度も起きずに朝まで眠っていられたのは、いつ以来なのか」と感動し、そのことに井ノ原悠も感激した。きっかけは、あのどこか胡散臭《うさんくさ》さの漂う医者への通院をやめたことだ。井ノ原悠が沙耶子に、予防接種を受けている医師のところに通い直さないか、と提案したのだ。病院と治療法を変えることは、今まで費やしてきた時間や医療費をなかったことにする、自分たちを否定する決断ではあったが、井ノ原悠はそうすべきだと思い切った。このまま出口の分からぬ道を歩いていくくらいならば、一度引き返すべきではないか。銀髪の怪人との恐ろしい出来事を経験したからか、とにかく、思い切って行動することに恐怖はなかった。

結果、処方されたステロイドが合ったのか、それともあの医師が言うように、「お子さん自身が成長して、強くなったんですよ」が理由なのか、痒みは減り、今ではほとんど軟膏《なんこう》は使わずに済むほどになった。沙耶子は長年の睡眠不足から解放されるに連れ、精神が落ち着いてきた。

トイレに入ったせいか、井ノ原悠は不意に尿意を覚え、その健剛の左隣の便器に近づき、デニムパンツのファスナーを下ろす。

意識するより先に、口笛を吹いた。

健剛が顔を横にひねり、見上げてきた。またその歌？　とでも言いたげだ。

公衆トイレで用を足していると、小学校のトイレが思い出されるためか、あの戦隊ヒーローのテーマソングが口を衝く。

自分の口笛に、別の人間の口笛が重なっていることに気づいたのは少ししてからだ。

壁に反響し、エコーがかかっているのかと思ったが、やがてはっとし、横を見やると、健剛を挟んで右隣の便器に、知っている顔があった。どうやら向こうは、もっと前からこちらを見ていたようだ。

ああ、とお互い、苦笑いを浮かべる。

「この子が、おまえの大事な健剛か」相葉時之は、自分と井ノ原悠の間で、小便をしている健剛を目で指した。

「パパ、この人、誰？」

井ノ原悠は、何と言ったらいいものか、と考えるうちに、時間が経ってしまう。

健剛は便器から離れ、ズボンをさっと上げた。そのまま洗面台へと向かっていくため、ちょっと待っててくれ、と井ノ原悠は声をかける。

「井ノ原、村上病の予防接種は終わるらしいぜ」

「ニュースで見たよ」

村上病の感染者は激減しており、費用対効果を考えると今後は予防接種は実施しないほうが適切だ、と厚労省が判断をしたのだという。なるほどそうやって、うやむやに終わらすつもりなのか、と井ノ原悠は感心した。

「今度はそのかわりに、別の感染症を予防するためのワクチン接種が制度化されるんだったか」

「そっちの感染症は本当なのか？」相葉時之が冗談めかし、そう言った。

「どうだろうな」言わんとすることは井ノ原悠にも分かった。「国の偉い人たちや専門家がそう言うんだから、信じるしかないだろ」

「偉い人たちは正直、俺たち国民のことしか考えてねえからな」

投げ遣《や》りな言い方に、井ノ原悠はさすがに噴き出しそうになった。

「偉い人っていえば、筒井さんがさ」と井ノ原悠が、途中まで言いかけると、「ああ、おまえんところもか」と相葉時之は返してきた。「うちもな、あの爺《じい》さん、例のAV事務所にまで話つけてくれてさ。全額返ってきて、家屋敷なくならずに済んだわ」

「じゃあ、お母さんの店も」

「今日も営業してる。凄《すげ》え爺さんだよ」

「よかった」

「でな、後日談があってよ、家も戻ってめでたしめでたしだ、とか言ってたらさ、AV

事務所に騙《だま》されて行方くらましてたあの女が、知らん間に地元に帰ってやがったわけ。お久しぶりですうとか言って、バッティングセンターに遊びにきやがったんだけど、これ新しい彼氏ですうって連れてた男が」

「男が？」

「徹なんだよ」「え」

「はあってなるだろ、こっちは。そうしたらふたりとも、へらへらしてタダで遊ばせろとか言ってきやがってさ、まあ怒る気もなくしたわ」

井ノ原悠は笑わずにはいられなかった。

ファスナーを上げ、二人でほぼ同時に便器から離れた。洗面台のところへ行く途中、健剛が、相葉時之に視線をやりながら、「この人誰？」と再び訊ねてきた。

「パパの、可哀相《かわいそう》な友達だよ」「おい」

そしてそこに至りようやく、外に桃沢瞳がいた理由について、察しがついた。いつの間に？　と喉《のど》まで出かかった。いつの間にそんな関係になったのか、と。

「服の趣味が変わったのか？」ジャケット姿は今までの相葉時之の雰囲気と違っていたが、似合ってもいた。

「まあな」

相葉時之が照れ臭そうに答えるのが、井ノ原悠には愉快でならない。桃沢瞳のセンスが良い、ということなのだろう。

ほどなくして、別の男がトイレに入ってきた。足を少し引き摺《ず》るようにしている。ああ、髪はぼさぼさで、柄物のシャツを着ていた。足を少し引き摺るようにしている。ああ、何という日なのか。井ノ原悠は今日のこの偶然に感じ入りながら、「赤木さん」と呼びかけた。

男は、井ノ原悠と相葉時之を眺めると、顔をしかめた。それから、口元が綻《ほころ》ぶのが見える。「どちら様だったか」と明らかに恍《とぼ》ける口調で言ってきた。

「貴重なファンを忘れるなよ」相葉時之が笑う。

「あの時は、赤木さんのおかげで助かりました」井ノ原悠は礼を言った。

赤木駿は居心地が悪そうに目を逸《そ》らし、そのかわりに健剛を見て、「今日の試合、勝てばいいな」と声をかけた。

「三点差だよ。勝てるの？」

真《ま》っ直《す》ぐに聞き返された赤木駿はやや言い淀《よど》んだが、「どんなことにも、意外に逆転はある」と答え、それからほかの二人を眺めた。「だろ？」

「思ったよりは」相葉時之が偉そうにうなずく。「思ったよりは逆転はある」

「諦《あきら》めなければ」井ノ原悠もうなずく。

「あ、それにしてもせっかくの話、断ったんだって？」相葉時之が赤木駿に顎《あご》を向けた。

何の話かすぐには分からなかった。が、その後のやり取りから、「赤木駿に何かしら、過去の濡《ぬ》れ衣《ぎぬ》をカバーするような、提案があったのではないか」とは想像できた。それを断った、ということか。

「まったく、恰好《かっこう》つけてどうするんだよ。ありがたく、受けておきゃいいのに」相葉時之が呆《あき》れている。

「昔は、恰好つけるのが仕事だったけどな。ヒーローとして」赤木駿が肩をすくめる。

「今の仕事は、ガソリンスタンドだ。俺は、嫌いじゃないんだよ。誰かのためにガソリンを入れるのが」

「昔も?」

「そういう意味では、昔もそうでしたよ」井ノ原悠は言っている。

「子供たちに、見えないガソリンを」

「なるほど」

「パパ、こっちの人は誰?」健剛が訊ねてくる。

「この人は」と井ノ原悠が言いかけたところで、赤木駿が手のひらを出した。真剣な面持ちであるから何事かと思えば、親指を背後に向ける。「おしっこ、してきていいか?漏れそうなんだ」

井ノ原悠と相葉時之は顔をくしゃくしゃにし、その笑い声がトイレの中の空気を撫《な》でまわすかのようだ。

「レッドにも弱点が」と井ノ原悠がぼそっとこぼす。

遠ざかりかけた赤木駿が立ち止まって振り返り、人差し指を立てると健剛に伝えた。

「内緒だぜ」

それから足を引きずり、奥へと歩いて行く。

ボーナス
トラック

BONUS TRACK

1

「だったらブーマーか？　なあおまえ、ブーマーだろ？　おい、返事しろよ、ブーマー！」

さっきからほんとにうるさいやつだな、といった感じでじろりと上目づかいになったカーリー犬は、フンと鼻から息を吹きだすと、ふたたび体をまるめて寝たふりに戻る。いつまでこいつの相手をしなきゃならんのよ、とうんざりしているのが毛のいっぽんいっぽんから伝わってくるほどだ。

しかし「こいつ」のほうはそんなことにはお構いなしだ。助っ人を自称し、埃《ほこり》まみれのこのバッティングセンターの店番と飼い主代行をつとめることになった相葉時之なる男は、くそーとつぶやくとさらにまたスマートフォンで検索した外国人野球選手の名前を投げかけてくる。

「デストラーデ？　ちがう。ドンヨル？　これもちがう。あ、これかな。オマリー？」

カーリー犬は無反応で通している。漫画であれば、たとえ正解を言ってもおまえにゃ返事してやらんわ、などとふきだしに書きこまれそうな毅然《きぜん》たる態度だ。代行男の相葉は事務机にスマートフォンをさっと放り、椅子《いす》にふんぞりかえって頭をぼりぼりかいている。ノミでもいるのかというほどかきまくっている。

「あーもう今日くらいは言うこと聞いてくれよ、パチョレック！」

相変わらず吠《ほ》え声ひとつないと知るや、代行男はついに観念したかのように溜《た》め息をつき、事務机に突っ伏してしまう。やっと黙りやがったかという具合に、カーリー犬はのそのそと起きあがり、あくびをしながら伸びをする。

窓から見える曇天は遅かれ早かれ雨を降らせるだろう。それも大降りにちがいない。こんなとき、カーリー犬は決まってひと声吠え、そろそろ降るぞと飼い主に伝えてやっていたものだが、ここしばらくは天気予報の役目を休んでいる。病床の飼い主が復帰するのを心待ちにしている彼は、代行男なんかにサービスしてやる気は更々《さらさら》ないらしい。相葉が事務所の椅子にふんぞりかえるたびに、それはおまえの場所じゃないぞ調子のんなと吠えまくる習慣すらできてしまった。

「あの、すみません、あと一回だけ、駄目ですか？」

本日最後のお客さんが事務所に向かって訊《たず》ねてきた。数ヶ月前からまめに通っている、小学五、六年生の、ちょっと線の細い印象を与える少年だ。開けっぱなしのドアを抜けてすぐのところに位置する、一〇〇キロ前後の中速球専用打席をいつも利用している。

「ん、なんだ、どうした」代行男があわて気味に顔をあげ、手の甲で口もとのよだれをぬぐっている。あきれたことに、このたった数分のあいだに寝入っていたのか。

「出入り口に、本日十五時までって張り紙が」

「ああ、悪いな。ちょっと用があって留守にしなきゃなんねえんだよ」

「もう出なきゃ駄目ですか？」

机上の置き時計は十四時五十五分を示している。

「そうだな、また明日な」

少年はしょげた様子で手のひらの一〇〇円玉へ視線を落としている。その沈黙のタイミングに合わせるみたいに事務所の電話が鳴ったが、相葉は受話器をとらず、まいったなという顔で少年を見つめている。置き時計と少年を交互に見比べるうちに、相葉は答えを見つけたようだ。

「おい坊主《ぼうず》、早とちりすんなよ。また明日な、って言いたいところだが、っておれは言いかけたんだぞ」

え、と発して顔をあげた少年は、一〇〇円玉をぎゅっと握りしめている。

「あと一回だろ？ならどってことねえよ。たった十五球だからな」

「あ、ありがとうございます」

鳴りっぱなしだったのに無視されていた事務所の電話は、そのとき留守番機能に切り替わった。スピーカーを通して伝言メッセージが聞こえてくる。

「相葉ちゃん、まじめに仕事してる？　いるんでしょ？　もう近くまできてるから今日も寄るぞ。いい加減きみの顔見るのは飽きちまったんだけどさ、不動産売れるまでは、なにかあったりしたらこまんのよ。なんもないように、おれたちがしっかりガードしてあげるから、おとなしくしとけよな」

こんなものは聞かなくていい、というふうに、メッセージの途中で相葉は少年を打席へ追いやった。気にすんな気にすんな、と言われてバットを渡された少年は、きょとんとしつつも急いだほうがいいのだろうと察したらしく、年代物のコイン投入機に最後の一〇〇円玉を入れてすぐにピッチングマシーンと向き合う。

その間、カーリー犬はといえば、少年と相葉の一連のやりとりを興味深げに見守っていた。少年の打撃練習がはじまるのを見とどけた相葉は、事務所の椅子にもどろうとしたところでカーリー犬が顔を起こしているのを知り、思いだしたみたいに小声で話しかける。

「なあおい、ええと、ブラウン？　ああ、ちがうよな、まあいいや。とにかく今日だけは言うこと聞いてくれよ。このあと車に乗るだけでいいんだ。それだけだ。アホでもできる。ホテルに着いたら、福士っつう大の犬好きがおまえの面倒見てくれるから安心しろ。な、わかったか？　人生かかった大事な仕事なんだ、頼むぞ。わかったな？　おまえさ、ちゃんと聞いてる？」

ちゃんと聞いてなどいない様子のカーリー犬の興味は、ずっと打席の少年に向いている。すでに五球ほど消化しているが、ヒット性の当たりはなく、空振りとファウルがつづいている。そしてまたファウル。釣られて相葉も少年のバッティングに気をとられてしまう。内野ゴロを打ったあとは空振りだ。残り七球になっても会心の一打が出ないことに、少年は自信なさそうに首をかしげている。

「そんな顔すんなよ。バットにゃ当たってんだから、弱気になんなって。そうだな、ピッチャーぶん殴る気持ちでいけよ。ほら、ぶん殴れ。殴っちまえ」

「でも、そんなことしたら退場になっちゃうよ」

「心配すんな。こう見えて、おれは退場にだけはなったことねえんだ。だからいけ、殴っちまえ」

内野ゴロとファウルがつづき、空振りはなくなってきたが、気づけば残り一球だ。ラストボールは内野フライ。少年はがっくりとうつむき、数秒ほどすると気をとりなおしたように相葉のほうを向く。

「時間ないのに、ありがとうございました」

「なに言ってんだよ、まだ終わってないだろ」

その言葉通り、ピッチングマシーンからまたボールが放たれてきた。表示を見るとなぜか残り十四球となっている。え、という顔で戸惑っている少年に対し、相葉は言う。

「今度こそぶん殴る感じでいけよ」

機械がもう次の投球に移っているため、少年はすばやく頭を下げてバットを構える。

まずはファウルを打ったが、打球はフェアゾーンすれすれだから悪くない。

カーリー犬は、へー、といった感心のまなざしを相葉に向けている。残りゼロだったはずの球数に、いつの間にか一〇〇円分が追加されていたからくりはいたって単純で、年代物のコイン投入機の土台部分を相葉がひそかに蹴飛《けと》ばしていたのだ。年代物にふさわしく、衝撃を受けると新たにコインを呑《の》み込んだものと勘違いする粋なところがある。

「いいぞ、もっとぶん殴ってやれ」

追加の十五球が消化されると、相葉はまたコイン投入機をゴンと蹴飛ばし、さらに十五球が追加される。ボールが次々に放られてくるため、少年は戸惑う間もなくバッティングに集中し、どんどん打ち返してゆく。ホームランはまだだが、ついに二塁打は出た。カーリー犬も興奮した様子でときおり「ワン!」と歓声をあげている。

ちょうどその頃、雨の降りしきる駐車場に一台の車が入ってくるのが窓越しにわかり、相葉は舌打ちする。置き時計を見ると、十五時二十八分を示している。「そろそろ出るか」と少年に声をかけてから相葉は施設の照明を落とし、出入り口のドアに内鍵《うちかぎ》をかける。鍵をかけ終わった矢先にドアの外側から男たちの声が聞こえてくる。

「おい、鍵かかってんぞ」

「本日十五時までってなんだよこの張り紙」

男たちはドアを何度も叩《たた》いてきて、名前を呼びかけているが、雨に濡《ぬ》れるのを嫌がったらしく、やがてその場を離れる。相葉が事務所のほうへ戻ると、未《ま》だ息を弾ませている少年が爽快《そうかい》な笑みを浮かべて一礼してきた。

「満足したか？」

「はい」

「よし、そんじゃ出るぞ。もう閉店してるから、裏口からな」

「裏口？」

「ホームランゾーンの真下にも出入り口があるんだよ。関係者だけの専用口だから、今日は特別な」

物凄《ものすご》い秘密でも知ってしまったかのように、少年は目を見開いている。

「そういえば、傘持ってるか？」

「折りたたみなら」

「なら大丈夫だな」

さて、といった様子で相葉はしゃがみ込む。これ以上ないというほど真剣な顔つきだ。カーリー犬は、なんだよと顔をあげて目も合わせてやる。

「もう四の五の言わねえぞ。わかるよな？　頼んだぞ、ポンセ」

仕方ねえなといった態度でカーリー犬が起きあがったのは、この数十分のあいだに、相葉をちょっと見直すところがあったためかもしれない。時刻はもう十五時三十五分になりつつある。ふたりと一匹は、薄暗いバッティングセンターのフェアゾーンを急いで駆けてゆく。

予想はしていたが、借金取り立て屋の車はまだいなくなっていない。駐車場にトランザムが停まっているから、あいつはまだバッティングセンターのなかにいるのだと読まれているのだ。どこまでも鬱陶《うっとう》しい連中だが、こちらも手は打ってある。カーリー犬とともに物陰に隠れて雨宿りしながら相葉は好機を待っている。時刻は十五時四十分。この雨のなか、ホテルでの最終打ち合わせに間に合うかどうかぎりぎりの時間になってきた。

そのとき、バッティングセンターのなかから高らかにサイレンの音が鳴り響いてくる。加えていくつもの赤色回転灯がぴかぴか光りながらくるくるまわりだし、大事件の発生でも告げているかのような雰囲気を生んでいる。約束通り、ホームランゾーンにひとり残った少年がつづけざまにボールをスイッチの的に投げつけて、全打席同時ホームランを偽装してくれたのだ。

予期せぬサイレンの大合唱と赤い光の回転にうろたえたらしく、取り立て屋の車が急発進して幹線道路へと走り去ってゆく。あのスピードなら、冷静になってパトカーじゃないと気づいたときにはだいぶ先まで行っているだろう。狙《ねら》い通りの展開だ。

よし、と相葉はつぶやき、雨の駐車場へとダッシュする。隣を並走する毛むくじゃらの存在を確かに感じながら、愛車めざして彼は走る。

ボーナス
トラック

BONUS TRACK

2

スポーツに向いてないんだよ。絶対に活躍してやる、というくらいの気持ちがないと駄目なんじゃないかな。

野球を始めてから、お母さんには時々、そう言われた。怒るわけではなく同情するような口調で、それはだいたい、僕が試合で活躍できなかった時の励ましだった。これは性格の問題で、別に悪いわけじゃないんだよ、と。

チームメートの大半は、小学校の低学年から野球をはじめた運動好きで、小四になって、「晴れた空の下で、広いグラウンドで、バットを振るのは気持ち良さそう」という、のんきな理由で入団した僕は、場違いだったのかもしれない。それまでの人生で勝ち負けにそれほどこだわってきたこともなかったから、これは大変なところに入って来ちゃったな、とはチームに入ってから痛感した。

「監督も明らかに僕には期待していない。通り一遍《いっぺん》のことを教えてくれるだけで、ほかの子と比べて、指導の熱は入っていないのが丸わかりで」

「よく辞めなかったな。今、六年ってことは二年もやってるわけだろ？」バッティングセンターで働く、というほど働いているようには見えないのだけれど、相葉が言ったのが三日前だ。相葉は三十歳くらいのはずなのに、ほとんど中学生くらいの責任感しか持っていないのは明らかで、たぶんお金も中学生程度しか持っていないんじゃないか、というくらいにいつだって、「金がない」と嘆いている。呼び捨てでいい、と言われた時はためらったが、「相葉さん」「おじさん」「おにいさん」と呼ぶのもしっくりこなくて、いつの間にか、「相葉」と呼んでいる。

「二年間、辞めなかったのは」

「僕ちゃん野球が好きになったから、とか言うなよ」

「野球の道具とかいろいろ買ってもらっちゃったから」正直に答えた。「お母さん、仕事、掛け持ちしてるし」

野球道具一式の値段を聞いた時、お母さんの顔が一瞬、強張《こわば》ったのを僕は忘れられない。そのあとすぐに、「大丈夫。こういうのにお金を使うのはいいことなんだから」と自分を納得させるように、言ったことも。

へえ、と関心なさそうに相葉は言った。「まあ、結果的には続けて良かったじゃねえか。おまえ、真面目《まじめ》にここで打ってるから、すっかり上手《うま》くなって。監督も見る目が変わってきたんじゃねえのか」

僕は笑ってみせたけれど、顔は引き攣《つ》っていたはずだ。「そうでもないんだ。チャンスになると緊張しちゃうし」

「ここで打ったら、俺がヒーローだぜ、とか思わねえのかよ」

「相葉は思うほうだったの？」言ってから、訊《き》くまでもなかったか、と思った。

「俺はほら、宿命なんだよ。ヒーローにならざるを得ないってのかな。怖えよな。いつだって、チャンスで俺の出番が来るようになってんだよ。常にスポットライトが追いかけてくる」

「借金取りも」初めて相葉とバッティングセンターでしゃべった日が、そうだった。逃げるために僕が手を貸すことにもなった。

「前も言っただろ。借金はもうねえんだよ」

本当かどうか怪しかったが、少し前に相葉は、世界を救ったら借金が消えて、可愛《かわい》い女の子がついてきた、と言ったことがあった。どう考えても嘘《うそ》、小学生もつかない嘘に思えたけれど、その時だけはなぜか相葉が、小声で秘密を共有するような言い方だったので、気になっていた。

「とにかく、だ。おまえも、試合で活躍するために練習してるんだろ」

「別にそういうわけじゃないよ」

「なら、何のためだよ」

「うまくなりたいだけ」

「うまくなるのが目標です、って習字やってんじゃねえんだからよ。うまくなるんじゃなくて、試合でヒット打つためだろうが。むしろ、下手でもヒット打つ奴《やつ》が勝ちだっての。ここで打てば大逆転、って時の準備だろ。違うか？」

「僕は別に」

「そんな弱気な感じだと、大事なところで代打を送られちまうぞ。屈辱の代打を」

「ああ、うん」

「何だよ、実際、代打、送られちまってるのか」

「毎回じゃないけど」監督としては、弱気な僕よりも、ガッツ溢《あふ》れる下級生のほうに期待したくなることもあるのだろう。

「ったく、情けねえな。まあ、本当なら俺が、おまえのチームのコーチとかやってやれば、俄然《がぜん》、強くなるけどな。優勝請負人どころか、楽勝請負人として」

「じゃあやってよ」と言ったものの、無理だな、ともすぐに思った。保護者のお父さんたちが何人か、コーチとして協力してくれている。ほとんど無償で指導をしてくれる上に、講習を受け、練習試合の審判も買って出てくれている。この、ちゃらんぽらんが服を着ているかのような相葉に続けられるとは到底、思えなかった。

「だけど今度の試合は、がんばるよ」もう一度、ピッチングマシーンを使うためにポケットの小銭を探った。

「女にモテたくなったわけだな。いいことだ」

何言ってんの、と僕が苦笑すると、相葉の隣にいる黒い犬が大きく吠え、ぶつかっていく。バッティングセンターのおじさんから預かっているはずの犬だ。ずいぶん長いこと一緒にいるのに、相葉に懐《なつ》く気配はまったくなかった。

「ほんと、うちのがくだらないことばっかり言ってごめん」と言わんばかりの、黒犬の申し訳なさそうな顔、それを思い浮かべていたところ、わっと歓声が聞こえてきて、僕は自分が今、いる場所に気づいた。

野球場のホーム近く、ネクストバッターズサークルだ。

はっとして顔を上げれば、安田がヒットで出塁したところだった。さっきまで打席で、ツーストライクまで追い込まれていたはずが、粘りに粘って、内野を越えるヒットを打ったようだ。

そうなのか、ヒット、打ったのか。

ぼんやりと思った後で、緊張が全身に広がりはじめた。血の流れが急に速くなる。

最終回、ランナー二、三塁であるから、この場面を写真に撮って、その上からペンか何かで、「チャンス」と書いても良いようなところだ。けれど、ツーアウトという意味では、「もはやここまで」と書くこともできる。

気持ちで負けちゃいけない。

自分に言い聞かせ、バットを強く握る。

ここで打ったらヒーローだぜ。

三日前、相葉から聞いたばかりの言葉を、何度も何度も心の中で呟《つぶや》いてみる。ただ、十二年間、この性格でやってきたのだから、少し呪文《じゅもん》を唱えたくらいで変わるわけがない。

いくら言い聞かせても、体の中に、頭の中に、ちっとも沁《し》み込んでいかない。

今日は打つんだ。打つんだぞ。

念じながら素振りをし、打席へと歩きはじめた。そこで、「タイム」の声が後ろから聞こえた。

振り返れば、監督が審判に向かって歩いてくる。代打を宣言したのは明らかで、僕は自分のおなかの中のものが全部、下に零《こぼ》れ落ちるような感覚になった。

ああ、と落ち込むような、悲しくなるような、声が出る。

監督は、ベンチに戻るように、と目で言った。体格のいい下級生が出てきて、張り切った素振りをはじめる。

目を下に落とすと、スパイクシューズが見えた。母が買ってくれたそれは、かなりぼろぼろだったが、そのシューズが僕を押してくれたのかもしれない。監督に駆け寄り、「あの、打たせてください」と言っていた。

「何だ？　どうした？」監督も目を丸くした。驚いているのは僕も同じだった。

引っ越すんです。これが最後の試合なんです。と口から出そうになったのを止める。ずるい気がしたからだ。ここで必要なのは、お情け、じゃないはずで、だから、「打ちたいです」と簡単に言った。

「打ちたい、と言ってもなあ」

監督は明らかに困った表情を浮かべた。呆《あき》れながらも、ここで感情的になってはいけないとも分かっているのだろう、声を低くし、「もう、審判に言っちゃったしな。おまえには悪いが、スポーツってのはこういうもんだ」と言うとベンチのほうに戻りはじめる。

さすがに、さらに詰め寄ることはできなかった。やることはやった。これはもうどうにもならない。バットを引き摺《ず》るように、ゆっくりと引き返しはじめた。

騒がしくなったのはその時だった。

子供たちの悲鳴が、もしくは、歓声まじりの騒ぎ声が上がり、それに呼応するように、犬のなき声が聞こえたのだ。

慌《あわ》てて審判が試合を止める。

黒い影がやってきた、と思えばあの、バッティングセンターの犬だった。パーマがかかったような、くるくるした毛の、細身のあの犬が、舌を出し、ぜえぜえはあはあ、と息を切らして、僕のまわりでくるくると円を描きはじめる。どうしてここに？

「おお、いたか」遅れて走ってきたのが、相葉だ。よほど必死に走ってきたのだろうか、腰に手をやり、荒い息を整えている。「近くの野球場、片端から探したんだけどな」と言う。「ダメ元で、ポンセに追わせたら、見つけやがった。犬の鼻ってすげえのな」

「いったい何なんだ」監督とコーチが駆け寄ってくる。「おい、何をしに」

「ああ、すまんすまん。俺はこいつの友達なんだよ。友達っつうか、専属コーチっていうか」

え、何それ。

「本当か？」監督が見てくるので、当然、頭を左右に振って、否定する。「本当じゃないです。バッティングセンターの」

相葉はまったく気にした様子がなく、スコアボードに目をやり、グラウンドの様子を確認し、状況を把握したのかもしれない。「まさか、こいつに代打を送るんじゃねえだろうな」と尖《とが》った声を出した。

「何を言ってるんだ」

「代打はいらねえよ。おい、審判、代打は出さねえぞ」相葉が手を挙げ、ホームベースのところで、審判に言った。キャッチャーも審判も何事か、と茫然《ぼうぜん》としている。

「勝手なことを言うな。出ていってくれ」監督が怒るのも当然だ。

「いいじゃねえか、別に。こいつが打って、何が減るもんでもねえだろうが」

いや、いろいろ減るでしょ。少なくとも、チャンスは減る。

「いいから、いいから」相葉は聞く耳を持たず、「さあさあ、おっさんたちもベンチで観《み》ようぜ」とほとんど強引に監督たちを引き摺って行く。僕のほうを振り返ると、「分かってんだろうな」と言った。

「え？」

「おまえは、うちのバッティングセンターの看板、背負ってんだからな」

何が何だか分からない。

どたばたとした勢いのままに打席に立つことになった。

審判が状況を確認してきたため、「大丈夫です。すみません」とだけ謝罪したのだけれど、マスクの向こう側で審判が、困惑しているのは分かった。苦笑いをしている。キャッチャーにも謝った後で、ピッチャーを見る。

気持ちを切り替える。全力を尽くすしかない。そのことだけは間違いなかった。打たないと。

打てる、打てる、と何度もつぶやく。

一球目、低めに外れたのを見送り、次の球はど真ん中に飛んできたものの、僕は空振りした。実際には誰もそんな反応は見せなかったのかもしれないが、僕にはみんなの溜《た》め息《いき》が聞こえた。いつもの癖で、ベンチを見てしまう。監督が腹立たしそうに、そして呆れながら、頭をがしゃがしゃと掻《か》いていた。

タイムを取り、素振りをした。深呼吸をする。いつも通りにやればいい。力が入り、力を抜かなくちゃ、と思い、力が入る。

打席に入りかけたところ、相葉の声が飛んできた。「いつも、俺が教えてやってる通りにやればいいんだよ！」

何も教えてくれたことなんてないじゃないか。

可笑《おか》しくて、息が洩《も》れた。キャッチャーと審判の視線を感じる。

ピッチャーの背後には、空があって、青く、広かった。両手を思い切り横に伸ばしても抱えきれないほど、広い。横に流れる白い雲が、千切れながら形を変えていく。

バットを構えた途端、周りの景色がぴたりと止まった。滑らかに流れていた白雲も停止した。

投手の手から離れたボールは、ゆっくりとしたものに見え、その瞬間だけ、そこはいつものバッティングセンターになった。

バットが球を弾《はじ》く感触が、僕の頭の中で、体の中で響いた。

気づいた時には、地面を蹴《け》っていた。

無我夢中で走り、一塁ベースを踏んだところで前のめりに転び、土が飛んだが、汚れや痛みはどうでも良くて一心不乱に体を起こして、ホームを見た。

手を挙げたチームメートが駆け寄ってくる。

その意味が理解できるまで、時間がかかった。

少しして、万歳をし、叫んだ。拳《こぶし》を高く、ここにいないお母さんにも見えてほしい、という思いで手を高く伸ばした。


「おい、やったじゃねえか」ベンチに戻ったところで相葉が手を叩《たた》いて、近づいてきた。「ほらな、俺が言った通りじゃねえか！　な、俺のおかげだ」としつこい。

監督は僕に対して、「ナイスヒット。よくやった」と褒めてくれたものの、割り込んできた胡散臭《うさんくさ》い相葉に対しては怒りを抑えきれないのか、まだ怒っていた。それを、うるせえな、と相葉が聞き流す。いいじゃねえか、勝ったんだから、と。

「そういえば、審判に何を言われたんだよ」相葉は、監督から逃れるついでのように、僕に顔を寄せてきた。「今、近くで声かけられてただろ?」

「あ、うん、それなんだけれど」僕はうなずき、審判がいた位置に目を向ける。先ほど、ホームの横を通りかかった時に、急に近づき、話しかけてくれたのだ。「褒めてくれたんだよ。いいスイングだった、って。相当、練習しているんだろ、って」おそらく敵チームの保護者なのだろうが、自分たちがサヨナラ負けをしたというのに優しい言い方だった。「あと」

「あと、何だよ」

「相葉みたいなのに付き合ってくれて、ありがとな、って」

「はあ？　何だよそれ」

「知らないよ」

実際、不思議でならなかった。先ほど審判はマスク越しに笑い、相葉のいるほうを指差したかと思うと、「ああいう大人にはならないようにな」と言ったのだ。

首をひねって後ろを確認すれば、審判の足元に、黒い犬がいて、尻尾《しっぽ》を振っているのが見えた。どうして相葉の連れてきた犬が、向こうの審判に懐《なつ》いているのか。相葉に対してよりもよほど愛想を振りまいているではないか。家族と思《おぼ》しき子供がいたけれど、まだ小さいから、チームに入ったばかりなのかもしれない。

相葉に肩を叩かれた。

「痛いよ」

「おい、今日の相手チームどこだよ」と騒がしい。

「ええと」

相葉は僕が答えるのも待てないのか、そのまま大股《おおまた》で、「おい、そこの審判！」と歩いていく。「待て。逃げるな、審判！　おまえ」

審判はマスクをつけたままだったが、面倒臭そうに笑っているのは分かった。手のひらを振り、「あっちへ行け」と追い払う仕草を繰り返している。

相葉はそれには構わず、近づいていく。怒っているのか、喜んでいるのか分からないのだけれど、大きな声で喚《わめ》いている。

すると審判は右手をグラウンドの外にしっかり向けて、「退場！」と叫び、相葉から逃げるようにその場から遠ざかっていった。

特別対談

阿部和重 × 伊坂幸太郎

一人では
絶対に書けないものを
生み出すこと

初めて会う前から、まるで予告編のように

伊坂　阿部さんと会ってから、今年でちょうど十年なんですよね。最初のきっかけは、僕が阿部さんの作品『ピストルズ』を読んで、その感想を編集者経由で伝えたことで。
阿部　懐《なつ》かしいですね。そうでした。
伊坂　阿部さんって、僕の世代にとってはスターなんですよね。純文学のエースというか、憧《あこが》れの存在で。文学に興味がある人だったら、阿部和重は読んでないと、というのはありましたし、実際、作品がどれも好みで。もちろんデビュー後は、同じ作家としてライバル心みたいなものもあって、「いつもすごいことをしているなあ、でも、すご過ぎて嫌だな」みたいな（笑）。だから『ピストルズ』の連載も当然知っていて、「群像」でちらちら見ながら「タイトルも恰好《かっこう》いいし、面白そうだなあ。嫌だなあ」と思っていたんです（笑）。それが単行本になって、読んでみたらやっぱりもの凄《すご》い小説で、めちゃくちゃ面白かった。で、担当編集に感想を話したら、それが阿部さんにも伝わって、帯に使われることになって。そんな出来事があった後に阿部さんが、「食事でも一緒にしましょう」と誘ってくれて、それで初めて会ったんですよね。
阿部　経緯としてはその通りなんですが、僕からすると伊坂さんがおっしゃった阿部和重像がそのまま逆で、むしろ僕の伊坂さんへの感情というか（笑）。伊坂幸太郎という

小説家については説明するまでもないぐらい皆が知っていて、作品もベストセラーで、デビューは僕の方が早かったんですが、『重力ピエロ』が話題になったと思ったら、そのままロケットのように飛んでいって、あっという間にキラキラした存在になっていたんですよ。だから、まさにスターで。

伊坂　いやいや、絶対違うでしょう（笑）。

阿部　本当に。ヒット作を連発されて、後からきたのにだいぶ遠くに行ってしまったな、という感じで。その時点で、こちらとしてはライバル視するような距離でもなかったんです。しかも、書いているフィールドが純文学とエンターテインメントで分かれていたので、なかなか接触する機会もなくて。でも、伊坂さんは「群像」にも作品を発表されるなど、ジャンルに捉《とら》われない仕事をなさっていたので、存在として遠く離れているけれど、いろいろ新しいことに挑戦している作家として知識はもっていて、気になっていました。そうした中で『ピストルズ』という、僕の中で非常に大事な作品の連載が終わったところに「伊坂さんが好意的に読んでくださっている」という話を担当編集づてに小耳に挟んで。「あの伊坂さんが！」と知って、全体の感想はどうなんだろう、と気になりまして。本が出るタイミングで、コメントをいただけたら嬉《うれ》しいね、というところから話が始まったんです。実際に帯に言葉をいただけて、凄く嬉しかった。伊坂さんに作品を読んでもらえて、コメントを帯にもらえるなんてことがあるとは思っていなかったのです。だから、こちらとしては感謝を伝えたくて「ぜひ、食事を」とリクエストしたんです。

伊坂　僕は阿部さんからのお誘いにびっくりして。嬉しかったですね。というか、ここまで読んだ人は、「褒め合っていて気持ち悪い！」とか思っていますよね（笑）。

阿部　それで、二〇一〇年六月にお会いしたんですが、この会が凄く盛り上がった。食事をしてみたら、お互いの関係がそれ以前とは全然変わった、というか。

伊坂　会うまでは怖かったんですよね。文学の話をがっつりされたらどうしよう、みたいな。でも、会ってみて喋《しゃべ》ったら、とても楽しくて。実は、それ以前から阿部さんに対しては「何か繋《つな》がっているな」という感触は持っていたんです。たとえば、漫画『ザ・ワールド・イズ・マイン』の帯コメントを寄せたら、阿部さんも別の巻の帯にコメントを書いていたり、大西巨人『神聖喜劇』を読んで、大興奮していたら、阿部さんが解説を書いていたり、お互い大江健三郎さんの作品が好きだと公言していたり。だから、怖い人かもしれないけど、好みは似ているんだな、とずっと思っていて。

阿部　会う前から、まるで予告編のように発言や仕事で近い場所にいたんですよね。お互いの関心の領域が重なっていて。合作への外堀は埋まっていた気がします。

村上春樹さんに立ち向かう

伊坂　それで、いろんな話をしている中で、村上春樹さんの話題になったんです。ちょうど『1Q84』の第三巻が刊行された時期で、爆発的に売れていて。話を聞くと暗殺者が出てくるらしいし、これは僕たちも応《こた》えないといけないんじゃないか、って。

阿部　村上春樹は僕らの世代の作家にとって、上空を遮っているUFOのような存在で、これを超えていかなくちゃいけない、という話ですね。

伊坂　そう。大雑把にいうと、世界で注目される日本人作家というのは春樹さんくらいじゃないですか。でも、春樹さんは僕らより二回り近く年上で、感じ方や捉え方は違うし、僕らがそこに立ち向かわないといけない気がして。ただ、僕はエンターテインメントでフィールドが違うから、阿部さんに「お願いしますよ」と言ったんです。僕は阿部さんのことを「僕らの世代の大江健三郎」と思っていたし、次の村上春樹的な存在というか、世界で戦う存在になってほしくて。そしたら阿部さんが「一緒にやろうよ」と言ってくれて。これはたぶん「一緒に盛り上げようよ」というニュアンスだったと思うんですけど、僕はそこで「一緒に小説を作る」だと受け取っちゃったんですよね。

阿部　いや、そこは僕にも下心がありましたよ。

伊坂　下心？（笑）

阿部　それはあったんですよ。一緒に何かを作れるんじゃないか、という妄想が。新しい思いつきみたいなものは、一度頭に浮かぶと、わーっとそちらに向かっていってしまうようなところがあると思うんです。あの日、あの場で盛り上がって、関心の領域が近いこともわかって、こんなやり取りを続けていけば面白いものができるんじゃないか、いわゆるケミストリーじゃないですけど、お互いの波長が合う中で、あっという間に何かがポンっと生まれそうな、そんな気持ちになっていました。

伊坂　そうだったんですか！

阿部　なんとなくですが、ありましたよ、やっぱり。たくさんの話をする中で、お互いがどういう風に小説を作っているか、見えてくるところがあって。こんなにがっつりと映画や漫画について話し合える関係を、それまで僕は同業者と作ってきたことがなかったんです。それが凄く新鮮で、楽しくて、だからこそ自然と「やりましょうよ」という言葉が出てきたんだと思います。自分の中では唐突じゃなかったんですね、その一言が。

伊坂　一緒に小説を書く、と考えた時、まず感じたのは、阿部さんに対しておこがましいんじゃないか、ということですよね。次に、「果たして小説の合作なんてできるのかな？」とも思いました。僕はいろんなアーティストの方とのコラボレーションの経験があって、もちろん尊敬する方としかやってはいないんですが、ただ、そうした場合でも、僕がやることは自分の小説を書くだけなんですよ。作業自体はあまり変わらないんです。「小説は自分が好きなようにやりますよ」というのが前提でした。でも、阿部さんと一緒に小説を作るとなったら、その作業を一緒にやることになるわけで、それは根底から全然違いますよね。でも一方で、「やってみたいな」とも感じたんです。あの阿部和重と一緒にやれる、これは凄いぞ、凄い武器をもらえる感じがするぞ、って。勝てるかもしれない、と思いました。

阿部　とはいえ、その場はそれで終わったんですよね。まだ最初に会っただけですし、いきなり具体的なことを思いつけるわけでもないですし。

伊坂　いつかね、という感じで。盛り上がった「ノリ」というほど軽いものではなくて、「一緒に何かやったらできるんじゃないか」という気配はあって、でもリアリティと言えるほどではなくて。ただ、本当に楽しいランチだったんですよね（笑）。編集者に「仲の良い高校の友達と喋っているみたいだった」と伝えたりしました。

怒られる、と思ったんです

阿部　でも、気づいたら打ち合わせをすることになってましたよね（笑）。あれは何のマジックだったんでしょう。

伊坂　同席した編集者に洗脳されていたのかも（笑）。

阿部　僕も何の疑いもなく仙台に運ばれて行って。二〇一一年三月二日でした。ただ、この打ち合わせのときに、もの凄く大事なことが起きたんです。『キャプテンサンダーボルト』が生まれる上で、一番重要なポイントと言えることがあって。

伊坂　あの時、確か、僕が「阿部さんの『ミステリアスセッティング』の男性版がやりたい」って話をしたんですよね。スーツケース型の核爆弾が出てくるお話。

阿部　はい。まさにそのことです。結局、合作をやるといっても、お互いいろいろなことをやってきているし、アイディアもたくさんあるわけですが、「二人で何をやる？」となったとき、明確な「コレ」というものがないと、絶対にGOできないんですよ。しかも、まだ会って間もないですし、普通だったらお見合いじゃないですけど、「ほら、気持ちを言いなさいよ」的に周囲に急《せ》かされないと、なかなか自分の考えを言えないような（笑）、相手の出方を見ているような時期で。腹を割って話せない可能性は十分にありました。そこで伊坂さんが『ミステリアスセッティング』という僕の作品を具体的に挙げて「あれを別の形でできないか」とポンっと出して下さった。それは企画が前に進む上では本当に大事なことでした。あれがなかったら、こういうの良いね、ああいうのやりたいね、というだけで、二回、三回と打ち合わせを続けても、ただアイディアだけがバラバラと出されて、それで終わっていたかもしれない。

伊坂　僕はよく覚えているんですけど、阿部さんに会うのはまだ二回目じゃないですか。前は楽しかったけど、今回『ミステリアスセッティング』やりたいって言ったら、怒られると思ったんですよ。

阿部　なぜ（笑）。

伊坂　「俺、一回書いてるんだけど」って気持ちがあるんじゃないかって。「もう一回やらせるの？」と言われちゃいそうで。だからあの時も「怒られるかもしれないですけど……」という風に恐る恐る切り出した記憶があります。そしたら阿部さんが「ああ、それでいこうよ」と言ってくれて。よく考えると、阿部さんのこの十年の対応はぜんぶそうで、あんまり否定してこないんですよね。「それ、いいんじゃない」という感じで。僕は逆に「いいんだ！」と驚く感じで。

阿部　伊坂さんは恐れや警戒心をいつも持っている方なんですが、一方で毎回「怒るかもしれないけど」と言いつつ、おっしゃるんですよ。「これ、やりたい」というのを。絶対言うんです。

伊坂　確かにそうかも（笑）。一応「悪意はないんです。作品のために言いたいだけなんです」と断りつつ、言っちゃう。

阿部　でも、そこがとても大事だったと思います。やっぱり「コレ」という作品の方向性が示されて、一気に話を進めやすくなりました。

伊坂　そう、ここからが凄かったですよね。二時間ぐらいの打ち合わせで『キャプテンサンダーボルト』の骨組みがほとんど決まったんですよ。二人の主人公。仙台と山形。その間に蔵王があって、大量破壊兵器の話で、という風に。

阿部　これは早いな、できるな、と思いました。とにかく、アイディアがどんどん出てくるので。

伊坂　タイトルもすぐに決まりましたよね。打ち合わせを終えて帰ってから、阿部さんに「映画『キャプテン・スーパーマーケット』のタイトルが好きなんです」と連絡したら「キャプテンはタイトルに使ったことないから、使いたいね。『キャプテンサンダーボルト』ってどう?」とメールがきて。「これだ!」となって、絶対面白そうじゃん、と思いました。

阿部　検索してみたら、その名前が実在したと分かって、これは使える!と。

これまでとは違う執筆体験

伊坂　ただ、この打ち合わせの直後に東日本大震災があって、僕もいろいろありまして、その間も阿部さんとの話をやりたいな、という気持ちはあったんですけど、少し時間が空きました。再始動したのが七月でしたね。そこで「蔵王に行こう」という話になって、八月には仙台駅に集まって僕が車を運転して、一緒に山形に。

阿部　ありましたね。あれは得難い、貴重な体験でした。車に乗って長時間、設定の話をずっと二人でして、アイディアを披露して。それは確実に作品に生かされていて。

伊坂　その後も何か月かに一回のペースで会って、打ち合わせをしたんですよね。

阿部　あそこをよく使いましたよね、東京駅のルノアール。ネタをホワイトボートに書きながら、それやりたいね、面白いね、と話をして。

伊坂　なんというか、聖地といえる場所（笑）。打ち合わせを重ねる中で面白そうなものが揃《そろ》ったので、僕が一度、プロットみたいなものを作ったんです。いつもは作らないんですけど、こんな感じでどうですか、という風に。

阿部　全体像を決めて、あれが起きて、これがあって、という設計図を二人で作って、それに沿って一つ一つの場面をお互いが書いていくことになりました。大変だったのは、ここからで。アイディアはたくさんあるけど、小説だから文章を書かないといけない。

伊坂　はい（笑）。まず僕が序章を書いたんですが、あれは本当にプレッシャーで。合作である以上、僕が書いたものが阿部さんのものとしても出ちゃうわけじゃないですか。阿部さんに納得してもらわないといけないから、僕の持てるものを全部出すんだ、と思って書きました。出だしは「ガイノイド脂肪」のことから始まるんですけど、確か、プロットの段階で、「最初はハニートラップから始める」ということになっていたんですよね。それで、女性が男性を誘惑する、という場面を書くことになったんですけど、そのまま書く気になれなくて。たぶん大袈裟《おおげさ》に言うと、少し上の世代の作家が扱う性的なものへの挑戦みたいな（笑）、そんな気持ちがあったんですよね。性的な関係、性愛を文学的なものとして描くことって多いような気がしていて、もちろん、重要なことではあるんでしょうけど、それだけが文学ではないだろう、という思いはあって。性愛だって人間の欲求の一つで、ホルモンが引き起こしているんだよね、科学の話だよね、という捉え方のほうがしっくりくると思ったんです。阿部さんの文学って、「情報」や「分析」が重要な要素ですし、「性的なこと」を分析するところから始めたいな、と。だから、人間はホルモンに影響を受ける、という話になったんですよ。短い分量ですけど、この序章にすべてを賭《か》ける、という気持ちで、駄洒落《だじゃれ》も入れて（笑）。その序章を書き終えたのが、二〇一二年の六月です。

阿部　当然ながら僕も伊坂さんも「一緒に書く」ということは初めてだったわけで、まず最初の場面、そして次の場面、とお互いが書いていくわけですけど、普段小説を書いているときとは緊張感が全然違いました。僕はその時、デビューから十五年以上が経《た》っていて、なんとなく高をくくっているようなところがあったわけですよ。これぐらいのことはできるし、こういうことはできない、という。ある種、自分に冷めているところもありましたし。そういう中で、編集者だけじゃなく同じプロの同業者にも原稿を渡して、さらにお互いが書いた原稿に手を入れるという作業は、もの凄い緊迫感があって。必然的にいつもは考えないところまで気を付けて書かざるを得なくなって。ここはOKもらえるかな、というスリリングな状況が常にありました。僕自身はだんだんと、自分の中に勝手に伊坂幸太郎の幽霊を作り上げて、それが憑依《ひょうい》しているような状態に持っていきながら原稿に取り組んでいました。これまでとはまったく違う執筆体験です。

伊坂 交互に章を書いていって、全部が書き上がってから僕が一度手を入れて、そこに阿部さんがさらに手を入れて、という流れで作っていったんですよね。お互いに会話文とか地の文を足したり、削ったり。こんなに手を入れていいのかな、というレベルで。よく阿部さんが許してくれたな、と思います。でも、書きながらプランになかったアイディアが追加されたりして、びっくりしたりもしました。病院からの搬送シーンに密田という人が出てくるんですけど、これは打ち合わせの時にはいなかった人物で。読みながら、「誰、これ？ めちゃくちゃ目立っているんだけど」みたいな（笑）。

阿部 今回、この文庫化のために新作短編を書きましたけど、十年前の感覚が甦《よみがえ》りましたね。

伊坂 本当にそうでしたね！ たぶんこの対談の後に収録されているはずなんですけど、これはほんと久しぶりの合作で。以前の文庫版のボーナストラックは別々に書いたので、あれは合作ではなかったから、本編以来の作業でした。例によって、僕がざっくり構成を考えて、阿部さんにアイディアを加えてもらって、分担して書く、というまさにあの時の合作そのままで。

阿部 あぁ、こうやってできていったな、今回もできちゃうな、という感じでしたね。

人生の代表作

阿部　僕も伊坂さんもある種の危機意識についての小説を書き続けてきたと思うんです。世界をどう見るか。どの角度から見るか。そこに何を感じて、その中でどう生きていくか、ということを。『キャプテンサンダーボルト』もまさにそうした物語で、単行本刊行から六年を経て改めて文庫化されるわけですが、いま読んでもリアリティがあると思うんです。むしろ、強まっているかもしれない。

伊坂　そうですね、震災があって、コロナウイルスが流行して、現実でもいろいろなことが起きますけど、作品が持っているメッセージみたいなものが色褪《いろあ》せることはなくて、今にも通じていて。だから、こういうお話を書けてよかったな、と僕も思います。ベタですけど「逆転はある」ってことが背骨になっているというか。

阿部　ただ、本になってから改めて、合作という形式の受け取られ方については、いろいろ考えさせられましたね。偏見というか、先入観というか、凄く偏《かたよ》ったイメージが根強くあって。小説以外の分野では、それは漫画であったり映画であったりですが、合作を本気の作品として受け入れているところが多いと思うんです。でも、小説の場合、受け止められ方が違いましたよね。

伊坂　難しいですよね。企画物みたいに思われちゃうこともありましたし。合作とか関係なく面白いでしょ?と言いたかったです。

阿部　小説は個人的な作業のイメージが強いから、不純物が混ざっているように見えてしまう部分があるのかな、と思うのですが、この作品に限ってはそうではないんですよね。合作をやってみて、凄く大変だな、ということは本当に痛感させられた一方で、本気で時間をかけてしっかりやれば、一人では絶対に書けないようなものを生み出せる、ということをはっきり実感できました。

伊坂　僕は合作の後も、阿部さんの視線やチェックポイントについて、かなり思い出すんです。たとえば、冒頭の山形のホテルのシーン、ここは水の描写が凄く多いんですよ。雨だったり、比喩《ひゆ》だったり。それで阿部さんに聞いたことがあって、そしたら「この物語は水が重要な要素だから、文章を水で攻めたかったんだよね」とさらっと言っていて、そうか、と。作品にとっての構築美みたいなことに対して、阿部さんは常に意識があって、それは全体を通じてそういう意見が多かったんです。僕は大雑把な感じで、面白ければいいかな、となってしまいがちなので。だから、『キャプテンサンダーボルト』は僕一人では絶対に書けなかった作品なんです。楽しかったし、勉強になったことがたくさんありました。僕の中では、同時期に執筆していた『火星に住むつもりかい?』という長編とともに、間違いなくこの十年の代表作の一つです。

阿部　『キャプテンサンダーボルト』を完成させていく中で、僕は自分の文学観みたいなものから解放されたんですよね。初期の、もっと自由に作品を書けていた頃の原点に立ち返ることができた。仕事を重ねる中で「こうあるべき」みたいに自分を追い詰めていたことに気づけた、というか。だから、この作品はいろいろな意味での転換点になりました。僕の人生の代表作、といえる小説です。今回の文庫化で、阿部和重とか、伊坂幸太郎とか、合作とか、そうしたものを気にしないような、若い世代の読者にも読んでもらえると嬉しいですね。今日は久しぶりにお話しができて、本当に楽しかったです。ありがとうございました。

伊坂　ありがとうございました。そうそう、最後に。似ている部分が多い僕たちの中でも違う面は結構あって、たとえば、阿部さんは現実の「日付」、現実の出来事を意図的に小説内に取り込んでいくのに比べて、僕は架空の日付、架空の出来事を使うのが好きだったりするんですよね。今回は阿部さんと一緒にやるので、現実の「日付」や出来事をかなり取り入れていて、そういう意味では僕にとっては新鮮だったんですけど、最後の楽天イーグルスの試合も現実に即しているので、気になる方は、その時の試合結果を検索してみてもらえると嬉しいです。あ、調べなくても、もちろん大丈夫です（笑）。

書き下ろし短編

[redacted]の一日

今から三十分前

「赤木《あかぎ》さん、何でそんな離れた場所に立っているんですか」車から降り、給油機の操作用タッチパネルの前に立つ井ノ原悠《いのはらゆう》が少し声を大きくして言ってきた。

仙台市の西郊、国道沿いのガソリンスタンドだ。国道とはいえ奥まった場所だから車通りは少なく、民家がぽつぽつと並ぶ程度だ。

「何でって、ここはセルフサービスの店だ。おまえだって知ってるからそこに立ってるんだろ」赤木も声を大きくし、ちゃんと聞きとれるように答えてやった。

「久しぶりなんですから話しましょうよ」

赤木駿《しゅん》はやれやれという顔になり、井ノ原悠の乗ってきたクロスオーバーSUVに近づく。車内をちらっと覗《のぞ》くと助手席に、思春期まっさかりといった感じの男の子が座っているのが分かった。窓に頭をつけ、眠っている。

「もう中学生です。さっきまで野球部の試合があったんですよ」井ノ原悠は困ったような言い方をしつつも、どこか喜びが口元に滲《にじ》んでいる。「まあ、それでも温泉旅行についてきてくれるんですから、ありがたいです」

妻は別件があるので現地で落ち合うことになっていて、おかげで息子と車内でいろいろ話ができて良かったです、と井ノ原悠が言う。「人生の貴重な時間です」

「相葉《あいば》とは連絡を取っているか？」

「まったく」井ノ原悠が苦笑する。「元気にやってるんですかね。志賀《しが》から、やっとあいつも落ち着くとかいう話は聞いたんですけど」

「落ち着く？」

「結婚するんだか、子供が生まれるんだか、もしくは文字通り、椅子《いす》に座って大人しくしていられるようになるんだか」

「落ち着くという言葉が似合わないな」

「それにしても赤木さん、変わらず、ここで働いているんですね」

「放っておいてくれ」

「おかげでここに来れば会えますけど」喋《しゃべ》りながら、井ノ原悠がタッチパネルを指で触って操作しかけたところを、「あ、待て」と赤木駿は手で制する。「押し間違えるなよ」

「え」

「おまえのその車、ディーゼルエンジンだろ」

「あ」ディーゼルエンジンには軽油を入れなくてはいけないにもかかわらず、井ノ原悠は画面上でレギュラーガソリンを選択していたのだ。「間違えると大変だろ。喋りながらでうっかりしたんだろうが。最近、買い換えたのか？」

「いえ、だいぶ前に」井ノ原悠は照れ笑いする。「ただ、買い換えた直後は緊張感があるというか、気をつけてやってたんですけどね。やっぱり一番怖いのは」

「慣れてきた時だな」

井ノ原悠がうなずく。「村上病みたいな感染症だって、慣れてきたころにまた起きるかもしれないわけで、油断しているところを不意撃ちされるかも。でも、助かりましたよ」

「あのまま、レギュラーガソリン入れて走らせたらアウトだったな」

「ディーラーからは、そうすると、中を洗浄しないといけないとか言われていたんですよね。救われました。さすが」

「さすが？」

「ヒーローから引退できない男、赤木さん」

「勘弁してくれ」赤木駿は溜息《ためいき》を吐く。「さすがに笑えなくなっている」

「笑っていいんですよ。去年でしたっけ、駐車場の車の中で置き去りになっていた赤ちゃんを助けたのは」

タッチパネルの操作を終えた井ノ原悠が、静電気除去用のシートを触れ、給油ノズルをつかんだ。

「二年前だな」

「撥《は》ねられそうになったお爺《じい》さんを助けたのは」

給油タンクの蓋《ふた》を外し、ノズルを挿入した。軽油が流れ込む音が聞こえはじめる。

「そっちは三年前。脚を引きずる俺が必死に近づいたら、熟睡していたお爺さんが急に起き上がってな。残された俺のほうが危なかった」

井ノ原悠は目を細め、「どこかのお店で刃物を突き出した強盗も」と続ける。

「それが去年か。だけどな、全部、たまたまだ」

「最近知ったんですけど、あれって全部、赤木さんの誕生日なんですってね。ネットに書いてありましたよ」

「ネット上の情報を鵜呑《うの》みにするなよ」

「だけど、毎年誕生日がくるたびに人助けしちゃうなんて。そういう星の下に生まれたとしか思えないじゃないですか。人助けをする、ヒーローの宿命」

「そんなわけがあるか」赤木駿は苦笑する。「ただ、そもそもあの日もだ、おまえたちが、恐ろしい大男を連れてここに来たのだって、誕生日だったからな」

「え」

「言ってなかったか？」

「聞いていないですよ」

「あれ、おまえに言ったんじゃなかったか」

「あの日も、赤木さんのおかげで助かりましたし、もうこれは決定ですよ。そういうことになっているんじゃないですか。毎年ずっと人助けを」

「恐ろしいことを言うなよ。もう歳《とし》なんだ」

「筋トレとかしておいたほうがいいですよ」

がちゃん、と給油装置が停止する音がした。井ノ原悠はノズルを給油機に引っ掛けるようにし、画面に向き合い、会計のためにクレジットカードの処理を行った。

「いつ何時、人助けの場面に遭遇するか分かりませんからね」財布をポケットにしまいつつ、井ノ原悠がにやにやしながら言ってくる。

「だから、そういう怖いことを言うなって」

それじゃあ、と井ノ原悠は挨拶《あいさつ》をすると運転席に入っていく。それじゃあ、また、と。

ＳＵＶのドアが閉まりかける寸前に、赤木駿は、「スズメバチだ」と声をかけた。すると井ノ原悠は手をとめて、「スズメバチ？」と聞きかえしてきた。

「さっき何で離れた場所に立ってたのかって、その理由だよ。最近やたらスズメバチが飛んでるのを見かけるから、建物のどこかに巣でもあるんじゃないかって探してたんだ」

「巣が見つかったらさすがに駆除は業者に頼んでくださいよ」

「もちろんそうする」

エンジンを震わせ、ガソリンスタンドから車道に出て、すっと去っていく黒の車体を眺めながら赤木駿は、次にいつ彼と会えるのだろうか、とふと考え、寂しさを覚えた。打ち消すように、「これが人生だ」と自分に言い聞かせる。

今から十五分前

給油機の隣に停車した、白のボンネットに火の鳥が描かれる独特の車体を眺め、赤木駿は、自身の体の中から、愉快さと呆《あき》れのまじった、むずむずとした思いが湧《わ》きあがるのを感じた。

よりによって、と思わずにはいられない。

「おーい、そこの、おっさん店員！　どうしてそんなに離れたところにいるんだよ」運転席から降りてきた相葉時之《ときゆき》は給油機の前で立ちどまり、赤木駿に向かって、手を挙げている。

「ここはセルフサービスの店だ。知ってるだろ」と声を大きくして答えた。

「ネットに書くぞ。あそこのガソリンスタンドの店員は感じが悪い、要注意ってな」

文句を言いに来たのか、給油に来たのか、と赤木駿は洩《も》らす。「それにしても、これ、まだ走るのか」

「下手な絶叫マシーンなんかより、この車の維持費を聞いたほうがぞっとするかもな」

「自慢みたいに言うなよ」と赤木駿は言ってから、「ところで、すれ違わなかったか？」と訊《たず》ねた。

「誰と？」

「いや、別に何でもない」もしかすると、あっちはこの車に気づいたかもしれないな、とは思った。何しろこの目立つ車体だ。

タッチパネルをろくに見ず、「満タン満タン」などと口ずさむようにしながら給油機の操作をはじめた相葉時之に、「おい、画面ちゃんと確認してるか？」と赤木駿は注意をうながす。

「え、何？」

「その画面だよ、ちゃんと見ながらやったほうがいいぞ。おまえの前の客が、ディーゼルエンジンの車なのにレギュラーを入れようとしていた。ぎりぎりでとめてやったからセーフだったけどな」

「こう見えて俺は、ガソリンスタンドといえばセルフ一筋だからな、間違えるわけないの」

言ったそばから相葉時之は身動きしなくなって黙りこんでいる。なぜかは聞くまでもない気がするが、いつまでもフリーズさせておくわけにもゆかないので、赤木駿は「どうした」と問いかけてやる。

「ええと、ディーゼルエンジンは軽油でいいんだっけなっていきなり分かんなくなっちまってさ。軽油でいいんだよな？」

「ああ」

「そうだよな。で、こっちはハイオクだ、それは間違いない」

「箸《はし》を持つほうが右、みたいな言い方だな」赤木駿は苦笑いする。

「しかしそのディーゼル車の運転手、助かったな。おっさん相変わらず、人助けをしているってことか」

「軽油にしろよ、と教えるのが人助けに入るならな」

「そりゃ入るだろ」

いつの間にかスズメバチが一匹、相葉時之の頭上を飛びまわっている。それを伝えたら騒ぎだしてかえって危ないかもしれないな、と赤木駿は予想し、とりあえずは会話に集中させておくことにした。

「今はどこに住んでいるんだ。まだバッティングセンターでバイトってわけじゃないだろ」

「俺もいい歳だし、いろいろとな」

あの犬は元気か、と質問しかけたが、初めて会った時からの年月を考えると悲しい事実に直面しかねないと思いあたり、ためらいをおぼえてしまう。その合間に、何事か思いだしたらしい相葉時之がこう持ちかけてきた。

「ああ、そうだ。これも人助けみたいなものだから、アイディア貸してくれないか」

助手席のドアを開き、使い込まれた風合いのリュックに手を突っ込むや、少し厚い本、国語辞書に似たものを引っ張り出し、「ぱらぱらめくって、気になるのがあったら教えてくれよ」と言いながら赤木駿に押し付けてくる。何かと思えば、表紙に可愛《かわい》らしいイラストが描かれ、「赤ちゃん名づけ辞典」といったタイトルがあった。「何だ、これは」

「いい名前あったら、言ってくれよ。男バージョンと女バージョンと」

「そいつはおめでとう」

「別に、俺の子が生まれるとは言ってないだろ」

「違うのか？」

「守秘義務だ」

「面倒臭いやつだな」赤木駿は大袈裟《おおげさ》に、疲れた顔をしてみる。

そこで相葉時之が、うわっと悲鳴に近い声を上げた。

「どうした」「蜂《はち》が入った」「どんなやつだ？」「かなりでかい」

今ドアを開閉した際に、その隙《すき》を狙《ねら》うかのごとく、さっきのスズメバチが車内に飛び込んできてしまったらしい。

相葉時之は慌《あわ》ててドアを開く。なかを覗き込んではさっと体を引っ込め、「おい！出ていけ」「ふざけんなよ」と蜂を相手に怒り口調で呼びかける。案の定の騒ぎっぷりだが、そんなことでスズメバチが出ていくとは思えない。

赤木駿はいったんその場を離れると、いつも杖《つえ》がわりに使っているこうもり傘をつかみ、戻ってきた。

助手席も運転席もドアを全開にする。横向きにした傘をなかへ突っ込み、ばさばさ音が立つくらい半開きにしたり閉じたりを慌ただしくくりかえす。そうしているうちに、座席に置いてあったらしい硬球か何かが足もとに転がってきたが、ちいさいながら猛毒を持った生き物がまだ車内にとどまっているためそちらから目を離せない。さらに、ばさばさやっていると、スズメバチはようやく外へ飛び出していってくれた。

「またこれも人助けだな」相葉時之は急いでドアを閉めてから、言った。

「人じゃなく、蜂のほうを助けたことになりそうだけどな」

給油がちょうど終わり、時計を確認した途端、相葉時之は、「まずい、間に合わない」と大慌てになり、ポンティアック・ファイヤーバード・トランザムに乗り込もうとする。

「じゃあ、また今度ゆっくり。だけど、しょっちゅう、人命救助で表彰されましたってニュースで見るから、久しぶりな感じがしないんだよな」

「井ノ原には連絡しろよ」

「分かってる、分かってる」うるさそうに手を振って、相葉時之は愛車の運転席に収まり、勢いよく仙台方面へとすっ飛んでいく。

彼らとの交流を好ましく感じている自分に気づき、赤木駿は、自分の老いについてふと考えた。

そういえば、と視線を下へ向けてみれば、車内から転がり落ちた野球のボールが置き去りになっている。買ったばかりの新品らしい。次の久しぶりは案外すぐに訪れそうだなと思いつつ、赤木駿はボールをひろってズボンのポケットにしまった。

今

ものすごく怖い。目が覚めたら、真っ暗でここがどこかも分からないし体を動かせない。

わたしはいつからこうしてるんだろう。ママ、パパ、と探したいのにできない。真っ暗なのは目が見えなくなってしまったからなのだろうか。

怖すぎて何も考えられないから記憶もぼんやりだ。怖すぎて息ができないから、何度もはあはあしているつもりなのに口を開くこともできない。空気がなくなったら死んじゃうんじゃなかったっけ。ママどこにいるの助けて、と叫びたいけれど口を開けないから声にならない。

体がずっとふるえている。寒い？　寒くはない。怖すぎて体がぶるぶるふるえているようだ。背中が痛い。硬いものが当たっているみたいだし、ときどきドンと押される。硬いところに横になっているのかもしれない。いつも寝ているマットレスがフライパンに変わった夢でも見ているのだろうか。料理されているの？

次第にほんの少し、目が見えてきた。それでも暗いのは変わらない。身をよじることができた。けれどもここはやっぱり、身をよじるだけでおしまいになっちゃうくらい、狭すぎる。

物が、顔にぶつかった感触がある。首を伸ばしてみる。ほっぺですりすりしてみたり、顔のあちこちをたくさん押し当ててみる。そのうち鼻がベルトみたいな部分とこすれてはっとする。ランドセルだ。

思い出した！　今日、半日授業があって下校の時、みんなと別れてコンビニの角をまがったところで、大人の男の人に声をかけられた。

そのあとのことはおぼえていない。眠っちゃったから？　昼間なのに？

体のふるえやドンと押される衝撃がとまった。

誰かの話し声が聞こえてきた。この狭すぎる場所の近くに誰かがやってきたのかもしれない。

ここにいることを知ってほしくて身をよじっているうちに、「んー、んー」とだけ声を出せるようになった。「んー、んー」とくりかえし言いながら、じたばたする。

しばらくして、わたしははっとする。

目の前が明るくなった。

やった、と思うよりも、まぶしさが怖かった。どうして急に目の前が明るくなったのか。何度もまばたきをする。大人の男の人がゆっくり笑顔を近づけてくるのが見えた。口もとに人さし指を立てている姿がうっすら見えてきてわたしはほっとする。「しー」とうながすその人の声が、優しかったからだ。

おじさんがわたしを抱き起してくれて、その時にはじめて、自分の手足にビニールテープが巻かれていることに気づいた。何これ？　だから動かなかったの？　今まで横になっていた狭すぎる場所は自動車の荷物入れだったと分かったのだけれど、そんな状態のわたしが外に出してもらった矢先に、別の大人の怒鳴り声が聞こえてきた。

「おい、何やってる！」

そっちの男の人は、自動車の横に立っていて、ガソリンを入れるための機械を使っている途中だった。振りかえるようなポーズでこっちをにらんでいる。

コンビニの角をまがった時に声をかけてきたあの人だ。あの人に話しかけられた後、わたしは眠っちゃっていたんだ。

怒鳴り声をあげた人が、上着の内側から大きなナイフを取り出すから、わたしは息が止まりそうになった。

怖い夢だと思った。

おうちに帰りたい。ママとパパに会いたい。涙がどんどん溢《あふ》れてくる。

バシッと音が鳴ったのは、その後だ。

え、と思って、見ると、ナイフを握りながら怖い顔で歩き出していた男の人が体を折り曲げていた。股《また》に手を当てたまま、その場に倒れると苦しそうに震えていた。その近くでボールが、ぽん、ぽん、と跳ねて転がっている。

「低めに投げすぎちゃったね」笑顔のおじさんはそう言いながら、わたしのビニールテープを剝《は》がし始めている。ああ助けてもらえたんだ、と心からほっとしたのだけれど、笑顔のおじさんがこういうふうに注意してくれたから、安心するのはまだ早いのかもしれないとも思った。

「ここはスズメバチが飛びまわってるから気をつけて」

嘘《うそ》ではないことは、少しして分かった。

わたしと入れ替わるみたいに手足をビニールテープでぐるぐる巻きにされ、地面に横になっている男の人のほっぺたに、おっきな蜂がとまってじっとしていたからだ。

「赤木駿の一日」完

参考文献

『性欲の科学　なぜ男は「素人《しろうと》」に興奮し、女は「男同士」に萌《も》えるのか』オギ・オーガス、サイ・ガダム著　坂東智子訳　阪急コミュニケーションズ
『最新科学が解明　男脳がつくるオトコの行動54の秘密』ローアン・ブリゼンディーン著　早野依子訳　PHP研究所
『東京大空襲の夜　B29墜落の謎《なぞ》と東北空襲』加藤昭雄著　本の森
『予防接種は「効く」のか？　ワクチン嫌いを考える』岩田健太郎著　光文社新書
『新・予防接種へ行く前に』ワクチントーク全国・「新・予防接種へ行く前に」編集委員会編　ジャパンマシニスト育児新書
『麻疹《はしか》が流行する国で新型インフルエンザは防げるのか』岩田健太郎著　亜紀書房
『新型インフルエンザワクチン・タミフルは危ない!!』ワクチントーク全国編　ジャパンマシニスト社

この作品は平成二十六年十一月文藝春秋より刊行され、平成二十九年十一月文春文庫に収められた。

新潮文庫での刊行に際し、新規に対談と書き下ろし短編を収録した。

イラスト　禅之助
デザイン　川谷康久

キャプテンサンダーボルト　新装版

新潮文庫　い－69－51

令和二年十月一日発行
令和二年十月三十日二刷

著者　阿《あ》部《べ》和《かず》重《しげ》
　　　伊《い》坂《さか》幸《こう》太《た》郎《ろう》
発行者　佐藤隆信
発行所　株式会社 新潮社
郵便番号　一六二―八七一一
東京都新宿区矢来町七一
電話　編集部(〇三)三二六六―五四四〇
　　　読者係(〇三)三二六六―五一一一
https://www.shinchosha.co.jp
価格はカバーに表示してあります。
乱丁・落丁本は、ご面倒ですが小社読者係宛ご送付ください。送料小社負担にてお取替えいたします。

印刷・錦明印刷株式会社　製本・錦明印刷株式会社

ISBN978-4-10-180201-5 C0193